U0884235

国家出版基金项目
NATIONAL PUBLICATION FOUNDATION

高校主题出版
GAOXIAO ZHUTI CHUBAN

多元一体视域下的中国多民族文学研究丛书
The Series on Minority Literature: Perspectives from A Pluralistic and United Chinese Nation

丛书主编：姚新勇　副主编：邱　婧

族性建构与新时期回族文学

The Construction of Ethnicity and Hui Literature in the New Era

林琳　著

暨南大學出版社
JINAN UNIVERSITY PRESS

中国·广州

图书在版编目（CIP）数据

族性建构与新时期回族文学/林琳著．—广州：暨南大学出版社，2017.12
（多元一体视域下的中国多民族文学研究丛书）
ISBN 978-7-5668-2244-4

Ⅰ.①族…　Ⅱ.①林…　Ⅲ.①回族—少数民族文学—文学研究—中国
Ⅳ.①I207.913

中国版本图书馆 CIP 数据核字（2017）第 269906 号

族性建构与新时期回族文学
ZUXING JIANGOU YU XINSHIQI HUIZU WENXUE
著　者：林　琳

出 版 人：徐义雄
策划编辑：武艳飞
责任编辑：王莎莎
责任校对：彭　睿
责任印制：汤慧君　周一丹

出版发行：暨南大学出版社（510630）
电　　话：总编室（8620）85221601
营销部（8620）85225284　85228291　85228292（邮购）
传　　真：（8620）85221583（办公室）　85223774（营销部）
网　　址：http://www.jnupress.com
排　　版：广州良弓广告有限公司
印　　刷：广东广州日报传媒股份有限公司印务分公司
开　　本：787mm×960mm　1/16
印　　张：12.625
字　　数：233 千
版　　次：2017 年 12 月第 1 版
印　　次：2017 年 12 月第 1 次
定　　价：42.00 元

（暨大版图书如有印装质量问题，请与出版社总编室联系调换）

总　序

本套丛书中刘大先先生的著作题名为“千灯互照”，本是形容中华多民族文学丰富多彩、交相辉映之态，现借以形容这套总数不过十本的丛书，自然太过夸张，但若以点出本套丛书之于中华多民族文学研究的多样性、丰富性，虽仍夸张，却并非漫无边际。至少我们的确可以罗列出本丛书相关的三五特点。第一，以主题、研究专题、研究领域为集结的文学研究丛书自然很多，但征诸不同地方的少数民族文学的研究者，将其成果集结起来，组成一套研究品质较为纯粹的丛书，且由国家出版基金资助，这样的情况恐怕还不多见。第二，本丛书的作者为中青年学者，有的已从事少数民族文学研究多年，成果丰硕；有的虽然才博士毕业几年，但已经显示出强劲的发展势头，其中更有几位已跻身于少数民族文学相关研究领域的前列。本丛书收录的十本著作中，或是博士论文、博士后出站报告，或是国家社科基金结项成果。这都保证了丛书的新锐性、前沿性、专业性与可靠性。第三，丛书的主题、领域、视角多样丰富，所涉族裔文学现象多样，时代纬度参差交错。有神话与史诗研究，民间口头文学及说唱文学研究，族裔文学个案剖析与多民族文学现象的互动分析，当下少数民族文学及少数民族文艺创作、表演现象的宏观扫描及理论概括，某一族裔文学、文化经典传统个案的诗学理论之内在结构、文本肌质、表演仪式、叙述模式的深度剖析与细致型构，某一族裔当代文学创作的文化转型、民族心理与时代张力的考察，族裔母语文学的考察或母语、汉语双语互动的分析，等等。第四，丛书名为“多元一体视域下的中国多民族文学研究”，这并非政治正确的口号，而是本套丛书研究特点的自然呈现，更是丛书作者之于中国多民族文学发展态势的敏锐观察与理论回应。而具体落实于本丛书上，则呈现为一个重要的共性——互文性。第五，互文性。中国多民族文学、文化的互文性，某一具体族裔文学、文化现象中的互文性，也为本丛书多数著作的特点之一。这既是研究者的理论自觉，更是中国多民族历史、文化、文学互动的自然结晶。比如神话研究，自新时期以来重新恢复生机，国外各种神话学理论渐次被介绍到中国，积三十多年的努力，中国神话研究取得了很大的发展。但是与此同时，神话所表征的民族或族群关系之“分”的趋势却日益明显，研究者、研究对象、接受群体的民族身份的“同一性”也似乎愈益强化。而《中国多民族同源神话研究》的作者王宪昭先生，在多年材料与研究积累的深厚基础上，有力地考辨了我国多民族神话“同源母题的作品占有相当高的比例”这一现象，不仅进行了数量可观的神话文本的互文性解读，也为中华民族多元一体关系增添了丰富多彩而又切实有力的论证。再如《锡伯族当代母语诗歌研究》一书，从书名上看，此书似乎只涉某一具体族裔的母语诗歌创作，但实际上，锡伯族的形成，它从祖国的大东北迁徙到大西北的历史本身就是一部波澜壮阔的宏伟史诗。因此在锡伯族的诗歌中，故土的大兴安岭、白山黑水，新家园的乌孙山脉、伊犁河畔，交相辉映；“大西迁”的刻骨铭心与“喀什噶尔”的深情咏叹，互为参照；族裔情感与国家情怀，水乳交融。满、汉、蒙、哈、维等语言因素都不同程度地结构或渗透于锡伯语中，因此，本书相当关注锡伯族母语诗歌创作与汉语之间的关系，也就再自然不过了。

《东巴叙事传统研究》一书，以更为纯正的理论品质，更为肌理性的文化、文本研读，从多角度、多层面探究了东巴叙事传统的成因、传承、流布、特征，并通过深描东巴叙事文本在祭祀仪式中的演述，揭示了口头文本、书面文本、仪式文本、表演文本在民众的生活与精神空间中的互文互构关系。作者还把东巴叙事传统与彝族、壮族、国外的史诗作了横向的比较研究，对当下的民间叙事学、史诗概念及类型作了深入的反思，表现出与国内、国际同行进行高水平对话的努力。

说到研究之间的互文性，对有心的读者来说，其实从本丛书的不同著作中也不难发现。比如说，丛书中有的研究主题相对比较封闭、形式化，所说、所论也容易被归为某一民族的特点，这尤其表现在那些神话或史诗研究中。而另一些有关当代少数民族文学创作的研究，则相对更注意“民族”“民族文化”“民族文学”“民族意识”“民族认同”的相对性、建构性。对其进行有意识的对照性阅读，或可互为弥补、相互启发。

比如《彝族史诗的诗学研究——以〈梅葛〉〈查姆〉为中心》和《凉山内外：转型期彝族汉语诗歌论》，所论文学现象皆属彝族，而前者着重于通过细读《梅葛》《查姆》揭示彝族史诗的诗学特征，后者则更敏感于新中国民族识别、少数民族文学工程的实施，之于整体性的彝族诗歌、彝族意识的生成、流变与转型的促动。这样，后者之于前者可能就对“彝族”“彝族文学”的天然性、自在性多了质疑性价值，而前者则又可能提醒后者，彝族、彝族意识、彝族认同的建构，并非权力、他者的随心所欲。这样的互文性阅读，有可能突破本丛书有限的数量，更为宽广、丰富、深入地去理解、把握中国文学、中华民族的多元一体之复杂性。

当然，不管本丛书的认识价值与问题视野的可能性究竟有多大，其视域肯定是有限的，况且收录其中的著作质量并非齐一，也自然存在这样那样的缺陷。个中缺憾不知有无机会弥补。

感谢王佑夫、关纪新两位先生对本丛书的大力推荐，感谢丛书作者惠供大作，也感谢暨南大学出版社徐义雄社长的鼎力支持。

姚新勇

2017 年 7 月

于广州暨南园

自　序

本书研究对象是新时期[1]以来的回族文学。新时期以来少数民族文学纷纷踏上弘扬本族群文化之路，回族文学也不例外，在创作上出现了一系列以弘扬本族群文化、构建族性为主要诉求的变化。本书正是以这些变化为核心内容展开考察。

围绕回族文学新时期以来的变化与发展，本书的相应考察分纵横两个方向：纵向以时间为轴，考察近百年来回族族性迸发的三个主要阶段。其中第一阶段是20世纪初到30年代，在五四新文化运动的催生下，族势凋零、民生维艰的回族也发生了新文化运动，这是回族文学近百年来的第一次集中迸发。第二阶段从新中国成立后到20世纪60年代末，新中国成立不仅从制度上保障少数族群各项政治权利，同时也将少数民族文化整合到国家“一体化”意识形态结构中去。这时的回族文学在国家主流意识形态之下“有意识”地进行本族族性的建构。第三阶段从20世纪70年代末至今，随着民族政策、宗教政策的恢复，市场经济的开展，少数民族开始尝试一种新式的“发声”模式，本书的横向研究内容正是以此点展开。

横向考察围绕新时期回族文学创作分内外两线展开。内线部分考察回族文学自身的嬗变，其中族群记忆的追溯与呈现、文学与文化人类学叠加式创作、性别书写的集中出现以及城乡冲击下的乡土书写等，都在不同侧面呈现出新时期回族文学在族性建构上的多重尝试。

外线考察包括回族文学与信仰文化的关系、回族文学如何应对全球化语境的变迁两大方面。通过考察回族信仰书写的内容，探寻其内部独特的审美表现，以及归纳审美表象背后的丰富逻辑，都可以从不同方面揭示出回族文

---

① “新时期”概念根据党史的提法而来：“1978年12月召开的十一届三中全会实现了新中国成立以来党的历史的伟大转折，开启了我国改革开放历史新时期”，本书同样在此意义下使用“新时期”概念，即指中国十一届三中全会后至今的时间段。

学中的族性特点。此外，在以全球化为主要表征的当下，多元、杂糅的语境带来的文化认同危机日益明显，回族文学在这样的背景下开展了寻求身份认同之旅，无论是时间还是空间维度上，都力求使得族性诉求获得认同。但这些做法显然不仅仅为了建构少数民族族裔性自我话语系统，还内含了与主流权力话语进行“对话”、获得更多相互理解的期盼，是少数民族寻求族群困境突围的尝试。

总而言之，本书以回族作为切入点，试图观察多民族社会中个体族群的历史、文化的传承与发展之过程，厘清个体族群与中华民族之间的杂糅共生之关系。同时，本书也尝试将中国少数民族文学或中国多民族文学纳入中国现代转型这一框架中加以把握，最终为中国多元文化格局的建构提供一个个体视角和资源。

林　琳

2017 年 4 月

目 录
CONTENTS

目录

绪　论

一、选题缘起与意义

本书选题关注的是回族文学中族性与文学之间的关系。

之所以选择这个议题，一方面是因为作为一个多民族的国家，中国各族人民在漫长的历史岁月中共同创造了光辉灿烂的文化，其中各民族也形成了各自独特的民族特性和民族文化，这些民族文化据之区别于外族的民族特质，也就是一族之族性[①]。如果没有一族之族性，一族之根本，那么这个民族文化的传承与发展是不可想象的，所以，族性从某种程度上来说既是民族文化赖以存在的条件，又是其赖以辨识和成长的胎记。虽然内容跨越了社会学、经济学、民族学、文化学等领域的族性问题，十分复杂，但在这一系列复杂问题的背后，同样蕴含了巨大的价值意义，这是值得研究者深入发掘的。

选择这个议题另一方面的原因是，作为在中华大地上分布最广的一个少数民族，回族的族性建构具有一定的独特性。首先，回族的族源可以追溯到唐代来华经商的中亚穆斯林，他们信奉伊斯兰教，并且以此作为族群文化要义。这一个从族源以及族群核心文化特质都与作为中国“主流”民族的汉族有着明显差异的族群，是如何在历史上繁衍至今的？其次，在当下语境中，多民族国家中回族作为一个信仰伊斯兰教的族群在汉族为主体人口构成的国度中，文化位置越发边缘、族群文化的传承越发困难。再次，回族作为一个仅剩饮食习惯和宗教信仰作为标识的族群，凭借信仰文化如何应对资本市场运作带来的“侵略性”？其族性的传承与更新要如何操作？可以说，借助“族性”这个概念，我们不但能了解一个个体族群在多重语境中的变迁过程，同时能为中国多元文化格局的建构提供别样视角和全新资源，并且在特定意义上为国家转型期的文化认同危机提供一定的参照意义——这不仅是纯粹的知

① 对于“族性”概念的使用，下文有专门讨论。

识建构，还是广泛的文化政治和社会议题。

当然对族性问题的研究可以切入的维度很多，但既然具有浓厚的文化气息，以回族当代文学作为观察点自然是一个可行的选择。一方面，近30年尤其是20世纪末以来，少数民族文学创作中对本族传统文化复归的话语诉求日渐强烈，[①] 这某种程度上是族性在尝试建构自身的表现。另一方面，鉴于现代民族国家中，少数族群文学是一个相对宽松、可以容纳不同声音的场域，许多平时不获关注的议题、被忽略的声音都很有可能在这里寻到舞台。由此进入回族族性研究，实则是一个有坚实创作范例作为文本支撑的理性选择。

纵然新时期回族文学具有不容忽视的价值和作用，但在学界还是显得边缘，而相关的研究也不多。一方面，可能归结于研究回族文学无法绕开伊斯兰教信仰，而伊斯兰教信仰在汉族为“主流”的社会中是一种异质性的生活方式与生命体验，倘若真正深入去研究，需要研究者本身具有相当深厚的相关学术素养以及强烈的问题意识——这远不是钻进故纸堆中闭门造车可成之事。另一方面，进入新世纪迅猛发展的互联网空间使得文学写作渠道越发多样，回族文学也不例外。虽然有人认为这一类表达是否属于文学范畴还亟须考证，但是不可否认的是，这一类书写作为一种新的文学（化）现象，应该引起研究者的足够关注（但是很可惜，相关的研究目前仍没出现）。由此一来，回族文学真正深入研究的匮乏，让它就像一个“不在场的在场者”，当中的丰富性、多义性都被主流研究“无意识”地遮蔽，最终回族文学本身演化成一种类似于“异域风情”刻板印象的展示。忽视这些问题而去谈民族多元一体团结发展，不仅会演变成“喊口号”式的研究，而且还很容易在文化本位的立场上产生一种傲慢的无知——我们或许会对不假思索地套用西方理论资源的做法进行批判，可是对于我们自身内部的相似逻辑却集体保持缄默，这不能不说是少数民族文学研究面对主流文学研究时最尴尬的遭遇。

二、国内外研究概况

历史上西方学者有关中国回族的研究总体而言不算多，正如许多学者注

---

① 此处主要采用学者姚新勇对于复归族裔文化本位性的说法。姚新勇认为，自新时期以来，少数族裔文学的主体性就开始苏醒。伴随主体性的苏醒，是少数族裔对本族群文化本位性复归的诉求。所以自20世纪90年代中期之后，姚新勇就尝试将中国少数民族文学纳入全球化与中国全面转型的语境中加以关注，较系统且深入地考察了近30年来各少数民族文学回归本民族文化之根的思潮，并对包括汉文化本位回归诉求在内的族裔本位文化回归中所存在的“族裔民族主义”问题进行了持续的跟踪，严肃地思考了族裔民族认同与国家认同之间的复杂关系。参见姚新勇：《寻找：共同的宿命与碰撞：转型期中国文学多族群及边缘区域文化关系研究》，北京：中国社会科学出版社2010年版。

意到的那样：国内穆斯林在明朝至清朝中叶的300多年间，多不为正史所载，直至清朝几次回民事变，方被“发现”。[①] 西方学者对回族的相关研究也多始于这一时期。一般倾向于将国外对回族的研究分为四个阶段。第一阶段从19世纪后半叶到20世纪初，第二阶段从20世纪上半叶到新中国成立，第三阶段从20世纪50年代到20世纪70年代，第四阶段是新时期以来[②]。

19世纪后半叶到20世纪初，国外对穆斯林的相关研究主要由传教士撰写（小部分由东方学者撰写）。这主要是始于传教的目的，但也给我们留下了许多宝贵的资料，其中不乏对中国主要穆斯林地区各类民生习俗的记录与介绍。像1895年出版于巴黎的德弗瑞（Gabriel Devéria）的著作《中国伊斯兰教的源头》（*Origine de l'islamisme en Chine*），不仅收集了一些中国清真寺碑文资料包括阿拉伯文拓片、照片，也对当时中国穆斯林的生活作了直观描写，曾被认为是“在海思波之前最有价值的著作”[③]。另外有学者指出，这一时期的很多文章涉及清末回民事变问题，与西方列强企图瓜分中国、侵占中国边疆有关。[④] 可以说回族伊斯兰教研究的命运，一开始就与整个中国的命运联系起来了。

进入第二阶段后，西方基督教会在中国的传教工作达到了高潮，相关的著作也悉数增多。仅仅由英国传教士编录的《穆斯林世界》（*The Moslem World*）杂志，在1911—1949年就至少发表了有关中国穆斯林的论文、动态、书评、通讯等133篇。[⑤] 1910年出版了海思波（Marshall Broomhall）的著作《伊斯兰在中国：一个被忽略的问题》（*Islam in China*：*A Neglected Problem*），该书主要分为两大部分：第一部分“历史回顾”，主要包括中国与阿拉伯世界的关系、早期来华的穆斯林、汉文和阿拉伯文碑刻、广州的宛葛素墓、清末云南和西北回民事变以及“回回”的含义等方面的内容；第二部分“现状”，主要包括对一处清真寺的访问、人口估算、社会和宗教状况、如何向中国穆斯林传福音等方面的内容。可以说该书代表了20世纪前半期西方研究中国回族伊斯兰教的顶峰。当然也必须指出，该书中不少资料有明显的讹误，对穆斯林的记述也有很明显的歧视、歪曲之处。另外一个则是毕敬士二十世纪二三

---

① 丁克家、马雪峰：《世界视野中的回族》，银川：宁夏人民出版社2008年版，序言。

② 周传斌：《他山之石——西方学界对中国回族伊斯兰教的研究述评》，《西北民族研究》2005年第1期。

③ MARSHALL B. Islam in China：a neglected problem. London：DARF Publishers Limited，1987：308.

④ 沈青：《国外的中国伊斯兰教研究》，见《文史知识》编辑部、国务院宗教事务局宗教研究中心编：《中国伊斯兰文化》，北京：中华书局1996年版，第58－63页。

⑤ 沈青：《国外的中国伊斯兰教研究》，见《文史知识》编辑部、国务院宗教事务局宗教研究中心编：《中国伊斯兰文化》，北京：中华书局1996年版，第60页。

十年代在中国穆斯林地区考察时所拍摄的1000多幅照片①。这两部作品的作者都是传教士，虽然内容中含有不少传教士言论，但是其保存了许多珍贵的20世纪前后的中国穆斯林资料，是今日研究中国穆斯林历史，尤其是19世纪末20世纪初历史的不可多得的材料，遗憾的是，至今中国大陆学者对其几无利用。②

新中国成立后，西方势力逐渐退出中国大陆。第二次世界大战以后，随着殖民地国家的纷纷独立，西方以研究“野蛮人”和“落后的东方”为己任的学科，如东方学和人类学等，逐渐丧失了传统的“田野”。以人类学为例，正是这种时代促使了其学术转向，于20世纪60年代以后兴起了以理论建构为特色的结构主义人类学。在回族伊斯兰教研究领域，同样的转向也发生了，尤其是20世纪50年代到70年代，中国大陆与西方世界隔绝，这一时期的研究以文献研究为主，或以台湾穆斯林为研究对象，出现了以社会学、人类学相关理论观照回族伊斯兰教研究并建构理论的倾向。以文献研究见长的学者有美国学者约瑟夫·弗莱彻（Joseph Fletcher）和澳大利亚学者唐纳德·莱斯利（Donald Daniel Leslie），而理论建构的代表人物则是以色列的拉斐尔·以色列利（Raphael Israeli）。③ 白培莉1973年于哥伦比亚大学写成的博士论文《一个中国穆斯林少数民族中的凝结与分裂》（*Cohesion and Cleavage in a Chinese Muslim Minority*）是针对台湾穆斯林的研究，有一定参考意义。

新时期以来，西方学者有关中国穆斯林的研究不断出现。相比以往，这一时期的学科和科研范式更为多样化，既有传统的历史学研究，也有晚近发展的人类学、政治学、性别研究等学科。有学者认为该阶段的西方学者研究，大约有几个范畴。④ 第一个范畴是“认同”范畴。像上文拉斐尔·以色列利1979年在博士论文的基础上出版的《穆斯林在中国：文化冲突研究》（*Muslims in China：A Study in Cultural Confrontation*），该书主要从社会学关于民族关系的理论出发，提出汉文化和伊斯兰文化以“主体民族—少数民族”“主位文化—客位文化”关系的方式互相遭遇，即从文化冲突角度理解伊斯兰教在

① 毕敬士去世前将这些照片捐给了哈佛大学，如今保存在哈佛大学燕京学社图书馆（Harvard-Yenching Library）。

② 丁克家、马雪峰：《世界视野中的回族》，银川：宁夏人民出版社2008年版，序言。

③ 周传斌：《他山之石——西方学界对中国回族伊斯兰教的研究述评》，《西北民族研究》2005年第1期。

④ 参见陈志红：《界限穿越：走在多重世界之间》，见康有玺：《无畏的梦想》，香港：基石出版有限公司2009年版，序言。

中国的历史以及在回族伊斯兰教研究中建构理论范式的可能性,[①] 具有一定代表性。杜磊（Dru C. Gladney）出版于1990年的《中国穆斯林：中华人民共和国的族群民族主义》（*Muslim Chinese：Ethnic Nationalism in the People's Republic*）一书首次揭示了回族认同多样性的特点，对以往有关“民族”同质化的想象与书写构成了某种挑战。这在西方学界有关中国少数民族和中国穆斯林的研究中具有开创性意义。随后杜磊的另一本专著 *Dislocating China* 问世，其中的中国回族穆斯林内容在前一本专著的基础上继续演绎“建构论”，但是同样很明显，他无法回答在地方情境中回族的认同是如何被构建的这一问题，因而不可避免地忽略了地方情境下族群认同的复杂性问题。除此以外，李普曼（Jonathan N. Lipman）的《熟悉的陌生人——中国西北的穆斯林及其历史》（*Familiar Strangers：A History of Muslims in Northwest China*）一书在田野调查的基础上，具体分析穆斯林不同教派之间的交往和冲突，以此凸显西北穆斯林独特的历史和现状。书中李普曼创造性地指出西北穆斯林社会是中国边缘的具有二元特征的社会，这既是一个缺乏伊斯兰社会调节机制的穆斯林社会，又是一个缺乏东部“中国”社会调节机制——尤其是士绅阶层——的中国社会。在以色列利的《穆斯林在中国：文化冲突研究》（*Muslims in China：A Study in Cultural Confrontation*）一书中，伊斯兰教信仰在中国被认为只能是处于一种与主流文化持续冲突、与周围人群相互抗争的状态。

第二个范畴聚焦中国伊斯兰各教派的研究。《中国和伊斯兰教的亚洲腹地研究》（*Studies on Chinese and Islamic Inner Asia*）是美国学者弗莱彻有关20世纪中期中国穆斯林的文献调查与研究，在作者逝世后经人整理于1995年出版。1986年，前文提到的澳大利亚学者唐纳德·莱斯利出版了《传统中国的伊斯兰教：1800年前的简史》（*Islam in Traditional China：A Short History to 1800*）一书。该书包括“中国和西亚”“伊斯兰在中国的开端”“蒙古人统治下”“汉化：明和清”四部分，为中国伊斯兰教史的书写带来有独特价值的体例参考。村田幸子（Sachiko Murata）于2000年出版了其著作《苏非之光的汉文折射》（*Chinese Gleams of Sufi Light*），把王岱舆的《清真大学》和刘智的《真境昭微》译成英语，并与波斯苏非神秘主义诗人加米的原作相对照，反映了晚近西方学术界（主要是新儒家）对中国明清时代伊斯兰教汉文译著的关注。兹维·本多（Zvi Ben－Dor）的研究关注明末清初中国内地穆斯林学者的汉文著述，以此为角度切入“文明对话”的研究。另外不得不提日本的回族

① 周传斌:《构想与现实——评述以色列利〈穆斯林在中国：文化冲突研究〉一书》,《回族研究》2000年第4期。

研究，由于日本的中国少数民族研究者大多具有良好的文献研究基础，因此他们的著作具有相当扎实的文献资料支撑。1983 年 4 月，西胁隆夫创办了日本第一家专门介绍、研究中国少数民族文学的日文期刊《中国少数民族文学》，回族文学就是最先由这份期刊介绍到日本的。另外，《月刊しにか1992 年 7 月号　特集：中国的伊斯兰教》也较为详细地介绍了伊斯兰教在中国的历史以及发展状况。片冈一忠的《日本对中国伊斯兰研究小史》一文，在注意欧美、中国等研究的情况下，对日本的中国伊斯兰研究进程进行总结。另外中田吉信的《中国的伊斯兰史研究状况》、寺田隆信的《明代泉州回族杂考》、寺岛圭明的《近代回族的问题：以宁夏为中心》和《近代宁夏的回族社会》等论文都具有一定的研究价值。①

第三个范畴涉及性别研究。如村田幸子的《伊斯兰教思想中有关性别关系的原始资料集》。玛利亚·雅绍克（Maria Jasehok）和水镜君合著的《中国清真女寺史》以消费主义与女性主义相结合的方法研究，为以往有关中国穆斯林的研究中所罕见。另外还有杜磊的弟子玛丽丝·吉莱蒂（Maris Boyd Gillette）于 2000 年出版的《北京和麦加之间：都市中国穆斯林的现代化和消费》（*Between Mecca and Beijing*：*Modernization and Consumption Among Urban Chinese Muslims*）。该著作以西方的可口可乐、婚纱、迷你裙等作为解读和评价回族消费的隐性参照系，研究西安回坊消费和现代化问题。②

上述有关回族社会学、人类学、历史学和宗教学的研究，虽然没有直接涉及回族文学，但是其在开阔的视野中运用比较手段和多学科的研究方法，对回族文化所做的观照为回族文学的深入研究提供了相当有意义的启示。在回族文学研究方面，有率先把中国民间文学介绍到西方的美国密苏里州立大学卡尔·路卡特（Karl W. Luckert）教授，他撰写了《回族民间文学对美国人文学研究的重要意义》《从进化论的角度看回族文学》等文，高度评价了回族文学的人文价值。而且他还和中国李树江合作出版了以回族民间故事为主要内容的《回族神话和传说》（*Mythology and Folklore of the Hui*, *A Muslim Chinese People*）一书。另外，日本的西胁隆夫的长篇研究报告《中国的伊斯兰文学》，在回族文学与伊斯兰教的关系、回族文学的特色问题上，都有自己的独特见解。

---

① 崔莲：《近 20 年来日本有关中国少数民族研究文献简述》，《西南民族学院学报（哲学社会科学版）》2001 年第 2 期。

② 杨文炯：《现代化和消费：都市回族社区研究的新视点——读美国人类学者玛丽丝〈北京和麦加之间〉一书》，见中国回族学会编：《全面建设小康社会与回族学》，银川：宁夏人民出版社 2004 年版，第 317－336 页。

在国内研究中，回族文学的研究成果大致可分两种类型。第一种属于宏观性研究，以当代回族文学为核心，围绕回族文学与回族文化的关系、回族文学的审美特征、回族女性文学特征、回族文学创作思潮等视角，展开考察。杨继国、何克俭合著的《当代回族文学史》（上编）是我国回族第一部当代文学史专著，全书由诗歌、小说研究两部分构成，系统地介绍了1949—1987年回族诗歌、小说产生发展的主要历程；白崇人的《回族文学创作在中国文学中所呈现的特点及其价值》，对回族文学的基本状貌特征作出了准确的概括和评介；杨继国的专著《回族文学与回族文化》《回族文学创作论》则对回族文学的概念及发展、创作特征和审美理想、回族文学与世界文学等问题进行了阐述思考；魏兰的《回族文学概观》既从宏观上对回族文学的发展进行了把握，又落实到了具体作家的个案研究，宏观和微观结合多层次地呈现了新时期以来的回族文学发展状况；赵慧的《回族文学与回族心理刍议》一文掀起了从心理学视角观照回族文学的研究思路；王锋的专著《当代回族文学现象研究》在历史、文化、宗教、心理学、文学和美学等范围内全面考察了20世纪80年代以来当代回族文学出现的若干重要文学现象，为当代回族文学批评的发展提供了文化批评的新视角与思路；马丽蓉的《20世纪中国文学与伊斯兰文化》一书指出，回族作家足踩多片文化且尽可能多地拥有了丰厚的文化资源，用以扩张自我精神空间等；王继霞的《百年回族文学价值研究》通过梳理现当代回族文学价值的生成、发展，以此彰显边缘文化的生命力和价值，以期开创多元文化格局的世纪性命题。

除此以外，有不少研究者以论文形式选择回族文学的某个问题或特征进行研究。如围绕着回族文学概念及其范围的内涵和外延的界定，有晏旭《也谈回族文学界限、范围的划分：与何克俭、杨建国二同志商榷》、王正伟《回族文学的范围应以作者划分》、杨继国《回族文学的特点和范围》、纳志军《不能以题材区分文学的民族属性》、井村《民族问题和回族文学的范围》等文。也有对回族文学中的创作问题切入的思考，如杨继国《当代回族文学的创作特征》《回族文学民族特点初探》，王锋《试论当代回族文学创作的主要美学特征》，贾羽《回族文学的民俗特色管窥》《当代回族作家创作心态刍议》，马有义《中国当代回族文学的审美特征》，杨彬《叙述神圣·格调悲壮·意象圣洁——当代回族小说的审美特色》，王继霞《回族文学民族审美特征成因初探》，马燕《回族传统文化与当代回族文学创作》《当代回族文学创作的审美特征》，马慧茹《当代回族小说审美意象的传承与嬗变》，马慧茹、左宏阁《论当代回族小说的审美品格》等论文。还有涉及回族文学与伊斯兰教关系的论文，如谢保国、赵慧《简论回族文学与伊斯兰教的关系》《回族文学与回族的民族心理》，赵阳春《论中国当代回族作家创作中的“洁净之美”》，龚黔兰《信仰与美——回族文化的审美人类学研究》，马燕《伊斯兰教艺术观与回族文学创作》等。另外还有有关回族文学性别书写的论文，如马燕《略论回族文学中的女性审美形象》，苏文宝《难题婚姻——回族文学研究的一种原型批评视角》《回族女性文学与女性形象简论》，赵慧《当代回族女作家散论》，金春平《文化游弋中的自我救赎——新时期回族小说的现代性困境与突围》等。

第二种研究属于回族作家个案研究，如回族几位名作家张承志、霍达、查舜、石舒清、李进祥、马金莲等的创作都是相关研究的焦点。相关专著有李秀萍《清洁之旗：论张承志的精神之旅》、马丽蓉《踩在几片文化上：张承志新论》、李咏吟《通往文本解释学：以张承志的创作为中心的思想考察》、杨怀中《张承志研究》、何清《张承志：残月下的孤旅》、孙纪文《当代穆斯林作家作品评析》等。

回族作家个案研究的相关学术论文数量相当庞大，为了研究综述方便，本书拟将其分为四大类。

第一类是对回族作家创作进行整体把握的研究。如黄发有《复调的探询——张承志研究述评》，锁晓梅的博士论文《张承志论》，姚新勇《呈现、批判与重建——“后殖民主义”时代中的张承志》，龚刚《“全球化”语境下的文化抵抗：张承志个案》，黄晓霞的硕士论文《霍达创作论》，马晓果《回族女作家——霍达》，马朝霞《石舒清小说研究》，吕豪爽《执着于一方水土的故乡守望者——石舒清论》，申霞艳《消费社会，为大地歌唱的人——石舒清论》，王佐红《马金莲论》，刘涛《一地具足一切地？——李进祥论》，贾羽《回族作家沙陆墟创作简论》《试论沙陆墟的通俗文学创作》等。在这其中还有一种比较特殊的形式，就是对作家的访谈，像马晓雁《静处的梦想——宁夏回族青年女作家马金莲访谈》、白草《写作，是一种苦功——石舒清访谈录》、王静《沉静也是一种激情——回族作家石舒清访谈》、郎伟《李进祥小说笔谈》等都是整体把握当代回族作家文学创作的独特方式。

第二类是对具体作家某种创作文类的综合研究。如黄发有《不合时宜的美文——张承志散文论》，南帆《张承志小说中的感悟》，季红真《沉雄苍凉的崇高感——论张承志小说的美学风格》，胡沛萍《论石舒清的小说世界》，赵慧《当代回族女作家马瑞芳和她的散文》，杨文笔《当坚持成为一种风格——谈回族作家李进祥小说创作》，郎伟《李进祥小说笔谈》，苏文宝《复数的文学空间——李进祥小说略论》，许峰、孙纪文《贫瘠土地上的丰饶诗意——古原小说论》，张立群《“情景的美学”——论马知遥的诗》，张德明

《马知遥诗歌的审美辩证法》，张承源《回族诗人马瑞麟的诗歌创作简评》《豪华落尽见真淳——论回族诗人马瑞麟的诗歌创作》，朱东兀《艺术探求的轨迹——谈马治中的小说创作》，任淑媛《回乡民间生存的深情吟咏——马金莲小说述评》，马海燕《乡土文明的独特关怀——试论回族女作家马金莲的小说创作》等。具体创作文类的分析，使得回族文学作品获得了一个全方位的深度研究，具有重要的意义。

第三类是把回族作家作品进行一个族内或族际的比较，又或者对作者本身创作变化进行研究。如锁晓梅《试论张承志与石舒清书写之异同》，旷新年《张承志：鲁迅之后的一位作家》，马丽蓉《“冥冥中信任的只有鲁迅”——〈野草〉与张承志的散文创作》，涂险峰《神圣的姿态与虚无的内核——关于张承志、北村、史铁生、圣·伊曼纽和堂吉诃德》，梅晓云《举意与旁观——论张承志与V. S. 奈保尔的伊斯兰写作》，昌切、赵咏冰《两种神性境界——张承志与史铁生散文的比较研究》，刘复生《另类的宗教写作：张承志宗教写作的意义》，易东生《张承志与张晓风散文中的宗教意识比较》，卢桂娟《论张承志创作体验的变化》，杨秀明《心灵与言辞——王蒙、张承志新疆经验书写比较》等。这类研究通过比较，将回族作家与作品放到一个更宽广的视野中，回族作品的特点也获得了一个更深层次的体现。

第四类是数量最多的一类——从一个具体的角度切入作家作品的研究。如从宗教角度进行研究，有马晓雁《论马金莲小说中的女性关怀意识》，周清叶《石舒清作品的生态意蕴》，陈国恩《张承志的文学和宗教》，马梅萍《清洁精神烛照下的悲悯与神圣——论石舒清文学作品中的宗教情怀》，杜小花《伊斯兰文化视域里的石舒清小说研究》；又如从回族文化中独特的死亡观念展开研究，有苏文宝《死亡：最后的生命仪式——石舒清作品的“死亡”原型研究》，吕豪爽《文学审美中的生死之旅——论石舒清小说中的死亡叙事》等；再如从性别话语的角度切入，有任淑媛《论马金莲小说中的西部回乡女子形象》，马晓雁《论马金莲小说中的女性关怀意识》，陈璐《浅析霍达小说〈穆斯林的葬礼〉中梁君璧的悲剧命运》，马梅萍《西海固精神的负载者——论石舒清笔下的女人》等；另外还有大量单篇作品或单部（同一系列）作品的文本细读，如张桂霞《灯下万里头——谈回族作家王延辉的〈半生心事〉》，赵慧《向往新月的辉煌——对王延辉〈天下回回〉创作的心理学观照》，吴义勤《崩毁的“象牙塔”——评马瑞芳“新儒林”长篇系列》，郎伟《黄河岸边的哀婉青春——读查舜的长篇小说〈青春绝版〉》《发现一个新的世界——读查舜〈拯救羞涩〉》《青春诗情与岁月烟云——读查舜长篇小说〈月亮是夜晚的一点明白〉》，白草《人道主义和历史大义——读张承志〈敬重与惜别——致日本〉》《面对艰难的生活——马宇祯两篇小说印象》《星空下的老屋——读〈清洁的日子〉》《略谈石舒清小说集〈伏天〉中对弱者的关注和描写》《“采风”的意味——点评石舒清短篇小说〈采风〉主题》等。由于相关单篇论文数量巨大，在此不再一一举例。这些研究文章，在不同侧面推动了回族文学创作的繁荣与研究的发展，可谓意义重大。

另外，穆斯林民间学人的一些有关回族、伊斯兰文化的研究也应该引起我们的注意，像康有玺的《无畏的梦想》、苏醒的《突破边缘：中国穆斯林何去何从》、张再利的《直达灵魂——一个汉族穆斯林的思想札记》等，都是其中比较突出的代表作品，他们以“双重边缘”的身份对伊斯兰文化和回族文学（化）进行审视，由于身份、经历的特殊性，这一群体的研究拓展了许多回族“主流”研究者所忽略的内容，作为一项严谨学术研究，我们不应该忽略这部分内容的研究。

由于所掌握的资料、分析水平的局限，笔者这里所作的概述必定有所疏漏，有些研究者的贡献也许并未提及，敬请体谅。

从总体上来看，上述研究工作的视角是多样的，对回族文学的内在价值也多有揭示。但是一种很有意思的情况是，回族文学纵然有了这么多的研究成果，独立地涵括了现当代回族文学创作的回族文学史（《中国回族文学通史 当代卷》）却到了2014年年底才出版。在此之前，朱昌平和吴建伟编写的《中国回族文学史》是近年来唯一一本以史体例编写的回族文学史，可是当中内容只到近现代。另外由作家出版社于2014年出版的《新时期中国少数民族文学作品选集》也只是对新时期以来有代表性的回族文学作品的一个选择辑录。作为当代一个有着丰富文学创作成果的民族，这样的资料迟迟不出现，昭示了回族文学研究依然处于初级阶段，相关研究需要更进一步往前推进。

三、重要概念的界定

（一）民族、族群

有关“民族”（nation）概念的讨论一直是民族研究学界的核心话题之一。

当代西方的民族理论主要分为“原始主义”（primordialism）、“永存主义”（perennialism）、“现代主义”（modernism）、“族群—象征主义”

(ethno - symbolism) 四种。[①]“原始主义”认为，民族产生于原始的自然状态，是在远古人类的血缘家族和小型部落的基础上扩展而成，就像一个自然生物体一样受自然规律支配，同时又与语言、习俗、宗教、地域等密切相关。尽管可能出现沉寂的状态，但是民族却不会毁灭。“永存主义”理论虽然不认为民族产生于原始的自然状态，但认为从远古有人类的存在时，民族就出现了，并且一直在历史上起着作用。所以，尽管这两者有着细微的差别，但在具体进行讨论时往往将两者合在一起加以论述。不过影响最大的民族理论当属“现代主义”和“族群—象征主义”两种民族理论。

“现代主义”民族理论的主要代表人物为欧内斯特·盖尔纳（Ernest Gellner）、艾立克·霍布斯鲍姆（Eric Hobsbawm）、安东尼·吉登斯（Anthony Giddens）、班尼迪·安德森（Benedict Anderson）等。其重点在于强调民族的现代性、政治性、市民（或公民）性以及其缘起的西欧性。[②]也就是说，“现代主义”民族理论者认为民族并非像“原始主义”和“永存主义”所强调的那样，久远就存在，而是从18世纪末法国大革命（至多是从美国革命）开始产生的。同时认为民族建立起其共同体成员间主要的政治联结，这也是现代社会中社会和政治发展的唯一构架和载体，是保障全体成员生产和分配资源的仅有手段，也是确保可持续发展的最佳工具。民族成员具有平等的法权和民族具有对全体成员的动员能力。“现代主义”民族理论缘起的西欧性是指西欧是民族的发源地，民族这一现代历史现象是通过西欧向全世界的扩张才逐渐具有全球性的。可以说，“现代主义”民族理论对民族的论述比较客观，较少情绪化色彩而更富于经验的和理性的分析。

“族群—象征主义”民族理论的产生较“现代主义”民族理论晚，代表人物是安东尼·史密斯（Anthony D. Smith）、约翰·哈金森（John Hutchinson）、约翰·阿姆斯特朗（John Armstrong）等。其研究重点在于民族的历史性、民族的族群基础及其文化特征，特别强调民族的重要历史地位和持久的生命力。“族群—象征主义”领军人物安东尼·史密斯就明确指出民族是具有共同名称的人类群体，共享历史领土，有共同的神话和历史回忆，拥有大众公共文化，所有成员参与共同的经济和享有共同的法律权利和义务。史密斯认为民族的核心是有着持久历史文化基础的族群，而且族群通过包含在各种神话、记忆、象征和价值观等中的文化因素来进行延续，因而民族不是现代

---

① 安东尼·史密斯著，叶江译：《民族主义》，上海：上海人民出版社2011年版，序言。

② 叶江：《当代西方的两种民族理论——兼评安东尼·史密斯的民族（nation）理论》，《中国社会科学》2002年第1期。

的产物。但是，史密斯也指出，前现代的族群并非自然而然地形成现代民族的。要最终成为现代民族，有赖于“市场资本主义强大的现代化革命、官僚国家体系和世俗的大众化教育在共同体或给定的地域内深入发展”① 等重要条件。这些市民性和政治性的条件在西方是直接在族群共同体内产生，而在东方则是通过作为中介的帝国主义或殖民主义产生。

纵然有分歧，但不难看出这几种西方民族理论都有共同或者相近的内容。总的来说，民族是一种共同体观念，在这个共同体里包括地域、语言、宗教或共同祖先这些客观的内容，也有人们对其的认同和情感这样的主观内容。

在国内，民族的概念最早从日本与苏联传入。学者马戎认为最早对中国各族冠以“汉族”“藏族”等称谓与境外的民族并列的，可能是黄遵宪。② 至于系统介绍西方学术世界“民族”之定义，则始于1903年梁启超撰写《政治学大家伯伦知理之学说》，将民族理论进行了一个具体的介绍。③ 而明确给民族下定义的则是汪兆铭的血系、语言文字、住所、习惯、宗教、精神体制六要素说。④ 到20世纪20年代，斯大林的“民族”概念和定义传入中国，“民族是人们在历史上形成的有共同语言、共同地域、共同经济生活以及表现于共同的民族文化特点上的共同心理素质这四个基本特征的稳定的共同体”成为长久以来国内民族研究的核心定义。随后1924年孙中山在《三民主义》中提出“中华民族”称号，黄兴涛对此有一个十分到位的评述：“它（中华民族）是帝国主义侵略与中国各民族独立与解放运动相互作用的产物，是西方和日本的现代‘民族’思想与中国传统的以文化认同为主要取向的‘族类’观相互作用，尤其是其与清末民国时期中国的社会政治现实相互作用的产物。同时它也是中国各民族长期以来不断融合的历史之延续和发展，是民国建立以后，这种融合又加速进行和进一步深化的事实在观念上的即时反映。”⑤ 直至中华人民共和国成立，中华民族都拥有勠力同心抵御外侮的集体观念。

中华人民共和国成立之后，斯大林的民族观长久被当作国内民族学说的

---

① 安东尼·史密斯著，叶江译：《民族主义》，上海：上海人民出版社2011年版，第68页。

② 马戎：《民族社会学：社会学的族群关系研究》，北京：北京大学出版社2004年版，第41页。

③ 梁启超：《政治学大家伯伦知理之学说》，见《梁启超全集》（第二卷），北京：北京出版社1999年版，第1067－1068页；刘大先：《现代中国与少数民族文学》，北京：中国社会科学出版社2013年版，第6页。

④ 汪兆铭：《民族的国民》，见刘大先：《现代中国与少数民族文学》，北京：中国社会科学出版社2013年版，第10页。

⑤ 黄兴涛：《民族自觉与符号认同：“中华民族”观念萌生与确立的历史考察》，《中国社会科学评论》（香港）2002年第1期；刘大先：《现代中国与少数民族文学》，北京：中国社会科学出版社2013年版，第12页。

基本界定标准，同时又不断加入中国的具体国情特征，例如从“民族自决”到“民族自治”，等于是从革命实践中探索出一条既继承了马克思主义民族学传统，又充满中国本土特色的民族建设道路。尽管到20世纪90年代后有不少学者开始倾向于使用“族群”概念，但“民族”这一概念的现代社会政治建构性并没发生改变，“民族”一词在中国的语境中国家性和当代性两个特征十分明显，或者说，“它是以文化为基础的一项行政实践，带有浓烈的主导性意识形态色彩”①。因此，在这个前提下使用“民族”一词已经既不是西方国家所认为的在纯粹的“民族—国家”意义上使用，也不是停留在斯大林“民族四特征”说的单纯意义上使用，而是中华人民共和国成立以来经由国家力量的整合、少数民族社会历史调查与民族识别的努力，固化为一个政治化的话语，是“对按一定标准划分的人们共同体的整体强调，是对集合个体成员意志的整体权利与义务的重点关注”②，本书也是在这个前提下使用该概念。纵然有相对稳定的定义，但“民族”概念始终不是一个静止的概念，尤其在民族主义话语甚嚣尘上的当下，对民族自身内涵和外延所经历的变迁始终保持敏感度，有助于更好地处理多民族国家的民族、宗教以及文化认同等问题——这是应该获得共识的一点。

与民族紧密联系的族群（ethnic group）概念，兴起于20世纪30年代的西方，在20世纪60年代之前，由于族群理论重点大都落到“共同的文化”上，这时期的族群理论又称“文化论”，族群被视为有着共同体质、语言、文化、生活习惯、社会组织以及排他的人群。像美国人类学家纳罗尔（Raoul Naroll）就在《论族群单位分类》（*On Ethnic Unit Classification*）一文中，明确将族群定义为具有包括以下四个特点的以文化作为承载和区分的单位：①在生物学方面基本上是自我延存；②共享基本的文化价值；③构成了一个交流与互动的场域；④有一种成员自我认定或被他人认定的成员身份。③

但是“文化论”明显只能表现一个族群的一般性内涵，在研究族群认同变迁问题上则显得无能为力。因此到20世纪中叶，注重客观文化差异的“文化论”逐渐被“原生论”“工具论”“边界论”等侧重主观认同的族群理论所取代。

---

① 刘大先：《现代中国与少数民族文学》，北京：中国社会科学出版社2013年版，第13页。

② 乔玉光：《民族与族群：不等位的判断价值》，《中央民族大学学报（哲学社会科学版）》2003年第4期。

③ RAOUL N. On ethnic unit classification. Current anthropology，1964. 转引自海路、徐杰舜、罗彩娟：《族群理论研究文献回顾》，见吴晓萍、徐杰舜主编：《中华民族认同与认同中华民族——人类学高级论坛2008卷》，哈尔滨：黑龙江人民出版社2009年版。

“原生论”者也被称为“文化历史学派”，其代表人物是格尔兹（Clifford Geertz）。其主要观点是：民族的情感纽带是“原生的”，是人类的自然属性。通过这种自然的纽带把个人与群体中的其他成员凝聚在一起。[①]

“工具论”的立场与“原生论”相反，强调的是族群认同多重性，主要是政治性和工具性。库恩（Abner Cohen）1969 年出版的《非洲都市中的风俗与政治》（*Custom and Politics in Urban Africa*）一书，常被当作“工具论”的源头之作，它认为传统文化主要是为了增强和调动一个族群的政治内聚力。譬如当一些利益群体的成员不能依照法定的规则进行组织时，既有的文化机制的象征或情感的召唤力却能把这些成员组织起来，所以族群认同在本质上是一种政治现象。

1969 年，挪威人类学家 F. 巴斯（Fredrik Barth）的《族群与边界：文化差异下的社会组织》（*Ethnic Groups and Boundaries: The Social Organization of Culture Difference*）出版，“边界论”首次被明确提出。巴斯在书中指出族群是享有共同的认同、历史和文化传统的人群。但这些特征本身不能为分析和理解族群现象提供最好的基础，所以突破点是要认清在社会生活中族群借以形成和相连的过程，也就是说，要把研究的焦点放在界定群体的族群边界上。不同的族群使用不同的标志和记号以相互区分，以决定彼此的界限。而这些标志和记号就构成一套符号，代表着每一个族群所特有的一整套价值、规范、关系模式以及社会地位等级等。以这些符号为标志，人们采取相应的行为模式进行互动[②]——这就是所谓的“族群边界”。

尽管有着这么多的分歧以及不同的解释，但在经过长期的讨论之后，族群研究已经达成一个有意义的共识：具有语言、种族、文化和宗教特点的人们共同体。而且“族群”并不是单独存在的，它存在于与其他族群的互动关系中，换言之，研究者不能忽略族群互动中的族群内涵和族群关系。[③] 这与民族的概念十分相近，但民族的概念还注入了领土和国家诉求以及排他性的共同文化特征。而族群则没有如此明确的政治因素，更多的是文化上的一个共同体。[④] 正是由于族群概念的多义性和发展性，国内外学界对此概念都没有一个固定的看法，应该如何使用“族群”一词在中国学界还存在争议。新时期

---

① KEYES C F. The dialectics of ethnic change. in Ethnic change. Seattle: University of Washington Press, 1981: 3 – 30.

② FREDRIK B. Ethnic groups and boundaries: the social organization of culture difference. Illinois: Waveland Press Inc, 1969: 45 – 52.

③ 纳日碧力戈：《民族与民族概念再辨正》，《民族研究》1995 年第 3 期。

④ 马戎：《民族社会学：社会学的族群关系研究》，北京：北京大学出版社 2004 年版，第 13 页。

以来，我国许多民族学家、人类学家甚至部分社会学家纷纷就此问题撰文，提出了许多具有一定参考价值的新颖观点。由于篇幅所限，在此不能一一罗列。[①] 但有一个问题是很明显的，我们如果以民族的视角研究我国少数民族内部群体间的文化差异和认同分歧的现实情况，可能会引发学术研究之外的问题，譬如在学术研究中过分张扬共同体内部的文化差异，可能会招来“解构”之嫌。但在具体研究中因为文化上的差异和区分，其中又纠缠着宗教认同、文化认同等诸多复杂的议题，所以，如果将“族群”这个概念作为民族内部的亚群体使用，就会相对灵活，便于现实的操作。本书正是在此前提下运用“族群”概念对各个民族内部的横向构成和纵向支系进行细化研究，以期构成合理有效的研究网络。

（二）族性

“族性”一词，实则来源于英语词汇 ethnicity，最早产生于 20 世纪 50 年代的英语中，但是进入了 60 年代后，它已成为西方人类学、民族学和社会学等领域中最流行的术语之一。[②] 虽然 ethnicity 一词已被广泛使用，但是在中文系统中并没有唯一的词语与其对应，译法也多种多样，常见的有“族性”“族群性”“民族性”，还有“民族认同”“民族意识”“民族关系”等。正是由于在目前的社会科学词典中，并没有对“族性”概念及其内涵的规范性描述，同时伴随着翻译成汉语的差异，国内学界对“族性”一词的用法有所不同。归纳而言大概有如下三种：

第一种是把族性等同于族群实体。如学者纳日碧力戈就在其论著《全球场景下的“族群”对话》中将“族群性”等同于“族群”，并将“族群”翻译为“ethnicity”。

第二种是把族性理解为能够构成族类群体的原生的基本要素，包括血统、语言、传统文化、祖籍地、宗教、种族等。[③] 学者王希恩在论文《族性及族性张扬——当代世界民族现象和民族过程试解》中指出，“族性”能够作为族类群体构成要素最根本的地方在于其“原生性”，即族体成员天然的、与生俱来

---

① 对中国大陆学者有关“族群”概念的讨论可以参考海路、徐杰舜、罗彩娟：《族群理论研究文献回顾》，见吴晓萍、徐杰舜主编：《中华民族认同与认同中华民族——人类学高级论坛 2008 卷》，哈尔滨：黑龙江人民出版社 2009 年版。

② 王希恩：《族性及族性张扬——当代世界民族现象和民族过程试解》，《世界民族》2005 年第 4 期。

③ 王希恩：《族性及族性张扬——当代世界民族现象和民族过程试解》，《世界民族》2005 年第 4 期。

的自然和文化属性。但王希恩也同样承认“族性”并不完全就只指向“原生性”内容，“也可以是偏离这些要素或是由这些要素派生出来的特征”[①]。也就是说，“也会有社会互动造成的认同选择等‘次生’形态因素”[②]。无论是族性的原生形态还是次生形态，都属于族性的生命形态。

第三种则倾向于将族性看作一族之文化，也就是族群在漫长的历史发展过程中沉淀的文化特点，就其整体内涵而言，指的是“一个民族独特的文化传统，独特的共同记忆及象征符号，内化到民族成员的个体身上，则表现为共同体成员普遍统一地产生一种特定的共同心理观念、思维方式以及风俗习惯等特质”[③]。

本书倾向于第二与第三种看法的结合，一方面认同族性具有不可改变的“原生性”内容，譬如族源、血统、语言、宗教等，并认为这是“族性”一词的客观性构成；另一方面，也认为族性中具有一些可变的主观性构成，并且这一部分构成具有巨大的学术价值。族性在这些可变的主观性构成中主要体现为族群文化。譬如族群自我认同与意识、族群的国家认同，这部分构成并非先天就存在，而是在族群发展、交往过程中逐渐形成，并随着外在条件的变化而可能发生变化。以回族为例，自唐朝定居中原之后，回族一直以伊斯兰文化为传统文化之根，同时又汲取汉文化之源，为自己的传统文化不断融入新源泉。与国家的关系，虽有小摩擦，但大体都是平和、互相认可的状态。到了清朝末年，几场回族事变让回族受到了严苛的制裁，回族人的国家认同感不断下降，“争教不争国”口号就是在此时开始日益被传播，该阶段的回族族性，可以说只有内部的伊斯兰文化一维。但是到了20世纪初，在整个中华民族救亡图存之时，回族自身也发起了新文化运动，“兴教救国”“爱国爱教”成为主流呼声，族性不再只停留于内部的传统文化认同，它更多地融进了国家认同，并意识到族群与国家之间的密切关系。

所以，族性既是一种静态共时的表征，又是一种动态的历时积累。它作为一个文化概念，因“族群的住地迁移，族群周边政治与经济环境的变迁，族群内部与族群之间的互动关系以及族群自身的发展深化等诸多因素而时刻

---

① 王希恩：《族性及族性张扬——当代世界民族现象和民族过程试解》，《世界民族》2005年第4期。

② 文龙、杨芬：《社会主义民族：天高地阔养族性——中央“12条”与马克思主义民族理论中国化研究之三》，《广西社会主义学院学报》2006年第4期。

③ 原晶晶：《当代民族主义视角下的民族、族性与民族国家》，《西北民族大学学报》2008年第3期。

产生变化与自我调整"[①]。因此，对于族性的研究相应具有极大的弹性空间。另外，还有一个不能忽略的问题是，在中国少数民族的当代历史中，国家或者社会权力是否在某种程度上将特定特质赋予某些族群，而该特质是否被族群成员最终内化于自身而成为本族群的族性？在这种追问下进一步考察，族性概念自身的张力是否会让部分知识精英基于寻求承认和权力的目的，将族性的定义转化为创造学术神话及政治神话的基础，以获取特定利益——这都是族性概念带来的思考。

（三）少数民族文学、回族文学

既然我们说不同的少数民族与汉族共同构成了中华民族，那么，少数民族文学就应该是一种客观存在，换言之，中国少数民族文学也有悠久的历史——这诚然不假。但如果结合前文对民族概念进行的知识考古学考据，不难发现，民族实则有强烈的现代社会政治建构的意味。[②] 从特定学科话语建构史的角度来看，中国的少数民族文学概念主要不是关于少数民族文学天然的历史性的定义，而是作为相对于汉族文学而言的一个被建构的文学概念，曾有学者指出少数民族文学实则是"反映国家意识形态的政党、政府规划与反映民族自我意识的集体幻想，以及反映学者个人见解的具体写作相结合的产物"[③]。也就是说，国家意识形态、民族自我意识与学者个人见解三种成分合力构建了中国当代的少数民族文学概念。这三者在合力中所占分量的变化，会使得少数民族文学概念也随之发生变化。对于新中国成立以来少数民族文学的定位，大致可以分两个阶段：第一阶段时间跨度从新中国成立伊始到"文革"结束，是对作为社会主义文学构成部分的少数民族文学的建构，民族文学就此被赋予了社会主义性。第二阶段大致始于 20 世纪 80 年代初并延续至今，主要表现为对自在、独特的少数民族文学民族性、民族意识的追求。[④]

尽管 1924 年孙中山在国民党一大宣言中提到"……中国旧日之帝国主义死灰不免复燃，于是国内诸民族因以有杌陧不安之象，遂使少数民族疑国民

---

① 丁瑶：《"族性"一词在中国的运用》，《民族论坛》2013 年第 9 期。

② 姚新勇：《文化民族主义视野下的转型期中国少数民族文学》，新北：花木兰文化出版社 2016 年版。

③ 吕微：《中国少数民族文学史研究：国家学术与现代民族国家方案》，《民族文学研究》2000 年第 4 期。

④ 根据姚新勇的观点，对少数民族文学身份的界定除了社会主义的民族文学、民族的民族文学，还有后殖民弱势文学（参见姚新勇：《少数民族文学：身份话语与主体性生产》，《暨南学报（哲学社会科学版）》2014 年第 2 期）。不过民族的民族文学与后殖民弱势文学实则都包含在新时期以来的少数民族文学变化中，因此本书依然选择两个阶段的划分方式。

党之主张亦非诚意”[①]。其中的少数民族观念已经基本和现在的用法没有太大区别。但直至 1949 年推翻旧政权，一个全新的统一的多民族国家建立，重构新型国家内部民族关系构架是大规模建设新型国家中重要的构成部分，至此少数民族文学才真正成为中国文化建设的一个重要内容被广泛论及，其基本指导方针是 1942 年的《在延安文艺座谈会上的讲话》。[②]

一般来说，考察少数民族文学概念的定义，一种方法是追溯该概念的具体范畴与内涵，包括更为准确地确定具体作家或作品的归属问题。1949 年 10 月，茅盾在《人民文学·发刊词》中首次提出“少数民族文学”这个概念，虽然没进行具体的界定，但已经指出少数民族文学两条主要界定标准：第一，作者族属是少数民族；第二，作品的内容和形式具有少数民族的特点。虽然 1956 年中国作家协会第二次理事会会议（扩大）上老舍在《关于兄弟民族文学工作的报告》中用的是“兄弟民族文学”一词，但实质就是等同于少数民族文学。报告不仅阐明了中国少数民族文学的性质、特色、地位，而且分析了中国少数民族文学的过去、现在和未来，并将少数民族文学分为“当代作家的书面作品”和“古代少数民族书面或口头的创作”两大块[③]——这也成为随后中国关于少数民族文学大多数论著的不约而同的做法。可以说，“民族成分”“语言”“题材”成为民族文学的三重重要指标。这也是国内诸多少数民族文学研究中最常见的考察方法。

另外一种方法则是从原则性、方向性的层面进行切入，考察这一概念是如何被建构出来，又将如何建构下去之过程。以上述老舍的《关于兄弟民族文学工作的报告》为例，其中提出了收集、整理、翻译、研究、出版兄弟民族文学遗产（资料和作品）的任务——以备民族作家借鉴本民族和其他民族的文学作品“写出富有民族风格和地方特色”的“多民族的文艺”作品，但老舍同时又强调，新时代的“多民族的文艺”应当是社会主义、现实主义的创作，是服务于现代国家意识形态的创作。因此尽管鼓励采用特殊的民族传统形式，但少数民族文学概念的提出首先是根据国家政治、文化统一的大前提。1960 年中国作协第三次理事会上，老舍作了《关于少数民族文学工作的

① 孙中山：《中国国民党第一次全国代表大会宣言》，见《孙中山全集》（第九卷），北京：中华书局 1986 年版，第 119 页。

② 《在延安文艺座谈会上的讲话》作为文学的社会主义特性及其相关标准，对中国文坛的影响一直持续到 20 世纪 80 年代中期，少数民族文学也不例外，只不过由于民族文学的特殊性，有一些较一般中国文学不太相同的具体表现。参见姚新勇：《寻找：共同的宿命与碰撞：转型期中国文学多族群及边缘区域文化关系研究》，北京：中国社会科学出版社 2010 年版。

③ 老舍：《关于兄弟民族文学工作的报告——在中国作家协会第二次理事会会议（扩大）上的报告》，《文艺报》，1956 年 5 月 6 日。

报告》，第一次用“少数民族文学”概念作为正式的工作报告题目。在这个报告中各少数民族文学被纳入整个“祖国社会主义文学事业”，在各少数民族中出现的“崭新的社会主义文学”，“在加强民族团结上，在提高人民政治觉悟与共产主义道德品质上，在促进各民族文化的繁荣上”，都起着“不容忽视的作用”。[①] 可见，少数民族文学问题的提出一开始就不是直接、自觉的行为，虽然它可以满足学术性和民族性的诉求，但其出发点却是保证国家和政治基本原则。因此，社会主义的民族文学一直都被明确置于“社会主义文学”的刚性框架中，“社会主义性”被认定是它的根本属性。尽管国家“一体化”话语要求对民族和个人的话语必然有着一定程度上的压抑，但当代国家的意识形态作为一种本土化的现代性方案与民族性的现代性冲动，以及与学者对于现代性的个人化理解在深层思想方法上的一致，换言之，“民族与个人不会最终站在国家意识形态的对立立场，相反却自觉或不自觉地与之保持了在一定张力下的一致”[②]。

1979 年后，随着政治环境的改变，少数民族文学领域的相关讨论再次兴起。语言文字、生活题材、作者的少数民族出身成为讨论少数民族文学归属问题的三个主要标准。1983 年，毛星主编的三卷本《中国少数民族文学史》出版，该书第一次比较全面地介绍了中国 55 个少数民族的文学概况，它所运用的入史标准首先是族属——作者必须是这个民族，其次作品具有这个民族的民族特点，或反映的是这个民族的生活，等于说作家族属和民族题材是界定必备。玛拉沁夫主编的《中国新文艺大系（1976—1982）少数民族文学集》则主张作者的少数民族族属、作品的少数民族生活内容、作品使用的少数民族语言文字这三条是界定少数民族文学范围的基本因素。其中作者的族别（作者是少数民族出身）是界定少数民族文学的基本依据。[③] 在此基础上，作家族属论在实践中逐渐被广泛认同、采纳为考虑少数民族文学的第一条件。到了 1986 年《民族特质·时代观念·艺术追求——对少数民族文学创作理论的几点理解》一文指出，民族特质、民族特质的主体性是少数民族文学最重要、最基本的属性[④]——这已经非常接近“少数民族本位性”的表述。到了

---

① 老舍：《关于少数民族文学工作的报告》，见玛拉沁夫、吉狄马加主编：《中国少数民族文学经典文库（1949—1999）·理论评论卷》，昆明：云南人民出版社 1999 年版，第 4 页。

② 吕微：《中国少数民族文学史研究：国家学术与现代民族国家方案》，《民族文学研究》2000 年第 4 期。

③ 玛拉沁夫主编：《中国新文艺大系（1976—1982）少数民族文学集·导言》，北京：中国文联出版公司 1985 年版，第 7 页。

④ 关纪新：《民族特质·时代观念·艺术追求——对少数民族文学创作理论的几点理解》，《民族文学》1986 年第 8 期。

1995 年《多重选择的世界——当代少数民族作家文学的理论描述》的出版，使从“社会主义民族文学”改造成“民族的民族文学”的进程进入了理论化、系统化的阶段。此前以少数民族文学的族别作为民族文学创作主要的区分标准，进一步修改成“以血统意识和先祖意识为核心”的集“民族成员”与“文化集团”双重性的民族自我意识这一新的基石。① 换言之，民族文学的定义不再只是以国家识别的族别作为唯一区分条件，还加入了民族自我意识，少数民族作家的根本性分类，也就自然地被建立于民族文化传统这一根基之上。②

可以说，新时期以来，曾经的国家“一体化”意识形态话语所强调的原则性、方向性标准已经模糊，原来的“社会主义民族文学”的刚性要求，被代之为更具弹性、更为含混的“民族性与时代性相结合”；而民族性或民族特色的内容实际上放在了首要的位置，具体作家、作品的族别身份确定等之前被放在次一层级的技术性问题得到了强化。这种变化表明国家对少数民族文学的管理已经从原来高强度的管控，变为原则性、宏观性的指导，以阶级性、社会主义性、国家性为本位身份的少数民族文学，转向以族群文化身份为主的“民族的民族文学”建构。③

半个多世纪以来少数民族文学身份界定的不断变化，恰好说明了它就是一个生产主体性的话语实践过程。尽管在少数民族文学生产的实践中，始终存在着差异或矛盾性的对立冲突，甚至似乎存在着主流话语对弱势话语的操控与后者对前者的抵抗，然而实际上不管中国的各种意识形态性的运动带有多大的强制性，这些运动都没有超出属于意识形态国家机器的生产与再生产的范畴。国家意识形态、民族自我意识与学者个人见解看似矛盾，实则一致。如果没有所谓的“左”“右”偏差，没有那些更具“传统性”“民族性”学者的言或未言的不满，党、国家的权威就无从真正体现。所以少数民族文学在本书的议题中，是一个不断发展变化的话语生产过程与概念。通过这样的定义，能给予少数民族文学真正富于历史复杂性、公允性、穿透性的阐释，给予其恰当的辩证性定位，帮助我们摆脱或弱化二元对立性的思维，从而既有利于促进少数民族文学和文化的发展，也有利于多元一体的中华民族和谐关系的建设。

---

① 关纪新、朝戈金：《多重选择的世界》，北京：中央民族大学出版社 1995 年版，第 34 页。

② 姚新勇：《少数民族文学：身份话语与主体性生产》，《暨南学报（哲学社会科学版）》2014 年第 2 期。

③ 姚新勇：《少数民族文学：身份话语与主体性生产》，《暨南学报（哲学社会科学版）》2014 年第 2 期。

在明确了少数民族文学的概念后，再来考察回族文学概念。回族文学首先是中国少数民族文学的重要一员，所以它的概念界定是依托于少数民族文学理论建设的大背景。

1978 年 12 月宁夏大学、宁夏文联筹备组根据教育部《关于开设少数民族文学课程的决定》和《中国少数民族文学作品选》教材编选会议的精神正式向全国公开发出征集回族文学作品、资料的启事。启事明确提出："凡是回族作家、作者创作的书面文学作品，及回族人民中的口头文学创作，均属回族文学范围。"[①] 大约同时，以宁夏学界为主体，在《宁夏日报》等报刊上掀起了一场"关于回族文学范围特点的讨论"，白崇人、杨继国、李树江、李佩伦、汪宗元等许多区内外学者都积极参与了讨论。族群内的讨论兼之少数民族学科的概念界定，使得作家族属逐渐成为公认的唯一、根本的界定标准。随后的《回族古代文学史》（张迎胜、丁生俊，1988 年）、《当代回族文学史》（上编）（杨继国、何克俭，1994 年）、《中国回族文学史》（朱昌平、吴建伟，2007 年）均主要以此为文本选择的依据。

但是，有一个问题值得引起我们的注意，就是在此标准下，配以新时期以来对于族群文化的弘扬的诉求，就可能出现如"凡是出身于回族的作家、作者所创作的任何题材、体裁、风格的反映回族人民生活与情感的作品都属于回族文学的范围"[②] 这样的结论。在此结论下，许多回族作家创作的作品，一旦是非回族题材，似乎就不能被纳入回族文学的范围了，这显然是失之偏颇的。

本书认为，作为某一民族的文学，反映本民族人民物质生活和精神世界应该是其核心旨归，而回族作为一个依托着伊斯兰宗教文化和汉文化双重文化背景成长起来的少数民族，在数百年的历史进程中，它既遭遇着自己独特的命运起伏，又承担着与主体汉民族一道建构发展中华民族的使命。共同的文化背景、生活土壤自然会带来文学世界相似性的可能。另外，回族大杂居小聚居的居住格局，使得每个人的生存条件各异，其文学作品表现的生活不可能是一致的，因而我们强求作品和题材的同一性，就是一种危险的偏激。这种偏激的实质，从某种意义上讲，也是一种封闭。此外，族性建构角度下的回族文学，本身就是一个不断变迁又不断获得新的阐释意义的范畴，它会随着族群在当下语境的处境而相应囊括进更多的含义，这必然包括回族题材和非回族题材的创作。所以本书中的回族文学，是一个族属上的概念，而不

① 王继霞：《百年回族文学价值研究》，陕西师范大学博士学位论文，2011 年。

② 魏兰：《回族文学概观》，银川：宁夏人民出版社 2004 年版，第 1 页。

是题材、风格的一个限定。

另外必须作出补充说明的是，新中国成立前虽然还没有经过民族识别，但回族在彼时俨然已是一个较为明确的族群的统称，其文学创作自然也属于本书考察内容。因此，本书中作家族属追溯也是界定此时回族文学的首要标准。不具备这一标准时则以作品是否具有鲜明回族特色为依据加以判断；极个别作品不具备上述两方面特点，但是其发表的刊物如果具有鲜明的回族文化特色和导向，也适当援引，以求全方位展现当时的文学状貌。

总体而言，无论是少数民族文学还是回族文学，甚至族性概念，都并不是具有固定本质的存在，而是在实践中不断变迁又不断获得新阐释意义的概念。在此对其进行一个基本的界定，某种程度上只是一种权宜之计，以便在后文的言说中有一个可以凭借的着力点。

第一章　近百年来回族族性建构之路

回族在中国的文化源头可以追溯到唐宋时期，他们大多信仰伊斯兰教，在中国与不同国籍、不同族群的人们通婚繁衍。到了13世纪蒙古军队从中亚细亚（如撒马尔罕）等地掳来大批穆斯林工匠、牧人、军士等，这一群穆斯林不仅在回族族源人口上占到较大比例，而且首先被编入国民户籍。至此，当时在华的大部分穆斯林开始在官方文件中获得地位，最终于元末明初形成了中国历史上一个崭新的少数民族“回族”。

数百年来，在与其他各民族一道行进于中华文明的征程中的回族，以伊斯兰宗教信仰为标识，依托伊、儒（伊斯兰宗教文化、汉文化）双重文化背景，无形中已经形成了自己独特的族性。这种独特性不仅体现在回族的日常生活习俗中，也体现在回族的文化传承上，据此，回族在华夏漫长的发展历史中曾创造出了不少具有独特思想内容与艺术特点的文学作品，尤其在诗词曲和散文创作上更是取得了丰硕的成果。像五代李珣的词，元代萨都剌、马九皋、丁鹤年的诗歌，明代李贽等人的诗歌都具有较高的艺术水平，元代遒贤的《金台集》、明代沐昂的《素轩集》和《沧海遗珠》、明代马自强的《马文庄公集》等散文作品在艺术特色和思想深度上都具有不俗的表现。另外，古代的回族由于以经商为主要谋生手段，同时也继承了当时阿拉伯发达的科学技术，这使得回族文学史上出现了不少注重实用性的政论式散文，如赡思的《重订河防通议》、马欢的《瀛涯胜览》、马文升和海瑞的奏议等，均章法绵密、理胜于辞，目的是有补于国计，有益于民生，其独树一帜的特点是抒情性古文无可比拟的。①

文学的创作总是与社会的发展息息相关，也和族群的社会地位紧密联系。回族进入清朝之后，由于统治者对回族以及伊斯兰文化的打压，回族社会地

---

① 朱昌平、吴建伟：《中国回族文学史》，银川：宁夏人民出版社2007年版，第1－10页。

位急剧下降，族群经济、文化发展受到极大阻滞，尤其是同治年间回民事变[①]被清政府镇压后，回民聚居区经济受到彻底破坏，人口锐减、族裔关系紧张，回族文学古代良好的发展态势也一度一蹶不振，在此期间，鲜见优秀的回族作家作品。

进入20世纪后，伴随着以民族—国家为代表的现代性进程，中国过去几千年的“超稳定”[②]结构被打破，同治年间遗留的族裔问题，纷纷在维新改革、变法图存中被淡化，取而代之的是启蒙强国、救亡图存。尤其是在中国资本主义初步发展、民族资产阶级逐渐形成并发展壮大的时代背景下，回族也诞生了本民族第一批资产阶级知识分子。这批知识分子远非回族传统意义上的“念经的”或“读书的”两种单一类型文化人，“他们从业领域和社会角色也相应多样化，并且受中华民族生死存亡严峻局势和国内外各种进步思潮的冲击和影响，拥有各自专业，紧跟时代步伐，投身社会实践”[③]。在这一群进步资产阶级知识分子引导下，回族曾经被“扭曲”对待的族性在20世纪之初得到了恢复——这在回族新文化运动中得到了印证，并且此时的族性超越了早前的自发自在状态，被有意识地加入了学理的内容，以求得族群生存的“理据”，同时又呼应时代要求，兴办报业开启民智、广办社团组织族群力量，自觉以中华民族的一分子投入爱国救亡事业。可以说20世纪初，回族在族性的自我建构、自我追寻的道路上焕发出勃勃生机。

如果说20世纪初出现的回族新文化运动是回族族性的第一次自行建构，那么到了新中国成立，回族则迎来了族性建构道路上的第二波高潮。尤其是20世纪50年代的少数民族身份识别工程使得回族族属得以明确，宗教信仰获得保护，回族文学创作中也由衷透露出“翻身解放做主人”的喜悦。这一时期以歌颂党、热爱新中国为主体情感基调的作品成为回族文学的主流。在一个多民族国家的初创时期，这样的创作倾向无疑有着重大的政治意义，一定程度上有利于人们纯洁思想、统一意识、增进团结、凝聚力量——而这，也

---

① 1862—1873年，发生在陕西、甘肃（此时的甘肃省包括今宁夏回族自治区、青海省西宁市和海东市）两省的回民动乱，回汉两族在陕西、甘肃两省互相仇杀。对此学界曾有多种称谓，如“回民起义”“回族动乱”“回族事变”“同治回乱”等。在以阶级斗争为纲的时代，认为是因为清政府的民族压迫才导致了正当的“回民起义”；在认知多元的今天，则有“回乱”“动乱”之说，对此本书认为从学术资料语境出发，不同语境、历史阶段可能会有称呼上的差异，为统一指称，本书统一采用“陕西回民事变”一说。

② 金观涛在《在历史的表象背后——对中国封建社会超稳定结构的探索》（成都：四川人民出版社1984年版）一书中认为，中国的封建社会之所以绵延两千多年，是因为它是一个停滞的、周期性的超稳定结构。在此本书沿用该说法。

③ 钟银梅：《辛亥革命时期回族知识分子的舆论爱国实践》，《宁夏社会科学》2011年第11期。

构成了近百年来回族族性的第二次迸发。

直至新时期，以重建民族话语权、弘扬族性发展的族裔本位性追求浮出水面，回族的族性迎来了第三次迸发。表现在文学上有文学内部的自我嬗变，也有文学与外部的各种有机关系，包括文学与宗教、文学在现代性的境遇下的变化，这都是新时期回族族性建构的具体体现，也是本书尝试考察的主要内容。

总的来说，少数民族文学在这近百年的时间里，走过了无比曲折与精彩的道路。回族文学作为少数民族文学中一个有机的组成部分，同样也在这近百年的时光中与中华民族文化这个大集体一并走过了相似的轨迹——这条轨迹上的每一个点都对下一个点的出现乃至运行方向有着重要的作用。通过这些内容，我们能窥见回族文学独特的发展景观。

第一节　回族新文化运动——族性建构的首次发轫

19、20 世纪之交，欧洲诸国在完成资产阶级革命和迅猛进行工业革命之后，开始向东方殖民扩张。中国自此由一个循环自足的时间与封闭的空间中，被裹挟进一个由西方现代性价值取向所主导的全球化进程中，正如学者所言“朝贡体系”以及“天下观”的逐渐瓦解，使鸦片战争后中国开始彻底失势，世界图像也已发生变化①，加之持续了 2000 多年的自给自足小农经济在资本主义殖民经济以及生产方式的冲击下日趋解体。中国由“中心”沦为“边缘”不仅瓦解了“天朝大国”的传统天下观和人文心志，也暗中催生了新兴民族资产阶级，民族资产阶级与西方“外力”的不谋而合，直接形成了解构传统王朝的政治合力，最终 1911 年辛亥革命宣告封建王朝的覆灭。有形的政治制度解体导致无形的封建专制思想文化开始弱化，新的思想文化开始萌芽。如果说晚清到民国初年的文化变革，是在“中学为体，西学为用”的总范畴之内进行的传统文化内部的调整的话，那么，新文化运动则完全打破了文化与传统的联系。无论是自由民主、人性解放还是维新自强，都是试图以一种新的文化挽救民族危亡、实现国家独立和民族解放。换言之，维新自强、救

① 葛兆光：《七世纪至十九世纪中国的知识、思想与信仰》，上海：复旦大学出版社 2000 年版，第 690 页。

亡图存凝结成中国的世纪主题[①]——这是近代以来中国现代化运动的一个意义深远的历史转折点。

如果在此基础上再进一步考察，新文化运动的参与主体无疑是中国知识分子，而中国自古以来就是一个多民族共存的国家，虽然汉族在其中占据了数量上的大多数，但少数民族也构成其重要组成部分，这决定了中国各民族以不同的民族文化身份参与到中国的现代转型中。回族作为一个在近代多次反压迫斗争中都被严厉镇压的族群，要么被集中安置，固守一域，严加防范；要么四散逃亡，隐匿身份。如此一来，回族文化核心的伊斯兰文化传承受到了严重影响，多的是“人们对于教门毫无进步，仅知为回回而已”[②] 的情况。宗教闭塞、文化落后、政治上又无权利，使得回族深陷族群发展危机。除此以外，回族作为中华民族的一部分，也置身于国力衰弱的历史大环境中，也感同身受着维新自强、救亡图存的时代趋势，在此情况下，回族现代进步知识分子开始循着当时社会的主流思想思考本族群的发展与进步道路。回族的新文化运动也因此得以展开。

一般认为，回族新文化运动始于五四运动前后，一直持续到 20 世纪 40 年代。[③] 它的“新”，有学者将其主要归纳为六点：

一是思想意识形态的转型，表现为以宗教维新思想为先导和主题，形成以入世进取、开放借鉴、与时俱进为价值取向的新的伊斯兰文化思想体系；

二是社会组织结构的转型，体现为在传统寺坊结构的基础上形成跨区域的具有新的管理理念与制度的现代社团组织；

三是教育模式的转型，体现为在传统经堂教育的基础上吐故纳新，开创近代回族新式教育的模式；

四是话语权的拥有与话语表达的转型，既体现为大量的现代报刊创办与对自身话语权的拥有，又体现为话语表述方向由传统的回族社会内部的自言自语转向与主流社会的双向话语互动；

五是新的民族文化精英群体的现成与整合，传统回族社会的文化精英是阿訇，近现代的民族文化精英群体除此以外还有新式知识分子、政要、商界

① 张嵘：《历史的语境和动力——近代回族社会转型的背景分析》，《中南民族大学学报（人文社会科学版）》2011 年第 5 期。

② 张炳宇、雷晓静主编：《中国伊斯兰历史报刊萃编 · 月华》（第三册第四卷），银川：宁夏人民出版社 2004 年版，第 274 页。

③ 王勇、达吾、杨文炯、哈正利：《二十世纪与中国回族新文化运动笔谈》，《回族文学》2008 年第 1 期。

人士等构成的综合体，他们成为领导回族新文化运动实践的主体；

六是形成新的现代民族国家理念，在传统的家国理念上发展出“爱国爱教，报国保教”的族、教、国一体的现代民族国家理念。[①]

在回族新文化运动过程中，回族社会各界都在上述的“新”观念中展开了实践，如果归纳起来，大概包含了“发展新式教育”“创办报刊”“成立社团”“宗教改良”四大项。这四大项并不是依次进行，而是共时性地展开，历时长达40年，在回族社会各个方面都进行了改良的尝试，也收获了相当的成果，可谓回族作为一个族群在现代第一次自发自觉地参与到自我主体的建构中，所以被喻为“近代中国回教徒第一次自觉发动的文化运动”[②]。在这个长达40年的转型活动中，多项社会实践的开展都内在于“求生存、求振兴、求发展”[③] 的社会主流精神中，外在呈现出来的面貌则是回族的发展与国家、宗教二者之间的密切联系。换言之，回族在20世纪初族性建构的自发尝试，主要在族与国、族与教这两组关系中得到呈现。

一、族与国的关系之思考

回族的民族与国家关系是一个比较特殊且复杂的关系结构。回族是由外来穆斯林与中国本土民族不断融合而成的民族，同时也是在传统中国腹内生成并且在中国封建社会中发展和成熟的新兴民族，因此其与中央王朝的关系一开始就比其他周边民族密切。[④] 中央王朝虽然对回族大多数方面是进行直接统治与管理（尤其在宗教上），但这基本保持了一个相对宽松的平衡状态（因此回族的寺坊结构一直能被保存下来）。但随着回族伊斯兰教发展的本土化而形成了门宦制度（回族社会内部的宗教组织与社会组织相结合的形态）之后，中央政权逐渐开始了对回族族群的各方限制甚至打压，此前相对宽松的状态演变成清朝中后期的“剿抚并施”“以回制回”，回族与中央政府的对立关系也日渐尖锐。但在此不得不解释的是，清朝回族与中央政府的紧张主要是源自统治阶级对回族宗教信仰的打压带来的矛盾，回族本身族源中的“外来”因子使得一般回族信众只求做好“教门”事宜，多数不问国事，回族中广为

---

① 王勇、达吾、杨文炯、哈正利：《二十世纪与中国回族新文化运动笔谈》，《回族文学》2008年第1期。

② 李兴华、冯今源编：《中国伊斯兰教史参考资料选编（1911—1949）》（下） 银川：宁夏人民出版社1985年版，第235页。

③ 张巨龄：《20世纪初中国回族伊斯兰研究述补及评》（上），《回族研究》2000年第1期。

④ 霍维洮：《近代西北回族社会组织化进程研究》，银川：宁夏人民出版社2000年版，第22页。

流传的“争教不争国”一说源头也正在于此。换一句话说，回族对国家（王朝）的认同在近代都表现为“不夺权、不称王，只求获得较大的民族宗教宽松政策以实现回族内部的小范围民族宗教信仰自由”①。

1911年辛亥革命之后，中华民国建立，随后在《中华民国临时约法》中宣布了“五族共和”的政策，正如白寿彝先生曾言及的那样，“这是回教人第一次在中国政治上取得和非回教人同等的地位”②，这在一定程度上提高了回族的地位。而且孙中山在宣讲三民主义时说：

> 国内各民族一律平等，回族在中国历代所受之压迫最甚，痛苦最多，而革命性亦最强，故今后遂宜从事于回民的唤起，使加入民族解放之革命运动。回教以历代勇敢而不怕牺牲著名于世，使能唤起回民之觉醒，将使革命的前途得一绝大之保障……总而言之，中国的民族运动非有回族之参加，难得最后之成功，打倒帝国主义之工作，非有回族之整个结合，亦势难完成也。③

这一番言辞更是大大鼓舞了回族人民的爱国热情。先觉醒的回族知识分子不仅积极拥护共和，也开始思考回族作为一个“个体”应该在时代洪流中如何自处，并且还在此理念下开展各项回族爱国救亡实践。

（一）自我认同的转变：“回族界说”的提出与变化

在一个民族的发展过程中，对于族性的追寻，最集中体现之处即民族的自我认同。民族自我认同既是一个民族最基本的构成要素，也是一个民族对本民族独特的历史文化、精神归属的判断和定位。回族的发展和伊斯兰文化脱不开关系，直到清末，回族的民族自我认同仍是以宗教共同体作为主要指标。然而在辛亥革命前后，中国社会发生的种种变革对回族社会亦产生深刻影响，尤其是“五族共和”理念的提出，回族进步知识分子开始思考自身在国家中的定位问题。在这个过程中，关于回族是否成为一独立的民族、回族在中国究竟处于怎样的地位等问题，通过报刊、社团等现代传播手段和组织形式得以广泛讨论和宣传，尤其是对“回族界说”议题的讨论，形成回族自我认同的一个高潮。

---

① 王晓霞：《从〈月华〉看民国时期回族知识群体的国家意识》，《宁夏大学学报（人文社会科学版）》2010年第5期。

② 白寿彝：《中国回教小史》，北京：商务印书馆1944年版，第43页。

③ 李兴华、冯今源编：《中国伊斯兰教史参考资料选编（1911—1949）》（下），银川：宁夏人民出版社1985年版，第1033页。

“回族界说”是自20世纪初在回族文化界、政治界等展开的对回族与伊斯兰教问题的讨论活动。较早和“回族界说”有关的文献，可以追溯到1907年中国留日穆斯林学生组织“留东清真教育会”出版的刊物《醒回篇》上赵钟奇的《中国回教之来历》一文。该文章中讨论回族来源的各种说法，认为“新疆之回教……划为一族，于理固当”，但是“散处中国各省之回教，非单纯之民族，乃合成之民族……若以近世文明各国之法律例之，直不成其为民族，不过教徒而已”。[①] 同期刊物上黄镇磐的《论回民》一文中亦认为回族祖先就算是异族，但进入中华已经渡过了漫长的岁月，“早化为同种也久矣”[②]。由此可见，在清末，中国回族知识精英就对其中“回族”所概指的范畴是否合适被界定为一个“民族”而有所思考。

民国初年，丁宝臣、丁竹园等著名回族报人在《正宗爱国报》等回族刊物上发表《清真教不是异族人》《清真教不承认族字》《回教回族辨》等文章，认为：“宗教不同，非种族不同。汉人入清真教者，就是汉族；满人入清真教者，即俗呼之回回旗人，其英德法俄日等国，皆有奉是教者，岂能尽视为回种？信清真教的日众，可全都是中国人……岂有因宗教之故，另立一族之理呢？”[③]

金吉堂在1935年出版的《中国回教史研究》中明确指出，内地回族应该被界定为不同于汉人的民族。傅统先1940年在《中国回教史》中指出，“今日中国之回教徒，系中华民族之信奉伊斯兰者，或为阿拉伯人、土耳其人、波斯人及其他民族侨居中国而其一般之生活习惯已为汉人或未为汉人所同化之伊斯兰徒”[④]。

尽管每一个群体所持的观点都不尽相同，但他们关注的重点都在于，中国内地回族是否算一个独立民族。这种富有争议性观点的出现，一方面是因为近代西方文化的传入，中国的新知识群体尚未能对包括“民族”在内的来自西方的庞杂知识与理论体系进行消化吸收，民族、国族等概念均混淆不清导致。回族知识分子反对将回族看作一个独立的民族，实则是因为“民族”观念在彼时作为种族之义，回族社会是“恐人们将自己视为非中华种族之故也”[⑤]。这从侧面揭示了“回族界说”是在中华民族危机的背景下，回族将本族发展与国家存亡相联系的自觉。像“我中华回民皆中国之国民，生于斯、

---

① 赵钟奇：《中国回教之来历》，《醒回篇》1908年第1期。

② 黄镇磐：《论回民》，《醒回篇》1908年第1期。

③ 张巨龄：《绿苑钩沉——张巨龄回族史论选》，北京：民族出版社2001年版，第326页。

④ 傅统先：《中国回教史》，北京：商务印书馆1940年版，第10－11页。

⑤ 张巨龄：《绿苑钩沉——张巨龄回族史论选》，北京：民族出版社2001年版，第326页。

息于斯，与国家有绝对不可分离之关系”[①] 这类言论不绝于回族社会。

但在另一方面，由于自19世纪末开始，中文语境中的“民族”概念延续欧洲民族国家的“一个民族形成一个国家”观念，很容易导致像“中华民族是一个”这样的观点出现。虽然这类观点的提出有其时代必然性，甚至一定程度上是为了对抗日本侵略者的策略性政策，但此间的局限性是不言而喻的。日本侵略者也正是抓住中华不承认回族是一个独立民族的言论，进行“回族独立自治”的挑衅。对此中国共产党的《回回民族问题》（简称《问题》）可以说是一个有修正意义的文件。《问题》犀利地指出中国回族问题的存在一方面是因为有民族压迫和民族矛盾存在。顾颉刚就在《我为什么要写“中华民族是一个”》一文中提及了回汉两族人民之间存在着不信任，虽然知识分子层面在努力宣传国家意识，但是在基层人民的内心和汉族还是有隔阂[②]。大汉族主义必须放弃民族压迫政策，实行真正的民族平等，才能真正团结回族一致对外。另一方面，由于回族是受压迫的，回族应该更加积极地参加抗战，在这一过程中来争取民族地位的平等——参加抗战不仅是为了驱逐日军，也是为了回族自身的解放。[③] 虽然《问题》在“回族界说”讨论上不见得具有非常深刻的理论阐述，但是很明显，它抓住了问题的症结——既没有否认国家中少数民族的“民族身份”，而且还正视了这种“民族身份”在民族主义时代对多民族国家的挑战。它认为大汉族主义的存在导致中国民族问题难以解决，而少数民族必须融入中华民族解放运动的总潮流才能给问题带来解决的可能性。这就在学理上给予了回族民族身份认同，并在某种意义上为回族指出了一条不必否认自己“民族身份”的道路。当时的回族社会对此未必有明显的感受，但后来的回族民族问题叙述框架都没有越出此基本思想。[④]

（二）策略的转变：从“争教不争国”到“兴教救国”

回族除了上述的进行自身认同的思考，同时也在调整着整个族群的生存策略，以期能同时代相适应，谋求族群的良性发展。

回族在整个族群的发展历史上，接受吸纳中国传统文化的同时，也在力

---

① 薛文波：《中国回族的地位和本身应有的认识》，《月华》1932年第4卷第10—12期合刊。

② 顾颉刚：《我为什么要写“中华民族是一个”》，见《顾颉刚全集》（第36册），北京：中华书局2010年版，第109－116页。

③ 参见《回回民族问题》，转引自华涛、翟桂叶：《民国时期的“回族界说”与中国共产党〈回回民族问题〉的理论意义》，《民族研究》2012年第1期。

④ 华涛、翟桂叶：《民国时期的“回族界说”与中国共产党〈回回民族问题〉的理论意义》，《民族研究》2012年第1期。

争保存伊斯兰文化，历代的封建统治者相对而言也对回族的伊斯兰信仰给予一定程度的尊重，这样的情况下，回族一般民众对中国传统文化也持接纳态度。但在清代，中国的伊斯兰文化内部发生了一些变革："一是国外苏非主义传入在西北产生一系列的教派门宦，这引起了西北回族等穆斯林内部教派之间的矛盾；二是经堂教育的出现；三是汉文译著的出现；四是乾隆年间哲合忍耶的两次穆斯林冲突。"[①] 面对这些变化，统治阶级始料不及，同时也缺乏相应的知识储备，因此多数都采取了强硬的做法，尤其对西北穆斯林的门宦之争，多数都对新出现的门宦以"邪教"定性，进行打压。到了乾隆年间的哲合忍耶冲突被镇压后，清政府颁布一系列限制回族宗教活动的法令，这致使回族社会的正常宗教生活开始受限，社会矛盾开始出现。这种矛盾随后在同治年间集中爆发，表现为几次回族事变，但均被武力镇压。原先居于经济活跃区域的回族多半被驱赶安置于荒蛮之地，同时回族社会生活诸多方面受限，如"回汉不可杂居；陕回、甘回不得回原籍；回民不可随意远走；不准私养骟马、私藏军械；阿訇不可管理回民事务；甚至清真寺的高度和厚度都有明确规定"[②]。这些限制使得以从商谋生为主的回族被绑死在贫瘠荒凉之地，民生日艰，而且碍于苛政，整个内地回族社会只能"向内转"——坚守宗教信仰的精神世界，试图以此为人生的全部寄托。

"争教不争国"正是在这样的历史条件下被回族社会提了出来，并逐渐成为回族尤其是回族底层社会的普遍认识。[③] 它深刻地揭示了回族托靠伊斯兰文化作为自身的文化认同基础的决心，在此等决心下回族对教门的争取被认为是保存族性的首要选择，因此如果提起教门，回族都舍命相护，"如果因种族宗教而战争，便杀人流血的奋斗，身家性命，漠不关心"[④]。但若提及国家，清朝统治者带来的压制使得回族习惯于选择一种远离政治的生存策略。这样的策略表面上可以被解读成回族国家意识的淡漠，就像在回族刊物《月华》上有人曾言"吾教之人，大部皆怀争教不争国之观念，以为吾乃西域回教徒，仅当爱护吾之宗教而已，彼外教之中国，与吾人何干"[⑤]，实则是回族长期面对高压政治，试图以"不问政事、不反体制"的做法，换取宗教信仰文化的

---

① 李伟、丁明俊：《从文化认同到国家认同——论中华传统文化在回族形成与发展中的重要作用》，《北方民族大学学报（哲学社会科学版）》2010 年第 2 期。

② 丁明俊：《回族迁居泾源 120 周年纪》，《宁夏社会科学》1994 年第 4 期。

③ 陈红梅：《近代回族政治意识与国家认同浅论——从"争教不争国"到"兴教救国"》，《西北民族研究》2010 年第 3 期。

④ 薛文波：《回教两个重大问题》，《月华》1930 年第 2 卷第 9 期。

⑤ 马立身：《爱国与爱教》，《月华》1930 年第 2 卷第 3 期。

得以保存，即“求合于所遇之境，以卫族存种而已”[①]。该做法延续到民国，又鉴于辛亥革命前反满革命的激进民主主义气氛，以及“一个民族对应一个国家”的“民族国家”概念横行，回族群体为了避免将回族界说为一个可能被认为自外于中国的独立的“民族”，一直都坚持“争教不争国”策略。

虽然“争教不争国”对回族族性在内部的凝聚有起到作用，但这样的做法明显阻碍了回族社会与外界的联系。回族整个族群文化发展与延续只能寄予自身的宗教信仰，缺乏与外界的文化交流。再加上普通信众国家意识的薄弱，回汉两族之间又有间隙，这些都使得回族难以适应社会转型而只能越发落后。“这种现象，消极方面减削中华民族整个的力量，另一方面促成回汉的反感，影响所及，真不是楮墨所能形容的了。”[②] 深感回族如此发展必定日渐衰亡，加上西方民族、国家、公民等新的思想理论资源的输入，回族进步知识分子率先提出“兴教救国”“爱国爱教”等观念，改变从前不过问政治、只图保教的策略，试图将族群发展与国家发展相联系。

“兴教救国”“爱国爱教”实践一方面需要大批进步知识分子在报刊舆论上广为宣传族群与国家的密切关系。从早期的回族四大报纸《醒时报》《正宗爱国报》《竹园白话报》《民兴报》到接下来的《醒回篇》，回族知识分子以此为阵地展开各种兴国保教舆论造势。像《正宗爱国报》从创办之日就明确办报宗旨是阐扬爱国思想，以“四万万人为一心……同心协力，共谋同种的幸福，以国土为性命，人人发出一团热力，爱国如命，保卫中华……万万年”[③]，而且只要是“能够振起国民聋聩的谠论名言”均可刊登。这些报刊一方面教育民众团结起来，自强进取，救亡图存，另一方面批评专制统治的黑暗，鼓舞大众反帝爱国情感，像《爱国论》《爱国质言》《我不由得大喊三声》等都是其中反帝爱国救亡思想的典型代表作。抗日战争爆发后，不仅原有报刊舆论宣传势头不减，而且还新出现了不少报刊和成立了许多回族爱国抗日协会，如中国回教救国协会及其在全国各省的分会、伊斯兰教学友会等。在这些报刊以及协会会刊的宣传上，首先重点讲述宗教与国家的关系，一再明确回族自身命运依赖于国家的认识，“在现在政治制度下，人类最大的法团还是国家，一切事务都在国家范围内而活动……宗教是国家单位之一，当然它的福利和危害，是看国家的形式为转移”[④]。《中国回教救国协会第二届全

---

① 保廷梁：《劝同人负兴教育之责任说》，《醒回篇》1908 年第 1 期。

② 李兴华、冯今源编：《中国伊斯兰教史参考资料选编（1911—1949）》（下），银川：宁夏人民出版社 1985 年版，第 1034 页。

③ 王子贞：《关于〈正宗爱国报〉的宗旨》，《正宗爱国报》1906 年创刊号。

④ 王梦扬：《救国与兴教》，《回教论坛》1939 年第 2 卷第 10 期。

体会员代表大会宣言》上即写明："全国一致抗日之际，我教胞忝为中华国民，爱国怎肯后人；趁此机会，若不团结奋起，以表现我回教之精神，保持我回教之荣誉，不特为人格之污，抑且为宗教之辱。"①

"兴教救国""爱国爱教"实践另一方面是发动伊斯兰宗教教职人员进行教义与爱国的宣传。教内一些进步宗教人士，包括王浩然、王友三、张子文等知名人士陆续在宗教界展开爱国舆论教育。一批伊斯兰宗教教职人员支持的报刊，如《清真教务杂志》《京华新报·附张》《清真学理译著》等，虽以宗教内容为主，但同时也希望"引导穆斯林大众在了解伊斯兰教史和教理的同时，更好地理解社会变革以及'民主'与'五族共和'的含义，宣传民主共和思想"②。尤其是王浩然主持的《回文白话报》，主要面向边疆地区的少数民族（包括回族在内）刊发法令、文件、论说、杂文等内容，获得了很好的评价。其上刊发的《论回族赞助共和方与教旨不背》《说回教教规暗合共和真理》等文，"对辛亥革命及民主共和心存疑虑的边疆各少数民族坚定立场、维护祖国统一起到了重要的作用"③，受到了全国上下同业的肯定。

在"兴教救国""爱国爱教"这一番舆论宣传教育下，曾经的"争教不争国"思想也开始被反思，逐渐出现"伊斯兰人民信教诚虔，已往确也存在忽略国民责任的一面"④ 这样的声音。桂系军阀白崇禧在 1943 年就指出中国回教救国协会成立后要逐渐纠正"争教不争国"在回族人中形成的错误认识。"要使每个教胞都知道，有国家才有宗教，所谓'皮之不存，毛将焉附'，国家主权不能独立，宗教也就失去了保障。"⑤ 可以说，此时的回族人已经通过"兴教救国""爱国爱教"形成了属于特定时代的对自我认同的实现方式，那就是"族与国"两者的结合。这样的结合使得回族以国民、公民身份介入了国家事务，在为本族群的权利争取上作出了不凡的贡献。

（三）权利的争取：群体性事件的处理和政治权利的争取

在回族新文化运动中，通过学理爬梳、舆论宣传造势，现代民族自我认同已基本形成雏形。其中回族对族与国关系的思考融合进了不少现代国家认同模式中的"公民意识"或者"国民意识"认识。正如《醒回篇》中保廷梁

---

① 《中国回教救国协会第二届全体会员代表大会宣言》，《中国回教救国协会会报》1942 年第 4 卷第 4 期。

② 钟银梅：《辛亥革命时期回族知识分子的舆论爱国实践》，《宁夏社会科学》2011 年第 11 期。

③ 钟银梅：《辛亥革命时期回族知识分子的舆论爱国实践》，《宁夏社会科学》2011 年第 11 期。

④ 王蔚华：《国难期间伊斯兰人应有的呼声》，《月华》1932 年第 4 卷第 3 期。

⑤ 白崇禧：《中国回教与世界回教》，《回教文化》1943 年第 1 卷第 3—4 期合刊。

《劝同人负兴教育之责任说》一文将国家视为一有机体，而视个人为组成有机体的一分子，“……国家之分子，亦无论其职业之为吏、为军、为商、为士、为工、为农，与夫其种族之或满、或汉、或回、或蒙、或藏，而其所以为组织国家之分子则一”①。这种认识一方面使得回族在思考族与国关系之时更加坚定爱国立场，另一方面也使得回族清楚了本族在国家认同框架下享有一定的权利，并且这些权利应当获得保障，一旦应享有的权利受到了侵害，族群可以据理力争。这样的思考逻辑在回族现代很多群体性事件上都获得了体现，最为典型的是几次侮教案中回族族群的反应以及 1947 年回族在国民大会上的争取大会代表名额事件。

和伊斯兰教相关的大小侮教案在民国期间发生了数十起，其中大多是围绕穆斯林民族的风俗习惯、饮食禁忌，或者对伊斯兰教创始人穆罕默德的形象进行侮辱、诋毁的事件。正如白寿彝先生所说，从明初到清末，“在中国居住的回教人可以说都是中国人了（不管他们的祖先是中国人还是外国人），但被外教人歧视，至少是被政府和士大夫阶级歧视，并且由歧视而迫害”②。造成这种情况的主要原因，“一是清政府的民族歧视和民族压迫政策，二是国民政府的大汉族主义观念和民族同化政策，三是伊斯兰教缺乏对外宣传，容易造成误解”③。但无论是哪种原因，都加深了民族隔阂和民族矛盾，影响了民族团结和社会稳定的后果是不变的。

像 1931 年 7 月戴季陶个人主编的《新亚细亚》杂志上就刊登了魏觉钟写的《南洋回人不吃猪肉的故事》一文，其中写到“他们的祠堂（即回教堂）里面，都供养着‘猪头人身’的肖像”等，这种生编乱造的描绘是对憎厌偶像崇拜的伊斯兰教的极大侮辱。全国各地穆斯林纷纷致函穆斯林在北平所办的刊物《月华》，委托《月华》杂志出面交涉此事。《月华》随后致函戴季陶本人，敦促其让《新亚细亚》杂志社作正式道歉及更正声明，并保证以后不再登载这类亵教文字。及至 8 月中旬，该杂志复函《月华》，承认编者审稿失察，对引起误会表示遗憾，并愿在二卷六期上作出更正云云。④

如果说《新亚细亚》侮教案是回族社会第一次以团体的力量介入处理，那么接下来的 1932 年 9 月的《南华文艺》侮教案、1932 年 10 月的北新书局

---

① 保廷梁：《劝同人负兴教育之责任说》，《醒回篇》1908 年第 1 期。

② 白寿彝：《中国回教的历史》，见《中国回回民族史》（上），北京：中华书局 2003 年版，第 144 页。

③ 金刚：《从“教案”与“侮教案”看基督教和伊斯兰教在近现代中国的不同境遇》，《西北民族研究》2001 年第 6 期。

④ 金刚：《从“教案”与“侮教案”看基督教和伊斯兰教在近现代中国的不同境遇》，《西北民族研究》2001 年第 6 期。

侮教案[1]则体现出回族在解决民族群体性问题时的理性思路。如面对《南华文艺》侮教案时，穆斯林社会先是在上海召开回族代表大会讨论处置办法，再公推哈少甫、傅统先等前往报社交涉，并取得报社相关负责人员登报道歉的阶段性成果。随后华北回民护教团成立，继续交涉此案。该护教团一面呈文国民政府，一面通电全国教胞，并派代表赴北京行政院请愿。经过这样有礼有节、有理有据的争取后，政府几乎全部接纳护教团的要求，将涉案人交法院究办，《南华文艺》被停刊[2]。与此相似，北新书局侮教案也经过成立上海十坊回教礼拜寺联合会，公推达浦生、伍泳霞、马天英等人，由吴凯声律师陪同，北上南京向国民政府请愿查办该案肇事者等过程。随后中国回教公会各省分会纷纷成立教案后援会，形成了全国范围的护教风潮，国民政府终在压力下不得不妥协。最为难得的是，事件平息后，穆斯林还进行了相当的反思，包括：①意识到新媒体力量的巨大；②注意到事件中寻求国家法律、政策依据的重要性——这也包括注意到在国家民族宗教平等政策下穆斯林权益才能获得制度的保障；③有社会威望的乡老和德行学识的教长的引导作用也十分巨大。

除了上述影响较大的案件，还相继发生过如《香妃演义》案（1933 年）、《年羹尧征西》案（1934 年）、《世界日报》及《公民报》案（1936 年）、《西北论衡》案（1941 年）、《北平新报》案（1947 年）等[3]因出版物中含污蔑伊斯兰教、伤害穆斯林宗教感情的文字之事件，穆斯林都及时进行了针锋相对的护教斡旋——这也是回族民族意识在增强的表现，善于有礼有节运用法律争取权利，更是回族社会国家认同提高的体现。这也是“爱国爱教”“兴教救国”的最直接的动力，也是为抗战时期穆斯林成立全国性的“中国回教救国协会”，组织民众保家卫国提供了现实的理由。

回族的社会群体性事件除了对侮教案的反击，引起了社会高度关注的还有回族社会对于政治性质大会代表名额的争取。

回族争取政治性质大会代表名额的情况在新中国成立前发生过两次，一次是在 1933 年的国民参政会代表名额分配中，回族群体明确提出，要按照蒙

---

① 《南华文艺》侮教案源起 1932 年 9 月出版发行的该杂志第一卷第十四期上登载了娄子匡撰写的《回教徒怎么不吃猪底肉》一文。该文内容对穆斯林的信仰及其习俗进行了肆意攻击，引起中国穆斯林社会的极大不满。北新书局侮教案则是 1932 年北新书局出版的一系列民间故事小丛书，其中由林兰主编、朱善扬撰写的《小猪八戒》一辑，无论从封面还是其中内容都包含了对伊斯兰信仰亵渎的意义，有穆斯林前去书局质问情况却被书局驱逐出门，遂引起整个穆斯林社会的关注。

② 傅统先：《中国回教史》，银川：宁夏人民出版社 2000 年版，第 120 页。

③ 白友涛、白明：《民国时期涉及穆斯林的群体性事件发生机制及借鉴——以〈南华文艺〉案为例》，《回族研究》2013 年第 2 期。

古族、藏族的代表额度（各有六名）选举回族自己的代表。[①] 第二次是1947年发生的国民大会代表名额之争。尤其在1947年这次名额争取上，反映了当时回族社会相当的政治意识与高度的国家认可。

1946年1月，以“协商国事、讨论和平建国方案及召开国民大会各项问题”为主要任务的政治协商会议在重庆召开，会议通过了《国民大会案》等决议案，1946年10月，国民大会在南京如期召开。但选的国大代表中，只有17名回族代表，这让拥有五千万人口（包括当时新疆各族人民）的回族同胞觉得名额并没按回族所占人口比例产生，是明显的名额分配不合理，于是回族社会通过各种舆论方式发出增加回族代表名额的呼吁。这其中包括部分当选国大代表在国民大会与政府之中进行交涉。例如孙绳武等人就分别上交了提案，要求增加回族代表名额。同时全国各地的回族报刊大量登载相关文章，引起舆论注意，包括当时的《月华》《回民青年》《中国回教救国协会会报》等都登载大量讨论宪政、呼吁增加回族代表名额的文章，《回民青年》甚至还出版了一期《国民大会专号》，专门讨论此问题。另外，全国回族团体也举行各类活动，如中国回教救国协会与当选的国大代表联合举办了记者招待会，争取舆论同情，并于会后发文《“回民地位宪法应有保证”说明》，说明回族对名额的追究为合理要求，呼吁国民大会勿使效忠国家之回族失望。[②]

经过回族社会的一番努力，在国民大会修改后的《中华民国宪法》中加入了一条内容为“内地生活习惯特殊之国民代表名额及选举，其办法以法律规定之”的条文。可以说，回族社会的争取获得了一定的成效，并且在这一番争取中清晰地反映出回族社会的政治觉醒，尤其在此事件中的许多呼吁文章的观点，重点突出了公民与国家的关系，其中的逻辑十分清晰分明：政权的维系需要全体公民的参与，而回族是国家公民中的一部分，回族的权利应该获得认可和保障；与此同时，回族在国家危难之时慷慨投身救亡运动，为国家尽了义务，也理应获得相应的权利。在这一逻辑里不难看出，回族社会所追求的正是在现有的国家政权及宪法、法律框架内取得平等的政治地位和公民权利，这是回族在近代自我身份确认的鲜明表征。而且这种身份确认并非是以寻求“自外于国家政权的特殊权利和地位为目标，而是在认同国家政

---

① 姚大力：《“回回祖国”与回族认同的历史变迁》，见《北方民族史十论》，桂林：广西师范大学出版社2007年版。

② 陈红梅：《近代回族政治意识与国家认同——以1946年国民大会回民代表名额之争为例》，《青海民族研究》2010年第4期。

权的前提下，将本民族的权益问题放置在国家民族问题的环节中来看待”①，表现出的是属于现代民族国家的族群自我认同（又内含了公民意识）以及国家认同的双重叠加。

一般都认为，现代民族国家的模式背后内含了浓重的“一族一国”的政治诉求，因此对于多民族国家来说，族群的纷纷觉醒与国家认同之间存在着某种紧张关系，然而恰恰是在回族20世纪的新文化运动中，回族对“族与国”二者之间的思考与实践，呈现出了实现民族自觉，同时也强化了族群对国家认同的另类面相，这不得不说是回族现代族性建构的一个非常突出的特点。

二、族与教的观念之改良

伊斯兰文化是回族形成的重要纽带，也是回族文化的核心，所以在回族新文化运动中，民族要进步，自然会触及民族文化的核心——伊斯兰宗教文化。在回族不少重要刊物如《醒回篇》《月华》中都看到，进步知识分子都认为宗教应该改良，甚至指出伊斯兰教几个世纪的发展也是得益于坚持宗教改良。当“求生存、求振兴、求发展”成为社会主流风气之时，回族新文化运动的核心内容的出发点和落脚点都力图改变回族的“教门不兴”“知识贫乏”以及因此导致“地位低下”的情况。针对此，回族先进知识分子的宗教改良运动选择从教育观念革新、教内事务革新以及社会习俗改良三个层面进行。

（一）教育观念的革新

对一个民族而言，教育是赖以生存和发展的必要条件。伊斯兰文化是回族文化传统的主要构成，所以以继承和发扬伊斯兰文化为主的回族教育，自然对整个族群的发展具有重要作用。毕竟，回族之所以能在“大分散”的居住条件下生存下来，并在民族内部保持着内聚力量，与伊斯兰文化的传统教育是分不开的。如明末出现的经堂教育，就是传统文化传承规范化和具体化的一次跃进。所以不难想象对于回族，伊斯兰文化教育的重要作用。但与此同时，回族除了经堂教育略有所成，其余技能的传授均没有系统教育的传统。而且就算是经堂教育，多数也都是由回族自发捐助，或从清真寺收入中开支，财力有限，加之经堂教育耗资大、时间长、代价高，封建社会时期回族受教

① 陈红梅：《近代回族政治意识与国家认同——以1946年国民大会回民代表名额之争为例》，《青海民族研究》2010年第4期。

育程度普遍低下。而回族的经堂教育知识已经远远不能适应20世纪初“求生存、求振兴、求发展”的社会转型要求。尽管回族教育的问题显而易见，但由于回族伊斯兰教义的深入民心，因此对非教义内容的教育，回族多数持怀疑态度，特别是清代回族人民的反抗斗争失败以后，回族对外族的态度越发保守这样的状态下，回族教育改革寸步难行。

回族进步知识分子正是在这等压抑情况下举起教育大旗，开始在社会上广为宣传新式教育的重要性。像当时的《不立女学男子亦成了废人》《泥娃娃的功劳》等文，都阐述了兴办教育尤其是女子教育的重要性。与此同时，在北京等回族聚居地，也出现了新式教育学堂。虽然这些学校最终因经费等问题未能持久存在，但无疑可以通过它们看到回族先进知识分子的决心。[①] 这一波的教育改革风潮在引起关注的同时也受到了族内部分传统“卫道士”的质疑与排斥。像1910年3月的《正宗爱国报》就报道了一位阿訇反对在清真寺内办汉文学堂，甚至大言不惭地说：“命里多大只是多大，何必五更半夜的奔忙？果真认命，坐在屋子里也有饭吃……你们看我是什么？不种麦子吃白面，不种芝麻吃香油，到时候儿，茶也来啦，饭也来啦！你们起五更睡半夜，图的是什么？”[②] 可以说这位阿訇的观点并非个别现象，当时不少回族人士都有这样的看法。但回族先进知识分子，包括“四大报人”、王友三大阿訇、张瑞堂阿訇等先后发文对该种落后观念予以反驳。其中回族“四大报人”之一的丁宝臣连续发表了《回回劝回回》《分利生利说》《劝回教人长新思想》等文章，从不同角度揭示了回族传统文化的一些沉疴，引起了相当的关注。另外，年仅17岁和14岁的丁竹园之子伯英、仲杰二人，也分别撰写了《论国民教育》《中国宜多立学堂》的文章，在当时京津地区很受首肯。除了报界精英，一些知名阿訇也对该时期伊斯兰教育改革起到了重要的推进作用。像求学于土耳其的王浩然大阿訇、王友三大阿訇等都对20世纪初伊斯兰教育的改革起到了不可忽视的作用。

在20世纪初这场伊斯兰教育革新中，伊斯兰学者杨敬修与蔡大愚关于“京师清真教育会”宗旨之争鸣颇受关注。1910年杨敬修在《清真教育会说》上倡议“清真教育会”，发行会报，并要“立起师范学堂来，经书两念”。这实际上就是要求清真教育进行改革，毕竟单会念经是无法应对新世纪的新社会要求的。随后蔡大愚写了长文《清真教育会之解释》对此进行商榷，文中认为，“清真教育不应该只搞宗教教育，不是要培养阿訇，而是要培养时值

---

① 张巨龄：《20世纪初中国回族伊斯兰研究述补及评》（下），《回族研究》2000年第2期。
② 《正宗爱国报》，1910年3月1日。

‘海禁开后，国势渐危，邻韩今亡，忧患将大’的形势下，适应‘天演竞争’时代潮流的新式人才”①。

其实无论是杨敬修还是蔡大愚的观点，不过是在培养人才的方式上有所不同，总的想法依然都是为了回族民族的发展。但有了理论切磋，自然会有认识的提高以及实践的进步。这场商榷之后，“清真学堂”日渐增多，仅在北京，在此之后建立的确切可数的“清真学堂”就有5所，“经儒小学”就有7所。然而随着丁宝臣于1913年遇害，《正宗爱国报》停刊，回族传统经堂教育改革进入了短暂的停顿期。所幸1917年北京牛街的“清真模范小学”召开“乐贤”大会后，回族清真教育改革又重燃火焰，此阶段犹以丁子瑜的教育实践为主。

据不完全统计，从1918年到1921年，丁子瑜在《爱国白话报》一家报纸上就发表了21篇文章，单涉及教育的就有9篇之多，并认为回族“教育之难，不在财政之困窘，更不在人才之缺乏，实在我举国上下，未能实力去作”②。除了理论研究，丁子瑜也以自己创办的“广育学校”为基地，不断扩充，并联合各校，开展教研活动，互通有无，把教育理念深入结合到教学中，例如主张“设立劝教处所及教务研究会”，提倡“造就经汉人才”等。丁子瑜这种既重视新知识教育，又不偏废伊斯兰传统教义的教育方法，一直延续至今，可谓影响深远。

从1906年江苏镇江穆斯林知名人士童琮创办“穆原学堂”起，全国各地普遍办起了清真小学，如1909年北京牛街清真寺创办的“京师第一两等小学堂”、1906年湖南邵阳创办的“偕进小学”等。与此同时，新式的中等教育逐渐受到穆斯林的普遍重视，并建立了一批中学及师范学校，如1928年创办的清真中学（后更名为“西北公学”），中学部改称西北公学中学部，还增设了师范班；1928年杭州乡老孙忠伟等创办的“穆兴中学”；1930年由杨文波等在云南昆明创办的“明德中学”；1935年由杨新民、陈永祥、赵振武、马松亭、王梦扬等在北京共同发起筹建的“新月女子中学”等。此外，中等师范学校有“上海伊斯兰回文师范学校”、四川“万县伊斯兰师范学校”、宁夏省立“云亭师范学校”等，“云亭师范学校”还是中国第一所公立回族师范学校。③ 回族教育的受重视，也促进了伊、儒文化之间紧密联系。纵然回族新

① 张巨龄：《20世纪初中国回族伊斯兰研究述补及评》（下），《回族研究》2000年第2期。

② 《爱国白话报》，1920年1月8日。

③ 相关资料参见网络资源：《民国时期的中国伊斯兰教》，http：//www.360doc.com/content/13/1029/17/1630322_325099835.shtml。

文化运动中的教育改良经历了诸多起伏，但不可否认的是，它不仅在当时推动了宗教改良的进行，使得族与教的关系有了新的发展空间，而且也给回族留下了一笔宝贵的财富，对今天回族文化教育的继往开来，有着重要的指导作用。

（二）教内事务的革新

伊斯兰教自唐始入中原，千百年来，回族文化与血缘关系不断与中原文化产生密切互动，但唯有作为文化内核的伊斯兰教信仰一直被保存下来，并形成其独特的回族伊斯兰文化。回族这种在民族上与汉族融而未合，在文化上与儒学同而未化的现象一直延续到清代，由于清朝统治者民族宗教政策的失当——一改前期尊重和宽容的态度，放弃对伊斯兰教“齐其政而不易其俗”的宗教政策，采取了“以回制回”“剿抚并施”“斩绝根株”的打击镇压手段，导致大规模的反清事件而略有改变。学者杨永福指出，晚清咸同之际的回民事变“是在传统社会面临转型使命却又背负着巨大的人口压力的背景下发生的，是当时西部各种社会矛盾综合作用的产物”[①]。而伊斯兰的门宦制度在此间扮演了一个十分重要的推波助澜角色。

一般认为中国伊斯兰教分为三大教派（格的木、伊赫瓦尼、西道堂）和四大门宦（哲合忍耶、虎非耶、格的林耶、库不林耶）。门宦（al-Tariqah），一般指清代伊斯兰教苏非教派分支传入中国西北地区后逐渐形成的通称。它是在一定的社会经济基础上形成的权力集中、辖区较大并带有宗教神秘色彩的组织形式。各门宦在教义上都信奉逊尼派，十分崇敬教主，且都建立有自己的传承世系，也就是“道统”，并且重视道乘修持[②]。门宦制度出现后，与中国封建社会的地主阶级统治方式逐渐靠拢，并在西北广大回族聚居地获得了认可。但同时一个明显存在的问题是，不仅仅是和清代统治阶级之间发生了矛盾，不同门宦之间、教派之间自清代以来都不断有冲突。在回族新文化运动中，进步知识分子对在回族内部化除教内派争等问题是有清醒认识的。

李廷弼在《西北》一文中指出“教中有派，事无可免，……而真理因以愈明，其间无毫无了不得在也，……而乃晚近以来，教派在中国者，失其真

---

① 杨永福：《再论晚清云南、甘肃回民起义的社会历史背景》，《宁夏大学学报（人文社会科学版）》2005 年第 4 期。

② 道乘修持即宗教修炼，各门宦都非常重视。其修炼道路和阶段，一般分为三个品级：教乘（即六大信仰和五大天命功课）、道乘（即各种苏非神秘主义的功修）和真乘（即通过明心尽性等修炼步骤，达到出世及人主合一的精神境界）。在道乘修炼中，各门宦既根据各个苏非家的不同修炼方式与仪规要求，也在一定程度上吸收了中国儒、释、道三家的思想因素，表现出不同的要求。

义，促成种种殴斗敌对举动，此非独不合教派之根本作用，抑且违伊斯兰人相爱敬、相扶助之旨”。这指出了伊斯兰宗教组织制度的问题所在，并接着给出了解决问题的建议，如针对门宦制度中对教主的极度尊崇的做法指出，“教中主干人物，应具广大心怀，伟大无派，以身作则”；针对自清代以来门宦间因宗教仪式不同而出现纷争的情况，指出“将派的狭隘视线移乎全教，则无谓之派渐自消灭，派争歇，其裨益于教之发展者极大”①。悉云在《复兴伊斯兰》一文中也指出伊斯兰的派别问题：“我教教胞因意见不同之故，自早就分为两派，所谓‘新行’‘古行’纷争不已，各是其是，这是极不好的现象，我望以后二派合一，不要再作意气之争，庶几齐心努力，而使伊斯兰登再兴之域！……”② 由此可见，在改良宗教方面，教派问题引起了知识群体的重视，在化解方法与途径方面提出了不同的见解。当然门宦制度也罢，教派问题也罢，背后具有相当的复杂性，尤其还有深层次的政治和经济因素，使得这个问题的解决远不是知识分子群体呼吁就可解决的。但在民国时期，“知识群体已经对此问题引起的后果和影响有了充分的认识，提出的希冀与化解的方式也有了新的教育和宣传途径，意欲改良宗教，使伊斯兰文化重振的精神跃然纸上”③。

（三）社会习俗的改良

新文化运动的“新”，席卷了社会生活的各个方面，就 20 世纪初的回族而言，旧的习俗相延，新的现象又辈出，良莠并存，民众多数感到茫然。所以在宗教观念革新中，与回族日常生活息息相关的诸多社会习俗就被先进知识分子提上了议程，并通过舆论宣传与生活实践来进行改良。据学者钟银梅不完全统计，民国期间，回族报刊中有关社会习俗的文章近 300 篇，且相当部分以移风易俗为主题。这些文章的作者有阿訇、新知识分子甚至女性知识分子，由此可见，习俗改良是在社会上颇获认同的举措。④

在舆论宣传方面，介绍穆斯林风俗是第一个重点。回族进步知识分子有意识地将回族的传统风俗加以概要介绍，例如《回教礼俗谈片》《陕西回民风

---

① 李廷弼：《西北》，见张炳宇、雷晓静主编：《中国伊斯兰历史报刊萃编・月华》（第三册第四卷），银川：宁夏人民出版社 2004 年版，第 10 页。

② 悉云：《复兴伊斯兰》，见张炳宇、雷晓静主编：《中国伊斯兰历史报刊萃编・月华》（第三册第四卷），银川：宁夏人民出版社 2004 年版，第 160 页。

③ 王晓梅：《民国初期回族宗教观念与社会习俗的改良与适应——以民国回族知识分子报刊文章为例》，《回族研究》2011 年第 4 期。

④ 钟银梅：《民国时期回族知识分子社会习俗改良宣传与实践》，《回族研究》2013 年第 3 期。

俗一瞥》《云南同胞的风俗概况》《参观结婚仪式》等文，希望通过文字的方式让更多的外族人了解回族文化，同时使回族在社会诸人心中形成一个并非保守的形象。同时引经据典，从伊斯兰教义入手，结合伊斯兰经典对伊斯兰习俗中蕴含的宗教精义详加阐释，力求在“正本清源”的基础上促使广大穆斯林以正确的知识来发现和辨别某些偏离伊斯兰教旨的不良习俗。譬如哈福贵在《宰牲典礼释注》中引用《古兰经》对宰牲典礼的意义、渊源、规定等进行了理论阐释。另外如《说清真教禁食肉之理由》《说清真教民受害的原因》等文都对伊斯兰饮食习惯与禁忌，尤其是禁烟酒、不吃猪肉等问题逐一阐释。另外，马坚、纳忠等人阐释了伊斯兰婚姻制度确立的背景及其真实条件，并针对外界对回族婚姻习惯认定为落后的评价给予了详细的有根据的反驳与说明。除了介绍风俗外，回族进步知识分子还通过报刊进行移风易俗的引导。在他们创作的一系列文章中都主要倡导，回族的新风尚既要符合伊斯兰教义，也要符合时代的发展，若无法兼顾，就应该考虑是否应该革除。例如对女子是否可以剪发问题、回汉通婚问题等都给予了相当的关注。尤其是女子剪发问题，一度在社会上掀起舆论热潮，并使剪发最终在社会上获得认可。可以说，以推行新风俗为专题的报道在20世纪初的回族报刊中并不罕见，根据有关统计，《天方学理月刊》9—11期都有“革俗”专栏，《穆民》1卷8—10期都专门设“婚丧”专栏，《伊光》27—29期都是“正俗特刊”①。相关的专栏、专刊还有不少，由此可见知识分子对改良社会习俗问题的重视程度。

与舆论宣传同时进行的是习俗革新实践活动。一方面回族进步知识分子组建了一部分以改良风俗为主题的会社，例如“北平回教正俗俭朴会”“俭德会”“慎终会”“回教追远会”等。知识分子依托这些会社，组织穆斯林进行以婚丧习俗革新为重点的移风易俗实践活动。例如“广州回教婚姻崇俭会”在会社章程中有结婚时男方礼物、女方妆奁务求节俭等内容。“北平回教正俗俭朴会”在会社简章中规定，放定之时不必用果席二三桌，就在保亲之家以茶点招待等内容。另外在治丧方面，成立的诸多会社对穆斯林办丧事所提倡的新规定，无疑是一种革新的行为引导，不仅对广大穆斯林而言有示范意义，而且对非穆斯林人民也起到了“启蒙”作用。广州的“穆民丧制会”成立后，穆斯林纷纷加入，但凡有丧事，会员均“洁体亲行殡礼，列队升送，共挽灵柩。临圹安葬，不耗资财，而又威仪凛凛，所经途市，莫不艳羡喁喁”②。

① 钟银梅：《民国时期回族知识分子社会习俗改良宣传与实践》，《回族研究》2013年第3期。
② 周善之：《敬告穆民丧制会全体会友书》，《天方学理月刊》1931年第3卷第8期。

另一方面，回族诸多报刊以座谈会、笔谈这样的形式，群策群力，推动穆斯林婚前对自我与伴侣之关系的了解。这包括让青年了解自我期盼的伴侣特质、夫妻应该如何经营婚姻等具有现代两性意识的话题讨论。像《回民言论》的编者曾印制标有姓名、别署、年龄、性别、学历等内容的卡片，发给青年填写，并在刊物上将其信息公开，以期让更多青年人互相了解与联系。①

可以说，通过这样的习俗改良运动，对回族族群本身和中国的伊斯兰文化都起到了深远的影响作用。其中一些改良习俗，至今仍在实行。而且，这一举措也让社会各界有更多直接的、亲民的方式了解到回族的民俗，了解到回族的生存状态，这对提高回族的社会地位有很大的帮助。

第二节　新中国成立初期的回族族性建构

一、“一体化”的现实语境

前文提到，资本主义、帝国主义压力下现代民族国家的渴求，往往要通过“破坏”古老的乡土共同体、地方性的政治单位和族群性的文化共同体而达成。所以早在1949年中华人民共和国成立之前，以中华民族为表征的国族主义话语已经开始以一种主导的姿态，将对中国的解释融合进一种一体化的话语中。这种做法最明显的体现之一就是以线性进化观的取向作为历史叙事方式——历史总是朝向一个终极目标而前进。在这样的叙事框架下，中华民族主体的独立自主、兴旺发达成为一种抵抗帝国的武器和自我发展的目标。正是在中华民族主体的建构中，在外来文化的挑战和本土知识分子的民族意识觉醒中，催生出少数民族文学在学术自觉意义上的观照。这并不是说20世纪之前中华悠长的岁月中没有少数族群的创作，但他们的创作在进入历史的过程中并没有明显的族裔主体的彰显意识。但既然少数民族文学的现代出场背后是这样的逻辑，它自然成为“中华民族应对外来文化侵袭的动力源泉和精神支持背景之一维，少数民族文学自身的主体性常常被掩盖在中华民族这一宏大主体之下，它们必须在国族国家的文化整合中被融合进来，才能成为有效的知识”②，也就是说，少数族裔话语从发轫之初便不是以个人主义话语的方式出现，它已经笼罩在中华民族这个宏大的主体意识中，不借助国族话语，少数族裔话语就难以彰显自身。所以20世纪前50年的少数民族作家创

① 钟银梅：《民国时期回族知识分子社会习俗改良宣传与实践》，《回族研究》2013年第3期。
② 刘大先：《现代中国与少数民族文学》，北京：中国社会科学出版社2013年版，第113页。

作，在当代研究者看来，可以被归结成“原始共性—民族个性—区域共生—中华趋同”[①] 的模式，虽然作家创作风格因人各异，但作品内的“一体”话语诉求已逐步显示出来。

这样的一套在文化场域形成的主体话语，当然不会是自行生成，其背后是政党的有意识建构。早在1923 年前后，“共产党人邓中夏、恽代英、萧楚女、沈泽民、蒋光慈等就提出过无产阶级文学的主张，1924 年还出现过有明显革命倾向的文学社团春雷社。1925 年‘五卅’运动之后，沈雁冰等人已经试图运用马克思主义阶级论来解释文学现象”[②]。1928 年 1 月，全部由共产党员作家组成的太阳社，在上海创办了《太阳》月刊，与后期创造社成员共同倡导“革命文学”。到了 1930 年 3 月，中共在上海促成了“中国左翼作家联盟”的成立，“左翼文学”开始登上舞台，这不仅极大地影响了当时文学的格局，也影响了相当部分的少数民族作家的写作。像彝族的李乔、京族的李敏英等人都公开承认自己受到“左翼文学”思潮的影响，并且由少数民族作家创作的具有革命文学风格的作品也相继问世。可见，这一时期的少数民族作品，受“‘普罗文学’‘革命文学’的影响，已经呈现出对先进政治文化的一体化认同趋势，尤其是‘左翼文学’，更使这种一体化认同趋势得到极大的强化”[③]。待到抗日战争爆发，“‘救亡’焕发了巨大的民族凝聚力，昔日因政治或文学观点的不同而彼此对立的各家各派作家，此时也都捐弃前嫌，在民族解放的旗帜下实现了统一”[④]。经过了初期合作式的“抗战”写作之后，到 20 世纪 40 年代后期，整个中国文坛的一体化格局已初露端倪。

1942 年，毛泽东通过《在延安文艺座谈会上的讲话》（简称《讲话》）指出，解决中国无产阶级文艺发展道路上遇到的理论和实践问题的路线方针，包括解决党的文艺工作和党的整个工作的关系问题、文艺为什么人的问题、普及与提高的问题、内容和形式的统一问题、歌颂和暴露的问题等。尤其“任何阶级社会中的任何阶级，总是以政治标准放在第一位，以艺术标准放在第二位”的说法明确提出了文艺为工农兵服务的方针，强调文艺工作者必须到群众中去、到火热的斗争中去，熟悉工农兵，转变立足点，为革命事业作出积极贡献。据此，“延安模式下的‘新文学’通过对自由主义文学观念的批

---

① 梁庭望、李云忠、赵志忠：《20 世纪中国少数民族文学编年史》，沈阳：辽宁民族出版社 2006 年版，第 71 页。

② 钱理群等：《中国现代文学三十年》，北京：北京大学出版社 2000 年版，第 193 页。

③ 朱斌、赵倩：《一体化身份认同与政治文化——“二十七年时期”民族小说的文化身份研究之一》，《西南民族大学学报（人文社会科学版）》2012 年第 6 期。

④ 钱理群等：《中国现代文学三十年》，北京：北京大学出版社 2000 年版，第 446 页。

判，对‘左翼文学’内部的话语清理，以及对国民党文艺政策及运动的反击，逐渐取得了文艺主导性的地位”①。这也极大地加速了少数民族小说的“一体化”进程。据资料记载，《讲话》发表后，不仅在解放区对少数民族作家产生了巨大的影响，当时在根据地的舒群、陆地、胡可、苗延秀、穆青等少数民族作家都深受教育，以《讲话》作为自己从事文艺创作的指南。即便在国统区，许多民族作家也深受《讲话》精神影响。像回族作家李超在学习《讲话》之后，自觉地深入中越边境的龙州、靖西一带，创作出了《边城之家》等优秀作品。②

如果说《讲话》为新中国革命文艺的发展指明了方向的话，那么 1949 年 7 月召开的全国第一次文代会则“把延安文学所代表的文学方向，指定为当代文学的方向，并对这一性质的文学的创作、理论批评、文艺运动的方针政策和展开方式，制定了规范性的纲要和具体的细则”③。周扬在会上作了题为“新的人民的文艺”的报告，并在报告中态度鲜明地指出：“毛主席的《在延安文艺座谈会上的讲话》规定了新中国的文艺的方向，解放区文艺工作者自觉地坚决地实践了这个方向，并以自己的全部经验证明了这个方向的完全正确，深信除此之外再没有第二个方向了，如果有，那就是错误的方向。解放区的文艺是真正新的人民的文艺……”④ 这种“新的人民的文艺”，以毛泽东《在延安文艺座谈会上的讲话》为纲领性文件，而以毛泽东文艺思想为根本的指导思想，正是当时先进政治文化的体现。自此，“新的人民的文艺”实现了政治对文学的君临。“这意味着受到高度重视的文学绝非传统意义上的文学，文学的性质、作用与功能、对象与主体，都经过了新的确认；也意味着文学的生产与管理方式、文学产品的传播与接受，都要被纳入国家体制。文学的创作、阅读与批评，不再是个人的精神行为，不带有自发性，也不再拥有高度的自由。而褫夺文学的私人性将其充入公共空间，其合法性在于这样做是为了神圣的人民，是革命的需要。”⑤

这就是新中国成立时文艺界的现实语境，在这种情况下，包括各少数民族作家在内的全国各地区文艺工作者，都朝着文艺的工农兵方向奋进，以创

① 刘大先：《文学共和：作为社会主义文学的少数民族文学》，《民族文学研究》2014 年第 1 期。

② 朱斌、赵倩：《一体化身份认同与文学批评——20 世纪 50 至 70 年代回族小说的文化身份研究之一》，《北方民族大学学报（哲学社会科学版）》2012 年第 2 期。

③ 洪子诚：《中国当代文学史》，北京：北京大学出版社 2010 年版，第 15 页。

④ 周扬：《新的人民的文艺》，见北京大学等主编：《文学运动史料选》（第五册），上海：上海教育出版社 1979 年版，第 684 页。

⑤ 毕光明：《社会主义伦理与“十七年”文学生态》，见吴秀明主编：《“十七年”文学历史评价与人文阐释》，杭州：浙江大学出版社 2007 年版，第 71 页。

作新鲜活泼的、中国老百姓所喜闻乐见的作品作为己任。所以，随后的民族政策制定、少数民族识别、少数民族文学资料收集以及少数民族文学创作，基本都是以主流政治文化对文学的一体化想象与建构为前提，其暗含的，主要是主流政治文化的价值取向、思维方式和写作规范。

二、“一体化”身份认同与新中国成立初期的回族文学

曾有学者指出，文化身份是与“他者”紧密相关的，“文化身份的形成以对‘他者’的看法为前提，对文化自我的界定总包含着对‘他者’的价值、特性和生活方式的区分”[①]。换言之，自我文化身份的确立，往往是通过自我与异己的“参照团体”或“他者”彼此互动而确立的。也就是说，自我身份并不完全取决于自我，而更多地取决于自我与非自我的“他者”之间的相互关系。在这种前提下，回族虽然经过回族新文化运动后，族群的自我意识获得相当程度的开发，但中国当代少数民族文学话语的发生与中国当代文学话语的发生一样，是民族国家话语的一部分，民族话语必然是回族“自我”认同的一个被强调了的“他者”。所以，进入新中国的回族文艺也是以“一体化”话语来建构“自我”。

包括回族在内的中国少数民族对于“自我”的身份认同，除了来自本族群历来的历史沉淀外，首先不能忽视与“他者”（这时可能指向不同族源的各个其他民族）之间的区别。所以新中国成立伊始，民族识别的工作马上被提上议程。从 20 世纪 50 年代开始，党和国家开始组织大批民族研究者和民族工作者深入少数民族地区，对待识别族体的族称、族源、分布地域、语言文字、经济生活、心理素质、社会历史等进行了综合调查和分析研究，并在充分尊重该族体人民意愿的基础上，科学地甄别其民族成分和族称。民族识别的作用不仅仅是使得少数民族身份得以明确，如果从 1953 年毛泽东提出社会主义改造、1954 年中华人民共和国第一届全国代表大会第一次会议通过《中华人民共和国宪法》来看，1955 年少数民族与少数民族文学获得命名实则是全国各族人民平等获得政治权利的具体体现，也是社会主义改造与建设成果的一部分。[②] 此时的人民是“扬弃共产国际与国民党民族政策基础上的马克思主义式中国创造：民族平等、民族团结、共同繁荣，民族中的每个族群个体

---

① 乔治·拉伦著，戴从容译：《意识形态与文化身份》，上海：上海教育出版社 2005 年版，第 194 页。

② 刘大先：《现代中国与少数民族文学》，北京：中国社会科学出版社 2013 年版，第 15 – 18 页。

都与其集体性的身份密不可分”[1]。这等于是赋予了作为社会主义新事物的“少数民族文学”一个十分明确的身份认同，无疑是对各少数民族文化身份的一次巨大更新和积极建构——它导致了各少数民族对一种全新的现代政治文化的普遍认同，有效地促成了少数民族小说对主流政治文化的一体化认同特征，那就是：“以革命（革命战斗和社会主义建设）为主要题材；以新人（工农兵）为作品主人公；风格是明朗、明快、昂扬向上的审美风格；形式是民族化、大众化的，语言是通俗的群众语言；创作方法是社会主义现实主义。”[2]

除了上述大语境，具体到回族的个体语境，20 世纪 50 年代中期，回族著名的阿訇学者达浦生先生作为中国伊斯兰教协会副主任在《人民日报》上发表了题为“拥护中国共产党的领导，坚决走社会主义道路”的讲话：“1949 年，……我们回族人民也重见天日了。共产党不仅承认我们是个民族，并且一贯地废除民族压迫，主张各民族一律平等，主张宗教信仰自由，积极地帮助回族发展。……最近中央又倡议成立省一级的宁夏回族自治区，更是回族人民的一件大喜事。……我们始终希望在祖国大家庭里，还能有一个我们回族自治的小家庭。这是我们回族人民千百年来世世代代的理想。这理想终于在祖国建设社会主义的时期实现了。……我们回族人民怎能不感谢共产党和毛主席！怎能不坚决走社会主义道路！这正是回族人民的共同心声！”[3] 在这样的身份认同召唤下，回族民族文学创作（包括民间文学的收集）无疑会带有突出的政治意识形态倾向。

这种突出的“一体化”要求，首先体现在该时期回族作家的文学创作上。无论是沙蕾、木斧、马瑞麟深沉热烈的诗歌，还是哈宽贵、高深、胡奇、韩统良、沙叶新写下的多种题材的小说；无论是郭风、马犁的散文，还是马融的电影文学、穆青的报告文学等，都为新时代回族文学添上了重要的一笔。尤其是诗歌创作，不管是老诗人还是成长于新中国成立之时的年轻诗人，都不约而同显示出对新中国的礼赞。像老诗人马瑞麟创作的这首《迎接一九五〇年》：

……
在过去那些黑暗的日子里，
我们从来也没有这样兴奋过；

---

① 刘大先：《文学共和：作为社会主义文学的少数民族文学》，《民族文学研究》2014 年第 1 期。
② 关纪新编：《20 世纪中华各民族文学关系研究》，北京：民族出版社 2006 年版，第 267 页。
③ 达浦生：《拥护中国共产党的领导，坚决走社会主义道路》，《人民日报》，1956 年 10 月 26 日。

在过去那些黑暗的日子里，
我们从来也没有这样欢乐地唱过一支歌……而现在，
我们却喜欢得笑呵笑呵。
如今我们知道了，
世间最美的东西，
就只有民主的花朵，
就只有自由的花朵……欢迎啊，
欢迎这新中国的新年；
欢迎啊，
欢迎这人民的春天的开始。①

再如文学生涯起步于20世纪50年代初期的回族诗人高深，他的创作不同于老诗人常常反映旧社会的黑暗，更多的是对现实的赞美和对美好未来的憧憬。就像这首《弯曲的嘎呀河呀》：

弯曲的嘎呀河呀，
轻轻、轻轻地流淌……
老人说它象一条银色的练子，
青年人说它是黑夜的太阳。
河上面有一座宏伟的建筑，
“发电站”三个字在闪闪发光。
一排长长的电线从这里伸出，
如一条脉络通向了村庄。
……
弯曲的嘎呀河呀，
轻轻、轻轻地流淌，
你带着老年人向往幸福的心，
你履行着年青人美丽的理想。②

① 晓雪、李乔主编：《中国新文艺大系（1949—1966）少数民族文学集》，北京：中国文联出版公司1991年版，第384页。

② 高深：《弯曲的嘎呀河呀》，转引自白崇人：《我愿与春天同行——评回族诗人高深的诗集〈路漫漫〉》，《中南民族大学学报（人文社会科学版）》1982年第4期。

另外，散文领域出现了《天池赋》《老站长》一类作品，通过塑造新中国各行各业的建设人员形象，表达人民对新政权的热爱与建设新中国的热情。如马犁的《天池赋》就刻画了科研人员在长白山恶劣的自然条件中如何不畏艰险，投身新中国的建设浪潮。因为在此时此刻人民的心中，“党能派我们到这里来，正是对我们的信任，给我们的光荣”。小说领域的《汪瞎子改行》《在民主广场上》等作品，通过聚焦旧社会底层人民在新社会的地位变迁，唱响了“旧社会把人变成鬼，新社会把鬼变成人”的颂歌。[①]

除了在作家文学领域，“一体化”特征也体现在回族民间文学资源的收集和改编上。回族民间资源源远流长，是一座丰富的宝藏，其中尤以民间歌谣为代表。从内容上看，有劳动歌、时政歌、生活歌、情歌、儿歌等，内容极其丰富；从形式上看，由于回族分布在全国各地，受汉族的文化习俗影响，有夯歌、劳动号子、信天游、五更调、四季调、十二月调等。抗日战争时期，全国各地回族人民积极投身抗战，1940 年在延安还成立了“回民文化促进会”。边区政府和有关部门十分重视大力扶植回族民歌。反映马鸿逵匪军抓兵给回族人民带来灾难的《拔兵小曲》，就是由何其芳等鲁艺的同志 1945 年编辑《陕北民歌选》时选入公之于世的。该时期的很多歌曲，已经呈现出万众一心闹革命求解放的趋势，如：

要想树活扎深根，
要想行船水要深，
要想过上好光景，
跟随红军闹革命。
——（《跟随红军闹革命》）[②]

又如：

瓜儿叶儿一条茎，
果儿枝儿一条根；
红花绿叶在一树，

① 王继霞：《百年回族文学价值研究》，陕西师范大学博士学位论文，2011 年。

② 宁夏回族自治区文联筹委会编：《回族歌谣》，银川：宁夏回族自治区人民出版社 1959 年版，第 78 页。

人民和党一条心。

——(《人民和党一条心》)①

这类作品在新中国成立前的解放区多不胜数。

中华人民共和国成立后，于20世纪50年代初期开展了大规模的发掘、整理少数民族民间文学的活动。出于对回族民间文学资源多是口传作品的考虑，当时对回族民间文学的搜集整理和研究工作的焦点依然是回族歌谣。宁夏回族自治区文联筹委会于1959年出版了《回族歌谣》一书，该书通过还原当时农民艰苦的生存境况，表现地主阶级与无产阶级的矛盾，以重返改革前后中国共产党的革命现场来记录回族人民对这段历史的文学想象：在新中国成立前，回族人民面对封建反动势力的剥削和统治阶级挑起的民族争端，物质上陷入贫困的泥潭，精神上受到不同程度的鞭挞。而在中国共产党的领导下，作为生命个体的回族人民不再拘泥于单纯意义上的被动接受与艰苦存活，而是一举成为历史宏大命题的主人，成为回族新历史的谱写者。因此，《回族歌谣》不仅从时间维度上修复了一段关于生存、关于尊严和关于斗争的民族史，还在精神空间里构筑起真切的民族情怀。

《回族歌谣》里刻录了一个时代的集体记忆。这份集体记忆在该书中集中体现为一种充满质感的历史跨度。当中展现了没有活路的炼狱，如被收录的诗歌《旧社会的生活真凄惨》，深切而真实地描摹了马匪猖狂、保长当道的生活；当中又从长工、放羊娃等的生活片段以小见大地还原出苛捐杂税的乱状。然而，《回族歌谣》并没有仅仅拘泥在苦难的回望上，它更立足在中国共产党与回族同胞的共同奋战上，立足在红军与回族的友谊建立上。《红军来了百花开》《当兵要当红军》《打江山先苦后甜》等歌谣平易且生动地记录了这个过程。而之所以说《回族歌谣》具有充满质感的历史跨度，是因为全书用了过半的篇幅记录新中国成立后回族同胞的物质生活变化以及精神空间重塑。从表达对党和毛主席的感恩，到认识和感受党的政策，再到人民公社、“反右派”运动等记忆表述，可以说《回族歌谣》从客观上全面地勾勒了新中国成立后回族同胞的生活。无论是《咱们的生活日日好》的直接抒情，还是带有比兴色彩的《共产党爱的是人民》，回族人民用歌谣真实地呈现出在特定的意识形态导向下，对党和新中国的无比喜爱与肯定。

---

① 宁夏回族自治区文联筹委会编：《回族歌谣》，银川：宁夏回族自治区人民出版社1959年版，第93页。

三十里的莜面四十里的糕，
旧社会人民饿断腰；
共产党领导咱大翻身，
咱们的生活日日好。
——（《咱们的生活日日好》）①

豆角开花藤牵藤，
石榴结子心连心；
藤牵藤来心连心，
共产党爱的是人民。
——（《共产党爱的是人民》）②

在回族歌谣中，最具回族特色的“花儿”和宴席曲不仅获得了文艺界的肯定，同时还作为回族文化的代表获得了进省、进京表演的机会。像1953年，全国民间音乐舞蹈会演，著名“花儿”歌手朱仲禄、王绍明、马占祥等就第一次把“花儿”送进北京，同时也使全国人民都欣赏到了这种独特民歌的风采。除了“花儿”，宴席曲也是回族另外一种民间传颂范围极广的歌谣，是回族人举行婚礼时，邀请民间歌手前来演唱的婚礼曲。虽然这种习俗自古相传，但中华人民共和国成立以后古老的宴席曲焕发了青春——除在民间婚礼上演唱外，还被搬上了舞台，并有了反映现实生活的新曲目，如《三杯酒》《我身背上新三八》《共产党撒下了幸福种》等，以及赞颂老一辈无产阶级革命家的新内容，如《周总理在花丛中笑》等。

确实，无论是20世纪50年代的作家文学还是民间文学，都真实地传达出在政治、经济等方面获得新生的回族喜悦的心情。但也不得不承认，回族在新中国成立之后很长一段时间的文学创作上，都呈现出题材、内容雷同的特点，多数是“翻身道情”的颂歌式创作，民族特色不明显或只作为一种猎奇式的存在。少数民族新的政治文化身份获得凸显，但少数民族主体意识的多样性、现实生活的丰富性和价值取向的复杂性并没有获得充分的体现。所以“一体化”建构在后来的很多文学史家那里被视为政治性压抑人性的体现，认为文学已作为驯服工具，丧失了独立性。但换一个角度进行思考，在旧社

① 宁夏回族自治区文联筹委会编：《回族歌谣》，银川：宁夏回族自治区人民出版社1959年版，第94页。

② 宁夏回族自治区文联筹委会编：《回族歌谣》，银川：宁夏回族自治区人民出版社1959年版，第96页。

会饱受苦难的少数民族作家，在新中国伊始，既获得身份的认同、政治地位的确立，也获得了个人权利的保障，那么他们对新中国的歌颂就未必是像一些后设的观念那样——只是受到单方面的“有意识引导”。相反，翻身做主带来对新中国的热情是真实可信的。回族诗人马瑞麟就是一个较为典型的例子。

作为回族一名资深诗人，马瑞麟在20世纪40年代中后期便在诗坛崭露头角。1948年，他的第一部诗集《河》便已问世，随后第二年，第二部诗集《父亲和他的黑布袄》也获出版。在这两部作品（其中《父亲和他的黑布袄》由于对黑暗社会的尖锐批判和对新时代的热烈呼唤，刚刚出版即遭查禁，致使诗集未能行世，只留下断简残篇）中，作者以现实主义的创作方法，深刻地反映了当时黑暗的社会现实，像衰败不堪的《破屋》、荒芜苍茫的《田园》、《抓兵夜》的揪心断肠、《逃粮》者的流离颠沛、《井》底埋藏的悲惨，还有《河》记录的诉说不尽的苦难，这些诗歌都写于新中国成立前中国反动派势力旺盛的时期，通过一个个饱含意味的描写对象，呈现出的是旧社会悲惨生活的缩影。尤其在《父亲和他的黑布袄》一诗中：

……
黑布袄哟黑布袄，
早些年就见父亲穿着了，
穿着在田里拔草，
穿着在田里撒肥料。

旁人问：“你怎么不脱掉?”
父亲说：“脱了就病了。”

我在外漂泊了几年，
生活把我又赶回山坳。
回到家里一见父亲，
泪水忍不住往下直掉——

父亲脸上皱纹摞皱纹，
驼了脊背弓了腰，
然而依旧穿着那件破布袄，
风里雨里拔草撒肥料……
拔了一辈子野草，
撒了一辈子肥料，

幸福始终没有拔来，
灾难始终没有撤掉。
我为可怜的父亲痛心，
我为中国的农夫气恼。
不知天边的那颗启明星，
何时才能在这儿照耀？①

这些并不是作者的虚拟创作，而是诗人真实的生活经历。在诗集《河》的后记中他就写道："灾难几次地把我从农村里逼出来，又几次地把我从都市上逼回农村去，穷愁潦倒地出来，又穷愁潦倒地回去，这之间，我的父亲——那个被苦难压得喘不过气来的老人——于是，曾失望地暗暗地叹息了无数次，我的好些诗，便是在他的叹息里写成的……"② 试想一个在原本的社会中饱受苦难摧残的人，跨入新中国的门槛之后感受到人民当家做主、翻身解放、民族团结、民族平等的新生活的喜悦时，他如何能按捺得住内心的狂喜？如果他能在旧时期提笔书写那无边的黑暗，那么他自然也可以以同样的一支笔，书写新时代的光明与幸福。所以，在如此激动的心情驱动下，对当时"一体化"创作倾向的主动附和，以作家的个人表述与国家话语之间的紧密结合来进行创作，就很难简单地被归结为一方对另一方的压制引导。李鸿然就此曾阐释过："在新中国成立初期，政治给文学以巨大推动，文学对政治也抱有极大热情。当时的少数民族作家，有的曾为新中国浴血奋斗，有的是新中国精心培养的，他们当然会为新中国而歌唱。少数从旧社会过来的作家，在新中国受到特殊的礼遇，又亲眼目睹了由黑暗到光明的过程，歌唱新中国完全在情理之中……是时代使然，也是作家的内心要求。有些年轻学者认为当时的少数民族作家'屈从于政治''用假嗓子歌唱'，是因为缺乏相应的经历，不了解历史事实。当时全国各行业都注重政治，各民族作家都具有政治激情。"③

三、"一体化"话语缝隙下的族性烛照

不能否认的是，中国共产党在少数民族聚居地区的政治实践给少数民族

① 马瑞麟：《父亲和他的黑布袄》，转引自张承源：《豪华落尽见真淳——论回族诗人马瑞麟的诗歌创作》，《朔方》1999 年第 1 期。

② 马瑞麟：《河》，转引自冉隆中：《论回族老诗人马瑞麟的诗创作》，《云南师范大学学报（哲学社会科学版）》1992 年第 5 期。

③ 李鸿然：《中国当代少数民族文学史论》，昆明：云南教育出版社 2004 年版，第 18 页。

带来了一系列巨大的变革，使得不仅在地域上处于边缘而且在文化上也处于边缘的各少数民族，被裹挟进整个民族共同发展的轨道，加入共同构建民族国家的“一体化”宏大叙事中。“一体化”话语下的少数民族文学确实促成了少数民族现代身份认同，同时也带来了各少数民族对先进的社会主义制度和现代的政治文化意识的普遍认同，这无疑是对各少数民族文化身份的一次巨大更新和积极建构。从这个意义上讲，少数民族文学作品的“一体化”叙事，内含了主流他者文化的价值取向、思维方式和写作规范。于是在一个不短的时间段内，回族作家都与全国其他民族的作家一样，创作风格日渐趋同——都以颂歌式的创作为主。但也不能不提到，回族创作中确实也有一些异质的存在，最直接的体现，是有部分曾经满怀热情唱过赞歌的诗人，除了肯定，也开始了对某些不足面的反映。像20世纪50年代初期唱出许多颂歌的回族诗人高深，50年代中期后写出了《他这个人真会拍马》《风啊，你好大的威力》《给官僚主义者》等针砭时弊的诗篇。他在《他这个人真会拍马》一诗的结尾中写道：“新中国诞生在旧中国的废墟，有这样的人本不为奇。奇怪的是有个别领导同志，一日三餐离不开‘辣椒蜜’。”① 在《给官僚主义者》一诗的开头一段中写道：“那是从‘西安’传染上的一种疾症。病因是你忘记了群众……”结尾写道：“社会主义国度诸事都有光明前途，惟有那——‘官僚主义’却只有坟墓！”在《风啊，你好大的威力》一诗的最后写道：“风啊，你好大的威力！古今多少智者在你的脚下拜倒！而我——一个普通的青年人，却要把没有根基的风标嘲笑！”② 这背后体现出的是一个爱国青年对祖国母亲深沉的忧患意识。

还有另外一种并不明显，但又在许多作品中都能捕捉到的做法——有许多文学创作者，选择将本族群传统文化与新型国族的尝试结合。这种创作风格“一方面反映了当时少数民族现实生活中认同新政体、赞美新制度的主导倾向，但同时也意识到这种凭借外部力量促成的制度文化和政治文化方面的巨大变革，不可能不留下一些文化的裂痕和空隙，即使这些裂痕和空隙往往处于一种极其隐蔽的状态”③。所以在这些裂痕处，当时少数民族现实生活文化的丰富性、主体意识的多样性和价值取向的复杂性都有所体现。尽管这种做法未必是作者有意为之，但是，创作者毕竟无法割断自己与自己族群文化的血脉联系。所以少数民族作家话语在进入民族国家话语系统时“一方面表

---

① 李良玉：《高深诗歌里的忧患意识》，《文艺报》，2009年1月15日。
② 李良玉：《高深诗歌里的忧患意识》，《文艺报》，2009年1月15日。
③ 刘大先：《当代少数民族文学批评：反思与重建》，《文艺理论研究》2005年第2期。

现出向民族国家话语靠拢的姿态，同时在靠拢中，这些作家又无法割断与自己民族文化的联系。因此，民族身份和民族文化承担在他们身上，以一种潜意识的方式呈现出来”①。就是说，少数民族文学作家自认完全皈依国家话语之时，却在文学中不自觉地表现出对本民族文化的依恋和对本民族身份、文化立场的不断回顾。这无论在作家文学还是民间文学上都有所体现。

像上文提及的《回族歌谣》一书，作为新中国成立以来，回族聚居地区首本收集歌谣数量较多的出版发行歌集，不仅记录有“一体化”语境下的回族颂歌，同时又有饱含细腻情感的生活纪实。诸如“穷哥哥没有活路”“吃饭没有饭碗了”“保甲长逼人上吊哩”“放羊娃生活不如狗”等发自回族人民内心的直接呐喊，既贴着土地存留着历史河床的温度，又积累着一种振聋发聩的变革之声。同时，不少歌谣还充满真切而浓重的个人情愫。《一场空》表达了妹妹对强制服兵役的哥哥的无限思念，《若要我俩婚姻散》《活活的拆散是万难》体现了情侣对爱情的捍卫，这些在主旋律下的民族情愫、个体情愫尽管很多都是作为宏大叙事的铺垫和点缀，但是很明显，这是民族性在文艺上的一种体现，它将回族作家的创作视野一下子拓宽了。创作从高昂的主旋律转为关注创作者可能更熟悉、更有体验的本族群生活，通过歌唱，将回族生活的细微之处缓缓地展现出来（尽管并不是很突出）。正如屈昂在《愤怒的控诉，幸福的赞歌——〈回族歌谣〉读后》中写道：“读完《回族歌谣》，使人们更加憎恨旧社会，更加热爱我们现在的幸福生活，更加感到党的民族政策的正确伟大，也进一步认识到回族人民和其它各民族一样，是具有艺术天才的人民。”

又如1959年家喻户晓的电影《回民支队》，其中有一幕是在被日军烧毁的清真寺里，马本斋正对着众人在讲话：“乡亲们，这是咱们回民抗日义勇队的开张买卖，这仗打胜了，回回就算吃开啦！看今天有个八路军能打日本，说不定明天咱们回回还有个九路军也能打日本！”从这段话中，我们可以看出马本斋强烈的民族意识与炽热的民族情感。一方面，他认识到，打日本是为了抗日救国，为了使全中国人民不当亡国奴。另一方面，他作为回族的一员，又在其中流露着一种为本民族争气，以及“说不定明天咱们回回还有个九路军也能打日本”的民族自豪感与民族自信心。这些作为他民族心理的一部分，有力地表现了他的民族性格。可以说，爱国与爱教同时，通过复活族群内部传统的话语，使得族性的表达具有了双重合法性，在征用和阐释传统中顺道附和了“一体化”的要求。

---

① 李晓峰：《论中国当代少数民族文学话语的发生》，《民族文学研究》2007年第1期。

一个民族的族性，说到底最明显是体现在本民族的日常生活中。20世纪50年代，民族政策中“左”的思想在宁夏盛行，“写回族、歌颂回族，在当时都是需要勇气的举动”。回族作家哈宽贵正是以这种勇气，创作出了《金子》《夏桂》两部作品。在这两部作品中，虽然作家在描写回族人民生活的广度上是谨慎的，但从作家塑造的两个回族妇女的形象（白金子、夏桂）身上，我们仍然能够感受到作家那强烈的民族感情。在白金子、夏桂身上，第一次正面展示了新中国成立后回族人民新生活的图画，而且第一次正面塑造了回族劳动妇女的形象。通过受封建礼教和宗教压迫最深重的回族妇女精神面貌的巨大变化，来反映整个回族人民精神面貌的巨大变化。① 以《夏桂》为例，夏桂原名小羔，是一名童养媳，一开始受到自己丈夫的轻视。小说一开始，夏桂“流着汗、紧闭着嘴”，反复揣摸着割麦子的姿势，足以说明夏桂是一个认真倔强的女性，丈夫瞧不起她，要和她分手到城里去，她听了“脸顿时红到脖子根，双手颤抖，她把嘴咬得更紧，……又低下头，琢磨割麦子的事”②，这种即便是心中有不甘，也不与丈夫争辩的做法恰是回族传统女性的习惯。但在丈夫离家的三年中，夏桂成长了起来。她的认真与用心获得了村里人的一致肯定。但作者没有通过专门回溯夏桂这三年里的生活来写夏桂的脱胎换骨，而是通过回乡打算和夏桂离婚的丈夫在乡里的真实经历呈现出来。先是过去盐碱地上的一大片夏桂树林“使他惊讶万分”，听到小羔改名叫夏桂，更使他“一愣”，接着母亲向他讲述了小羔带头治碱、种活夏桂、成功培育水稻的事迹，于是“他回家来的主意也被打乱了，像在篮球比赛中，忽然失手，丢了球一样，立刻从攻势变成守势”。③ 他听了夏桂与二虎的辩论后，更感到夏桂仿佛是另一个人了，心里反而产生了一种恐惧感：“她会怎样对待我呢？”这样的患得患失只能说明一个问题——他对夏桂的心态发生了根本的转变。所以在听到夏桂出门不愿惊动他是因为“让他多睡一会，昨天他怕走乏了”时，他心里涌起“一股甜滋滋的味儿”。最终，他也拿起了布袋，加入了夏桂带领的摘枸杞队伍。至此，他对夏桂的态度从原先的轻视彻底转到了尊重与爱慕。但这样巨大的转变在作者真挚细腻的描写铺垫下发生得极为自然。读者读完之后不仅接触到回族人民新生活的具体情态，而且看到了回族妇女精神面貌的巨大变化。回族的族性通过这些回族人民日常的生活，通过夏桂这一位普通劳动妇女的形象塑造，获得了自我表现的可能。

---

① 何克俭：《试论哈宽贵小说》，《宁夏大学学报（人文社会科学版）》1985年第1期。
② 哈宽贵：《夏桂》，《宁夏文艺》1962年第7期。
③ 哈宽贵：《夏桂》，《宁夏文艺》1962年第7期。

族性的表现固然是在族群生活内部产生，但这种产生又得力于新型的“一体化”语境的出现——在中国的新时代，人有可能从原先的文化、身份局限中走出来，成为集体性的一员，并在这个过程中呈现出这个族群特定的族性。而在这个呈现族性的过程中，“一体化”话语明显不是完全否定的态度，甚至有一定的配合。毕竟从民族国家的角度出发，民族国家话语在很大程度上必须依托少数民族具体生活这个平台，才能做到民族国家话语与少数民族文化话语的高度整合，或者，民族国家话语成功地嫁接到少数民族文化话语上。但从民族文化的角度来看，少数民族文化正是借民族国家话语的表达欲望才实现了自我表述的目的。因此在建构“一体化”话语时代，回族的族性并没有被“一体化”话语所完全湮没，而是尝试着在缝隙间“在对民族国家话语的皈依中表现出对民族文化的怀恋及对民间个人话语和个人主义立场的有限度坚持”①。

在“一体化”话语的规范下，中国当代少数民族文学话语与民族国家意识形态指向上是接近一致的，所以在这种情况下看，少数民族的自我就像被压抑了，并“在片面追求自我政治文化身份的现代化，而忽视了对自我诸多优秀传统文化的认同与继承”②。这不但在很大程度上削弱了当时各少数民族小说中的民族特色，还严重遮蔽了各少数民族独特文化风貌在小说中的有效呈现。或许，这是民族国家构建初期每个少数民族的必经之路。但这种付出毕竟“使少数民族获得了自己的文学话语权，成为中国多民族文学构建中的重要元素，从而为一个全新意义的中华多民族文学的巨厦铺设了基石”③，这点是需要被肯定的。

第三节　族裔文化本位性——新时期以来的族性追寻

如果说在新中国成立前30年少数民族文学创作都主要依附于民族国家的“一体化”话语模式，强调的是创作同一性的话，那么在进入新时期的少数民族文学创作则是经历了从同一性和差异性都一视同仁，然后逐渐进入族裔文化本位性④的自发追求阶段。可以说，新时期以来少数民族文学中体现出来的

---

① 李晓峰：《论中国当代少数民族文学话语的发生》，《民族文学研究》2007年第1期。

② 朱斌、赵倩：《一体化身份认同与政治文化——“二十七年时期”民族小说的文化身份研究之一》，《西南民族大学学报（人文社会科学版）》2012年第6期。

③ 李晓峰：《论中国当代少数民族文学话语的发生》，《民族文学研究》2007年第1期。

④ 李晓峰：《论中国当代少数民族文学话语的发生》，《民族文学研究》2007年第1期。

族裔文化本位性的追求，是这一个阶段少数民族文学创作最突出的特征。回族文学作为少数民族文学中的有机构成部分，它的族性建构同样也内含于少数民族文学发展的整体进程中。新时期的回族文学中的族性建构内容是本书的主要研究对象，也是正文部分的主体内容，所以在此不重复概括，但新时期以来回族文学的族裔本位性追寻作为回族当下族性建构在文学上的主要体现，是怎样形成的，其间受到了什么影响——这是本书展开一系列考察的立论前提，同时也是新时期少数民族文学研究所不能忽视的一个重要部分。

新时期以来，回族族性建构之所以在 20 世纪 80 年代中期出现了族裔本位性的追求，一方面是受到了国家文艺政策和主流文学思潮的外在影响，另一方面这也是少数民族文学自身发展的内在要求。但这个一直持续至今的创作诉求，并不是简单自在地形成，如果对其进行萌芽、形成和发展分阶段的考察，这中间的许多微妙细节处，时至今天也值得我们后来的研究者重视。

一、萌芽期

中国少数民族文学作为中国当代文学的一个有机组成部分，它在新时期发展的文化生态首先受到了党与国家新时期政策的联动影响。中国共产党十一届三中全会制定的一系列新的方针政策，使得国家生活的各个领域都发生了深刻变革，整个社会意识和人们的文化心理结构也发生明显变化。1979 年中国文学艺术工作者第四次代表大会在北京召开，周扬在会上作了《继往开来，繁荣社会主义新时期的文艺》的报告，在报告中指出文艺工作需要思想的大解放，“要使我们的文艺真正成为植根于人民的生活，真实地反映客观实际，忠实地表达人民的思想愿望，并且全心全意地为人民服务的文艺”，确立“发扬文艺民主”“创作方法多样化”的文艺政策。换言之，第四次文代会总结了中国 30 年社会主义文艺发展的基本经验教训，提出了文艺“为人民、为社会主义服务”的总口号，重申“百花齐放、百家争鸣”的方针，同时充分肯定和调动文艺工作者的积极性和创造性。从此，文艺的性质和方向从之前的“以阶级斗争为主”变成了“为人民服务，为社会主义服务”。这种开放性的思想文化状态，给新时期文学的内容和形式带来深刻的影响。无论是卢新华的《伤痕》、刘心武的《班主任》，还是茹志鹃的《剪辑错了的故事》、王蒙的《布礼》和《蝴蝶》，或者是蒋子龙的《乔厂长上任记》、柯云路的《三千万》、张洁的《沉重的翅膀》、路遥的《人生》，这些出现于新时期初期的文学作品都积极响应“文艺为最广大的人民群众服务”的号召，相应的创作也呈现了不同阶层主人公的不同心路历程和人生道路。这与“文革”时代为了表达政治意图，虚构由“革命”所激发的浪漫想象的文学存在明显的不同。如果说“文革”时代文学的意义以“确定的‘公共’（而非个人化的体验）象征，取代了生活细节精确刻画的描述”，那么新时期初期的文学则以与此种创作模式的断裂而登上舞台。

为了认真贯彻第四次文代会精神，进一步体现党对少数民族文学事业的关怀，国家民族事务委员会和中国作家协会于1980年7月召开了“少数民族文学创作会议”。会上指出新时期的少数民族文学要勇于触及和反映民族地区的新情况与新问题，要敢于探索民族文学创作的新课题，要勇于攀登民族文学创作的高峰，争取使各民族文学创作有新的突破、新的发展和新的提高，更好地为各族人民服务，为社会主义服务。会议精神既是对少数民族作家一个巨大的鞭策和鼓舞，也是新时期少数民族文学告别此前“冷寂寥落了十年”的一个宣告词。鄂温克族的乌热尔图、蒙古族的玛拉沁夫、彝族的李乔、回族的张承志、藏族的扎西达娃、土家族的孙建忠、壮族的韦其麟、满族的边玲玲等，都是此时期少数民族文学领域具有代表性的名字。据统计，“仅1978—1981年获得全国优秀短篇小说奖的少数民族作家作品就占总获奖作品的10%”[①]，像《森林里的歌声》《骑手为什么歌唱母亲》《黑骏马》《活佛的故事》等作品，都在新时期初期获得了很高的声誉。而在新时期初期的回族文学领域，从老一辈的沙蕾、穆青、郭风、沙陆墟到新时期的张承志、白练、马连义等都创作出了新时期新的文学作品，这些作品不仅在少数民族文学领域获得了好评，而且也获得了“主流”文学界的肯定。像张承志的《骑手为什么歌唱母亲》甫一发表，就获得了全国第一届优秀短篇小说奖，这可以说为回族文学的发展带来了一定程度的积极作用[②]。

虽然随着国家政治形势的转变和政策的解冻，中国进入了一个新的历史发展时期，少数民族文学也借助文艺和政治关系的调整，一改过去单一的政治意识形态主题和政治书写的模式，步入了一个新的时期，但从前的巨大“惯性”并非马上就能从现实语境中消失。从文化层面上说，“处于新时期文化语境结构核心的仍然是政治话语，其与经济、思想、文化虽然维系着一种互动的张力关系，但决定整个文化语境的形态与性质的仍然是政治”[③]。这决定了80年代的文学依然只能在旧有的规范内运行，一旦越出规范，便会受到

① 梁艳菊：《1978年与少数民族作家》，《中国民族》2008年第5期。

② 当然此时张承志的民族身份写作倾向仍然没有明显体现出来，并且这段时期其创作内容主要以自身的“草原经历”作为写作背景，和后期以体现回族族性为主的写作有明显不同。但张承志作为新时期初期就开始受到瞩目的回族作家，其早期的创作同样具有不可忽略的重要意义。

③ 吴义勤：《中国新时期文学的转型路向》，《杭州师范学院学报（社会科学版）》2004年第1期。

规训或追惩。如1978年有关“歌颂与暴露”问题的讨论，1981年自由化倾向问题，纪念《讲话》40周年的活动适时开展以及对军事题材和农村题材的强调，都是很好的证明。所以阅读新时期早期的文学作品，尤其是1985年以前的不管是汉族作家还是少数民族作家的作品，文学中的政治气息还是挥之不去。从这个意义上看，新时期中“伤痕文学”的最早出现就有其必然性，因为“作家的话语冲动和情绪冲动本质上并不是为文学而发，而只是为了在时代的洪流中汇入自己的声音”①。像作为伤痕文学代表作的《班主任》和《伤痕》，作为政治文本的意义远超过它们作为文学文本的价值。

而少数民族文学创作领域的复苏，既然是在国家主流意识形态的引导下，自然也难逃主流意识形态范畴的辐射。比如在诗歌创作上，诗人们不约而同地欢呼时代的暴风雨过后阳光灿烂的春天。像回族诗人高深在新时期早期所写的《黎明》，“春天总会睁开贪睡的眼睛/太阳毕竟要升上万里晴空/饮一杯甘露吧，润好喉咙/快去歌唱那归来的黎明”②。这里的“春天”与“黎明”，不难与当时的语境相联系。在另外一首《致大海》中，高深以遒劲豪迈的笔锋、绚丽多姿的语言，勾勒出大海雄浑壮阔的图像：“大海啊，抖动着一万匹载歌载舞的蓝绸/风，在海的肩膀上把跳跃的浪花刺绣。”③ 大海在作者笔下已经成为党和祖国的象征，诗人在诗中表达的对大海的心醉神迷，实则是诗人对祖国、人民的歌颂，更是新时代召唤人们开始新的远航的写照。

在小说领域，同样的情况并不少见。白练发表于《民族文学》1981年第1期的短篇小说《朋友》就是一个典型作品。小说讲述了时值“四人帮”垮台不久，新疆的一个回族村落希望能在刚开放的清真寺里欢庆“圣纪”（回族传统节日），但驻村的工作组怕犯“地方民族主义”的政治错误，就以妨碍夏收工作为由拒绝群众要求。就在矛盾难以调和之时，村党支部书记“河州马”多方协调，最终以简化节日礼仪、保证夏收工作顺利进行使问题得以圆满解决。这篇小说不仅体现了旧时代极“左”势力对民族生活的破坏、新时期民族政策的放开，同时也反映出当时“主流”社会对宗教文化认识的局限性。故事虽然短小，但政治内涵却很丰富，可以说是非常贴切地响应了“更好地为各族人民服务，为社会主义服务”之号召。小说从回族过“圣纪”这样一个具有民族特色的角度切入，使得看似普通的节庆活动中渗透着宗教文化元

---

① 吴义勤：《中国新时期文学的转型路向》，《杭州师范学院学报（社会科学版）》2004年第1期。

② 刘贻清、马东震：《征程漫漫求索不已——简论回族诗人高深》，《宁夏大学学报（人文社会科学版）》1984年第2期。

③ 刘贻清、马东震：《论回族诗人高深》，《民族文学研究》1986年第3期。

素，回族与伊斯兰文化从精神上血脉相连的深层寓意也尽在题中。与此相类似的还有马知遥发表于 1980 年的《古尔邦节》，同样也是选择回族的节日进行创作，但无一例外小说都没有对回族节庆、风土人情作进一步处理，节日、习俗在回族作家的笔下只是一个简单的仪式，在此背后有关回族族性的全部话语都被单一的政治化视角忽略了。

张承志发表于 1978 年的《骑手为什么歌唱母亲》虽然发表的时间较早，但反而有一丝不同的韵味。当时“伤痕文学”已经陆续出现，对曾经苦难年代的控诉几成汪洋，但在这部小说中作者的关注点并不是蒙古族独特的生活方式和古老的生活历史。作者讲述了三个故事：第一个表现了额吉（母亲）对“我”无私的爱，第二个表现了额吉对自己不认识的知青的爱，第三个表现了额吉对蒙古族同胞的爱。通过这三个故事，塑造了一个无私奉献的母亲的形象，进而回答“骑手为什么歌唱母亲”这个问题。因为作者在文中指出了“母亲—人民”之间的同构关系，所以《骑手为什么歌唱母亲》的主题就成了“我”与“人民”。“人民”在此不再是一个先验范畴，它是个人，一个“我”在经验中、在思想和情感中体认的具体对象。而“我”的声音从宏大历史和人群中区别出来，它不仅是一个人称，它成为主体。文学由此与生命、与世界和语言重新建立直接的关系。①

正如有学者指出的，“中国少数民族文学学科带有强烈的国家性和当代性，其话语的发生与共和国政治与文化想象和规划有着直接关系”②。可以说，新时期初期的回族文学亦步亦趋地跟在国家文艺政策之后，小心翼翼地开展创作，它的写作重点和“主流”文学是一致的。这个时期的回族族性追求，更多是体现在作品字里行间出现的有关民俗风情的描述，这在某种程度上不能说不是迎合某种既定的刻板印象的举动。虽然在此背后蕴含着争取更多话语权的内在逻辑，但是这样的写作无疑最后只是进一步加深了此前的刻板印象。所以在新时期初期，纵使已经过“伤痕文学”“反思文学”“改革文学”等思潮洗礼，但少数民族文学依然作为一种“注脚”而没能摆脱“主流”文学界的牵引作用。不过在这个时期内，少数民族文学全面复苏——正是有了这样广泛的文学参与，才为接下来的族裔文化本位性追求的出现做了前提准备。

① 李咏梅、黄伟林：《当代少数民族文学叙事模式的流变及原因》，《民族文学研究》2012 年第 2 期。

② 刘大先：《中国少数民族文学学科之检省》，《文艺理论研究》2007 年第 6 期。

二、形成期

前文提到，进入新时期的中国文学界比起“文革”时期有了极大的改变，但政治话语始终在幕后潜在地支配着文学创作的走向，像1983年发起的“清除精神污染”运动，使得以白桦的《苦恋》（又名《太阳和人》）为代表的一系列文艺作品遭到批判就是最好的例子。这导致了部分作家有意避开敏感的政治反思，把目光投向文化反思。而在文学本身的内部发展中，伤痕文学、反思文学使得作家们的创作过多地停留于政治思考，虽然有一些作品触及了民族文化传统中的封建因子，但这种文化还有待进一步深入。一部分知识分子在实际生活中研究如何建设现代化的命题时就开始注意到，随着经济建设的发展，西方的现代文化思想也与其他经验和技术一起进入中国，中国社会各方面受到的思想冲击很明显，如外国文学的“寻根”潮就是其一。彼时拉丁美洲文学的爆炸适时地使中国作家从充满异域风情的作品中看到第三世界国家文学走向世界的希望。因而他们认为在文学创作中表现“寻根”，很有可能可以找到自己国家的独特文学样式、风格，并最终与世界对话。但是如何重新审视和利用好自己的文化传统？于是重新研究、认识、评价中国传统文化成为中国文坛最迫切的要求。而像汪曾祺、邓友梅、冯骥才等人的文化风俗小说当中对于民族乡土传统文化的涉及，某种程度上代表了一种告别政治的叙事方向，这在符合当时语境需要的同时，也渐渐开启了寻根文化的前奏。

1984年12月《上海文学》杂志社与杭州《西湖》杂志社等文化单位在杭州讨论会上明确提出了文化寻根的问题。1985年，韩少功发表了被誉为“寻根宣言”的《文学的“根”》一文，指出“文学之根应深植于民族传统的文化土壤中”，应该“在立足现实的同时又对现实世界进行超越，去揭示一些决定民族发展和人类生存的谜”。[①] 接着，阿城的《文化制约着人类》，郑义的《跨越文化断裂带》，郑万隆的《我的根》《现代小说中的历史意识》，李杭育的《理一理我们的根》《在文化背景上找语言》，贾平凹的《四月二十七日寄友人书》等寻根理论文章相继出炉。综观这些文章，作家们所寻的“根”，不是别的，是人们在社会实践中不断积淀起来的深层文化心理结构，包括艺术心理结构。在寻根作品中，民族传统风俗是寻根作家们书写文化的手段和载体，作家们以各自的生活地域为基础，呈现出各具地域文化特色的风俗画写照。

---

① 韩少功：《文学的“根”》，《作家》1985年第4期。

之所以花费这么大的篇幅来简单梳理寻根文学，是因为20世纪80年代以来文化寻根无论在汉族作家还是少数民族作家中，都成为一种共同的追求。寻根思潮尤其对80年代中后期开始成为少数民族文学写作主要内容的族裔本位性写作，具有不可忽视的作用。因为此时“寻根”意味着作家们对自己族群审美意识中潜在历史因素自觉的呼唤，对自己民族文化传统的自觉的认同。其实如果翻看新时期初期的少数民族作品，会发现不少少数民族文学作品，像扎西达娃的《西藏，系在皮绳扣上的魂》《西藏，隐秘岁月》，张长的《失去的凤尾竹》，张承志的《白泉》等，当中的文化寻根意识其实都较汉族“主流”文学界的“寻根文学”思潮开启得更早，准备得更充分。正是因为有如此广泛的文学参与，所以当“寻根文学”在文学界掀起风潮之时，民族文学自然而然地借助这种“主流”话语的权力，大范围展开了对于族裔文化的书写。

一方面，“主流”文学界的文化寻根思潮无形中与少数民族回归本族群文化的创作倾向具有某种程度的对位性。有一种普遍的看法认为，因为文化的寻根多与传统、文化、历史甚至固定的山河联系在一起，所以文化寻根似乎就与经济不发达地区的联系更为密切。少数民族所在区域大多数处于华夏的“非中心”区域，经济上欠发达，受到现代性冲击相对少，因此少数民族容易被默认为比汉族保存了更为完整的传统文化之根。在这个前提下少数民族文学对本族群历史文化、宗教传统和民俗风情的书写，对民族原初文化的追寻与返还，就成为众多族裔文学写作的基本内容。像彝族的现代诗派写作，“诗人们明确、持续不断地返还彝族民间文化记忆和远古记忆，通过对传统文化因素的现代的诗意呈现，为自己、为彝族建构起心灵的家园”①。另一方面，少数民族文学的发展虽然在此前相当长的时间里都处于受“一体化”话语规训的时期，但作为受本族传统文化滋养的作家，总是难以逃脱族裔传统文化之根的巨大影响，总会“自觉不自觉地在文学创作中渗透了对民族文化的依恋和对自己的民族身份及民族文化立场的有限度坚持”。尤其随着新时期文艺政策的放松以及民族政策的落实，此前在文章中被压抑的族性开始寻求表述自身的机会。像回族诗人木斧1982年发表的诗歌《回回家》就正面从与回族百姓生活相关的“锅盔”“羊毛”“牛肉”等内容进入，书写了回族人“清洁”“勤劳”“（有）学问”的民族特质。这可以说是新时期早期较为纯粹地直面回族传统文化的作品。另外不得不说张承志同年发表于《民族文学》的

---

①　姚新勇：《寻找：共同的宿命与碰撞：转型期中国文学多族群及边缘区域文化关系研究》，北京：中国社会科学出版社2010年版，第67页。

短篇小说《白泉》，小说主要以音乐家艾力肯对民族乡村音乐（冬不拉）态度的转变为线索，从最早的觉得冬不拉作为一种传统乐器，在西洋乐面前显得落伍，“黄金时代已经过去”；到后来听到民间音乐家乌马尔别克用冬不拉演奏出 *Ak Bulak*（《白泉》），“琴声清晰悦耳，就连低音的那根肠弦发出的和声，也是那么圆润柔美，如泣如诉”[①]，艾力肯“贪婪地用耳朵和整个身心捕捉着这首由大自然和冬不拉，由特克斯草原和哈萨克牧人合奏的乐曲”的描述说明了他已经被这种用心灵和生命演绎的音乐深深震撼了。《白泉》这一曲民歌，作为失势传统文化的象征，因糅合了心灵的呼声和生命的渴望而显示出传统文化的强大生命力。因此，评论界认为《白泉》是具有文化寻根意味的小说，而且，更深层的重要性是《白泉》把文化寻根的对象定位到了少数民族的族群文化。

所以说，“‘文化寻根’思潮的真正作用，不在文化价值抉择方面的科学与否，而是在文学自身的观念蜕变与风格更新”[②]。不管是客观方面语境对少数民族文学的塑造，还是主观方面少数民族文学本身的嬗变，“寻根”都发生得合情合理。回族作家正是凭借着这样的“东风”，创作出像白练的《隘口》、张承志的《黑骏马》、霍达的《穆斯林的葬礼》、查舜的《穆斯林的儿女们》等优秀作品。这系列作品从 20 世纪 80 年代中期开始发表，一直持续到 90 年代初期。比起只持续了短时段的“寻根文学”思潮，少数民族文学中的“文化寻根”思潮明显在时间持续上更长久。毕竟多数少数民族地区作为经济欠发达区域，受到的现代性冲击比汉族聚居区来得要晚，因此被认为相对而言保存了更多的传统文化之“根”。然而正是由于这种“后发”的境遇，“一旦变革的气息真正吹进心扉，他们文化心理冲撞和互补的激烈性却是汉族所不及的”[③]。在这更激烈的撞击背后是更多、更深和更理性的思考需求，如此一来，使得“寻根”主题在少数民族文学领域远比“主流”文化界的“寻根文学”思潮持续得更长久，也发展得更全面。另外，“文化寻根”思潮在少数民族文学中持续了这么长的一段时间，不能忽视国外文化思潮的作用，而且也正是凭借着这些思潮提供的思想资源，少数民族文学的族裔文化本位性诉求才获得了广泛的传播和持续发展。

---

① 张承志：《白泉》，见《黑骏马》，济南：山东文艺出版社 2001 年版，第 161 页。

② 季红真：《文化“寻根”与当代文学》，见《忧郁的灵魂》，长春：时代文艺出版社 1992 年版。

③ 刘亚湖：《“寻根”文学与少数民族文化》，《民族文学研究》1987 年第 5 期。

三、发展期

虽然文化“寻根”对族裔文化追求的形成起到重要的作用，作家们结合这个“寻根”的风潮，在文学创作上取得了丰硕的成果，但是不能否认，文化“寻根”对民族文化的“根”的夸张、放大式的集中写照，也导致了另一种结果——文化上的“后殖民主义文化”的出现。“后殖民主义文化”，一般被认为是后期资本主义的一种文化逻辑与策略，是发达资本主义国家对欠发达的地区（一般被认为是第三世界）那些被压抑甚至被湮没了的本土传统文化的关注。而第三世界国家虽然在其中“被充当”了一个带有刻板印象的主体，但一定程度上也看到了本民族文化振兴的可能和走向世界的希望，于是纷纷转向对自己本民族传统文化的挖掘，以博得认同以及话语权。20 世纪 80 年代轰动一时的拉美魔幻现实主义创作风潮就是这种后殖民主义文化现象的表现和这种文化关系的结果。阿里斯图亚斯、博尔赫斯、马尔克斯等作家纷纷获奖，使这种文化关系模式得到了极大推广，对第三世界国家的文学产生了强有力的刺激。无疑，中国的新时期文学从拉美文学身上看到了民族传统文化之于一个民族文学的意义，“使他们看到了本民族文学走向复兴走向世界的可能，看到了民族化之于本民族文学现代化实现的光辉前景”[①]。然而中国作家对拉美文学影响的最初接受阶段，并没有充分考虑到后殖民主义文化的因素，而更多是“希望通过内容和形式上的民族化追求，来开辟新时期文学的现代化道路”。但拉美文学中对故土的想象性表达在某种意义上展示的也是“西方”所预设的“东方奇观”，而且正是这种展示特殊景观的“非西方性”描写才获得了进入以西方文学为主的世界文学秩序的资格。所以拉美文学在后殖民主义的意义上无法逃离“非西方”文学被“西方”体认的文化政治。与此相似，中国“寻根”作家指望通过复制拉美文学的成功而进入“世界文学”体系，无疑会陷入同样的困境。

反而是在少数民族领域，少数民族由于历史发展的原因，“文化上的民族传统与当代现代化语境的抵牾，他们心理上的潜在的自卑情绪所表现出的自我心理遮蔽和防护，审美情趣的民族特性等等，都使他们处于边缘”[②]。加上由于社会转型逐渐带来的社会分化[③]，落实到少数民族生存现实中，“他们在

---

① 熊修雨：《寻根文学与新时期小说艺术观念的转型》，《华中师范大学学报（人文社会科学版）》2004 年第 1 期。

② 刘俐俐：《后殖民主义语境中的当代民族文学问题思考》，《南开学报》2000 年第 1 期。

③ 一个层面是原来财富相对均衡的社会出现了各阶层的分化，另一个层面是原来相对平衡的社会出现了欠发达地区和富裕地区的分化。

日常生活中最切身的感受就是就业难和生存难。由于汉语水平低和就业技能弱，他们在与内地来的汉族农民工和汉族大学生竞争时常常受到歧视和排斥……"[①]“边缘”的处境、阶层的分化和地区的分化，使得少数民族文学最终从主流叙事中分离出来，而着重于本族群文化的研究与弘扬。尤其是遭遇了现代性和后现代性话语的中国少数民族文学，与西方思潮所内含的权力意志的对抗构成一定程度的对位——后殖民主义批评家提出的非中心、分离性、边缘性的立场，为同样处于文化“边缘”位置的少数民族文学提供了广阔的思考空间。因为他们渐渐发现，在全球化和文化消费的带动下，少数民族地域文化生态、少数民族生活本身成为时尚的文化“消费品”，而这种消费需求为少数民族作家创作中“再现民族生活，书写民族精神，触摸民族灵魂”[②]以“回归母族”等一系列的族裔文化追求，为主动展示民族文化提供了基础，成为他们在新时期的一种新的实践策略。主要体现在如下两方面：

一方面是少数民族对自身文化身份的自我认同。文化身份是西方文化理论思潮带来的一个复杂的概念。20 世纪的中国政治基本走向是建立民族国家，少数民族文学是为了建立现代民族国家的需要而逐步建构起来的一种“想象的政治共同体”，是在特定的“文化—记忆”选择基础上被人为建构起来的。换言之，民族文化身份认同在本质上是一种现代叙述。[③] 就像有学者认为的，“这是少数民族文学传统文化意义上的‘民族性’不断消解的过程，却又是现代政治文化意义上的‘民族性’不断加强的过程”[④]。但不能忽视的是，作为一个族群，少数民族多数都有本族的历史文化、人情风俗，这些族群的传统是鲜活地存在于族群内部，而不是简单意义上的“建构”。但进入 20 世纪 90 年代后，尤其到了 21 世纪前后，不能回避的背景就是中国社会转型程度的加深和范围的扩大，全球化已经成为当今社会发展一个不可回避的事实。对于处于“边缘”地位的少数民族来说，全球化所带来的文化身份的模糊和丧失，连同少数民族文学文化失语的尴尬命运几乎无法避免。民族文化身份危机、文化冲突与文化认同问题成为少数民族创作首先需要面对和解决的问题。所以要追寻族性身份、进行自我的确认，自然就出现了与此相关的许多少数民族创作主题。像历史书写、民族志书写等的出现均可以看作这样一种不再“被描述”，而是自行“发声”倾向的象征。例如在 20 世纪 90 年代开始的少

① 马戎：《21 世纪的中国是否存在国家分裂的风险》（上），《领导者》2011 年第 2 期。

② 罗吉万：《30 年贵州民族文学：困境与突围》，《文艺报》，2008 年 9 月 23 日。

③ 王宁：《叙述、文化定位和身份认同》，《外国文学》2002 年第 6 期。

④ 罗四鸰：《当代少数民族作家的身份建构与小说创作》，复旦大学博士学位论文，2011 年。

数民族文学历史书写，这种现象的出现，重点并不在于民族文学是否应该大量书写本民族历史，或者如何书写历史，而是少数民族文学在重述历史过程中的价值取向与既往的历史书写相比发生了质的嬗变。尤其在历史上经历过曲折苦难的回族，无论是回族内部的伊斯兰门宦制度带来的历史变动，还是因回族与汉族、回族与其他民族之间的文化差异带来的民族间冲突，在《心灵史》《东望长安》等文学作品中，回族特有的传统文化与汉文化两者都有涉及，这些看起来“不一样”的文化其实在构成回族“族性”特征时并非排他性的“博弈”，通过少数民族作家的作品，或许能发掘出另外一个平时习惯被遮蔽了的阐述空间。所以，是否能被真实而全面地了解，历史书写能否真实而全面把握本民族的历史和现实，能否写出在现代化和全球化快速发展语境下本民族与他者交流和对话的真实情形，是少数民族对自身文化身份的一种自我认同的做法，应该获得重视。

另一方面是少数民族与其他民族之间关系的处理。对本族群文化“自我”的寻找是与“他者”紧密相关的，“文化身份的形成以对‘他者’的看法为前提，对文化自我的界定总包含着对‘他者’的价值、特性和生活方式的区分”[①]。换言之，自我文化身份的确立，往往是通过自我与异己的“参照团体”或“他者”彼此互动而确立的。而民族的“‘自我’还根据对立面的性质和规模而包含各种更小的‘他者’——历史上曾经互相达成过不稳定的和解的他者和潜在的、正在建构其差异的他者”[②]。如果说少数民族对自身文化身份的主动追寻是属于建构“自我”的范畴的话，那么少数民族与其他民族之间关系的处理，则属于一种确认“他者”的过程。汉族作为人数最多的族群，会被认作“主流”族群，随之汉文化自然也被认为是“主流”文化，在汉文化之下，少数族群文化历来都被认为是边缘的存在。在20世纪以前的“夷夏之分”“华夷之辨”就是典型的例证。冯友兰在《中国哲学简史》中也提到：“中国人历来的传统看法是，有三种生灵：华夏、夷狄、禽兽。华夏当然最开化，其次是夷狄，禽兽则完全未开化。”[③] 当中的“夷狄”指的就是少数民族，可见汉族社会对少数民族地位的偏颇看法在历史上由来已久。所以，即便少数民族文学创作获得了比从前更多的关注，但主流文学意识始终是作为其分析的主要参照物，这就是一个“他者”存在的必要。像张承志的《心灵

---

① 乔治·拉伦著，戴从容译：《意识形态与文化身份》，上海：上海教育出版社2005年版，第194页。

② 杜赞奇著，王宪明等译：《从民族国家拯救历史：民族主义话语与中国现代史研究》，北京：社会科学文献出版社2003年版，第14页。

③ 冯友兰：《中国哲学简史》，北京：北京大学出版社1985年版，第221－222页。

史》，表面上是展示了回族哲合忍耶教派自清朝以来的许多历史中的人性和精神的文明碎片，深层次其实还有回族与汉族、满族的关系，正是在这样多元的文化关系中，回族文化身份认同成为一个不断流动并非固化的范畴。西方理论的进入，让少数民族文学既在“自我”上留有余地，也在“他者”上留有空间。而且，既然文化身份需要“他者”的眼光，那么就不能忽视来自非少数民族作家对少数民族文化资源的使用。但“他者”碍于不能充分拥有对文化认同的切身的生命体察，表述时，可能因为“他者”眼光的“猎奇”，所以在被描述、被刻画、被向世界讲述的过程中，少数族群文化的“被变异”也有可能在所难免。也就是，被“他者”表述的族群历史在多大程度上可以完成一个民族的身份认同和文化认同，自我阐释和被“他者”阐释在有所洞见的同时也会造成新的盲视——这是少数民族族裔文化本位性追求中不能忽略的地方。

总的来说，新时期以来，少数民族文学的族性追求主要落脚点是一边宣示文化主体性意识的逐渐强化，一边又是对自我民族文化身份意识和价值认同的回归。回族文学在这个阶段的族性体现也是与此一致，不再附和“民族国家”话语，强调对“母族的回归”，突出“我”和“我们”作为族群形态存在的民族意识，最终指向是向主流意识宣示“我们”处于边缘的非边缘性价值。而且回族作为一个在族源上可以追溯到中亚，同时一直保存宗教信仰的民族，它的族性追求作用于文学，使得文学创作上出现了一系列的嬗变。文学与宗教之间的关系，也是回族在族性追求中另外一个重要的方面。而回族文学在现代性语境中要如何处理个人、族群、国家之间杂糅的关系，更是研究转型期中国少数民族文学的题中应有之义——这些内容都是本书的关注焦点，也是下文准备展开的内容。

第二章　嬗变中的新时期回族文学

近30年尤其是20世纪末以来，一方面，少数民族文学创作中对族裔传统文化复归的话语诉求日渐强烈，这在某种程度上是族性在尝试建构自身的表现。另一方面，文学作为一个相对宽松、可以容纳不同声音的场域，许多平时得不到关注的议题、被忽略的声音都很有可能在这里以审美的方式寻到舞台。因此从文学进入回族族性研究，是一个具有大量文本支撑的理性选择。尤其是回族文学在新时期以来发生了一系列变化，其中对族群记忆的追溯与呈现、文学与文化人类学叠加式创作、性别书写和城乡二元冲突内容的集中出现，都在不同维度集中体现出新时期回族文学与族性建构的多重尝试。

第一节　族群记忆钩沉与历史叙事

一、记忆与历史

20世纪80年代以来，少数民族文学开始了“文化寻根”，追求民族特质与对民族传统文化的挖掘。但与这种“文化寻根”相伴而来的是更为猛烈的“现代性”迅速被全球化的情况。这不仅带来了生产生活方式的巨大变化，同时宗教习俗、精神性格、道德信仰、思维方式等都可能因与现代价值观念相背离而受到排斥或阻隔。正是由于失落感和无根感日益强烈，于是某种程度上“重拾被压抑的历史，以从中寻求民族文化认同感，成为当前少数民族文学创作主潮”①。

在上述情况下，回族文学对本民族历史的心态也自20世纪80年代以来

---

① 李长中：《“重述”历史与文化民族主义——当代少数民族文学重述历史的深层机理探究》，《中央民族大学学报》2012年第2期。

发生了极大位移，开始关注本民族不同历史阶段的文学呈现。尤其是回族先民历史一旦被追溯起来，源头的一端远在中亚阿拉伯与波斯等地。此外，回族在中国繁衍数百年，其中不乏与汉族（或其他民族）联姻，受汉文化浸染，这又构成回族文化历史构成中除伊斯兰文化外的另一维。除了回汉，回族中还有蒙古人成分、维吾尔人成分、犹太人成分[①]等，但总的来说，伊斯兰文化与汉文化对这个族群的影响最深远。尤其是经历清代“以儒诠教”的宣教方式后，回族原先的伊斯兰信仰与汉族的儒家文化有机地结合，成为一种有别于中亚伊斯兰文化的杂糅系统。观察这个复杂文化系统在面对现代性的冲击之时，如何以文学的方式呈现历史，包括民族历史中的先民起源、英雄故事、苦难受迫史等内容，既可以以追忆缅怀的面目担负起族群历史的记载任务，又可以在对过去的重新阐释中赋予阐释对象以新的历史生命。如果再进一步分析其中的“隐喻”书写，不仅可以在重述历史的过程中触摸民族繁衍的隐秘力量，继而展开对民族生存意义和生命归属的确证，还可以起到“询唤”本民族“共同体”想象的作用，并以此尝试化解多元文化冲击带来的民族文化困境。

二、复杂多元的历史书写逻辑

新时期以来，回族文学中运用史料进行创作的作品日渐增多，像冯福宽的《大迁徙》、张浩春的《迁：西域东来》均以塑造回族先民形象为主要内容。而白练的《隘口》、张承志的《心灵史》、郑征的《东望长安》等，则以历史上的“陕西回民事变”为内容。这些作品通过关注回族在中国近代历史上的族群起源、文化糅合、民族冲突等问题，以文学笔触叙写回族近代的凝重历史。虽然毫无疑问历史书写必定带有一定的“意识形态”性，但回族文学中的历史书写是否单纯就是为了返回历史现场——这是值得商榷的问题。以文学小说的形式塑造出来的历史书写通常很容易混淆文学与历史的界限，阅读者尽管深知这是文学小说，但是在潜意识深层里容易唤起某种民族集体想象，这样，小说文本本身可能与历史事件产生一种对位关系，进而可以在一定程度上自动成为某种“民族精神”的“自我表述”。

也正是因此，在《迁：西域东来》这样的文本中，作者愿意花大量篇幅描述以札兰丁为代表的中亚穆斯林的迁徙史——小说描写了一群中亚穆斯林如何在被蒙古军队掳掠后，几经战乱转化为中原农民，由被动到自觉地融入

---

① 白寿彝：《中国回回民族史》，北京：中华书局2007年版，第241页。

中国文化，最终适应文化交融共生局面的历史。这个小说文本背后有其史料支撑——元代至正八年（1348）定州《重建礼拜寺记》的碑文中曾记载："……默地那，即回回祖国也……隋开皇中，国人撒哈伯、撒阿的、韩葛思始传其教入中国。"①白寿彝先生也曾提到回族的"第一个来源，也就是主要的来源，是13世纪初叶开始东来的中央亚细亚各族人、波斯人和阿拉伯人"②。对族源的追溯与思考直接构成了回族小说历史书写中的一个重要维度。

在少数民族文学中，对自己族群祖先进行描写的文学作品并不罕见。无论是蒙古族的"苍狼白鹿"神话类型族源传说，还是回族这种具有"实证意义"的族源传说，都是一个民族自我追溯和自我表述的方式，也是一个民族对本民族群体历史发展的一种内部性建构的尝试。有学者认为，对历史进程的把握、反思"可以通过记录重大历史性政治经济文化事件、领袖或精英人物的言行来进行，谓之'宏大叙事'。同时也可以以小见大，以草根、民间性世俗化事件甚至毛茸茸的细节来演绎历史"③。在回族文学的族源书写上，以一个人或者一个家族的遭遇，呈现整个族群在时代洪流中的挣扎与进步的创作思路颇常见。像在《迁：西域东来》中的札兰丁被掳去国离乡之时的无奈与激愤，战场上看到同伴被杀害时的痛苦与癫狂，定居中原之后对故国的怀念与对脚下土地的感情，都让这一位表征着回族迁徙史的穆斯林身上展现出真实的人性光彩——他并不是冷冰冰的历史建构，而是拥有七情六欲的真实血肉之躯。而回族的族源历史，正是由千千万万这样的血肉之躯构成。另外很有意思的是札兰丁的爱恋，一方面是惦记着与自己两小无猜远在故国的法图麦，另一方面又接受了热情勇敢的蒙古族姑娘阿茹娜，甚至在战场上果敢善战的札兰丁在面对两个女人之时，竟没有办法抉择，而是由法图麦与阿茹娜两个女人互相达成和解，共同成了札兰丁的妻子。法图麦背后所隐含着的原生故国文明与阿茹娜身上所代表的蒙古（作为后来的中国统治者）文化气息的碰撞，让这位置身于时代旋涡中的札兰丁束手无策，看似被动地全盘接受命运安排，实则在矛盾的心里又透出丝丝"满意"。札兰丁复杂的反应，或许正是伊斯兰文明在中华大地上扎根与传播时的绝好隐喻。这类小说文本的出现，就像悄悄的一线光，为读者进入及解读回族这一个素来因信仰文化的相异而被界定为"边缘"的族群提供了导航。

---

① 丁国勇：《回族来源四种看法简介》，《宁夏大学学报》1981年第4期。

② 白寿彝：《回回民族的历史和现状》，北京：民族出版社1957年版，第5页。

③ 王晖：《历史意识与历史书写——观察近30年文学的一个视角》，《南京师大学报》2008年第5期。

与族源追溯不可分离的是历史中英雄形象的塑造。回族本身是一个民族英雄主义气息浓厚、性情刚毅的民族，因而在回族文学的历史叙事中，英雄角色的塑造格外受到作家的重视。像唐英超在《大阿訇》中塑造的马化龙、张承志《心灵史》中哲合忍耶的几代教主，都是回族历史上曾被推崇的英雄人物。与汉族小说中人物从小一身正气，以除暴安良为己任的英雄塑造方式颇有出入的是，回族英雄人物更多像《水浒传》中官逼民反、落草为寇的好汉——一开始这些人多数是只想过好小日子的普通农民，但时代的巨澜让他们不约而同地走上反抗压迫的道路，饶是如此，他们的抗争的诉求甚为卑微——求得自我生存的权利和求得本族信仰得以保存的权利。尤其如张承志的《心灵史》中的几代教主，各个都是为了信仰，走上与暴政抗争之路，直至殉教，所求无非“有一个全美的伊玛尼（信仰）”。这种不惜以生命换取信仰流传的做法比起中国传统文化中的“舍生取义”更有具体可感的对象，以及更能以别样的方式换取人们对整个回族血泪史的人道式同情。但是回族历史英雄塑造不只有“以身保教，不惜殉教”的大义体现，还有不少极具人性柔和光辉的桥段。如在《东望长安》中，艰苦辗战多地、常年风餐露宿的白彦虎内心对妻子充满亏欠感，文中多次述及白彦虎夫妻二人难得相聚之时，白彦虎一再对妻子马玉莲的无私付出感到感激与愧疚。甚至在临终前，白彦虎也反复对妻子哽咽：“这世上，我最亏欠的人是你啊。”[①] 临危不惧与铁汉柔情，这种如同武侠小说般的情节让回族历史英雄塑造怎么看都与汉族的传统英雄塑造并无不同，但实际上，恰是在这种并无任何“攻击性”的人物塑造中蕴含了回族文学的历史书写将各种冲突力量加以想象性重组的尝试。就像在《东望长安》中白彦虎面对叛徒叶福祥，决意一对一决斗，并在打斗中将对方所做伤天害理之事全盘骂出，随后白彦虎打赢，却没直接杀死叶福祥，但白彦虎一方所代表的正义性以及人道感得以树立，这样叶福祥被白彦虎部下杀死这种典型民间“以暴制暴”的方式就转变成具有“正义性”的“替天行道、不得不杀”。总的来说，回族历史英雄典范的塑造既表述了作者对社会、历史问题的看法，又通过这些问题的被想象性解决，建立了一个在文本的叙事空间中触及具体社会问题的“乌托邦”。

除了族源追寻与英雄塑造，阅读这些历史小说的过程中，还有一个无法忽视的感受——情节与宗教的密切结合。回族虽然长期接受汉族文化的浸润，但其深厚的伊斯兰宗教文化积淀，使得在历史书写中伊斯兰宗教色彩不可能缺席。最常见的就是在这些看起来内蕴深沉的历史创作中，总不乏一些回族

① 郑征：《东望长安》，西安：太白文艺出版社 2008 年版，第 426 页。

的宗教礼仪、婚丧风俗、生活习惯等生活场景——这既能一定程度冲淡苦难带给读者的沉重感，又能将民俗风情视觉化，一并把蕴含于其中的回族独特的审美风格和特殊的民族心理内蕴直接展示给读者。像在冯福宽长篇小说《大迁徙》中，多次出现穆斯林受蒙古军队驱逐之时，仍然不忘虔诚礼拜的情节。在第一章“远走他乡”短短的14页内容中，穆斯林的赞圣词、祈祷词大段出现在行文间有3处，作者旁白式介绍伊斯兰教的一些文化以及宗教内容有2处，文中人物内心出现以宗教为内容的心理有5处。[①] 另外，在所有描写回族生活的小说中，主人公在面对重大变故思考自己的命运或遇到难题难以抉择的时候，寄希望于信仰甚至借信仰来为自己行为正名的描述也不在少数。在《东望长安》中，白彦虎泾阳一战之前，就要求“请来德高望重的阿訇，以安拉的名义讲解穆斯林的禁戒，咱们是被逼没法，起而造反的，不能胡整，大家懂得了道理，这样就不会胡来了！这可是咱回军遵守执行的圣训”[②]。白彦虎军队西行路上，面对由于思乡情重气氛越发沉闷的穆斯林军士们，也是通过在军中高诵《泰拉威哈拜》中的赞词，以涨士气。这些专属回族的文化表现是回族对自我身份认同的重要体现。这种独特性不仅能给阅读者带来一种“陌生化”的阅读感受，大大拓展了文本的表现力和主题说服力；也能让穆斯林读者接触文本时产生熟悉感，无形中文本也通过宗教内容询唤了“共同体”想象。

族源追溯、历史英雄塑造和宗教色彩浓郁可以说是回族文学中历史书写的三大“法宝”。在诸多回族历史小说中都能寻到这三者（或者三者之一二）的踪迹。在这三者共构的文本中，回族历史小说很容易滑过文学创作的边界，以一种“拟史”的面貌进入阅读接受范畴。如此，一些内含了某些社会议题的内容既可以“文学”的模式进行讨论，又避免了可能导致的意识形态危险。所以，民族作家对“历史”的重述并不是单纯地要返回历史现场，而是首先为了在对民族历史的反复追寻与书写过程中，确立当前的共同的民族文化身份，这也是在新时期少数民族恢复和发展民族文化的首要诉求。

三、书写“寓言”的可能

在处理历史素材的过程中，先民历史重述、历史英雄人物塑造乃至宗教内容表述在表面上看是对民族文化的追寻、对民族历史的回顾，而深层的事实很可能是某种意识形态在对历史材料进行重新编码——族群记忆连同祖先

---

① 冯福宽：《大迁徙》，北京：中国文联出版社2000年版，第26－39页。

② 郑征：《东望长安》，西安：太白文艺出版社2008年版，第103页。

经历的苦难一并构筑了一个民族共同的精神空间。这个空间为少数民族作家的话语表达提供了丰富的资源，同时潜移默化浸润着作品文本的肌理，营造出一种归属感。但在现代性与全球化的背景下，民族的边界日趋开放和混杂，这种归属感渐趋弱化。“当现实（或想象）家园不再成为本族群安身立命之处时，民族历史重述、英雄塑造容易成为少数民族作家重建身份认同的基本途径，个人的漂泊与民族的苦难互相对应，形成一种隐喻关系。”[①] 通过杰姆逊这一段话，不难看出，为了标示出与“他者”历史的区别，少数民族文学中的历史书写“充分完美地利用了文学的种种象征形式和复义特征，通过文学表达民族主义的意识形态这一极其抽象的概念，通过作者的具体文本表述，以话语表达的差异性来呈现少数民族文学与主流文学的不同”[②]。这种书写因更多关注个人、族群与国家三者之间的关系，内含了更多文化之间的对话、协商和转化，而含有“寓言式”[③] 书写的意味。尤其回族因阿拉伯祖先骑在驼背上跋涉而来的“族在旅途”的特有度世方式，以及定居中原后所含有的“断了归所”意味的结局，无不容易令回族感到一股“on the road”（在路上）[④] 的离散感。

白练的短篇小说《隘口》就含有浓浓的离散感。小说描述的是清末回族抗清领袖白彦虎率部下出国境之前的情景。此前由于遭受了清军前后夹攻，这支回族军队已经损兵折将。但前方出现了国界划分标志的“隘口”时，期待逃出生天的将领白彦虎却心情复杂。虽然隘口那边的纳伦河夏玛尔巴图王已经派人捎过话来请他们前去安身，而且自己身后是穷追不舍的清军，但是白彦虎却拿不定主意。这时，军士们想起了先人“宛尕斯爸爸”万里跋涉从阿拉伯来中国传教，受到唐朝皇帝礼遇的历史——“宛尕斯爸爸带来了工匠，回回炮哩”，“一点不错。他老人家领着部下，在中原传手艺，操练兵马，帮着唐王稳住了天下。唐王把我们的老先人当贵客看待着哩，当人得很”[⑤] ——士兵的对话揭示出，回族作为来华的外族人与汉族结合的后裔，血缘脉络中对遥远原乡的怀念和自身当下的“流散”境遇之间的呼应。此时的族群文化发源地已作为一个“逝去”的原乡隐喻，在这群军士心中轻易就可以进行

① 弗雷德里克·杰姆逊著，张京媛译：《处于跨国资本主义时代中的第三世界文学》，《当代电影》1989 年第 6 期。

② 朱未央：《族性书写中的民族文化素与身份隐喻——以扎西达娃、阿来等少数民族作家为例》，复旦大学硕士学位论文，2012 年。

③ 这里取一般寓言所具有的特点进行概述，即寓言本身的寄寓性、暗示性、分离性、多义性等基本特征。

④ 马丽蓉：《20 世纪中国文学与伊斯兰文化》，合肥：安徽教育出版社 2000 年版，第 3 页。

⑤ 白练：《隘口》，见《黑牡丹、白牡丹》，乌鲁木齐：新疆人民出版社 1988 年版，第 147 页。

“原乡招魂”。“……我们回阿拉伯去，回天方去”，“霎时间，人们欢腾起来，蹦着跳着，有的互相拥抱，嘴里还不停地喊着‘阿拉伯’天方！‘回老家去’”。[①] 但写到这，作者笔锋一转，光棍大妈又不愿意走了，因为她想起了陕西渭河岸边的亲人，想起了世世代代耕耘的土地、乡里乡亲的寺坊。光棍大妈的话让白彦虎“心上像压上了千斤大石那么沉重”，原本情绪高涨的士兵们忽然醒悟过来，“原来自己的根早已深深扎在中华的国土上。要拔掉这个根，是多么痛苦、多么艰难”。[②] 原乡在现实中成为“异国”，而脚下已经深深扎根了的土地才是生养自己的真正故乡。文末，探子来报“清军又追过来了”，又暗示了脚下故乡也与“原乡”一般，还是无法驻留。换言之，文本中的白彦虎军队既没有失去对“逝去”原乡的追忆及认同，又没有在中华环境中被完全同化而抹去文化记忆。在原乡的文化“流散”状态以及在脚下故乡的地理空间“流亡”状态两处，都无法获得安身立命之所。“这种‘非此非彼’的中间状态使身份认同充满了矛盾和张力。”[③]

文化身份问题的提出总是在与异质文化的交往中浮现：一种是共时横向的文化交往中产生的异质感，另一种是在异质文化影响下，经历史转型所产生的文化缺失感或危机感。[④] 白彦虎的士兵们在此所跨越的不仅是具体的地理边界，更是不同文化之间的边界。换言之，“它所克服的不仅是时间的距离——渐渐淡忘的过去和难以适应的现在，空间距离——并非遥远的家乡和渐渐熟悉的世界，更是一种审美的距离——主体间心灵上的距离，知识论的距离——难以沟通的语言文化间的魔障。在这种意义上，‘流亡’不仅意味着精神上的流离失所，而且意味着文化之间的对话、协商与转化”[⑤]。这时的流亡者无论是地理空间还是文化位置上都是不确定的、开放的，他们既在群体之内，又在群体之外，乃是一种“格格不入”的精神处境。因此，在回族历史书写中，回族在文化身份上的“流散”构成，在文化心理层面给予了回族独特而更为复杂的精神内容——这可能恰恰带来文化身份建构的“寓言性”方式。

按照杰姆逊的第三世界“民族寓言”的思路，回族的历史重述似乎通过“寓言式”的书写就能指向“国族寓言”。学者王明珂曾说：“当我们在一张

---

① 白练：《隘口》，见《黑牡丹、白牡丹》，乌鲁木齐：新疆人民出版社1988年版，第148－149页。

② 白练：《隘口》，见《黑牡丹、白牡丹》，乌鲁木齐：新疆人民出版社1988年版，第151页。

③ 马海燕：《从文化认同看新疆新时期以来回族小说创作》，新疆大学硕士学位论文，2009年。

④ 周宪主编：《中国文学与文化的认同》，北京：北京大学出版社2008年版，第12页。

⑤ 周宪主编：《中国文学与文化的认同》，北京：北京大学出版社2008年版，第206－207页。

纸上画一个圆形时，事实上是它的‘边缘’让它看起来像个圆形。”[①] 以此观察回族文学（化），正是因为文化杂糅带来的“边缘”性质而容易出现身份认同的模糊，甚至是身份认同危机。但是身份认同危机在回族的文学写作中并非一定指向身份政治。“民族文化身份意识中包含有民主意识，并演化为启蒙追求；民族文化身份中文化因素从单一向多重的综合将成为趋势；当代中国文学的整体性始终作为一种显在的力量”[②] ——这三者的合力让回族文学中的历史书写难以演变成彻底及单纯的“国族寓言”。但是不能否认，回族成长于这种错综复杂的历史和文化语境中，作为一个整体相对落后的族群，在面对现代性各种层面的冲击之时，实则很难超越本民族文化的制约，而形成以现代性为核心的价值观体系。所以当认同出现模糊甚至危机之时，回族的文学就转向对过去历史的追寻，希望通过这来寻求族群生存归属的确证——这是一种看似带有文化民族主义意识形态的书写。但是“单一价值观选择限制了重述历史书写的题材选择和主题开掘，缺乏对本民族传统丰富复杂关系的立体呈现，缺乏对现代文化特质的感性触摸和理性分析，简单停留在民族历史的乌托邦想象和对他者的概念化理解，这种书写因对叙述的挤压而普遍存在模式化和符号化现象，并成为作家道德冲动的附属物而使其文本难以成为审美自足性的文化空间，也很难担当审视民族性在全球化背景中的精神走向并完成民族文化转型和精神重建的任务”[③]。

所以一定程度上，回族历史中“寓言”书写，可能较杰姆逊的“民族寓言”更接近本雅明的“寓言式批评”。在这种寓言书写中，“各种隐喻意象交织重叠，互相渗透敞开，并与被论作品的意象极为紧密地融合在一起。这样，一种深刻的理性思考，同具体、特殊、蕴含丰富的感情直觉的隐喻意象不假逻辑推演就直接结合起来，暗示出事物深层的复杂关系，极大拓宽了思维空间”[④]。在这种“寓言式批评”中，回族历史根源中的“离散”的一维通过一种寓言作用直接地达到概念的高度，这可以让回族历史根源追溯中具体的、多层次的、含混难以归纳的意义，连同它们自身固有的异质性一并呈现在文本中，但这种体现只能是具有“寓言”的意味，并不导向真正的“国族寓言”政治意味的书写。

---

① 王明珂：《华夏边缘——历史记忆与族群认同》，北京：社会科学文献出版社 2006 年版，第 17 页。

② 刘俐俐：《走近人道精神的民族文学中的文化身份意识》，《民族研究》2002 年第 4 期。

③ 李长中：《当代民族文学启蒙叙事的现代性迷思》，《北方民族大学学报》2011 年第 2 期。

④ 朱立元：《“寓言式批评”理论的创立与成熟——本雅明文艺美学思想探讨之一》，《外国文学研究》1996 年第 1 期。

四、历史书写的意义

当前少数民族文学历史书写现象之所以引起学界的重视，并不在于民族文学是否应该大量书写本民族历史，或者如何书写历史，而是当前少数民族文学在重述历史过程中的价值取向与既往的历史书写相比发生了质的嬗变。这个变化的形成原因，一方面是前30年颂赞新社会、新政权，塑造革命英雄人物的“主流”（甚至可以说唯一）的文学书写模式受到了新时期整个文学界的诟病。在这一惯性下少数民族文学亦被认为是“被动”地被主流社会的发展喜好裹挟进“中华民族”现代化总体历史进程中，是“脱离自身既有发展模式与速度而被硬性拉入‘中华民族’现代化总体历史进程中的”①。因此在20世纪80年代初国家政治形势转变和政策解冻后，少数民族文学开始逐渐改变过去单一的政治意识形态主题和政治书写模式，进入多元文化的交流与对话阶段。但很明显，参看这个阶段作家的许多作品，如白练的《朋友》《燕燕》，姚欣则的《女阿訇和她的儿女们》等均可发现，作品中虽已出现含有民族色彩的人物和事件，但都是为文章深处更加重要的国家意识形态服务。换言之，少数民族文学创作依然受制于“主流”文学创作思潮（这一时期主要反映为“伤痕文学”写作）。另一方面，20世纪90年代以降，随着中国社会转型程度的加深和范围的扩大，全球化已经成为当今社会发展一个不可回避的事实。对于处于边缘地位的少数民族来说，全球化所带来的文化身份的模糊和丧失，文化失语的尴尬命运几乎无法避免。民族文化身份危机、文化冲突与文化认同问题成为少数民族创作首先需要面对和解决的问题。这个时期的少数民族文学中的历史书写，既有国家对“多民族国家”进行叙述的要求，也有各民族对自身文化进行叙述的要求，更有作家对个体进行叙述的要求。多种叙述与被叙述要求联系在一起，同时又面对着外来文化的各种冲击，这些联系和冲击的多元与混杂，使得民族文化身份危机问题日益凸显出来。②

如果再往深一层考虑会发现，民族文化身份危机问题并不是一个新问题，而是一个民族文化发展进程中因异质文化冲突与交融相生相伴的一种文化现象。20世纪的中国政治基本走向是建立民族国家，少数民族文学是为了建立

---

① 其实在这当中除了被动地脱离原有的发展步伐被“建构”外，不能否认少数民族文学也一定程度上参与了这些“建构”的工作——二十世纪五、六十年代的少数民族确认、正名，民族平等与团结等民族政策的实施和社会主义制度的确立，使大批少数民族的生活与权利都获得了不同程度的保障，这也直接带来少数民族作家自觉以艺术形式书写新中国的新面貌。这在老舍、玛拉沁夫等人的创作经历中都曾多次被提到。

② 罗四鸰：《当代少数民族作家的身份建构与小说创作》，复旦大学博士学位论文，2011年。

现代民族国家的需要而逐步建构起来的一种“想象的政治共同体”，是在特定的“文化—记忆”选择基础上被人为建构起来的。换言之，民族文化身份认同在本质上是一种现代叙述。[①] 如果在这样的前提下将前30年少数民族文学的书写定义为少数民族文化身份被建构的过程，不如说是少数民族的一次具有现代性意义的“身份重塑”过程。就像有学者认为的，“这是少数民族文学传统文化意义上的‘民族性’不断消解的过程，却又是现代政治文化意义上的‘民族性’不断加强的过程”[②]。到了新时期，少数民族文学的身份意识自觉不自觉地逐渐恢复或加强，其实是又一次具有现代性意义的“建构”过程，只不过这一次的过程里中/西、传统/现代、主流/边缘等多元文化之间的交融出现了前所未有的态势，并伴随国家意识形态、民族自身的文化本位意识，以及作家个性印记等多元构成，较之前一轮的“建构”过程更复杂与多元。所以，少数民族文学创作并没有真正意义上的断裂，这与汪晖“反现代性的现代性”的内在逻辑是相似的。而也正是这种一直没有真正意义上被固化出来的“民族性”定义，它的变更与不断发展为少数民族文学创作以及学术领域的不断推进提供了一种资源。

在这样的逻辑下，回族文学中的历史书写因民族作家对民族文化处境体验的集体性、处理本民族曲折历史时的悲情惯性，会让回族文学中的历史书写像一种集体化的、“寓言”式的书写——通过对民族历史的追寻、对民族迁徙历程的回顾，以达到对族群成员“想象的共同体”的建构之目的。就像张承志在《心灵史》中，通过哲合忍耶教内藏书的记载与清朝官方史录[③]完全相悖的对照，反映出哲合忍耶这个不为人所知的教派在清朝同治年间经历的血泪遭遇。在《心灵史》《东望长安》这一类以“陕西回民事变”为背景的作品中，写作者的情感选择在字里行间体现无遗——这场事变本是同治元年初夏陕甘回族因长期受到欺凌和压制，被迫揭竿而起——这一点毫无疑义，有大量的官方或民间史料均可以证明当时回族同胞长期遭到歧视和压迫，以及这次内战爆发之前遭到的血洗。但是，事变爆发之后，出现了相当程度的民族仇杀[④]，也是一个确实存在的客观事实。面对历史上西北穆斯林与汉族的

① 王宁：《叙述、文化定位和身份认同》，《外国文学》2002年第6期。

② 罗四鸰：《当代少数民族作家的身份建构与小说创作》，复旦大学博士学位论文，2011年。

③ 1991年版《心灵史》中依据的哲合忍耶教内藏书包括毡爷的《曼纳给布》、关里爷的《热什哈尔》和马学智的《哲罕耶道统史传》；依据的清朝官方史录有《平回纪略》《皋兰县志（道光）》《钦定兰州纪略》《钦定石峰堡纪略》《钦定平定陕甘新疆回匪方略》《左文襄公奏牍》《清实录》《平定关陇纪略》《审明叛逆眷属按律议拟折》九种。

④ 不仅有汉族人杀害回族人，也有回族人杀害汉族人。

关系的历史考证、各种历史事件的具体细节考证，以及历史事件之间内在联系的剖析，甚至伊斯兰门宦内部教权纷争，作者并没有给予相应足够的观照甚至回避，这就很容易让人们质疑是否真正存在一个“纯然无辜”的本族历史？这会不会是“文化保守主义”的另一种面貌？这些都是回族文学的历史书写中无法规避的问题。尤其回族文化、历史源头的复杂性，使得它除了面对其他少数民族也共有的全球化压力，还有来自民族内部的压力。伊斯兰文化与汉文化两者在构成回族“族性”特征时并非排他性的“博弈”，所以能否被真实而全面地了解，历史书写能否真实而全面把握本民族的历史和现实，能否写出在现代化和全球化快速发展语境下本民族与他者交流和对话的真实情形——这不仅是回族文学书写的问题，也是关乎整个少数民族未来的社会问题。

第二节　回族文学与民族志书写

一、民族志在文学场域的出场

人类学民族志（ethnography）一般指对不同的文化群体的“生活方式、思维心性、制度体系以及文化创造性等方面进行科学、系统描述的一种书面的文本形式，它以展示这些群体或族群文化的丰富性和多样性为目的，并试图通过不同文化模式的比较研究归纳出一般性的规则和普遍意义的理论”[①]。传统意义上民族志的科学性和客观性要求让它与文学书写保持了一定的距离。但后现代主义思潮对“真实性”与“客观性”的疑问使得人类学家开始遭遇人类学中民族志的“表述危机”[②]。基于此，民族志试图通过揭示民族志内部被遮蔽了的“文学性”开始人类学的人文学科转向。到了20世纪80年代，《写文化：民族志的诗学与政治学》与《作为文化批评的人类学》二书的相继出版，标志着“人类学的文学化写作”的合法性从理论上得以确立。[③]

---

① 詹姆斯·克利福德、乔治·E. 马库斯著，高丙中、吴晓黎、李霞等译：《写文化：民族志的诗学与政治学》，北京：商务印书馆2006年版，前言。

② 这种危机主要是指即便是作者怀着极度克制的心情和自认为科学客观的态度来书写民族志，但由于人类学田野调查方式本身所具有的无法避免的悖论——要求将调查者的个人的主观经验（体验）最终转译成科学客观的民族志文本和作者本身均会背负其历史文化背景之间的关系，使得其在文本书写中总会微妙浮现自身的政治世界，在对“他者”的书写中作者投射了“自我”的意识结构，民族志的真实性与客观性就这点而言丧失了其正当性。

③ 叶淑媛：《民族志小说：新时期小说研究的新视域》，《文艺争鸣》2013年第4期。

在国内学界，民族志与文学的融合作为跨学科的问题，自20世纪90年代伊始就受到关注。例如中国文学人类学研究会与上海文艺出版社联合自1997年陆续出版的“文化人类学笔记丛书”，2004年中国艺术人类学学会与广西人民出版社联合出版的“文化田野图文系列丛书”，囊括了国内权威人类学、民族学等一批学者的研究成果。这些研究成果或以田野札记，或以文化随笔的形式出现，辅以图片说明，形象生动地传达了在田野考察中记录者的心路历程与生命感悟，是民族志的文化记忆功能与文学书写巧妙融合的成果示范。

从民族志与文学的融合这一视野来看当代少数民族文学，可以发现，少数民族文学天然与民族志书写有着联系——少数民族地区的风土人情本来就是文化人类学的关注对象，少数民族历史文化的变迁发展更是民族志书写意欲揭示的内容。换句话说，民族志书写与少数民族文学二者之间确实具有某种跨学科的对位关系。进入21世纪后，大陆学界不断对一些少数民族文学作品进行民族志维度的考察，探寻民族志人文转向在少数民族文学领域的具体情形，取得了一定的成果①。归纳而言，这些成果主要通过对自然地理、风俗人情等内容进行追本溯源的、真实生动的描绘，呈现出鲜明的书写“地方性知识”的特色。虽然吉尔兹在运用“地方性知识”这个概念时，更多着眼于“真实性”与“客观性”的尺度②，但在少数民族文学里，民族志色彩的创作“相比一些有自我中心主义文化霸权的民族志，其‘文化’描述更为真实，并且因其文学表述的灵动和情感性审美因素，它比传统的呆板枯燥的人类学作

① 相关研究成果主要有：李立：《小说化：民族志书写的一种可能性》，《云南民族大学学报（哲学社会科学版）》2006年第5期；刘兴禄：《少数民族小说民族志特征探析——以当代长篇小说〈尘埃落定〉为例》，《民族论坛》2006年第10期；刘珩：《民族志·小说·社会诗学——哈佛大学人类学教授迈克尔·赫兹菲尔德访谈录》，《文艺研究》2008年第2期；张海云、端智：《民族志与文学文本的创作——以〈三水故事〉为例》，《青海民族研究》2008年第3期；刘兴禄：《当代湘西少数民族文学中的民族志特征探析》，《中央民族大学学报》2009年第3期；俞世芬：《诗化的藏地民族志——评朗顿·班觉的长篇小说〈绿松石〉》，《当代文坛》2009年第3期；李菲：《民族文学与民族志——文学人类学批评视域下的少数民族文学》，《民族文学研究》2009年第3期；赵林云：《一部民族志式的“边地奇书”——评江洋才让的小说〈康巴方式〉》，《小说评论》2010年第2期；张中复：《历史民族志、宗教认同与文学意境的汇通——张承志〈心灵史〉中关于“哲合忍耶门宦”历史论述的解析》，《青海民族研究》2011年第1期；张晓佳：《女性经验对民族志文本生产的影响途径研究》，复旦大学博士学位论文，2012年；叶淑媛：《1990年代以来的民族志小说研究》，兰州大学博士学位论文，2012年；李翠芳：《民族志诗学与新时期少数民族文学书写》，《广西民族研究》2012年第4期；秦世琼：《民族志视野下的乡土叙事——阿来小说的文化解读》，《郑州航空工业管理学院学报（社会科学版）》2012年第5期，等等。

② 克利福德·吉尔兹：《地方性知识：事实与法律的比较透视》，见梁治平主编：《法律的文化解释》，北京：生活·读书·新知三联书店1994年版，第126页。

品更容易吸引读者，引起共鸣”[①]。然而很可惜，虽然回族作家张承志《心灵史》的民族志色彩引起了研究者的注意[②]，但是回族文学中许多同样具有民族志色彩的作品却没有引起足够重视。尤其回族作为一个具有浓厚宗教气息的族裔，以伊斯兰文化、汉文化为依托，其创作呈现出双重的创作视野，在少数民族文学创作中具有一定的独特性。从素材收集、书写方式到记录内容，不少回族文学作品都呈现出丰富的民族志色彩，呈现出一个从外来继而融入华夏族群的独特族性。这中间涵盖了文化语境、政治权力和社会经验之间的多重关系，是民族志人文转向在少数民族文学领域有意义的尝试。本节选择张承志的《心灵史》、元康的《回族人家》和毛毛的《宁夏纪行》，分别作为历史民族志、都市民族志以及民族文化民族志三种民族志类别的考察文本[③]，观察民族志的人文转向在回族文学领域的具体情形。

二、《心灵史》：历史想象中的民族志书写

张承志的《心灵史》于20世纪90年代初一出版，即引起诸多关注与争议，其以独特的跨历史、文学、宗教的文体形式，将一个长期不为人知的伊斯兰教派——哲合忍耶呈现在世人面前。《心灵史》所探讨的背景，是近代西北回族伊斯兰信仰中神秘主义苏非派教团，或以汉语称为“门宦”的历史。通过对苏非派哲合忍耶门宦的历史描述，《心灵史》以文学性的民族志记述笔法，从历史资料搜集、行文体例选择到精神弘扬等方面，为正史中被漠视了的人群赋予了更为生动鲜活的历史塑形。

首先在文献资料搜集方面。毡爷的《曼纳给布》、关里爷的《热什哈尔》和马学智的《哲罕耶道统史传》三大哲合忍耶教内藏书为《心灵史》记录几代哲合忍耶门宦发展变更提供了第一手的教内原始材料。除此以外还有当时的官方记载材料。据笔者统计，1991年版《心灵史》中出现的清朝年间官方史录有《平回纪略》《皋兰县志（道光）》《钦定兰州纪略》《钦定石峰堡纪略》《钦定平定陕甘新疆回匪方略》《左文襄公奏牍》《清实录》《平定关陇纪略》《审明叛逆眷属按律议拟折》九种。除了上面两类材料，文中还有一些既不是教内又非官方的记载，包括民间文人原创的记录，如《咸同年间盘江回

---

① 叶淑媛：《民族志小说：新时期小说研究的新视域》，《文艺争鸣》2013年第4期。

② 多数研究是着眼于《心灵史》的民族人文意蕴的发掘，而全方位剖析其在民族志书写维度特点的研究目前看到只有张中复的《历史民族志、宗教认同与文学意境的汇通——张承志〈心灵史〉中关于“哲合忍耶门宦”历史论述的解析》一篇。

③ 除了文中选择的这三种角度的文本，最近十年在国内兴起的“朝觐文学”亦算是民族志书写一个比较特殊的角度，但朝觐文学内容本身比较复杂，将另外撰文叙述，在此就暂不作深入讨论。

民斗争史记》，又如西马营阿訇用阿拉伯文写下记录回民事变的《兰州传》。此外还有记载当代历史的《中西回史日历》、白寿彝的《回民起义》等作为参考文献。张承志对这几类文本进行考证，以求厘清哲合忍耶历史的发展轨迹。在考证过程中，他企图通过“历史想象”置身于文献记载的历史情境中，找寻文献背后的利益与权力关系，重塑哲合忍耶的“文化”与“历史”的建构过程。

其次是田野调查方面。张承志足迹遍及黑龙江、宁夏、云南、新疆等哲合忍耶教区，与教众一同生活，先是“用了五年的时间，使自己变成了一个和西海固贫农在宗教上毫无两样的多斯达尼”，“一连几年，在哲合忍耶百姓的土炕上，和他们拥着一床棉被，闻着他们烧炕的树叶和牛粪的呛味，我听着”。[①] 这样“我四次从西海固、八次从大西北的旅途归来，当我擦掉额上的汗碱，宁静下来突然意识到自己正在沉思时，我觉得一种把握临近了我。我暗自察觉自己已经触着了大西北的心。他们对烈士们的怀念久久不息地震撼着我——我默默立下誓言，彻底地站进了这支人道与天理的队伍之中”[②]。除了亲耳听闻的哲合忍耶流传故事，张承志还收集了不少民间传唱歌谣，如同治五年（1866）甘肃靖远的传唱歌谣：

同治五年三月间，杀气弥漫天。
十余万人一朝尽，问谁不心酸。
桃含愁兮柳带烟，万里黄流寒。
阖邑子弟泪潸潸，染成红杜鹃。
清歌一曲信史传，千秋寿名山。
碧血洒地白骨撑天，哭声达乌兰。[③]

特别是经历了上百年的流血反抗后，以沙沟为代表的西海固干旱山区，就有了一些和教门相关的民谣，这些民间口头流传的民谣同样是作者田野调查得来的材料。

20 多年后的 2012 年，张承志在《心灵史》的改定版的前言中一再强调，在这 20 年光阴里，他一直在打磨这本书。[④] “用了 20 年的时间在各处穆斯林

① 张承志：《心灵史》，广州：花城出版社 1991 年版，第 134 页。
② 张承志：《心灵史》，广州：花城出版社 1991 年版，第 136 页。
③ 张承志：《心灵史》，广州：花城出版社 1991 年版，第 48 页。
④ 张承志：《心灵史》，2012 年改定版，第 15 页。

的土地上奔走，花费了将近三年专门进行内容的修改和重写。"改定版"极其审慎"，哪怕是对"任何一个细节"的修改，作者"甚至认为一点点的偏差都像罪过一样不能容忍"[①]。因此在族内隐秘文献和民间口传历史记忆方面，《心灵史》不仅揭示出哲合忍耶教派史在历史上被歪曲以及刻意"遗忘"的遭遇，也给研究者以重新检视近代西北穆斯林史偏差的机会。[②]

除了隐秘文献的掌握、扎实的田野调查——这些民族志特色明显的书写方式外，《心灵史》还有一个不容忽视的民族志特点——通过哲合忍耶教派近两个世纪来的血泪史，"深描"[③] 出一个具体形态的实体（哲合忍耶及其教派精神本身），以此表示对权威文化（体制）的质疑，对世俗功利的弃绝。这使得《心灵史》本身更像一部"道德寓言"。无论是初版所面对的20世纪90年代初大众消费文化的勃然兴起，知识精英的集体喑哑情况；还是改定版举意"向横行的帝国主义宣传挑战，向腐朽的知识阶级霸权话语挑战"[④]，《心灵史》本身已演化成一个凝聚了哲赫忍耶共同体、回族共同体、（中国）人民共同体几个不同的层面的实体。哲合忍耶在张承志笔下也不再是一个单纯的教派，而是一个"团结宗教共同体和人民共同体的最理想的基本形态"[⑤]。对哲合忍耶文化的深描，揭示其内在的认知结构与社会话语取向，从而达到化地方性知识为己之"用"的目的——在这个层面上，《心灵史》不啻于一部民族志色彩十分鲜明的历史文本。

如果单从上述几个方面来看，《心灵史》确实是建立在较为严谨的历史论述与田野民族志"参与观察"的基础之上，是一个同时呈现历史情境与当代宗教社群自我认同意识的"文本"。就连在文本体例选择方面，《心灵史》也是以哲合忍耶内部的秘密抄本格式"门"来划分章节，尽量以比较接近书写材料的样式进行创作。但面对历史上哲合忍耶与汉族的关系的历史考证、各种历史事件的具体细节考证，以及历史事件之间内在联系的剖析，甚至哲合忍耶内部教权纷争——作者并没有给予足够的观照，而是转由文学的方式，

① 《中日学者：变动中的世界，变动中的想象》，http：//opinion. m4. cn/2012 - 10/1188238. shtml。

② 张中复：《历史民族志、宗教认同与文学意境的汇通——张承志〈心灵史〉中关于"哲合忍耶门宦"历史论述的解析》，《青海民族研究》2011 年第 1 期。

③ 深描（thick description），源自人类学家克利福德·格尔兹，是用于表述文化现象的一种显微式手段：从极为简单的动作或话语入手，追寻它所隐含着的无限社会内容，解释其多层内涵，进而展示文化符号意义结构的复杂社会基础和含义。参见克利福德·格尔兹著，纳日碧力戈等译：《文化的解释》，上海：上海人民出版社 1999 年版，第 17 - 18 页。

④ 姚新勇、林琳：《激情的校正与坚守——新旧版〈心灵史〉的对比分析》，《文艺争鸣》2015 年第 6 期。

⑤ 姚新勇、林琳：《激情的校正与坚守——新旧版〈心灵史〉的对比分析》，《文艺争鸣》2015 年第 6 期。

以一代代教主或信众殉教牺牲、受难残活的描述，给出人道主义这一剂药。在这种描写背后透射出来的是哲合忍耶的现实生活和历史记忆，是这个族群隐忍顽强的文化性格。这种更换既能唤起阅读共鸣，又能弥补史实与创作之间的缝隙。虽然重现哲合忍耶历史上一个又一个惊心动魄的时刻，是《心灵史》呈现其精神内核的主要途径，也是不少读者在阅读过程中被文本诗性的笔触、激情的想象和超越世俗的信仰精神所打动的原因，但恰恰是在这些时刻，历史书写的民族志色彩成了背景，文学性的塑造成了前景，哲合忍耶的"历史记忆、信仰依归与文学情怀，汇通成一股磅礴的意识流。这不但让哲合忍耶穆斯林重新感受'伊玛尼'（信仰）中那最纯真的普世价值，同时也让外人对中国西北这支饱尝辛酸的伊斯兰教派产生由衷的尊重与理解"①。

至此，文献搜集、田野调查、"深描"塑形等民族志方式与文学诗性的描述有机融合于一体。《心灵史》的出现意味着中国人类学界民族志文学转向的可行——这并非说人类学研究从此就不需要进行田野考察，而是表明，"人类学书写是一种建构'他者'与建构'自我'的双向行为"② ——这同时也是对人类学传统书写范式的一种反思。

三、《回族人家》：都市民生里的民族志书写

在某种意义上，民族志既是一种文本形式也是一种书写方法，而且随着全球化时代的到来，传统民族志所考察的许多"原始"社会，在今天已经难以寻找。所以民族志不再仅仅局限于田野调查这种写作方式，也不再仅以"异域""少数""他者"这些远处文化为写作对象，而是把写作对象扩展到对当代生活各种"地方性知识"或者"圈子"文化这些近处文化的考察③。因此都市中不同的文化群成为关注焦点。尤其随着 21 世纪城镇化进程的推进，一些历史悠久的城市回族聚居地面临拆迁、改建的命运，像北京的牛街、云南的顺城街等回族社区，内含了上百年的历史，见证了都市的变迁与文化的交融，它们的改拆让许多不同的声音在这个场域汇聚，元康的小说《回族人家》正是在这个背景下问世的。

2006 年出版的《回族人家》以米家三代人在北京的生活历程为主要内容，全方位描写了当代都市回族人民生存状况和回族人民精神世界，既丰富

---

① 张中复：《历史民族志、宗教认同与文学意境的汇通——张承志〈心灵史〉中关于"哲合忍耶门宦"历史论述的解析》，《青海民族研究》2011 年第 1 期。

② 王倩：《人类学的文学转向——民族志书写的另一种思考》，《世界民族》2011 年第 5 期。

③ 叶淑媛：《民族志小说：新时期小说研究的新视域》，《文艺争鸣》2013 年第 4 期。

了国内回族都市生活题材的创作，也因获得“写出一个家庭各个成员相似又相异的性格和各不相同的命运，而且整体上就像是一个民族在这个时代的缩影”① 这样的评价而在一定程度上被认为具有了民族志的意味。②

整部小说最突出之处就在于它的都市市井味和民族特色的结合——这也恰恰是回族都市人类学研究的目的之一。阅读相关研究报告③，都将都市回族的发展、变迁作为关注重点，而这其中异质文化之间的相互作用又是最引人注目的焦点之一。在《回族人家》这部小说中，回族文化与汉族文化、伊斯兰宗教文化与都市世俗文化之间既相异又相依存的关系贯穿首尾，各色人物都围绕着文化这一重心依次登场。由于作者自小居住在北京回族聚居地，对地域文化十分了解，几十年的生活积累更让作者能在面对语言、习俗的变迁时，准确地抓住背后真实的文化融合原因。因此，在创作中作者能自如地把地方特色和民族特色进行融合——在《回族人家》里，地道的北京胡同语言和回族经堂语言、传统的北京回族百姓的生活方式和北京穆斯林的民俗风情交相辉映，勾勒出原汁原味的北京回族生活，呈现出了当下京都回族百姓生活的真实情况。除此之外，作者就像自由游走在民族志与少数民族文学的融合边界，撷取一个又一个常见的素材，创作出栩栩如生的回族人群像，如虔诚的穆斯林大哥米绍元、精神世界苦闷不已的二哥米绍珩、贪婪无比的三哥米绍隶、和外族人结合的小妹米绍英。伴随这些人，各种事件交错发生：米老头十周年“游坟”、米绍珩初恋情人的去世、米佩东创业、米绍隶犯罪……这些人物遭遇，如下岗、创业、拆迁、离婚、出国旅行等，都是百姓生活常见议题，由这些内容搭建出来的整部作品都市平民生活气息浓厚，时代感强烈。

如果说面对全球化时代，地方性知识与族群文化的受损与消失是人类学关注的焦点之一的话，那么这一部以都市回族人生活为主要内容的创作实践就与民族志的“人文转向”达成某种程度的契合。以伊斯兰信仰为代表的回

---

① 元康：《回族人家·序言》，香港：香港天马出版有限公司 2006 年版，第 3 页。

② 林琳：《双重边缘的礼赞——浅议小说〈回族人家〉》，《民族文学研究》2013 年第 4 期。

③ 主要包括马寿荣：《都市回族社区的文化变迁——以昆明市顺城街回族社区为例》，《回族研究》2003 年第 4 期；周传斌、马雪峰：《都市回族社会结构的范式问题探讨——以北京回族社区的结构变迁为例》，《回族研究》2004 年第 3 期；高占福：《大都市回族社区的历史变迁——北京牛街今昔谈》，《回族研究》2007 年第 2 期；白友涛：《大城市传统回族社区的社会文化结构研究——以南京市七家湾回族社区为个案》，《西北第二民族学院学报（哲学社会科学版）》2007 年第 3 期；邵啸鹏：《西北城市少数民族社区文化变迁研究》，《西北师范大学学报》2010 年第 3 期；高小岩：《游离中沉淀：认同与变迁的都市回族视角》，中央民族大学博士学位论文，2010 年；杨荣斌、马一：《都市回族社区的历史变迁——以镇江杨家门社区为例》，《贵州民族研究》2011 年第 1 期，等等。

族传统文化，如何在强大的世俗消费文化面前日渐式微，尤其都市穆斯林世代“围寺而居”的传统居住格局在城市化的进程里面临着拆迁、改建等命运。其中年青一代对本族传统文化的隔膜与不解，不仅是社会学家、人类学家的科研课题，还是每一个回族人感同身受的时代考验。面对都市生活的冲击，信仰的精神世界里还有多少支撑？一个民族的文化如果在强势文化的冲击下濒临瓦解，族群势必出现成员归属感缺失和内部社会文化失序等问题，穆斯林精神世界赖以生存的信仰在当下语境，究竟要如何才能独立又不避世地继续？——如民族志般书写一个族群生活背后，是作者作为一名虔诚穆斯林的焦虑与发问。

除了面对城镇化进程带来的具体的冲击，回族文化还无法回避国家话语与少数民族信仰、文化之间的罅隙。现代民族国家中，政治信仰与民族信仰、国家话语和宗教话语的意识形态之间，存在一种微妙的关系。一方面，在中国现代民族国家建立的过程中，权威性的政治资源重新配置导致了大规模的社会整合，在这种情况下，少数民族地区作为社会主义国家政治体制下一个不可分割的部分，受国家意识形态的主导是必然的。《回族人家》中就曾描写到米绍元年轻时，曾因信仰下狱，出狱多年后尽管政治环境已经改变，但是他每次参与教门事务，其妻子一直有着挥之不去的担心。另一方面，少数民族文化并非没有自我主体的认知，只是这种自我主体需要融入整个中华民族的大家庭中才能够确立自身。“……它们既是一种对立，同时又是一种共谋的关系，它们既是一种不断争夺，同时又是一种共同扩张的关系。因此，民族国家话语与个人话语产生了极为复杂的表述策略，形成了一个充满张力的表达空间。”[①]《回族人家》对异质性内容的克制，无疑也是因为少数族群文化在强大的主流文化或显或隐的压力下，不得不用比较隐晦的方式进行表达，通过变形的呈现，分化、重构着主流话语，是压迫与反抗共存的文化“杂交性”的生动表现。[②] 也正是这样，少数民族创作将面对汉族主流文化的焦虑转化为创作的心理动机和内容的现实依据，同时通过焦虑呈现，凸显出自身的文化身份和价值立场，在文化冲突中作出分化与重组，以期与强势文化多元共生。

传统民族志观点认为，民族志作为一门科学性要求较高的学科，以科学性与真实性为依据，与人文学科的审美感性不同，然而科学性与真实性的达

---

① 旷新年：《中国 20 世纪文艺学学术史》（第二部下卷），上海：上海文艺出版社 2001 年版，第 32 页。

② 姚新勇、刘力：《归真、冲突与和谐》，《民族文学研究》2006 年第 1 期。

到本身未必就只有一种路径——“就像在科学性与真实性问题的坐标上存在着两条彼此相交的两条轴线，一条标志着由虚构到真实两端之间的暧昧与游移，另一条则标志着事实真实、逻辑真实、认知真实、经验真实等有关‘真实性’的不同样态。”①《回族人家》的出现有力地证明了虽然无法做到完全符合“科学性”和“真实性”的尺度，但是有可能超越此，表达出真实的经验并揭示经验背后更为深邃的文化意义和权力关系，这可能正是民族志“人文转向”的要义之所在。

四、《宁夏纪行》：族群文化记忆与民族志书写

选择回族作家毛毛的游记《宁夏纪行》作为一个分析对象，有两方面的考虑：一方面，作品内部不仅多方面涵盖作者在宁夏——这个被称为“中国穆斯林之乡”的地方的真实见闻，同时在内容背后昭示出一种关于回族历史、关于族群文化的文学记忆。这使得它因具有对回族社会生活文化、历史图景、民族精神，以及文化变迁的认知性而与一般铺写民俗或边地风情的游记不同。如果说，此前关于少数民族的“地方性知识”大部分在口头传说或地方志等文献记载中存在的话，《宁夏纪行》作为游记散文则在一定程度上以文学的形式承担起文化记忆的书写功能。虽然有虚构和想象，然而这些虚构和想象不是凭空随意捏造的，而是对边地族群固有的生活及其在漫长的传统中形成的文化精神的一种主动回应。另一方面，文本中伊斯兰风情、历史的描述时常通过作者扎实的中国古典诗文功底呈现，唐诗宋词信手拈来，汉文化与伊斯兰文化的融合自然，这本身就是多元文化互通有无的最好体现，族群文化多元共处的人类学立场自行获得了显现。

《宁夏纪行》全书45篇散文，按时间顺序排列，既独立成篇又前后有联系，是作者在宁夏游历的全纪录。从银川到中卫，从西海固到六盘山，一站一记，几乎涵盖了整个宁夏区域。文本把族群文化记忆与民族志的纪录方式相糅合，呈现了民族文化的知识谱系和文化人类学多层次的内涵；与此同时，文本营造了一个审美的诗意世界，其间的人文关怀和多重文化反思体现出一定的人类学视野和胸襟，因可以直接增进读者对相关地域、族群生活文化和民族精神的了解，而具有浓厚的民族志的意味。

在民族志标准的打量下，《宁夏纪行》中首先呈现出来的是民族文化的知识谱系。宁夏作为回族聚居地，该区穆斯林衣食住行的情况在文中不同篇目

---

① 李菲：《民族文学与民族志——文学人类学批评视域下的少数民族文学》，《民族文学研究》2009年第3期。

均有涉及。如穆斯林的常见食物手抓饭，作者每到一地均要品尝，并且通过价格差异、肉与骨头（如在银川是 22 元一碟的手抓饭到了西吉只要 15 元，但是大半都是骨头）的比例多少观察到背后反映出来的区域经济状况差异。又如通过详细解释宁夏“五宝”特产（《红黄蓝白黑，彩色的宁夏五宝》），伊斯兰教的喝茶习惯、香料入食习惯（《在三营》），伊斯兰教“油香”的典故（《璎珞塔，一段雪夜访戴的心情》），写出了宁夏穆斯林聚居区的饮食爱好与传统。此外作者花了不少篇幅介绍清真寺的结构（《同心，一座砖雕清真大寺》），穆斯林住房格局、摆设（《潜泳在回民之俗》），阅读之时穆斯林世界的气息扑面而来。介绍了吃与住后，还描述了沿途见得最多的地形风貌。不管是黄河沿线的宁夏平原，还是贫瘠干旱的黄土高原、青铜峡的水位落差、风沙暴虐的大陆性季风气候、奇峰满布的“折死沟”喀斯特地貌，都充满边地异趣。

但是作者详尽介绍沿途各处的衣食住行背后，不仅仅是揭示不同于东部沿海的另一种生存样式，更多是演绎一种“系统”的“地方性知识”。这里的“地方性知识”包含当地人的衣食住行以及各处风景地貌，还有更深一层的历史文化内容。宁夏这一块热土历史久远，不管是历代共修了 3000 里的长城，还是自古开展的水利建设，都足以见证这片土地上曾经辉煌的过往。对于二十四史查无踪影的西夏王朝——这是“在宁夏游历，一个绕不出的八卦阵”①，作者用五篇文章，从银川的承天寺塔开始，描述了西夏整个王朝的发展灭亡史，尤其经过蒙古军的毁灭性报复——居民惨遭屠戮，王城被劫掠一空后再被付之一炬，除此以外，蒙古一统中原后亦不为西夏 200 年的朝代更迭修史。“史料典籍的奇缺是西夏成谜的关键……加之实物大量被毁，西夏就像一捧历史长河中的雪浪，无声无息地消失了”② ——西夏王朝的历史被揭示的同时，对战争的反思、对待文明的方式等命题都进入了读者的思索范围。与历史书写并行不悖的一个方面，是文化的书写。“天下黄河富宁夏”的老话揭示了水与这一片土地的关系。黄河，在宁夏境内蜿蜒而过，不仅孕育出这片地区文明最初的种子，也带来整个流域沿岸的农耕文明，冲刷出中华文明主要的空间和地域。除了“水”文化带来中华文明这个大系，还有旁系文明，尤其宁夏作为回族自治区，伊斯兰文化是其文化传统中除却传统儒家文化之外又一大文明系统，在《宁夏纪行》中，伊斯兰文化随处可见，如汤瓶文化（《在三营》）、拱北文化（《回民，围寺而居》），回族经商的传统（《错过韦

① 毛毛：《宁夏纪行》，北京：中国旅游出版社 2001 年版，第 39 页。

② 毛毛：《宁夏纪行》，北京：中国旅游出版社 2001 年版，第 60 页。

州》)、待客之道(《潜泳在回民之俗》)等,作者通过细致的观察,发现伊斯兰文化到了宁夏,与这一方水土结合后,发生了变化。譬如回族爱喝茶,待客也爱用茶,可是到了西海固水源奇缺,茶就换成了西瓜。伊斯兰先贤圣徒墓在新疆称“麻扎”,到了西北一带称“拱北”。在海原唯一的两座“拱北”,都被盗了,按理说《古兰经》禁止信众盗窃,但是事关“拱北”又似乎可以有那么一些例外了——海原贫困交加的农民还是家家户户凑钱,从别处“盗”回来一座(《回民,围寺而居》)。

通过上面这一系列文化“深描”,从表层的衣食住行到内里的历史文化积淀,《宁夏纪行》以一种细腻的手法开始了对宁夏这一片土地“意义的阐释”——在人类学家格尔兹看来,“这不仅是文学作品的做法,同时也是民族志寻求文化阐释的方法。因为文学文本和民族志一样都不是寻求定律的途径,而应是为了寻求意义所作的阐释”[①]。在此书写策略下,民族文化的知识谱系得以徐徐铺开。风物文化、人文地理与作者诗意的笔触融为一体,立体地呈现了西北一隅多元的“地方性知识”。读者收获知识之余又不时被作者的生花妙笔所折服,被作者饱满的诗情所感染,对作者笔下的事物充满向往,人类学民族志和文学诗性结合的可能性再一次获得了证实。

再者,不得不提的是作者作为一名在汉族地区长大的回族人,行文中将汉文化、回族文化以及西方文化糅合,使得文本透露出一股多元包容的气息。最常见的是文中信手拈来的古典诗词,如《潜泳在回民之俗》中与小弟的情分被扩写到人与国家、宇宙的情感,并且引用了张载的《西铭篇》观照传统的“家国”观念,再将这种观念投射到对回族友人、家人的情感上,自然真切。又如写到海原的见闻:从1920年的海原大地震到《古兰经》中的《地震篇》,从海原天空中盘旋的雁群到宋朝邵伯温的《闻见录》中北宋气数已尽的预言,再到以古诗作结反问,在海原这样的地方“纵有春来何处知”?行文灵动,异质事物不露痕迹地融入表达中。又如在《丝路上,遗落的一只鎏金瓶与一只狮子》一文中,从到固原的博物馆参观开始,丝绸之路的历史就如一匹江南丝绸缓缓在读者眼前抖落展开。作者别具匠心地选了一只鎏金银瓶为观察对象,这只出现在北周柱国大将军李贤夫妇墓中的陪葬品,圆滚的瓶腹部居然描了希腊神话中金苹果故事的人物——这就是文化交流的见证,无须千言万语,“多么纷繁复杂的事物都变得这么简单”,见到它“有一种倏然距

① 克利福德·格尔兹著,纳日碧力戈等译:《文化的解释》,上海:上海人民出版社1999年版,第21页。

离消失掉的美妙感觉，原来这就是文化交流”。[①] 复杂的文化交往理论在作者短短几行文字中便解释到位，不枯燥亦不显复杂，却让人读罢心驰神往。

可以说，《宁夏纪行》对宁夏地区各方面的描写，在一定程度上体现出相当的民族志书写知识性和学术性的维度。作者将沿途见闻串联相关学术研究成果，并转化为文章内容，同时也将宁夏地区的历史与文化在此转化成一份诗性的族群文化民族志。

五、民族志人文转向的意义

通过上述分析可以发现，小说也好，散文也罢，并非不能承担民族志的功能，但与传统的民族志相比，它也许只是“在内容上更多地强调了主体的敏感性和感受力，在表达方式上用了精通文学与艺术的手笔”[②]。这些看似“无意”的民族志与少数民族文学领域的“碰撞”，提供了认识文学与人类学是在什么层面上发生“越界”、产生互动行为的新视角。基于此进行文学人类学研究，我们可以观察民族志的人文转向如何在少数民族文学领域发生和发展。当然并非所有的少数民族文学都具有人类学意义，判断关键是文本所阐释的局域文化、族群文化是否与人类学社会科学的实证性之间具有互文性，这种互文性又是否体现出“地方性知识”。

新时期以来，少数族裔民族性的议题日渐被关注，如果说新时期初期许多少数民族文学创作还只是不太自觉地呈现出民族志色彩，那么到了20世纪90年代中后期，则有越来越多的少数民族作家自觉地转向民族志性质的书写。这一方面是因为多元文化认同带来的创作范式丰富，更关键的原因是少数民族对本族族性的追求愈发自觉。为族群“代言”的使命感以及对本族文化传承与发展的思考，使得少数民族作家越发倾向于创作具有族裔本位性的文本，获得与“主流”汉语文学界“平等”对话的话语权。另一方面，伴随现代化的发展而来的传统乡村社会衰落，让许多边地少数民族区域遭受了前所未有的冲击，族性言说诉求也就越发强烈。但是接下来的问题是，如何建构族性？其理想的状态是否本位性地复归传统即可一劳永逸？这些都是具有时代价值的命题。反观民族志的人文转向，能以多种视野为参照系，穿越不同学科的壁垒，在文学创作和研究中重新理解民族文化传统，以具有民族独特性的文学来表达具有世界共通性的文化精髓，或许这正是进入全球性文化结构的总体坐标，实现多元一体文化并置与反思的可行尝试，也是民族志与文学书写

---

① 毛毛：《宁夏纪行》，北京：中国旅游出版社2001年版，第237页。

② 叶淑媛：《1990年代以来的民族志小说研究》，兰州大学博士学位论文，2012年。

一并达到民族性的借重和人类性的超越之理想的一次机遇。

第三节　当代回族性别话语

一、当代回族性别话语的出场

20世纪80年代中期以来，得益于西方女性主义思潮在中国的大规模传播，以及“浮出历史地表”之后女性写作的蓬勃之势，文坛涌现了以残雪、陈染、林白、池莉等为代表的具有鲜明女性主义写作立场与观念的女作家。大量具有女性自觉意识的文学作品的产生直接导致中国女性文学研究也出现了新高潮，采用“女性意识”“性别意识”等理论对有关女性生命本质、生存境遇问题进行呈现与反思的女性话语研究层出不穷。这些研究有别于传统男权文化的意识成规，通过严谨反思历史和审视当下，跨越了文学研究中一些僵硬的藩篱，具有明显的跨学科性质和创新意识。

在众多具有性别意涵的文本中，新时期少数民族写作中的女性话语[①]由于身处民族、国家、性别、阶级的多重关系内，呈现出既有女性意识，也有民族意识、地域意识和宗教色彩的复杂面向。在此背景下考察新时期以来的回族文学可以发现一批独具民族特色的女性话语书写——它们通过回族女性形象的塑造，把女性生存、民族历史与现实进行联合反思，展现民族历史文化对女性生存积极的促进和消极的限制并存的影响。如木斧的《十个女人的命运》、白山的《冷月》和《日月痕》、霍达的《穆斯林的葬礼》、李进祥的《孤独成双》、马金莲的《碎媳妇》等。这些作品中的回族女性形象大多是勤劳善良的普通妇女，多数都经受了种种生活的苦难，但通过宗教的指引以及个人坚韧精神的支撑，这些妇女从来没有放弃过对生命和希望的执着。在某种意义上，这些女性群像既是丰饶坚韧、艰难伟大的母性象征，同时也成了

① 伊莱恩·肖瓦尔特在《走向女性主义诗学》一文中将女性话语大略分为两种不同的类型，第一种涉及作为读者的女性，研究的对象是关于女性的话语，即对男性文本的重新解读；第二种涉及作为作者的女性，研究的对象是女性话语，即对女性写作的研究。（参见 ELAINE S. Towards a feminist poetics. in MARY J. Women writing and writing about women. New York：Harper & Row Publisher Inc，1979：24）据此考察大陆晚近的女性话语研究，多数呈现为第二种类型，也即研究者多数集中在对女性创作文本的解读上，而忽略了对男性文本的考察。这很有可能导致错失检视社会性别想象的多元样态及其文化象征意义的机会。因此本书把相对于或针对于男权意识形态的、具有一定女性主体意识的性别话语，统称为“女性话语”，它很多时候指向女性作家创作的文本，但不能否认同样会有部分男性作家的文本具有同样的意涵。所以作为本书研究对象的女性话语，既包括女作家文本，亦包括部分男作家文本。

回族文化精神的绝好隐喻。

新时期回族文学中女性话语的书写逻辑大致可以分内外两线进行梳理。在内线，回族女性形象多是和家庭相关联。尤其回族传统妇女普遍文化知识水平不高，如果不外出务工多数是经历从娘家嫁到婆家“两点一线”的生活轨迹，她们整个生命历程不同阶段多数通过“女儿—媳妇—婆婆”或者“女儿—妻子—母亲”这两类演化路线即可大致概括。在外线，一方面由于近百年中国民族国家转变历程的作用，回族作为中华民族的一部分，同样无法摆脱民族国家主流话语的巨大影响。而另一方面，回族女性话语在面对不可避免的被强势（带有男权意味）主流话语收编命运的同时，女性意识文本中某些琐屑微末之处，会以更为意味深长且微妙的方式潜存。这时女性意识、性别话语与民族意识及身份认同之间的微妙关联，有可能以更为复杂的方式呈现出内在于民族文化中的“另类历史想象”。内外两线交叠，在传统与现代、国家与个体之间，可以看到回族文学女性话语在回避传统男性中心主义的同时，也避免对女性经验“自我他者化”的多重尝试与努力。

二、内线：家庭内部角色的次序转换

在中国传统文化观念中，妇女的主要角色都是在家庭中转换。或者说，妇女的地位主要体现在她的家庭角色所处的位置。无论是娘家的“女儿”还是婆家的“媳妇”或“母亲”，直至最后的“婆婆”角色，女性的天地大致就在这几个词语所附带的责任与义务中被比画出来了。而回族女性在这些角色的转换中除了恪守与汉族女性无异的“三从四德”等儒家纲常规训外，在伊斯兰教理上亦有约束。尽管《古兰经》当中对男女行为都有不同程度的约束，而且对女子的遗产继承有细致、严格的规定，在一定程度上保障了女子的合法权益，但这并不能说伊斯兰教对女子约束就比传统汉文化中的约束少。在伊斯兰世界，男性的地位普遍要高于女性。而且这样一种思维也随着伊斯兰教的传播被带到了中国，并与儒家纲常的规训产生共鸣。换句话说，“儒家文化对于女子的要求在某种程度上与伊斯兰教对女子的要求不谋而合。这种双重文化的集合体使得回族妇女背负着远较汉族妇女更沉重的文化负重”①。

在做“女儿”的时代，这些回族女性面貌多数是鲜活、欢快的。像马金莲《碎媳妇》中的女主人公雪花，“母亲只有她一个女儿，干啥都由着她性子”②，甚至连针线活都不用她干。又如白山长篇小说《冷月》中的明家女儿

① 杨春燕：《回族女性与回族文化》，华东师范大学硕士学位论文，2012 年。

② 马金莲：《碎媳妇》，《回族文学》2008 年第 4 期。

们，个个如花似玉还聪敏过人，文中写到这些女孩儿们在夏夜的家中大院玩“接七姐姐”的游戏，仿佛让人看到《红楼梦》中众少女嬉戏的场景，但不同的是，这群小姐们不仅长相、家世过人，而且关心家国大事（如听到日本入侵中国，泉景、杭景上街游行），还有一股侠义之气以及懂得运用现代知识（如小姐们一起帮泉景的学友周文兰打赢了边城腾冲从没有过的“女休男”离婚官司）。即使如李进祥长篇小说《孤独成双》中的孤女阿依舍，虽然双亲在地震中遇难，但她遇到疼爱自己的养母麦尔燕，又有哈桑给予的哥哥般的爱护，她无疑拥有一个完整快乐的童年。

然而这样的一种无忧无虑时代随着女性在家庭中角色的转换而发生改变——随着年龄的增长，从最初的为人女，到为人媳（为人妻）、为人母，到最终成为婆婆，女性所要面临的社会、家庭关系日渐复杂，心境日渐冗杂。

在马金莲《碎媳妇》中，新媳妇雪花刚来到婆家就“被婆家的规矩吓住了”，与在娘家时清闲自在不同，雪花首先要负责包括哥嫂在内的婆家十口人的起居饮食，在繁重的家务农活背后还有家里两个女人之间的心机算计——雪花有一个一看就觉得无比精明的嫂子和一个表面波澜不惊实则同样精明的婆婆。雪花在上了嫂子“无数堂课”后终于明白，“哪个女人不是吃亏受苦熬过来的”，“嫂子在婆婆手下熬了多年，该是站在婆婆的位置上使唤别人的时候了。自己刚来，只有给人家当丫环的份儿”。[①] 再如《冷月》中大老爷明照东的第三任太太老西连，从生下第一个女娃不敢坐月子到生了第二个儿子后坐了半年月子——明照东的大太太与二太太看着这个三太太如此“放肆”心中虽然不忿，但是由于没有生育，她们在明家的地位自然没法和传递“香火”的“大功臣”相提并论了。可以说，在回族社会中，传统中国的“香火”观念同样十分浓重，女性在家族中的公认价值首先是体现在生育下一代的作用上，因而，生育成了传统妇女在家庭关系层级中提升地位的第一道关卡。但是《碎媳妇》中的雪花生育后，并不能彻底改变她在婆家关系层级中的位置，因为她生的是女娃，哪怕在月子里朝着母亲淌下眼泪，婆婆也要“借古讽今”一下，反衬她的“身在福中不知福”。由此可见，无论是回族还是汉族媳妇，生下男或女，媳妇的待遇不一样的情况都是一样的。所以雪花生有两个儿子的嫂子敢在雪花面前摆谱，而雪花那生了四个儿子，又治家有方的婆婆地位更是不可撼动。作为媳妇雪花表面上受到的是妯娌之间与婆媳之间的压力，其实在深层次上是男权文化的压抑。婆婆也好，嫂子也罢，都是“一种‘雌雄同体’的中性（制度化）身份，她们的身体已经得到转换，在一群儿孙身

① 马金莲：《碎媳妇》，《回族文学》2008 年第 4 期。

上得到了延续，成了‘宗族身体’”[1]。在这种桎梏内的媳妇（也是当年刚嫁来的婆婆、嫂子），通过生育，传递“香火”，伴随女性自然的身体最终被置换成“宗族身体”，女性从最初的媳妇身份逐渐演化成婆婆的身份。

如果说媳妇在传统婆媳关系中由于传统辈分关系是处于主从关系中“从”的一方的话，那么在妻子与丈夫两性关系中，二者关系上应该处于一个相对平等的位置。但是回族传统两性关系中，女性多数处于一种被动的状态——这无论是在回族传统婚嫁模式中，还是在回族对女性生活礼仪的规训上都略见一二[2]。丈夫或者妻子，本来对于彼此应该都是最为亲密的人，但如“隔山隔水”的状况在回族文学中并不罕见。不少回族文学作品中，丈夫的位置时常是缺席的，这一方面是因为回族多数崇商，男人出门经商是为传统，另一方面，我国回民多数分布在大西北，不少家中男性因生存所迫必须外出务工养家。就像《碎媳妇》中说的“男人她留不下，像这里的许多女人一样，她们留不住自己的男人，一家人得往下活，柴米油盐的日子得一天一天打发，就得送自己的男人上路”[3]，丈夫常年不在家，妻子就必须承担起打理家中各种事务的责任。她作为妻子的感情，更多是被雪藏在内心的深处。在李进祥的《女人的河》中，阿依舍与丈夫穆萨的感情第一次也是唯一一次交会只在丈夫让她成为真正女人的一刻。之后，她不知道到底是“走完了爱情，还是开启了爱情”。再接着，丈夫外出务工养家，留在阿依舍心里的只有对自己生命中最灿烂一刻的反复回味。而在白山的《冷月》中，明家三老爷明照北本来有一个情投意合、知书达理的妻子白瑞卿，而且他没有外出务工养家的世俗压力，但由于他心中饱含男子汉应到广阔天地闯荡的豪情使得他离妻别女，最后因种种误会而失去爱人。

这些丈夫长期离家、独自一人面对家庭压力的妻子们默默承受渴求被压抑或者期望被取消的后果很有可能就是扭曲地报复。《冷月》中白瑞卿得知明照北带了小（妾）回来时，她便不再和这个丈夫有任何交流。如果说这种报复类似于“哀莫大于心死”的话，《穆斯林的葬礼》中的梁君璧则是相反的类型。梁君璧与丈夫韩子奇无爱的婚姻使得她内心女性的一面日渐枯萎，得知丈夫与妹妹有染后，梁君璧女性心理开始极度扭曲，无论是对洁净的过分

---

① 张柠：《土地的黄昏》，北京：东方出版社 2005 年版，第 179 页。

② 例如回族传统婚嫁主要是男方先通过各种途径打听到女方具体情形，而后再托媒人上门提亲。如回族传统服饰讲究对“羞体”的遮掩。石舒清的小说《暴雨》中就提到一个情节：碎姐在很小的时候就被母亲告知，不要把胳膊和小腿露在外面，在那天实在热得受不了时，碎姐把自己窄小的裤腿往上提了提，在提起裤腿之后还往四周望了望。参见石舒清：《暴雨》，《朔方》2000 年第 11 期。

③ 马金莲：《碎媳妇》，《回族文学》2008 年第 4 期。

追求，还是对情爱话语的极度反感，甚至最后摧毁了儿女的爱情，都能看出她的反应与行为超出了常人的度。虽然有研究认为，梁君璧的形象使伊斯兰信仰最后成了守旧愚昧、蛮横不近情理的象征，而对《穆斯林的葬礼》持否定态度[①]，其实只要从女性话语角度观察就会发现，并非出于对教规盲目且偏执的恪守导致了梁君璧的悲剧，她的一系列行为背后，是一个女性渴求家庭完整、姐妹亲厚的祈求破灭后，“她将以父权社会最为暴虐的形式，玩味着支配他人（儿子）的权力，对他‘施行种种绝密的精神上的虐待’”，借此“扭曲的形式向曾经伤害其心灵的男权社会、文化施与的复仇”。[②]

通过上述分析似乎可以发现回族与汉族的女性处境极其相似。但是在回族女性书写中有一个不容忽视的独特现象就是，当爱情无路可走，生活的苦难扑面而来之时，回族妇女不约而同地转向宗教。这在李进祥的《孤独成双》中十分常见，无论是丈夫远走、儿子成寇，还是孙子归真（死亡），这些人生中的重大打击来袭后，麦尔燕奶奶总相信那是“真主的口唤”，是“真主的安排”，并且靠着这样的信念，麦尔燕一次又一次地没有被苦难击垮。在李进祥另外一篇作品《向日葵》中，盲人女主人公小米的丈夫喜子出了车祸，两条腿小腿以下被截肢，但小米觉得“男人自从少了那两截小腿后，再没受过啥磕碰，连个感冒都没得过。各种各样的恓惶人都很少得病，真主对人是公平的”[③]。小米自身虽然失明，但是身体其余的感觉器官却锻炼得日益敏感，她觉得“少一样就会多一样，真主是公平的”[④]。《桃花盛开》中的文老太太，总劝慰邻居九嫂子“信真主吧，主会给你指引……只要想，主就在每个人心里，主的力量无处不在”[⑤]。信仰的作用就如涓涓细流般，在一个又一个普通的回族妇女心头，滋润了心田，甚至挽救了灵魂。《穆斯林的葬礼》中的梁君璧，正是凭借对宗教的信仰而“免于彻底的‘曹七巧’式的悲剧终局，而以一个虔信的穆斯林宽容博大的心胸原谅了丈夫曾经的背叛、冷漠与欺骗，在其弥留之际无比虔诚地为他祷告，并最终为自己赎回了一颗宽容、豁达与平静的心”[⑥]。

---

① 最早的否定看法来自伊斯哈格·马彦虎的《葬礼为谁举行——评〈穆斯林的葬礼〉》（《民族文学》1993 年第 3 期），随后的持否定意见的文章多数来自网络论坛，可参见中穆网：《〈穆斯林的葬礼〉之我见》《〈穆斯林的葬礼〉对穆斯林的误解》《简评〈穆斯林的葬礼〉的思想性》等文。

② 戴锦华：《涉渡之舟——新时期中国女性写作与女性文化》，西安：陕西人民出版社 2002 年版，第 239 页。

③ 李进祥：《女人的河》，银川：宁夏人民出版社 2012 年版，第 204 页。

④ 李进祥：《女人的河》，银川：宁夏人民出版社 2012 年版，第 205 页。

⑤ 讴阳北方：《桃花盛开》，银川：宁夏人民出版社 2012 年版，第 2 页。

⑥ 王冰冰：《多元文化语境中的少数民族女性书写》，中央民族大学博士学位论文，2012 年。

可以说，在此回族的族裔文化突出了它自身的独特性甚至说救赎性质——在现实生活中困窘无路的人能借着宗教的力量而不致灵魂亦同样潦倒。但是随着全球化时代的到来，文化多元的冲击，纯粹的属于少数民族“原初”性质类的构成已不复存在，像这样一种单纯的宗教救赎作用明显不足以抗衡当下民族的历史与记忆之危机带来的冲击。所以在某种程度上，回族女性书写里的内线中传统家庭女性的结局，大都不约而同指向一个寓意未必清楚乐观的未来（或者就是悲剧收场）。这未必是出于文学创作需求的考量，而是在深层次上显示出在现代生活中，女性这一于民族生存发展有着潜移默化深远影响的群体正在遭遇着精神重构的困惑。这也解释了为什么在回族文学中，女性角色大都是忍辱负重、坚忍茹苦的传统类型。因为“除却一个通常会作为前缀或放入括号的生理性别外，她们无从去指认自己所出演的社会角色，无从表达自己在新生活中特定的体验、经验与困惑”①。缺乏应对冲击的思想资源，回族女性只能在家庭生活中，继续出演千百年来未曾改变的生儿育女、相夫教子甚至是忍辱负重的传统角色。

三、外线：女性话语与宏大叙事之间

优秀的文学作品都深植于特定的地域空间和民族传统文化的土壤，文学创作的丰富性正是地域空间多样性和区域文化多元性的具体体现。② 而回族文学在过去的近百年时间里，不仅扎根于汉文化与伊斯兰文化共生的多元文化场域，还沾染上中华民族近百年来的滚滚硝烟战火。传统意义上“安于内”的回族传统女性就在这硝烟四起的年代里被历史直接地、缺乏任何过渡地抛入了民族国家澎湃的历史浪潮中。她们不得不以女性柔软的身躯，书写着一个个家族甚至民族千钧重负的血泪史——以女性及边缘立场思索民族历史文化，揭示女性话语与民族国家叙事及民族话语之间的复杂关联，并以此为契机追问与质询内在于民族传统中的男权因素，这正是回族女性话语书写中外线部分的核心内容。

李进祥的长篇小说《孤独成双》，以西北一个叫红沙湾的偏僻小村中穆萨一家一百来年的遭遇为主要内容。从丈夫穆萨到儿子嘎西再到孙子哈桑，这些男性身上流着同样不安于室的血液，对于民族、国家、责任充满热情与追求，使得他们身边的女性总是别无他法，只能一次次送走他们，以及一次次

① 戴锦华：《涉渡之舟——新时期中国女性写作与女性文化》，西安：陕西人民出版社 2002 年版，第 12 页。

② 丹珍草：《藏族当代作家汉语创作论》，北京：民族出版社 2008 年版，第 3 页。

无言地等待他们归来。刀口舔血了半辈子的穆萨内心对于民族的执念最终还是没能逃脱宿命——这个男人总是需要一些更加巨大的东西填满他的内心。穆萨决定去朝觐，可是他这一走就没能回来。而穆萨与麦尔燕的儿子嘎西，因为内心尚不清晰的念头，也因了那个他唯一动过心的女人阿米娜，他离开母亲当了土匪。为了追寻自己的身世，为了成就一番事业，麦尔燕的孙子哈桑同样不告而别，离开自己深爱的两个女人（麦尔燕和阿依舍）。这些不约而同先后都被自己所爱的人抛下的女性，只能独自面对繁复的劳作、乡邻的闲言，甚至恶霸流氓的欺辱。本来在内线部分中相对而言属于“稳定且静止的”传统的女性角色，因为充当“隔离层”的男性角色被抽调，使得原先被隔离、悬置的外部世界直接与女性进行接触。这些被强行抛入外部世界的女性，一开始仍然在某种惯性上延续着早先内部的行为逻辑——穆萨刚走的那些日子，“麦尔燕感觉自己也随着穆萨上路了，她这样用心灵陪着穆萨，每天都感到走了长路样的疲惫与饥渴……就是在这种心理状态下，她往往连儿子嘎西的存在都忘记了，更无法感受到自己腹中的生命”①。可是当女儿法图麦出生后，麦尔燕的精气神又回来了，她开始围着这个女儿转，哪怕乡里人对她有闲言碎语她都显得很平静，这时的麦尔燕还是依靠着原先的“内部逻辑”生活。哪怕儿子长大后去当了土匪，体弱的女儿长到13岁在一场大火中失踪，麦尔燕终于变成孤身一人，但这时经过了至亲一次次的生离死别之后的麦尔燕已经能独自面对这些“真主的安排”——她融入了红沙湾这个小社会，她帮人看病，帮人接生，红沙湾人有个好歹也总要喊她看看，而且她还有了新的觉悟——

她觉得自己也有像曾经是大小姐的奶奶一般的飘气儿，那是骨头里有的东西，但奶奶的脚一直没有沾过土地，一直飘在山的顶上……但是自己要努力往下落，燕子那样往下落。脚踏在土地上稳当些。她能融入红沙湾人的生活，正是她往下落的结果。对于穆萨和嘎西的出走，麦尔燕也不多想了：“他们就是风中的鸟儿，想落都落不下来……”有时想开了，觉得那都是真主的召唤。②

但正是依靠“落下来”融入外部世界这么一个方式，麦尔燕在红沙湾不再被排斥。随后麦尔燕作为共产党家属，在儿子嘎西被监禁之时，获得探望

① 李进祥：《孤独成双》，银川：宁夏人民出版社2003年版，第88页。
② 李进祥：《孤独成双》，银川：宁夏人民出版社2003年版，第167页。

的特权。这位母亲特意嘱咐儿子在几天后行刑时要念清真言，在儿子的哭泣声和念诵声中，她欣慰地走出了监牢——这一系列的描述让这位在红沙湾中颇具群众基础的妇女似乎具有了许多历史上深明大义的“铁娘子”形象的味道。但是麦尔燕哭着硬是给儿子僵硬弯曲的尸体揉了一夜关节，尸体才终于躺平（回族讲求亡人尸体必须平整入土）的情节似乎又证明了这一位回族母亲与那些永远将个人情感置之度外的“铁娘子”不太一样。

在这里，麦尔燕等女性角色体现出来的已经不仅仅是一个家族在民族国家叙事中的苦难，也不仅仅是回族女性在主流意识形态中的遭遇，她已经演化成整个回族在这一个多世纪以来苦难历程的隐喻。麦尔燕作为一个热爱生命、慈悲的回族母亲，既是丰饶坚韧、艰难伟大的母性象征，也是回族文化精神的表征。这些本来具有更多可以阐释与解读价值的内容却经常轻易地被民族国家宏大叙事所收编——因为对于后来的主流历史叙事建构自身合法性这一工程来说，这些具有多重意涵的叙事无疑具备挪用及重新赋值的一维。在宏大整一的叙事逻辑的统摄下，这符合挪用及重新赋值的一维可以纳入民族国家政治及权力话语的建构当中，演化成其他版本的叙事，而除此以外的其他方面内容将会从历史记忆中被抹去。在这里，一个以民族国家之名出现的父权形象取代了零散化而又无处不在的男权，成为一种至高无上的权威。但是，恰恰是在女性话语的书写中，通过“这些丧失掉所有庇护的母亲和女人，她们的遭遇与选择，却可以使民族叙事中裂开一道缝隙、出现一种瞬间存在的空间”[①] ——正如麦尔燕在听到处决儿子的枪声时从马上跌落，又如面对儿子僵硬的尸体硬是哭着揉了一夜——这些细微之处或许恰恰就蕴含了女性书写对主导民族国家叙述所界定的秩序与界限的重塑与改造的可能。

再看回族女作家白山的长篇小说《冷月》。这部作品以滇西明姓人家在抗战中的经历为蓝本，不仅成功地把抗战时期的滇西诸多历史事件和传奇融入了她的写作，更是通过明家几代人的遭遇，写出了一方土地、一方人所经历过的抉择和苦难。明家男人的内心世界和明家女性的婚姻生活，是这部小说重点着墨之处。明家先人，相传是明朝护末帝西逃的士兵，帝殁，这一支被派往滇西征粮的回汉混杂的士兵们最后在滇西定居，并全部改姓明，以示忠心。小说中的明家就是这支队伍中回族那一派系。在明家人血液中，始终流淌着振兴家门、精忠报国的心愿。所以作为家长大老爷明照东对于两个弟弟于“七七事变”前归来，万分痛恨，觉得那是对整个家族的辱没，哪怕是明

---

① 玛丽·雷雍：《诉说空间：巴勒斯坦妇女与民族叙事的产生》，见陈顺馨、戴锦华选编：《妇女、民族与女性主义》，北京：中央编译出版社 2004 年版，第 195 - 198 页。

家的姑老太（出嫁了的女儿）艾娘也指着她的两位哥哥骂胆小鬼。虽然如此，男性在明家的地位依然是不变的，所以尽管被指责，但他们终究还是可以继续怡然自得地在这个家里生活，而自己的太太、儿女们，也依然得指望自己去养活——男性话语在此很明显地处于支配地位。

明家的前两代女儿，都生得美，可是都嫁了迂腐的读书人，到最后都成了只能受娘家接济度日的可怜人。明家现任大老爷明照东的三任太太都不识字，与自己丈夫无法有情感上的交流，只能作为生育工具。明家二老爷明照南的妻子是个大烟鬼，明家三老爷明照北原本有一位心心相印的妻子白瑞卿，他却最终因种种机缘巧合彻底失去这位夫人。不管是明家女儿还是太太们，婚姻的悉数不幸使得这些女性身上体现出来的更多是被压抑了的女性话语。本来新一代的小姐们是明家女人获取幸福的希望所在——她们虽然也是爱笑爱闹爱玩“接七姐姐”游戏的普通少女，但是国难当头时，她们毅然走上大街游行抗议侵略暴行，在面对学友周文兰的不幸婚姻（嫁给一个白痴）时，小姐妹们勇敢地为周文兰打起当地第一宗女性提出的离婚官司……“她们身上又有一些或许不一样的东西，或许能摆脱明家女人的困苦宿命。”[①] 但是适逢日本人来袭滇西，当地人都匆匆忙忙把女儿嫁出去，在这种随便在大街上看到一个男人，就拉来给自己女儿当丈夫的滇西热潮中，多少女儿是“撕心裂肺痛哭着嫁了人”。滇西虽然有女儿“哭嫁”的风俗（女儿出嫁时哭得越凶则表示越孝顺），“然而这个年头，滇西女人的哭嫁，腾冲女人的哭嫁，已经是一种绝望的哭，一种自尽一样的选择，一种对前途没有了任何希冀的哀嚎，天底下有哪个女儿，不到万不得已的时候，会用这种方式，拉着谁就嫁给了谁呢?”[②] 就在这种情况下，明家的小姐们却一个都没有嫁出去——不是大老爷的三房太太们挑女婿时嫌这嫌那，就是女孩们看不上，“她们似乎已经明白，她们所巴望着的‘爱’与眼前的男女成婚完全不是一回事，她们更不想让自己加入那个疯狂的求偶浪潮中，心灵中似乎有一个那么高贵精美的瓷器，不想轻易把它打碎了……”[③] 在日本人马上要进城的日子前，明家的小姐们全部都女扮男装跟着二伯与三伯逃进深山中。可是，就是这么一群绝不愿意草草交付自身幸福的女孩们，这群哪怕在逃难中也总想“干一些对国家对抗战有意义的事情”，都参加“抗日干部培训班”的女孩们，终归没有逃脱“拉郎配”的命运——二伯与三伯决定出山（抗日），担任县里抗日组织的军

① 白山：《冷月》，昆明：云南人民出版社2001年版，第175页。

② 白山：《冷月》，昆明：云南人民出版社2001年版，第360页。

③ 白山：《冷月》，昆明：云南人民出版社2001年版，第360页。

事高参，可是始终放心不下明家这一群未嫁的女儿。最终，“明家大小姐们默默地接受了这一个命运，只为了让长辈放心出征。她们在明照东的长嚎中出嫁，嫁给了自己压根不想嫁的人”①。就这样，这些敢帮学友打滇西第一宗离婚官司的小姐们终究没能改变自己的命运，匆匆嫁给了赶马人，嫁在了高黎贡山的一个个山沟沟里。

曾经以丈夫或父亲为表征的居于支配地位的男性话语让位于更高一层的民族国家话语——这不过是另一种男性话语——但它要表达的不再是如何直接统治女性，而是男性话语如何臣服于民族国家话语。女性形象在此，更多的像是呈现这种臣服的场所。民族国家话语惯性地以压倒一切的姿态，雄踞文本重心所在，女性尤其是民族中的底层女性那等而下之的生存困境要么被合理而有效地纳入民族国家话语，要么被放逐到叙事之外，成为“缺席的在场者”。正如明家这一群少女们，在抗战白热化时，她们为了国家，把自己嫁在一个不愿嫁的地方，嫁给一个与自己没有任何感情的人，然后默默老去。

但看似难逃民族国家话语桎梏的《冷月》在文末出现了两处饶有意味的情节。一处是“杭景盖房子”——杭景一家节省多年，终于凑够了盖一座五架房的钱，多年未见的小姐妹们，这时都是七八十岁的老人了，全都不辞劳苦一同到来贺喜。晴景举着竹篙，上面点着了鞭炮，其他的老姐妹们合推着一个独轮车，上面放着炭火烘着蒸糕——这些都是滇西人盖房子的习俗。那个小小的独轮车，走得这样艰难，却硬是走到这一面的坡头上。

明杭景，这个一直眼巴巴地望着山口的老妇，当她看到了她的老姐妹们时，突然脚下一软，瘫坐在地上……

眼泪从她那一双被皱纹围满了的，已经没有一点儿光泽了的眼睛里，大滴大滴地淌下来，落到了脚边，落到了血色的山土上……②

另外一处是“小姐们看照片”的情节——时间来到1995年，文中女作家明朗的姨侄在一本有关滇西的老相册中发现了1944年明家小姐们为远征军二十集团军战士唱歌鼓舞士气的照片。这张照片被亲人们争相传阅，就是照片中的主角们——远嫁在高黎贡山深处的明家小姐们（此时都已是耄耋老妇）也决定骑着一如当年的小小矮脚马，经由马帮带着，从深山来到坝子上，来看这张记录了自己最好光阴的照片。

---

① 白山：《冷月》，昆明：云南人民出版社2001年版，第500页。
② 白山：《冷月》，昆明：云南人民出版社2001年版，第510页。

比起家国战争等宏大主题，篇末的“杭景盖房子”和“小姐们看照片”的情节似乎有点过于细微了。但正是在这种琐屑微末之处，女性意识以更为意味深长且微妙的方式潜存。通过这些回族女性边缘的立场去再现女性与民族国家及主流历史的另类关系，发现民族国家历史作为一种叙事方式的弱点，而在裂隙处，或许蕴含着重新建构的可能性。《冷月》中显示出的突兀之处无论是出于作者有意为之的策略性选择，还是源于女性意识的一种无话语流露，其间透视出的女性话语与民族国家话语之间的冲突、对话、交缠、杂糅，都使文本在更加具体细微的层次上体现出女性书写在历史的边缘与角隅处尝试一种新的、远为繁复多重的民族历史叙事实践的可能。

四、边缘境遇与新的可能

相对于以汉族为主的“主流”文化来说，少数民族带有“边缘”的意味；而相对于以男性为中心的社会结构来说，女性也是带有“边缘”的意味。这种双重的边缘处境决定了少数民族女性话语在历史发展过程中的复杂处境，也决定了这种性别书写在社会转型的历史时期必然要遭受前所未有的猛烈冲击。因此，少数民族中的女性话语容易从女性特异的性别遭遇出发，将女性的性别体验转换为对民族生存经验的体认，开始了有关民族、信仰、男性、女性等现实、历史问题的探求。但少数民族女性话语并非铁板一块般的存在，除了前述的相似的特点外，由于族别的不同，在少数民族女性话语书写中也存在着差异。例如相比起藏族女性话语“习惯在民间叙事的基础上以激越的姿态回应民族文化的脉动”①，回族文学中的女性话语更多以较为温婉的方式标示她们对自身命运的思考——没有刻意强调自己的民族身份和性别身份，但是这两个因素恰恰在回族女性话语中自动结合了伊斯兰信仰和传统儒家约束力所产生的作用力，以含而不露、隐而不显的方式在展现回族女性话语自身面貌的同时，也丰富了回族文学的形式和内涵。

概括而言，回族女性话语无论从外线部分还是内线部分，都有会通于整体中国女性话语主流之一维，如有学者就指出：“转型期主流女性话语表现为女性、女性的身体逐渐由集体、人民、革命、民族的归属摆脱出来，获得女性意识和身体的‘自我’拥有，可是在彝族汉语诗歌和藏族汉语写作中，我们看到的不是女性话语从集体性、民族性的男性逻各斯话语中逐渐摆脱并成

---

①　刘书勤：《转型期藏族女性叙事文学中的藏族女性形象考察》，暨南大学硕士学位论文，2006年。

长起来，而是女性意识同民族意识、族属意识，大致同步地强化、增长。”[1]但不可否认逐渐强烈的族性意识将另外一些未曾融入的、异质的女性意识以相对晦涩但又独立的方式潜行在特定的文本世界里，使得这类文本在一定程度上成为女性意识与民族、国家话语意识不断协商与对话的空间与场域——这又恰恰是回族女性话语不流于一般表达之另外一维。就是在这种类似于微观“反抗”的尝试中，“逃脱与落网间的游离、暧昧、反抗与颠覆往往被研究者认为更具考察的价值”[2]。虽然这种“反抗”带来的具体效果还有待研究，但不能否认其中确实存在与权威、集体话语展开对话的可能，并且在这种对话过程中凸显出“并非只有历史的、政治的、集体的‘合法’话语及叙事方式才能起作用，女性、个人的情感体验也是可以成为暴露主导叙述疆界的边缘性解构力量”[3]。

在当下多元文化语境中，已经不存在一种单一的、具有统摄性质的经验、身份话语，女性意识或民族经验都不再是一个稳定或纯净的能指，所以对文本的阐释自然能带来不同身份、经验之间的交流对话。无论是女性经验，还是少数民族的经验，在此都可以融合、交流与协商。因此从女性经验的角度探讨少数民族身份话语，是在族性话语越发受到关注的当下，观察文本创作实践如何将少数民族的文化身份认同与女性经验相糅合的有效方式，更是从全球化、现代性、社会政治话语所交织形成的复杂话语网络中重新寻找自身的定位的有力尝试。

第四节　回族文学中的乡土书写

中国乡村是中国社会不可或缺的重要组成部分，这也直接导致了乡土书写成为中国文学创作上一个无法绕开的重要领域，在每个时代都受到不同程度的关注。无论是鲁迅勾画出来的人性饱受扭曲的鲁镇，还是沈从文描写的田园牧歌般的湘西，甚至浩然笔下农业合作化大潮甚嚣尘上的东山坞农业社，都从不同的角度，以不同的内容呈现了中国近百年来农村的各种面貌。这些

---

① 姚新勇：《多样的女性话语——转型期少数民族文学写作中的女性话语》，《南方文坛》2007年第6期。

② 戴锦华：《涉渡之舟——新时期中国女性写作与女性文化》，西安：陕西人民出版社2002年版，第35页。

③ 玛丽·雷雍：《诉说空间：巴勒斯坦妇女与民族叙事的产生》，见陈顺馨、戴锦华选编：《妇女、民族与女性主义》，北京：中央编译出版社2004年版，第206页。

不尽相同的面相，实则是中国乡村社会在中国近百年现代转型道路上不同阶段的表征，而且这个现代转型道路还在继续。进入新时期，无论是政治文化还是经济措施等手段，都给乡土书写催生了诸多新质。这种新的特质不仅出现在以汉族为“主流”的写作中，同样也出现在少数民族文学创作中。尤其少数民族本身具有的“边缘”印象与乡村在现代转型的边缘化遭遇二者间具有某种程度的相似性，所以少数民族的乡土书写，其实是观察新时期中国乡土书写的一扇窗户。

回族作为一个以“大杂居小聚居”为居住特点的少数民族，散布在神州大地各处，不管在城市还是在乡村，几乎都不乏回族人的身影。正是这种居住特点，使之覆盖了城、乡二者所具有的大部分议题。换言之，回族乡土书写其实是少数民族乡土书写的一个缩影，甚至将其放到整个中国新时期以来的乡土书写的背景下来看，都有一番独特的风姿。

一、法则失效的时代

要考察新时期回族乡土书写，首先不能绕开新时期以来回族乡村所面对的语境问题。自20世纪70年代末80年代初开始，整个中国社会就笼罩在一种以“变革”求现代化的氛围中，这种现代转型一开始体现为政治保守、经济渐进、文化激进，后来逐渐变得只剩下前两个表征。尤其90年代之后，对经济发展的追求已经变成整个中国现代化追求的首要目标，中国社会现代转型的总体趋势是工业文明对农业文明的挤压与置换。而彼时真实的状态则是农业文明、工业文明和后工业文明三种文化形态并置在整个中国的文化地理版图上且互相缠绕——这样一种杂糅的文化形态构成了中国当下文学创作的总体文化语境，也是乡土书写的文化背景。

但不能否认，乡土书写也并非铁板一块的存在，它有时代带来的流变，又有区域、文化带来的差异。例如回族乡土书写，它的乡土书写既得益于“大”语境又离不开自身的“小传统”——作为一个具有自身文化传统的族群，回族文学在直面乡土与城市这两个概念时，既有和“主流”文学界相同的反应，又具备本族群的独特表达。从20世纪80年代旦期的《黑牡丹、白牡丹》（白练），《月照梨花湾》《穆斯林的儿女们》（查舜），到90年代的《亚瑟爷和他的家族》《南下广州》（马知遥）以及到21世纪的《低保》《浮世》《清水里的刀子》（石舒清），《碎媳妇》（马金莲）等作品，不难发现回族作品在近30年来的乡土题材创作中都共同揭示了一个问题：旧有乡土法则的不再有效——这其实也是整个当代乡土书写的共同背景。

传统乡土社会以自给自足型的小农经济为主，社会的规范秩序主要以人情、礼俗、宗法等伦理观念为重，这样的传统法则在20世纪80年代早期的文学叙述中还是依稀可见的。在80年代初期白练笔下的新疆回族聚居地，乡村故事纷繁复杂，也不乏“政治气息”，但这样的一些书写主要是为了从侧面烘托出改革开放带来的政策利好。比如小说《先后》中，作者把妯娌间的矛盾写得活灵活现，实则是从侧面反映新时期的农村政策；又如《朋友》中，在支书“河州马”带领下，河州村不仅首开风气过上了“圣纪”，同时也没有耽误夏收，得到了皆大欢喜的结局。这些小说的主题塑造显然与1979年开始进行的农村改革有关，所以无论是对乡村风土人情的描绘，还是对农民们的生活世界的呈现都非常温和，而且无论过程如何纠缠迂回，最后结局都是红红火火奔向好日子。可以说，这种类型的书写模式背后是有关“小生产者的梦想”的述说，它对于乡村的把握主要是落实到人人分得土地，依靠国家政策和个人勤劳致富的具体层面，而在此背后，是乡土以及乡土之人都能获得尊严、政治权利等形而上层面的想象。

虽然依靠国家政策和个人勤劳致富的书写模式在乡土文学中屡见不鲜，但在这背后有一个无法绕开的问题：国家政策的出台得益于改革开放的背景。但1978年十一届三中全会作出了把工作重点转移到社会主义现代化建设上来的战略决策，就意味着一场新的现代性历史运动的开始。这场新的“运动”最直接的诉求落实到“财富”“利润”的追求上。这明显与传统乡村自足性的非现代性实践之间存在矛盾。所以随着国家改革进程日益推进，农村这种旧有的生产模式越发显示出其弱势的一面。

反映在同期文学创作中，不少作品中都开始出现农民从以耕种为主，变成同时发展副业的情况。例如在《棒槌鸟又叫了》当中，珠宝岗的农民，又开始进山挖人参；《业余社员》当中的纳万成老汉，最终也踏上承包温室的道路。当然，农民发展副业也是改革要求盘活社会各种经济构成要素的策略之一，这些在一定程度上证明了乡村过往单纯的农业模式已无法满足现代化的要求。短暂的受益期过去，乡村的传统秩序结构自然在现代化的进程下被瓦解，日益走向以“发展经济”“追求效率”为首要目标的现代化逻辑中去。因此在20世纪80年代中后期开始的乡土书写中，就出现了与此前作品不同的另外一种情况。像《三七》中，三奶奶的儿子马占奎，不仅利用当村干部的职务之便想尽办法从公家揩油水，甚至连老母亲被自己活活气死后，也想办法在丧礼上“捞一把”。如果说这个民族中的老一代人尚有信仰可以支撑自己的精神大厦，那么乡村新一代人由于远离信仰，以及旧有法则的约束力不在，他们反而是最先走向了新法则。尤其以村庄干部为主要代表的新一代人，他们由于最先与政策发生直接联系，所以也最先懂得“钻”政策的空子追求私人利益的最大化。像《选举》中的“巴掌脸”利用手中小小的一点权力，便肆意侵吞国家拨给贫困山村的救济财物；《搭皮》中的柳村长，借给村中“特困户”麻旦一家要救助之名，居然把要来的粮食让弟弟去喂了牲口；至于《群众演员》中那个玩弄村民于股掌之间的村长，以及《恩典》中粗暴干涉了木匠马八斤的正常生活还自以为给马八斤一家带来了多大恩惠的刘乡长和刘村长等，都如实映现着回族乡土社会的现实风云，展示着当前农村生活的艰难性和复杂性。

如果说对新法则的倒戈，一开始在村干部的塑造上显得最明显，那么到了 20 世纪 80 年代末，整个乡间社会对于利益最大化的追求已经十分明显。如《贺禧》中的牛蛋，一直是一个被村民看不起的“怂人”，但牛蛋变成暴发户之后，村民对他的态度发生了变化——这种变化的出现是以牛蛋为代表的一群人成为新法则中的支配方为起点的——牛蛋拥有经济实力，并且他以“先富起来”的姿态“帮助”村民致富，这就为牛蛋在村里的剥削在情感与伦理上提供了合法性。小说的最终结局是，村里人由对牛蛋的妒忌、羡慕，到最后蒙昧了良知去趋奉那用金钱包装了的败坏与邪恶。这种涉及旧有法则的失效以及对新法则的认同（物质为先）的作品在回族乡土书写中并不罕见，如《节日》《留守》《招魂》等作品都描写了金钱对乡村新一代人心灵的残害。《贺禧》中的主人公李生万，《月光下的村子》中的马保义，《歇牛》中的马生贵老汉，他们都不同程度地成了物欲势力的牺牲品。正如马知遥在《四月的河滩》中借乌德老汉的口说出：“人越来越懒，舍不得费劲下力。心越来越黑，过个河一人五毛，一辆车八毛，一辆手扶八块，一头牲口一块二！我们那会会摇橹撑杆出一身臭汗，一人两毛钱撑死了，没钱的说句好话算完。现在啥都在钱上说话，要钱不要脸，要钱不要良心。”①

在这些作品中，我们不难捕捉到乡土开始萧条的信息。费孝通意义上的乡村——以土地为纽带，有着自己固有的秩序，封闭却自足的村庄开始演变成一个陌生化的场域，场域内的关系纷繁复杂，传统意义上的乡土日益失却它曾经固有的特质与魅力。

二、“新”故事的出现：出村庄记

自给自足型小农经济构成了 20 世纪 80 年代早期乡土文学的主要内容，

① 马知遥：《四月的河滩》，《朔方》1988 年第 9 期。

但从20世纪80年代中后期开始，国家改革发展的重心开始转向城市，乡土书写也开始塑造一些“新”的故事。尤其是20世纪80年代中后期开始形成的波澜壮阔的民工潮，带来的一出出农民离乡、辗转城市的“出村庄记”，这成为乡土书写中极富生命力的场域。有学者就说：“乡村向城市迁徙和漂移的现象决定了中国乡土小说创作视点的转移。在前现代、现代、后现代重叠交织的文化语境中，中国乡土小说的内涵在扩大，反映走出乡村、进入城市的农民生活，已经成为作家关注社会现实生活的新视角。”① 所以，观察这一出出悲喜交加的“出村庄记”，可以看到乡土书写与社会、历史、文化如何相互捆绑，以及彼此建构。

“出村庄记”的书写逻辑，首先都难逃“城市”这一概念所具有的现代性想象。在《换水》中丈夫马清对妻子杨洁说：“总有一天，我要让你住上大房子，看上大彩电，用上真正的太阳能热水器!”② 《师娘》中从城市赚了钱回乡的杨静慷慨大方地向师娘赠送价值三千的戒指。就连《四月的河滩》中乌德老汉为儿子准备的提亲礼物，除了一只按照旧俗必须有的大羯羊，其余都是充满现代气息的自行车、洋箱子、金戒指等。无论是房子还是戒指，在此已经由最具体的物转变成一种现代化的召唤符号，这种符号背后是一个“过上更好生活”的梦想。如何才能拥有这些符号？如何才能实现梦想？进城！到城市里去，改变命运，那里一定会有更好的生活——这里的“更好的生活”不仅仅是落实到了物质的层面，还有精神上对于尊严、认同等形而上层面的追求。所以，“新”故事中，农村人基于对城市的向往与认同，纷纷走出村庄，由遥望城市到进入城市，寻找新的别样的生活。就像霍布斯鲍姆所说的，“多数乡下人都进了城，至少是离开了乡下传统的饭碗，尽其所能地在陌生的、可怕的，但也充满无限希望的新天地里寻找生计”③。

然而，农民的出村进城一方面使得乡村因为农民的离去变成“空心村”——不仅是实体乡村的衰败，更是人文层面上的空洞；另一方面，也使得城市因农民的到来而膨胀增殖，而农民因身份、地位、知识背景甚至性别等诸多因素，追求“更好的生活”的可行性更多是落实在出卖劳力（身体）的选择上。所以在乡土小说中，进城农民大多转变成出卖劳力的农民工，“被贬抑和遮蔽于‘农民工’或‘打工者’这类特殊的命名之中，成为身份模

---

① 丁帆：《“城市异乡者”的梦想与现实——关于文明冲突中乡土描写的转型》，《文学评论》2005年第4期。

② 李进祥：《换水》，《回族文学》2006年第3期。

③ 艾瑞克·霍布斯鲍姆著，张晓华等译：《资本的年代：1848—1875》，南京：江苏人民出版社1999年版，第263页。

糊、灵魂无所皈依的历史前行的‘中间物’”①。

李进祥的《换水》应该算是当代回族乡土书写“出乡进城”的典型文本。文中主人公是马清和杨洁，夫妇俩新婚不久，怀揣着过上好日子的梦想离开乡村来到城市。丈夫马清在建筑工地上干活，妻子杨洁在租来的房子里操持家务，本来似乎距离梦想不那么遥远了。可是自从马清在工地上摔伤了胳膊失业后，城市生活的残酷一面日渐展露。先是杨洁开始外出卖菜成为城管整顿对象，然后马清偷偷去扫厕所赚钱，最后杨洁为了钱沦为“小姐”。从刚摔伤胳膊时马清拒绝回乡到杨洁被查出得了性病后马清主动提出回乡，实则是梦想破灭的现实呈现。像马清、杨洁这样出村进城，最终又回乡的农民在乡土书写中已经成为一种典型形象：他们都怀揣着一个梦想奔赴城市，最后不乏黯然失色地回归乡村，身心都受到了创伤。这种弱势群像在文学上的集体出现，恰恰是城市作为一种强势文化（甚至是话语霸权），对农民（工）的一种“他者”化塑造。以城市化为表征之一的现代性话语不仅使得乡村沦为中国国内的“东方”与“第三世界”，同时也让农民在城市中成了“边缘”群体。这一群“边缘人”，在城市中多数没有找到自己梦想的生活，“出村庄记”的结局多数不是重回乡村，就是继续在城市中茫然地漂泊，当然也有少部分实现了梦想的人。在小说《天堂一样的家》里，包工头马成就是这样的一个例子。他从农村进城，做过各种小工，最后成了包工头——不仅开了自己的装修公司，还拿了城市户口在城里买了房——成为城里人。从初次见到城里房子时感叹“这些城里人，家像天堂一样”，到最终自己买的房子也被一个农民工称赞为“像天堂一样”，马成算是达成了梦想。但这个梦想实现者却没有从此过上幸福的生活。首先是重遇老主顾事件——老主顾姚老师在楼盘里遇到马成，问马成是否又来搞装修。当马成说出他就住在这儿的时候，姚老师明显变得语塞，转身还嘀咕：“以为是谁？有啥了不起？有房子就装城里人？土包子！”② 其次是装修工程事件——马成的装修公司工程上出了问题，这是关系到生计的大问题，马成第一反应就是要找一些城里人帮忙，“这些些城里人，他平日里很少动用……但现在必须要用了，有城里人出面才能解决这些问题……有城里人从中说和，事情处理得比预想的还顺利些”③。经历了这些马成明白了，“自己在这个城市面前，还是太渺小了，太不堪一击，它稍稍扯一下脸子，自己就被甩出去，甚至会摔得粉身碎骨……感觉以前的一些

① 丁帆、李兴阳：《中国乡土小说：世纪之交的转型》，《学术月刊》2010年第1期。

② 李进祥：《天堂一样的家》，《回族文学》2007年第5期。

③ 李进祥：《天堂一样的家》，《回族文学》2007年第5期。

想法，真有些可笑。有了一套房子，就认为是天堂了。现在看来稍有闪失，天堂马上就变成地狱”①。再次是回家事件——经历了一系列波折后，马成想回趟家，到底都七八年没有回去过了，虽然钱财上一直没亏待家里人，但情感上还是说不过去的。没想到近乡情怯，马成在县城下了火车后没有立刻往村子里赶，而是选择先在县城住一晚。这一晚，他想了很多，想到自己曾经的媳妇，后来成了自己的弟媳，还有自己那已经七八年没见面的儿子，甚至还有与自己同居了的女友林娴儿。林娴儿在电话里告诉马成其实她也是乡下人，逃婚来到城市，各种辛苦工作都做过，甚至也做过“小姐”。但当她拿着辛苦钱回乡时，却被扫地出门，因为家里觉得这个钱晦气。从此林娴儿再也没有回去过。在电话中和马成讲完自己的经历，林娴儿就从马成的人生中彻底消失了，马成成家的愿望不仅没有实现，而且换来心里深深的叹息。尽管老家就在五十里外，但马成觉得家很遥远，远得就像天堂一样。

本来马成比起《换水》中的夫妇俩，明显是属于出村进城获得成功的人，但他随后的一系列遭遇却说明了马成同样也没有实现他想要的梦想：虽然有了户口有了房，但城里人只记得他的出身；虽然有了公司，成了老板，但有什么问题还是要求城里人帮忙通融才能过关。他的成功只能获得同样出村进城的同胞的认可，就像给他送货的农民工夸赞他的家“像天堂一样”；以姚老师为代表的城里人只认为他是装腔作势的“土包子”。所以马成身上其实有一种深刻的身份尴尬——在农村老家，人人都羡慕他是大老板，但那是建立在他能获取资本的基础上的，马成在农村获得身份认可是基于拥有资本。但那点资本在城市资本运作中根本就是九牛一毛，在城市的逻辑中，马成无非是一个高级点的农民工。

农民在20世纪90年代后的际遇，其实早在改革开放之初便已有伏笔。1978年《实践是检验真理的唯一标准》发表后，“实践论”确实极大解放了中国由上及下的想象力和实践能力，但与此同时，大理想②也被悬置起来，取而代之的是实用主义，进而到效益为先、资本为主的天下。农民迟早都要被卷入资本运作市场中，20世纪80年代末以来的乡土书写中的“出村庄记”，恰好印证了世俗性的对财富的追求已成为社会主流意识形态之时，以土地为活路的农民在现代之路上的尴尬位置与生存困境。

① 李进祥：《天堂一样的家》，《回族文学》2007年第5期。
② 这里的大理想，实际上是指“社会主义理想”。

三、信仰的两难

上述的两点特征，其实在所有的乡土书写中都不难找到相对应的例子。但在回族的乡土书写中，有一点贯穿始终，那就是信仰。回族作为一个信仰伊斯兰宗教的族群，伊斯兰文化始终是其传统文化的主要构成部分。在回族文学中，信仰文化始终是一个突出的亮点。像《遍地毒蝎》中的瘸子尔利，在工地上出了事故，一条腿截肢了，“他没找工地上的麻烦，也没捞穆萨的后账，他觉得那是真主的造化，是他命该如此。回民出了事都这样，自己认命”①。尔利就这样重新回到乡村。又如《向日葵》当中的小米夫妇，一个失明，一个截肢，靠擦鞋修车为生，虽然生活艰辛，但小米觉得，“各种各样的栖惶人都很少得病，真主对人是公平的”②。可以说，信仰实则是回族人在现实生活中的一座精神导航塔。近百年来，回族“舍命不舍教”“争教不争国”也是源自伊斯兰文化中对信仰的最高尊崇。

但是，纵然是这些维系了千年的传统文化，在面对现代性的冲击时，也呈现出两难的境地。

《三七》中，三奶奶不齿自己儿子马占奎自毁教义抽烟喝酒还与其他村干部暗地私吞公家财产的做法：“这些狗屁干部！他们既不信真主、穆圣，也不管前世、后世，他们既不想进天堂，也不怕下地狱。他们只知道吃喝玩乐，想方设法给自己捞便宜！”③ 纵然三奶奶一路骂声不断，但儿子马占奎依然我行我素，整天盘算如何捞公家的便宜，最后就算在自己母亲的丧事上，也盘算着如何利益最大化。

阿訇作为主持清真寺宗教事务的人员应该算是信仰两难处境的直接体现者。在小说《师娘》中，师娘（伊斯兰教内对阿訇妻子的称谓）原本因丈夫成了阿訇感到脸上有光，可是这一份优越感在生活物质压力前逐渐消失殆尽。阿訇收入有限，这在从前的乡土社会或许体现并不明显，而且还有精神层面的他人和自我认可作为心理支撑，但这种心理符号终究难敌消费社会的威力。所以在自己母亲手术时，师娘发现自家连一千元住院费也凑不出来，心里无比沮丧；接着从前的“情敌”杨静衣锦还乡，三千元的戒指说送人就送人，这让师娘心里又遭受了一次冲击。最后因拿不出学校演出服装费用而致使大儿子离家出走，彻底让师娘内心全部的优越感分崩离析。师娘最后离开了丈

① 李进祥：《遍地毒蝎》，《回族文学》2006 年第 2 期。
② 李进祥：《向日葵》，《回族文学》2008 年第 3 期。
③ 马知遥：《三七》，《朔方》1986 年第 11 期。

夫，走上外出务工的道路。类似的情况在撒雨的《一个人和他的现实世界》里同样出现了。兰阿訇一直坚持开着他那破旧的摩托车，穿行蜿蜒的山路去给山里的穆斯林娃娃开学。“……没有阿訇可不行，穆民们汉文教育赶不上，阿文教育要是没人做，那不是一头担了一头挑了吗？……教门信仰是每个穆民心窗前的灯啊，教门灭了灯也就灭了，人就活得非迷路不可。”[①] 但是面对赚不到钱，妻子抱怨不已，兰阿訇内心也充满焦虑，“一年的工价啊，这么点儿钱。阿訇也有人情往费，也要吃穿花销，也要给孩子交学费，也要吃药打针啊！兰阿訇多少有点儿凄凉地想”[②]，不难想象，长此以往，兰阿訇终究要像妻子说的那样，“还不如到城里打工去”。

物质困扰与精神诘难，确实已成为当下不少民族传统文化的困境。但是，单纯的人文召唤、道德伦理感染，显然无法在长久的时日里，在现代物质的大浪潮中保存信仰的地位。信仰的两难，使得传统文化的困境日益窘迫，要怎样做才可以在遭遇困惑、徘徊之时作出调适，让教门能与时代共进——这是回族乡土书写中一个亟待解答的难题。

四、寻找乌托邦瞬间：西海固回族作家群创作

诚然，乡土写作遭遇了现代性所带来的无数困境，就连回族传统的信仰文化都在此受到了严峻考验。但不可否认，回族文学也尝试摆脱被动的处境，作出自己的反应。西海固回族作家群的创作正是回族乡土书写的一个独特的发声尝试。

西海固，位于中国西部宁夏回族自治区南部地带，是黄土丘陵区的西吉、海原、固原、彭阳、同心等七个国家级贫困县的统称，1972 年被联合国粮食开发署确定为最不适宜人类生存的地区之一。这一片自然环境酷烈、生存条件艰难的地区，也是回族聚居地。贫瘠的黄土世界，让西海固的回族作家群的创作显示出一股浓浓的乡土气息。

这种书写品质首先体现在对人与自然关系的审视上。这种审视一方面包含了人对脚下生养自己的一方水土的眷恋，另一方面则包含了人对与自己共同成长繁衍于这片土地的动物的深情。

西海固本身是一片不毛之地，但此间的人不管是离开了乡土，还是继续以土地为生，对土地浓浓的眷恋在创作中却始终不乏见。古原就曾在散文《浅灰色的眼珠》中写道：“那些朴实的人物和平凡的生活将我的内心一次次

---

① 撒雨：《一个人和他的现实世界》，《回族文学》2007 年第 1 期。
② 撒雨：《一个人和他的现实世界》，《回族文学》2007 年第 1 期。

照亮，苦涩的日子里，压抑不住的歌声、笑声发自心底，在这个年代，享受现代文明而又心灵苍白的人们，表情僵硬脚步匆匆走过城市的大街，心的深处盛满了什么?”① 在小说《回到河西》中，“我”远离家乡去到城市工作，但“这些年里，在城市的高楼上，整天面对着闪烁的电脑，脚踩在铺了瓷砖的水泥地板上，吸收不上地气，人永远是一种忙乎着、浮躁着、焦灼着的状态，对文字的感觉也是越来越迟钝”②，在“我”心灵深处还是惦记着河西故乡那一方水土。另外在《黄土墙的月亮》这篇小说中，主人公马利民在妻子的建议下回到老家散心，那颗因工作而焦躁不已的心在遇到老家静谧和谐的月光时，那股源自城市的浮躁悄然退去。可以说，在西海固回族作家笔下，土地哪怕荒凉如废墟，生长于斯的人也不会真正忘却它。他们对这片苦土有着别人难以理解的眷恋和深情，他们坚信在“苦甲天下”的地域之上同样生长着倔强、自尊和超脱的情怀。这种民族精神中的刚性因素，恰恰是现在城市人群中失落的东西，也是回族乡土书写中所呈现出的高贵的品质③。

除了对土地的书写，西海固回族作家群的乡土书写品质其次体现在对某些特定动物形象的塑造上，像牛、羊、狗、骆驼等都是创作中出现频率较高的动物。它们作为农耕文化与游牧文化融合后，人类生存不可或缺的工具或伴侣，无疑在乡土中国中具有特殊的含义。像《羊的故事》中羊羔刚出生不久就要被吃掉，《老人和羊》里老人唯一的一头母羊被狩猎者猎杀，《小火龙》中小马驹诞生给“我”带来的无限欢欣，《清水里的刀子》中老牛给老人带来的生命启示……西海固回族作家笔下的动物栩栩如生，在书写它们的生命历程时，既有作家们对生命的礼赞和高扬，也有对生命痛感的揭示。作家在书写动物的同时试图赋予动物与人等齐的生命伦理意义，从而在乡土动物的作品中内蕴丰富而复杂的生命意识。④

在西海固这片贫瘠的土地上，人与动物之间相伴而生，生命在广阔空间中单纯地相互碰撞却又相依为命，彼此不离不弃。古原的《老人和羊》以一只叫“黑眼珠”的母羊的角度进行叙事。“黑眼珠”看到了这一片土地的荒凉，但她也看到放羊老汉对羊的重视，人与羊之间的深情发生在这片寂寥的土地上，显得别样的温暖而动人。但这样艰苦环境下人与羊的温情相护却难

---

① 古原:《浅灰色的眼珠》,《朔方》2009 年第 1 期。

② 古原:《回到河西》,《朔方》2006 年第 C1 期。

③ 苏文宝:《西海固文学的生命意识叙事：苦难、宁静与朝圣》,《时代文学》（下半月）2009 年第 9 期。

④ 杨慧娟:《深情的生灵之舞——浅谈宁夏青年作家笔下的动物形象》,《黄河文学》2007 年第 1 期。

逃狩猎者的欲望魔掌——“黑眼珠”最终的中枪，也预示着贫瘠土地千百年的生命苦难远没有尽头。石舒清的《清水里的刀子》也写到了一头牛的死亡，但它更多是在宗教哲理的意义上对牛以及牛的死亡进行书写：牛在马子善老人家劳碌了无数年头，在得知自己死期已近后，牛不吃不喝，以期用一具内外洁净的躯体面对死亡的降临——这正是伊斯兰文化对于死亡的理解。所以牛的形象在小说中被罩上了一层温暖却神圣的光圈，“连同高房子里阳光投射下微微泛着金色光芒的伊斯兰教古老经典一起，连同清水里发着悠悠银光的刀子，共同为小说增添了‘神性之光’”①，人生的苦难与超脱的诗意在这里完满地结合了。西海固回族作家不仅借助动物从社会层面去写乡土的苦难，同时也从哲理层面去写人生的苦难。它不仅仅是为了写苦难，在此背后更有一种超脱世俗的精神性。在普遍弥漫着物质主义和欲望的时代，西海固回族作家群的书写对人类的一些具有永恒性的精神起到了一种保鲜的作用。

除了人与自然之间的深厚情感，西海固回族作家群的乡土书写也加入了浓厚的宗教韵味。行文通过写家长里短、吃喝拉撒，写牛马羊驴、猫狗鸡鸭，写乡里乡亲的生活故事，再把这些纳入宗教的高度进行审视和拓展，就像石舒清曾说：“我的创作可以说有一个大可依托的背景。这个背景，与其说是伊斯兰精神，倒不如说是西海固人的日常生活更准确些。”② 所以，西海固回族作家笔下乡土世界在神圣里都带有浓浓的形而下气息，它们是亲切而实在的体验。

像古原的小说《清真寺背后的老坟院》，主要写清真寺背后的一座老坟院如何接收了一个又一个村里人。时代改变了，但老坟院依然安静地默默地无古今、无声息地躲在清真寺背后，就像沉睡在那里。坟院背后所包含的死亡内涵，在村里的人看来就如吃饭睡觉一样平常，这也正好是伊斯兰教义对死亡的宽容态度之反映。与此同时，坟院包含的“天人合一”的诗意也让读者得到了悠长的回味。石舒清的小说《微白》则以隐喻的方式书写伊斯兰宗教文化。小说讲述村里的能人尔里，在他失明之后家道没落。尔里向残联申请残疾证，让他成了县领导要亲自慰问的对象。消息传来全村都沸腾了。但最终，全村人包括尔里翘首以盼的领导还是没有到来，失望的尔里最终在清净的坟园里找到了自己精神的栖息地。小说有一个细节：从前的尔里在祷告时还露出微微的白帽顶，而等待了一天未果之后，他却一点也不顾及村人对他

---

① 杨慧娟：《深情的生灵之舞——浅谈宁夏青年作家笔下的动物形象》，《黄河文学》2007 年第 1 期。

② 《宁夏文学：文化宁夏的一张名片》，《中国民族报》，2008 年 9 月 5 日。

的劝告独自走向坟园，并将他以前微露的白帽深深地埋在草丛中，让人连一点微白都看不到。微白都不露的做法既是尔里对世俗的放弃，也是对宗教的彻底回归，这与此前万分期盼领导到来的做法形成鲜明的对比，等于是“以一种宗教思维和宗教理念来诠释人生无常和人世沧桑，除了对人在现代社会中的处境给予关注，呈现人性挤压和裂变之外，还从宗教文化的角度作了精神向度的升华，在以现代理念关注人的生存和命运的同时，内在却渗透着作者作为一个回族作家、作为一个虔诚的穆斯林信仰者的宗教伦理观和宗教精神”①。

如果说中国社会现代转型对某些最本真的乡土社会造成了毁灭性的冲击的话，西海固回族作家群无疑是以自己的在地经验，保存了传统乡土的真实面貌——既没有回避冷酷与痛苦，也存有温暖和美好。乡土，某种程度上在现代化浪潮下就像一个真实而遥远的梦，西海固回族作家群的创作，或许在某一个瞬间能寻找到乌托邦的所在。在那一刻，那些难以言喻的复杂况味，包括残酷、坚硬、温暖、柔软和美，同时被看到、被表达。这是一种带着丰富性和差异性的日常生活，是一种感性的、身体的、鲜活的日常生活，更是一种蕴含着传统文化质地的生活。某种程度上，这样的写作是一种见证，它以一种独特的记忆传承着文化血脉和思想情感；这样的写作同时也是一种文化标本，它留住了历史现场中那些真实而温存的细节，或者说，那些乌托邦瞬间。

总的来说，中国乡土社会变化的广泛性与复杂性，超出了乡土作家们既有的经验模式与叙事范式，使乡土创作遭遇前所未有的挑战，其间所产生的政治、经济、文化等方面的巨大变化，既是乡土小说赖以发生的现实基础，又是其表现的对象。② 回族作家的乡土书写尝试以一种既保存内部世界，又积极面对外部世界的文化姿态，使本土文化既没有失去活力，又可与西方文化之间形成非对抗的互主体性的张力。并且，在应对挑战的过程中，回族乡土书写也尝试重新发现“历史的必然”，重新整合陌生的“乡土经验”，拓展新的乡土叙事疆域，描绘新的乡土人生画卷，创作出一批应答历史召唤的时代新作，试图突破中国乡土书写既有的叙事格局，推动乡土书写自身的进步。

---

① 金春平：《底层观照　宗教救赎》，《宁夏大学学报（人文社会科学版）》2009年第6期。

② 丁帆、李兴阳：《中国乡土小说：世纪之交的转型》，《学术月刊》2010年第1期。

第三章　回族文学的宗教美学特质

宗教作为回族传统文化的特点之一，是回族族性建构的一个有机构成部分。在回族文学创作中不乏宗教性质的内容，这些常见的宗教文化内容在文学创作中逐渐形成了一套典型的审美系统。通过考察回族宗教书写的内容，探寻其内部独特的审美表现，以及归纳审美表象背后的丰富逻辑，是本部分内容的重点。

第一节　回族文学宗教书写的美学特质

20 世纪 90 年代开始涌动的中国市场经济大潮，不仅带来了社会物质方面的极大丰富，同时也带来了中国社会价值领域和精神领域的转型与困惑。看似多元的背后，出现了话语方式与价值诉求的严重混乱。启蒙话语在发挥批判作用的同时，却无法提供完整而明晰的适合中华民族的价值标准。因此，在一定程度上，整个社会的文化体系和精神系统失去了可供依靠的精神支柱。这种时刻，宗教文化不啻成为弥补价值真空的一种文化倾向，开始频频出现在中国文学写作中。像阿城、史铁生、阿来等人都在作品中通过某些宗教符号来营造宗教氛围，以一种克己敬守的生命姿态抵抗喧嚣烦躁的世俗文化冲击。宗教书写在他们笔下演变为一种拯救人性欲望横流等种种人性症候的文化良方。这种情况在回族文学中同样存在。回族本身就与伊斯兰文化紧密结合，伊斯兰文化精神在回族文化的历史构成中始终体现出强烈的精神内聚力和感召力。因此在新时期回族作家的作品中不少都具有独特的伊斯兰宗教色彩。一方面，这种宗教色彩可以作为一种深厚且普遍的人生终极关怀意识，是对人类生存的终极问题进行积极的思考与探索，也是对在经济浪潮下人性的变异、道德的溃败而尝试作出的救赎策略。另一方面，通过这样的写作可以将属于伊斯兰的宗教文化意象呈现于文本中，运用伊斯兰文化中某一特定的宗教思维或宗教教义来思考人生和观照命运，是彰显回族民族文化独特性的重要方式。张承志、石舒清、李进祥等回族作家都义无反顾地将宗教美学之旗扛起，实践回族文学宗教维度的建构。

一、多样的回族民俗书写

新时期回族文学最初获得文坛注意则是因其中突出的伊斯兰文化特质。像《古尔邦节》《朋友》都是以其中一系列回族民俗写作获得了肯定。至此开始，民俗书写成了回族文学族性体现的直接方法之一。如果仔细研读回族文学文本可以发现，民俗书写大致体现在“风俗民俗与物质民俗两大方面”①。通过民俗的展示，一方面可以在作品中表达出穆斯林对伊斯兰精神的虔诚追求，另一方面宗教气息与日常生活结合，可以更加突出回族文学的宗教信仰特质。

在长期的发展过程中，伊斯兰教义已经深深嵌入回族的民族生活之中，不论时空、环境如何变化，回族穆斯林对伊斯兰教虔诚、牢固的信仰亘古不变。穆斯林世代恪守伊斯兰教六大信仰：信安拉、信天仙、信圣人、信经典、信前定和信后世，持之以恒地履行“天命五功”，即念、礼、斋、课、朝②。围绕这“天命五功”，不少作品都有涉及。像近年来出现了“朝觐文学”，其作品以“朝觐”为主题进行写作，在国内的穆斯林社会获得了不少读者。另外最常见的就是“念”和“礼”功。小说中常见描写到人们会说出“愿真主襄助”“愿真主宽恕”这一类穆斯林话语。杨军礼的短篇小说《古寺余晖》讲述孤独的老阿訇在清真寺等人来做礼拜的场景，短短几千字的篇幅，出现“念功”的情形多达 13 处。而对于穆斯林做礼拜——“礼功”的描述，在回族文学里就更是多见了。在冯福宽的长篇小说《大迁徙》中，第一节就描述了中亚穆斯林被掳离乡别井之时，也不忘向着故土，集体做起礼拜，念赞圣词的情景，使得离乡悲情更加浓厚。张承志在《心灵史》中以第 1 章第 5 节整节内容，对哲合忍耶教派的礼功作详尽的描述，而这些“礼功”周全的虔诚穆斯林：

---

① 金春平：《边地文化视野下的新时期西部小说研究》，南京师范大学博士学位论文，2011 年。

② “念”是口头表白对真主独一的信仰；“礼”即礼拜安拉，一般每天到清真寺做五次礼拜，参加七日一次的聚礼和一年两次的会礼；“斋”即回族穆斯林所说的封斋，斋月是回族穆斯林宗教活动最为频繁、最为活跃的时期；“课”即“清一则卡提”，以救济穷苦者和无依无靠者；“朝”即到麦加朝觐，也就是回族穆斯林所说的“朝罕志”。

他们的脸庞，常常使我抑制不住要描写这种脸庞和神情。那是一种铁一样的宁静，那是雷打不动的稳重。他们使我屏住呼吸，不敢放松分寸。但是那如谜如墨的铁色神情中，又藏着无限柔和和满足。他们不会透露，那是他们和造物的真主之间的秘密。他们独自享受了神秘瞬间的甜蜜，又回到了我们中间，似乎他们和人们毫无区别，只是有一种不可言说的美，轻合着他们的言谈举止，闪亮在他们的眉宇眼光之中。①

甚至张承志不惜在行文中以证伪的方式，求证出清朝官方的《钦定石峰堡纪略》是“以伪作流传”。真实的历史是，石峰堡内穆斯林是选择在伊斯兰教的“古尔邦节”这一天，在集体礼拜中任官兵攻堡屠杀，以殉教的方式终结自己的生命。马乐群的诗作《斋月的傍晚》则是体现穆斯林“斋功”的一篇典型作品：

夕阳疲惫地沉落，
忍耐挣扎在焦躁的季节。
长途拉力赛的汽车，
奔驰在酷暑下的荒漠。

肚子快被熏烤成干柴，
胃被空旷揉搓着，
仿佛已经龟裂。

盖碗茶沏好了，
饭菜的香气上升腾着诱惑，
黄昏迟迟不肯来临，
信念却甘愿忍受折磨。
颠倒的夜晚和白昼，
正调换这痛苦和欢乐。

啊，晚霞如血，
血里流淌着一支歌。
啊，晚霞似火，

① 张承志：《心灵史》，广州：花城出版社 1991 年版，第 89 页。

火焰上跳跃着一种性格。[1]

斋月里的穆斯林白天不能吃饮，要等到日落后才开始吃饮。诗歌描述此等场景，把等待日落的劳作了一天的人们尽管饥肠辘辘，但依然坚守教门信念的一幕逼真细腻地呈现出来。

和五大功修相联系的还有回族的三大传统节日，即开斋节、古尔邦节、圣纪节。这些节日以及节日内蕴含的文化符号，都是伊斯兰教信仰的重要组成部分，也是回族穆斯林现实生活中信仰的重要表现形式。回族穆斯林对开斋节特别重视，庆祝场面十分隆重，所以又叫“回族过年”。在这一节日里人们都要上清真寺做礼拜，听阿訇宣讲教义，上坟悼念亡人，同时走亲访友借以增强团结。古尔邦节也称宰牲节，是穆斯林的传统庆典，是伊斯兰教一年一度中最热闹、最隆重的盛大传统节日。在古尔邦节除宰牲外，还举行其他宗教礼仪活动。圣纪节是穆斯林为缅怀先知降临人间、悼念先知与世长辞而举行的各种形式的悼念活动。这一天，人们沐浴净身后，炸油香、馓子，然后到清真寺听阿訇讲经。回族的三大节日源于伊斯兰文化，具有群众性、民族性、宗教性的特点，反映了伊斯兰文化对回族社会的广泛影响。

在不少回族作家的笔下都有对这三大宗教节日的描写，在李万成的《你还能走到哪》中就写到了响水湾寺上平日也就那几十个老汉们五时洗“大小净”，到殿上礼拜。“可一到开斋节和古尔邦节总要红火那么一天，因为跑外挣钱的年轻人都返回来上寺，县上乡上当官的干部也要回来上寺。”[2] 白练的《朋友》可以说是新时期第一篇以伊斯兰节日为内容的回族小说，随后有马知遥的《古尔邦节》《开斋节》，而李万成的《你还能走到哪》同样也是写穆斯林寺坊过圣纪的故事，还加入了不少对中国穆斯林社会的生存、精神状态的反思，这在国内的回族文学创作中并不多见。

除了节庆描写，回族民俗体现得最全面的就是在不少礼仪的描述上。譬如穆斯林做礼拜前非得做的“净礼”，“大净”是什么时候洗，应该怎么洗，“小净”又该怎么洗，在伊斯兰教中都有讲究，为的是做礼拜之人有一个洁净的躯体，以清洁的肉体和精神一并向真主靠近，才有望得到真主的悦纳。就像《换水》中的男女主角，都希望通过换水（穆斯林净身的民间说法）而洗去自己身上的污点。石舒清的《旱年》中，沦为乞丐的女人也不忘问人要上一汤瓶干净的水，洗个“阿布代斯”（小净）。除了“净礼”，回族小说中

---

① 马乐群：《新月・朝霞》，银川：宁夏人民出版社 1992 年版，第 75 页。

② 李万成：《你还能走到哪》，《安徽文学》2006 年第 2 期。

“葬俗”的描写也不少。因为亡人的葬俗是穆斯林的一件大事——他们认为这是真主的召唤，是靠近真主的生命方式。因此，葬礼以及与葬礼有关的礼仪以及物象（如坟墓）都成为回族作家所着力表达的对象。在《回族人家》中老太太归真（去世）后，给“埋体”守夜、打整、“站那则”、告别等一系列的送葬仪式，使得小说浸染了肃穆而沉隐的宗教文化气息。而石舒清在《疙瘩山》中则把回族人与葬礼的联系细细道了出来，“回族是崇尚去参加亡者葬礼的，认识也好，不认识也好，听到了方便都是去送送为好。为陌生者送葬更好，更被推崇”①。与葬礼息息相关的是坟墓，穆斯林把一般人的坟墓称“坟”，“圣徒”墓称为“拱北”，“坟头一多，连坟院里也似乎热闹了，这使马子善老人有些淡淡的失意，他喜欢空旷寂寥的坟院，喜欢坟头很少，大家相互珍惜着经历永恒的时间；坟头一多，使人觉得到这里以后还会像外面那样勾心斗角，争争吵吵”②。坟墓就是伊斯兰教义的一个载体，联系了形而上的天堂与形而下的俗世，让这常被区隔开的两者在这一处得到了刹那的交融。生与死仿佛不再是人们生活中惊心动魄的头等事，而是因具有到达彼岸的密码，而变得等闲，只需要人们静心待之即可。

所以在伊斯兰的民俗写作内容中，很多书写往往到最后都成了人与信仰、人与教义相交融的哲思。如果用中国传统儒道观念来看，或者可以换以“天人合一”这样的表述进行概括。但伊斯兰文化的“进天堂”以及“两世吉庆”的最终教义规训带来的是生活与宗教的融合。在宗教情怀的制约之下，回族作家不仅寻得了灵魂的虔诚皈依，而且还将这种宗教道德准则运用于日常生活，在他们看来，与日常生活相伴随的还有一个看不到似的神秘世界，这个世界犹如真主俯视般萦绕于回族信徒周围，因此，“日常生活、宗教神秘、生命神性就通过心灵的感悟融合在了一起，以此成为超越世俗的心灵力量，并使回族小说中的宗教命题演绎与普通人的生存状态成为彼此的精神相通”③。

二、民族特色语言的运用

如果说前文是回族宗教书写的内容方面，那么接下来的语言则是属于形式方面。文学是语言的艺术，语言可以“忠实地反映一个民族的全部历史、

---

① 石舒清：《疙瘩山》，见《清水里的刀子》，银川：宁夏人民出版社2008年版，第79页。

② 石舒清：《清水里的刀子》，见《清水里的刀子》，银川：宁夏人民出版社2008年版，第10页。

③ 金春平：《边地文化视野下的新时期西部小说研究》，南京师范大学博士学位论文，2011年。

文化，忠实地反映它的各种游戏和娱乐，各种信仰和偏见”[①]，所以说，文学语言是民族文化的一面镜子，由此可以观照不同民族的文化与传统。

回族由于族源上是中亚波斯人、阿拉伯人，因此在最初语言使用之时，多为西域用语。《天下郡国利病书》所载：“自唐设结好使于广州，自是商人立户，迄宋不绝。诡服殊音，多流寓海滨湾泊之地，筑石联城，以长子孙。”[②]这段记载，反映了当时回族先民使用外族人所不理解的“殊音”——即他们原有语言的情况。但由于回族族源上的多民族成分，而且又在居住环境上“大杂居小聚居”，原本的语言终究慢慢在汉语为主流的中原大地上“失落”。明代的《重修清净寺碑记》就说到《古兰经》“未经汉译”，“民可使由之，不可使知之”。大约从这时，汉语言文字便开始成为回族的共同语和通用文字了。[③] 到了清末，同治之后，回族在政治、经济上都越发受到打压，在文化上也更受限制，因而阿拉伯、波斯语言文字在民族生活中进一步衰微，汉语言文字在民族生活中的作用进一步扩大了。

由德国语言学家勃列斯多夫（J. H. Bredsdorff）在19世纪提出的语言底层理论认为，在人类历史的长河中会发生语言转用的现象：有的语言是胜利者而流传下来，另一些语言成了失败者而消亡了。胜利者语言中所吸收的失败者语言的成分就是语言底层。[④] 但底层语言在被同化后，并非就销声匿迹了，而是以变形残留在上层语言中。虽然回族在广泛的程度上都接受和使用了汉语言文字，但几百年来回族群众及其先民使用波斯、阿拉伯语言的历史，不能不给今天回族的语言留下痕迹。回族先民语言中的语言要素或语言成分都会不同程度加入本民族新的语言结构中，从而产生语言相互吸收、互相融合的现象。在今天的回族无论是口头语言还是书面表达中，也不乏见一些波斯、阿拉伯语的词汇，如乃玛孜（礼拜）、榜卜达（拂晓）、伊玛尼（信仰）、海里凡（学生）、乜贴（心意）、朵子海（地狱）、顿亚（世界）、白黑来（吝啬）、尔嘎布（天诛）等。为了与汉语的日常表达区分开，一些词回族有意用其他词汇替代：如不说杀，说宰；不说肥，说壮；不说去世，说归真或归主，等等。还有些词语如“水”“月亮”“坟”等具有汉语语境里没有的宗教隐喻

---

① L. R. 帕默尔著，李荣、王菊泉、周焕常、陈平译，吕叔湘校：《语言学概论》，北京：商务印书馆1983年版，第99页。

② 张星烺：《中西交通史料汇编》（第2册），北京：中华书局1977年版，第296页。

③ 由于回族语言文字是由一种语言文字改用另一种语言文字形成的，所以，它不可避免地有一段实行双语制的时期。譬如回族内部交流中使用过的“小儿锦”就是一种以闪语族的字母拼写汉藏语系汉语族的语言文字。参见杨继国：《论回族文学作品的形式》，《宁夏大学学报（社会科学版）》1997年第1期。

④ 欧阳觉亚：《运用底层理论研究少数民族语言与汉语的关系》，《民族语文》1991年第6期。

色彩。这些语汇形象地表达了特定的民族生活内容，反映着特定的民族心理和习俗，是别的语言所无法替代的。同时这类词语在接受过程中能造成良好的“陌生化”效果，有助于表达特定的民族生活、刻画民族心理、抒发民族情感。但不得不承认，这样的词汇由于普及度并不高，保存了民族特色的同时，也很有可能因为“拒斥汉文化的渗入，故语意多歧义；隐晦难解，共鸣性差”①。

文学语言是带有鲜明情感色彩的语言，回族文学作品中的民族语汇，是表达意义相对有限的抽象情感语词，而这种语词只有在具体的语境中才会表现出无限丰富的多样性来，才会形成内在美的艺术感染力。所以在回族作品中一些具有特定意义和主动情态的回族专属词汇，又和民族生活紧密相连，营造出浓烈的民族情感和特定的艺术境界。新时期以来的回族文学作品为了突出民族特色，点明人物的族属身份，使用了大量的回族民间词汇。如马知遥在《古尔邦节》中就写道：“我想，既然胡大把我们安排在这里，我俩就一起无常吧，上天堂，进朵子海都认了。”② 胡大（真主）、无常（死）、朵子海（地狱）都是回族日常生活中常用词，这是与伊斯兰宗教生活息息相关的用语，读起来让人感到一股穆斯林特有的气息扑面而来。又如郝苏民的短篇小说《月光幽幽》中：“我被摆羊杂碎摊子的大姑妈家收养下。亲友们念及我是‘无巴怜的业提目’，都很疼爱我。”这两句话中，“无巴怜的业提目”，是回族中的特定语汇，即可怜的孤儿的意思，但放在这样的语境中，“但凡熟悉西北地区回族人民生活的读者，似乎真实地感到回族乡亲们的眼神、语调，甚至面部表情，都跃然纸上，这倘若是换了别的语境，则是神韵全消”③。

除此以外，回族文学中还有不少与回族日常生活有密切关联的谚语、俗语出现，在行文中增添了不少民族生活的平实气息。如“多看寺顶的星月，少打心里的主意”“闲了抓盖碗，忙了胡叫唤”“做活要像属牛的——踏实”“走路要像属羊的——直行”。这些句子，从民族生活中提炼而来，具有民族生活的鲜明烙印，给人留下了形象而生动的印象，同样也是回族族性语言的代表。

三、典型的文学意象塑造

曾有学者认为，“在我国文学史上，山水自然具有独立的审美主题意义，

① 马丽蓉：《20 世纪中国文学与伊斯兰文化》，合肥：安徽教育出版社 2000 年版，第 44 页。
② 马知遥：《古尔邦节》，《朔方》1980 年第 9 期。
③ 杨继国：《论回族文学作品的形式》，《宁夏大学学报（社会科学版）》1997 年第 1 期。

这是与人的个性意识生长同步出现的”，其实这样的一句话，放到回族文学中亦同样成立。回族人特有的宗教信仰和思维方式，回族（尤其是西北一带回族）生活繁衍之地的自然物象共同构成了回族文学领域特有的风情和审美内涵，也催生出了一系列具有民族特色的文学意象。这些文学意象不仅反映出回族特有的审美品格，同时也表达出回族作家对回族隐忍与安然之民族性格的审思；这些文学意象不仅体现了回族作家对本民族宗教文化的积极认同，而且已成为回族文学宗教文化特色的根本符号标志。

回族小说文学创作中最常见的是“月”（尤其是新月）的意象。像张承志的《残月》、白山的《冷月》等作品都是以月为题，而在霍达的《穆斯林的葬礼》中，“新月”就是主人公的名字。像在冯福宽的《寻找丢失的骆驼》中，作者用荒原、苍茫的天色、孤寂的古屋、深沉的沙漠衬托着一轮新月，“这就像一幅构画完整的信仰之图，用以说明人类在追求一种目标时那种坚不可摧的意志。既肯定了宗教的巨大凝聚力，又着力表现了虔诚固守的宗教信仰”①。在石舒清的作品中，“月”之意象反复出现，“一轮明月已挂在天边上，跟妈妈的脚丫子一样好看，我真想在这荒野里抱着月亮大哭一场”，“天宇浩渺而澄澈，几乎只有着一盘月亮的天宇让人心里空荡荡的，有些冰凉”。②这些对月亮的描写，都首先着眼于小说设置的场景，大多时候是为了故事情境的营造。但是如果从回族特有的伊斯兰宗教文化出发，“月”这个文学审美意象明显是作家在潜意识中运用了“移情”的创作手法——以伊斯兰教特有的对纯洁之物的崇尚对审美客体（月亮）进行再创造，从而使得“月”具有与伊斯兰同样的象征意味。

除了回族人民纯净的宗教信仰，月亮这个“可清可晦、可圆可缺的自然物象，不仅隐喻着回族的沉重历史，还能体现回族人民无比纯净的宗教信仰，是高洁清透的象征，是苦难的肃穆关照”③。

在张承志的《心灵史》中就有这样的一首诗歌：

今夜，淫雨之后的天空上，
终于升起了皎洁的圆月，
我的心也清纯，

---

① 刘波：《当代回族文学创作与宗教》，《文学教育》2011 年第 2 期。

② 石舒清：《羊的故事》，见《清水里的刀子》，银川：宁夏人民出版社 2008 年版，第 133 页。

③ 马慧茹：《当代回族小说中的审美意象与精神追求》，《西北民族大学学报（哲学社会科学版）》2010 年第 2 期。

我合上了我这一册生命之作，
它朴素得像沙沟四下的荒山。
然后，我任心灵轻飘，
升上那清风和银辉，
追寻着你，
依恋着你，
祈求着你，
怀念着你。①

张承志根据哲合忍耶的几代导师之命运，把哲合忍耶的全部历史划分在七段辉煌而悲壮的光阴里，清晰地勾勒出哲合忍耶悲剧式精神性格的形成过程。在悲情为主调的描述之后，作者以“月”入诗作结，在这样的审美观照下，伊斯兰所追求的如月亮一般的圣洁修行对照着哲合忍耶近两百年来的血泪史，使得“月”的意象本身蕴含了更多元的文化意味和美学内涵。此时的月亮不仅饱含了作者深厚的民族情结，还展现了回族文学审美中对庄严、崇高、博大、深沉的美学风格的追求。

除了“月”，“清水”是回族文学中另外一个常见文学意象。水可以说是和伊斯兰教结合得非常紧密的一种物质。作为一个把清洁、洁净看得至高的民族，在伊斯兰教义要求中，穆斯林一天的几番礼拜都离不开先用清水为自己做“大小净”。水既是密切结合着洁净身躯的物质条件，也是带来丰盈精神的一种媒介。张承志就曾说“水，是伊斯兰教净身进入圣域时的精神中介。水又是净身时洗在肉体上不可或缺的物质”②。

“清水”的作用和含义在回族人家中、在每一个回族人的光阴中都留下了痕迹。在《回回原来》中纯洁信仰是以水、月为依据进行阐释：“一尘不染，万渣俱净，归主一本，洁如澄水，明如满月。”③ 泾河在散文《清水微香》中就写道：“岁月荏苒，清水为伴。我有时想，我这身子里面定然已被母亲悄悄注入下了一股小小的清流……支支汊汊遍布我的全身。”④ 而在看到母亲用清水沐浴后的样子——“母亲戴着盖头，面如圆月，一脸素洁，神情肃穆，庄重俊美，步态轻盈，宛如芙蓉出水、凤凰出浴。我知道，她清新鲜亮的一天，

① 张承志：《心灵史》，广州：花城出版社 1991 年版，第 297 页。
② 张承志：《心灵史》，广州：花城出版社 1991 年版，第 329 页。
③ 马旷源：《新文学味羹录》，昆明：云南教育出版社 1992 年版，第 258 页。
④ 泾河：《清水微香》，《回族文学》2011 年第 5 期。

又悄悄开启了，她的节日的帷幕又轻轻拉开了，她清苦的幸福生活又将翻开新的一页”[1]。在这里，清水已是作者表达人们心中高洁宗教情怀的艺术中介，它不仅带来一个虔诚穆斯林母亲的美好岁月，也是一个小小穆斯林心中最神圣的图腾。在李进祥的短篇小说《换水》中同样讲述了一个与水有关的故事：农民马清为了让妻子过上城里人的生活，把新婚妻子杨洁带到了大城市。一次意外事故使马清胳膊受伤，为了凑足手术费，妻子杨洁最后被逼到出卖肉体的绝路。到妻子杨洁确诊得了性病后，马清决绝地放弃他心中曾经的城市梦，决定换水后回家。小说自换水开始，也以换水结束。换水在这里既是在清洁身体，也是在清洁灵魂；而且换水还包含有换水土换地方的意思，预示生存状态和生活环境的变化。信仰的力量在这一次次的换水过程中得以彰显——真主原谅每一个人——不论他生前犯过多大的罪，只要能迷途知返，诚心悔过。所以在文末，马清在面对妻子质疑“还能回得去吗”之时，内心很坚定地相信，他们现在回去，清水河会把他们洗清洁的。这是一部现实主义的作品，却以浪漫主义的意味结尾。宗教可以作为一个保护内心的武器，但是宗教却未必能抵挡肉身在物质世界的被伤害。李进祥让马清和杨洁选择了回清水河，即使该选择很无奈，但作家却流露出另外的一种思考：人活着，除了追求食和性，肯定还有更重要的东西——这难道不是另外一种宗教书写的方式吗？

回族文学中第三个常见文学意象是“大地”。这一个意象的高频率出现一方面是因为大地的广袤无垠的形象，给予了包容一切的意味，这与伊斯兰教的包容性向度具有一定对应性。另一方面是由于回族（尤其是西北回族）先人在历史上是迁徙而来的中亚穆斯林，从早先的游牧到最后的农耕生活方式，这些穆斯林在中华大地扎根之时对土地的需求是首要考虑的问题。回族先人在与汉文明的碰撞中，渐渐吸收了汉文化农耕文明中对土地一向的重视，土地也因此获得了回族文化的认同。

在张承志、石舒清、李进祥等人的作品中，大西北黄土高原是常见的被描写的“大地”形象，它的广袤荒凉和贫瘠让人唏嘘，但它却又是孕育了一代又一代西北回族的“母亲地”。所以在作者的笔下，总有对这片大地的用心描写，写出了这片土地上生长出的生命之歌和独特味道。单在张承志的《心灵史》中，“大地”作为意象的描述不下十处——“当俗界的统治者在夸耀他们血腥的功绩时，这大地上处处响起的《穆罕麦斯》正赞美着更崇高、更

① 泾河：《清水微香》，《回族文学》2011年第5期。

永恒、更动人的胜利”①。当哲合忍耶不再被清政府严禁之时，作者写道：“封冻的大地终于回春了。”② 当十三太爷马化龙面对清朝严刑逼供时，他回答“大地上但凡念‘俩依俩罕、印安拉乎’的人，都是我的后人”③。张承志在文末写道：“放浪于哲合忍耶这片粗犷的大地，我迅速地蜕变着。先使人震撼再渐渐习惯，后来只觉得莫名的感动在涌漾……我是一片叶子，一只独木船，恋着这片旱荒不毛的死海。一年一年，不问西东，不存目的。”④ 他那份于母土的深情，溢于言表。

与张承志、石舒清宗教性质浓厚的“大地”不太相似的是讴阳北方、元康等人笔下的“大地”意象。作为在城市居住的回族，这一群作家笔下的“大地”更多是在现代化进程中充满着土地纠纷、拆迁赔偿等问题的生活。像在元康的《回族人家》中，米家世代居住的寺坊街区因城市改建而不得不拆迁，这带来了米家人生活环境和心理状态一系列的变化——他们没有回避历史进程中所遭遇的诸多问题和弊端，而是描述了全球化语境下多重社会形态、文化形态共时存在下的人生际遇和生活情态。

除了自然意象被赋予宗教色彩以外，回族作品中还有不少动物也被内化为伊斯兰文化特有的意味。像牛、羊、马、骆驼等动物，因与回族由游牧文明与农耕文明相结合而出现的渊源联系甚深，一直都备受回族文学书写的喜爱。尤其宗教本身对世间生灵的珍视，动物形象塑造也就相对容易成为教义体现的一个重要策略。作家通过这些动物形象的塑造，可以把在动物身上所联系到的深层的民族、地域文化与心理积淀一并发掘及呈现于读者面前。

回族作家阿慧的散文《羊来羊去》以童稚的口吻写出一只小羊与童年时的“我”的感情世界。小羊碌碌来到世上给“我”带来的欢乐以及碌碌离世带来的伤悲，都如“流水般的湿润与悲悯，救赎着爱的传统”⑤。羊的一生，某种程度上岂不也是人的一生？“我”与小羊碌碌之间呈现的恰是生命概念的丰富内涵，反映的是更广阔的人性空间，这是一种感悟、一种理解、一种精神的自我评定。所以《羊来羊去》不是一个静止的回忆，而是一个动态的思考，是对我们精神家园和灵魂栖息地的一次访问。这种对生命本质的深刻透视，使得作者笔下的动物已不再只是为它本身而被运用，而是用来表达某种普遍意义。这一点确实带有宗教的意味。

---

① 张承志：《心灵史》，广州：花城出版社1991年版，第39页。
② 张承志：《心灵史》，2012年改定版，第100页。
③ 张承志：《心灵史》，广州：花城出版社1991年版，第167页。
④ 张承志：《心灵史》，广州：花城出版社1991年版，第277页。
⑤ 石彦伟：《2009年回族文学评述》，《回族文学》2011年第1期。

这样的写作还有不少，李进祥的《屠户》将对生命思考的大义微缩到伊斯兰教义对人性的判断上。文中的屠户马万山原本踏实本分，一直没有遭遇什么厄运。但随着利欲熏心，为了多赚钱而用拌了血的饲料喂牛，最终导致牛嗜血成性，连自己最疼爱的儿子也惨死牛角之下。这时文本中的牛不仅是人们改善生活质量的工具，更是考验人性的试金石。由此，作者通过牛的形象不仅表达着关于人性善恶与灵魂清洁问题的思考，而且也隐含着作者对人的行为与欲念导向的教化价值。

说到动物形象与宗教意义的结合，不得不提石舒清的《清水里的刀子》。在该篇小说中，妻子的过世让马子善老人陷入一种前所未有的空间感和时间感中，他“似乎听到一个苍老而又稳妥的声音”，这个声音既可以解读成死亡的召唤，又可以解读成老人内心对生命积淀已久的疑惑。在多种不同声音的相互交叠又相互质疑中，马子善的内心无所适从。与老人的焦虑形成参照的是一头即将被献祭的老牛。这一头为马子善老人一家服务了一辈子的老牛在死亡面前从容自若，“牛宁静端庄地站在那里，像一个穿越了时空明澈了一切的老人。它依然在不缓不疾，津津有味地反刍着，它平静淡泊的目光像是看见了什么，又像是什么也无意看”①。从容而恬淡的老牛有一个自足的世界，老人最终也从老牛身上得到了一种不无神性启迪的认识：生是美丽的，死虽不是欢喜，却也不是悲哀。借此，宗教意义上的此岸与彼岸的两世观得以展示，它所昭示出的恰是面对生命存在与逝去的深层思考与应对。而那一把如同图腾一般反复出现的“清水里的刀子”，不仅是一股升华了的宗教情感的具体塑形，同时也是一种现实的生存态度——这是支撑生命的最为坚实的信念。

四、“清洁精神”的弘扬

从文学的角度看，无论是在回族文学的意象塑造还是民俗描写中，宗教生活与世俗生活总呈现出交织互渗的情景。这种情景背后指向的是当代回族作家创作中最重要的民族审美心理——“清洁精神”。“清洁精神”中所蕴含的回族两世并重、敬畏生命的人生观，崇尚清洁、直面生活的道德观都是绵延回族人血脉深处的精神财富，也恰恰就是回族族性建构中最能体现族群特征的着力点。不论贫贱高下、斗转星移，这样的精神就像基因一样被复制、承传、沉淀为支撑回族生命的信念和心劲。

《古兰经》和圣训中穆圣说：“你们应当爱好清洁吧！因为伊斯兰教是清

① 石舒清：《清水里的刀子》，见《清水里的刀子》，银川：宁夏人民出版社2008年版，第32页。

洁的宗教。清洁导人于信仰，而信仰将伴同其主人一块在乐园里。”[①] 这里一方面强调伊斯兰教是尚洁的宗教，另一方面也指出了尚洁的最终旨归是得到真主的喜爱，入住乐园。但这都有一个前提要求就是——做一个尚洁的人。因为只有当一个穆斯林其身体是清洁的（不吃被教义禁吃的食物，在礼拜前严格做大小净），衣服是清洁的，礼拜的地方是清洁的情况下，他所做的礼拜才是蒙受接纳的功修。功修达到真主所喜好的程度，才有机会获得进入乐园的资格——这就在思维源头上对穆斯林进行了一种规约，并且使这种约束落实到整个穆斯林社会生活的诸方面，最终成为一种根深蒂固的“清洁精神”。这其中所蕴含的，是回族作为一个以宗教而得以保存的族群最为具体的叙述。从文学写作角度看，独特的民族文化气息迸发出与主流文学殊异的艺术魅力和思想内涵，也丰富拓展了民族文学、中国文学的新局面。

回族文学中有关回族尚洁的书写，常见的手法是从回族日常生活点滴入手，例如衣着的偏好、日常习俗的做法等。冶生福的《汤瓶里的村庄》就是一个典型的例子。汤瓶，回族穆斯林做礼拜洁身之器皿，可以说是回族日常生活不可缺少的物品。在冶生福《汤瓶里的村庄》一文中，村民们家家户户有着大大小小、质地各异的汤瓶，并人人谨守着严格的用水习惯，“挑水前桶要洗三遍，锅碗瓢盆、刀叉勺筷洗三遍，汤瓶也要洗三遍，水缸、水桶、放水的大锅、茶壶、茶杯都要盖盖子，实在没啥可盖，就找根长棍念句经文搭在上面”[②]。结尾以“小村人的日子在汤瓶里浸泡着，从汤瓶口流淌着”的诗意笔触写出了寻常可见的汤瓶对于回族人崇尚身心清洁的精神诉求之重要意义。

除了这样一种遍布日常生活角落的做法，还有一种紧贴当下语境的尚洁书写。经济时代，消费社会来袭，人的道德底线日渐降低，在李进祥的《换水》一文中，年轻的杨洁夫妇抱着美好的愿望，“换了水”（洁身）来到城市，受尽委屈的两人，最终决定换水后，回归乡村。换水作为穆斯林一种特有的做法，成了一个获得幸福以及清洁灵魂的仪式，它带给绝境中的人最后一丝慰藉与念想，是对抗城市污浊之风的唯一凭借。

当然，把“清洁精神”演绎得最淋漓尽致的回族作家，当属张承志。张承志以数十年的时间对理想、信仰、真诚等一切清洁境界追寻与坚守。从《黑骏马》《北方的河》到《辉煌的波马》《黄泥小屋》，再到《心灵史》《清

---

① 伊本·哈里巴所传圣训，见中穆网宣教中心：《论伊斯兰教律中的合法事物与非法事物》，http://www.2muslim.com/forum.php? mod = viewthread&tid = 530761。

② 冶生福：《汤瓶里的村庄》，《回族文学》2009 年第 6 期。

洁的精神》，生命、理想、信仰、大义等一切源自人性深处的美好情感与品质都是他关注的核心。实际上张承志借此宣扬的是“理想、希望、追求”，是人要怎样执守正义、理想、道德等一切正面的价值。尚洁已经成为一种跨越种族、文化的精神，“文明中有一些最纯的因素，唯它能凝聚起涣散失望的人群，使衰败的民族熬过险关、求得再生……人的精神不能这么简单地烂光丢净……我要用我的篇章反复地为烈士传统招魂，为美的精神制造哪怕是微弱的声音”。借此反观当下现代人普遍遭受到的信仰危机、精神困境，这无疑值得我们深入思考：人如何解决自身文明发展与道德进步之间的矛盾，应该怎样面对自己的无尽欲望和现实的矛盾，怎样在物的裹挟冲击中葆有一份精神的独立与洁净。

总的来说，回族文学中宗教书写的美学特征，无疑涵盖了极广的范畴——既有特定的意象塑造，也有特定语言的运用，还有相关的内容以及在这背后的精神寓意。通过这些方面的把握，回族文学的宗教美学特质显示出了强烈的伊斯兰文化意味，并且在当下语境中显示出了回族特有的一种民族精神特质，这对中国“多元一体”的文化发展思路是有其积极意义的。

第二节　文学中“阿訇”形象的嬗变

回族作为一个信奉伊斯兰教的民族，在新时期少数民族族裔本位复归的浪潮中，其族性建构的重点，更多聚焦在族裔文化上。尤其以伊斯兰文化、汉文化为依托，回族文学具有双重的创作视野，越发显示出其族性建构的独特性。伊斯兰文化作为回族文化的重要组成部分，宗教因素自然会渗透到文学创作中，如常见的宗教意象：新月、清水、清真寺等；又如不少作家描写过的伊斯兰宗教节日或仪式，如每日的礼拜，每周的主麻日，一年一度的开斋节、古尔邦节等，都成为不少作家笔下的创作素材。除了上述的意象、仪式和伊斯兰文化息息相关，和回族生活密切相关的还有伊斯兰教职人员，如阿訇。

阿訇作为一个寺坊的负责人，其清真寺所在区域，大小宗教事宜皆由其负责，甚至教民日常的邻里纠纷、红白喜事，也乐于找阿訇出面解决问题，因此阿訇形象的塑造在回族文学中比比皆是。阿訇形象的塑造在一定程度上体现了回族文化的塑形过程，阿訇形象在文学作品中的嬗变，也正是新时期族裔本位复归浪潮中回族族性建构的重要一维。

新时期以来，回族文学作品中的阿訇形象塑造，基本可以分为“文革”中受迫害、新时期宗教政策恢复后再受肯定的“归来者”类型，张承志笔下的“理想主义”类型，再到神俗二元价值观揪扯下的“困惑者”类型这三大类。①

一、“归来者”类型

新时期初期回族小说中的阿訇形象塑造，多数以穆斯林在“文革”期间的遭遇为基本素材。如王延辉笔下的宛林（《黄沙黄土》）、姚欣则笔下的女阿訇（《女阿訇和她的儿女们》）等，都描写了阿訇作为宗教人士，如何在极“左”路线下特别是“文化大革命”中被当作反动分子揪斗批判的遭遇。“受迫害”是“归来者”类型阿訇形象塑造中常有的情节。

王延辉《黄沙黄土》中的宛林，其父亲在“文革”中受到了非人的折磨，他不忍父亲受到虐打，打晕施虐者解救出父亲，可是为了躲避报复，自己只能常年在外流浪乞讨。当来到清真寺街时，由于懂一些尔林（伊斯兰知识），能帮寺坊上的穆斯林主持婚丧嫁娶之事，他就暗地里担当起阿訇的角色，并获得了寺坊穆斯林的尊敬。本以为能就此安定下来，不再流浪，不料又遭遇告密，宛林还是被关押起来了，并最终病逝。

病逝前，宛林的思维“逃”出了关押他的小屋，他“来到”清真寺街，“回到”自己的家乡，可是全都空无一人，因众人都“寻找失落的月亮去了”，“真主曾为你们创造了一个月亮，可是却被丢失了……你们应该去把它寻回来……找到月亮，安宁、清净的日子也就回来了”。②

作者正是通过宛林受折磨，通过代表伊斯兰教义的“安宁、清净的月亮”，对比文中“热辣辣的大太阳”；通过宛林似乎看见的绿洲，对比眼前“蔫嘟嘟的树枝树叶”，“飘扬在大寺顶上的那杆破旗……在烈日下摇曳得依旧得意，叫人心里更烦躁起火”。这些别具象征深意的描述，将整一个时代穆斯林的肉体受到的伤害连同灵魂受到的煎熬于无声处揭示得淋漓尽致。不过回族文学塑造遭受非人迫害的阿訇形象的同时，并没有使之成为一个单一的能指，在极“左”岁月中走过，最终阿訇再获体制肯定。如白练笔下的白胡子阿訇（《朋友》）、马治中笔下的马凤山阿訇（《信念》）、韩统良笔下的哈穆清阿訇（《朝觐者》）、尹世华笔下的刘敬阿訇（《一串太斯比合》）、查舜笔下的马存惠阿訇（《穆斯林的儿女们》）等。

---

① 当然必须承认，类型与类型之间并非截然两立的区分，而且类型出现时间顺序上亦并不是精确的前后，不过大致上这几类作品出现的时间先后是如此，在此做分类是为了更清楚明白地对问题进行一个宏观的把握。

② 王延辉：《沉默》，银川：宁夏人民出版社 2012 年版，第 109 页。

非常有意思的是，作品里这一群无辜受难的宗教神职人员，在新时期获得平反后，其精神世界并没有出现爱国与爱教二者关系渐行渐远的情况。相反，“不同作家在处理这一素材时，都遵循了一个内在线索：不论处于哪种境遇，阿訇都表现出深切的爱国爱教情怀”①。

如《信念》中的马凤山阿訇，虽然遭受到迫害，但他对社会主义祖国、对党抱着坚定的信念，相信这一切不过是“歪嘴满拉念错了圣经”，政府终究会拨乱反正的。又如《朝觐者》中的哈穆清阿訇在粉碎“四人帮”之后，他又一次出国朝觐，踏上异国的土地时，他首先感念的是“托祖国的福，我又来了”，还随身带着一包祖国的泥土，“走到哪里都觉得我和祖国永远在一起”。曾经的政治压迫并没有使得阿訇拒绝融入国家与体制，除了追求个体民族信仰的被理解与被尊重，也拥护国家整体的团结发展——爱国与爱教在这里是一体的。

爱国与爱教的一体在《穆斯林的儿女们》中马存惠阿訇身上得到了典型的体现。马存惠在极“左”路线猖獗的年月里，因为带头抵制养猪而引起斗殴，被打成反革命分子。但他豁达大度、为人处事坦荡真诚，并且一直以《古兰经》引导自己和周围乡亲，因而一直深受梨花湾回族穆斯林的尊重。虽然一直没有穿衣挂帐②，但他实际上已成为梨花湾回族穆斯林心目中“没有穿衣”的阿訇。因此，当民族宗教政策复归之后，他便被穆斯林群众一致推选为梨花湾清真寺的开学阿訇，穿衣之日，全村一片欢腾。

总的来看，“归来者”阿訇形象，大约都遵循了一个大致相同的情节模式：新中国成立伊始获得肯定—“文革”中被迫害—新时期再获肯定。作为新时期民族文学书写的发轫，这些创作已经不同程度内含了族裔文化本位性追求的种子。但是也不难看到，这样的模式依然没有跳出与当时主流文学界的伤痕文学、反思文学、寻根文学等创作思潮一样的框架——揭示与反思都是在一个更大的国家话语形态下完成，这在某种程度上容易遮盖一些本应该获得更深刻书写的内容③，而显得平面化。

---

① 王继霞：《论回族文学中阿訇形象的精神流变》，《北方民族大学学报（哲学社会科学版）》2010 年第 6 期。

② 伊斯兰学员（满拉）成为阿訇的一个仪式。

③ 譬如被当作回族长篇小说发轫作的《穆斯林的儿女们》，文示马存惠阿訇在面对着众人欢乐地大闹新人洞房之时，他忽然感觉到一阵不适，走到房外面对着一轮新月方又找到心中依靠似的这一番描写，就含有某种程度上伊斯兰文化与汉文化、宗教传统与现代性、神与俗等几重关系之间的复杂暗示。

二、“理想主义”类型

经历过20世纪80年代末洗礼后的中国当代文坛，曾经的启蒙主义热潮剧退，随着90年代经济大潮裹挟而来的消费文明、世俗价值观念让一些民族的传统生存方式变得步履维艰。回族传统社会结构不例外地受到了极大的冲击。

在这样的情况下，张承志写出了《心灵史》——呈现出哲合忍耶这个在大西北深处不为外人所知的伊斯兰教派的百年血泪发展史。在《心灵史》中，不管是七代哲合忍耶领导人还是数不清的阿訇们，都为了心中的信仰，受尽艰辛守教或殉教——这种充满了理想主义色彩的行为，无论是在两百年前的清朝，还是在眼下依旧荒凉的西海固穆斯林居住区，甚至在汉族读者的阅读期待里，都有其难以描述的悲壮感和历史重量。

《心灵史》中哲合忍耶教派各代领导人——如创始人马明心，学成归国建教传教，修身垂范，他的最终赴义成为回族精神史上以生命殉从信仰的具有原型意义的范本。随后有马化龙自缚进官营求抚，一门三百余口遭屠戮；穆宪章作为哲合忍耶第二代领导人，是另外一种“殉教”的范本，他终生持身苛严，坚守清贫，在“无声无形的痛苦之海中牢牢拴住信仰的血脉气”。除了教主，《心灵史》还塑造了许许多多的阿訇形象，他们为了保存教义，让信仰的薪火在清朝严苛环境下得以继续传递而作出了巨大牺牲。如张文庆阿訇，“虽然被公家‘反复究诘’，但是坚持‘匿不供吐’，‘坚不承认’。在亲生儿子张太（泰）殉难、关川同学纷纷已被害的形势下，他不仅坚持不供出穆宪章，也坚持不供出盖兰达尔巴巴等所有著名的关川穆勒提”①，最终成为“哲合忍耶第一个被押至热河处凌迟刑的殉教英雄”。张承志呈现的这么一个“由一群不识汉文的阿訇和目不识丁的农民组成的教派，这个一代一代只能用死证明自己的心灵世界的信仰者团体”，本身已经构成了“理想主义”独有的一种文化符号。舍生取义的阿訇们，则自动转换成这种文化符号中最有凝聚力的一处——那是为了反抗强权压迫，追求信仰、追求尊严的标志。

《心灵史》中“理想主义”类型的阿訇形象的塑造当然并非单纯为回民事变正名，也绝非以猎奇夺人眼球的书写去呈现一个西北不毛之地的“穷人的宗教”。尤其经过修改②，《心灵史》将建构更富于包容性的“人民共同体”作为全书最为重要的意义指向。在这个意向下，阿訇就不再是一个简单的门

---

① 张承志：《心灵史》，广州：花城出版社1991年版，第67页。

② 2012年的《心灵史》在旧版的基础上作了大篇幅的修改，可以参见姚新勇、林琳：《激情的校正与坚守——新旧版〈心灵史〉的对比分析》，《文艺争鸣》2015年第6期。

宦教派的管理人，哲合忍耶也不再是一个等待着更高的共同体包容或融合的教派，而是一个团结的伊斯兰宗教共同体和人民共同体的最理想的基本形态。因此，作者不断地挖掘、强调它的超门宦、超族群、超宗教的团结一心、反抗压迫的人民共同体的性质。就有学者指出，《心灵史》展现了“包括历史民族志、宗教认同与文学意境汇通下的底层史意涵”，使得个体的“信仰获得了前所未有的实践意义”，从而具有了“内部代言与外部诠释”的作用[①]。在这个意义上，无论是张承志的“理想主义”阿訇形象，还是“人民共同体”的建构都显示了他试图在坚持底层关怀的正义性之基础上，突破教派、信仰、族群、文化等方面的差异，重构中国认同的努力。

三、“困惑者”类型

如果说上两类阿訇形象是同一条创作光谱内的两处不同呈现的话，那么新时期第三种阿訇形象——“困惑者”类型——则是另外一种不同的形象塑造。这一类型的阿訇形象创作既没有政治话语的压迫，亦没有历史书写的沉重，而是集中展示宗教职业者在当下变动不息的社会中所遭遇的物质困扰、精神诘难，使得宗教职业者的社会保障、少数民族文化的发展传承、道德范式的重新构建等许多具有代表性的现实问题从中凸显。

“困惑者”阿訇形象的出现，一方面是20世纪90年代经济大潮裹挟而至的世俗价值观念，使得宗教作为一种文化类型受到了冲击，自然阿訇也难逃神俗二元价值之困境；另一方面，“殖民现代性”“解殖现代性”等西方理论的相继被翻译，为少数民族文学创作带来了更丰富的思想资源和实践可能，使得这一阶段的文学创作内涵更加具有复杂性和张力。

马晓玖的短篇小说《师娘》塑造了一个因当阿訇的丈夫无力支持家中日渐吃重的开支，而最终选择离开丈夫的妻子形象，真实地反映了回族教职人员缺乏社会保障、于夹缝之中求存的困境。曾经，师娘也因嫁给了一名阿訇而暗自高兴，毕竟这夫婿可是“二十出头就当了阿訇，说明家风好啊”，阿訇的妻子自然也被众人认为“容貌品行都是拔尖儿”的。所以信众虔诚的赛俩目（穆斯林问候语），让师娘有一种优越感，她也就“把二十几岁的天真烂漫藏起来，走起路来一步一步地走得稳稳当当”[②]。可是这一份优越感在面对自己掏不出母亲手术费时开始瓦解——师娘发现自家连一千元也凑不出来。接

① 张中复：《历史民族志、宗教认同与文学意境的汇通——张承志〈心灵史〉中关于“哲合忍耶门宦”历史论述的解析》，《青海民族研究》2011年第1期。

② 马晓玖：《师娘》，《回族文学》2008年第5期。

着从前和自己一起竞争师娘位置的对手杨静衣锦还乡又给师娘的优越感带来一波冲击，直到拿不出学校演出服装的费用而致使大儿子离家出走彻底让师娘仅存的一丝优越感分崩离析。最终她带着小儿子离开家，离开那个曾经带给她荣耀的师娘位置。

类似的情况在撒雨的《一个人和他的现实世界》里同样出现了。兰阿訇到大山里的村子去开学，妻子在家中辛苦操持家务农活。面对丈夫赚不到钱，又常年不在家，妻子抱怨不已："开啥学呢？一年就挣几千斤学粮，值不下两千块钱儿，还不如打工去！"兰阿訇虽然依然故我，可是内心也并不是没有焦虑的："一年的工价啊，这么点儿钱。阿訇也有人情往费，也要吃穿花销，也要给孩子交学费，也要吃药打针啊！兰阿訇多少有点儿凄凉地想。"[①] "可是没有阿訇可不行，穆民们汉文教育赶不上，阿文教育要是没人做，那不是一头担了一头挑了吗？……教门信仰是每个穆民心窗前的灯啊，教门灭了灯也就灭了，人就活得非迷路不可。"[②] 正是因为此，兰阿訇始终开着他那破旧的摩托车，穿行于那条盘旋蜿蜒的山路，去开学。

除了面对现代社会形而下的压力外，阿訇同样也遭遇宗教本身形而上的困惑。像铁迟的《迷惘》，讲述了一位虔诚的阿訇，"每天领着大家做礼拜，凭着对真主的一片忠诚，他相信总有一天会富起来"，终于那年的麻子长势喜人，看来是丰收在望了，可是这时却来了一群麻雀，眼看麻子就要被吃光，丰收就要期望成空，但是伊斯兰教义说了不能杀生，"不知不为罪，像他这种深谙教义的人，若是在这种事情上马虎了，是罪上加罪了"[③]。最后，阿訇"不知怎么地就开了几十枪"，麻子是保住了，但"几十枪又丢失了几千步，遥远的天堂对他来说更遥远了"。文末的一句"至尊的主啊"，看似恳求原谅，实则是教义与世俗相左时个人的无奈与茫然。

"困惑者"阿訇形象中最常见的，恐怕是宗教在遭遇世俗生活，尤其是以现代化线性思维为逻辑的全球化浪潮时的弱势境遇——曾经是精神导航灯一样的信仰，现在却越发小众。在杨军礼的小说《古寺余晖》中，开篇就是曼索阿訇的疑问："怎么上寺做乃玛孜的人越来越少了呢？"他一个人颤颤巍巍地走上宣礼台，在喇叭的辅助下他礼拜的声音全村人都能听到，只有这时，"许多有知觉的信徒们会顿时感到一阵局促、窘迫与惭愧"，可是，"仍没人上寺"。曼索阿訇想不明白从前礼拜时显得拥挤的清真寺，现在怎么没人愿意来

---

① 撒雨：《一个人和他的现实世界》，《回族文学》2007 年第 1 期。

② 撒雨：《一个人和他的现实世界》，《回族文学》2007 年第 1 期。

③ 铁迟：《迷惘》，《朔方》1992 年第 3 期。

了呢？曼索阿訇想到了自己教育了十几年的尤努斯，一心想把他培养成一名阿訇，没想到他到城里开餐馆去了。而自己打老伴过世，就以寺为家，虽然几个儿子都愿意他辞学享清福，他却觉得“呕心沥血念了一肚子经，带回家太浪费了”①。作者借曼索阿訇的思绪，带出了一个又一个和当下穆斯林生活密切相关的议题，不仅有民族色彩浓厚的信众信仰弱化的问题，同样也有普世性的老人与子女关系的处理、兄弟间情义的维系、发财致富的诚信与良心等问题。这些问题内在的脉络纠缠着现实生活的方方面面，使得小说本身揭示出远超其篇幅的深远含义。

可以说，新时期的“困惑者”阿訇形象塑造，揭示出这些阿訇们在持续变幻的社会生活中所遭遇的物质困扰、精神诘难，是当下回族在现代性进程中、在多元文化冲击中遭遇的缩影。这些形象的塑造寄寓着作者们的思考——要怎样做才可以在遭遇困惑、徘徊之时作出调适，让教门与时代共进？

四、“阿訇”形象嬗变的背后

随着新时期的语境越发复杂与多元，于外，处于弱势地位的少数民族文化被汉文化和西方文化层层包围；于内，少数民族文学自身发展的时日较短，问题意识的不够全面在一定程度上使得它本身就像被迫处于“被殖民”的状态，原有的族之特点渐次消失，源自文化的焦虑感自然相继出现。同在此间的回族阿訇形象创作，不仅与时代思潮、民族生存状态密切相关——从他们身上，可以看到近百年来回族宗教人员的生活实录。除此以外，还有一个更深层次、更隐蔽的指向——改写过去被汉文化主流文学所塑造的猎奇式的形象，通过自主创作，向主流文化发出尊重与承认的诉求。据此而产生的回族族性建构的文学写作，虽然一直处于新时期文学创作中的边缘位置，但一直没有停止，还越来越明显。

21世纪以来，主流文化界与社会一般思潮中的儒学复兴、（国家）民族主义、汉民族主义、汉文化复兴日渐被当作某种目标而获推崇，并在境外西方压力的促进下，逐渐形成了汉化的爱国主义、民族主义、汉民族主义与族裔民族主义之间的矛盾与冲突②。而少数民族文学与生俱来的族别性质，以及文化代言的品格，使得族性的追求某种程度上与文化民族主义相近，又与国家层面的相关现象相异。但是无论少数民族文学的族性建构如何呈现，它所

---

① 杨军礼：《古寺余晖》，《西部》2010年第6期。

② 张中复：《历史民族志、宗教认同与文学意境的汇通——张承志〈心灵史〉中关于“哲合忍耶门宦”历史论述的解析》，《青海民族研究》2011年第1期。

处的语境、所涉及的基本问题，实际也就是转型期中国所遭遇的种种问题的不同程度的揭示。所以，“尽管少数民族族性建构话语之于中国呈现出一定的解构性质，但它们既不能也不会不是中国的——既不是对中国国家层面文化民族主义考察的简单补充，也不是‘非中国性’研究的中国内部扩展”[①]。不能否认，在少数民族文学创作中有某些微妙之处，但是表征族裔文化的族性建构更多涉及个体与族群的主体建构意识、个人与族群的现实生存境遇和文化认同的多元性与流动性，这些无不既与中国新时期以来的社会历史变迁有关，也与特定国家和区域的政治文化生态存在密切的关联。

一个民族的文化既是一种存在，又是一种变化，结合二者来看，回族文学立足自身伊斯兰文化、汉文化二元的文化根源，辅以转型期中国社会的一系列复杂情况，呈现出一个异质民族如何在华夏大地变迁沿革，庄敬自强。发掘回族文学族性建构中的具体内容，无疑有助于丰富与提升回族文学、中华文学的内在艺术品质和文化含量，同时更是建构多元一体有机和谐中华民族关系的题中应有之义。

第三节　回族文学的朝觐书写

回族素来和伊斯兰宗教有着久远的历史渊源和密切的现实联系，伊斯兰教的“天命五功”基本宗教制度同样也在回族信众中被执行。而朝觐作为“天命五功”最后一项，既是穆斯林宗教生活中最为重要的仪式，也是最难完成的功课。在《古兰经》中有明确记载：“你们要为安拉而完成正朝和副朝”（2：196）[②]；“凡能旅行到克尔白的，人人都有为真主而朝勤克尔白的义务”（3：97）。因此，朝觐成了穆斯林的法定宗教功修，每个穆斯林只要身体健康、财力足够，一生中必须到麦加朝觐一次，完成其作为穆斯林一生必须完成的神圣功课。

以朝觐为内容的文学记载在回族历史上源远流长。例如明代马欢所撰《瀛涯胜览》中“天方国”篇目及清代马德新的《朝觐途记》都是古代中国穆斯林到麦加朝觐的专著。到了近代，穆斯林马松亭、赵振武等人组成的访问团于 1932 年到麦加完成朝觐功课，随后赵氏出版了《西行日记》，对该次

---

① 姚新勇：《文化民族主义视野下的转型期中国少数民族文学》，新北：花木兰文化出版社 2016 年版。

② 即《古兰经》第 2 章第 196 节。下文中有关《古兰经》的经文叙述均采用如此表述方式。

朝觐见闻记述颇多。1938 年，中国回民救国协会为了宣传抗日派出一支中国近东访问团，途经香港去到麦加朝觐，回国后于 1939 年出版了《中国近东访问团日记》，详细记载了该次朝觐的各项事务与经历。

无论在什么年代，文学叙述都是对时代的一种理解方式，这种理解包含了对自我以及对自我与时代的关系进行重新叙述。十一届三中全会后，从中央到地方的民族宗教事务都得到渐次恢复，穆斯林到麦加朝觐事项也在中断了 14 年之后恢复，获得了以伊斯兰教协会为代表的国家集体力量的重视，朝觐人数增多，这为回族有关朝觐的书写日渐增多提供了前提。最开始是有关朝觐的零星单篇短文见诸报刊，接着在霍达的《穆斯林的葬礼》中出现了与朝觐有关的故事，后来就出现如长篇小说《朝觐者》，短篇小说《朝觐》《耶其目的老房子》，游记式散文集《环游克尔白》《虔敬的行走：一位穆斯林妇女的朝觐手记》《朝觐心路》，诗歌《朝觐者之歌》《信念》《朝觐》等以穆斯林到麦加朝觐为主要内容的作品（集）。其中对朝觐过程中异域景物的感受、朝觐过程中的感悟以及对朝觐的反思的内容，融合了世界穆斯林的伊斯兰教信仰和中国少数民族的具体语境之书写，无疑拓宽了回族文学的表述空间——不仅可以唤起同样有朝觐经历的穆斯林的归属感和回忆，也可以帮助“举意”要去朝觐的人了解必要的事项，还能让其他不了解伊斯兰文化的人从中感受到伊斯兰精神的特色。因此，对回族文学中朝觐书写的研究，既能把握新时期以来回族文学的发展，又能厘清宗教与文学在当代中国的关系，对建构中华民族“多元一体”的整体格局具有积极的意义。

一、朝觐书写的外在结构

（一）作为媒介的身体

由于谒见朝夕朝拜并向往的天房是所有穆斯林终生的夙愿，而且朝觐能使信仰达到一个新的高度，因此，回族朝觐书写中有不少内容会体现出作为一名朝觐者在朝觐过程中的激动与虔诚。而身体的反应是一个人内心受到触动的最直接的体现，所以在回族朝觐书写中，以身体反应直接描述朝觐者内心感受是最常见的写作方式。

有关身体的描写，在中国的传统文化中多数是避而不谈的。身体以及身体所联系的无数意义，在中国传统文化中都直接被忽视或闲置了，只剩下“仁义”之类的内涵，成为超身体之外的意义一直获得首肯，只要身体（个人）与“义”（集体）之间出现冲突，舍身取义就必须成为凌空跨一切的首选。新中国成立后的前30年，文学中“身体”以及这个词语背后所涵盖的思想（身体最直接受思想导向），依然处于可以忽略不计的境地。到了近十年，恰恰又走到了另外一个极端：一批女性作家的“身体写作”堂而皇之地穷尽了此前一直被忌讳的领域。从天平的一端走到了另外一端的结果就是，身体被简单地等同于肉体与欲望，身体本身所具有的丰富性和伦理性都被忽视了。如果说旧有的身体与“仁义”总被二元割舍是一种身体专制，那么这种身体等同于肉欲的书写取向不外乎又是新一轮的身体专制，人存在的全部真实性以及多样性被取消了。[①] 但是非常有意思的是，中国文学中一直被扭曲的“身体写作”恰恰在连着装都有讲究的回族文学中获得了另类的注解。

据笔者统计，在海俊亮的《朝觐心路》中，描述穆斯林激动内心感受的篇幅超过200字的有11处，而在阿一纱的《虔敬的行走：一位穆斯林妇女的朝觐手记》（简称《行走》）短短的238页篇幅中，超过200字详细描述作者内心的激动、感恩的多达23处。该书中，作者身体感受的冲击总与眼泪相伴。像作者描述到在朋友家的第一次开斋时的礼拜：“我像一个婴儿般无措和茫然，心中涌起的强烈的敬畏感和神圣感将我击倒。”随后，看朋友父母朝觐带回来的实况记录，“我莫名地像触电般颤抖，我哭了，泪流满面”。那泪水是心灵获得信仰的庇护后的反映，也是她萌发朝觐之心的最初因由。在整个朝觐路上，从最初的拜谒圣陵到整个朝觐结束后离开麦加，“一切像汹涌而至的潮水”，拍打着神经，撞击着心灵，朦胧了泪眼，还有作者一句又一句的“真主至大”，一次又一次的虔诚礼拜——此时，身体不再等同于某种权力，而是直接与信仰相联系，扯住了灵魂的衣角，直面具体的种种真实，也从真正意义上面对存在。在这个层面上，朝觐书写中不厌其烦地描述“环游克尔白”“投石射鬼”[②] 等功课项目之时，穆斯林“有的眼睛里含着热泪，有的已在抽泣。那种激动中的幸福，幸福中的敬畏，敬畏中的虔诚，虔诚中的恐惧，毫无遮掩”[③]。“我意识到我膝盖在动，严格说是抖动，想抬起脚来，却很难……眼前的一切像汹涌而至的潮水，把我冲得七零八落。真主啊，我有些站立不稳，我要倒下了，我要窒息了。”——在这些直观的身体感受描述中，肢体语言传递了宗教信仰与人性本真直面接触之时的巨大感染力。

除了身体带来的激动，还有身体带来的辛苦感，也一并出现在朝觐途中。

---

① 霍尼格：《提倡一种争胜性女性主义：汉娜·阿伦特和身份政治》，见王逢振主编：《性别政治》，天津：天津社会科学院出版社2001年版，第163页。

② “环游克尔白”“投石射鬼”等都是朝觐过程中朝觐者必须完成的功课。

③ 海俊亮：《朝觐心路》，兰州：甘肃民族出版社2013年版，第125页。

中国穆斯林的朝觐一般是选择“享受朝”，即先履行副朝功课，再进行正朝。[①] 副朝朝觐的仪式包括受戒、环游天房和在萨法与麦尔沃两山之间来回奔走 7 次。正朝的仪式包括受戒、站驻阿拉法特山、在穆兹代里法停留、射石打鬼、宰牲和辞朝。这几项功课基本都是一天完成一至两项——如此下来加上朝觐前的烦琐准备，旅途的劳顿加之复杂激动的心情，朝觐者的身体违和感也相应增强。尤其我国朝觐队伍中大部分都是中老年人，因此在朝觐书写中，写到身体明显的辛苦甚至有人因此归真（逝世）也并不鲜见。在阿一纱的《行走》中，作者作为朝觐队伍中为数不多的年轻人都不时感觉到旅途的奔波、朝觐烦琐紧凑的行程带来的身体疲惫，“身子是那么沉重”，经常“一沾床就沉沉睡去”。除了作者本人，“这几天下来，生病的人很多，由于疲劳，由于寒冷，由于人多空气流通不畅”[②]。在《朝觐心路》中，哪怕是健壮的中年人，“只身地环游天房，无牵无挂，此时已然气喘吁吁，精疲力尽”[③]，有些人为了做副朝，劳累了大半夜才回来，说话都有气无力，疲惫不堪。

这种身体的疲惫感由朝觐过程的奔波带来诚然不假，但伊斯兰教义把这种苦累进行了转化——苦累是真主对自己的考验，受到的苦累越多，真主的喜悦就会越多。就像《朝觐心路》中所说，“在拥挤的人潮中，人们身挨着身感到湿漉漉的，很不舒服……但是，面对天房这种特殊的环境，特殊的氛围，人们在拥挤中体会着来自真主的考验，在游转中体验着接近真主时的幸福与喜悦”[④]。因此，朝觐者在身体违和感中寻找到明确的自我情感安置位置，反过来也促进了对宗教本身的归属感。

因此，在信仰空间里的个人身体，就像是一种特有的语言，既能跨越无数来自于社会、欲望、性别等的藩篱，又能在其中促进宗教对信众的支配作用，并使得信众的归属感得以加强。借此，虔诚的朝觐者形象得以树立之时，伊斯兰文化中有关信仰、有关整个回族穆斯林的无数信息也得以传递给读者。

---

① “享受朝，享受朝亦称分朝，这也是将正朝与副朝连在一起进行的。先立意小朝，礼两拜到功拜。享受朝只有三件功课，即受戒、环游克尔白和在萨法与麦尔沃两山之间奔走。完成此三件功课即可开戒。而后等到正朝日期到来时（即十二月八日）再次受戒，并举行正朝，然后按规定时间开戒。享受朝在副朝开戒后，此间不受任何戒规，有自由享受之意，故名享受朝。”该解释引自 2011 年中国伊斯兰教协会内部印制《穆斯林朝觐手册》。

② 阿一纱：《虔敬的行走：一位穆斯林妇女的朝觐手记》，兰州：甘肃民族出版社 2006 年版，第 175 页。

③ 海俊亮：《朝觐心路》，兰州：甘肃民族出版社 2013 年版，第 171 页。

④ 海俊亮：《朝觐心路》，兰州：甘肃民族出版社 2013 年版，第 204 页。

（二）时空交叠的复合叙述方式

穆斯林朝觐是一件时空特点颇为突出之事。一方面，朝觐有严格的时间规定——每年伊斯兰教历的第12个月的前十天。另一方面，朝觐的地点同样有明确要求——以麦加为中心的几处场所。朝觐过程不仅包含了穆斯林从外地进入麦加城，也包括穆斯林在朝觐过程中不断地转移场地。时空序列互相复合构成朝觐书写的一个非常明显的特质。

朝觐书写的时序性相对而言是比较容易理解的一个维度。一般文学作品多数以时间为顺序，串联起各个情节。朝觐书写中内含的时间顺序自然是一个重要的叙述展开方式。随着时间的推移，朝觐各项内容按次序展开。无论是第一天的“环游克尔白”，还是到最后的“辞朝”，时间次序里依次清晰出现的是朝觐作为一个整体的每一个部分的内容。

与时序性同时进行的还有空间性的描述。在空间转换的描述中，首先是直观的地理空间场域的转换。因为中国的朝觐者都是经过伊斯兰教协会的统一整合、安排后分批奔赴麦加参加朝觐。所以，在许多游记式散文中都有写到朝觐者从自己居住生活所在地出发，集中于北京、西安等城市，最后到达麦加这么一个空间转移的过程。其次，伴随着地理空间转移的是朝觐者从世俗现实的物质生活到宗教信仰的精神追求的空间变换。穆罕默德曾说：“为真主而朝觐者，在朝觐的过程中既没有胡言乱语，也没有胡作非为，那么，他归来的时候，犹如初生的婴儿一般。”① 随着告别亲人，踏上朝觐之路开始，朝觐者就摒弃了他/她作为一名丈夫、妻子、儿子或女儿的过多世俗情感牵绊，首要之事就是完成朝觐事项，怀揣着真主的喜悦归来，成全一个全新的自我。所以不乏行文会描述“踏进阿拉法特平原、登上拉哈曼特山峰的每一位朝觐者思绪万千，顿感自己肩上的责任重大”等朝觐者既激动又忐忑的内心感受。这些感受都来自于朝觐者身份与信仰复合所搭建出的一个特殊的空间，这是一个不同于外界社会的空间。而“空间从来就不是空洞的：它往往蕴含着某种意义”②。就像福柯认为的，“空间是任何公共生活形式的基础。空间是任何权力运作的基础”③，列斐伏尔也认为，“空间里弥漫着社会关系；它不仅被社会关系支持，也生产社会关系和被社会关系所生产”④。在朝觐这

---

① 布哈里辑录，康有玺译：《布哈里圣训实录全集》（第一部），北京：经济日报出版社1999年版，第454页。

② 包亚明：《现代性与空间的生产》，上海：上海教育出版社2003年版，第83页。

③ 福柯、王喆法：《另类空间》，《世界哲学》2006年第6期。

④ 包亚明：《现代性与空间的生产》，上海：上海教育出版社2003年版，第48页。

个不同于外界的空间里，差异在一定程度上被人们有意无意降至最低，种族、民族的边界都减弱了，个人社会的、政治的甚至文化的身份都并非最重要的，重要的是穆斯林之间的身份认同。这种身份认同可以转化成一种集体权力，并且必然产生一种集体向心力。在一篇文章中就举到一个例子："一位中国的退休官员在游过天房后，因有一个路口被封而向执勤的警察说明自己身份的重要希望获得例外通行，但他没有如愿。"① 此时世俗等级背后的权力结构往往失效，起作用的通常是穆斯林作为整体的利益诉求。因此在这种空间内，朝觐者会有一种心灵得到净化的感受，能够保持一种生活有方向、有归属的感觉。正是在这么一种时空交叠的复合式描述中，朝觐者的内心世界得以被观照，宗教的世界性意义得以彰显，朝觐带来的重要作用也就不言而喻了。

二、朝觐书写的内部精神价值

在回族朝觐文学的书写中，虽然身体感受到的冲击是最直面的，但这些感受通常都只是作为一个能指符号，背后的所指是朝觐与伊斯兰文化合二为一之作用。朝觐书写常常以朝觐行程为线索，融进了相关的伊斯兰文化知识内容——既有朝觐本身的知识，也有伊斯兰历史、教义、教法、制度、民风、礼仪等方面的知识。

伊斯兰教出现的时间较之基督教、犹太教晚，民智的开发以及早期文明的传播已经使得伊斯兰宗教神圣性难以以一种过于虚拟的象征性以及模糊性呈现。这就意味着伊斯兰教义要转而落实在生活所有细琐层面，成为指导生活、塑造道德的指南，才能吸引更多信众。有学者指出："由于中国各族穆斯林分布地区辽阔，社会文化背景和自然生态环境不同，各民族的来源和形成以及接受伊斯兰教信仰的时间、途径也不一样，因而其（中国伊斯兰文化）内部又呈现出多种形态和特色。"② 譬如说族源形成的外来性、融合性和族体发展的本土化，都让回族表现出它在华夏各种族群中的独特性——伊儒双重文化融汇。

首先，在朝觐书写中体现出伊斯兰"认主独一"（tawhid）的核心思想价值。"认主独一"即认为真主是世界的创造者和主宰，是世界的本体。有学者认为："伊斯兰教的'认一说'代表了人类信仰'一神论'思想的高度。"③

---

① 丁宏：《朝觐者的心路——兼谈宗教仪式的意义》，《西北民族研究》2010 年第 2 期。

② 马启成、丁宏：《中国伊斯兰文化类型与民族特色》，北京：中央民族大学出版社 1998 年版，第 119 页。

③ 张文建：《信主独一——伊斯兰教》，北京：世界知识出版社 1999 年版，第 34 页。

在朝觐书写中，穆斯林来到麦加，心中都要无数次激动地默念“万物非主，唯有真主”，以示自己认主独一的真诚度。但这样的一种认识论并没有脱离实际，在古代回族的许多典籍记载中，都有信教和忠君的并行论。如王岱舆在《正教真诠・听命》中说：“所以人单顺主、赞主、拜主、感主恩，而不能忠君、赞圣、孝亲、济人者，则事亦不足为功；如徒忠君、赞圣、孝亲、济人者，而不能顺主、赞主、拜主、感主恩，前事仍为佐道。”敬主是基本信仰，忠君是处世态度，孝亲是伦理道德原则，三者不可分割，共同构成中国古代回族社会的基本文化支撑。

其次，朝觐书写中也体现了穆斯林对“两世吉庆”的伦理观念的坚持——既主张积极投入今世生活，努力奋斗，完善道德，满足人性合理欲望；又强调后世生活才是人类永恒的归宿，在末日审判来临之时，只有信道和行善的人才能永居天园，不信道和作恶的人将坠入火狱——因此强调人们切不可沉溺浮华享受，而应在“耕耘现世”的同时，通过宗教功修“营谋后世”[①]。新时期以来，随着经济浪潮的涌动，中国人遭受着普遍的精神质疑、信仰危机。现代文明的隆隆推进之声，直接带来的是不加喘息的追逐，缺乏从容思考、辨析的空间。置身其间的回族人亦然，是此岸彼岸的并重还是厚此薄彼的抉择，成为他们遭遇到的重要精神命题。此时朝觐书写的增多无疑是以另一种方式坚持传统文化的传承。《朝觐心路》中一名朝觐者坦言，他由于一直经商在外，许多拜功都没法一一完成，但这不表示自己已经放弃了伊斯兰信仰，相反，只要时间允许，自己都会一一把错失的拜功补回。[②] 又如网上披露的一个统计，1985 年，甘肃全省仅有 10 多名穆斯林群众参加朝觐，而到了 2010 年已达到 2460 人；[③] 就全国来讲，朝觐人数“2007 年首次突破 1 万人，2012 年达 1.38 万人创历年新高”[④]。在这些与朝觐有关的叙述中，不仅可以窥见中国许多穆斯林的生存状态和宗教诉求，也折射出两世并重观念在当下回族社会的新表征——现世的物质打拼成为生活的主要内容，而彼岸的信仰追求沉潜为精神深处的不懈坚持。换言之，谋求两世吉庆始终是回族主体的日常伦理核心理念。它或隐或显地伴随在该民族求取科学、民主的现代化进程中，既指导着回族珍视生命，积极进取，又提醒着他们要有所禁忌，以信仰约束过度膨胀的世俗欲望，去除人性芜杂，提升道德境界。

---

① 王继霞：《百年回族文学价值研究》，陕西师范大学博士学位论文，2011 年。

② 海俊亮：《朝觐心路》，兰州：甘肃民族出版社 2013 年版，第 187 页。

③ http：//news. xinmin. en/sheht：i/2010/10/19/7284816. html。

④ http：//news. 163. com/13/0928/20/99SUELIR00014JB5. html。

再次，在朝觐书写中透露出回族文化中对清洁的喜好。在伊斯兰教伦理观念中，崇尚清洁是一个很重要的内容。《古兰经》和圣训中对此有着明确的强调："你们应当爱好清洁吧！因为伊斯兰教是清洁的宗教。清洁导人于信仰，而信仰将伴同其主人一块在乐园里。"在朝觐纪实散文书写中，不少都提到了身在圣城麦加，哪怕语言不通，但只要到了礼拜时间，通过比画，人们总能理解出这是要寻找水源进行净身。在阿一纱的《行走》中就提到因礼拜时间逼近而又找不到做小净的地方，"我"和女伴都很焦急。但通过向一位土耳其朝觐团的女士比画，"她愣了片刻后突然明白了，拉起我的手就跑……"，直至找到水源，看到"我"与女伴都没有错过礼拜时间，她"虽然站在那大喘气，真是上气不接下气，累得够呛，但满脸是慈祥和快乐……"[①] 通过这样的例子，穆斯林之间的友爱之情跃然纸上。在同样的诉求之中，跨越了语言、国籍、肤色的界限，穆斯林之间的感情被一个个这样相互帮助的例子打造得栩栩如生，这是一个真实的共同体。当然，穆斯林对清洁的喜好不仅仅体现在礼拜前的净身仪式上，还体现在饮食、衣着方面，要谨守训诫，应当吃"大地上所有合法而佳美的食物"，同时应当"经常洗涤你的衣服"，等等。换句话说，对清洁的追求，已经成为回族的一个明显的文化特征，这个清洁不仅是实体方面的生活习惯，还有精神层面的追求，甚至是一个少数族群的自我区隔的重要符号。

通过研读回族的朝觐书写，可以观察到在固有的叙述模式下，体现的是一个变化中的精神文化内核。回族这一个民族实体在现代民族国家中并非一个一成不变的存在，它对本族传统文化既不是一味固守，也非全盘否定，而是既有个体日常实践行为层面的淡化，又有群体风俗礼仪方面的捍卫坚守这样多元复合的杂糅情况。

三、朝觐书写对多元一体中国的意义

张承志撰写的马甸寺碑文中写道："自古中国回民，虽身居棚户泥屋，而心怀真理高贵。盛世乱世紧靠清真寺求生，温饱饥寒仰仗伊斯兰迎送。"一句话道出回族文化的个中要义——信仰与生活须臾不可分离。从根本上来讲，回族的信仰文化是绵延在世代血脉深处的精神财富，它已经承传、沉淀为支撑生命的信念和心劲。这与当下现代人普遍遭受到的信仰危机、精神困惑形成鲜明反差。如果说，文学的作用既是"对全面促进社会的经济、政治、文

① 阿一纱：《虔敬的行走：一位穆斯林妇女的朝觐手记》，兰州：甘肃民族出版社 2006 年版，第 58 页。

化进步力量的肯定性评价，又要关注人的良知、道德、尊严”[①]，那么回族文学的朝觐书写明显具有一定的启示意义。尤其作为中国“多元一体”中“多元”的一部分，回族既同传统伊斯兰文化有着不可割舍的联系（朝觐正是这“不可割舍”的集中体现之一）；也很明显——作为中国少数民族之一的回族显然不具备和典型阿拉伯世界穆斯林相同的文化记忆和生存面貌。而且，它又与中国其余的民族共同孕育了中华民族的血肉之躯。朝觐从整体上赋予了回族穆斯林世界某种世界性的话语力量，指向一种民族寻根过程中的理想化的集体记忆想象。[②] 新时期以来的回族文学正是在不断的探索中，拼凑本族的文化身份形象。而回族朝觐书写无疑是反映回族信仰文化、呈现回族在现代国家进程中的族性体现之处。就像海俊亮的《朝觐心路》一书，书写过程就是作者在论坛和广大网友进行互动的过程。这既可以为未朝觐过的穆斯林朋友解答疑难，又可以听取更多人有关教义的意见和建议，甚至吸引到不少汉族读者，这无疑是回族文化族内族际互动的一个生动的例子。所以，即使是着力于本族族性建构，朝觐书写也并没有指向僵化的模式，更没有制造“边缘”文化与“主流”文化之间的必然对立。相反，是比较理性地看到，朝觐书写的出现是得益于国家对朝觐活动的恢复，这在根源上与国家意识形态、宗教政策的支持无法脱离关系。这种理性的思维方式直接导致朝觐书写中不少内容都是在中国文化大格局之下铺开。就像在《穆斯林的葬礼》中，小说以“月”和“玉”的意象设置对应回汉文化，正是在这种烘托下小说曲折的情节中不露痕迹地融伊斯兰文化和中国回族文化于一体，实现了对当代回族族群记忆的身份追寻的二元复合叙述。

如果说上述《穆斯林的葬礼》是一个还不算明显体现两种不同文化之间的冲突的话，在小说《朝觐者》中出现的“回族养猪”事例，则揭示出在极端年代，个体面对真实语境而试图从宗教功修中找到解脱的尝试的徒劳。所以，“父亲只有更加地沉默，虽然自己无法礼拜，但他依然嘱咐母亲要坚持礼拜、封斋，每到礼拜的时候，他总会到外屋去作掩护”[③]。——在作者的笔下不难看到，回族穆斯林在极端的年代，即使冒生命的危险，也不愿彻底荒废宗教功修，伊斯兰信仰的作用依然保存在内心深处。

又如，在一些纪实散文中则呈现出当代中国穆斯林在麦加朝觐过程中与

---

① 童庆炳：《现代诗学问题十讲》，北京：中国海洋大学出版社 2005 年版，第 148 页。

② 杨秀明：《〈穆斯林的葬礼〉中朝觐亚叙述层的功能分析——兼谈当代回族流散写作》，《伊犁师范学院学报（社会科学版）》2011 年第 4 期。

③ 郝文波：《朝觐者》，银川：宁夏人民出版社 2010 年版，第 75 页。

世界穆斯林的对比与反思的面貌。像在阿一纱的《行走》、海俊亮的《朝觐心路》中，都描写了中国穆斯林缺乏秩序感，文化程度低，甚至在教门知识上也明显存在错误的情况——对比起许多外国的穆斯林，中国穆斯林许多方面都是处于弱势，所以一开始确实给朝觐团工作人员的管理、统筹工作等带来了不少难题。但随着朝觐进程的推进，到最后完满结束朝觐者获得了“哈吉”的称呼，并且也开始以一个哈吉的标准严格要求自己的言行。这时，“哈吉”称呼，已是一个宗教文化符号，也是朝觐者一种宗教功修的象征。朝觐者也因这个身份符号的改变（朝觐者→哈吉）而自觉谨言慎行。哈吉回国之后，回族社区通过“接哈吉”“请哈吉”等仪式，进一步使哈吉的身份得到确认。哈吉在回族社会这种仪式性质的作用在维系宗教情感的同时，也在回族社会形成一些反思，这无疑对贯彻落实政府新时期以来的宗教政策，建构多元一体中华民族新型关系具有一定的积极作用。

总的来说，朝觐不仅是穆斯林的宗教功课，还是融入了华夏沃土的穆斯林对祖上异源文化的倾全力保留，是回族穆斯林群体对身份寻求唯一能按图索骥的“钥匙”。回族文学中的朝觐书写尽管在有意识地突出回族传统文化的传承，但并没脱离中国“多元一体”的整体格局。在行文中回族知识分子对本族群历史、现状以及未来的审思，不仅是改革开放浪潮席卷神州大地带来的冲击，也是在现代化发展过程中人如何面对自己的无尽欲望和现实的矛盾，怎样在物的裹挟冲击中葆有一份精神的独立的问题。对于此，文学又该怎样去表现现实生活中的种种蒙昧与烦琐的生存和心态，或许在回族的朝觐书写中所寄寓的人类灵魂深处的追寻生命本真，探求永恒的精神归宿，实现自我人生的价值的渴望中，有另外一种阐释的可能。

第四章　全球化语境下的回族族性书写

在全球化与现代化的冲击之下，当下是一个文化认同危机普遍存在的时代。这个危机一方面源自“现代性”（modernity）中所蕴含的西方化或全球化对非西方世界本土历史文化传统的威胁；另一方面，民族主义（nationalism）作为现代性中非常重要的一个政治面向，同样在文化危机中起到了推波助澜的作用。综观中国近现代历史，在中华民族认同下，知识精英一贯以“传统”来吁求民族团结，以期得到推动国家进步与现代化的力量——这是中国的“现代性”。虽然这个做法获得了值得肯定的成效，但其中内含了一种吊诡：“现代性”既侵蚀传统与文化，又需利用传统与文化。因此，现代民族国家无法充分面对后现代思潮解构，若民族国家立基之文化传统与历史被解构，那么凝聚民族国家的动力由何而来？民族国家所揭橥的理想与未来是否也将失效？

带着这些问题观察20世纪80年代以来的少数民族文学，我们可以发现无论被承认与否，少数民族文学中的族性表达或强调都是一个事实。回族文学在这种背景下开展了寻求身份认同之旅，无论是时间还是空间，都力求使得族性诉求获得认同，这不仅仅为了建构少数民族族裔性自我话语系统，获取族群的自我认同，还期望通过这样的言说表达与主流权力话语进行“对话”。

第一节　族性与认同

“我是谁”“我从哪里来，要到哪里去”这类关涉自我主体身份认同的问题自古就存在于人类思考范畴中，但其成为流行议题还是在全球化多元语境下，群体身份认同危机出现之时。全球化打破了原有的空间观念，导致了社会关系、人物身份的交叉与错位。尤其自20世纪80年代开始，随着国门打开，中国知识分子明显地感受到中国经济的贫穷与文化的落后，而在西方虚构的东方形象中，中国文化又屡遭刻板误读。因此，在对自我身份的阐释和对世界文化的认同中，文学面临着阐释的双重焦虑。而少数民族文学在此基础上还面临着本族群文化在全球化时代如何传承与更新的问题，文化身份危机更为突出。尽管新时期以来国内各少数民族均开始直接或间接地重塑自己的文化身份，但传统意识形态的拆解，并不能自然消除文化领域中不同族群间实际文化发展的不均衡状况。因此，少数民族文学通过民族意识的追寻，来重建民族文化身份，就具有了历史和现实的相对合法性。

一、谁是“回回”？

关于文化身份这个概念，天然与族性之间存在关系，因为一般认为它涉及一个族群或个体的自我界定，“主要诉诸文学和文化研究中的民族本质特征和带有民族印记文化的本质特征”①。如果根据斯图亚特·霍尔（Stuart Hall）的观点，“文化身份”是一个立体的概念，首先它有横向的共性存在，是“一种共有的文化，集体的‘一个真正的自我’，藏身于许多其他的、更加肤浅或人为的强加的‘自我’之中，共享一种历史和祖先的人们也共享这种‘自我’”②。与此同时，文化身份又具有纵向的历史维度的动态变化，它“既是‘存在’的又是‘变化’的问题。它属于过去也同样属于未来。它不是已经存在的，超越时间、地点、历史和文化的东西。文化身份是有源头、有历史的。但是与一切有历史的事物一样，它们也经历了不断的变化”③。霍尔对文化身份的定义是通过历时与共时的双重维度，挖掘文化认同的共性与文化身份的差异性和变化性。尽管在英语中“身份”与“认同”这两个概念用的是同一个词语 identity，然而通过霍尔的文化身份的概念，可以看出，当 identity 指“某个个体或群体据以确认自己在特定社会里之地位的某些明确的、具有显著特征的依据或尺度，如性别、阶级、种族等等”④ 时，它一定程度上等同于“身份”；而当某个个体或群体试图追寻、确证自己在文化上的“身份”时，identity则等同于“认同”。身份的追寻是建构认同的前提，认同产生反过来又建构了身份，这二者之间是同构共生的关系。

以此反观新时期以来的中国少数民族文学中集中呈现的族性诉求，很大

---

① 王宁：《文化身份与中国文学批评话语的建构》，《甘肃社会科学》2002 年第 1 期。
② 罗钢、刘象愚主编：《文化研究读本》，北京：中国社会科学出版社 2000 年版，第 209 页。
③ 罗钢、刘象愚主编：《文化研究读本》，北京：中国社会科学出版社 2000 年版，第 209 页。
④ 阎嘉：《文学研究中的文化身份与文化认同问题》，《江西社会科学》2006 年第 9 期。

程度上是现代性语境下民族文化危机的产物：当现代社会破坏了传统赖以生存的土壤之时，对民族文化身份认同的有意识建构与强调，实则是以此为武器对抗文化霸权的一种策略。而且任何特定文学族性的建构，都不可能只局限于这一文学本身，它很大程度上关涉它所拥有者的自我意识和文化身份的建构。特别是如回族在族源追溯上可以远离华夏本土，宗教信仰与日常生活紧密结合，在中国社会转型语境下文化身份认同受到了怎样的影响，这种状态下族群的文化身份认同处于何种状态，这些问题和族群本身的族性诉求之间是什么关系等，都是值得关注的问题。

一般认为回族的祖先可以追溯到7世纪来华经商或传教的阿拉伯人、波斯人，他们都信仰伊斯兰教，其中有部分人在中国定居，后来成了回族的一部分。“回回”一词是根据7世纪后唐人所说的“回纥”或“回鹘”发音转变而来。到了明末，由于蒙古贵族统治阶级西侵，大量波斯人、阿拉伯人、土耳其人被掳掠从军，这部分人又构成了回族的另外一部分。虽然回族形成的具体时间点还没有特别准确的说法，但大多数回族历史学者都认为，从元代到明中叶，“为回民在中国同化时期。各色回教人士，在中国境内起一大结合，构成一整个民族”[①]。换言之，虽然到了民族识别之时回族才有了自己在新中国民族之林中的正式称谓，但是，回族的历史是真实的实体。

基于安德森认为“民族”是一种现代的“文化的人造物”，是一种集体认知层面上的“想象的政治共同体”[②]的看法，有一批学者对上述的观点持不同的意见——主张回族形成于20世纪50年代中国的民族识别工作观点，基本上都高度强调现代国家的“制度化”运作对回族成员的身份自觉或种族认同意识的决定性作用。杜磊就认为，尽管回族先前已具有一定程度的种族意识，但在50年代获得族称前，此种意识不足以使其成为一个民族，他们唯一的共同点，就是共同信奉伊斯兰教而已。[③]李普曼也反对“把‘民族’的范式应用于穆斯林（或者毋宁说是任何一个人们群体）的历史”[④]。在他看来，所谓“民族”的概念，“只是形成于十九世纪末、二十世纪初，并且仅在

---

① 金吉堂：《中国回教史研究》，银川：宁夏人民出版社2000年版，第133页。

② 本尼迪克特·安德森著，吴叡人译：《想象的共同体——民族主义的起源与散布》，上海：上海人民出版社2005年版，第8页。

③ DRU C G. Muslim Chinese：ethnic nationalism in the People's Republic. Cambridge：Harvard University Press，1991：96－97.

④ JONATHAN N L. Familiar strangers：a history of muslims in northwest China. Washington：University of Washington Press，1998：215－217.

1949年以后才被有效能的中央政府作为一种政治工具持续有力地加以使用”①。因此，李普曼同意杜磊的看法——在1949年之前，“回回”的概念仅指穆斯林。可以说这种反本质主义文化身份观主张在一定程度上揭示出过去常被中国学者所忽视的那一个层面的内容——文化身份绝对不是静止的固定不变的历史赋予，并非有一个先验的、早已存在的、本质性的回族存在于历史上。文化身份会随着政治、经济、历史的变化而不断变化。

但是，随之而来的问题就是“在当代中国政府将‘民族’作为一种制度化范畴用以‘识别’和划分国内的各种人们群体之前，中国历史上是否存在这样一个种类的人们群体，其特性与今天被称为‘民族’或‘种族群体’的人们共同体基本相近？更具体地说，今天的‘回族’，是否存在着某种前现代的历史形态？”②

历史的记忆层面是由族群文化经过长期积累形成的，具有一定的稳定性。“而现实的社会层面，包括政治、经济等则是现时的‘在场’，维系并冲击着原有的历史记忆层面。”③ 如果现实层面的内容（例如政治、经济）并没冲击到稳定性的族群文化地位时，文化原有的历史记忆层面就依然保持稳定的状态。而当异质文化借助政治、经济的强势压倒族群原有文化时，族群原有文化的历史记忆层就可能因遭到冲击而断裂或不再完整，进而出现文化身份认同的变异。

回族学者白寿彝曾在《中国回回民族史》中研究了回族的形成，虽然回族族源上最主要的是长久留在中国经商的和蒙古西征掳掠而来的信仰伊斯兰教的人，但这些人中不仅有阿拉伯人，还有波斯人和土耳其人，不同地域的人进入中国后怎么会成为一个民族呢？白寿彝指出“第一个原因，他们都自西域来，同时又是信仰伊斯兰教的人。长期遭受迫害的共同历史使他们具有结合在一起的感情基础”，“第二个原因是这一群回回先民逐渐形成了回回特有的语言，这种语言包括了阿拉伯、波斯语汇在内，基本同构于汉语”，“第三个原因是历史上元明时期回回先人是居住在更大的集中的区域”。④ 所以在13世纪前就逐渐形成的回族不是一个种族的共同体，而是一个人群共同体。这样的共同体必然需要相关的内容延续共同体的保存，因而必定会涉及特定

① JONATHAN N L. Familiar strangers：a history of muslims in northwest China. Washington：University of Washington Press，1998：216.

② 姚大力：《“回回祖国” 与回族认同的历史变迁》，见《北方民族史十论》，桂林：广西师范大学出版社2007年版，第68页。

③ 魏新春：《论全球化语境中的文化身份与民族文化》，广西师范大学硕士学位论文，2003年。

④ 白寿彝：《中国回回民族史》，北京：中华书局2007年版，第118－120页。

的历史、政治、经济、意识形态、文化等复杂的领域。

首先从“回回”一词演变开始观察。最开始，它只是“回纥”“回鹘”的转译音，大约十三、十四世纪之交，“回回”与“回鹘”（畏兀儿）分开指涉不同族群。直到元末，“回回”已经不是畏兀儿的专指，而是畏兀儿以西中亚诸人群的集体称谓，不过这部分人群的主要构成依然是穆斯林。汉语“回族”一词真正转义为伊斯兰或伊斯兰信仰者，大约是在明初。但其实在明代前期和中期的近两百年里，回族的先人们并不将此用于自我称谓，反而是“穆民”更受欢迎。[①] 到了明末清初，“回回”一词方普遍地被“回回”人群接受为自我的称谓。此时的“回回”已含有伊斯兰信仰者的共同体的意思，并且与“回纥”相等同起来[②]。这时的回族人把“回纥”想象为自己的祖先，所指的“既不是8世纪下半叶驰骋漠北草原、并曾出兵南下助唐的那个真实的突厥语游牧部落，也不是自840年代后分布在塔里木河流域及旁近地区的、今天自称并被他称为‘维吾尔’的那个皈依伊斯兰教的特定民族群体（因为在清代中国还不存在这样一个“维吾尔族”）。它是一个被泛化了的广袤地分布于西域地区的穆斯林共同体，亦即与最宽泛意义上的‘回回’等义”[③]。

共同体意识开始出现时，就进入了第二个层面：如何维系成员对共同体的认可。一般认为相同祖先和共同血统会被纳为首要考虑对象。其次才是相同宗教、语言、文化等方面。对“共同血统”常有两种表述，一种是把全体民族或种族成员想象为同一祖先的后裔；另一种则是将当今的特定人类群体，追溯为历史上某个拥有独特文化，并足以与同时代的他者相区别的既有人类共同体的后裔。在第二种观念里，人类共同体中有无一个共同始祖的血缘关系并非最重要的，重要的是人们将自身集体想象为这样一个独特人群的后裔时，观念层面上的“共同血统”就构成了。就像遍布全球的华裔，都被称作中华儿女，回族此时也属此流。学者姚大力认为《晋安郡志》上“默德那国沿革：即回回祖国也”之内容，说明明代“回回”已经倾向于把祖先追溯为同属某个特定国家的人类群体。换言之，中国回族人的民族的或族群的认同，至少在明清之际，应当是已经生成且已以此族群认同为前提开始身份认同建构。

文化身份认同历史性建构的第三个层面是从族群的宗教、文化入手。元

---

① 姚大力：《“回回祖国”与回族认同的历史变迁》，见《北方民族史十论》，桂林：广西师范大学出版社2007年版，第70页。

② 白寿彝：《中国回回民族史》，北京：中华书局2007年版，第104页。

③ 姚大力：《“回回祖国”与回族认同的历史变迁》，见《北方民族史十论》，桂林：广西师范大学出版社2007年版，第99页。

代进入中原的回族先民，本身在记忆上仍存有对中亚故土的记忆，而元时期无论是海运还是陆路均与东部穆斯林世界频繁沟通，使回族先民也多少维持着与母国之间这样或那样的联系。但进入明朝之后，由于明政府对海外贸易的消极态度，东部穆斯林世界与中国之间的经济与文化交流在此后不久也急剧衰退[①]。身处汉地社会的回族人陷入了与外部世界的隔绝状态。在来自域外的伊斯兰文化资源基本断绝的情形下，对宗教信仰的坚持以及伊斯兰的知识体系的传授是保存族性的基本选择。一方面是“将宗教以及与之相关的诸习俗当作‘祖教’和‘祖制’，在家族内部世代相传不坠”，另一方面是以“超过家族范围的回回群体的生存方式传教”[②]，譬如在聚居地修建清真寺，清真寺有专职的阿訇负责寺坊居民的宗教事宜和日常邻里纠纷。如果说原来来自中亚不同区域的回族先民间存在着差距的话，那么这些差异在明代中叶以后的回族内部渐趋淡化。反而是面对汉族文化日益“主流”，回族人对自身文化身份认同的意识自觉更进一步凸显，“天下回回是一家”的说法深入民心。所以到了明清一代，尽管回族对于自身族源的记忆日渐淡化，但伊斯兰教的信仰和对自身根源性的追寻意识仍使他们记得自己是来自域外先人的后裔。尽管对自身居住地区之外的其他回族人未必了解，但通过宗教文化的纽带联系在回族人心中造成一种广泛的同属一个群体的身份认同——就像安德森所讲的“想象的共同体”的思维模式——尔后在回族人中发展出“舍命不舍教”的做法就是这种认同维系达到巅峰的一种体现。

从族名、血统、祖先、宗教等方面的变化都可以观察出回族确实是一个留有历史传承的真实实体，它在历史传承中从各个方面建构着自己的族群文化认同，这是一个具体的动态的过程。与此同时，回族的身份认同还没有忽略与“主流”族群以及社会之间的关系。可以说，这是除了文化身份自我建构之外的“他者”建构。上文曾述及回族意识的生成，大约是在晚明，此时由于久居中原，回族在行为方式诸方面已发生了重要的变迁，但这并非一个简单的朝“主流”社会靠近，单方面地被“汉化”的过程。像明代后期回族人已经普遍采用了汉式的姓氏，服饰也渐趋同于汉族。回族人就是这样在适应中求生存求发展，以伊斯兰文化为核心，又不断适应和吸收中国传统文化——这不仅是生存的策略需要，同时也是通过“他者”而反证以及强化自

---

① 姚大力：《“回回祖国”与回族认同的历史变迁》，见《北方民族史十论》，桂林：广西师范大学出版社 2007 年版，第 85 页。

② 姚大力：《“回回祖国”与回族认同的历史变迁》，见《北方民族史十论》，桂林：广西师范大学出版社 2007 年版，第 90 页。

身独特性的做法。虽然这样的做法有助于自身文化身份的建构，但回汉之间的界限也因此愈发明显，为清朝同治年间的回民事变埋下了隐患。

花了这些篇幅梳理“谁是‘回回’”的问题，无非是想说明，“回回”的形成与发展并非一个先验的存在，也并非一个静止封闭的概念。它是一个在历史上不断进行内部更新，又不断接受外界塑形的实体。在它身上既有被建构的部分，也不可否认有历史沉淀的内容。

二、回族文化身份认同的当代命运

上述对“谁是‘回回’”的问题的追溯，实质是证明了史密斯有关民族基因的古老性、长时段性的观点。但是回族文化本身跨区域、跨族群的传播路线，加之中华文明中长久的帝王师历史、曾经的天下普世性文化标准、汉民族人口占多数的社会现实，都使得回族身份认同问题变得复杂不已。尤其进入中华人民共和国后的回族，它的身份认同又发生了怎样的演变？为什么像杜磊、李普曼等研究者都认为回族是一个被建构的概念，这又与 20 世纪 90 年代中后期越发明显的少数族裔本位性诉求之间是什么样的关系——带着这一系列疑问，我们或许能展开回族身份在当代的一个按图索骥过程。

（一）“一体化”时代的族裔身份认同逻辑

1949 年，中华人民共和国成立，以马克思主义为指导的中国共产党的意识形态上升到国家层面，成为主导意识形态。此时，为了满足建构国家统一体的需要，意识形态必须建立其“询唤”[①] 机制，把个体“询唤”进其社会或意识形态的位置。中国在民族问题的处理上采取了把族群问题政治化和制度化的一整套措施——“民族识别”“民族区域自治制度”以及“在政治、经济、教育、文化等各方面对少数族群实行优惠政策”等。[②] 这种“询唤”措施的作用不言而喻，像民族识别这可以说在族属根源上确认了少数民族文学身份的依据，似乎天然地就拥有了一个合法的身份。然而，上述行为以期从制度上保障少数族群各项政治权利的同时，也将少数族群融合到政党—国

---

① 阿尔都塞曾提出了“意识形态的国家机器”一说，他认为意识形态是一种特殊的非强制的国家机器，是统治阶级为维护自身的合法统治而行使的文化霸权。而意识形态国家机器的工作机制就被称为“询唤”机制，即通过表演或是示范的方法，把个体“询唤”进其社会或意识形态的某个位置，由个体转换成主体，并向更高的绝对主体屈服。在这一询唤过程中，意识形态通过对全体成员的指导和教育而权力化。参见路易·阿尔都塞：《意识形态与意识形态国家机器》，见斯拉沃热·齐泽克等著，方杰译：《图绘意识形态》，南京：南京大学出版社 2002 年版，第 161 页。

② 马戎：《从文化角度对待中国民族问题》，《新世纪周刊》2008 年第 21 期。

家的行政结构中去。因此，少数民族作家在当代的出场，不仅仅具有文学史的意义，更具有政治意义。玛拉沁夫就说过：

少数民族作家群的出现，就其意义而言，已远远超出文学范畴。旧社会受到反动统治阶级的欺侮、压榨而长期处于愚昧落后状态的少数民族人民，在解放后短短的几年之内，就已形成一支作家队伍，这有力地说明，只有在中国共产党的领导下，在社会主义国家里，少数民族人民在政治上得到了解放，才有可能在文化上获得新生。如果我们着眼于这样一个大的政治与历史的背景，那么对于新中国成立后少数民族作家群迅速形成这一事实，做出怎样的估价，都不会是过分的。少数民族新文学从它兴起的那一天起，就是作为我国社会主义文学的一个重要组成部分而显示出它的旺盛的生命力。①

正是现代意义的少数民族的出现，才有现代意义上的少数民族作家群与少数民族作家文学作为当代中国文学的一部分，加入中国文学现代化的总体历史进程中。换言之，少数族裔文学是必须经过社会主义的改造，才能获得被认可的社会主义少数民族文学的身份，才能作为合法的主体去为祖国、为社会主义、为其他族群和自己的族群歌唱。回族作家哈宽贵创作于20世纪50年代的《金子》和《夏桂》被认为是当代文学史上最早描写回族人物形象的作品，对回族文学创作的发展具有里程碑意义。② 但是，不能忽略的一点是，这两部作品都是选择了原先社会地位没被认可的农村妇女形象作为塑造对象，这些妇女通过自己的争取最后获得了集体的认可，整个故事歌颂的是新中国带来人人平等的生活。可以说新时期前40年的少数民族文化身份，最主要的一个特质是其社会主义性。只需看同时期获得认可并进入了文学史的少数民族文学作品就可以明白，少数民族文学身份的当代出场无法摆脱民族—国家一体化的命运，就像有学者说的，“这是一种现代性的后果，向我们证实在国家中少数族裔权重的限度所在”③。

（二）全球化语境下族裔身份认同的嬗变

在“一体化”的身份认同下，国家以解放、平等的名义“发现和建构”

① 玛拉沁夫：《〈中国新文艺大系（1976—1982）少数民族文学集〉导言》，见中国作家协会编：《新中国成立60周年少数民族文学作品选·理论评论卷》，北京：作家出版社2009年版。

② 魏兰：《回族文学概观》，银川：宁夏人民出版社2004年版，第144页。

③ 刘大先：《现代中国与少数民族文学》，北京：中国社会科学出版社2013年版，第225页。

少数民族文学时，实际上又植入了主/从二元民族结构。在这种结构中，少数民族文学既得到了平等的承认，但又承受了次级存在的文化身份定位。[①] 这一切在国家权力高度集中、计划经济高度主导的条件下，矛盾不是太突出，但是到了市场经济阶段，尤其是近40年来改革开放、市场经济建设与全球资本主义体系的勾连，原来的平等关系中的次级身份问题就开始凸显。尤其像回族作为全国散居的族群，最集中的聚居地是中国西北，而这恰恰是中国东部、中部、西部三级区域构成中的最末端，受到资源限制最明显的一个区域，在此不难理解为什么从20世纪90年代中期开始，少数民族文学对于族裔文化身份不断强调。

乌热尔图曾在一个采访中说过：

> 当我们指认一个民族的文学的时候，一般意义上讲，是指具有这一文化身份和个体创造的文学作品。在这里，文化身份是一个重要的标志和前提。对于不同民族文化资源的使用，存在着合理性资源共享的问题。从以往的历史来看，在这一领域，存在着殖民意识，存在着权利关系，存在着不良动机，也存在着友谊和良好的愿望。任何一个民族的文学作品，从严格意义上讲都是人类的精神财富。它在现实与历史之间占有自己的位置。但在涉及一个民族的整体形象，表达一个民族内在的声音时，这一权利是不应被压制和剥夺的。[②]

这实际是20世纪90年代中后期以来，尤其后殖民话语作为一种理论资源被少数民族学界接受后，少数民族文学对于本族文化身份追寻的一个基本的立场——企图以文化身份作为一个族群表达自我的根本，文化身份中糅合了族群对于族性的根本诉求。这个诉求在某种程度上是对新中国成立前30年少数民族相对于“主流”汉文学所存在的“次级”文化身份的一个回应。回族自20世纪90年代以来，不断出现的以强调本族群文化为主要内容的文学作品，无论是从族群历史记忆的塑造上，还是从族群文化现代困境的表达上，都明显表现出强烈的述说与自我阐释本族群文化的意图。像张承志20世纪90年代之后的系列散文作品，试图包含维系族群意志、传递族群的生存经验等全部内容。而正是像张承志这样对文化身份一再强调的做法，某种程度上会让

---

① 姚新勇：《文化民族主义视野下的转型期中国少数民族文学》，新北：花木兰文化出版社2016年版。

② 玛拉沁夫等：《关于少数民族文学的问答——少数民族作家答本刊题卷问》，《南方文坛》1999年第1期。

人质疑，是否存在绝对的、纯然的民族文化身份？而且，即使真的存在纯然的文化身份，那么对其的表述是否合理？这样大张旗鼓地宣扬本族群文化身份，是否导向主流/边缘的二元对抗局面？甚至说根本上为分离主义话语张了目？

（三）误读与厘清

如果我们从上述的质疑出发再进一步观察晚近的少数民族文学建构模式，可以得出族性与非族性（某种程度上等于汉族性）的判断标准，族性书写虽然成为一种主导的价值倾向（当然其中也存在一些族性特质并不突出的少数民族书写），但它对非族性书写实际上是一种既排斥又依赖的关系——这与新中国成立前30年民族文学建构中的“社会主义性/非社会主义性”并无实质性的差异。新时期以来意识形态询唤机制力量的减弱并没有取消话语二元对立结构的内在排斥性，换言之，新时期以来的少数民族文学话语，在身份认同或主体性建构的基本性质上，与前30年没有本质性差异。[①]

这就导向了一种非常有趣的情况，看似立足“边缘”差异的族性身份认同，变得与“主流”的界限似乎有些暧昧。这里有个最根本的问题，文化身份自身的复杂性，它不仅有历时性和共时性两种维度，还有个体种族文化身份、族群文化身份、民族国家身份和全球文化身份四种类型。这就指明了文化身份的多样性和复杂性。譬如说从族群文化身份而言，张承志的回族写作与汉族作家的写作有其区别，但如果在同为中国人的层面上来说，这两者之间并没本质差别。毕竟中华民族大传统内部的各个少数族群有着千百年来唇齿相依、相互关涉的关系，尽管后殖民理论往往容易在中国式误读中给少数族群与“主流”族群之间赋予两级对抗色彩（又称“内殖民”），但少数民族与主体族群（一般被认为是汉族）之间不同于被殖民与殖民的关系，而更多接近于一种多元文化的“承认的政治”。因为不同文化的存在权利、承载者的身份归属性和选择的自主权问题，所以在一个国家范围内，不同地域居民、不同兴趣团体、不同族群之间，有争取保留甚至促进自己文化身份和生活方式的权利。[②] 因此，尽管张承志的《心灵史》中所渲染的护教、反抗的暴力、流血以及那“舍命不舍教”的殉教精神让其饱受争议，甚至被贴上各种污名

① 姚新勇：《文化民族主义视野下的转型期中国少数民族文学》，新北：花木兰文化出版社2016年版。

② 查尔斯·泰勒著，董之林、陈燕谷译：《承认的政治》（上），《天涯》1997年第6期。

化标签[1]，然而却没几个批评者真正进入张承志笔下的空间、历史和文化。张承志曾在一次访谈中谈道：

我与大西北的民众共同完成的《心灵史》，寄托我最大的希望就是，中国的回民是被中国文化养育的最贫穷的儿子，他们所代表的是一种信仰的中国人，他们用自己的牺牲为母亲贡献了新鲜血液。只要这种信仰精神坚持于回民，迟早会以某种形式使中国文明丰富；只要十亿汉族有理想主义和信仰精神，回民就会获得被理解的可能。[2]

这充分说明了张承志的文学创作表达体现的是整个中国的文化传统，而非仅囿于少数族群文化。在他笔下的哲合忍耶更像是一种边缘性的资源，不仅能超脱于主流（汉族中心主义和现代化）的国族表述，同时能重新激活另一种现代中国的大叙事，即社会主义传统中边缘的底层叙事。从民族国家大历史中“拯救”出如此的“边缘”故事，并不是要偏离中国认同，而是重新思考华夏边缘置于华夏整体的意义，并试图建构“新”中国主体的另一种资源。所以他才会在完成《心灵史》封笔几年后写道：“从两脚刚刚踏上北京机场寒碜的地板时，我就猛地觉得，长城黄河都突然近了……我重新明白了我属于这被我反击过的中国人。无论血怎样变，无论人怎样走，无论条件和处境怎样变，我们不会摆脱这命运——落日时分的中国人。”[3] 而2012年《心灵史》改定版，则明显地弱化了第一版中过于强烈的宗教色彩，并且为穆斯林世界与孔孟中国之间的关系寻找了更为明显的对应关系[4]。从这个意义上讲，张承志文学作品中的文化身份，实则并没含有分裂性的意旨，而是尝试以“另外一种历史”建构想象中国的方法和文化身份的确认——这恰恰体现了中国少数民族文学中民族文化身份的多元与包容。

经过上述不难看出，文化身份认同，一直都是一个复杂、动态的过程。“它反映共同的历史经验和共有的文化符码，这种经验和符码为我们提供在实

① 参见张颐武：《文化冒险主义：狂躁与恐惧》，《文论报》1995年第15期；刘心武：《护林与“烧荒”》，《文艺理论》1995年第7期；张远山：《张承志：一个旧理想主义者》，《当代作家评论》1996年第1期；葛红兵：《背离形而上学之神：张承志的歧途》，《中国青年研究》1996年第5期；范钦林：《批判理性的缺失》，《中国青年研究》1996年第5期等文章。

② 张承志：《美则生，失美则死》，《环球青年》1994年第11期。

③ 张承志：《清洁的精神》，合肥：安徽文艺出版社1994年版，第154页。

④ 有关《心灵史》改定版的详细分析，可参见姚新勇、林琳：《激情的校正与坚守——新旧版〈心灵史〉的对比分析》，《文艺争鸣》2015年第6期。

际历史变幻莫测的分化和沉浮之下的一个稳定、不变和连续的指涉和意义框架。”① 它既有历时维度中被建构的过程，也有共时空间里意义明确的实体。

有关回族文化身份的认同问题，实际上并不存在某种纯粹的界定方式，它更像是一种由具体实在的人或群体在具体的历史语境中所进行的活动。但是这些人或群体，既不是作为先在的主体卷入其中，也不是被其询唤的被赋予稳定身份的主体。所有的参与者围绕着族性这一话语的集合点，被纳入回族文学话语生产的过程中，按照话语生产结构所规定好的位置思考、发言、说话。至于说在回族文学乃至整个少数民族文学生产的实践中，始终存在着差异或矛盾性的对立冲突，好像也始终存在着霸权话语对弱势话语的操控与后者对前者的抵抗，不是因为所谓“霸权话语”或“弱势话语”作为天然的身份进入少数民族文学生产的特定语境中去相互较量，而恰恰是因为，“认同的根基在于排斥”，在于通过确立一个对立性的他者来确定自我。② “所有认同的生产都是通过排斥、通过建构性的外部话语结构以及生产卑微化、边缘化的主体来进行的。”③

因此，有关文化身份认同问题，实际并不存在什么始终努力为证明自身的少数民族主体，也不存在始终掌握此一话语生产主导权的权力（霸权），少数民族文化身份的建构也不是什么政党—政府规划、学者、民族自我意识的集体幻象博弈的结果④。文化身份认同问题上无论是“建构论”还是“原生论”，都未免单一片面。某种程度上，它更像一个虽早早发生在彼时，但一直绵延到现在，并将一直前进的范畴——而这恰恰是“现代”的另一个注解。

第二节　族性视野下的多元空间

一直以来“空间”都倾向于被当作实在可感的物理实体，直至20世纪中期，空间文化研究逐渐超越过往对其本体论的关注，而把焦点放到空间的社会实践上。1974年列斐伏尔在《空间的生产》一书中指出，空间不仅仅是社

---

① 斯图亚特·霍尔：《文化身份与族裔散居》，见罗钢、刘象愚主编：《文化研究读本》，北京：中国社会科学出版社2000年版，第209页。

② 姚新勇：《文化民族主义视野下的转型期中国少数民族文学》，新北：花木兰文化出版社2016年版。

③ STUART H. Introduction：who needs “identity”?. in STUART H & PAUL D G ed. Questions of cultural identity. New York：Sage Publications Ltd.，1996：15.

④ 参见吕微：《中国少数民族文学史研究：国家学术与现代民族国家方案》，见中国作家协会编：《新中国成立60周年少数民族文学作品选·理论评论卷》，北京：作家出版社2009年版。

会关系演变的静止的“容器”或“平台”，而且往往是矛盾性地互相重叠，彼此渗透。我们的行为和思想塑造着我们周遭的空间，但与此同时，我们生活于其中的集体性或社会性，生产出了更大空间与场所[①]。至此以后，空间不再是单纯的几何学与传统地理学的物质概念，而是一个社会关系的重组与社会秩序实践性的建构过程，一个动态的、矛盾的异质性实践过程。学术界也开始关注“在后现代文化表征实践的过程中，隐喻、意指、象征和表现的方式如何对空间进行意义的编码，而空间又是如何作为文本、意义、象征和所指来表达意识形态、价值观、信仰以及民族主义和国家关系，关注人们在空间中的主体性行为和空间的生产和再生产”[②]，从而揭示出现代都市空间重组的文化政治内涵及其社会历史意义。

反观中国过去近百年时间，作为一个单元国家进入国际体系的过程是一个赋予空间以“民族性”的过程，在推崇“中华民族”集体认同的同时，对少数民族身份的抑制难以避免。族群内部那套完整的自我叙述系统开始在启蒙现代性的去区域化过程中失效，“在重新安排的秩序中重新书写时，其语法尽管没有完全面目全非，但很大程度上被强势的知识话语限定了”[③]。文学的书写对于这种地理的断裂具有某种程度上的心理弥合作用，因此对于这种抑制的觉醒在20世纪末，伴随着西方理论资源的不断融入以及中国当代经济社会的不断发展，达到了一个小“井喷”的状态。借此，回族文学对族性的思考和建构在广度与深度上都有不同程度的拓展。这种带有族性思考的文学空间不仅与物理意义上的地理范畴再认识密切相关，同时也是文化与哲学意义上自我认知的生发。

一、作为历史的空间

作为一个散居的民族，回族在全国范围内是属于“大杂居”的状态，虽然有“小聚居”这样的传统生活习惯，并且也有地域上的回族自治区，但是在严格意义上并没有一个“地方”能代表得了整一个族群。这种局面的出现和历史上回族的五次迁徙潮有密切的关系。

回族形成历史上的第一次移民潮始自唐朝，中亚使节、商人、学者等经由西北的“丝绸之路”来到中国，与此同时大量善于经商的穆斯林商人通过“海上丝绸之路”来到中国东南沿海经商定居。西北和东南沿海的广州、泉州

① 亨利·列斐伏尔：《空间的生产》，上海：上海教育出版社2003年版，序言。
② 黄继刚：《空间文化理论探析》，《新疆社会科学》2008年第5期。
③ 刘大先：《现代中国与少数民族文学》，北京：中国社会科学出版社2013年版，第258页。

等地因此成为回族先民最早的聚居地。这些中亚穆斯林，成为回族在中国最早的族源。他们基本都围寺而居，始终与其他族群处于一种半隔离状态，形成了中国穆斯林最早的一种生存空间。这种空间的区隔使得伊斯兰文化被定义为特殊人群的一种习俗而被接受，而非一种生存理念。[①] 加上中华文化自古缺乏超验的绝对价值和终极真理的慰藉，因而伊斯兰在中华大地上难以通过传教征服群众，而只能靠族群内部维系进行文化的保存。

回族形成历史上的第二次移民潮紧随蒙古帝国的崛起。成吉思汗的蒙古铁骑横扫欧亚大草原，从西亚、中亚带回大量穆斯林，他们随蒙古军南征北战并参与战后屯戍，最终在全国各地散居，与当地汉、蒙古等族通婚定居，形成一个新的民族共同体——回族。[②] 而回族历史上的第三次移民潮发生在明朝。30 万明军平定云南后，大批江南回族进入云南。[③] 通过这两次人口大规模迁移，农耕文明开始成为回族人的主要生活方式。虽然这两次人口大规模迁移为回族文化格局的转化带来了重要的前提条件，但“戎马倥偬的军旅生涯和漂泊不定的商业生活使他们无暇顾及记录自身的历史的同时，也使他们缺乏接受文化教育的机会而失去表述自我的可能”[④]，这无疑直接影响了回族文化随后的发展。

回族历史上的第四次移民潮发生在乾隆、咸丰、同治年间，当时西北、云南各地回族由于事变失败，清政府意图从政治、经济、文化等方面压制回族社会，对该区域回族实行移民僻地等政策。这一次移民使得西北回族不仅在地理上进入一个个贫穷荒凉之地，生存极端困难，为求自保西北回族“以加强内部凝聚力而保生存的强烈的民族意识，以及对周围环境、族群动态保持高度警觉的民众心态和争强好胜、不甘人后的刚性特征逐步形成并得到了强化”[⑤]。与此同时，在文化上回族也进入了一个封闭的空间——自唐以来被视为民族习俗的伊斯兰文化，经过漫长的本土化后与儒家文化之间相互交流与融合的发展态势遭受遏制，对汉文化拒斥同时对伊斯兰文化转向一种封闭形式的传承。族群感情受到创伤的移民对回族产生了巨大负面影响，并且这种影响一直延续到第五次回族移民潮。

回族历史上的第五次移民潮主要集中在 1949 年新中国成立前夕。新中国成立前，一批在国民党军队或政府中任职的回族人自云南出境，定居东南亚

---

① 白寿彝：《中国回回民族史》，北京：中华书局 2007 年版，第 110－111 页。
② 胡振华：《中国回族》，银川：宁夏人民出版社 1993 年版，第 2 页。
③ 马婷：《回族历史上的五次移民潮及其对回族族群的影响》，《回族研究》2004 年第 2 期。
④ 马婷：《回族历史上的五次移民潮及其对回族族群的影响》，《回族研究》2004 年第 2 期。
⑤ 纳麒：《传统与现代的整合》，昆明：云南大学出版社 2001 年版，第 56 页。

等国家。而今这些移民的后代主要分布于泰国、缅甸及沙特阿拉伯等国家和地区。这虽然是一次规模较小的移民，但使回族文化空间扩至东南亚。①

从一个空间到另一个空间，在经历了五次规模不等、各有特点的移民之后，可以说回族成为一个散居于北起黑龙江、南到东南亚、西起中亚帕米尔、东到东海之滨的少数民族。每一次到达不同疆域的移民经历，都给这个族群的形成和发展注入了新的因素，同时也对回族的经济、文化、心理产生了极为深刻的影响。在作为历史的空间转移轨迹里，回族形成了整个族群在中华大地“大杂居小聚居”的分布格局，也形成了伊斯兰文化与儒家文化杂糅共生的文化形态。作为历史的回族空间转移过程，凝聚了回族在中华大地上的形成、发展和嬗变的全部内容，同时也是新时期之后，作为景观的空间出现的情感预设。

二、作为景观的空间

在上述作为历史的空间变化演进中，回族作为一个族群实则大体上仍然处于一个封闭、单一以及静止的时空中。这种时空状态在近百年来的中国发展进程里，日益被瓦解。尤其新时期以来，经济发展浪潮以及外来文明的冲击，使得回族被裹挟进入现代化所引发的多元文化交往、共存之中。由此出现的认同焦虑以及信仰失落导致回族在产生“空间错位”感的同时，祭起民族地域景观的大旗，以此凸显自身的族性诉求。像石舒清笔下的“西海固”，查舜笔下的“梨花湾”，李进祥笔下的“清水河”，拜学英笔下的“穆家河”等，一处处具体的回族聚居地搭建起有关回族民间风俗、仪式庆典、婚丧嫁娶等独特的人文景观。这样的书写中涉及的已不再是“一个地区的外貌、产生外貌的物质组合以及这个地区本身，而是一种与种族、性别、阶级、身份、认同等微观政治问题相纠缠的文化的信仰、实践和技术”②。

粗略地说，景观大致可以分成两种类型，一种是“实在”的地理文化景观或曰物景，比如黄河、长江、农庄田舍、摩天大楼等；另一种是媒介中的景观，即由小说、诗歌、电影、绘画、雕刻等艺术形式以及其他媒介形式所塑造、呈现或再现的景观。不过就被人观看、理解、感知并承载文化意义及意识形态的属性而言，这两种景观并没有截然的区分，尤其是当我们将它们纳入后现代文化地理学或话语性权力关系的视角加以分析时就更是如此。作为景观的空间，展示在文学中，是创作主体依据特定的价值立场、道德准则、

① 马婷：《回族历史上的五次移民潮及其对回族族群的影响》，《回族研究》2004 年第 2 期。
② 约翰斯顿著，柴彦威等译：《人文地理学词典》，北京：商务印书馆 2004 年版，第 367 页。

社会规范等对原生态生活场景“筛选”后的审美再现。以李进祥的创作为例，他的作品中无论是题材、故事情节还是人物语言形象都充斥着浓郁的清水河畔回族气息。长篇小说《孤独成双》以清水河畔一个回族家庭几代人的变化为背景的故事，实则揭示了回族心里深处的孤独和造成这种孤独的历史成因。如果说清水河在这部早期的作品中只是一个背景的话，那么随后的“清水河”系列作品——无论是《女人的河》《狗村长》还是《换水》，则真实地着眼那些裹挟着清水河畔泥土气息的一草一木、方言土语和人情冷暖，搭建出一个虽然物质匮乏，却可以精神自足的空间——伊斯兰信仰的世界。另外像石舒清的《清水里的刀子》《旱年》《杂拌·小事情》《歇牛》《牺牲》等作品，不仅囊括了西海固地区回族人的历史、生活，也展现了西海固人的感情、性格心理、文化气质和审美精神。

除了那些具体的文化景观，精神文化同样也是回族空间书写中特有的景观。第十届全国少数民族文学创作“骏马奖”回族获奖小说《换水》，讲述的是一对来自乡村的新婚夫妇，梦想到城市中寻找未来，最终伤痕累累地回归乡村的故事。作者匠心独运地在开篇让主人公“换水”准备进城，又在篇末让主人公“换水”准备回乡的做法，使得“换水”这样一个回族人日常行为，成为追求理想与神圣性的一个隐喻。不管是开篇的“换水”表示追梦理想，还是篇末的“换水”表示回归期盼，这一个行为已经“以潜隐在心灵的宗教信仰洗礼世俗中人欲激情后的痛伤”[①]。石舒清作品《清水里的刀子》中，通过“水”这个伊斯兰文化特有意象，使得文本本身充满象征意味：清水的出现，让一头被献祭的老牛看到了死亡，也让老牛的主人——马子善老人理解到老牛对死亡的坦然，由此感悟到一个人干净、从容离开人世的可贵。水在此是清洗躯体的洗洁剂，同时还具有一种神性的力量——成为一个民族反观自我、理解生命的一面镜子。

回族作家笔下对本民族民间风俗、仪式庆典、婚丧嫁娶等“景观”的塑造，也是一种文化建构。这与柄谷行人的“风景的发现”有某种程度的相似。柄谷行人曾认为现代文学所塑造的“风景”是现代制度的产物，所谓“风景的发现”并不是主体发现了“风景”，而是民族国家政治对国民主体的创制，同时创制了外在的“风景”[②]。以此观照张承志笔下的《心灵史》，该书正是

---

① 杨文笔：《当坚持成为一种风格——谈回族作家李进祥小说创作》，《昌吉学院学报》2009年第6期。

② 柄谷行人著，赵京华译：《日本现代文学的起源》，北京：生活·读书·新知三联书店2003年版，第52－55页。

张承志深入伊斯兰文明的内部，感知和挖掘积淀下的文明之核后，对哲合忍耶鲜为人知甚至被人误读的历史的一个公开。书中弘扬的是回族哲合忍耶信众在苦难的生活中不惜流血甚至殒命来践行对信仰的坚守和心灵的护卫，借此对“人、做人、人的境遇、人的心灵世界和包围人的社会、人性和人道等问题进行文学式的探讨”① ——哲合忍耶在此是一种糅合了历史、文化、宗教等多元要素在内的复合型“景观”。张承志试图以这样的景观作为彰显民族文化、弘扬民族价值的实体，弥补现实生活中哲合忍耶身份的碎片化、分裂化而尝试重新构筑的“诗意栖居”空间。通过“历史的眼泪”和“现实的忧伤”，张承志完成了由个体身份向群体代言人角色的转化。这使张承志与他的文本之间存在一种互文关系：共同表述着一个“边缘”的族群经受来自“主流”文化的压抑，时至今日，是时候给他们的生活价值和意义阐释“立法”——回族文学对文化空间的诗意表征因此烙上了浓厚的伦理化印记。

这样一种内含了族群生命经验、生存现实和历史变迁的伦理化书写，是一种“召唤”机制。把回族在传统伦理蜕变和失落中的忧思、无奈全部揉进作为景观的空间中，背后是少数民族对自身权利话语的深层次询唤。当然，如果“召唤”机制使用过度，难免出现景观书写过于浪漫化、本民族的风物民俗过于神性化的可能——甚至会出现自我风情化的做法。

少数民族的自我风情化的做法在文学领域、文化领域都不鲜见，它的源头可以追溯到“十七年”期间形成的少数民族都能歌善舞的刻板印象。这导致“少数民族文化 = 奇风异俗”的刻板印象频频出现在当下的文化传播中，无论是与少数民族相关的电影，还是小说，甚至在旅游景点，能歌善舞、奇装异服、神巫之术都成为一个个吸引眼球的标签，与此相伴的还有少数民族总是“贫穷落后”的“前视野”。这在一定程度上，和西方后殖民主义中第三世界的自我东方化有着某种程度的相似——被刻板形象化的一方，或出于维护自我文化身份认同的目的，或出于满足权力支配方期待的视域，或对不平等的权力关系的“自然化”缺乏洞察力，有时会有意无意地以刻板印象遮盖本身的原本状态后“示人”。但少数民族与“主流”文学之间的形态毕竟不等同于被殖民国家文学与宗主国文学的形态，刻板书写很大程度上未必是自我“东方化”，而是“试图以某些手段来弥补现实中断裂的创伤记忆和痛苦体验”②。就像《殖民与后殖民文学》一书中曾提到的，“对于一个历史被毁灭了的民族来说，一则关于过去的故事，即使它的全部或部分是虚构的，也能

① 马丽蓉：《踩在几片文化上：张承志新论》，银川：宁夏人民出版社 2001 年版，第 4 页。
② 刘大先：《现代中国与少数民族文学》，北京：中国社会科学出版社 2013 年版，第 258 页。

起到一种补偿过去的作用。这是因为一部具有编年记忆性的小说或一首这样的叙事诗歌，都带有一种通过激发想象而把被压缩的现在和传统中的过去联系起来的能力”①。

问题是，文学景观空间的建构本身就是运用象征资本，以博取预想之中的符号收益，所以很有可能存在景观建构与意识形态之间缺乏必要的审美转化，“景观成为意识形态的直接表述而使之承受了不可能承受之重。而且作为文学作品一旦只纠缠于与意识形态的关系，那就可能失去了审美品格的升华，失去了文学多重阐释空间的审美建构”②。此外，少数民族作家如果对景观投进过多的刻板叙事而忽视本民族内部群体对现代文明强烈向往的诉求，在时间上只将本民族文化记忆想当然地定格于原初的传统之中，试图拒斥外来空间的缠绕和干预时，这就有将时空上都存在多种构成的少数民族书写同质化的可能。这是作为景观的文学空间建构中可能存在的隐患。

三、虚拟空间

随着新媒体愈益嵌入社会各层面，虚拟的网络空间成为精神与肉体、主体性与客体性、抽象与具象、真实与想象等交织汇聚在一起的空间场域。在本质上它是一个虚拟与真实交织的双重空间，传统的物理世界与心灵世界之间的界限变得模糊不清。虽然网络空间有其物质基础，但人们对网络空间的认同，并非缘于其物理特性，而是由于自己在网络空间中的互动。可以说，网络空间是由网民集体想象的交互感应所形塑的心灵空间，在其中，心灵摆脱了物质的束缚，找到了想象交互感应的新天地，甚至物理空间反过来因为心灵空间的意义赋予而分化，并变得比原来更加真实，这是许多人在网络空间比在现实世界中更容易获得真实感和临场感的根本原因。

少数民族文学由于自身身份相较于汉文学而言处于边缘，发声能量有限。而网络空间能提供更多、更自由的发表机会，使得本身在追求族性认同的族群在网络空间中很容易就能走到一起，达到一种与在真实社区中一样的存在感和凝聚感。也正是因此，近十年以来，少数民族的相关网站越来越多。虽然有像创建于 1999 年 8 月的中国民族文学网（http：//iel. cass. cn/）这样的官方主办的少数民族文学研究专业网站，但是比起官方网站，少数民族的非

---

① 艾勒克·博埃默著，盛宁等译：《殖民与后殖民文学》，转引自李长中：《空间的伦理化与风景的修辞——以当代人口较少民族文学为中心的考察》，《中南民族大学学报（人文社会科学版）》2011 年第 6 期。

② 李长中：《空间的伦理化与风景的修辞——以当代人口较少民族文学为中心的考察》，《中南民族大学学报（人文社会科学版）》2011 年第 6 期。

官方网站因更具内容多样性、互动方式灵活性等特征，而更引人关注。像国内人气较高的中穆网（http：//www. 2muslim. com/）、穆斯林在线（http://www. muslimwww. com/）、伊斯兰之窗（http：//www. yslzc. com/），日点击量都上万——这就算在汉族民间网站中都不算小数目。这些虚拟空间的出现，使得一种基于回族穆斯林民间传统的认同凸显出来；与此同时，以伊斯兰信仰为核心的穆斯林与非穆斯林之间的信仰边界，也开始浮现。

回族是一个以伊斯兰文化为依托的民族，整个民族对伊斯兰信仰的认同在虚拟空间中，也是同样的形态。而且虚拟空间中身体的不在场，带来了社会交往的匿名性，由此导致虚拟空间内的成员习惯把整个空间想象成承载着彼此心灵意义上的共同兴趣和意义交流，提供彼此情感的慰藉与依赖的场所——这无形中就促进了族群的凝聚以及认同的强化。像中穆网的负责人“小马阿哥”2007年就在中穆网社区撰文表示：“中穆近期的战略目标是做大社区，围绕这个目标，我们理念上做了全面变革，变启蒙为服务；在组织上进行了全面变革，实行内阁制；在技术上做了全面变革，采取D/S体系；在内容上做了全面变革，突出社区内容聚合；这都是实质性的改变。”[①] 希望通过这些网站改革的手段，为穆斯林提供一个交流与互相促进的门户平台。这个平台使得穆斯林之间由围绕清真寺建构的社会关系，转变成为通过帖子之间的文本互动，建构一个亚社会关系。这样一来以信仰为纽带、跨越物理时间和空间限制的穆斯林族群认同很容易就被凸显出来，成为一种与现代民族—国家框架下的回族认同有所不同的族群认同。[②]

民族—国家框架下的回族认同，主要焦点落在回族只是一种政治身份，与信仰是两个概念。而在虚拟空间中，族群认同则显示出一种杂糅的面目。以中穆网为例，不少帖子都认为回族是政权制度建构的产物，而穆斯林认同才是族群认同的关键，所以有必要把穆斯林认同与回族认同区别开，建构一种不同于民族认同的宗教文化认同。除此以外，也有一部分帖子认为，回族和穆斯林的关系，并非二选一的问题，回族是经由伊斯兰形成的，是新中国成立后使用的称谓，但其历史还是回族的历史，是所谓汉语穆斯林的历史。虽然现在的回族中有一部分人不是穆斯林，但其主体还是穆斯林。在虚拟空间里，这些分别有各自逻辑认同的说法始终都指向同一点——伊斯兰文化始终是回族族群认同的一个最主要的衡量标准，并且据此，在虚拟空间中形成了一个新的族群边界。

---

① http：//www. 2muslim. com/forum. php？mod = viewthread&tid = 39335&page = 7。

② 黄少华：《网络空间的族群认同》，兰州大学博士学位论文，2009年。

族群边界，一般指族群之间的差异或界限，即限度或边缘的界线，是族群之间得以区分并表明差异的刻度。构成族群边界的标志，包括血缘、地域、体貌特征、宗教、语言、习俗、社会阶层等内容，但在网络空间，这种构成族群差异和界限的现实边界，在相当程度上被削弱了，在现代社会生活中十分重要的“公共空间与私人空间、真实空间与虚拟空间之间的社会边界，在网络空间逐渐变得模糊甚至消失，导致网络空间呈现出一种公共空间与私人空间、真实空间与虚拟空间二元交织的空间特征”[①] ——为族群边界的重新划分和建构，提供了新的机会与可能。例如在中穆网对回族历史考察与讨论的帖子多达12000个，社区成员正是通过对集体记忆的选择和重组，缅怀与追思族群的共同起源、共同荣耀和苦难历史，据此确立“我族”与“他族”之间的界限。由于回族穆斯林所处的现实生存环境和文化背景，因此中穆网虚拟社区中对有关穆斯林与非穆斯林之间族群边界的讨论，常常与对回族和汉族关系的讨论交织在一起。例如，在中穆网虚拟社区中对“汉语穆斯林”概念的讨论，就有穆斯林网民指出在现实生活中，有不少回族成员缺乏伊斯兰教信仰，而又有不少汉族成员信仰伊斯兰教。在此背景下，“汉语穆斯林”的提法能够更准确、更清晰地区分族群边界。对此，一些穆斯林产生疑惑，譬如有网友指出，用汉语穆斯林来表述中国穆斯林，那么那些在中国的母语不是汉语的穆斯林就明显被排斥了。有网友直接指出，这是对一个不是“民族”的“民族”用语言去定义和识别，未免有失肤浅和简单化。[②] 甚至有网友指出，“汉语穆斯林”与“汉族穆斯林”有一定程度的相关性，可能会抹杀回族与汉族之间的族群区别。[③] 但无论如何，“汉语穆斯林”概念的提出，说明回族穆斯林对本族群的不足和尴尬处境有了一定的觉悟，所以在网络空间进行族群边界的一种新的探索，以期为回族表达和重塑本族认同寻找一个相对更加广阔、更自由的平台和场域。

除了上述的加深族群认同、拓宽族群边界外，虚拟空间还有一个十分明显的作用就是带来一种“自下而上”的族群写作可能。杜磊就认为，中国的回族认同是新中国成立之后，国家进行民族识别和民族划分的结果，回族是在与政府政策的互动过程中，被塑造成为一个民族的。至此以来，国家政权“利用民族认同以及资源配置的决定权，通过以汉文化为正统的国家文化扩张

① 黄少华：《网络空间的社会行为：青少年网络行为研究》，北京：人民出版社2008年版，第359页。

② 有关“汉语穆斯林”的相关讨论可以参看《讨论“汉语穆斯林”》（http：//www. islambook. net/xueshu/list. asp？ id＝3490）。

③ 《汉族穆斯林的发展》，http：//www. 2muslim. com/forum. php？ mod＝viewthread&tid＝202361。

和对回族民族宗教政策的建构，有意或无意地整合和强化了回族认同”[①]。但在虚拟空间，在身份不需要明确性甚至态度也未必鲜明的前提下，人们只要具有一个注册名，就可以在虚拟空间中进行族群表达，这与民族—国家在民族问题上具有确定性的总体性叙事不同，回族虚拟空间对族群的“写作”呈现出一种多元、斑驳、零散和拼贴的面貌。

虽然虚拟空间为族群认同带来了新的话语，但是应该看到网络空间也为族群认同的表达和建构，造成了一定的限制。例如网络空间信息量巨大、更新快速的特点有可能造成社会互动的偶然性和不确定性，以及集体记忆的紊乱和碎片化，从而导致族群认同的流动性和不确定性。另外，由于网络回帖的随意性与容易性，容易导致讨论焦点的零散和混乱，这就可能形成一种碎片化的集体记忆，甚至使集体记忆叙事演变成为一场场虚空的争执。——这些无疑也应该引起研究者的关注。

如果就本节开头提到的《空间的生产》一书的观点来看，任何社会生产出来的空间都是由“空间实践”“空间表述”和“呈现的空间”辩证地混合而成。[②] 观察新时期以来的回族文学和文化发展，可以发现文本的空间不仅是现实空间的反映，它背后关涉一个族群的历史、记忆、情感的全部内容，而且这些内容自身又是现实空间的重要组成部分，文本的空间与现实空间的距离呈弥合态势。目前少数民族文学的发展出现了向多元的文化空间拓展的趋势，文学（化）空间的生产、空间对自身的阐释等都出现多样性、异质性、互文性的趋势。[③] 虽然从实际感知中来说，某个地方的具体可感可能让人容易将地理和空间当作一个固定的空间，但当下全球化的语境又使其避免了成为封闭静止的范畴，尤其是少数民族文学由于其在整个中国文学格局中的特定位置，空间视角无疑增添了新的文学研究学术增长点。

改革开放以来的近40年，少数族裔文化不仅的的确确得到了发展，而且在某些族群那里，已经围绕着宗教组织形成了规模不等的民间或半民间的社会结构，已经对现存的国家权力体系构成了挑战。而国家对于林林总总的少数族裔文化复兴运动，在20世纪80年代开始的几年是大力鼓励的，或至少是默许的，至于说地方政府为发展经济而大力支持当地少数族裔文化的发展，更是具有持续性的行为。当然在此过程中，政府也总是以各种各样的手段加以监管。这一语境意味着转型社会普遍而特有的困境、矛盾与冲突，在这种转型语境中上演的是多种力量的角逐，而绝非简单的纯洁白雪公主和她的七

---

① 胡云生：《传承与认同：河南回族历史变迁研究》，银川：宁夏人民出版社2007年版，第270页。
② 亨利·列斐伏尔：《空间的生产》，上海：上海教育出版社2003年版，序言。
③ 刘大先：《现代中国与少数民族文学》，北京：中国社会科学出版社2013年版，第272－273页。

个善良小矮人与恶魔后母或巨大怪物之间的正邪较量。无论是考察转型期中国少数族裔文学写作中的文化民族主义问题，还是普遍的文化民族主义、民族主义现象，都必须放在中国转型这个复杂的场域中进行全方位的考察，才有可能全面地认识与把握问题。

余论　另一种少数民族文学写作的可能

纵观新时期以来的回族文学可以发现，特定的、共有的中华社会文化背景，促使它表现出与主流文学（以汉族为主体）一定程度相同或相似的艺术特点和精神指向；但与此同时，回族自身独特的历史文化传统也催生出它特殊的文化品性、精神浓度和艺术创新，建构起丰富多维的价值世界。契合中有突破、承继中有创新，这种文化自觉意识不仅成就了回族文学在多民族文学版图中的重要存在意义与价值，也从根本上承继、彰显出中国回族在坚守民族文化之根（伊斯兰宗教信仰）与吸纳多重文化资源的双重路径中发展创新的传统。它是回族开放、独特的生存文化系统的结晶，取得了一系列成果并不意味回族文学已趋完善。而且文学价值本是一个动态发展的系统，在不同的社会文化语境中、不同的读者群中，它会呈现出不同的价值形态。事实上，虽然历经了现代百年历程的洗礼，但回族文学目前并没有进入一个成熟的阶段，仍有极大的扩展延伸空间。尽管出现了张承志、石舒清等优秀的回族作家，但从宏观上来看，依托于伊、儒文化的回族文化中深厚的内涵，仍没有被全面地发掘和呈现出来。在回族文学的发展中仍存在着多重可能性。

一

从白练、马知遥等作家书写回族社会生活到张承志、石舒清等深入发掘回族文化特质，建构民族性与追寻现代性始终贯穿近 40 年的回族文学发展，而且随着全球化浪潮的涌动，多元文化理念的传播，追寻族群文化之根的写作也日渐成风。据此深究其背后的逻辑，实则现代性与少数民族族性碰撞之结果。少数民族文学新时期以来的发展，表现出明显的族裔文化本位性，其中部分内容与文化民族主义意识具有一定程度的重合。但这些情况的出现背后有其深刻的历史及现实原因，与同时期“主流”社会所发生的诸多异质性文化现象一样，有其合法性，不能简单将其定义为“地方民族主义”，更不能轻易地与分离主义相连，而应该看到其背后的真实逻辑。它背后是新时期以来中国少数族裔形象生成的一个塑造过程。

新中国少数族裔的形象生成并不是一个孤立的过程，而是“属于新型中华民族多民族关系的建设、少数民族区域自治制度的奠定以及新型社会主义中国的建构历史的一部分”。民族区域自治政策的选择，本身就包含着执政党对少数族裔文化差异性的承认和平等性的尊重——这与西方殖民主义的不平等民族关系有着本质的不同。但不可否认，1949 年之后的新型中华民族关系的建构中，的确又存在着文化、地域、族群差异的结构性的不平等。学者姚新勇将这种不平等概括为四个方面：

第一，民族区域自治对于传统经验的汲取，本身并没有完全去除传统经验中所存在的中原为主周边为辅的结构中的等级因素。如果说这在古代是一种正常的关系的话，但在平等理念普及的今天，就不正义了。

第二，1949 年之后的新型国家的建设，导致国家性、中央性迅速的扩张和地方性迅速的削弱，因此在更为整合性的国家建构的过程中，我们一方面实现了对外的民族解放，但在内部，又推进着现代民族国家对地方性的克服，而这种克服并不完全是像当时的民主平等和解放话语所言的那样都是正面性的，国家机器的暴力性、现代国家公共文化的推进与整合性，都对边疆和少数族裔带来了客观上的冲击。

第三，共产主义、阶级斗争之主导话语下所存在次级的“先进的汉/落后的少数民族”二元结构，本身存在着与共产主义、民族团结平等话语的内在矛盾。

第四，新型国家的建构，虽然伴随着对于整个中国多样性传统文化的冲击、改造，但这一历史进程是以汉语为载体来推进的，客观上就贬低了少数族裔文化。①

尽管这四个方面的不平等使得国家以解放、平等的名义“建构”少数民族的同时又植进了主/从的二元民族结构，但不能说这种结构是殖民与被殖民的关系，至少是“一种平等话语与等级话语共在的叠层式结构”。在这种结构中，少数民族既得到了平等的承认，但又承受了次级存在的文化身份定位。

---

① 姚新勇：《文化民族主义视野下的转型期中国少数民族文学》，新北：花木兰文化出版社 2016 年版。

这种在平等关系中的次一级的欠平等关系，在市场经济时代由于市场逻辑的引入、竞争的普及开始逐步强化、突出。少数民族由于多数身居偏远、欠发达之地，而且文化教育程度又普遍较低，在市场竞争中处于弱势，虽然政府一直在加大对少数民族聚居地区的各项投入，但近40年来的汉族、少数族裔关系，从情感与主观感受上，不仅没有随着地区、族群之间交往的频繁而密切，相反却是距离加大，甚至在某些族群那里恶化。如果说少数族裔在经济发展上缺乏主动性和自主性，那么在文化方面，由于汉语主流文化界本身的相对丰富性的发展，使得少数族裔文化越发地被边缘化和刻板化。当奇风异俗固化为一种少数族裔文化标签时，使得少数民族在汉语主流世界中的印象，更接近于后殖民批判所揭示的被贬损化的被殖民或第三世界形象。所以尽管新时期以来少数民族人民的生活水平、民族文化教育事业都有了不小的发展，但他们与汉族的情感却未必比以往更亲密，不少少数民族在日常生活中的被排斥感、被歧视感反倒增强了。无论个体还是群体，如果他或他们在对方眼中的形象是负面性的，那么自尊与被承认感无疑都会大打折扣。

二

为了寻求更多的认同，少数民族的族性写作被搬上了桌面，以此强调追寻、还原本族群独特文化认同的重要性。但是实际上，我们不可能在孤立状态中炮制性地去发现、建构认同。“相反，我的认同是通过与他者半是公开、半是内心的对话协商而形成的。提出一种内在发生的认同的理想必然会使承认具有新的重要意义，原因即在于此，我的认同本质性地依赖于我和他者的对话关系。”① 这就意味着认同与承认的相互性或互为主体性。某一主体的平等性诉求及身份确认，需要从对象性的他者那里得到承认。少数族裔的独特性体认往往会被“多数人的认同所忽视、掩盖和同化”，这固然是必要的承认的缺失，但反之，少数族裔如果片面地理解所谓的自我的本质、认同的独特性，那么同样也可能意味着另类的承认的缺失。这种缺失不仅可能意味着对国家、对其他族群缺乏必要的承认，也可能意味着对于本族群内部个体成员的复杂多样性的身份及权利承认的缺失。这是一种负面自我形象的反向性投射。这种负面自我形象的生成，既可能是因为他者对自我的负面性凝视（定

---

① 泰勒：《承认的政治》，见汪晖、陈燕谷主编：《文化与公共性》，北京：生活·读书·新知三联书店1998年版，第298页。

位），但也可能与自我对这来自于他者凝视的过激反应相关。而这种激烈的反向投射一方面会将自我悲情化定位，将自我体认为苦难和怨恨的化身；而另一方面，又以自己的仇恨性凝视，将对方定位为敌对的他者，赋予专制、侵略、压迫、傲慢、冷酷等负面标签。因而，在这种“自我—他者”的形象生产的互动中，平等就不再是一种关系性的原则，而是变成了单向性的攻击的武器或怨恨情绪的合法性外衣。①

认同政治的出发点则在于特定民族、族群的特殊的文化身份，尽管持认同政治思维的人，并不都反对甚至可能会强调与其他群体对话的必要性，但是由于他们已经预先自觉或不自觉地对自我和他人的身份给予了本质化的定位，而且往往将族群身份视为比国家认同、公民认同更基本、更重要的认同。换言之，他们的思考是“站在某个群体的立场表达集体性权利的诉求”，而不“是自觉地站在更为广泛的社会立场”——这自然容易将问题的讨论、对话导向纯粹、简单化。在少数族裔文学领域，认同政治是被普遍接受的观念，但是绝大多数少数族裔作家并不主张民族独立、中国分裂，更多的是族裔命运自主性的承认诉求。这与转型期更为普遍意义上的社会及公民权利民主性的诉求一样，都是一种要求改变过去高强度政治、经济、文化僵化表述的主张，都包含着“自我命运”“自我事务”自主性的诉求。

三

少数民族文学如此煞费苦心地通过族性书写，建构起自身在当下语境中的“自我形象”，背后指向的是寻求认同的文化利益诉求。这样的“自我形象”塑造不仅来自“自我”建构——族群个体与群体对于自身的认识；同时也来自“他者”——他人对于族群的认识与定位。所以，虽然少数民族在新时期以来一直在尝试自主“发声”，但如果得不到“他者”的承认，或者只是得到“他者”扭曲的承认，也会对族群的认同造成显著的影响，甚至是带来“可怕的创伤，使受害者背负着致命的自我仇恨”②。所以，新时期以来少数民族文学中出现族性书写的取向，更大程度上是希望改写被“主流”文化

① 姚新勇：《文化民族主义视野下的转型期中国少数民族文学》，新北：花木兰文化出版社 2016 年版。

② 泰勒：《承认的政治》，见汪晖、陈燕谷主编：《文化与公共性》，北京：生活·读书·新知三联书店 1998 年版，第 296 页。

所刻板化甚至扭曲了的形象，通过正面、自主的族群自我形象的再创造，而从“虚假的、被扭曲和被贬损的存在方式之中”解放出来，向主流文化发出尊重和承认的诉求。

回族作家张承志的长篇小说《心灵史》，出版后一直饱受争议。小说中与护教相关的暴力、血腥、殉教精神让人震撼。但在张承志看来，哲合忍耶与其说是一个社会实体性的宗教教派，不如说是富于反抗和牺牲的“底层人民”的典范和象征。所以张承志尽管在2012年的《心灵史》中有了诸多的改写[①]，但并未真正改变身份认同的绝对性，譬如2012年的《心灵史》系统性地以“穆斯林”“伊斯兰”或“农民”等统一性的称谓替代旧版中的“哲合忍耶”，以显示由旧版对一个教派的认同，走向回族、伊斯兰乃至人民共同体的认同。这时的哲合忍耶不再是一个简单的门宦教派，而是一个团结的伊斯兰宗教共同体和人民共同体的最理想的基本形态。《心灵史》的改写，显示了张承志试图在坚持底层关怀的正义性之基础上，突破教派、信仰、族群、文化等方面的差异，重构中国认同的努力。尽管张承志通过对异质文化的肯定和对多样性中国文化共同体的倡导，试图在更为宽广的基础上来看待中国，进而更希望被遮蔽的边缘之声能被倾听、被关注，是对中国脱离现代性分裂状态，走向和谐的乌托邦式憧憬。

一直以来我们都说少数民族文学是中国文学的重要组成部分，但是长期以来，它似乎一直处于“中国文学研究”的边缘。造成这样的情况一方面因“主流”文学或文化研究者无知的傲慢，没有给予少数民族文学应有的关注；另一方面少数民族文学研究者也习惯将自己的研究局限于某个或某几个少数民族文学或整体的少数民族文学本身，缺乏与“主流”文学对话的自觉和努力。随着中国社会民族问题的日益明显、多元文化理念的普及，少数民族文学研究逐渐打破了封闭的格局，开始在更为广阔的中国乃至世界的空间中发声。族性书写，实则蕴含了以认同政治先行的一种新型书写模式，自觉地将中国少数民族文学或中国多民族文学纳入中国现代转型这一框架中加以把握，从而使少数民族文学研究既靠拢了“中国研究”的核心问题，又弥补了主流文学（化）研究的重要缺陷。[②] 虽然在这种写作的发展过程中会掺杂跳跃、回避，甚至是错位，但它起码明确地告知了研究者们，为什么要倾听边缘之声——这恰恰是新时期少数民族书写另一种可能的开启。

---

① 有关《心灵史》改定版的详细分析，详见姚新勇、林琳：《激情的校正与坚守——新旧版〈心灵史〉的对比分析》，《文艺争鸣》2015年第6期。

② 姚新勇：《当代少数民族文学研究　重点专栏·主持人语》，《暨南学报》2014年第2期。

附录　1906—1949 年回族报刊汇总

序号	刊名	类别	创刊日期	主办单位	创办主编	馆藏
1	正宗爱国报	日报	1906 年	正宗爱国报社	丁国珍	国家图书馆
2	天津竹园报	周报	1908 年		丁竹园	天津市图书馆
3	醒回篇	仅出一期	1908 年	留东清真教育会	虹山	国家图书馆
4	醒时白话报	月报	1909 年	醒时白话报社	张子岐	辽宁省图书馆
5	民兴报	日报	1911 年 4 月		刘孟扬	天津市图书馆
6	白话晚报	日报	1911 年		刘孟扬	天津市图书馆
7	白话晨报	日报	1911 年		刘孟扬	天津市图书馆
8	醒时报	月报	1911 年	醒时报社	张子岐	辽宁省图书馆
9	清真教务杂志	月报	1912 年	中国回教俱进会	张子文 赵斌	国家图书馆 民族文化宫
10	爱国白话报	日报	1913 年	中国回教俱进会	王浩然 张子文	国家图书馆
11	京华新报	月报	1914 年	中国回教俱进会	张子文	
12	清真学理译著	不定期	1916 年	中国回教俱进会	王友三	北京大学图书馆
13	天津午报	日报	1916 年		刘孟扬	天津市图书馆
14	广仓学演说报	月报	1916 年	广仓学会		上海市图书馆
15	清真学理（油印）		1916 年	牛街清真寺	王瑙兰	
16	清真汇报	仅出一期	1917 年	云南清真报社	马鑫培	云南省图书馆
17	广仓学会杂志	季刊	1919 年	广仓学会		上海市图书馆

（续上表）

序号	刊名	类别	创刊日期	主办单位	创办主编	馆藏
18	清真月刊	月刊	1920 年	清真月刊社	上海法租界霞飞路	
19	南方日报	日报	1920 年	南方日报社	马哀陆	江苏省图书馆
20	三山报	日报	1921 年	三山报社	童仁甫	
21	清真周刊	周刊	1921 年	清真书报社	马宏道	国家图书馆 首都图书馆
22	清真月刊	月刊	1921 年	上海环球清真青年会	尹光宇	上海市图书馆
23	清真旬刊	旬刊	1922 年	中国回教俱进会滇支部		云南省图书馆
24	评报·平报	日报	1923 年		刘雾岚	天津市图书馆
25	明德月刊	月刊	1924 年	天津回教联合会		宁夏社会科学院
26	穆声报	周刊	1924 年	北京西单牌楼清真寺	韦耀先	国家图书馆
27	明德报	月刊	1924 年	天津回教联合会		国家图书馆 中国伊斯兰教协会
28	回光	月刊	1924 年	回光月刊社	左东山	国家图书馆 上海市图书馆 宁夏社会科学院
29	清真月刊	月刊	1925 年	镇江清真寺		
30	晨光周报	周报	1925 年	晨光报社		广州市图书馆
31	穆友月刊（油印）	月刊	1925 年	穆友社		国家图书馆 中国人民大学图书馆 江苏省图书馆

（续上表）

序号	刊名	类别	创刊日期	主办单位	创办主编	馆藏
32	中国回教学会月刊	月刊	1926年	中国回教学会	沙善余 伍特公	国家图书馆 天津市图书馆 上海市图书馆
33	震宗报	月刊	1927年	震宗报社	唐易尘	成都市图书馆
34	新天津报	日报	1927年	新天津报社	段松波 薛月楼	
35	清真导报	不定期	1927年	中国回教俱进会成都支会	铁谏封 刘潜齐	国家图书馆 北京大学图书馆 四川省图书馆
36	伊光	月刊	1927年	伊光社	王静斋	国家图书馆 北京大学图书馆
37	天方学理月刊	月刊	1928年	天方学理社	马玉龙（瑞图）	广州中山图书馆
38	美美画报	周刊	1928年	美美画报社	陈中川	
39	绥远回教青年会刊	月刊	1929年	绥远回教青年会宣传股		
40	湟中通讯	不定期	1929年	马步芳独立混成第九旅		青海省图书馆
41	中国回教学会季刊	季刊	1929年	中国回教学会	沙善余 伍特公	云南省图书馆
42	云南清真铎报	月刊	1929年	清真铎报社	沙国珍 纳忠明	云南省图书馆
43	月华	旬刊	1929年	月华旬刊社	孙幼铭 赵振武 白寿彝	国家图书馆 北京大学图书馆 中国人民大学图书馆
44	穆光	半月刊	1929年	中国回教俱进会	陈鹭洲	中国伊斯兰教协会 民族文化宫 宁夏社会科学院

（续上表）

序号	刊名	类别	创刊日期	主办单位	创办主编	馆藏
45	成达文荟	文集	1929 年	成达师范学校	孙幼铭	国家图书馆 中国伊斯兰教协会 北京大学图书馆
46	中国回教月刊	月刊	1930 年	浙江路清真寺	哈德成	上海市图书馆
47	穆斯林	月刊	1930 年	滚畔寺	刘传根	中国伊斯兰教协会
48	上海回教青年研究社月刊	月刊	1930 年	回教青年研究社		
49	穆士林	季刊	1930 年	穆士林编辑部		北京大学图书馆 广州中山图书馆
50	成达学生会月刊	月刊	1930 年	成达师范学校学生会	马毓贵	国家图书馆 中国伊斯兰教协会
51	陕西回教公会会刊	月刊	1930 年	陕西回教公会	冯瑞生	陕西省图书馆
52	北平伊斯兰	月刊	1931 年	北平伊斯兰社	李绍枕 刘玉峰	
53	伊斯兰学友会丛刊	半月刊	1931 年	伊斯兰学友社丛刊编辑部	刘柏石 薛文波	
54	万县穆斯林	月刊	1931 年	万县伊斯兰师范学院	李仁山	四川万县清真寺
55	呼唤穆氏月刊	月刊	1931 年	辽阳清真寺	金镜华	
56	穆民	月刊	1931 年	广州穆民日报社	陈焕文	广州中山图书馆 宁夏社会科学院
57	正道	月刊	1931 年	清真书报社	马宏道	宁夏社会科学院
58	醒穆	不定期	1931 年	济宁回教青年会		
59	伊斯兰青年	不定期	1931 年	东北大学伊斯兰学友会		国家图书馆
60	北平伊斯兰	月刊	1931 年	西北中学		
61	励进杂志	不定期	1931 年	励进学会	闵毓华	

（续上表）

序号	刊名	类别	创刊日期	主办单位	创办主编	馆藏
62	中国穆斯林	月刊	1931年	中国回教俱进会宜宾支会		四川省图书馆
63	警钟时报	日报	1931年	警钟时报社	袁志远	
64	醒民	不定期	1931年	醒民社		北京大学图书馆
65	灿烂	月刊	1931年	六合南门外清真寺	常厚孝 达养亖	
66	云南伊斯兰画刊	不定期	1932年	昆明西南联大回教同学会		云南省图书馆
67	西北研究	季刊	1932年	西北书局		国家图书馆
68	边事月刊	月刊	1932年	青海南部边区警备司令部		青海省图书馆
69	呐喊	周报	1932年			
70	回民	不定期	1932年	湖南常德清真寺	马斌	长沙市图书馆 宁夏社会科学院
71	铁血报	周报	1932年	铁血报社	韩洪魁	
72	云南伊斯兰书刊	不定期	1932年	伊斯兰书刊社		云南省图书馆
73	西北	校刊	1933年9月	西北公学编辑部		
74	太原伊斯兰周刊	周刊	1933年	太原伊斯兰学友会	哈文澜	
75	学生时报	三日刊	1933年	铁血报社	马忠山	
76	一〇〇周刊	周刊	1933年	青海一〇〇步兵师		青海省图书馆
77	河南驻马店回教会成立特刊	特刊	1933年	驻马店回教会		中国伊斯兰教协会
78	国医月刊	月刊	1933年	国医月刊编辑部	陈松屏 阿洪	开封市图书馆

（续上表）

序号	刊名	类别	创刊日期	主办单位	创办主编	馆藏
79	回族青年	月刊	1933 年	回族青年日报社	杨新民 李翼安	
80	跋涉	月刊	1933 年	西北中学 高中学生		
81	开宗月刊	月刊	1933 年	河南郾城车站 北清真寺		
82	回民周刊	周刊	1933 年	中国回教俱进会 宜宾支会	苏月卿	
83	醒蒙	月刊	1933 年	桂林西门外 清真寺		
84	东光	月刊	1933 年	泰安回教青年 学友会		
85	回族青年	月刊	1933 年	伊斯兰学友会 学术部		
86	华北日报 回民特刊	不定期	1933 年	回民特刊组	穆文富	
87	回民特刊	华北晚 报副刊	1933 年	华北晚报	尹伯清	国家图书馆
88	穆音	月刊	1933 年	穆音社	爱卿 马大伦	宁夏社会科学院
89	改造	月刊	1933 年	上海改造出版社 编辑部	王义 傅统先 鲁忠翔	上海市图书馆 江苏省图书馆
90	北平回教临时难 民救济会特刊	不定期	1933 年	北平回教临时 难民救济会	王振海	
91	晨镜报	不定期	1934 年			上海市图书馆
92	中国回教公会 旬刊	旬刊	1934 年	回教公会上海 分会	买俊三	上海市图书馆

（续上表）

序号	刊名	类别	创刊日期	主办单位	创办主编	馆藏
93	禹贡	半月刊	1934年	禹贡杂志社	顾颉刚	国家图书馆 北京大学图书馆
94	文化周报	周报	1934年			
95	伊斯兰学生杂志	不定期	1934年	上海伊斯兰师范学校学生会	金志晏	中国伊斯兰教协会 上海市图书馆
96	中国回教俱进会陕西分会会刊	月刊	1934年	中国回教俱进会陕西分会		陕西省图书馆
97	突崛	月刊	1934年	突崛社	穆建业 穆成功	国家图书馆 中国伊斯兰教协会
98	觉醒钟	月刊	1934年	西北三小		
99	大道	日报	1934年	南京太平路清真寺	穆华轩	
100	边铎天山	半月刊	1934年	天山学会	艾沙	江苏省图书馆
101	成都月刊·成师校刊	月刊改半月刊	1934年	成师学生会		国家图书馆 北京大学图书馆
102	人道	不定期	1934年		杨玉书	宁夏社会科学院
103	广西回教	不定期	1934年	南宁清真寺	陈焕文	桂林市图书馆
104	伊斯兰	不定期	1935年	河南伊斯兰社	白寿彝	国家图书馆 河南省图书馆
105	天道	月刊	1935年			
106	晨熹	旬刊	1935年	晨熹社	刘伯余	国家图书馆
107	塔光	不定期	1935年	塔光社	马瑞图	广州中山图书馆
108	华族周报	周报	1935年	回教公会汉口分会		湖北省图书馆
109	西北穆斯林	周刊	1936年	太原清真寺	乔世达	
110	中国回教教育促进会会刊	不定期	1936年		王增善 周仲仁	江苏省图书馆

（续上表）

序号	刊名	类别	创刊日期	主办单位	创办主编	馆藏
111	古兰日报	日报	1936年		杨松友 郭齐民	
112	回报	日报	1936年		童仁甫	
113	边疆	半月刊	1936年			
114	伊斯兰妇女杂志	不定期	1936年	伊斯兰妇女杂志社		上海市图书馆 宁夏社会科学院
115	陕西回教公会月刊	月刊	1936年	陕西回教公会	马寿山	中国伊斯兰教协会
116	北平教案始末记	特刊	1936年	北平各回教团体临时联合会	王梦阳	中国伊斯兰教协会
117	晨钟	月刊	1936年		张怀德	中国伊斯兰教协会
118	湖南回民	专刊	1936年	湖南回教公会		中国伊斯兰教协会
119	回教报	不定期	1936年		刘复初	中国伊斯兰教协会
120	伊斯兰青年	月刊	1936年	伊斯兰青年刊社		陕西省图书馆
121	回民报	日报	1936年	回民报社	法捷三	镇江市图书馆
122	回教青年	会报	1936年	青海回教青年学会		青海省图书馆
123	西北一小校刊	月刊	1936年	西北一小		
124	西北二小校刊		1936年	西北二小		
125	西北周报	校刊	1936年	西北中学自治会		
126	友穆	季刊	1936年	中国穆民交际会		宁夏社会科学院
127	回教青年月报·回教青年	月刊	1936年	回教青年会	石觉民	江苏省图书馆 宁夏社会科学院
128	昆仑	周刊改月刊	1936年	青海回教促进会	任闲之	青海省图书馆

（续上表）

序号	刊名	类别	创刊日期	主办单位	创办主编	馆藏
129	昆仑	月刊	1936年	青海回教促进会	马霄石	青海省图书馆
130	中国回教青年学会会报	不定期	1936年	南京中国回教青年学会	王曾善	
131	抗日小报	日报	1937年	留埃学生团	纳忠	
132	清真世界	周报	1937年	成都清真女子小学自治会		四川省图书馆
133	回教青年会刊	不定期	1937年	香港回教青年会		香港图书馆 宁夏社会科学院
134	云亭小学校刊		1937年	校刊编委会	马毓贵 李恩华	甘肃省图书馆
135	回族文化	季刊	1937年	中国回族青年学术部	法商学院	
136	回声报	不定期	1938年	中国回民救国协会青年服务团		
137	星月	不定期	1938年	青海回教促进会	马耀开 丁纪俊	
138	回声壁报	周报	1938年	中国回民救国协会青年服务团	孙绳武	
139	真光	月刊	1938年	昆明东门清真公会		
140	回教大众	半月刊	1938年	回教大众出版社	沙雷	宁夏社会科学院
141	战地通讯	不定期	1938年	中国回教青年战地服务团	李剑霜	
142	回民言论·回教论坛	月刊	1939年	回教论坛社	孙绳武 王梦扬	宁夏社会科学院
143	冀中回民	季刊	1939年	冀中回民建国会	马铁轮	
144	国民报（伊斯兰学会专栏）	月栏	1939年	兰州伊斯兰学会	马焕文	兰州市图书馆

（续上表）

序号	刊名	类别	创刊日期	主办单位	创办主编	馆藏
145	回声	月刊	1939年	兰州伊斯兰学会	杨静仁	甘肃省图书馆
146	回光	月刊	1939年	长春清真寺	王钧璞	中国伊斯兰教协会
147	中国回民救国协会通告	不定期	1939年	中国回民救国协会	薛文波	重庆市图书馆
148	回教月刊		1939年	中国回教宣道所	完捷三	上海市图书馆
149	力行月刊	月刊	1939年	力行月刊社		重庆市图书馆
150	中国回教救国协会会刊	月刊	1939年	中国回教救国协会	王梦扬 闪克行	国家图书馆 中国伊斯兰教协会
151	绿旗	不定期	1939年		杨书玉	国家图书馆 北京大学图书馆
152	亚洲日报	日报	1940年	滇西赴缅回教工作队	马次伯	云南省图书馆
153	西北回教政论	不定期	抗战时期	中国回教救国协会陕西分会	王月波	
154	西北回民正论	不定期	1940年	中国回教救国协会陕西分会宣传股		
155	曙光壁报	月刊	1940年	四川松潘清真小学	马仁寿	
156	伊斯兰周报	不定期	1940年	冀鲁边区抗日救国总会	夏戎	
157	回教青年月刊	月刊	1940年	香港回教青年会		
158	新月	不定期	1940年	青海回教促进会		
159	灵枣	壁报	1940年	复旦大学回教同学会		
160	正义	月刊	1940年	中国回教救国协会广西分会		广西壮族自治区图书馆
161	柳州回教特刊		1940年	柳州回教堂		

（续上表）

序号	刊名	类别	创刊日期	主办单位	创办主编	馆藏
162	正源	半月刊	1940 年	中国回教救国协会安徽分会	张玉光	福建省图书馆
163	绿洲	不定期	1941 年	化觉巷清真寺		
164	中国天下月刊	月刊	1941 年		马次伯	
165	回教（醒时报副刊）	副刊	1941 年	醒时报社	张幼岐	中国伊斯兰教协会
166	兴建阵地	月刊	1941 年		狄陆颂	中国伊斯兰教协会
167	河北回民	月刊	1941 年	冀鲁边区抗日救国总会		
168	回声月刊	月刊	1941 年	中国回教救国协会广东肇庆支会	邬白沫	广州中山图书馆
169	战时滇西回教月刊	月刊	1941 年	滇西赴缅回教工作队	回石文	
170	《贺兰日报》专刊	不定期	1941 年	中国回教救国协会宁夏分会	马毓贵	
171	中国伊斯兰布道会刊	季刊	1941 年	中国伊斯兰布道会	马淳夷 尹光宇	
172	穆民	月刊	1941 年	昆明西南联大回教同学会	王浩 汪沛	
173	回声报	月刊	1941 年	中国回教救国协会湖北分会	伟诚荣	湖北省图书馆
174	伊锋	月刊	1941 年	伊斯兰青年会桂林分会		桂林市图书馆
175	伊斯兰青年	月刊	1941 年	伊斯兰青年会	王农村	
176	回教文化	季刊	1941 年	中国回教救国协会回教文化研究会	闪克行	中国伊斯兰教协会
177	回协康定支会会刊	月刊	1942 年	中国回教救国协会康定支会	马裕恒 唐世文	

（续上表）

序号	刊名	类别	创刊日期	主办单位	创办主编	馆藏
178	安徽分会会报	月刊	1942 年	中国回教救国协会安徽分会	哈福贵 铁子房	安徽省图书馆
179	催醒壁报	周报	1942 年	大理下关回教救国会支会		大理市图书馆
180	新月导报	季刊	1942 年	成达中学	哈福贵 铁子房	
181	东风	软性月刊	1943 年	中国回教救国协会	白泽民 马宗融	
182	金字塔	月刊	1943 年	金字塔社	成师 阿专班 学生	宁夏社会科学院
183	正道报·正道杂志	月刊	1943 年	冀鲁边区抗日救国总会	韩道仁	
184	新穆民	月刊	1943 年	突崛昆明分社	汪沛	云南省图书馆
185	流火	不定期	1944 年	西安大皮院清真寺	张玉良	陕西省图书馆
186	近东通讯	不定期	1944 年		马天英	开罗图书馆
187	真光	不定期	1944 年	成都清真寺		
188	锋声	不定期	1944 年	四川回民青年会	喇文波	重庆市图书馆
189	阿尔泰	不定期	1944 年	阿尔泰编辑部	艾沙	宁夏社会科学院
190	丁嘤	不定期	1945 年			
191	回教妇女	不定期	1945 年	中国回教救国协会妇女组	马佩珍	重庆市图书馆
192	通讯	不定期	1945 年	重庆大专伊斯兰同学会	沙淑娴	重庆市图书馆
193	西北通讯	半月刊	1945 年	西北通讯社	马振武	江苏省图书馆
194	清真八寺董事会会刊	季刊	1945 年	成都八寺	余济和	成都市图书馆

（续上表）

序号	刊名	类别	创刊日期	主办单位	创办主编	馆藏
195	新月	月报	1945 年	新月社		
196	斋月特刊	特刊	1945 年	光塔寺	熊振宗等	中国伊斯兰教协会
197	回教青年	仅出一期	1946 年	长春回教协会	郭云龙等	中国伊斯兰教协会
198	回声	不定期	1946 年	中国回教救国协会四川分会	喇文波	重庆市图书馆
199	广州回协	月刊	1946 年	中国回教救国协会广州分会		广州中山图书馆
200	伊斯兰周报	周报	1946 年	冀鲁边区抗日救国总会	韩道仁	
201	真光	季刊	1946 年	八寺董事会		
202	伊斯兰月刊	月刊	1946 年		石觉民	甘肃省图书馆
203	回声月报	月刊	1946 年	回声月报社	买韵公	宁夏社会科学院
204	北平小报	日报	1946 年	国立成达师范学校	薛文波	
205	中国回教协会会报	月报	1946 年	中国回教协会	闪克行	北京大学图书馆 江苏省图书馆
206	回民青年	不定期	1946 年	回民青年会		宁夏社会科学院
207	东北回教周报	周刊	1946 年	东北回教协会		长春市图书馆
208	天山月刊	月刊	1946 年	新疆省建设协会	安文惠	宁夏社会科学院
209	伊理月刊	月刊	1946 年	伊理社	马全仁 张兆理	湖北省图书馆
210	伊斯兰	不定期	1947 年	兰州大学伊斯兰学友会	安迪光	甘肃省图书馆
211	伊联	不定期	1947 年	北平回教青年会	庞士谦	
212	回协广州支会会务总报告	专刊	1947 年	中国回教救国协会广州分会		中国伊斯兰教协会

（续上表）

序号	刊名	类别	创刊日期	主办单位	创办主编	馆藏
213	斋月周报	周报	1947 年	中国回教救国协会北平分会		中国伊斯兰教协会
214	伊斯兰复刊	月刊	1947 年	开封曹三厅清真寺	马学仁 何良玉	中国伊斯兰教协会
215	武进回光	月刊	1947 年	中国回教救国协会江苏武进支会		
216	伊斯兰通讯	月刊	1947 年		李稚伦	
217	月华周刊	周报	1947 年	青年伊斯兰社		北京大学图书馆
218	古尔邦	月刊	1947 年	古尔邦社	薛文波	宁夏社会科学院
219	春雨	周刊	1947 年	开远明德中学春雨社	马宗禄 杨光浩	云南省图书馆
220	弟兄们	月刊	1947 年		林松	云南省图书馆
221	回民青年	不定期	1947 年	江苏六合回民青年会	王作彬 常志远	江苏省图书馆
222	回协	月刊	1947 年	中国回教救国协会北平分会	周仲仁	
223	天山	月刊	1947 年	复旦大学回教同学会	仝道章	宁夏社会科学院
224	昆仑报		1947 年	昆仑中学校友会	马乐天 贺勤	
225	南京回教青年教师联谊会特刊	特刊	1948 年	回教青年教师联谊会	胡思均	江苏省图书馆
226	正义	特刊	1948 年	云南回民援阿圣战大同盟		中国伊斯兰教协会
227	大陆报	周报	1948 年	大陆报社	何传成	中国伊斯兰教协会
228	回族文化	不定期	1948 年	回族文化编辑部	马次伯	中国伊斯兰教协会
229	小草	不定期	1948 年	小草文艺社	马生祥	
230	穆圣诞辰特刊	专号	1948 年	中国回教救国协会四川彭县支会	喇文波	

（续上表）

序号	刊名	类别	创刊日期	主办单位	创办主编	馆藏
231	伊斯兰通讯周刊	周刊	1948年	伊斯兰通讯	沙德珍 林松	云南省图书馆
232	伊联	不定期	1948年	青年伊斯兰社	包承礼	
233	新新疆	月刊	1948年	新疆民政厅	王曾善	乌鲁木齐市图书馆
234	回教报	周报	1948年	上海回教堂理事会	薛子明	
235	国立成师年刊	年刊	1948年	国立成达师范学校	年刊编委会	北京回民中学图书馆
236	回族文化	月刊	1948年	新疆回族文化促进会	马力克	乌鲁木齐市图书馆
237	昆仑	月报	1948年	昆仑出版社		甘肃省图书馆
238	怀圣	月报	1948年	中国回教救国协会广州分会	熊振宗	广州中山图书馆
239	大路	月报	1948年	大路报社		
240	西北世纪	半月刊	1949年	中国回教协会兰州分会	马继援	甘肃省图书馆
241	伊斯兰青年刊	月刊	1949年	新疆伊斯兰学会		乌鲁木齐市图书馆
242	回民大众	月刊	1949年	回民大众编委会	庞士谦	国家图书馆 北京大学图书馆
243	中国回教	双月刊	1949年	中国回教协会	孙纯武 谢松涛	台北市图书馆

参考文献

中文文献

［1］白润生：《中国少数民族文字报刊史纲》，北京：中央民族大学出版社 1994 年版。

［2］白崇人：《民族文学创作论》，南宁：广西民族出版社 1992 年版。

［3］白寿彝：《中国回教小史》，北京：商务印书馆 1944 年版。

［4］白寿彝：《中国回回民族史》，北京：中华书局 2007 年版。

［5］包亚明：《现代性与空间的生产》，上海：上海教育出版社 2003 年版。

［6］陈祖君：《汉语文学期刊影响下的中国当代少数民族文学》，北京：中国社会科学出版社 2009 年版。

［7］戴锦华：《涉渡之舟——新时期中国女性写作与女性文化》，西安：陕西人民出版社 2002 年版。

［8］邓敏文：《中国多民族文学史论》，北京：社会科学文献出版社 1995 年版。

［9］傅统先：《中国回教史》，银川：宁夏人民出版社 2000 年版。

［10］樊星：《当代文学与多维文化》，武汉：武汉大学出版社 2005 年版。

［11］马坚译：《古兰经》，北京：中国社会科学出版社 1996 年版。

［12］关纪新、朝戈新：《多重选择的世界——当代少数民族作家文学的理论描述》，北京：中央民族大学出版社 1995 年版。

［13］关纪新：《20 世纪中华各民族文学关系研究》，北京：民族出版社 2006 年版。

［14］葛兆光：《中国宗教与文学论集》，北京：清华大学出版社 1997 年版。

［15］韩子勇：《西部：偏远省份的文学写作》，天津：百花文艺出版社

1998 年版。

［16］海俊亮：《朝觐心路》，兰州：甘肃民族出版社 2013 年版。

［17］霍维洮：《近代西北回族社会组织化进程研究》，银川：宁夏人民出版社 2000 年版。

［18］郝文波：《朝觐者》，银川：宁夏人民出版社 2010 年版。

［19］黄少华：《网络空间的社会行为：青少年网络行为研究》，北京：人民出版社 2008 年版。

［20］靳明全：《区域文化与文学》，北京：中国社会科学出版社 2003 年版。

［21］金吉堂：《中国回教史研究》，银川：宁夏人民出版社 2000 年版。

［22］李鸿然：《中国当代少数民族文学史论》（上下册），昆明：云南教育出版社 2004 年版。

［23］李云忠：《中国少数民族现代当代文学概论》，沈阳：辽宁民族出版社 2006 年版。

［24］李兴华、冯今源编：《中国伊斯兰教史参考资料选编（1911—1949）》（下），银川：宁夏人民出版社 1985 年版。

［25］李素菊：《青年信仰与宗教文化》，北京：东方出版社 2009 年版。

［26］龙长吟：《民族文学学论纲》，长沙：湖南文艺出版社 1997 年版。

［27］刘大先：《现代中国与少数民族文学》，北京：中国社会科学出版社 2013 年版。

［28］郎樱、扎拉嘎：《中国各民族文学关系研究》，贵阳：贵州人民出版社 2005 年版。

［29］梁庭望、黄凤显：《中国少数民族文学》，太原：山西教育出版社 2003 年版。

［30］梁庭望、李云忠、赵志忠：《20 世纪中国少数民族文学编年史》，沈阳：辽宁民族出版社 2006 年版。

［31］玛拉沁夫主编：《中国新文艺大系（1976—1982）少数民族文学集》，北京：中国文联出版公司 1985 年版。

［32］马强：《跨越边界——中国和马来西亚归信穆斯林比较研究》，兰州：甘肃民族出版社 2013 年版。

［33］马丽蓉：《踩在几片文化上：张承志新论》，银川：宁夏人民出版社 2001 年版。

［34］马学良等：《中国少数民族文学史》（上中下），北京：中央民族大学出版社 2001 年版。

［35］马学良：《中国少数民族文学比较研究》，北京：中央民族大学出版社 1997 年版。

［36］马启成、丁宏：《中国伊斯兰文化类型与民族特色》，北京：中央民族大学出版社 1998 年版。

［37］玛拉沁夫、吉狄马加主编：《中国少数民族文学经典文库（1949—1999）·理论批评卷》，昆明：云南人民出版社 1999 年版。

［38］欧阳可惺等：《民族叙述：文化认同、记忆与建构》，广州：暨南大学出版社 2013 年版。

［39］特·赛音巴雅尔主编：《中国少数民族当代文学史》，北京：北京十月文艺出版社 1999 年版。

［40］魏兰：《回族文学概观》，银川：宁夏人民出版社 2004 年版。

［41］姚大力：《北方民族史十论》，桂林：广西师范大学出版社 2007 年版。

［42］姚新勇：《寻找：共同的宿命与碰撞——转型期中国文学多族群及边缘区域文化关系研究》，北京：中国社会科学出版社 2011 年版。

［43］赵志忠主编：《20 世纪中国少数民族文学百家评传》，沈阳：辽宁民族出版社 2007 年版。

［44］张巨龄：《绿苑钩沉——张巨龄回族史论选》，北京：民族出版社 2001 年版。

［45］张旭东：《全球化时代的文化认同》，北京：北京大学出版社 2005 年版。

［46］张柠：《土地的黄昏》，北京：东方出版社 2005 年版。

［47］张文建：《信主独一——伊斯兰教》，北京：世界知识出版社 1999 年版。

［48］张海洋：《中国的多元文化与中国人的认同》，北京：民族出版社 2006 年版。

［49］朱晓进：《非文学的世纪：20 世纪中国文学与政治文化关系史论》，南京：南京师范大学出版社 2004 年版。

［50］赵稀方：《后殖民理论》，北京：北京大学出版社 2009 年版。

［51］阿慧：《羊来羊去》，银川：宁夏人民出版社 2012 年版。

［52］阿一纱：《虔敬的行走：一位穆斯林妇女的朝觐手记》，兰州：甘肃民族出版社 2012 年版。

［53］拜一民：《麦加之旅》，兰州：甘肃民族出版社 2005 年版。

［54］白练：《黑牡丹、白牡丹》，乌鲁木齐：新疆人民出版社 1988 年版。

[55] 白山:《冷月》，昆明：云南人民出版社 2001 年版。

[56] 古原:《斋月和斋月以后的故事》，银川：宁夏人民出版社 2012 年版。

[57] 霍达:《穆斯林的葬礼》，北京：人民文学出版社 2005 年版。

[58] 霍达:《红尘》，北京：人民文学出版社 2009 年版。

[59] 哈吉·穆·奴伦丁·敏生光:《亲历盛典的参悟——朝觐理念探究》，北京：中央民族大学出版社 1998 年版。

[60] 冯福宽:《大迁徙》，北京：中国文联出版社 2000 年版。

[61] 康有玺:《无畏的梦想》，香港：基石出版有限公司 2009 年版。

[62] 李进祥:《女人的河》，银川：宁夏人民出版社 2012 年版。

[63] 毛毛:《宁夏纪行》，银川：宁夏人民出版社 2008 年版。

[64] 马德新:《朝觐途记》，银川：宁夏人民出版社 1988 年版。

[65] 马乐群:《新月·朝霞》，银川：宁夏人民出版社 1992 年版。

[66] 马金莲:《碎媳妇》，银川：宁夏人民出版社 2012 年版。

[67] 马丽:《我陪母亲去朝觐》，兰州：甘肃民族出版社 2011 年版。

[68] 马瑞芳:《故乡的柳丝》，银川：宁夏人民出版社 2012 年版。

[69] 马笑泉:《巫地传说》，重庆：重庆出版社 2009 年版。

[70] 马笑泉:《愤怒青年》，北京：中国友谊出版公司 2007 年版。

[71] 马知遥:《静静的月亮山》，银川：宁夏人民出版社 2012 年版。

[72] 纳志祥:《纳家户旧事：纳耀庭麦加朝觐记》，银川：宁夏人民出版社 2010 年版。

[73] 宁夏回族自治区文联筹委会编:《回族歌谣》，银川：宁夏回族自治区人民出版社 1959 年版。

[74]《中国少数民族文学作品选》编辑委员会编:《中国少数民族文学作品选》(1—5 册)，上海：上海文艺出版社 1981 年版。

[75] 石舒清:《清水里的刀子》，银川：宁夏人民出版社 2008 年版。

[76] 石舒清:《暗处的力量》，石家庄：花山文艺出版社 2001 年版。

[77] 石舒清:《底片》，银川：阳光出版社 2012 年版。

[78] 石舒清:《灰袍子》，银川：宁夏人民出版社 2012 年版。

[79] 石舒清:《伏天》，北京：中国文联出版社 2004 年版。

[80] 石彦伟:《面朝活水》，北京：中国文联出版社 2012 年版。

[81] 苏醒:《突破边缘》，香港：香港天马出版有限公司 2010 年版。

[82] 铁维英:《中国穆斯林朝觐纪实》，银川：宁夏人民出版社 1994 年版。

［83］王树理：《第二百零七根骨头》，银川：宁夏人民出版社2012年版。

［84］王延辉：《沉默》，银川：宁夏人民出版社2012年版。

［85］王明珂：《华夏边缘——历史记忆与族群认同》，北京：社会科学文献出版社2006年版。

［86］杨光荣：《朝觐的日子》，兰州：甘肃民族出版社1999年版。

［87］查舜：《穆斯林的儿女们》，银川：阳光出版社2011年版。

［88］查舜：《局》，银川：宁夏人民出版社2012年版。

［89］张再利：《直达灵魂——一个汉族穆斯林的思想札记》，香港：香港天马出版有限公司2010年版。

［90］郑征：《东望长安》，西安：太白文艺出版社2008年版。

［91］朱昌平、吴建伟：《中国回族文学史》，银川：宁夏人民出版社2007年版。

［92］中国作家协会编：《新时期中国少数民族文学作品选集·回族卷》，北京：作家出版社2014年版。

［93］爱德华·萨义德著，王宇根译：《东方学》，北京：生活·读书·新知三联书店1999年版。

［94］爱德华·萨义德著，阎纪宇译：《报道伊斯兰》，上海：上海译文出版社2009年版。

［95］安东尼·吉登斯著，胡宗泽等译：《民族—国家与暴力》，北京：生活·读书·新知三联书店1998年版。

［96］本尼迪克特·安德森著，吴叡人译：《想象的共同体》，上海：上海人民出版社2011年版。

［97］包尔丹著，陶飞亚等译：《宗教的七种理论》，上海：上海古籍出版社2005年版。

［98］柄谷行人著，赵京华译：《日本现代文学的起源》，北京：生活·读书·新知三联书店2003年版。

［99］杜赞奇著，王宪明译：《从民族国家拯救历史》，北京：社会科学文献出版社2003年版。

［100］乔纳森·弗里德曼著，郭建如译：《文化认同与全球性过程》，北京：商务印书馆2003年版。

［101］亨利·列斐伏尔：《空间的生产》，上海：上海教育出版社2003年版。

［102］詹姆斯·克利福德等著，高丙中等译：《写文化：民族志的诗学与政治学》，北京：商务印书馆2006年版。

[103] 乔治·拉伦著，戴从容译：《意识形态与文化身份》，上海：上海教育出版社 2005 年版。

[104] 梁治平主编：《法律的文化解释》，北京：生活·读书·新知三联书店 1994 年版。

[105] 赫伯特·马尔库塞著，李小兵译：《审美之维》，桂林：广西师范大学出版社 2001 年版。

[106] 尼尼安·斯马特著，高师宁等译：《世界宗教》，北京：北京大学出版社 2004 年版。

[107] 斯拉沃热·齐泽克等著，方杰译：《图绘意识形态》，南京：南京大学出版社 2002 年版。

外文文献

[1] DRU C G. Muslim Chinese：ethnic nationalism in the People's Republic. Cambridge：Harvard University Press，1991.

[2] FREDRIK B. Ethnic groups and boundaries：the social organization of culture difference. Illinois：Waveland Press Inc，1969.

[3] JONATHAN N L. Familiar strangers：a history of muslims in northwest China. Washington：University of Washington Press，1998.

[4] KEYES C F. Ethnic change. Seattle：University of Washington Press，1981.

U0884234

舆情观察
系列1

中国形象全球调查

CHINA'S IMAGE WORLDWIDE SURVEY

伦敦卷

暨南大学舆情与社会管理研究中心　主编

暨南大學出版社
JINAN UNIVERSITY PRESS

中国形象的认知度与中国符号的能见度

■支庭荣（Zhi Tingrong）

若从传播学过程观的角度看，中国形象的传播与接受，其实与很多因素有关联：中国文化的传播者或中国元素的携带者、中国元素的符号化（比如 dragon），以及那些未必能、未必肯或未必会全面评价中国形象的西方人或其他区域的信息接收者们，也包括各种环境和条件等。

但是首先不妨简化一下，从“所见即所得”的计算机逻辑看，中国符号的能见度，可能决定海外对中国形象的全球认知和评价。

这就是当下中国游客在全世界既惹人爱又招人恨的原因。“人头攒动”在拉动外需的同时，也会降低当地人的幸福感和安全感。然后各种不检点行为被放大、被特写、被误读，最后可能被妖魔化。前进一步是天使，后退一步却有天壤之别。

所以中国形象的损毁，往往藏于中国人的举手投足间。从“发展中”变得“发达”的过程，更是一个淬炼的过程、内敛的过程、收放自如的过程。中国人到了英国，不由得惊叹于大英帝国子民的绅士风度。这难道不是神完气足之下优雅和从容的节奏么?

但是，神气不是瞬间可以造就的。正如西方大国的崛起经历一样，从落后到先进到高视阔步，中间经历过铁与火的洗礼，掺杂过彪悍和威猛，强盗和不义，罪恶和逆天。所谓文明，可以是巧取豪夺之后的约法三章，是拔剑张弩之后的青梅煮酒，是泯灭恩仇之后的相逢一笑；可以是奢靡的铺陈，是门面的点缀，是大写的太平；或者是还拒的欲迎，是千里之外，是面善心冷；或者是大棒威逼下的经济贸易，是阿富汗的无人机，是无本的橄榄枝……凡此种种，天差地远，不一而足。

地球，唯因自转而圆；世界，唯因坡道而平。我们所见的背后，每每都有复杂的原因和路径，较量和挣扎，冲突和妥协，兴盛和衰颓。

因而，“所见即所得”，只能是第一步、一小步，还有更多的细致工作要做。国家的形象，与个体的形象一样，与万事万物一样，总是多侧面、多维度的。某些侧面，彼此相冲突；某些侧面，彼此相遮蔽。草色遥看近却无，刘项原来不读书，自古知兵非好战，饮中八仙倒骑驴。非黑不是白，白马不是马。我的谦逊不是软弱的表示，你的诚意也有待于证明。真理的细节，览之不尽。

一叶障目，坐井观天，指鹿为马，看朱成碧，是中国形象调查研究方法论中应当规避的谬误。

是故，有必要讲究一点辩证法。

举个例子，说起中国形象的经典剖面，人们不难联想到鲁迅先生笔下的国民性问题。清末民初，鲁迅在日本所见的情景，在国内所见的情景，庶几反映了国人的某一个侧面，被侮辱的与被伤害的一面，哀其不幸与怒其不争的一面。这是不能忘却的沉痛的一面。同时，正如鲁迅所着力摹写的，中国人并不欠缺脊梁。中华民族之所以屹立不倒，所赖的正是脊梁。

疏不间亲，瑕不掩瑜。

当年西方的“黄祸论”，除了困顿与自虐外，殖民主义者的恶意也暴露无遗。今天少数西方人的“中国威胁论”，其“末世主义”的恐惧暴露无遗。一直以来，西方人只要中国人的无性格，不要中国人的有性格；只要中国的苗，不要中国的草。所以，西方人关于中国形象的各种看法，只不过是一面面相当特别的镜子，肯定不能成为全部的参照系。天行健，中国人的自信，来自于自己的决心和意志，来自于自己的道路、制度和理论，来自于自己的硬实力和软实力。

所以需要专业的调查，需要科学的提炼，需要审慎的证明，需要一批有理想的项目志愿者，一起伴我们追美梦。

然后，坚持必须坚持的，舍得可以舍得的，抛弃应该抛弃的。

作者系暨南大学新闻与传播学院教授、常务副院长，舆情与社会管理研究中心研究员

CONTENTS 目录

重磅

英国民众眼中的中国形象调查报告

胡方煦（Hu Fangxu）　王　滋（Wang Zi）
何康杰（He Kangjie）

面对全球化的超势和国际间合作的不断深化，国家形象是每个国家需要面对的重大课题。中国非常重视国家形象的塑造，不管是国家形象宣传片的播出还是政府形象广告的出炉，都是我国在国家形象塑造方面所做的有益尝试。

2007 年 3 月 26 日美国《时代周刊》公布的全球民意调查结果表明，中国已经成为全球最受敬重的 5 个国家之一。这 5 个国家的全球民意支持率分别是：加拿大及日本均为 54%、法国 50%、英国 45%、中国 42%。曾对中国持负面评价的英国人现在倾向于中国的正面形象。据《中国日报》2010 年 4 月 21 日报道，根据公布的一份由英国广播公司赞助的民意调查结果显示，2009 年中国国家形象指数有小幅回升。

近 10 年间，皮尤研究中心（PEW）、美国马里兰大学的国际政策态度项目（PIPA）、盖洛普（Gallop）、英国广播电视台（BBC）和美国新闻网（CNN）等都相继开展过有关各国民众对华态度的调查。就总体调查结果而言，中国形象呈上升趋势，但对中国持负面印象的比例也依然较高。2013 年，BBC 国家形象民调有 25 个国家的超过 2. 6 万人参与了调查，参与者被问及全球 16 个国家在他们眼中的形象。调查结果显示，德国是最受欢迎的国家，而中国的排名比以往略有下降，屈居第九。

随着时事的发展，中国在海外的国家形象会有一定程度的波动，在定期对海外舆情的考察中可以发现国外对中国国家形象认知与态度的变化，从而为中国国家形象的塑造提供参考与借鉴。

一个国家无论是由于历史原因还是现实原因，如果在他国形成了不良的形象，将直接影响其文化吸引力和国际活动的推展。在若干情形下，国家形象被“妖魔化”甚至可以直接影响一国实实在在的利益。一个良好的中国国家形象的树立首先需要让世界了解中国。目前对中国形象的宣传有两个方面：一是中国的自我宣传，二是他国传播媒介的宣传。这两者皆有利弊。中国的自我宣传往往可能被他国定义为缺乏客观性，而且我国长期以来选择的正面宣传，把原本真实的中国变得反而不真实，形成了中国媒体和外国媒体对同一事件的两种评价和声音，这种信息的不对称使得外国民众对中国宣传持有很大的怀疑。而他国对中国的宣传则可能有更大的主观色彩，有些大国对中国进行选择性宣传，往往会导致他国国民的曲解。而伦敦作为古老的金融贸易中心，一个全球都市，这里的民众意见往往反映了国际的主流意见。因此如果我们可以了解英国民众对中国国情的认知渠道，从而得知中国形象是如何形成的，或许可以找到有效扩大中国影响力的方法。此外，全面了解目前英国民众对中国或中国人的印象，以及英国民众对中国感兴趣的方面，也有助于有针对性地树立中国的良好国家形象。所以，将国家形象提升到战略层面的议题是非常有必要的。

本文属于实证研究，着眼于英国普通民众，使用问卷调查法较为全面地考察调研对象对于中国形象的认知和态度以及他们对中国感兴趣的方面，研究中国形象是如何形成的，并对塑造国家形象的战略提出针对性的意见。

一、国家形象与软实力

正如一个人展示给他人的形象会影响他人的情感判断和行为反应，应用在品牌中的形象理论在市场竞争中发挥着至关重要的作用，国家的形象也同样在世界舞台上具有引领示范、循循善诱的功能。“国家形象”这一词汇并非舶来品，也无对应的外语单词。它的概念包括在国际政治、国际关系和跨文化交流传播领域里的“perception of the nation”（对国家的认知）、“cultural representation of the nation”（国家文化的再现与表述）等。[①] 虽然国家形象并无学术上统一的、系统的研究，却是美国国际传播中极为重要的一部分。国家形象并不仅仅是“外在形象”，而且

① Eugene D. Jaffe & Israel D. Nebenzahl (2006). *National Image and Competitive Advantage: The Theory and Practice of Country-Of-Origin Effect.* Copenhagen Business School Press. pp. 36 – 37.

是内容与形式的统一体。①

在国家形象的定义上，金正昆和徐庆超（2010）在《国家形象的塑造：中国外交新课题》一文中对国家形象概念的研究做了区分：第一是从哲学和心理学的角度，较为抽象地界定国家形象；第二是从用市场营销的角度，国家形象是与产品、消费不可区分的；第三是用诸如威望、声望及国家品牌等概念来解读，国家形象通过实力的展示来获取国家威望。② 不管何种定义，可以肯定其共性——国家形象是可以被塑造和经营的。

目前许多学者倾向于从传播学视角来研究国家形象，杨伟芬（2000）将其定义为“国际社会公众对一国相对稳定的总体评价”③；管文虎（2000）认为“国家形象是一个综合体，它是国家的外部公众和内部公众对国家本身、国家行为、国家的各项活动及其成果所给予的总的评价和认定”④；刘康（2008）认为“国家形象是现代民族、国家为确保国家利益，通过政府与民间的公关、文化表述、传媒、学术等方式，向本国国民和国际社会展示、传播的形象”⑤。早期更多学者将国家形象侧重于社会公众给予的评价，但是后期更为强调的是国家形象塑造主体的主观能动性。

约瑟夫·奈指出软实力主要来自三种资源：“文化（在能对他国产生吸引力的地方起作用）、政治价值观（当它在海内外都能真正实践这些价值时）以及外交政策（当政策被视为具有合法性及道德威信时）。”⑥而良好的国家形象是提高软实力的重要来源与途径，国家形象的塑造应当是在政府、企业和民众共同合力作用下完成的。李希光认为“当代中国的软实力源自其政治理念、政治制度、国内政策和对外政策”。政府的政治理念、政策出台都影响着对外话语权和对外吸引力，领导人的国际活动也会引起关

① 程曼丽．大众传播与国家形象塑造．国际新闻界，2007（3）：5.

② 金正昆，徐庆超．国家形象的塑造：中国外交新课题．中国人民大学学报，2010（2）：2.

③ 杨伟芬主编，渗透与互动——广播电视与国际关系．北京：北京广播学院出版社，2000. 25.

④ 管文虎．国家形象论．成都：电子科技大学出版社，2000. 23.

⑤ 刘康．如何打造丰富多彩的中国国家形象．新闻大学，2008（3）.

⑥ ［美］约瑟夫·奈．软力量：世界政坛成功之道. 吴晓辉等译．北京：东方出版社，2005. 11.

注，同时政府不光要输出国家理念，也要有效利用国外媒体来进行议程设置；在企业方面应该努力转变世界工厂、生产大国的形象，缔造属于自己的品牌，增值品牌资产，在国际上树立自主创新的形象；在民众方面，涉外交流中更要注重自身的公民素质，尊重当地文化习俗，改变国民素质不高的整体形象。

二、中国形象的国内外实证研究

近些年来，随着经济实力与综合国力的增强，中国更加重视国家形象的海外传播，与此相关的一系列课题研究横空出世，其中不乏以内容分析或问卷调查为研究手段的实证分析。本文主要以这些中国形象的实证研究为借鉴参考。下面将近年来较为典型的实证研究列表进行梳理。

表 1　近年来较为典型的中国形象的实证研究

论文题目	作者	年份	研究内容	研究方法	结论
中国国家形象定位分析	何辉	2006	《纽约时报》、《时代周刊》、《泰晤士报》、《经济学家》等共 8 份媒体 2000 年 12 月 20 日至 2003 年 12 月 20 日三年有关“中国”和“中国人”的新闻报道	内容分析法	1. 中国国家形象构成要素较为复杂，经济要素是其核心；2. 中国的政治形象、军事形象定位应突出“自信”、“透明”；3. 信息爆炸、媒体融合时代的中国国家形象具有很强的动态性特征，定位要处理好国家形象的动态性与稳定性的平衡关系；4. 改变世界主流影视、网络等多种媒体中对中国形象的扭曲或不当定位等

（续上表）

论文题目	作者	年份	研究内容	研究方法	结论
奥运背景下的中国人形象研究	柯惠新、赵静等	2009	中国人总体形象、奥运对中国形象影响、影响中国人形象的主要因素	问卷调查法、访谈法	中国人勤奋、团结、热情，既传统又现代，但很吵；奥运前后中国人形象相对稳定；可能影响中国人形象的因素有接触程度及奥运会的推广
媒介接触下的国家形象构建——基于美国人对华态度的实证调研分析	徐剑、刘康等	2011	假设一：媒介的接触频率会影响美国人对华好感度；假设二：电视媒体的党派属性会影响美国人对华好感度；假设三：媒介的传播形式会影响美国人对华好感度；假设四：人际传播的频率即是否来过中国会影响美国人对华好感度	问卷调查法	电视媒介的接触频率会对美国民众的中国评价和感知产生影响，其他媒介的接触频率则未发现与美国民众的对华态度有显著相关关系；人际传播经历即是否来过中国会对美国民众的中国评价和感知产生影响
美、德、俄、印民众眼中的中国国家形象问卷调查分析	关世杰	2012	从可靠可信、令人愉悦、有领导力、充满活力、颇具魅力、坚定不移、不断发展、有创新力8个维度测量中国形象	问卷调查法	喜欢中国文化受访者的百分比为33.8%；中国整体形象在德国尚可；首选最喜欢中国的399名受访者中，有276人选择了灿烂文化，占喜欢中国者的69.2%

（续上表）

论文题目	作者	年份	研究内容	研究方法	结论
两广地区东南亚留学生眼中的中国国家形象	陈文	2012	对两广地区15所学校的东南亚十国来华留学生进行调查，从政治外交、军事、经济、社会文化四个维度进行测量	问卷调查法、访谈法	东南亚来华留学生对中国国家形象的评分高于印度，但低于美国和日本，也低于东南亚国家；总体上来自中南半岛国家的留学生对中国形象的评分高于来自东南亚海岛国家留学生的评分；硬实力评分相对较高，且来华后高于来华前，而软实力评分较低而且来华后的评分亦低于来华前
中国国家形象调查报告2012	察哈尔学会等	2012	选取美国、英国、澳大利亚、印度、马来西亚和南非6个国家的数千名受众为调查样本，调查对中国、中国人及中国品牌的看法	问卷调查法	70%的海外民众对中国有所了解，电视、互联网和报纸杂志是最主要的媒介；在海外民众眼中，中国是神秘而有魅力的，发展中国家民众更认可中国“和平”“中立”的外交立场；“幸福”“温和”“理性”等是中国国民的主要特征，联想、海尔等中国品牌在海外已经建立起一定知名度

（续上表）

论文题目	作者	年份	研究内容	研究方法	结论
中国文化软实力：在美国的现状与思考	关世杰	2012	本文根据1 175份美国受访者数据，利用SPSS数据分析软件对中国软实力在美现状进行描述性分析	问卷调查法	以李克特5分量表法，政治制度软实力得分2.93（折合百分制58.6分）、对外政策软实力得分3.10（62.0分）、文化软实力得分4.09（81.8分），中国在美国的整体形象好于在德、日、俄、印，其中文化的贡献率最大
中国文化软实力在德国的认知及接受度分析	王异虹、龙新蔚等	2012	根据1 952份德国受访者问卷，分析中国文化在德国的认知和接受现状、中国文化在德国的主要传播渠道、中国媒体在德国的传播影响力和受当地不同民众的信任程度	问卷调查法	中国文化在德国的整体认知和接受情况较为正面，受访者普遍认为中国的文化多元、历史悠久、具有吸引力并且与众不同。但德国受访者对中国文化的兴趣没能在日常生活接触中得到有效的满足。调研结果还显示，德国受访者对中国媒体的信任程度较低，更倾向于通过德国本地媒体接收与中国有关的信息

除中国之外，近年来国外研究机构或大学也致力于调查各个国家尤其是有影响力的大国在其他国家民众中的形象。其中有关中国的调查研究并不罕见。皮尤研究中心、美国马里兰大学的国际政策态度项目组、盖洛普、英国广播电视台和美国新闻网都相继开展过美国人对华态度的调查。

一项由百人会(C -100)发起的调查研究显示：与1994年相比，2004年美国普通公众和意见领袖都普遍认为他们对中美关系更加熟悉了。对中国有好感的公众占比从1994年的46%上升到了2004年的59%。[①]

皮尤研究中心全球民意测验项目于2008年3月至4月在全球24个国家进行，该机构希望从不同文化、经济层次和社会制度的国家关于中国形象的调查中，获得能全面反映这个崛起中大国的客观形象。结果显示，近八成受访者认为其他国家对中国怀有正面的印象，这个比例远高于其他国家民众对中国的看法。[②]

2011年春，美国皮尤研究中心通过对1 001个样本的面访式调查，在回答“你对中国是有好感还是无好感”时，51%的受访者对中国有好感。2012年2月14日美国《华盛顿邮报》报道：美国广播公司和该报2月8日至12日电话采访1 009位成年人的民调结果显示，52%的人说他们不喜欢中国，37%的人喜欢中国。

《中国日报》美国公司于2011年底委托美国民调公司盖洛普进行电话式调查。2011年11月30日至12月18日电话采访2 007名普通民众的结果：在回答“请告诉我你对中国是有好感还是无好感”时，44%的人说他们不喜欢中国，12%的人中庸，42%的人喜欢中国。2011年12月1日至23日电话采访250名舆论领袖的结果：40%的人说他们不喜欢中国，49%的人喜欢中国。[③]

《环球企业家》2013年5月做了一项“外国人眼中的中国公司”的调查。外国人对中国企业的偏见包括：“除了劳动力低廉，中国公司没有其他竞争力”、“中国的产品大多是血汗工厂制造的”、“大多数中国公司有窃取外国公司先进技术的嫌疑”。[④]

① 徐剑，刘康，韩瑞霞，曹永荣．媒介接触下的国家形象构建——基于美国人对华态度的实证调研分析．新闻与传播研究，2011（6）：17～24.

② 翟石磊，李川．皮尤关于中国国家形象调查结果的跨文化解读．宁波广播电视大学学报，2009（4）：102～106.

③ 关世杰．美、德、俄、印民众眼中的中国国家形象问卷调查分析（上）．对外传播，2012（12）：39～41.

④ 陈力丹，潘怡．外国人眼中的中国形象微探：从微观层面切实改善中国形象．人民论坛，2013（18）：24～26.

三、研究方法

（一）抽样方法和样本情况

本研究采用调查问卷法，调查对象为具有英国国籍的常住居民，所得数据利用 SPSS 软件进行定量分析。抽样方法为街头拦访，抽样区域为伦敦市，问卷发放 312 份，有效问卷 301 份。下表为样本构成情况：

表 2　性别构成表

性别	频率	有效百分比（%）
男	167	55.5
女	134	44.5
合计	301	100.0

表 3　年龄构成表

年龄	频率	有效百分比（%）	累积百分比（%）
16～24 岁	98	32.6	32.6
25～34 岁	76	25.2	57.8
35～44 岁	44	14.6	72.4
45～64 岁	60	19.9	92.4
64 岁以上	23	7.6	100.0
合计	301	100.0	

表 4　教育水平构成表

教育水平	频率	有效百分比（%）	累积百分比（%）
无文凭	2	0.7	0.7
小学	2	0.7	1.3
初中	4	1.3	2.7
高中	57	18.9	21.6
高级大专	53	17.6	39.2
学士及以上	183	60.8	100.0
合计	301	100.0	

（二）研究内容

调查内容主要分为“中国形象”和“中国人形象”两个部分，“中国形象”主要采用单选题、多选题及量表对中国的政治发展、经济发展、文化以及整体形象进行调查。“中国人形象”则使用“李克特5分量表”，对中国人的品质、特质以及行为方式进行调查。

四、调查结果

（一）英国民众对中国“威胁”性评价的调查结果

本课题组通过设定中国经济发展是否对世界和平造成威胁和中国人、中国市场的国外开拓是否会引发担忧两方面的问题来了解英国人对中国威胁性的评价。

调查结果显示，超过三成（30.6%）的英国民众认为中国的快速发展对世界和平存在部分威胁，3.3%的人认为有很大威胁，同时，近四成（38.2%）民众认为没有什么威胁，另有20.6%的人表示中立，选择了“不一定”，还有7.3%的人表示不知道。

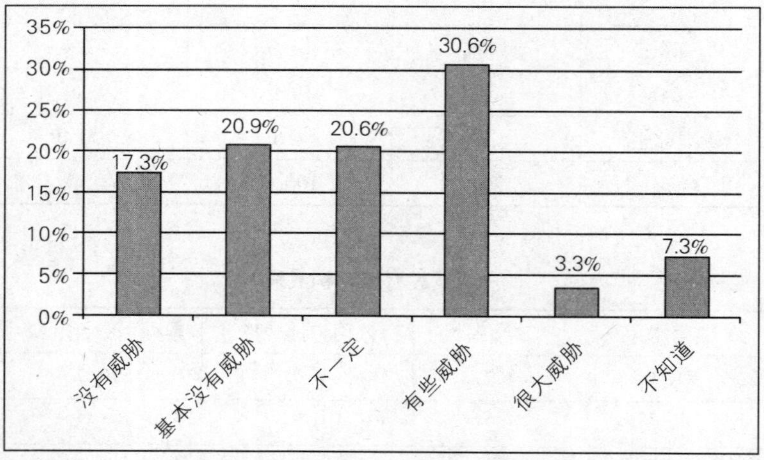

图1　当今中国的快速发展是否对世界和平存在威胁

此外，通过性别与本题的交叉对比发现，女性中选择“有些威胁”、“很大威胁”选项的占29.1%，低于男性的比例37.7%，同时，女性中选择“不一定”的人占24.6%，要高于男性的17.4%，说明男性中有更多人认为中国经济的快速发展会对世界和平造成一定威胁，而女性相对而言更保持一种温和中立的态度。

对不同年龄层次来说，选择“没有威胁”和“基本没有威胁”两个选项的人中，16～24 岁的占 32.7%，25～34 岁的占 32.9%，35～44 岁的占 47.7%，45～64 岁的占 45.0%，64 岁以上的则占 43.5%，由此可见 35 岁以上的成年及老年群体中，有更多的人认为中国发展对世界和平基本没有威胁，比例远高于 16～34 岁的青年群体，其中 35～44 岁的成年群体中认为没有威胁和基本没有威胁的人数比例最高，同时这个群体中选择“有些威胁”、“有很大威胁”的比例也是所有年龄层中最小的，可见 35～44 岁的英国民众对中国的经济发展持比较正面的态度，更多的人倾向于认为这对世界发展的威胁不大。

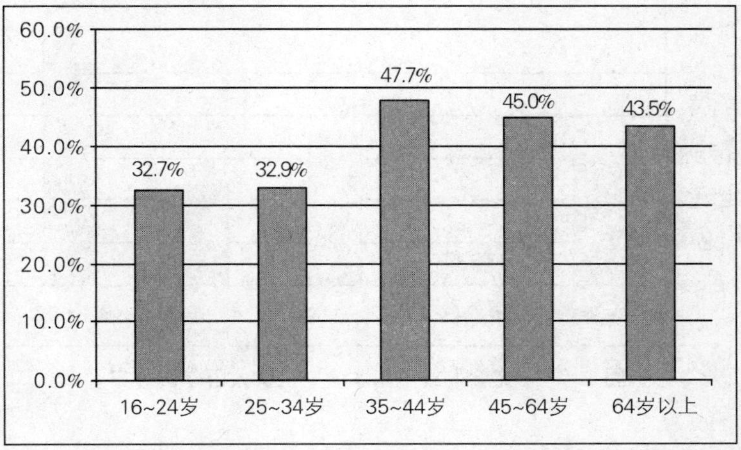

图 2　没有威胁、基本没有威胁选项的年龄分布

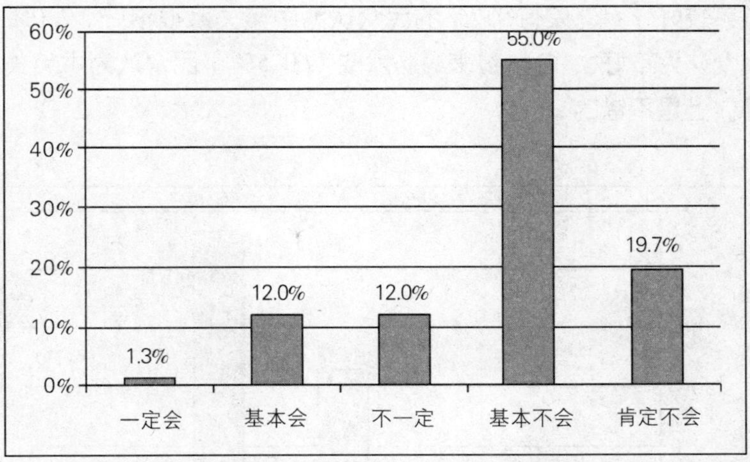

图 3　中国人或者中国企业来本国工作或开拓市场是否会引发担忧

另外，数据显示，一半以上（55.0%）的英国民众对中国人或者中国企业来本国工作或开拓市场基本没有担忧，有 13.3% 的民众则表示有所担心。总体而言，有超过七成（74.7%）的民众认为中国人或中国企业来本国工作、开拓市场并没有什么困扰。

根据年龄交叉分析数据，64 岁以上的英国人（30.4%）更加担心“中国人或中国企业来英国工作或开拓市场”，而 25 ~ 34 岁的人群最不担心这一问题。另外，16 ~ 24 岁、35 ~ 44 岁以及 45 ~ 64 岁的人群对这一问题表示有所担心的比例分别为 15.3%、18.1% 和 11.9%。说明退休后的英国人更加担心中国人或中国企业开拓英国市场，而刚刚进入职场的英国人则一点儿也不担心这个问题。

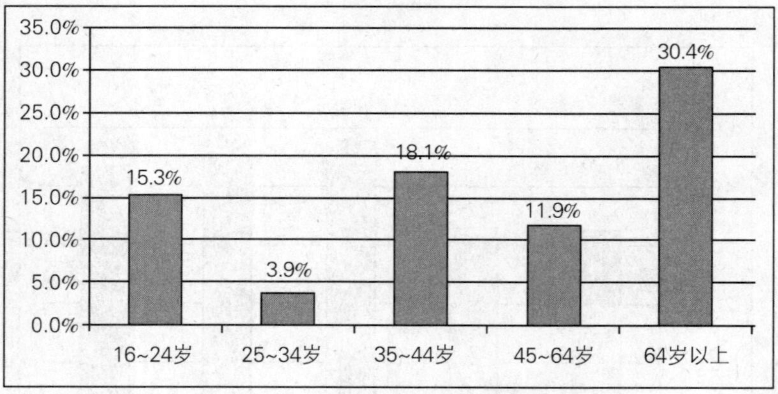

图 4　“一定会”或“基本会”担忧人群年龄分布

（二）英国民众的中英关系评价结果

调查显示，近六成（56.8%）的英国民众认为中国与英国的关系较好，另外只有 0.7% 的民众认为中英关系很不好，7.0% 的民众认为不好。总体看来，逾六成（60.5%）民众认为中英关系整体上是不错的。

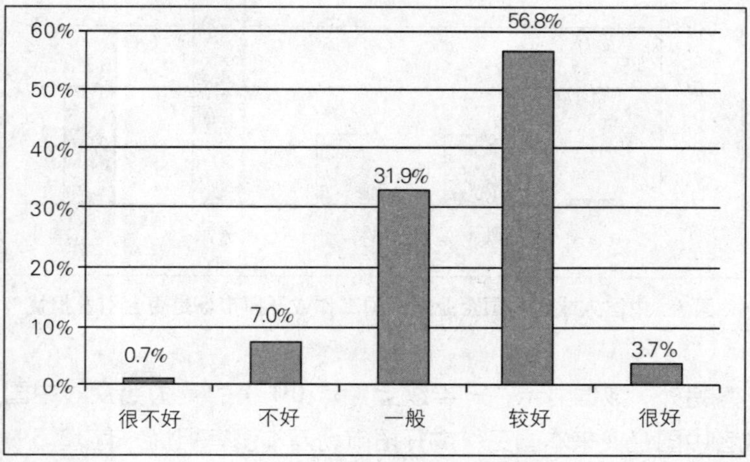

图 5　中英关系评价统计

通过中英关系与性别的交叉数据发现，更多的男性倾向于中英关系良好，男性中选择“较好”和“很好”的比例之和为63.5%，而女性相对应的数据为56.7%。女性选择“一般”的比例更大（35.8%），高于男性选择比例（28.7%）。

另外，根据年龄段交叉数据，可以发现更加明显的差异，64岁以上的英国人中，选择“较好”和“很好”的比例为78.3%，而在16~24岁的人群中，这一比例仅为51.1%。另外三个年龄段选择水平较为相似，25~34岁比例为64.4%，35~44岁比例为63.6%，45~64岁比例为61.7%。这说明年龄大的群体对中英关系更加乐观，而24岁以下的英国年轻人则对中英关系持相对保守的态度。

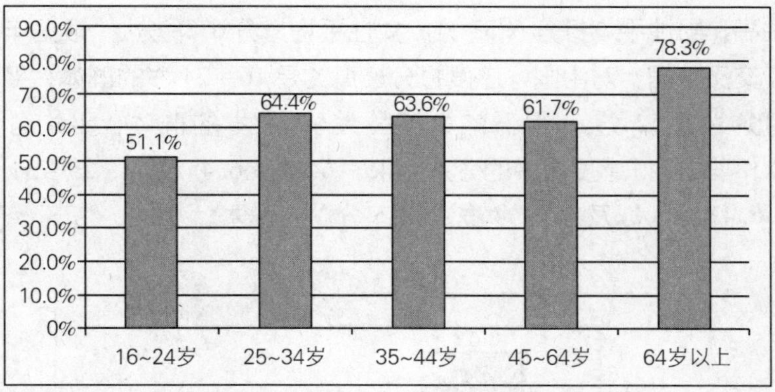

图6　认为中英关系良好的年龄分布

（三）英国民众对中国好感度评价结果

对一国的好感程度与该国国家形象具有内在的一致性。对于国家形象好感度的调查，以往的研究大多采用直接询问“您是否对XX国有好感”或者根据好感度对若干国家进行排序。本课题组更进一步，要求被访者根据对中国的整体印象，采用打分的方式反映对中国的好感程度。

根据SPSS分析的数据，中国好感度平均得分为6.46。偏度系数为-0.416，呈负偏态，说明更多人选择的分数偏向于5.5分以上。峰度系数为0.733，属于低阔峰分布，也即选择5分到8分的人数较为平均。从图中数据来看，仅有8.6%（不足十分之一）的人打分在4分及以下。而相反，有50%的人打分偏高（7分或7分以上）。选择分数靠中间的占41.3%（5分的占比为17.1%，6分24.2%）。这说明英国人对中国整体好感程度较高，而中国整体形象较好。

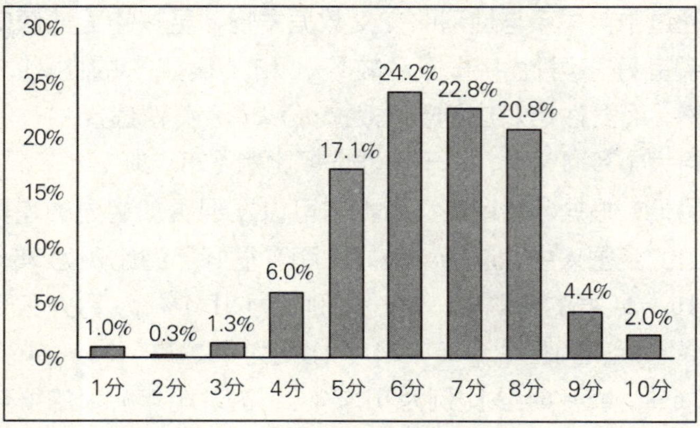

图 7　对中国的整体好感度评价

根据性别交叉数据分析，男性对中国整体好感度的打分较女性高，男性平均打分 6. 53 分，女性平均打分 6. 38 分。 根据年龄段交叉数据，对中国好感度打分最高的是 16 ~24 岁的群体，平均打分为 6. 52 分。 最低的为年龄大于 64 岁的群体，平均分为 6. 18 分。 好感度居中的分别为 45 ~64 岁（6. 45 分）、25 ~34 岁（6. 47 分）以及 35 ~44 岁（6. 45 分）的群体。

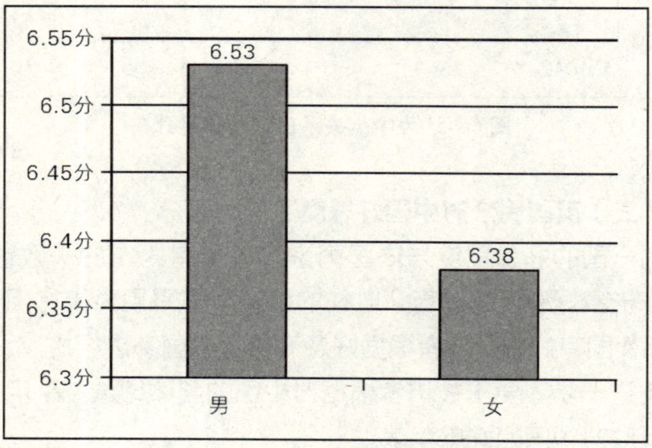

图 8　性别与中国好感度评价

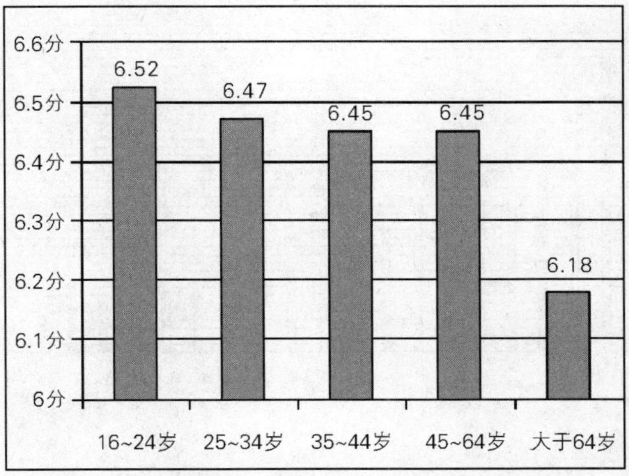

图 9　年龄与中国好感度评价

（四）英国民众感兴趣的中国文化形式

与经济发展的脚步相比，中国文化的对外传播无论从速度还是效果上都相对落后。有许多研究认为中国文化在国外仅仅意味着“龙”、“功夫”、“中餐”以及“孔子”等，其传统文化内涵并未为外国人所熟知，更遑论接受。而近现代文化，尤其是音乐、影视、艺术等文化更找不到市场。基于前人研究，课题组调查了英国民众所感兴趣的中国文化形式。

数据显示，英国人最感兴趣的前四项为“中餐（74.2%）”、“中国名胜古迹（56.2%）”、“中国历史（43.1%）”以及“中国工艺品（40.8%）”。30%以上英国人感兴趣的文化形式还有“中国哲学（37.1%）”、“中医（34.8%）”、“中国传统节日（34.4%）”、“中国绘画（30.8%）”。而多年来一直被提及、被外国人熟知的“中国功夫”亦有约四分之一（25.1%）的英国人感兴趣。排名最靠后的几种形式分别是“中国电影电视剧（12.7%）”、“中国电影明星（11.4%）”、“中国体育明星（9.4%）”、“中国舞蹈（8.7%）”、“中国民俗（8.7%）”。由此可以看出，中国的电影电视艺术还未能更多地吸引英国人，而北京奥运会之后，中国虽已成为体育大国、强国，但中国的体育明星似乎并不为英国人所熟知。

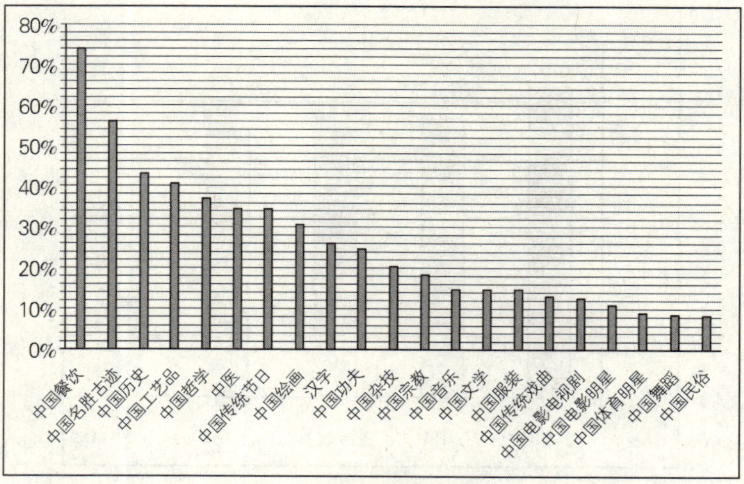

图 10　英国人感兴趣的中国文化形式

根据性别交叉数据，在感兴趣的中国文化形式上，男女表现出较大的差异。例如男性有较大比例的人喜欢“中国功夫（28.9%）”、“中国电影电视剧（16.3%）”和“中国体育明星（15.1%）”，喜欢这三项的女性比例仅分别为 20.1%、8.2% 和 2.2%。女性更感兴趣的文化形式有“中国工艺品（48.5%）”、“中医（44%）”、“中国传统节日（43.3%）”、“汉字（32.8%）”，在这几项中男性选择的比例仅分别为 34.9%、27.7%、27.7% 和 21.1%。在“中国餐饮”、“中国哲学”、“中国名胜古迹”等选项上，男女差异极小。

（五）英国民众对中国国家形象的认知与评价

在对中国致力于塑造的国家形象的认知上，近四成（35.7%）的英国民众认为中国希望塑造成为全球性大国，逾三成（30.7%）的民众则认为中国力图成为亚洲主导性大国，近三成（26.3%）民众认为中国以后要走的也是中规中矩的发展中国家之路，另外，有 7.3% 的民众选择了其他，给出了不同的答案。大多数人认为中国希望成为世界强国和超级大国，有的侧重于科学技术，如“具有超前意识和高新技术，即将成为超级大国”；有的侧重于制造业，如“制造业强国”；有的则侧重于文化方面，如“一个有浓厚文化底蕴的成功的国家”；有的英国民众对中国期望塑造的形象持积极温和的态度，如“技术先进，但仍然友好”、“温和的经济强国”；同时也有少数受访者对中国国家形象持消极偏激的态度，如“对抄袭和违反专利权法感到不安”等。不过从某种方面也反映了中国确实存在问题，某些方面的境况给英国民众留下了不良印象或者造成误区、形成隔膜。

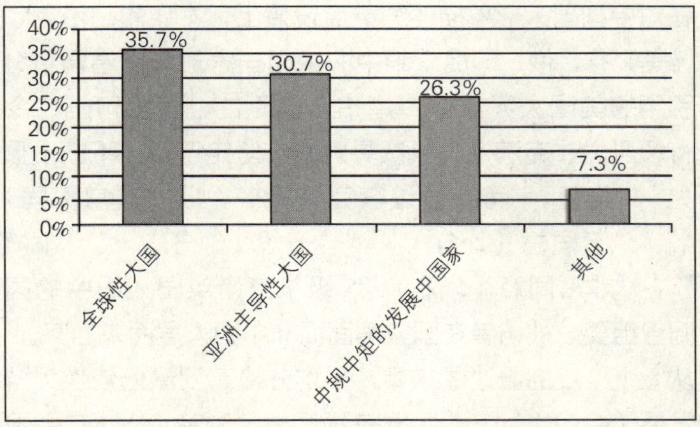

图 11　中国所致力塑造的国家形象

表 5　"其他"选项具体内容

Technologically advanced but still friendly	技术先进，但仍然友好
Leading developing country rather than dominate	重要的而不是主导性的发达国家
Manufacturing + business powerhouse	制造业强国
Benign economic powerhouse	温和的经济强国
The developing world power	发展中的世界强国
Communist	共产党
Forward thinking, high-tech soon-to-be superpower	具有超前意识和高新技术，即将成为超级大国
America	美国
I am upset by copying and breaking patent law	对抄袭和违反专利权法感到不安
The unit of all the three	三者都是
A successful country with strong culture	一个有浓厚文化底蕴的成功的国家
Return to historical image as world leader	回到作为世界领袖的历史上的形象
Third world leader	第三世界的领袖
Former communist regime	前共产主义政权
Crude	粗鲁的
Both 1 and 2	全球性大国和亚洲主导性大国
Not sure	不确定

（六）中国国家形象调查结果

在对中国国家形象描述的维度设置上，本课题组沿用了关世杰在《美、德、俄、印民众眼中的中国国家形象问卷调查分析》中所引用的美国人乔舒亚·库珀·雷默的“可靠可信、令人愉悦、有领导力、充满活力、颇具魅力、坚定不移、不断发展、有创新力”[①]维度。问卷通过李克特量表，以“非常不同意（1分）”、“不同意（2分）”、“一般（3分）”、“同意（4分）”、“非常同意（5分）”5级来度量英国人眼中的国家形象，调查组要求被访者在国家层面而非中国人层面来回答。

从8个维度的雷达图来看，平均分最高到最低依次为“中国不断发展（4.29）”、“中国有领导力（3.74）”、“中国有创新力（3.68）”、“中国充满活力（3.65）”、“中国令人愉悦（3.46）”、“中国坚定不移（3.42）”、“中国可靠可信（3.31）”、“中国颇具魅力（3.03）”。可以清晰得出，英国人较为认可的中国国家层面形象为“不断发展”和“有领导力”，认可度最低是“颇具魅力”。

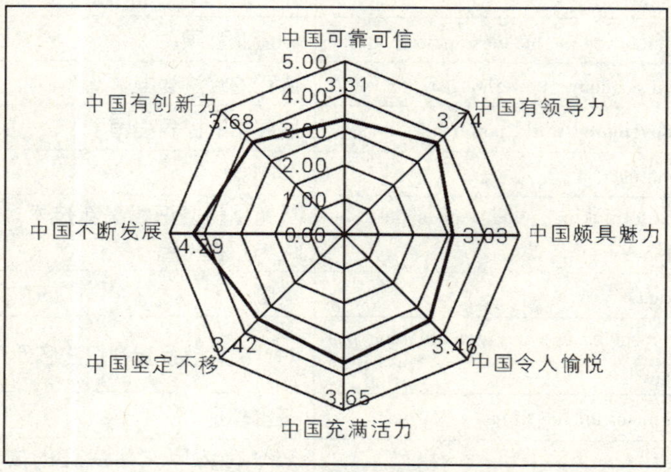

图12 中国国家形象维度雷达图

由于5项表述都是正面，因此相加总分能够反映被调查者对中国国家形象的整体观感，总分越高，国家形象越正面。量表总分的频数分布如下图所示，总分主要分布在“一般”（3×8＝24）右侧，即群体态度倾向积极。群体量表总分均值为28.48分

① 关世杰．美、德、俄、印民众眼中的中国国家形象问卷调查分析（上）．对外传播，2012（12）：39.

（最高分为 40 分），标准差为 4. 118。

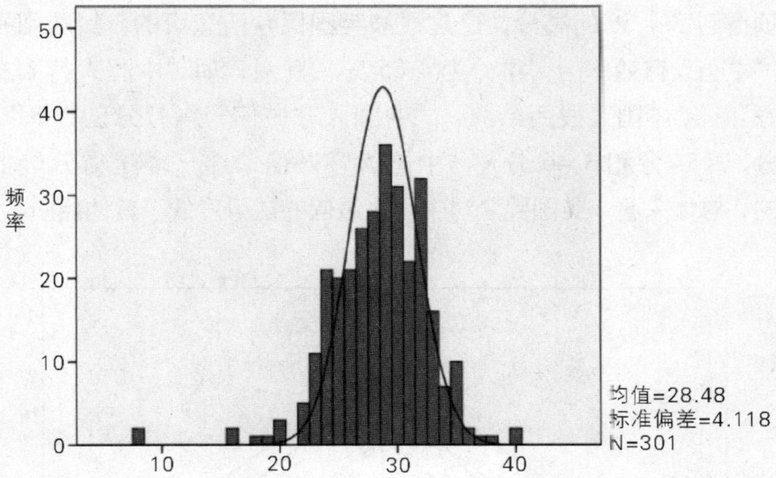

图 13　国家形象量表总分分布

（七）中国人形象调查结果

本次调查在中国人形象方面设置了 7 个选项描述，其中前 5 项是基于中国人优良传统表现的正面描述，后两项是对中国人现状的中性描述，故另作统计，都以 5 分制的“李克特量表”来选择，分为“非常不同意”、“不同意”、“说不准”、“同意”、“非常同意”。在对正面描述的统计中，量表总分的频数分布如图所示，从图中可以看出，量表总分主要分布在“说不准”（3×5＝15）的右侧，即群体态度倾向于积极，群体量表总分均值为 19. 52，标准差为 2. 88。所以，英国民众对中国人工作努力、有效率、友好、诚信、团结的整体态度趋于正面。

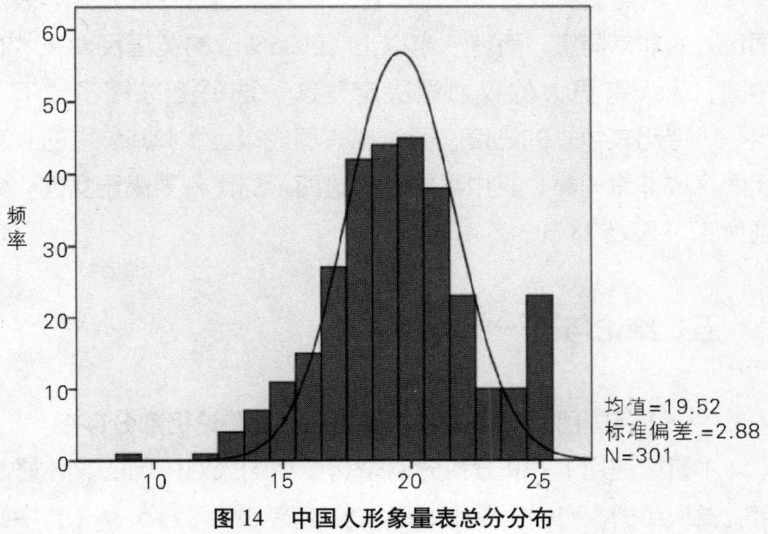

图 14　中国人形象量表总分分布

通过对中国人形象量表每个选项的平均值统计，得出下图所示的雷达图，可以看出，“中国人工作起来特别能吃苦”这一选项得到了4.56的高分，这是最被英国民众所认可的；其次则是“中国人有效率”，得分为4.25分，其余3项“中国人待人友好”、“中国人很团结”、“中国人守诚信”得分分别为3.75分、3.53分和3.46分，“中国人守诚信”这一项是得分最低的，总体来看，英国民众对中国人诚信的认可度低于其他品质。

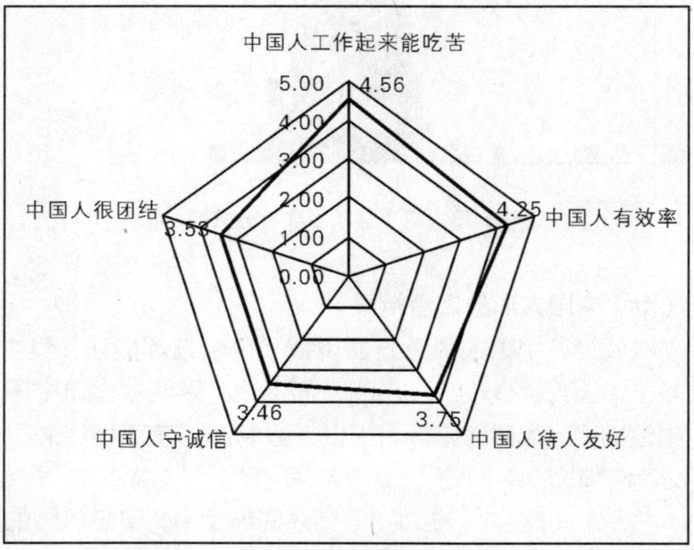

图15　中国人形象调查数据雷达图

该“中国年轻人很喜欢西方生活方式”，“在中国，男人有更大的权力做决定”，对此的调查统计显示，有七成以上（72%）的英国民众对“中国年轻人很喜欢西方生活方式”表示同意或者非常同意，而有一半以上（50.5%）的英国民众在“在中国，男人有更大的权力做决定”这一选项上选择了“不一定”，持比较中立的态度，同时也有四成以上（42.5%）的人表示同意或非常同意，其中男性选择这两项的比例要高于女性，分别为45.8%及38.3%。

五、结论与下一步研究建议

（一）英国民众对中国好感度较高，威胁论仍部分存在

本研究使用1~10分打分制来调查英国人对中国的整体好感度，发现英国人对中国整体好感程度较高（平均分6.46），中国

整体形象较好，受访者中男性对中国整体好感度较女性更高。

针对所谓“中国崛起对世界和平是否有威胁”这一命题，调查组发现，近四成英国民众认为中国的快速发展对世界和平并没有什么威胁，但仍有超过三成的民众认为存在部分威胁。从性别层面来看，男性中有较大比例认为中国快速发展会对世界和平造成一定威胁，而女性总体而言保持一种温和中立的态度。从年龄段层面来看，年纪在35岁以上的英国民众对中国的快速发展持更为正面的态度，而16~34岁的英国人中则有较大比例认为中国崛起对世界和平有一定威胁。

奥运之后，中国形象已经大不同往日，在BBC以及皮尤研究中心近年来的世界各国形象调查当中，中国形象大幅上升。在刚刚过去的“十一”黄金周，新闻报道中国游客在英平均消费8 000磅，《每日邮报》称中国人“安静、有礼貌，在地铁里甚至会给有需要的乘客让座”。中国正在以更为积极的形象参与国际交往。但是，中国的快速发展在很多人看来仍然会带来威胁。尤其是在年轻群体中，“中国威胁”被更多人认可，这一群体代表着英国的未来，所以应当有所重视。由于中国硬实力的迅猛发展和软实力的长期缺位，“威胁论”的存在是正常的警惕心理反应。目前，“文化强国”战略的提出和国家对“文化产业”的重视正是在弥补软实力的欠缺，若能双管齐下，达到硬软实力的平衡发展，国家形象则有望进一步提升。

（二）中英关系“解冻”前夕，逾六成民众认为整体关系良好

英国首相卡梅伦曾因会见达赖喇嘛而引起中英关系紧张，随着近期英国财相和伦敦市长的访华，“冰冻”近一年半的中英关系开始解冻。调查结果显示，逾六成（60.5%）民众认为中英关系整体良好，似乎并没有过多地受到中英关系“冰冻期”的影响，其中，年龄最大的群体对中英关系更加乐观，而24岁以下的英国年轻人则对中英关系持保留评价的态度。英国副首相尼克·克莱格之前曾表示，英国政府不会因为中国不断增强的经济力量就无视中国的人权问题，在调查中这一问题也得到了些许印证，多次有受访者称希望调查多关注中国的人权问题。

近期中国地产业纷纷进驻英国市场也更加紧密了中英经济的往来，中融控股集团希望在伦敦的水晶宫公园建设水晶宫的复制品，万达集团也将在英国进行两项投资，投入3.2亿英镑并购英国圣汐游艇公司、投入近7亿英镑在伦敦核心区建设五星级万达酒店。这些都是国内房地产龙头企业为国际化所进行的重要布

局，国内房地产企业在英国的入驻，一方面是国内企业在国际市场的开拓，与国外有着更密切的经济往来，一方面企业也携带着自身的企业文化同时兼顾着整个国家的形象进行国际化传播。这也可能让国外民众对中国的看法产生影响，但巨额的投资是否会改观英国民众对中国的看法和提高他们对中英关系的评价，依旧有待检验。中国企业的国际化之路是提高国家影响力的一条重要途径，但企业在国际舞台上的一言一行也都代表着国家整体的形象，在提高经济影响力的同时也要注重对企业自身形象和国家整体形象的维护。

对于中国人和中国企业来英国开拓市场，超过七成的英国民众表示并不会带来什么困扰。在不同年龄层中，年纪较大、不在职场的英国人较为担心中国人或中国企业开拓英国市场，而还在修读、学习或者刚刚进入职场的英国人群体则较不担心这个问题。

（三）中国传统文化更受欢迎，现代文化尴尬

在本调查组列出的 21 项文化形式中，位居前列的有“中餐”、“中国名胜古迹”、“中国历史”、“中国工艺品”、“中国哲学”、“中医”、“中国传统节日”等，全部为中国传统文化。而代表现代文化的诸如“中国电影电视剧”、“中国电影明星”、“中国音乐”、“中国体育明星”等并不能引起英国人尤其是英国女性的兴趣。

从调查中可以看到，相比过去中国文化仅仅意味着“龙”、“中餐”、“李小龙”、“孔子”等，现在越来越多的英国人试图了解更多中国文化，从“历史”、“哲学”上可略见一斑。从符号印象到探究中国历史文化内涵，这是一个进步。作为四大文明古国之一，相较古希腊文化和古埃及文化，中国文化的世界认知度和认可度较低。这与近现代以来，中国人自身的文化取舍以及文化破坏不无关系。目前保护传统文化已经得到国家重视，唯有自身具有文化自信心，才有可能将之传播出去并得到别人的认可。另外，在采访中有英国人认为“孔子学院”目的性太过强，反而容易引起反感。在这方面，中国可参考英国文化协会（British Council）的做法，将文化传播仅仅放在文化层面的交流，以更为隐性的方式增强软实力。

另外，现代文化目前处境较为尴尬，即便英国人较为熟知的电影或者文学也大都取材近代较为落后的中国形象，也就是说带有后殖民主义心态的现代艺术作品更能引起西方观众的兴趣，或

者说猎奇心理，例如张艺谋拍摄的《大红灯笼高高挂》、《活着》。而反应现代中国的电影、电视剧、文学作品则万马齐喑，难以走出国门，这一点与印度“宝莱坞”的成功形成强烈反差。体育方面，虽然中国在奥运会上的表现似乎昭示着“体育强国”的崛起，然而在我们的调查和采访中，中国的体育明星并不为英国民众所熟知。因而，我国应构建更为宽松、自由的文化创作环境和文化市场环境，尊重知识产权，同时用更多资金和更健全的制度支持全民体育。软实力的提高本来就需要很长的时间周期，中国的文化传播应该“慢”下来，而非急功近利。

（四）中国诚信可靠形象不佳，有待提高

调查中发现，无论是对国家形象的描述还是对国人形象的描述，认可度最低的为诚信这一项，可见中国在诚信可靠的表现上有待提高，同时，根据关世杰所做的美、德、俄、印民众眼中的中国国家形象课题研究结果显示，“中国可信可靠”一项在俄、印、德国家中的得分都是最后一名，所以中国的诚信可靠形象在很多国家都不被认可，不单单在英国。

中国的诚信问题由来已久，受到古往今来大一统社会“强政府、弱社会”以及儒家文化消极层面等众多复杂因素的影响，中国人对现实功利的思忖与追求、普遍存在的提防心态以及独立思考能力的缺乏，都导致对诚实素质的漠视与冷淡。随着中国的快速发展和在世界舞台上拥有越来越多、越来越重要的展示机会，国民诚实可靠素质的提高成为亟待解决的一大问题，而国民素质直接影响国家形象。

（五）国家形象塑造愿景，民众视野想象中的大国形象深入人心

调查中有关中国想要塑造的国家形象问题设置上，35.7%的英国民众选择的是全球性大国，30.7%选择的是亚洲主导性大国，26.3%选择的是中规中矩的发展中国家，可见近七成的民众认为中国想要塑造世界舞台上的大国形象，同时在选择其他选项的7.3%的民众中，大多数也认为中国希望塑造某种领导性大国，如在文化方面、经济方面或者技术方面。总而言之，中国的影响举足轻重，在民众视野和想象中所要塑造的大国形象已经深入人心。

在这样一个瞬息万变的国际环境里，国家形象并不是一成不变的，但一些业已形成的刻板印象需随着时间的推移，在潜移默化中中国人共同努力下改变。那么中国到底希望传播给世界怎样的国家形象，而现在的一系列行动又给世界已然造成怎样的影响，中国需要改变什么，又需要保持什么，这一系列问题是国家现正面对也需高度重视的。党的十七届六中全会提出将提升国家形象作为文化强国的一个重要环节，指出要向世界展示一个文明、民主、开放、进步的中国。国家新闻办公室在启动中国形象宣传片拍摄时，对于中国应该塑造怎样的国家形象上提出了八点方针：繁荣发展进步、改革创新进取、民主法治公正、文明开放现代、和平和谐稳定、谦虚包容自信、团结友爱自强、合作共赢负责。这在不同层面上为中国努力的方向提出了期许，中国形象宣传片的拍摄也在贯彻这些方面的要求，但通过不同名人释放出的信息还需以国外民众熟悉的途径，结合海外受众的需要、不同地域的文化背景以及适当的方式进行传播。

全国政协委员白岩松说起中国国家形象时，认为虽然我们已经意识到要打造国家形象，但缺乏沉淀和思考，打造出的国家形象是片面的、模糊的。他举了日本的例子，“日本外务省曾经让我看过他们国家形象的推广计划，叫‘打造可爱的科技国家’”。所以，我们意欲打造的国家形象也应该有清晰明确的主体定位，似乎在每个方面都想有所建树，但又模糊不清的目标只会适得其反。

由于人力、水平和精力的限制，此次调查研究还存在一些不足，主要表现在：

（1）关于样本量和样本分布。由于人力和时间限制，本次调查的样本仅301个，相较于其他学者在课题中所进行的千万级别的样本量来说偏少，代表性上可能有所欠缺。同时，虽然本次调查由访问员在伦敦市各地进行街头随机访问，但被访者在教育水平分布上以学士及以上学位居多，占据了半数以上，教育水平整体偏高，可能对调查结果也有所影响。

（2）关于国家形象和中国人形象的描述。对国家形象和国人形象的研究至今仍没有非常完善成熟的量表，本次调查借鉴了关世杰在《美、德、俄、印民众眼中的中国国家形象问卷调查分析》中所引用的美国人乔舒亚·库珀·雷默的“可靠可信、令人愉悦、有领导力、充满活力、颇具魅力、坚定不移、不断发展、有创新力”维度，以及中国传媒大学教授柯惠新在奥运背景下的中国人形象研究中的量表描述。调查过程中量表也存在某些细节问题，如国家形象量表是美国人所创建，而在英国人语系下对于某些词语的理解不是很准确，同时英国民众对于国家整体形象宽泛的描述表示比较难以联想和做出评价，有些人还提出可以针对具体的某个方面来进行问题的设置，这为我们的研究也提供了有益的参考。

（3）关于深度了解方面。被调查者做完问卷时，我们没有太多时间与每个人深度交流，所以对于某些问题的回答我们不能完全了解他们做出选择的原因和真实的想法，而且由于文化背景的差异，我们对于国家形象的理解和对相关问题的设置与他们的文化体系也并不是完全对等的，所以在调查中我们需要更多地站在对方的思考角度来进行提问。

通过对之前学者中国形象研究的梳理，我们大致总结出两个主要角度，分别为历史角度和文化角度。

（1）历史角度视阈下的中国形象研究。

柯惠新、赵静等人在《奥运背景下的中国人研究》中将中国形象及中国人形象研究分为三个角度。

历史的角度以质化研究为主，如俞祖华将中国人形象的变化划分为几个阶段：①传奇时期（公元7～13世纪）；②传教时期（公元16～18世纪）；③轻视时期（19世纪）；④困惑时期（20世纪至今）。这四个时期，中国人在西方人眼中经历了从被崇敬的"大国子民"到充满轻蔑的"支那人"直至现在西方对中国人的重新打量。[①] 相似的研究有周谷平的《晚清外国人眼中的中国教育》，他援引了美国人何天爵的《真正的中国佬》、明恩溥的《中国人的特性》，日本学者内藤湖南及青木正儿的《两个日本汉学家的中国纪行》等著作分析外国人对中国晚清教育弊端的揭露。2008年，买玉华在他的《外国人眼中金树仁统治时期的新疆》一文中对金树仁时期到新疆探险、旅游、传教、工作的外国人游记以及有关新疆的外国人论述进行系统梳理，概括了这一时期外国人研究新疆的主要特点。

（2）从文化角度看中国形象变迁。

在文化的角度主要是分析文学作品中的中国及中国人形象。早期的《马可·波罗游记》到基歇尔神甫的《中国图志》将中国描绘成"天堂"一般，实质为寄托西方人对于最终归宿的美好理想。正如赛义德《东方学》中所指出的"东方形象左右漂移的另一边"，即"作为西方人归宿的旧世界——伊甸园和天堂，在那

① 柯惠新，赵静，邹玲，陈锐．奥运背景下的中国人形象研究．对外传播，2009（4）：34～36.

儿，人们可能依照旧世界的模样建立起一个新世界”①。类似塑造积极的中国形象的作品还有英国作家迪金森的《约翰中国佬的来信》（1901）以及英国小说家詹姆斯·希尔顿的小说《失去的地平线》（1933）。

但在20世纪的文学作品中，关于中国形象的描摹大多是否定、消极的。如1906年英国人普南·威尔在其作品《北京随笔》中就片面极端地夸大了义和团的野蛮与血腥，而美国作家杰克·伦敦则在其科幻小说《前所未有的入侵》（1910）中更把中国妖魔化了。② 直至20世纪90年代的《中国觉醒了》，其中充斥着“黄祸”、“红祸”等中国“威胁”论调。

从以往的调查来看，单一针对英国民众的调查还没有先例，《中国国家形象调查报告2012》虽有涉及英国民众调查，但大部分结果是与其他几个国家合并的数据。根据这份报告，英国民众在英国、美国、印度、澳大利亚、马来西亚、南非这6个国家民众中对中国的了解程度是最低的。本次调查单独针对英国民众进行，但在问卷设计上较多继承借鉴了学者、媒体或者机构先前的调查，其实针对不同地域、不同文化的海外受众仍应结合具体情况来进行问卷设计，得出的结果才能更加真实地反映民众的心理状态，所以结合之前有关国家形象的调查，普遍存在的问题还是问题设置的宽泛性，也许这是我们在今后的调查研究中所要注意的事项。

作者单位：暨南大学新闻与传播学院

① [美]爱德华·赛义德．想象的地理及其表述形式：东方化东方．张京媛．后殖民理论与文化批评．北京：北京大学出版社，1999. 31.

② 方爱武，吴秀明．文化转型与百年文学“中国形象”塑造．杭州：浙江工商大学出版社，2011. 3～23.

从英国人对中国国家形象认知的历史变迁看当代中国提升国家形象的路径

何康杰（He Kangjie）　王　滋（Wang Zi）
胡方煦（Hu Fangxu）

国家形象，即社会公众对于一个国家的整体认识和综合评价，它是一个国家综合国力在社会公众心目中的投影。它主要由以经济、军事为主的硬实力和以文化、价值取向等为主的软实力组成。一个良好的国家形象不仅可以提高国家的社会地位，增进与其他国家的交流，还可以提升民族自豪感和国家认同感。本文拟从英国人对中国国家形象认知的历史变迁看当代中国如何提升本国国家形象。

在不同的历史时期，由于受到不同因素的影响，英国人对中国的国家形象自然也呈现出不同的形象认知。总体上看，英国对近现代中国国家形象的认知，主要是从历史和文化的维度出发，而对当代中国国家形象的认知，则主要受到国家实力以及意识形态的影响。

一、历史与文化认知中的近现代中国国家形象

英国人早期对中国国家形象的认知主要来自他们的先辈对16世纪到18世纪中期的中国的记述，诸如《马可·波罗游记》对中国广博与富饶的描述，西方传教士门多萨和利玛窦对“大中华帝国”形象的塑造。这是中国国家形象被美化的时期，中国在英国人眼中是一个繁荣、富饶、强大的东方帝国，中国的四大发明让英国人赞叹不已。然而，从18世纪后期到19世纪初，资本主义民主以及工业革命在欧洲蓬勃兴起，与此同时，古老的中国却闭关锁国，高傲地将来自西方的商人以及外交官一次又一次拒之门

外，使得中国国家形象逐渐呈现出下滑的趋势。举几个明显的例子，1793年、1816年，英国先后派遣使者马噶尔尼和阿美士德来华商量开放通商口岸事宜，却被当成前来纳贡的使者，结果不欢而散。[①] 1834年，英国取消东印度公司对华的贸易垄断权，派律劳卑为驻华商务第一监督，只因在递交文件时没有显示附属国对天朝的尊敬，中国便单方面中断中英贸易，直到律劳卑病逝之后才恢复两国之间的贸易。[②] 1838年，英国驻华商务总监督义律投递文书，只因文书封面没有“秉”字，当时的两广总督便“原封掷还”。[③] 受到这些事件的影响，中国已然成为西方人眼中野蛮、愚昧、专制的国家。

这个时期，英国的思想家认为包括中国在内的东方国家是停滞不前、落后愚昧的。两次鸦片战争和一系列不平等条约的签订，彻底改变了西方世界与中国相互关系的整个基础。一个被打败的民族不会受人尊重。所以，19世纪的中国人被视为劣等民族，是一个可以获得利益的源泉，是被蔑视和可怜的对象。这些带有负面性的主导观念不自觉地融进了英国人对中国的形象认知和形象塑造之中，导致中国在英国的整体形象一落千丈。这在英国的文学家中体现得很明显。英国散文家德·昆西曾说过，在他眼里，中国人非常低能，甚至就是原始的野蛮人。所以他不仅支持向中国贩运鸦片，而且主张靠军事力量去教训那些未开化的中国人。在英国浪漫主义诗人拜伦眼中，中国人是受到蔑视和嘲笑的。英国作家狄更斯也曾通过他笔下人物的口说过：“中国怎么可能有哲学呢？”

进入20世纪后，甲午战争的失败使得中国人真正意识到单纯学习西方武器制造的方法是无法走向强大的，真正要学习的是西方的制度和思想。于是越来越多的中国人到西方留学，学习西方的科学技术以及资本主义制度的精髓。在不断的碰撞和交流中，英国人对中国的认识也开始多元化、多层次化，从使节到记者，到商人，到军人，甚至到普通的老百姓（“一战”中中国输出了大约20万华工到欧洲，其中不少人在战后并没有归国）。英国人对中国的认知不是仅停留在感性和好奇的层面，而是试图

---

① 中国第一历史档案馆. 鸦片战争档案史料（第一册），天津：天津古籍出版社，1992. 146～168.

② 中国第一历史档案馆. 鸦片战争档案史料（第一册），天津：天津古籍出版社，1992. 329～331.

③ 中国第一历史档案馆. 鸦片战争档案史料（第一册），天津：天津古籍出版社，1992. 223.

深入理性层面，不少英国的文学家开始通过他们的作品为古老的中国正名。比如说，英国贵族迪金森有两个文化理想，一个是希腊，另一个是中国，在英国，他便写出了《约翰中国佬的来信》，文中以中国思想的智慧，针砭西方的野蛮，体现了现代文化的精神。他来到中国后，更深感中国之可爱，觉得中国是人类理想的定居之所。英国著名诗人奥顿和有着“20 世纪最伟大作家”之称的依修伍德结伴东来，亲赴中国抗日战场，写下了流芳百世的《战地纪行》。著名小说家詹姆斯·希尔顿在小说《失去的地平线》中描绘了东方群山之中一个和平、安宁之地——香格里拉，为西方世界在中国找到了人间乐土。

二、意识形态、国家实力交织下的当代中国国家形象

（一）新中国成立到 2008 年北京奥运会

在 1949 年以后，社会主义新中国成立了。与此同时，我们也割断了与西方世界包括英国的联系。英国人对中国的认知只能来自新闻报道或者书籍，中国从“香格里拉”变成了“人间地狱”，被视为恐怖的红色恶魔。比如说 1955 年言兰的畅销书《共产党统治下的中国》，虽然承认现在中国人已经不挨饿了，中国已经开始了真正的工业化，但是以牺牲人性为代价的。“人们不管走到哪里，都穿着蓝布衣服……6 亿中国人都穿着同样的制服。”“今天的中国人越来越顺从，最后变成一群绵羊，或者说，一座蚂蚁山。”在西方尤其是英国的舆论报道中，常见这样的描写：中国是一个十分落后的地方，中国人不仅没有自己的独立意识，在物质上也极度匮乏。

这种情况一直持续到 20 世纪 80 年代后才有了根本性的改变。在中国改革开放以后，英国民众发现其实中国人并不像奥威尔在《1984》中描写的那样：每个人都像一个机器人，监视无处不在。中国人也有丰富的感情，中国也是一个热爱世界和平的国家。在 1997 年至 1999 年的亚洲金融危机中，中国履行人民币不贬值的承诺，并向一些周边国家提供金融援助和贷款，塑造了一个负责任的大国形象，这进一步使得中国形象在西方得到了改善，特别是吸引了不少英国年轻人的注意，这从 21 世纪初在英国掀起的“中国热”便可见一斑。

（二）2008 年北京奥运会之后

如果说中国 80 年代开始的改革开放是新中国国家形象改变

的开始，那么2008 年的北京奥运会则是中国国家形象进一步提升的一个里程碑。奥运会是全球的体育盛事，世界各大媒体蜂拥而至，各类宣传不断，中国站在世界媒体的聚光灯下成为世界的焦点，因此这是中国塑造国家形象的最好时机。此次暨南大学新闻与传播学院赴英国的调研则是希望可以获知北京奥运会后英国人对中国形象的整体认知。在这次调研中，采访了不少英国人。从他们口中了解到不少英国人对中国国家形象的看法。在采访中，不少英国人表示他们主要是通过网络和电视来了解中国，而且他们也认为西方媒体的某些报道存在偏见。其中，伦敦明爱学院的研究员 Ben Fielden在接受采访时表示："我认为某些报道确实存在偏见，而且这些报道呈现出来的东西都是非常消极的，让人感到不愉快。比如说在全球气候变暖这个问题上，西方媒体把这个都怪罪到中国的头上，这是不公平的，我们也负有一部分的责任。"在他看来，如果要解决偏见性报道带来负面影响这个问题，中国需要在英国本土发出自己的声音，而不是只让英国的媒体唱独角戏。目前，他认为英国人无法在当地听到中国的声音，这就是问题的症结所在。在采访的过程中，许多受采访者表示对中国不甚了解，对中国的认识只是停留在表面，但是来自伦敦明爱学院的研究员 Rosa Kurowsud表示："随着经济和科技的发展，无论你是否喜欢中国，是否对中国感兴趣，但你都必须去了解中国，因为它现在是世界上第二大经济体，你不能否认它对英国经济以及现实生活的影响。"当被问及北京奥运会对中国形象的影响时，大部分受访者表示，北京奥运会对中国国家形象的传播有着积极的促进作用，伦敦明爱学院的研究员 Rosa Kurowsud 表示："我认为这不会改变人们对中国文化的认知，但是会让人们意识到中国拥有十分巨大的能量。"在派发问卷的时候，问卷中有一道题要求被访者根据对中国的整体印象，采用打分的方式反映对中国的好感程度。从图 1 中数据来看，仅有8.6%的人打分在 4 分及以下，有 50% 的人打分偏高（7 分及以上），选择分数靠中间的占 41.3%（5 分 17.1%，6 分 24.2%）。这说明英国人对中国整体好感程度较高，中国整体形象较好。

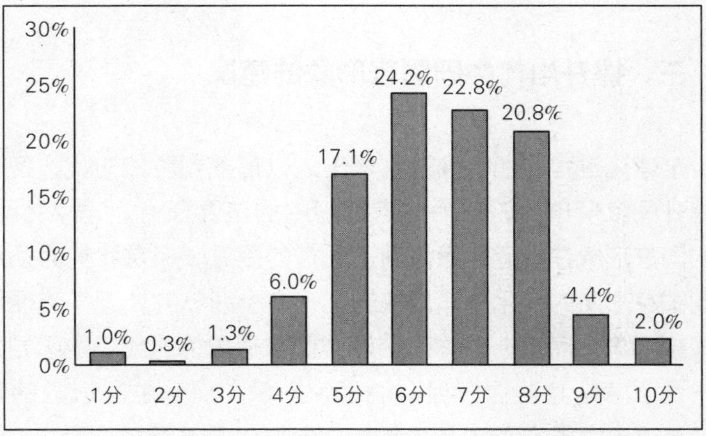

图 1　对中国好感程度

这显示虽然英国的主流媒体时有发表带有偏见性的新闻报道，但这并没有对英国民众对中国形象的正确认知造成很大的影响。这一点在对英国《每日电讯报》的主编加拉格尔进行采访的时候得到了印证，他表示英国民众对中国的经济以及人物故事很感兴趣，但是对政治性的报道却不大关注。他还指出北京奥运会对于提升中国形象产生了很大的作用，以前英国的中学生对美国的纽约最感兴趣，现在有部分中学生表示中国的上海已成为他们最感兴趣的城市。此外，两位明爱学院的研究员也表示，不少英国年轻人对中国文化感兴趣，是出于对中国文化的好奇或者热爱，并不只是因为他们要去中国淘金。这显示了英国人对中国形象的认知整体评价是比较高的，但是这其中也存在一些问题。明爱学院的研究员 Rosa Kurowsud 表示："British Council（传播英国文化的机构）在传播文化的时候，给予别人很多的自由，比如说他们在其他国家播放英国的音乐，但是他们不会对此进行解释和说明，留空间给对方思考到底想要什么。而孔子学院喜欢把东西细化，说这些就是中国文化，这就是我们想让你认识以及思考的。与 British Council 相比，孔子学院的教学方式太直接了，目的很明确，他们的做法引起了不少英国年轻人的反感。"明爱学院的研究员 Ben Fielden 也表达了类似的观点。此外，明爱学院的研究员 Rosa Kurowsud 说："了解中国的英国人对中国大都持积极的看法，而不了解中国的英国人大都持消极的看法，因为他们认为中国对世界和平构成威胁。"这些都会对中国国家形象造成一定的负面影响，需要引起我们的密切关注。

三、提升当代中国国家形象的建议

全球化进程的加快推动世界进入以形象制胜的时代，各国都把提升国家形象战略作为全盘规划中的首要任务。虽然目前中国的国家形象在奥运之后得到了一定的提升，但是我们必须要注意到国家形象的变化是非常快的，一个小细节的处理不当便会有损国家形象，而且在这样一个注重国家形象的时代，中国如果不想方设法稳定乃至提升目前的国家形象，提升中国形象的吸引力，在未来发展的道路上将会举步维艰。改革开放之后，中国在经济、军事领域都已取得了举世瞩目的成就，如中国已是全球第二大经济体，成为世界上第三个发射载人航天飞船的国家等，国家硬实力已发展到了一定的规模。受限于中国目前的科技以及经济发展水平，提升空间比较有限。相比之下，中国国家软实力发展缓慢，蕴藏着极大的提升空间，而且国家软实力是国家形象得以塑造的重要基础。因此，为了更好地提升中国的国家形象，中国应该做到以下几点：

（一）用国际话语讲中国故事，多与外媒进行沟通

当代中国国家形象的塑造不仅仅依靠国外媒体在国际社会上的宣传报道，还需要国内媒体及时、迅速、完整地将第一手资料输送到国际社会供公众参考。媒体的报道讲求时效性，这就要求中国各大媒体在遇到问题以及公共性突发事件时，必须在第一时间进行相关报道，及时将事件的来龙去脉公之于众，防止他人借机抹黑中国国家形象；其次，媒体的报道要真实可靠，在外国人眼里，一旦你出现了脱离实际的猜测，哪怕只是一点点，那么他们便会认为你的报道不客观，有虚假的嫌疑，报道的可信度也大打折扣，从而影响中国正面、负责任的国家形象；再次，媒体的宣传一定要客观透明，不能有“选择性”报道。通过真实客观的宣传报道，国际社会可以更多地了解中国在现阶段所处的困境和面临的问题，不仅有利于赢得国际社会的同情与支持，还有助于中国树立负责任的大国形象。除此之外，中国政府应该多采取解决问题的态度，用国际话语讲中国故事，既不回避问题也不一味地以正面宣传为主，在把握信息制高点的同时，适当允许部分外国记者参与某些重大事件的报道，这样对中国正面形象的塑造也是大有裨益的。通过对比中国政府在 2008 年“3 · 14 西藏打砸抢”事件与 2009 年“7 · 5 新疆打砸抢”事件中所做出的不

同反应及其产生的不同效果，我们便可一目了然。在2008年的拉萨事件中，中国政府没有及时公布事实真相，结果西方主流媒体对此次事件的报道都以负面为主，并给达赖集团在西方国家抹黑中国落下口实。而在2009年的新疆事件中，中国政府积极回应，及时公开消息，并邀请西方的新闻记者前往骚乱地乌鲁木齐，对外媒报道的影响不言而喻。尽管仍有部分国外主流媒体还在刻意地歪曲事实真相，但与2008年相比，更多的西方主流媒体能以客观公正的态度对此事件进行报道和评价，并肯定了中国政府及媒体在应对此类事件时所采取的措施和能力。只要我们主动与外媒进行沟通和交流，让外国人从更多维度获得中国的相关信息，让外国人听到中国的声音，那么他们对中国国家形象的认知也会更加客观。

（二）积极参与国际事务，加强民间交流

随着中国综合国力的逐步提升，许多国家都发现一个现象：在国际事务中，如果没有中国的参与，许多事情根本无法得到良好的解决。对此，中国应该抓住机遇，进一步加深与国际社会的交往，认识到参与解决国际事务和国际争端的重要性，并且积极地投身其中，以实际行动塑造负责任的大国形象。著名的“软实力”概念的提出者约瑟夫·奈曾说过：“以挪威为例，挪威虽然只有500万人口，却大力投入一系列海外援助计划，并积极参与许多国际维和任务，这使得挪威拥有了超出其经济和军事实力的影响力。”①挪威所定位的价值观为他国所认同，从而增强了挪威的软实力，提升了国家形象。通过积极地与国际社会交流，中国可以更加方便地传播自己的文化和价值观，使得国际社会可以深入了解中国的文化和价值观，并谋求得到国际社会的进一步认同，从而达到构建负责任大国形象的目的。

此外，《每日电讯报》的主编加拉格尔透露：“根据我们的调查，英国民众对中国的政治不感兴趣，但对中国社会的人物故事以及经济感兴趣。”既然如此，中国政府应该针对外国人感兴趣的方面进行宣传，有针对性的宣传可以让他们主动去了解我们，去认识中国，降低偏见性报道的影响。除了在传媒上凸显当代中国外，我国的每一位出国旅游者、每一位访问学者或留学生、每一位经商者等，都是中国形象的代表，他们行为得当，对

① 王希怡，蒋林．美国前助理国务卿、“软实力”概念首创者约瑟夫·奈：中美彼此增加吸引力可减少误会．广州日报，2010－12－30.

于中国国家形象来说，都是大有裨益的。毕竟多一分了解，才能少一分误解。

（三）提高中国文化的吸引力，学习国外传播文化的经验

“熊猫”、“中医”、“京剧”、“功夫”，这些代表中国形象的词汇早已为国际社会所耳熟能详，但是如果每次看到的东西都是一成不变的，没有任何的创新元素，会给人以视觉疲劳感。著名的中国问题研究专家库珀·雷默这样评价中国的传统文化产品：“世界知道中国有多古老，无须再去强调。真正需要的只是以简单的方式去了解今天的中国正在发生什么。”①在备受期待的北京奥运会开幕式上，中国将其辉煌的古老文化展现在世人的面前，让人赞叹不已，同时也让人略带遗憾地感慨，其中能够体现中国现代文化元素的东西实在太少了。但在伦敦奥运会上，英国人不但展现了其古代英伦的风土人情以及近代的工业革命，同时还展现了哈利波特、007 邦德以及憨豆先生等现代文化元素，让人感受到了英伦文化中的无穷魅力。和 2012 年的伦敦奥运会开幕式相比，北京奥运会的开幕式似乎过于着重传统文化的展现，而忽略了中国现代文化发展的成果。当然，呼唤中国现代创新文化元素并不是对传统文化的全盘推翻和否定，但如果只是一味沉迷在中国的古老文化之中，中国的现代文化是不会取得进步的。在此次深度访谈中我们发现，对于很多没来过中国也很少接触媒体的外国人而言，他们眼中的中国与现实偏差极大，极易被电影所误导，如《卧虎藏龙》、《末代皇帝》等，这些电影既不能反映真实的中国历史，也不能代表现在的中国，这极容易给外国人构建一种不真实的中国国家形象。正如明爱学院的研究员 Rosa Kurowsud 说的：“我身边的很多朋友在去过中国后，表示中国的现状和自己想象的相差甚远。”因此中国应该对中国传统文化进行改造，添加现代文化元素，实现传统文化和现代文化的完美结合，提高中国文化的吸引力，进而提升中国国家形象。

此外，为了更好地传播中国文化，中国应该学习英国在海外传播文化的经验，在传播文化的过程中，尊重外国人的学习习惯，而不是一味地限定传播的内容，用中国的思维来指导外国人。尊重他国人民的思维方式，或许会收到意想不到的效果。

---

① ［美］乔舒亚·库珀·雷默等．中国形象：外国学者眼里的中国．沈晓雷等译．北京：社会科学文献出版社，2008.

（四）增加投入国家形象广告，让中国国家形象生动起来

一百年前英国小说家道格拉斯说过一句话：透过广告可以发现一个国家的理想。那么国家形象广告，则使国家理想的表现更具针对性、对国家良好形象的塑造更具推动性作用。在全球化背景下，当下的中国和世界上其他许多国家一样正在经历着一次空前激烈、异常深刻的社会转型，而国家形象广告则能及时、正面、明确地告诉外国友人：我们的国家此刻是什么样子。中国曾在2008年、2009年美国纽约时报广场先后播放过《人物篇》、《中国制造、世界合作》等形象广告，先是给世界展示了优秀中国人美丽热情的脸，接着向世界伸出热情合作的手，潜移默化地向世人展现了中国正在和平崛起，对时下的中国“威胁”论给予了侧面反击，也对海外正面宣传中国起了积极的作用。其实，国家形象广告是公共外交的重要手段之一。公共外交，是指政府外交以外的各种国际交往形式，公共外交的主要任务是运用各种现代传播手段，向世界介绍本国国情、解释本国政府的政策与观点，消除他国公众可能存在的误解；通过展示本国文化和价值观，积极影响他国公众对本国的认知，提升国家的形象和影响力，以维护和促进本国的根本利益。① 多投放国家形象广告，是主动在更高层次上与外国友人交流，无形中也体现了中国的大国气质，同时也有益于中国的正面国家形象的构建。另外，中国国家形象广告更是一种长期投资。中国在英国增加国家形象广告，能不断为中国这一巨大“品牌”增加资产，也是国家运用主动营销理念系统营销中国文化的良好表现。只有把中国文化营销到外国去，才能更好地应对在经济全球化背景下，英、美、日、韩等文化强国对中国文化的侵略，让中外文化拥有平等交流的机会，促进中国文化强国形象的建立与发展。中国在英国投放的国家形象广告较在美国投放的形象广告数目要少。中国政府如具体分析英国受众的需求与特殊文化心理，制造并投放适合在英国播放的国家形象广告，其良好效果是可以预测的。

作者单位：暨南大学新闻与传播学院

① 陈昊苏．加强公共外交提升国家形象．对外传播，2009（12）．

英国华人移民历史与华人形象综述

张 鑫（Zhang Xin）

一、早期移民（1945 年以前）

有历史记录的第一位到达英国的中国人是沈福宗（Michael Alphonsius Shen Fu-Tsung）。他于 1681 年由澳门启程前往欧洲并于 1685 年出访英国，在伦敦与英国国王詹姆斯二世会面。同时，沈福宗也是第一个将牛津大学图书馆的中文书籍进行分类的人。①

图 1　沈福宗画像（1687，作者：Godfrey Kneller）

当然，英国华人移民的历史并不是从沈福宗到访英国就已经开启。华人移民英国的历史为 150 年左右。特别是自 1865 年开始，英国 Alfred Holt 公司开通了第一条从欧洲直达中国的蒸汽船线路，称为蓝烟通（The Blue Funnel Line）。② 蓝烟通由利物浦出发前往中国，英国船务公司招募中国船员，从而进入了华人移民英国的初始阶段。随着东西方商船的增多，越来越多的中国船员被英国商船公司招募，最初的华人海员多来自于香港、上海以及新加坡地区。华人海员们开始在轮船靠岸的时候，

① British Chinese Workforce Heritage. Ming-Ai Institute. Available at: http://www.britishchineseheritagecentre.org.uk/timeline [Accessed 18 October 2013].

② British Chinese Workforce Heritage. Ming-Ai Institute. Available at: http://www.britishchineseheritagecentre.org.uk/timeline [Accessed 18 October 2013].

在英国各个港口附近聚居起来，形成了最早期的“中国城”，尤其集中在利物浦、伦敦的莱姆豪斯以及卡迪夫。越来越多的华人在各大港口长期居住，同时，为了满足海员靠岸的居住和饮食需要，也渐渐发展出了中国餐馆、船员租赁房屋以及洗衣店等。

根据英国人口普查记录，1851 年英国有记录的华人数量为 78 人，1861 年 147 人，1871 年 201 人，1891 年 582 人，1911 年 1 319 人，1921 年 2 419 人以及 1 931 年 1 934 人[①]。从以上数据可以看出，英国华人数量在 20 世纪之前是没有超过千人的，直到 1931 年也没有超过两千人。再加上这些华人多为船员，流动性大，其实长期居住在英国的华人数量还是非常少的。但值得注意的是，在第一次世界大战和第二次世界大战期间，英国商船公司雇用了大量的华人船员，以应对英国本土船员的供应不足。第一次世界大战期间大约招募了 6 000 名华人海员[②]，而在第二次世界大战期间英国招募了 2 万多名华人船员，并且有许多华人船员在给英海军补给的商船上工作[③]。因此，这部分华人也被视为是为英国政府作出贡献的一个群体。由于早期华人移民多为男性船员，因此，许多华人船员与当地英国女子通婚并生子。

图 2 傅满洲系列电影海报

早期华人移民在英国的社会地位是非常低下的。首先，英国商船喜欢雇佣中国船员，这是因为他们可以支付更加低廉的工资，也因此引发英国本地海员对华人海员的仇视。1911—1912 年在伦敦莱姆豪斯、卡迪夫和利物浦相继发生了针对华人海员的种族主义暴乱，1911 年发生在卡迪夫的反华人暴动导致卡迪夫 30

① British Chinese Workforce Heritage. Ming-Ai Institute. Available at: http://www. britishchineseheritagecentre. org. uk/timeline [Accessed 18 October 2013].

② The First World War. Liverpool and Its Chinese Seamen. Available at: http://www. halfandhalf. org. uk/Chinese_Site/first_world_war. htm [Accessed 18 October 2013].

③ Ford, A. (2008). 2006: Deported Chinese Seamen Remembered. Available at: http://infantile - disorder. blogspot. co. uk/2008/01/23rd - january - 2006 - deported - chinese. html [Accessed 22 May 2013].

家华人洗衣店被全部破坏。[1] 而这些反华人暴动，也导致了这个人数极少的人群被暴露在了英国公众的关注之下。[2] 正如历史学家 Groger Benton 描述的那样：“一些政客、报纸和雇员们挑起仇恨华人的情绪，而理由是华人海员容易驯服和满足的个性会导致英国海员工会罢工失败。”[3]当人数稀少的华人被暴露在英国公众的聚焦之下，各种各样对伦敦莱姆豪斯“中国城”丑恶形象的刻画也渐渐形成。 无论是新闻报纸、文学和电影，都开始用极端夸张的手法描绘华人的“黄祸”（Yellow Peril）形象。[4] 伦敦莱姆豪斯位于泰晤士河畔，这里是多国海员的聚居地，然而，媒体的大肆渲染，使得这个地区成为“臭名昭著”的“中国城”。 这里被描述为一个危险的、充满犯罪和鸦片的地方。[5] 而莱姆豪斯最有名的“黄祸”形象则是英国作者 Sax Rohmer 笔下的人物傅满洲（Fu-Manchu）。

Sax Rohmer 一共写了 13 部关于傅满洲的系列小说，并在他的有生之年售出两千万本之多，其受欢迎程度接近福尔摩斯系列小说。 因此傅满洲系列小说也可被称为 20 世纪初最佳销售的惊悚小说之一。 傅满洲系列小说勾勒了一种偏执的种族主义想象，强调傅满洲这个东方人物集危险、野蛮、邪恶、残忍及聪明于一身。 对傅满洲这样的描述，实则为一种“现代主义的畏惧”。[6] 这种畏惧主要体现在既要强调东方种族的落后，非文明的野蛮，又要强调一旦这样的种族掌握了现代化的知识和技术，则将成为集强大和残忍于一体的不可抵御的威胁。 这种对中国人形象的恶意刻画，其实是表达了英国人对中国移民进入英国以后，可能会破坏他们长久以来生活质量的担忧。 其主要体现在华人海员更低的薪水，会威胁到英国本地海员的工作，同时，英国工会最热衷的罢工行动也会因为容易顺服的华人海员而失败。 傅满洲

---

① Seed, J. (2006). Limehouse Blues: Looking for Chinatown in the London Docks 1900 – 1940. *History Workshop Journal*, 62 (Autumn): pp. 58 – 85.

② Gan, W. (2012). Mr. Wu and the Rearticulation of “The Yellow Peril”. *English Literature in Transition*, 1880 – 1920, 55(4): p. 444.

③ Benton, G. & Gomez, E. T. (2011). *The Chinese in Britain*, *1800 – Present*: *Economy Transnationalism*, *Identity*. Hampshire: Palgrave Macmillan.

④ Gan, W. (2012). Mr. Wu and the Rearticulation of “The Yellow Peril”. *English Literature in Transition*, 1880 – 1920. 55(4): p. 443.

⑤ Seed, J. (2006). Limehouse Blues: Looking for Chinatown in the London Docks 1900 – 1940. *History Workshop Journal*, 62 (Autumn): p. 59.

⑥ Seshagiri, U. (2006). Modernity's (Yellow) Perils: Dr. Fu-Manchu and English Race Paranoia. *Cultural Critique*, 62(Winter): p. 165.

的形象后来被搬上了荧幕，同时代也有非常多的描述伦敦莱姆豪斯中国城的犯罪、谋杀、鸦片贩卖的影片。而对于中国女性的刻画，则多以龙女（Dragon Lady）和蝴蝶女（Butterfly Lady）这样的方式出现。龙女代表的是狡猾、欺骗和危险的荡妇，作者多以龙女从白人女性手中争夺白人男性这样的故事展开，却又以血腥的方式结束。代表作有 *Piccadilly*（1929）和《龙女》（1931）等。而蝴蝶女只指单纯幼稚且自我牺牲的中国女性，如电影 *The Toll of the Sea*（1922）。①

图 3　电影 *Piccadilly*（1929）

除此之外，中国华人的形象也在当时流行的音乐中广为流传，有名的爵士乐歌曲也经常以刻板印象的方式来刻画华人形象。比如爵士乐歌曲：《莱姆豪斯蓝调》（*Limehouse Blue*），《中国洗衣店》（*Chinese Laundry Blues*），《吴先生的婚礼》（*The Wedding of Mr Wu*），《吴先生现在是一个擦窗户工了》（*Mr Wu's a Window Cleaner Now*）等。总而言之，在 20 世界上半叶，不论是在文学、音乐、电影等艺术领域，还是在政治领域，中国华人的形象都深深受到种族歧视以及刻板印象的影响。华人在英国本来就地位不高，再加上媒体的大肆渲染，使得华人在英国备受歧视，生存更艰难。

更令人意外的是，“二战”结束以后，1945 年 10 月 19 日，英国内政部以“一个对利物浦不良的因素”为理由而驱逐华人船员。这个理由被认为是毫无根据的，因为根据利物浦当地警察局报告的记载，中国船员被视为奉公守法的公民，而最有可能的理由则可能是为了保护从战争中归来的英国海员可以找回他们的工作。② 同时，其他地区的华人海员也同样遭到驱逐。总而言之，华人船员被强制性要求离开英国，这也包括已经在英国定居并结婚生子的华人。这一政策下达之后，仅有极少数的华人在他们英国妻子的帮助下留了下来，而其余大部分的华人海员，被

---

① Wang, Y.（2005）. The Art of Screen Passing: Anna May Wong's Yellow yellowface Performance in the Art Deco Era. *Camera Obscura*. 20（3）: p. 162.

② The First World War. Liverpool and Its Chinese Seamen. Available at: http://www.halfandhalf.org.uk/dr.htm ［Accessed 18 October 2013］.

迫离开英国。而更为令人发指的是，在英国内政部1945年的报告中，竟然将嫁给中国海员的妇女们分类为“妓女阶级”，而她们以及她们的孩子几乎再也没有见过他们的中国丈夫和父亲。直到今天，这些孩子们还在继续寻找他们的中国父亲。

图4　利物浦欧亚混血儿寻找中国父亲的海报

2006年，利物浦政府为了纪念在两次世界大战中为英国作出贡献的华人以及出于对驱逐他们出境的愧疚，修建了利物浦华人海员纪念碑，并以中英文的方式呈现①：

永远的怀念

谨以此献给曾经在两次世界大战服务于英国的中国海员！

我们不会忘记

那些献出生命的人们！——请接受我们的感谢！

我们更不会忘记

那些被要求离开的人们！——他们不得不离去，在这个国家不再需要他们的时候！

我们也不会忘记

那些永远也不知道丈夫下落的妻子们，还有

那些从未见过父亲的孩子们！

让我们记住曾经发生的一切！

让历史不要重演！

图5　利物浦华人海员纪念碑（2006）

---

① The First World War. Liverpool and Its Chinese Seamen. Available at: http://www.halfandhalf.org.uk/dr.htm [Accessed 18 October 2013].

因此，英国华人移民的初级阶段，随着 1945 年对华人的驱逐而结束。“二战”结束之前的华人数量非常少，而留下来的华人则更为稀少了。因此，目前居住在英国的华人，则大多数是“二战”结束以后的新一批华人移民。

二、第二批华人移民（1950s—1980s）

第二批英国华人移民潮开始于 20 世纪 50 年代，这一批移民主要是来自香港新界地区。“二战”以后，位于香港新界地区的农民，由于人多地少，生活艰难。因此他们开始踏上了去英国寻找更好的生活的道路。[①] 由于当时英属地区的公民可以自由出入英国，这也给香港新界移民提供了便利的条件。他们大多数没有接受过高等教育，英语基础差，甚至不会英语，因此大多数人一开始在中餐馆工作，或者从事自己的中国外卖（Chinese takeaway）生意。1951 年英国人口普查有 12 523 名华人，1961 年有 38 730 人，1971 年有 96 030 人，而到了 1981 年则有 154 363 人。[②] 从 20 世纪 50 年代到 80 年代初这三十年，在英华人的人口数量涨幅超过十倍。英国内政部在 1985 年的英国华人报告中指出，在这个阶段，英国华人有 75% ~80% 来自香港新界，90% 的英国华人从事的是餐饮行业，而这其中 60% 都集中在中国外卖的领域。由于不同于主体社会的工作生活时间，长时间的劳动，这一批华人移民与英国主体社会交流甚少，他们也被英国政府形容为非常安静的、守法的、尊敬的、辛勤工作的群体。[③]

这一批香港移民，受益于英国 1948 年颁布的《1948 英国国家法案》(*British Nationality Act* 1948)。这个法案源自一系列的英国殖民地地区的独立，因此法案将英国公民分为两种：一是英国及殖民地公民，二是英联邦公民。这两种公民都可以自由出

---

① Shang, A. (1984). *The Chinese in Britain.* London: Batsford Academic and Educational.

② British Chinese Workforce Heritage. Ming-Ai Institute. Available at: http://www.britishchineseheritagecentre.org.uk/timeline [Accessed 18 October 2013].

③ House of Commons (1985). *Second Report from the Home Affairs Committee Session* 1984 – 1985: *Chinese Community in Britain Volume* 1. London: Her Majestry's Stationery Office. p. xii.

入英国本土。[①] 1948 法案开放了英国本土的移民政策，也正好适用于“二战”后经济恢复和发展对于大量劳工的需求。[②] 而来自香港新界的移民，也是这一批为英国本土经济复苏作出贡献的一个群体。他们最早视自己为“旅居者”，最初是打算来英国工作，使自己可以更好地生存，将来退休了还是回到香港去。然而，英国移民政策的变化，又一次影响到了这一批华人群体。英国 50 年代末的金融危机影响到了英国的劳工市场，1962 年的《1962 殖民地移民法案》（*Commonwealth Immigrants Act* 1962）的颁布，使得英联邦地区的公民不再同等享受自由出入英国本土的权益。[③] 这一法案的颁布，最主要影响的是非洲和亚洲的有色人种移民群体，而对白人移民则是以更加开放的态度。[④] 受 1962 法案的影响，来自香港的华人移民已经不能够以英联邦公民的身份自由入境，因此，他们不得不选择成为英国公民而留下来继续他们维持生计的餐饮事业。自此，华人移民由“旅居者”变为真正意义上的定居者。而 60—80 年代的华人移民，多是以投靠亲属的方式在英国正式居留下来的。同时，这一批移民的第二代、第三代，通常被称为“BBC”（British Born Chinese），他们在英国出生，长大，受英国教育，多数会讲粤语或者客家话。

这一时期，英国大众对华人的态度稍微有所改变。首先，傅满洲系列的电视电影其实一直延续到 70 年代初期；然后从 70 年代开始，英国社会开始对种族歧视等问题加以关注，因此，像傅满洲这样带有明显的种族歧视和偏见的影视作品则退出了历史舞台。再加上这一批英国华人多为自己经营餐馆和外卖事业，并没有真正威胁到英国本土的劳工市场。因此，英国华人在这一个时期是属于看不见（invisible）的群体，他们很少出现在英国的媒体上，也很少被大众所关注。最重要的改变，则可以说是李小龙的出现。70 年代李小龙可以说是风靡美国和欧洲，李小龙的出现颠覆了先前西方社会对华人形象的建构。文化研究学者 Paul

---

① Abrahá mová , N. (2007). *Immigration Policy in Britain Since* 1962. Master's Thesis. Masaryk University.

② Wang, Y. H. (2008). Analysis of Racial Reason in British Migration Policy after WWII. Global Problems Research D7, p. 221.

③ Geng. L. J. (2007). *Tolerance and Exclusion: A Study of British Immigration Policy and Its Economic Effects since* 1997 (*May* 1997 - *June* 2007). Master's Arts Thesis. Shanghai International Studies University.

④ Xu, J. Y. (1992). The British Migration Policy Evolutions in 20th Century. West - Europe Research (6): pp. 21 - 26.

Bowman 描述李小龙的出现，造就了“李小龙时代”（Bruce Lee Generation），同时也使得很多人因为李小龙而爱上中国——至少是概念上的中国。他说：“以前西方对中国人的印象是苦力，李小龙出现后，这种传统的印象被彻底的颠覆。中国人不再是卑微者，他们有功夫！”①同时，英国政府为了增加大众对多元文化的了解，于 1982 年成立了 Channel 4。Channel 4 在 80 年代制作了一大批体现英国各个少数族裔的电视作品，用以体现英国社会的多元文化以及包容性。这期间就有著名的电视剧《中国侦探》（*The Chinese Detective*，1981—1982）的出现。当然，中国人作为外卖店的形象，也更多地在英国的媒体中呈现，而这种呈现多是一种刻板印象。

三、第三个移民阶段（1990 年至今）

1949 年之后到 20 世纪 80 年代之前，英国几乎是没有来自中国内地的华人移民。即便是 80 年代，能够从中国内地移民到英国的华人人数也非常之少。英国华人人口从 1981 年的 154 363 人增长到 1991 年的 159 936 人。可以看出，十年之间只增长了大约 5 000 人，而这大部分也是来自香港以及东南亚地区的华人。但是，这个数字从 90 年代开始大量增长：2001 年英国人口普查显示华人人口有 247 403 人，2011 年有 393 141 人。② 自 1991 年至 2011 年这 20 年间，英国华人人口增长了 23 万之多，但香港新界移民已经不再像 80 年代那样占有 90% 的比例。Wai-ki Luk 在 2008 年的研究中发现，英国华人有 34% 来自中国内地，有 23% 来自中国香港，有 20% 来自马来西亚（6.4%）、越南（2.2%）和新加坡（2.2%）等世界各地，而剩下的约 20% 则是在英国出生的华人二代、三代等。③ 这是英国人口普查的记录，当然还有流动性非常大的华人留学生群体是没有被完全记录的。来自中国香港、台湾、澳门等地的留学生一直保持在香港 9 000 人，台湾 6 000 人和澳门数百人的数量。但是，来自中国内地的留学生则一直成倍增长。1998 年只有 3 850 名留学生来自中国内

① Bowman，P. “李小龙一代”. 周末画报，2013－07－20.

② British Chinese Workforce Heritage. Ming-Ai Institute. Available at：http://www.britishchineseheritagecentre.org.uk/timeline ［Accessed 18 October 2013］.

③ Luk，K.（2008）. *Chinatown in Britain：Diffusions and Concentrations of the British New Wave Chinese Immigration*. New York：Cambria Press.

地，而这个数字在2003年增加到了32 000人，近几年的留学生人数均超过6万人。[①] 有些留学生自高中阶段就来英国，学习时间达到六七年甚至十年之久。这一批留学生因为流动性大，很可能没有被列入人口统计之中。而另外一部分华人移民，即非法移民者，更是没有办法获得精确的统计数据。他们主要来自中国温州、福建以及东北地区。东北地区移民多通过欧亚大陆，然后以汽车、步行等方式到达英国，而福建、温州的移民则更多是通过海路进入欧洲或者英国。移民途中，危险重重，移民后举步维艰。2000年的多佛港惨案，58位中国人被发现窒息死亡于多佛港的一辆卡车内，只有2人幸免于难，死者中有54名男性和4名女性。另一起事件则是发生在莫克姆湾（Morecambe Bay）的拾贝惨案。当时有30多名亚裔（大多来自福建）在英国莫克姆湾的海滩上拾贝，因为与当地拾贝工人发生冲突并遭到排斥，他们选择在晚上以及天气更差的时候工作，以避开与英国本地拾贝工人的竞争和冲突。然而不幸的是，他们遇到海水涨潮，其中23人罹难，15人获救，死者全部为中国籍无合法移民证件的劳工。这两次事件同时将英国华人生存权益以及非法劳工等问题推上了英国公众和媒体讨论的风口浪尖。

80年代以后到达英国的华人移民，不论是80年代来英国的中国香港居民，还是90年代开始来自中国内地的居民，他们与80年代之前的华人移民有非常大的区别。首先，他们大多以求学的形式来英国，然后留下来。他们不再以餐饮业为主要的生存方式，而是更多地进入英国其他职业领域，特别是医生、律师、会计等行业。华人的第二代、第三代，也成为英国所有族群中受教育程度最高的群体。英国华人在经济领域的成就也非常之高，仅次于印度裔。但是由于数据中大部分16～24岁的华人青少年都处于学习阶段（进入大学本科和研究生学习的比例较印度裔更高），因此在经济领域的成就稍微落后于印度裔。[②] 同时，越来越多的华人离开他们最为保险的餐饮行业，真正进入了英国主流社会的劳动市场之中。

---

① HESA.（2011）. Students in Higher Education Institutions 2009/10. Available at：http://www.hesa.ac.uk/index.php? option = com_content&task = view&id = 1943&Itemid = 161 [Accessed：15 October 2011].

② Simpson，L.，Purdam，K.，Tajar，A.，Fieldhouse，E.，Gavalas，V.，Tranmer，M.，Pritchard，J. & Dorling，D.（2006）. *Ethnic Minority Populations and the Labour Market：Analysis of the* 1991 *and* 2001 *Census.* Norwich：Corporate Document Services.

进入21世纪以后，特别是经历过2008年北京奥运会之后，中国在世界的整体形象得到了提升。这同时也提高了英国华人在英国社会的“可见度”以及总体地位。由于华人移民工作努力且守法，并且也极少会对英国政府有所诉求，极少会依靠英国政府的福利和救济生活，因此为华人社群赢得了良好的声誉。但英国华人移民在英国还不至于像美国华人移民那样被称为“模范社群”，这是因为相较于美国，英国的移民历史比较短。而只有更多的华人及其后代进入英国主流社会工作，通过他们越来越多地关注和参与到英国的政治、经济、文化等领域，才可以真正发出群体有力量的“声音”（Voice）。

作者单位：英国卡迪夫大学新闻学院（School of Journalism，Cardiff University，U. K.）

华人在英国电影中的形象“是什么”

——浅谈华人文化身份

王昌松（Wang Changsong） 陈一鸣（Chen Yiming）

尽管自19世纪以来，华人就开始陆续登抵英国这片土地，但是，出现在英国电影中的华人角色、中华主题，却远不及印度元素来得频繁。事实上，华人早在默片（无声电影）时期，就已经出现在英国电影荧幕上。集导演、摄影、制片、演员、编剧于一身的英国人詹姆斯·威廉森在1900年拍摄了《袭击中国使节团》（*Attack on a China Mission*）。这是一部当年反映“义和团起义”的经典电影短片。影片的内容大致说的是，民族主义激进分子力图驱逐基督教传教士和华人这样的外来族群。早期的英国电影基本是由白人演员饰演华人角色，“黄种人”角色的塑造与“黑人”如出一辙；同时，华人演员也是被排挤到微乎其微的角色，仅容白人演员挑大梁。

义和团暴乱引起的黄祸传言（Yellow Peril），20世纪初在坊间流传，某些伦敦贫民区发生的谋杀事件，使得公众的注意力转向当地华人与黑人社区。20世纪20年代开始，出现了一个华人形象被广为传播。这个形象说白了，就是大众文化市场创造的一个中国恶棍形象，他的名字叫傅满洲（Fu Manchu）。这是英国小说家萨克斯·罗默创作的傅满洲系列小说中的虚构人物，并改编成十余部以傅满洲为主角的电影。其中最为成功的两部默片均由哈利·阿加·莱昂斯（Harry Agar Lyons）饰演，分别是摄制于1923年的《傅满洲之谜》（*The Mystery of Dr. Fu Manchu*）和摄制于1924年的《傅满洲深谜》（*Further Mysteries of Dr. Fu Manchu*）。又高又瘦，高耸肩膀，长着竖挑眉，留着两撮下垂胡子，面容冷酷，穿着清朝官服的邪恶博士，这就是傅满洲。这个“恶棍”将典型西方人认定的东方无边玄妙、未知能量、老谋深算联系在了一起。如此的塑造正反映了英国20世纪二三十年代普遍存在对华人甚至是东亚人的负面态度。傅满洲邪恶狡诈，是种族主义之恨的代表。这一人物形象也被视为“辱华观念”中典型的东方歹徒形象。

图1 《傅满洲的奸计》中傅满洲（彼得·塞勒斯饰）在准备一杯长生不老药

傅满洲系列电影中出现过一些华人脸孔，但是，影片在西方的盛行似乎与他们无关，因为他们扮演的通通都是小角色。该系列影片在西方的盛行要归功于出生于爱尔兰的英国籍演员哈利·阿加·莱昂斯。哈利随后在一系列电影中再次饰演华人角色，例如1938年出品的《唐人街夜晚》（*Chinatown Nights*）。英国观众并没有因为哈利塑造新的华人角色和时间的流逝，而忘记“傅满洲”。1932年，这个华人恶棍“傅满洲”再次亮相于《傅满洲的面具》（*The Mask of Fu Manchu*）这部电影。尽管影片频频出现粗糙的滑稽古怪片段，但无法掩盖强烈的种族主义歧视基调。随后，“黄祸”就以傅满洲的形象被持续不断地言说着。“傅满洲”的最后一次大荧幕亮相是在1980年皮尔斯·哈格德执导的《傅满洲的奸计》（*The Fiendish Plot of Dr. Fu Manchu*），这个人物已脱离此前电影与小说塑造的外貌特征，但摆脱不了“罪魁祸首”的骂名。

20世纪70年代，李小龙掀起世界范围的中国功夫热潮，这股热潮推动了英国和香港合拍影片的进程。当时，英国的咸马电影制作公司与香港邵氏兄弟电影公司合作拍摄的影片又推动了“中英潮流”。但是，有两部1974年推出的影片，却没有赶上这股潮流带来的好运，分别是张彻与罗伊·沃德·贝克联合执导的《七金尸》（*The Legend of the 7 Golden Vampires*）、迈克尔·卡雷拉斯与蒙特·赫尔曼联合执导的《夺命刺客》（*Shatter*）。这两部影片票房惨淡，其中《七金尸》票房惨败的要害就是，故事内容将欧洲吸血鬼传说与中华文化进行了怪异的、模糊的混搭。尽管邵氏大举宣传，但因片中杂糅的东西太多，当时的观众接受不了。英国学界普遍认为，《七金尸》包含了诸多诉求，是具有“后现代”与“邪教”特征的跨国电影，融合了多种电影类型；而评论界则对咸马电影制作公司“修正主义”的诉求进行了毫不留情抨击。2002年，英国学者亨特试图从类型界定上，提出不同的见解。他认为，虽然电影具有殖民主义修辞风格，但这不是一部“后现代”电影，因为它并不完整地体现帝国主义政治信仰颠覆性，当然，这也并不是一部恐怖片。① 而实际上，《七金尸》与同期诞生的其他英港合拍片，往往都是站在一个矛盾的立脚点上，它们反殖民却又凌驾于中华民族之上，因此华人在影片中始终处于劣势、弱势甚至恶势的一方。

20世纪70年代初至80年代初，英国一批亚裔电影人开始将华侨华裔的形象带入了一个新阶段。最具代表性、真正意义上的英籍华人主角形象出现在1986年摄制的《浮云游子》（*Ping Pong*）。出生于英国的导演梁普智在拍摄这部影片之前，已经在香港执导了《夜惊魂》（张艾嘉、任达华、曾志伟等主演）、《等待黎明》（周润发、万梓良、叶童等主演）、《补锅英雄》（叶倩文、林威等主演）这些成功的影片。在香港拍摄了这些电影后，他将目光转回英国华人群体，《浮云游子》就鲜活地将伦敦唐人街的故事搬上了大荧幕，并且大量起用新演员。英国第四频道公司制作发行了这部电影。故事的尾声部分着实清晰地剖开了英国华裔的双重文化身份，以及这种身份带给戏剧人物的思索与困扰。英国电影协会资深策划人马克·杜吉评价，这是一个充满想象力的剧本，剧情巧妙地展现了传统华人家庭观念中的责任与义务，他认为该电影是对过去数十年刻板老套华人形象的一个“还击”。② 随后，在英国影坛又出现了《酸甜》（*Sour-sweet*）（张艾嘉、邓汉等主演）、《佩吉·苏》（*Peggy Su*!）（Pamela Oei、郭弼等主演）等这类反映在英华侨华裔苦涩生活的影片，但是，它们没有受到《浮云游子》般的关注。特别是1988年的英国华人电影《酸甜》，尽管紧跟《浮云游子》的步伐，但惋惜地错过了缔造“健康”英国华人电影产业的机会。之后，由于当时张艺谋、陈凯歌的电影已经进入英国艺术院线，甚至主流电影市场，1998年出品的《佩吉·苏》在英反响惨淡。

---

① Mendik, Xavier. (2002). *Shocking Cinema of the Seventies*. London: Noir Publishing.

② Burton, Alan & Steve Chibnall. (2013). *Historical Dictionary of British Cinema*. Lanham: Scarecrow Press.

毕业于英国国立电影电视学院的美籍华裔导演王颖，如今被视为对海外华人电影产生巨大影响力的人之一。1985 年，他拍摄了《点心》，开始关注海外华人文化身份；1993 年，他执导的《喜福会》放大了海外华人家庭苦痛漂泊史，以及西方教育与传统华人家庭教育的矛盾；2007 年的《千年敬祈》依然透视海外华人家庭沟通的问题。这位英国影视科班出身的华裔导演执导的影片，多在美国摄制并推向市场，其最近的中美合拍片《雪花秘扇》让许多的大陆观众也欣赏到了他的影片。

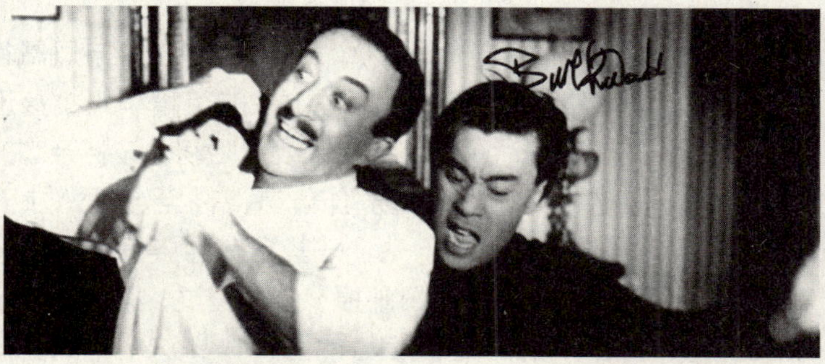

图 2 《粉红豹系列》剧照：郭弼（右）扮演冯加图

谈到英籍华裔演员，郭弼（Burt Kwouk）算得上是 20 世纪 60 年代至 80 年代最为成功的英籍华裔演员。他也曾出演过“傅满洲”电影，如 1966 年的《傅满洲的新娘》（*The Brides of Fu Manchu*）等。郭弼塑造得最为深入人心的角色，当属布莱克 · 爱德华兹执导的《粉红豹系列》（*The Pink Panther*）中的冯加图。《粉红豹系列》的男主演彼得 · 塞勒斯在其自传中描述了郭弼及其角色：克劳索探长的仆人冯加图这个角色要做的就是，在毫无预警的状况下，空手保护自己的老板，通俗来说，就是保证克劳索探长毫发无损；郭弼是个机敏的年轻演员，爱德华兹选择他来演非常明智。[①] 该回忆录记录了郭弼的一段话：“冯加图做克劳索探长吩咐的，郭弼做彼得 · 塞勒斯导演所要求的。”[②]英国派伍德（Pinewood）电影公司也同样认为，像戏谑的冯加图这样的华人角色由郭弼来扮演，英国观众会觉得更好，更能接受，而不应该让更好斗、更男人的演员来演。

---

① Sikov, Ed. (2003). *Mr Strangelove: A Biography of Peter Sellers*. New York: Hyperion Books.

② Sikov, Ed. (2003). *Mr Strangelove: A Biography of Peter Sellers*. New York: Hyperion Books.

图3 《哈利·波特与凤凰社》中哈利·波特（Daniel Radcliffe 饰）与张秋（梁佩诗饰）的"初吻"

另外，《哈利·波特与火焰杯》、《哈利·波特与凤凰社》等让梁佩诗（Katie Leung）这个苏格兰出生的英籍华裔女孩迅速蹿红。当时，关注她的话题往往都是围绕"哈利·波特亲吻的第一个女孩"，但这一吻也令其身陷窘态，甚至出现"I Hate Katie"（"我恨梁佩诗"）的网站，一些含有种族偏见的信息在这个网站比比皆是。英国《每日邮报》曾刊登过，梁佩诗承认因没有专业演员背景，而陷入缺乏信心的困扰。① 这个华裔女孩随后选择进入皇家苏格兰音乐戏剧学院，进修表演专业。如今的梁佩诗，已经是活跃在英国舞台剧、电视剧、电影产业中的一个闪耀的英籍华裔明星。

电影，毫无疑问是种讲究的艺术，这种讲究的层次众多，但是它也承担着携载文化符号、解读文化内涵、传递文化诉求的任务。各层次的英国电影艺术中已经包容了中华文化、华裔种族，伊丽莎白在其《英国的中国眼》中透彻地谈到，当我们在跟随艺术审美与艺术情感表现手法时，中华民族的视觉艺术影响力自19世纪以来，已深入英国这片土壤。② 跟着时间这根轴线，去看英国电影中的华人形象、中华文化时，我们会看到一些"贬义"，一些"歧视"，但当华裔电影人开始有更多、更宽广的机会发出自己的声音，我们会听到更多"思考"，更多"挣扎"。

作者单位：马来西亚理科大学传播学院；暨南大学新闻与传播学院

① Kane, Patricia. (2013, July 20). After Harry Potter I Had to Go to Acting Class: In the Week JK Rowling Was Revealed as a Secret Crime Writer, a Star from the Hit Films Tells How She Nearly Quit Showbusiness. Availableat: http://www.dailymail.co.uk/news/article-2371981/Harry-Potter-actress-Katie-Leung-tells-nearly-quit-showbusiness.html.

② Chang& Elizabeth Hope. (2010). *Britain's Chinese Eye: Literature, Empire, and Aesthetics in Nineteenth Century Britain.* Stanford: Stanford University Press.

汉语文化机构在英国的传播比较研究

——以明爱（伦敦）学院和伦敦中医孔子学院为例

陈 莹（Chen Ying） 赵路夷（Zhao Luyi）

近年来，随着中国改革开放的逐步深入和中国国力的不断增强，中国与世界的交往也越来越多，而汉语文化也成为重要的交流媒介。《美国之音》就曾报道："由于中国惊人的经济增长和与日俱增的国际影响力，汉语已经成为当今非常热卖的外国语言。"[①]在英国伦敦，中国大陆和中国香港都分别建立了自己的语言推广机构来推广中国的汉语及其传统文化。通过采访明爱（伦敦）学院和伦敦南岸大学中医孔子学院的工作人员，对其在传播中国传统文化方面的异同进行比较，为其今后的建设和发展提供可借鉴的经验与建议。

一、明爱（伦敦）学院概况

1992 年 11 月 9 日，明爱会成立了，作为非营利性有限公司，在 1992 年 12 月 7 日注册为慈善机构，在 1993 年 3 月成立了明爱（伦敦）学院。明爱会与 1953 年 7 月成立的香港明爱有着紧密的联系，属于国际明爱的一支，也是香港明爱所属的天主教联盟。而 1897 年成立于德国弗莱堡的国际明爱是一个全球的天主教慈善、发展和社会服务组织，现有 162 个成员组织，香港明爱和明爱会都是其成员。明爱会的创始人石慧娴博士在香港明爱工作过二十多年，曾经被明爱派去过深圳、湛江等地协助培训

① 李朋义. 世界汉语教学的前景及其对出版业的冲击. 中国图书馆报，2006－05－27.

工作，因此交到了很多中国大陆的朋友。后来她带着妹妹石文芳来到伦敦定居，为了不与中国大陆的朋友失去联系，就与香港胡振中枢机大主教商量在伦敦继续从事加强中国内地、中国香港和英国之间友好往来的工作，便因此在伦敦建立了明爱会。

（一）组织结构

作为慈善组织，明爱会是在当地教会组织的帮助下建立的，最开始邀请了西敏市 Basil Hume 枢机大主教担任名誉会长，后由西敏市 Cormac Murphy O'Connor 枢机大主教接任，现任名誉会长则是 Vincent Nichols 枢机大主教。在现在的管理委员会中，Holland Kwok 担任主席，Michaeal Bolger FCA 担任财务主管。同时 Jonathan Liu，Kah-Fei Ho，Kam-Sang Law MBA，Sheila Donnelly 都是管理委员会成员。而明爱（伦敦）学院是明爱会的执行中枢，主要分为行政团队和教育团队，其中李中文（Chungwen Li）为现任院长，Aubrey Ko 担任研究和发展调研员，Karen Broutsos 担任秘书。

（二）组织目标

“明爱”这个名字源于拉丁文“Caritas”（博爱），其组织的箴言是：爱是服务。明爱会作为英国和中国内地、香港之间的桥梁，为了促进两国之间的教育、文化、社会和经济交流，其宗旨是打破肤色与信仰的界限，以慈善精神服务人群，谋求基督精神的发展、教育事业的进步、贫困的缓解以及公众的普遍利益。此外他们采用的是国际明爱的徽章，用十字和火焰象征着基督的爱；狮子象征英国；腾龙代表中国；舢板意指香港；大海意味着学海无涯。而作为执行中枢的明爱（伦敦）学院，其宗旨是“通过自力更生和服务教育让人类发展更完整（Integral Human Development through Education for Self-reliance and Service）”。

（三）工作内容

因为明爱（伦敦）学院是明爱会的执行中枢，故明爱会主要由明爱（伦敦）学院进行运转工作。当前明爱（伦敦）学院的主要工作有三方面：一是课程教育，包括艺术 & 休闲培训（Arts & Leisure）、AS/A 等级考试预备课程（AS/A-Level Exam Preparatory Courses）、商务 &ICT 技能培训（Business & ICT Skills）、餐饮培训（Catering & Hospitality）、专业课程（Certificate Courses）、GCSE 考试预备课程（GCSE Exam Preparatory Courses）、语言培训（Languages）、教师培训课程（Teacher Training Courses）、工作坊（Workshops）等。二是推广项目，目前已有“当今中国—TCM 工作坊”（China Now-TCM Workshops）项目、“英国华人的历史和变革工作坊”（The Evolution & History of British Chinese Workforce）项目、东西方节日文化（East-West Festive Cultures）项目、英国中餐文化（The British Chinese Food Culture）项目、中国华人职业传承史（British Chinese Workforce Heritage）项目。三是组织英国的学术机构前往中国提供教育项目以及为海外代表团来英国访问和培训提供帮助。

（四）资金来源与运作

明爱会的资金来源主要是资助款、捐赠收入以及课程学费等。例如创始人石慧娴和她的妹妹为纪念她们的双亲而成立的一个注册慈善机构——凤山基金，为明爱会提供了部分的资金来源；又如明爱（伦敦）学院从今年开始实施的为期三年的大型口述历史项目“英国华人职业传承史”就获得了文化遗产奖券基金的大力赞助。另外，明爱（伦敦）学院也开设了很多文化课程及培训来提供部分活动资金。与此同时，明爱会的管理委员会有专门的财务主管对协会及学院的资金进行审计和管理。

二、伦敦中医孔子学院概况

从 2002 年开始，中国教育部和国家汉语国际推广领导小组办公室（简称“汉办”）就希望借鉴其他国家推广本民族语言文化的经验，在海外设立汉语文化的推广机构。于是“孔子学院”应运而生，它代表着和平、和谐，以汉语教学为渠道推动中华文化走向世界，从而让全世界人民都能近距离地接触中华文化，更直观地了解中华文化。自 2004 年 11 月全球首家孔子学院在韩国成立，目前中国已在 105 个国家建立了 350 多所孔子学院和 500 多个中小学孔子课堂。可以说，孔子学院的推广，是用汉语及中华文化来帮助外界了解中国，消除外界对中国和平崛起的误解，树立一个更加积极和更加和谐的中国社会形象。2007 年 5 月 24 日，伦敦南岸大学与国家汉办签署合作协议，由黑龙江中医药大学、哈尔滨师范大学代表中方，与伦敦南岸大学合作建设伦敦中医孔子学院，并于 2008 年 2 月 25 日举行了揭牌仪式。

（一）组织结构

孔子学院北京总部是具有独立法人意义的语言文化传播的教育机构，拥有孔子学院名称、标志、品牌的管理，监督、指导、评估权限。总部设有理事会，由主席、副主席、常务理事和理事组成，主席、副主席和常务理事由中国政府任命，理事由各孔子学院推荐产生。总部负责培训孔子学院管理人员，并根据各地孔子学院的需要，选派中方院长和教学人员。伦敦中医孔子学院设立理事会，其成员由中方（黑龙江中医药大学和哈尔滨师范大学）与伦敦南岸大学按照比例协商确定，负责审议孔子学院发展规划、年度工作计划、年终总结报告、项目实施方案及预决算，并且与各地孔子学院一样，实行理事会领导下的院长负责制，具体负责日常教学、运营和管理工作。目前，伦敦中医孔子学院现任职教师员工 50 余名，其中英方管理人员 4 名，英方教授中医针灸课程教师 7 名，汉办派出中方汉语教师 17 名及志愿者 12 名。

（二）组织目标

根据孔子学院章程，孔子学院是汉语国际推广和中华文化传播的教学园地，也是开展中外教育交流与合作的平台，其根本宗旨是：致力于适应世界各国（地区）人民对汉语学习的需要，增进世界各国（地区）人民对中国语言文化的了解，加强中国与世界各国教育文化交流合作，发展中国与外国的友好关系，促进世界多元文化发展，构建和谐世界。伦敦中医孔子学院采取与英国伦敦南岸大学合作建设的方式，利用伦敦南岸大学卫生护理专业优势，先后开展针灸、按摩、养生等中医保健科目教学和相应的汉语、中国文化教学。

（三）工作内容

由于是合作建设孔子学院，三所学校各自担当的角色十分明确：英国伦敦南岸大学提供硬件设施；黑龙江中医药大学负责中医专业课程；哈尔滨师范大学负责汉语专业课程。又因为叫“中医孔子学院”，故课程主要以中医为主，并在中医教学过程中予以语言教学支持。目前，伦敦中医孔子学院的主要工作内容有：一是开设中医针灸推拿课程和 MBA 课程，主要招收英国和欧洲其他国家的学生，整个教学设置将中医和汉语学习融合在一起，理论和实践相结合，学生有一年的时间在黑龙江中医药大学教学医院实习，学生毕业后会获得英国针灸学会证书；二是开设孔子学院中医诊所，不仅为当地社区、大学、公司介绍中医养生保健知识，也为中医针灸推拿课程的本科生及研究生提供良好的实习机会；三是汉语教学，为22所英国中小学共3 500名中小学生开设汉语课、武术课及中华文化课，同时也为南岸大学全校25 000名学生开设汉语、文化、历史及养生课程，并开设了6个孔子课堂；四是大型巡演活动，每年都会在伦敦、爱丁堡等英国各地以及欧洲北美各国举办中华养生周巡演和春节巡演活动。

（四）资金来源及运作

孔子学院的资金来源及运作是与合作建设的形式密切相关的。一般来说，孔子学院总部为各地孔子学院提供5万~10万美元的启动经费，年度项目经费由外方承办单位和中方共同筹措，双方承担比例大约为1∶1，每个孔子学院每年按项目申报活动经费，经总部批准后拨款，总部的经费由政府财政拨款。伦敦中医孔子学院与其他孔子学院一样是不以营利为目的，实行教学项目收费、部分交费参与文化推广活动，以用于教学活动和改善教学服务条件。可见，孔子学院的资金来源主要是依靠总部的财政投入与中外合作方项目分担的经费，再通过少量的基金、捐资及服务创收。此外，孔子学院必须按规定编制项目实施方案及预算、项目执行情况及预算，并报经总部审批，同时须将年度工作计划和总结报总部备案。①

三、明爱（伦敦）学院和伦敦中医孔子学院的相似点与不同点

（一）两者的相似点

（1）从组织结构上看，明爱（伦敦）学院和伦敦中医孔子学院都是非营利组织的公益机构。两者均有一个统一的上行组织，从宏观上给予分支机构各个方面的大力支持，并且独立机构都有自己的专门负责人对当地的各项业务与活动的开展进行统筹。

（2）从组织目标上看，明爱（伦敦）学院和伦敦中医孔子学院作为汉语文化推广机构，都是以汉语推广为载体，文化推广为

① 徐丽华．孔子学院的发展现状、问题及趋势．浙江师范大学学报（社会科学版），2008（5）．

核心作为机构的宗旨与目标，在日常的课程教学和培训中向当地民众传播中华文化，并且都通过不断开展各种文化活动来吸引人们对中华文化的关注。

（3）在工作内容上，明爱（伦敦）学院和伦敦中医孔子学院都是以汉语和文化课程教学为主，同时提供汉语的教授、考试以及相关中国传统文化的培训，并且还会组织各种文化活动向普通民众推广汉语及中华文化。

（二）两者的不同点

（1）组织结构方面，明爱（伦敦）学院隶属于明爱会，有教会支持或合作，并在明爱会设有管理委员会，有主席、财务主管、委员会成员管理机构相关的事务，明爱（伦敦）学院由自己的院长灵活组织和管理学院日常的事务，保持独立自主的运行方式。而伦敦中医孔子学院与其他国家的孔子学院一样都是统一的组织形式，必须接受孔子学院总部的统一领导，并且学院的院长通常是由一名中方院长和一名当地院长共同担任，中方院长负责学院的日常管理和行政工作，统筹学院的各项业务与活动的开展，当地院长则负责协调各种外事关系。

（2）在机构设立方面，明爱（伦敦）学院是独立的教育机构，能够得到香港明爱和罗马天主教西敏寺教区的支持，并且有教会的大主教担任名誉会长。而伦敦中医孔子学院是与英国伦敦南岸大学合作建立，并且依附于伦敦南岸大学，由其提供教学场所和教学设备等。

（3）资金方面，孔子学院在筹建时由国家汉办提供启动经费，之后每一年依据所在孔子学院所开设或承担项目的多少来给予相应的资金支持。而明爱（伦敦）学院的资金来源主要为创始人建立的凤山基金、其他项目基金、捐赠收入以及课程学费等。

（4）项目活动方面，明爱（伦敦）学院除了日常的语言和文化课程之外，着力推广各种文化项目，比如“英国华人的历史&变革工作坊”（The Evolution & History of British Chinese Workforce）项目、东西方节日文化（East-West Festive Cultures）项目、英国中餐文化（The British Chinese Food Culture）项目。特别是2013年6月启动的中国华人职业传承史（British Chinese Workforce Heritage）项目将历时3年，走访90位在英国工作的老中青三代华人，再现华人在英国的生活工作奋斗史和职业发展历程。而伦敦中医孔子学院则侧重于中医及中医文化的教授和培训，通过中医来让英国民众更加了解中国及中华文化，同时还在当地中小学校开设孔子课堂，比如伦敦南岸大学中医孔子学院与圣玛丽小学签署协议，开设了英国第 54 个“孔子课堂”—— 驻英国大使馆阳光学校。

四、对英国汉语文化机构未来发展的建议

通过从文化推广的组织结构建设、资金运营管理、项目活动的主体实践等方面分别对明爱（伦敦）学院和伦敦中医孔子学院的文化推广特色进行比较，我们总结出具有成功文化推广经验的两所学校对其他汉语文化机构发展的可借鉴之处。特别是孔子学院在其快速铺面的阶段，已经走出了一条有自己特色的发展道路，同时也汲取了如英国文化委员会、德国的歌德学院等前行的语言文化推广机构的成功经验，在全球的影响力越来越大。回顾明爱（伦敦）学院与伦敦中医孔子学院两者的发展与运行现状，得出启示如下：

（一）正确处理好汉语文化机构和海外合作方的关系

明爱（伦敦）学院与伦敦孔子学院办学模式存在的最突出的问题是：如果同本地合作学校或赞助机构的关系处理不当，很容易在不同程度上受到他人对教育独立性的干涉和约束，特别是在合作方大量注入资金时，容易受市场经济运作模式所左右，营利性质相对浓厚，不利于孔子学院独立性发展和中华文化的传播。事实上，汉语文化传播机构作为展示中国悠久历史、优秀文化和当代中国发展成就的窗口，本意是成为沟通中国与世界各国的文化桥梁，经济上的赢利从来不是它追求的最终目标。如果忘记了这一点反其道而行之，那就会从根本上动摇学院本身作为软实力象征所应遵守的基本规律和原则。

因此，如何处理好汉语文化传播机构各合作方之间的关系，对于其未来的发展至关重要。这些组织在与海外教育机构或社会团体合作的过程中，应该明确双方的互惠互利原则，而不是一切由政府承担，办好办坏都无所谓，更不是对海外合作机构的所有意见和要求毫无批判地统统执行。应该在坚持办学宗旨的前提下，与合作办学的海外教育机构或社会团体处于一种互为补充的利益共同体关系。

（二）丰富自身功能，同文化产业挂钩

在明爱（伦敦）学院及伦敦中医孔子学院的发展过程中，其

职责不仅仅是语言培训和文化交流，还担当了构建国家软实力的职能，甚至还有为国家提供全球信息的功用，而且不仅仅是单方面的交流，而是特别注重融入当地的社团或组织。在它们开展的课程或项目中，不仅仅有纯粹介绍中国传统文化的课程，更多的是要重视那些英中文化交流项目。相较而言，目前的许多汉语文化传播机构功能有些单一，应该加强文化活动的广度和深度。真正的文化交流应该是双向的、互动的，只有经过充分的协作磨合，才能达到深层次的融合发展。

此外，明爱（伦敦）学院及伦敦中医孔子学院都特别强调电影、戏剧、文物、绘画等艺术项目对宣传中国文化的重要作用。中国文化博大精深，为了让更多的人了解真实的中国，汉语言培训机构应该与文化产业相结合，多推出自己的特色刊物、纪录片或主题网站，从而让外国人更直观地产生对中国的印象。

（三）逐步提高办学质量

明爱（伦敦）学院同伦敦中医孔子学院的办学模式有所不同，但并不代表可以对其降低教学质量标准。现如今，各国的汉语需求都有显著增长，各式汉语言传播机构在海外遍地开花，保证数量与质量的相对均衡，将直接关系到传播汉语文化的全局。

由于以孔子学院为代表的汉语言传播机构不单单负责教学，更是推广中华文化艺术的传播者和协调者，因此从长远来看，这类机构的竞争力要体现在质量而不是数量上，品牌效应与统一形象的树立应该受到足够的重视。不同合作模式下的汉语文化传播机构自身应准确定位，根据实际情况进行选择。与高校或教育部门合作的，可以选择一些规模大、层次高、有影响力的当地名校，从而达到强强联合；而与跨国企业或基金会、社团合作的，可以以特色办学为主，建立一些投资大、专业性和商用性强的汉语学校。

其次，汉语言传播机构应建立一套行之有效的办学质量保证体系。制定相应的政策规范，指导、统筹和协调各机构之间的教学模式，分享办学经验。在评估汉语教科书、教学内容和教学方法时应根据当地的需求和政策差异，加强对汉语教师教学质量的评估。

作者单位：暨南大学新闻与传播学院

华媒生存

英国华文媒体概述

■张　嘉（Zhang Jia）　张　维（Zhang Wei）

当今世界华人足迹遍布全球，有水的地方就有华人，有华人的地方定会出现华文媒体的影迹。众所周知，海外华文媒体在争取华族权益、教育引导华裔后代和继承华夏文明方面扮演了重要的角色，是世界传媒体系当中极具特色的一道‘风景线”。海外华人文化作为中华民族文化的一个有机组成部分，它构建了中国本土以外华人文化存在的独特的空间与历史背景，是中华文化在世界范围内的延伸。海外华文媒体作为上述意义的体现一直合理并长久存在，尤其是在复杂的文化角逐与竞争的文化全球化的后现代社会，海外华文媒体不仅充当了中华民族全球化运动的先锋，还翔实地记载了中华民族走向世界的历程。

英国华文媒体作为欧洲华文媒体的发展重镇，其地位和影响均不容忽视。较之东南亚华文媒体动辄数百年的发展繁荣历史，英国华文媒体出现至今，不过一百多年，其间因政治经济等因素的影响，亦出现过发展与停滞。然而，随着中国经济实力的不断攀升和国家地位的日渐提高，英国华文媒体在经历了百余年的跌宕与发展后，从单一的印刷媒介到现今报纸、广播、电视、网络多种媒介形态并存，呈繁荣发展的态势，逐步奠定及稳固了其海外华文媒体传播中心的地位。

值得一提的是，英国华文媒体的发展，在过去十年里经历了巨大变化和发展。尤其是 1999 年，时任英国首相布莱尔访华，推动英国高等教育大规模输出到中国，随后大批中国大陆移民和留学生到来。根据 2013 年数据统计，其中华人居民人口约 24 万，约占 0.4%，加上流动的华人人口，在英华人总数超过 60 万。这些中国大陆的新移民改变了英国华人社团的结构，也给当地华文媒体注入了新的活力，逐渐改变着这里的媒体格局。

一、英国华文报刊：跌宕起伏后的兴盛

1866 年由外国人创办的《飞龙报篇》是迄今为止最早出现的英国华文报纸，创办于伦敦。该报读者和服务对象主要在中国等东亚汉语通行地区，以中国等东方国家的官僚、商人阶层为主。

1894 年，华文期刊《中英商工机器时报》在伦敦创刊。

1931 年，日军发动侵华战争，因国难当头，欧洲迸发了诸多抗日类报刊，其中《解放》杂志在伦敦出现。

1946 年 1 月，利物浦中华建国协会编辑出版了《建国周刊》，此后的十几年，一直未见新刊出版。直到 1958 年 2 月，出现了一份通讯性质的油印刊物《自由中国新闻》，每周出一期。与它并存的还有一份油印通讯刊物《中国新闻》，前者着重刊登中国台湾官方发布的宣传稿，后者单纯报道中国大陆的新闻，泾渭分明。

从“二战”后一直到 70 年代，英国华文报刊数量极少，几乎绝迹。但到了 70 年代末、80 年代初，一直徘徊不前的英国华文报刊乃至欧洲华文报界终于有了长足的进步。

1976 年，英国华文报刊在经历了漫长的空白期后，《星岛日报》（欧洲版）在伦敦刊出，这标志着在英国新的华文报刊时代来临。《星岛日报》（欧洲版）是真正以中文读者为对象，采集发布新闻为己任的专业大众传媒机构。

1981 年，香港《文汇报》在伦敦创设欧洲版，其发行以英国为主，并延及法国、波兰。

进入新世纪以来，随着中国经济实力的增强，中英两国发展双边关系的步伐加快，加之全球汉学兴起，中华文明在英国逐渐受到尊重，这为英国华文媒体的繁盛提供了客观环境。

目前，在英国出版、最具代表性的华文报刊媒体有：

（1）《星岛日报》（欧洲版）。1976 年创办，在欧洲每周出版 6 天，中文繁体全彩印刷。由于 70 年代后期印支难民的大量移入，欧洲华人数量大增。星岛报业有限公司董事长胡仙看到这种情况，于 1976 年秋在英国伦敦近郊设立了一个印刷厂，印行《星岛日报》（欧洲版）。最初该报完全是在香港编排，然后空运至伦敦印刷。后来该报开始利用卫星传版，欧洲新闻在当地采写编排，并广收当地广告。

《星岛日报》（欧洲版）深入欧洲华人社会各阶层，拥有广

泛的读者群和紧密快捷的资讯网络，在欧洲各主要城市都驻有编辑和记者，专门负责报道与当地华人息息相关的新闻，报纸每天都有独立版面分别报道英国、法国、荷兰和其他欧洲国家的消息。另外，其他内容还包括由集团国际新闻中心所提供的国际消息以及中国大陆、香港、台湾和东亚各地的政治、文化、经济及娱乐消息。自创刊后，其业务不断拓展，发行量步步攀升，现已成为英国华文报刊中行销最广、影响最大的日报，也是英国唯一一份收费的华文报纸，目前该报的篇幅为对开 4 张 16 版。

（2）《华商报》（英国版）。2000 年 11 月在伦敦创刊发行，每周五出版，周发行量为 32 000 份，在全英范围内免费派发和赠阅。《华商报》英国版主要服务在英华人，以刊登华人在英的商务活动信息、各类商业广告及资讯，报道华人社区活动及英国本土时事及政策消息，中国香港、台湾和大陆三地的政经新闻以及与华人有关的各类消息。《华商报》还为在英国的华人提供各类广告服务，包括餐馆装修、商铺转让、旅游、保险、找工招聘、吉屋招租、代销代理、电话推销、汽车修配、杂货批发、中医针灸、会计税务、律师、留学、风水算命、征婚寻友、娱乐休闲等。

（3）《英国侨报》。创刊于 2002 年（曾用名《新欧侨报》、《新欧华报》），总部设于伦敦，每周发型 2 万份，40 版全彩简体中文印刷，每周四出版，每周早于其他英国华文周报出刊。2011 年 3 月全新改版后，以焕然一新、简洁大方的简体中文版面世。《英国侨报》针对在英华人的中高端读者群，以“扎根华社，服务华人”为宗旨，为读者提供英国华人社区，英国主流社会，中国大陆、香港和澳门、台湾，以及全球各地的精彩新闻和财经消息，并辅以针对读者需求的移民说法、投资理财、经商创业、美食、康体、时尚消费、文化娱乐等版面，发布最新资讯，引领商机，扎根华社、服务华人，安居乐业。

（4）《英中时报》与《英国商报》。这两份报纸均隶属于英国欧美嘉集团。《英中时报》创办于 2003 年，全彩繁体中文发行，是目前全英发行量最大、最具影响力的中文周报，发行量超过 4 万份，覆盖超过 100 个城市，每期逾 100 页，报道、解读全英华人关注的政治、经济、社会、文化、教育、法律等领域最新及热门事件、政策、现象和议题，10 年来，《英中时报》见证了百万华人在英国的全新人生和事业。如今，《英中时报》已有时政观察、理财、文化、美食、生活、职场、留学、法律等专栏近 40 个，这些专栏为广大在英华人读者提供了丰富的信息、观点和故事，成为《英中时报》最大的优势和特色之一。同时，《英中时报》依托母公司欧美嘉集团的旅游优势，发行网络发达，在创办五年之后扭转亏损局面，现在报纸不仅为整个集团节省了广告费，还成为英国少数赢利的华文报纸之一。

《英国商报》是2012年全英推出的首份橙色中文商业周报，为在英华人企业、商业人士提供推广、发展平台，致力成为中英商界交流合作之桥梁，报道涉及商业、理财、消费、商旅、移民、投资、教育等，在全英超过100个城市发行，发行逾3万份。

（5）《欧洲商报》。2010年1月正式创刊发行，隶属于香港环球商系传媒集团。32版全彩繁体中文印刷，发行遍及欧洲大陆，总发行量为100 000份，是目前在欧洲发行量最大、分布最广的华文商报报纸，主要通过欧洲各主要城市的华人超市、中国餐馆、旅行社、侨社和中文学校等渠道分销。《欧洲商报》是一份专门报道欧洲主流社会与华人社团的报纸，除了免费提供新闻、文化、时尚等资讯外，更着重报道中欧商业经贸信息。《欧洲商报》的主要读者对象是欧洲和中国经济、贸易、工商企业的决策者、管理者、经营者以及与中国有经贸往来的商界人士和对中国感兴趣的人士、经济情报和研究机构等。

（6）《华闻周刊》。2010年12月3日创刊，48版全彩简体中文印刷，发行遍及全英及爱尔兰共和国40个城市，为英国本土首家简体中文报纸。《华闻周刊》以拥有较高学历和消费需求的中青年新华人为主要对象，坚持“文化自信，源于优质阅读”的办报理念，意在为海外华人提供内容翔实、品质精良的中文读物。《华闻周刊》兼容传统及新兴媒体资源，在印刷读物基础上，开发网络、手机、平板电脑等电子阅读终端，是英国首家实现iPhone手机、Android手机和iPad平板电脑全球同步阅读的中文媒体。

（7）《欧洲时报》（英国版）。母报于1983年1月1日在法国创刊，以日报形式在法国发行，是现今欧洲最大的华文报纸之一，有环球热点、欧洲新闻、华埠消息、港澳消息、台北传真、东南亚新闻等。2011年《欧洲时报》（英国版）以母报为后盾，开始在全英以周报形式发行，12版彩色简体中文印刷，全英发行量达3万份。钟诚总编认为《欧洲时报》进入英国市场最晚，成本最高，本地资源相对不足，目前还处在投入阶段，不过，《欧洲时报》的优势是英国市场容量与法国差不多，《欧洲时报》在法国的成功经验可以移植到英国；同时，母报有其他产业支持，包括旅游、华文教育等产业。

二、英国华文广播、电视：步履维艰

20 世纪 80 年代，英国华人华侨创办了早期的华语广播，1983 年英国曼彻斯特东方地平线华语节目开播，此后苏格兰广播电台华语节目、伦敦城市好时光华语节目也相继开播。

20 世纪 90 年代，英国华语电视随即出现。1992 年，“北海集团”进入欧洲中文电子传媒领域，在英国开办了欧洲东方中文电视台（China News & Entertainment，简称“CNE”），成立了全欧洲第一家电子传媒公司，CNE 通过卫星向欧洲 21 个国家免费播出，每日节目时长 2 小时，到 1994 年后延长至 5 小时，60% 节目为广州话节目，30% 为普通话节目，其余 10% 为英语、法语节目。节目主要来源于香港亚视与中国中央电视台以及该台自制的少量新闻和广告。

1994 年，时代华人电视在伦敦成立，打破了东方中文电视一台独大的垄断形势。时代华人电视与香港无线电视中文台进行合作，获得该台在欧洲地区的卫星及有线电视独家播映权，其播出节目也主要来源于此。

20 世纪 90 年代，英国华语电视界一度出现了欧洲东方中文电视、时代华人电视以及总部设在香港的传讯电视三足鼎立的局面。但到了后期，三家传媒仅剩下时代华人电视（即现在的欧洲无线卫星台）。

目前，因广播电视媒体的创办与发展资金投入较大，传播途径拓展及传播效果都不容乐观，因此在英国现存较有影响力的华语广播电视媒体仅有无线卫星台和凤凰卫视欧洲台两家：

（1）无线卫星台。其前身是由英国邵氏传媒集团与上市公司韦顿公司（现为“太平洋传媒”）共同投资创办的时代华人电视（The Chinese Channel），于 1994 年 3 月开播，每天凌晨播出 3 小时的粤语节目，后增加到 7 小时。初期收看免费，后改为收费。1995 年 8 月，“太平洋传媒”在该台的部分股权被香港无线电视台附属的电视广播（国际）有限公司收购。1997 年 3 月，改名为欧洲无线卫星台，节目服务时间增至 17 小时，2002 年实现全天 24 小时不间断播出。

现在的无线卫星台的主要目标受众为广东籍华人华侨，播出语言为粤语及普通话，节目来源主要转播香港无线节目，自制的本土节目则多为反映欧洲华侨华人生活、工作的新闻及专题。

在与欧洲通信卫星公司合作后，无线卫星台节目覆盖的欧洲国家高达 48 个，提供新闻、娱乐、生活、经典连续剧及综合频道在内的五套节目。据统计，截至 2010 年 3 月，该台在欧洲的订户约为两万。

（2）凤凰卫视欧洲台。其前身是成立于 1992 年的欧洲东方中文电视，于 1999 年 8 月被凤凰卫视收购，改名为凤凰卫视欧洲台，总部设在伦敦唐人街。凤凰卫视欧洲台立足英国伦敦，放眼欧洲大陆，现今凤凰卫视欧洲台在整个欧洲华文媒体领域独占鳌头，为欧洲及非洲数千万观众 24 小时不间断提供全球范围最新最快的政经咨询和文化娱乐信息。通过采用最新科技，欧洲台已成功进入欧洲各个国家卫星转播和主流有线电视网络，以完善的网络覆盖欧洲和非洲 60 多个国家和地区七成以上的华人人口及欧洲主要旅游城市的大型酒店。

凤凰卫视欧洲台坚持凤凰品牌节目与本土化节目相容的特色，通过自制节目与欧洲华人及主流社会进行咨询交流，为中西文化交流构建桥梁。本土节目《今日欧洲》、《欧华商讯》和《欧洲印象》涵盖欧洲主流社会和华人社区的政治、经济、商务、旅游等。《直通中国》、《美丽深圳》和《中国陕西》等中欧合作节目则为欧洲的观众打开了解现代中国的大门。

三、英国华文网站：欣欣向荣

总的来说，英国本土华文网络媒体起步较晚，目前影响力较大的几家网络媒体均在 2000 年以后才开始起步。虽起步晚，但成长之快不容忽视，英国华文传统媒体纷纷开辟在线阅读，新兴传播手段层出不穷，网上、网下联动协作，呈现出欣欣向荣的发展态势。

（1）传统媒体开辟网络天地。如上述所介绍的报刊、广播电视媒体均开辟网站作为其网络推广阵营，如《英中时报》在全欧华文媒体中，率先实现在线阅读，也曾在报纸版内容之外转发其他媒体新闻；《华闻周刊》网站上线以后，不仅提供受众全部电子版内容，而且还设置留言评论、投票的空间，并开放在 Facebook、Twitter 或微博等社交媒体或自媒体上转发评论的功能。

（2）英国老牌传统媒体角逐分羹。随着中国赴英留学生的增多，英国老牌传统媒体嗅到了其市场发展前景，开始大规模拓展自己的中文业务，比如，BBC 中文部在 2009 年推出了自己的留学频道 BBC 英伦网，与传统的 BBC 中文网在内容上相区分，主攻以大陆留学生为主的教育和娱乐市场。FT 中文网在中国大陆取得很大成功，树立起了自己的品牌。

（3）新兴社交媒体层出不穷。随着中国大陆社交媒体的兴起和发展，不仅传统媒体将自己的推广领域扩展至此，一些自媒体团队也因出色的营销手段和内容设置博得关注，如新浪微博“@日不落下的红领巾”（19 万粉丝）、“@英国那些事儿”（81 万粉丝）等。

四、结语

综上所述，现今英国华文媒体的发展日渐成熟，以报刊媒体发展最为繁盛。英国华文报界由最初的外国人创办到最终华人自创自办，自负盈亏；英国华语广电的发展因资金投入等的困扰，传播效果和影响力较弱于本地华文报刊；网络媒介时代的到来为英国本土创立发展起来的华文媒介提供了广阔的平台和空间，从单一的电子版逐渐变得丰富多样化。

传统上，弘扬中华文化、服务英国华人一直是当地华人创办媒体的动因。随着中国对外开放步伐的加快、英国对中国留学政策的开放形成出国热、留学热，香港九七回归、台湾经济腾飞引发的移民潮，中国大陆、香港、台湾经济强劲增长，使得英国华文媒体在新世纪以来有机会重塑容颜，大刀阔斧地向前进军。然而，传媒技术的突飞猛进和各方力量涌入英国华文媒体圈角逐分羹，预示着英国华文媒体进入了一个新的多元竞争阶段，这也为英国华文媒体的发展提供了新的动力和契机。

（部分信息来自对公开资料的整理）

作者单位：暨南大学新闻与传播学院

英国华文报界“文化身份认同”的建构

——以《华闻周刊》报道为例

张　嘉（Zhang Jia）

海外华文媒体、华文学校、华人社团素来被海外华侨华人视为“三件宝”，是支持海外华侨华人社会存在与延续的三根支柱。海外华文媒体经历了从“华侨喉舌”到“华人桥梁”的演变历程后，在传播中华文化、争取华族权益和教育引导等方面扮演着日益重要的角色。英国华文报刊作为英国华文媒体的重要组成部分，历史性地扮演着构建旅英华人形象、促进中华民族文化传播的重要角色。尤其在复杂的文化角逐与竞争味十足的文化全球化进程中，英国华文报界不仅充当了旅英华人在英文化运动的先锋，亦翔实记载了旅英华人融入英国当地，汇入潮流的历程。

英国是海外华文媒体重要聚集地之一，是欧洲华文报刊传媒的中心。英国华文报刊媒体作为当地华文媒体的一部分，首次出现是在1894年，历经100多年的发展，英国华文报刊的数量与质量业已处于一个较高的水平。纵观海内外对英国华文报刊传媒的研究，我们发现大多数研究者注重宏观的研究，对在英华文报刊较为深入的研究或个案分析则为数甚少。本文选择《华闻周刊》作为个案研究对象，拟从文化维度来审视其对海外华人在身份认同和文化传承上的困惑和焦虑，通过对《华闻周刊》内容特色的表征分析，以一个新的切入点解读其对“文化身份认同”的建构。

一、研究设计

所谓“文化身份”，根据斯图尔特·霍尔（Stuart Hall）的表述，是“一种共有的文化”，集体的“一个真正的自我”，反映了一个群体“共同的历史经验和共有的文化符码”，是该群体得以成形的“稳定、不变和连续的指涉和意义框架”。[①] 隶属于同一文化的人们必须共享广义上相同的概念图，从同一概念图里看世界，解释世界。某一社会身份总是携带着一套道德观念体系和社会规范体系，而人们又总是需要身份认同来赋予生活某种价值和意义，需要身份认同指导自己的社会行为。[②] 在现实生活中，人们总是以一种文化的眼光看待生活中的人、事、物，即根据自己的价值立场和知识结构去评价和解释周遭的生活世界，这种“共有的价值立场和知识结构”被视作共同的文化符码，正是这些特有的文化符码将人与人区分，达成一定程度的“身份认同”。

英国作为欧洲大陆的老牌资本主义国家，西方的文化思想和新闻舆论一直占据主流地位，但同时英国又是一个具有多元文化和开放思想的国家，崇尚言论自由和新闻出版自由，这为当地华文媒体的发展提供了强有力的支持。创办于2010年的《华闻周刊》，虽然历时不长却因擅长媒介营销及市场推广，迅速占据全球市场并在全球华文报刊领域颇负盛名。《华闻周刊》作为英国华文报刊媒体的代表，扮演着构建海外华人华族文化身份的角色，华人得以通过这一影响力日益强大的媒体平台，传播华人文化，获得和创造自己复杂的文化意义与价值观念系统，不断进行身份认同。

斯图尔特·霍尔将文化的传播表述为“文化的循环”，包括5个阶段：生产、消费、表征、规则和认同。他认为任何一项文化主题或人工制品的分析研究都一定要通过这个循环来研究“他是如何被表征的；与之相联系的是什么样的社会认同”[③]。“表征”作为文化循环的中间环节，通过对表征的研究可以探究其“认同”环节的建构。所谓的表征即通过语言符号有意义地表述世界的过程，对于媒体而言，自我表征即媒体自身通过语言符码进行意义的生产创造和传播，媒体在赋予意义认同的同时，也赋予被传递者自我认同，以产生隶属于“一个民族的文

---

① ［英］斯图亚特·霍尔．文化身份与族裔散居．罗钢，刘象愚．文化研究读本．北京：中国社会科学出版社，2000．208～223．

② 郝永华：Representation：从再现到表征——论斯图尔特·霍尔的文化表征理论．江西师范大学学报（哲学社会科学版），2008（6）．

③ ［英］斯图尔特·霍尔．表征——文化表象与意指实践．徐亮，陆兴华译．北京：商务印书馆，2005．1～3．

化观念”。

《华闻周刊》是首份全英发行的简体中文报纸。读者群以拥有较高学历和消费需求的中青年新华人为主要对象，坚持“文化自信，源于优质阅读”的办报理念，意在为海外华人提供内容翔实、品质精良的中文读物。本文选择这一有效发行量逾3万，新浪官方微博“@华闻周刊”粉丝39万的英国华文报刊作为研究对象，通过对其文章进行解读，从内容分析的角度考察《华闻周刊》的媒介表征，探究其意义构建的语义网络和背后蕴含的意识形态及文化身份认同。

二、《华闻周刊》：英国华文纸媒的后起之秀

《华闻周刊》作为英国华人发声的重要基地，受众除了英国的华语人群之外，还有身居新加坡及之外的华人。《华闻周刊》创刊至今，不论其版面设计、报道角度、报道主题、言论特色，还是其商业拓展路径、新媒体平台策划开发与运营都有着鲜明的“华闻周刊式”的特色。

1. 版面设计特点

《华闻周刊》作为英国第一家简体中文排版印刷的华文纸媒，有着敢为人先的精神和魄力。大胆尝试白色底板纸质、48版全彩印刷，将每周3万份周刊读本发行遍及全英及爱尔兰共和国40个城市。

在如今的视觉传播时代，报纸版面设计是否标新立异、吸引读者眼球，是否注重视觉上的审美体验显得越发重要。越来越多的新闻工作者也认识到报纸版面设计、图片选择、图文关系处理与报纸的市场占有率直接挂钩。

《华闻周刊》报头采用中文简体，其中“闻”字将中国印、中国字及中国红结合，强烈的红白对比夺人眼目，却不显突兀，字里行间传递着祖国情结。

《华闻周刊》封面设计强调简约风格，注重“美的语言”阐释，将简约发挥到极致，设计感十足。这里没有冗乱繁杂的商业广告充斥封面，没有简讯式的头版新闻播报预览，历经数次改版之后，《华闻周刊》逐渐明确了头版“简约”风格：重磅图片+文字点缀。纵观《华闻周刊》创刊至今的封面设计，其头版的编排风格在逐步强化图片功能，摆脱“厚文薄图”观念的束缚，尤其是2013年4月26日全新改版后，选择“重磅图片+文字点缀”的头版风格后，着实给读者以耳目一新的感觉，这种单幅巨

照与文字结合的封面报道设计能抓住体现时间本质特征的典型瞬间，引起读者阅读兴趣，使整个报道产生良好的传播效果。

2. 报道主题规划

“用心”选择主题、“用心”策划选题、“用心”报道选题是《华闻周刊》给广大读者群带来的感受。《华闻周刊》有三大栏目，分别为读者提供焦点新闻、英国人文和都市生活信息。其中《闻周刊》（新闻资讯类）主旨为深耕新闻话题、实录华人生态，内容包含专题策划、焦点新闻、法律咨询、留学信息、职场发展、创业指南、金融投资等；《艺周刊》（文化点评类）主旨为借重海外华人视角，展示英国文化创意风貌，内容包含音乐、影视、阅读、剧场、创意设计、艺术人物等；《都周刊》（都市生活类）主旨为打造中文版英国都市消费圣经，内容包含房产、家居、美食、旅游、户外、美容、时尚、汽车等。

《华闻周刊》主题策划多着眼于中国重大事件、中国特色节日纪念、华人在英生活服务等信息。每逢中国节日，《华闻周刊》往往会别具一格地策划特刊，传递浓浓华族情节。如2013年10月11日，恰逢中国传统节日重阳节，《华闻周刊》推出特别专题“老无所依”，以中国式“以房养老”为话题展开讨论，从各方对中国式“以房养老”辩论博弈、对比中英两国老人退休收入、展示英国华人养老生活、评析英国养老金制度，最终落脚于“被遗忘的老人”，通过一组《一个人的城市》老年黑白图片展示了遗孤老人孤独寂寞的精神生活，黑白组照带有强烈的视觉冲击力。该期特刊重提中国传统孝道，同时落脚于现代孝道遗失、老人精神生活匮乏等问题。2013年2月15日第116期《华闻周刊》推出的《艺周刊》，选择华人摄影师徐勇镜头下的北京胡同作为封面，带领读者走进北京胡同、认识北京胡同。“胡同”可谓北京的符号，被城市现代化淹没、被现代人忽略的北京胡同充满了厚重的历史感和文化感，该期《艺周刊》将胡同之美重新展示在英国华人面前，由“胡同”勾起久居英国华人的故乡情结。

3. 言论特色

从文本分析角度，《华闻周刊》的言论特色可以总结为以下几个方面：

（1）标题短而精，诗意浓，笔墨重。如2013年9月13日的封面报道标题“月是他乡明”即改自诗人杜甫的《月夜忆舍弟》中的诗句“月是故乡明”，月亮在中国传统文化中表征“团圆”，中秋佳节来临之际，《华闻周刊》策划“中秋特刊”，通过“中秋”与“团圆”意义的重构帮助当地华人重拾中秋记忆，也深深加强了海外华人对中国传统节日的集体记忆。

（2）专栏设置突显中国风，报道内容别出心裁。《华闻周刊》开设多个专题板块，如“英国中华传统文化研究院专栏”传递中国传统儒家文化，“中英音乐家协会专栏”讲述旅英华人艺术家的故事等，这些专题板块的开辟增加了对华人社团的报道，但报道不单单介绍中国传统文化，也经常会在部分文章中传播西方文明的生活方式和价值取向。这些做法都是华文媒体巧妙构筑“第三种文化”的例证。通过对“第三种文化”的塑造，《华闻周刊》不仅可以维护华族权益，反映华族心声，而且在传播中国文明的同时，强化了华人文化的符号边界，重构华人文化集体记忆，同时也在客观上推动了旅英华人积极融入当地社会，逐渐占得一席之地。

（3）紧跟时事要闻，报道客观不偏颇。2013 年4 月20 日，四川雅安遭遇地震，4 月26 日《华闻周刊》推出雅安地震报道特刊，紧跟实时动态，从地震动态到震后重建的播报，从英国华人紧密关注到绝不袖手旁观地出手相助，展现了海内外华人的团结一致。《华闻周刊》同时关注当前中国的发展，2013 年 6 月17、18 日，为期两天的八国集团峰会在英国北爱尔兰厄恩湖举行，6 月21 日《华闻周刊》即用“G8 不应将中国排除在外”作为封面报道，并引用《金融时报》发表的《八国峰会与中国》，通过引述中国经济发展数据、对相关言论的编排表明自身立场，代表英国华文媒体发声。

（4）关注民生，贴近生活。《华闻周刊》的选题关注民生，读者群定位清晰，以拥有较高学历和消费需求的中青年华人为主要读者。其选题从多数华文媒体都关注的留学问题、旅英华人发展问题、英国投资问题到英国华人艺术家、中英高考对比、中英毕业生对比、全球杰出华人大事记、中国民生大事记等均有涉及，内容翔实、品质精良。

4. 商业拓展路径

《华闻周刊》依托于亿诺传媒，以商业拓展及媒介营销运作见长，详见下文《华闻周刊》拓展路径：

（1）2010 年12 月，《华闻周刊》先后与新华社、中国新闻社签署文字图片合作协议；

（2）2011 年9 月，《华闻周刊》与上海东方卫视合作，成为《中国达人秀》栏目海外赛区海选活动协助媒体；

（3）2011 年，《华闻周刊》与中国江苏卫视签署合作协议，成为江苏卫视收视王牌节目《非诚勿扰》（英国专场）的独家承办方。随后《华闻周刊》通过报纸、官网、新浪微博以及现场报名等方式在全英范围内进行了嘉宾招募，一时间名声大震；

（4）2012 年 8 月《华闻周刊》独家承办中国知名求职类节目《职来职往》；

（5）2012 年 9 月，《华闻周刊》正式成为剑桥大学 Pembroke College 的官方战略合作伙伴；

（6）2012 年 11 月 29 日，《华闻周刊》与《云南信息报》签署战略合作协议，双方在新闻资讯的内容上实现信息共享，在经贸交流、高端论坛和商务论坛上也将开展深度合作。

《华闻周刊》自创刊以来，兼容了传统及新兴媒体资源。在印刷读物基础上，开发网络、手机、平板电脑等电子阅读终端，是英国首家实现 iPhone 手机、Android 手机和 iPad 平板电脑全球同步阅读的中文媒体。同时，相较于其他华文媒体，《华闻周刊》除了注重自身网站建设以外，在新型新媒体平台上（如微博、微信等）的营销推广也卓有成效，其新浪微博“@ 华闻周刊”粉丝已有 39 万人，遥遥领先于其他英国华文媒体，在全球海外华文媒体中，其影响力亦属佼佼者之列。

总之，《华闻周刊》注重与其他媒体、院校的合作联系，重视新型媒介平台的拓展，以“华闻周刊式”的进军方式，成为全球华文媒体中的领军者与标杆。

三、《华闻周刊》与中华文化形象符码的建构

著名符号学家皮尔斯说：“一个象征符号是某种观念的协作联合，它的运作能使象征符号指涉于相关对象。”换句话说，当某个符号在某种程度上被人们理所当然地做出惯性解读，它便可以称之为“象征符号”。任何象征符号的建构都与社会文化内涵密不可分，人们通过文化价值体系中既有的共同体进行意义的联想与解读，久而久之，当象征意义成为一种约定俗成，人们就会赋予符号象征意义，符号本身的价值也由一般符号转变成象征符号，比如“大红灯笼高高挂”即象征中国传统节日的到来，“龙”象征皇权等。

任何一个国家或地区都有自己独特的人文历史、风俗习惯、建筑风格等，中国作为历经五千年风云浮沉的文明古国，独具中华民族特色的符号系统不胜枚举。我们通常把这种独具某种意义的符号称之为“认同”，“认同”坚定了人们对自己的看法，

同时从人与人的关系交往中派生出新的意义，并将个人与最一般层面的社会意义相联系。社会学家往往将“认同”视为共有的信仰与寄托，以维持社会秩序中的社会角色与身份。在“身份认同”中，文化意义上的认同构成了某一族群的精神世界和行为规范，它给某一群体带来的不仅仅是心灵上的归属感，亦是族群的信仰根基。

文化是一个意义的海洋，某一文化表征实践作为一种通过建构符号以生产意义与价值观念的活动，实际上参与了整个文化符号领域中意义的生产、增值和流通。[①]《华闻周刊》通过多方位新闻报道、多途径商业拓展，对事件进行“华闻周刊式”的意义解读，在意义传递的过程中，传递自身理念和价值观，促进海内外华人交流，无疑为打通海内外华人的心理认同提供了重要语言和文化的平台，客观上在华语世界范围促成了一种华语身份和文化想象的共同体。《华闻周刊》创刊以来，对发生在英国本土以及全球范围的华人社会中的具有中华文化象征符号意识的人、事，都有大量详细报道、评论与分析，同其他华文媒体一样，《华闻周刊》是华人表达自己文化诉求的场所，在华族文化身份重建、华人文化认同诉求方面都有诸多表现，不仅传播了华人族群的日常生活与传统习俗，也通过这种传播重构了华人文化记忆，加深了文化身份认同与归属感。

2013 年 4 月改版以来的《华闻周刊》更注重新型旅英华人形象建构，独家策划的重磅栏目《英伦丽人》于 5 月 3 日闪亮登场，着重展现自信、独立、勤奋、靓丽、热爱生活的新时代旅英青年女性形象。同时，《华闻周刊》亦重视中华历史文化记忆重构，拟通过多方位、多视角的报道，提升华族符号系统的生命力与影响力。例如第 135 期“香港往事”特刊回顾“这座城市的历史”，描写“鳞次栉比的店铺、热闹的广告牌、曲折迂回的街巷”等记忆，呈现了关于香港这座城市的平凡往事，引发了占有英国华人较大比重的旅英香港华族的共鸣。第 120 期《艺周刊》以“中国艺术家绽放国际艺术市场”为封面报道，重笔墨描绘了中国传统艺术创作技法——漆艺文明技法，让海外华人及西方读者看到了来自东方的艺术文明。第 146 期《华闻周刊》以“月是他乡明”为封面报道主题的中秋特刊，特约撰稿人冰河的一首

① 郝永华. Representation：从再现到表征——论斯图尔特·霍尔的文化表征理论. 江西师范大学学报（哲学社会科学版），2008（6）.

《高阳台·中秋》道出久居英国的华人虽“情愁濯尽乡愁”，但“四海凌漂身不悔，纵圆缺，只在心头”，“知岁月，哭也漫漫，笑也浮浮”。本期中秋特刊，依托“中秋”、“团圆”等中华文化符码，着重刻画20位身份不同的旅英华人的奋斗史，一个个自强不息、努力奋斗的华人形象跃然纸上。

四、结语

综合《华闻周刊》的诸多报道不难看出其对中华文化象征符码及华人文化身份的认同所做出的努力，具体表现可总结为：①积极参与华人、华社在英公共事务等的报道；②不缺席中国大事件记录，对当代中国发展关注度高；③注重新式旅英华人形象的雕琢与塑造，报道全球杰出华人代表；④注重传承与发展在英中国传统文化；⑤与时俱进地传播新兴观念，注重与本位理念融会贯通。

《华闻周刊》针对英国多达60万人口的华人在文化认同方面的需要，将中华传统文化的核心观念都纳入媒体的价值体系中，并通过策动人们对生活样式的想象和建构“想象中的社会文化”等方式，将媒体的观念和价值判断以及其内含的文化核心灌输给人们，使他们得到文化上的身份认同。而“文化身份”的认同因各种因素往往处于变动中。《华闻周刊》居于多元文化交融的英国，其文化身份的表征时时受到西方主流价值观的侵蚀，这也给当代英国华文媒体的文化立场提出了挑战，在华语世界形成了文化身份的认同危机。

但是，正如斯图尔特·霍尔所言，“我们先不要把身份看作已经完成的、然后由新的文化实践加以表征的事实，而是应该把身份视作一种‘生产’，它永不完结，永远处于过程之中”，“文化身份既是‘存在’的又是‘变化’的问题，它属于过去也同样属于未来”。[①] 这表明，文化身份的认同本身就是一个动态过程，它随着世界格局、民族地位等诸多因素的影响，时时变动，对文化身份的认同也绝非一时能下定论的。

因此，在波诡云谲的全球化进程中，《华闻周刊》作为英国华文媒体乃至全球华文媒体的领军者，面临的挑战将是源源不断

---

① ［英］斯图亚特·霍尔．文化身份与族裔散居．罗钢，刘象愚．文化研究读本．北京：中国社会科学出版社，2000. 208～223.

的，如何在这种动态变化的过程中担当中华文化传播者的角色，也将是其未来所要面对的重要议题。

（张维对此文亦有贡献）

作者单位：暨南大学新闻与传播学院

华工扫描

英国华人劳工现状实录

张　维（Zhang Wei）

据牛津大学2013年8月28日更新的一份数据报告显示，英国外籍劳工的人数在2011年达到600万人，占了全英劳动人口的9.2%①。目前华人劳工的数量尚无研究机构或政府部门进行权威统计，但根据2005年6月英国内政部发布的报告保守估计，当年华人劳工数量为9万人左右，由于近年来移民热和黑工的涌入，目前的规模应该大大超出这一数字。从19世纪初首批来自中国华南地区的海员和劳工登陆伦敦东部的船坞区（Docklands）到目前华人劳工在伦敦唐人街餐饮、食品、中医等各个行业遍地开花，200多年来英国华人劳工的身份地位经历了怎样的变迁、生活状况如何等都是值得关注的问题。

一、从“猪仔”到华工

翻阅历史，第一位到达英国土地的中国人是沈福宗（Shen Fu Tsong）②，他于1686年受比利时教士之邀前往英国，并在伦敦与英国国王詹姆士二世会面。不过，沈福宗出访英国的意义更在于早期中国文化的传播而非劳务输出。

据可考历史，英国最早的华人劳工输出要追溯到拿破仑战争时期（1799—1815），英国船运公司首次开始聘用中国船员取代英国水军，来自华南地区的海员和劳工开始在伦敦和利物浦落户。早期华人劳工在当地主要从事洗衣业。一位早期中国海员的后代在接受BBC采访时谈到父亲的工作环境：“我永远忘不了

---

① The Migration Observatory at the University of Oxford. http://www.migrationobservatory.ox.ac.uk/sites/files/migobs/Briefing%20-%20Migrants%20in%20the%20UK%20Labour%20Market_0.pdf.

② The First Chinese VIPs. BBC. http://www.bbc.co.uk/radio4/factual/chinese_in_britain1.shtml.

父亲宿舍的味道和拥挤的环境，忘不了一排排双层床和藏在每一个角落的垃圾……我找不出形容词来形容这种恶劣的生活环境。”[①]而当时正值清朝国力衰退之时，贫穷而出走海外想要寻得第一桶金的华人劳工被戏谑性地称为“猪仔”，没有任何尊严地位可言。

随着19世纪60年代蒸汽机的出现，远东贸易航线开始增加对中国海员的招聘，更多的中国男人开始应招成为船员，利物浦以及伦敦东部船坞区的彭尼费特斯（Pennyfields）和莱姆豪斯考斯韦（Limehouse Causeway）逐渐成为早期船员和劳工的聚居区，华人劳工也开始和当地女性通婚，唐人街开始初具规模。但不论身份和地位都没有多大改观。“二战”期间，多名中国海员在英国船只上被打死打伤也无人问津。全英华人华侨活动基金管理委员会总干事曾永强在一篇文章中提到：“在那个年代，英国没有‘种族平等’这一回事，中国处在外国强权欺压之中，老华侨当时饱受洋人欺凌，忍无可忍的时候，只好诉诸拳头自卫。”当时英国社会对华人劳工充满了偏见，英籍作家萨克斯·罗默（Sax Rohmer）1913年出版小说讽刺中国海员勾引白人女性，称他们“将莱姆豪斯考斯韦变成了英国最臭名昭著的地方”[②]，也有学者称“华人劳工给西方流行文化带来了罪恶”[③]。

“二战”后，英国政府与船舶公司相勾结，数以千计的中国船员被遣返回国，把他们的妻子和孩子永远地留在了利物浦。而留下来的船员家眷和后代，还有早期来到英国掘金的华人劳工继续从事洗衣业和餐饮业。直到20世纪60年代洗衣机的出现，从事洗衣业的华人劳工便纷纷转向餐饮业（特别是中餐馆），餐饮业进而成为华人劳工的主业。据英国华侨互助工团老会员回忆，那段时期，“华人毫无地位和权益”，“流浪异乡的英国华人，就连放工后在街头相聚谈天，也会被英警乱棒驱赶，或者被控以非法集会罪”。

20世纪五六十年代开始，伦敦市政府支持发展市中心的苏豪区（也就是现在伦敦唐人街所在地），东部船坞区开始式微。也是在同一时期，英国法律允许中国香港新界地区的居民到英国居

---

① From Ship to the Shore. BBC. http://www.bbc.co.uk/radio4/factual/chinese_in_britain3.shtml.

② The Creation of Chinatown. BBC. http://www.bbc.co.uk/radio4/factual/chinese_in_britain2.shtml.

③ The Creation of Chinatown. BBC. http://www.bbc.co.uk/radio4/factual/chinese_in_britain2.shtml.

留，吸引了不少新界移民到英国。而文化水平低的香港人不能胜任其他工作，只能继续从事中餐馆等业务。前任英国华侨互助工团会长陈素文先生也是这一时期移民英国的。“你过来抢了他们（英国人）的工作，他们就会打你”，陈先生说，“英国人丢了东西后也会栽赃给华人”。据陈先生回忆，当时有些华人和外国女士结婚后都不能走在一起，否则就会挨一顿暴打。在那一时期，每星期收入5英镑的华人劳工除了可以在经济上聊以自慰以外，并不企图和英国人平等地站在一起，“一起工作的英国人从不会和我们打招呼”。而此时的中国正处在积贫积弱的经济建设期，华人劳工的权益保障只能依靠仅有的几家华人民间组织，而且力量非常薄弱。

20世纪八九十年代，福建长乐、福清以及内陆的华人劳工多了起来，唐人街的中餐馆和外卖店开始蓬勃发展。1985年，唐人街也得到了英国政府的正式承认，已故的戴安娜王妃也曾到唐人街进行访问。两年后，唐人街上的华人劳工春节可以到附近的莱斯特尔广场（Leicester Square）举行庆祝活动，可见华人劳工的地位开始逐渐上升。华人社团与英国主流社会的主动沟通是背后的原因，而英国社会与以前相比更加多元和包容，中国国内改革开放带来的经济腾飞也可以为此提供注脚。

近年来，华人劳工的职业选择更为广泛，从传统的餐饮业到新兴的中医、针灸、美甲、旅游等，华人劳工在队伍壮大的同时也逐渐开拓更为广阔的生存方式。对于老一代移民的孩子而言，不同于父辈被欺凌和歧视的惨痛经历，他们（BBC：British Born Chinese）从事会计、金融、教师、医生等职业，少数也可进入英国政界。“他们和主流社会的英国人没有区别”，英国华人社区中心经理冯兆雄如此评价。

“但歧视仍然存在”，冯先生打了个比方，“如同中国人开公司，虽然雇佣老外但绝对不会让他们做到一把手，同理，英国人开公司也不会让华人做到一把手”。但在日常工作中，绝对不会有歧视，英国的“机会平等政策”同样适用于华人。

从华人劳工初涉大不列颠国土被羞辱为“猪仔’，到20世纪五六十年代来自香港的华人劳工只敢称自己为“香港人”而不是“中国人”，再到现在华人劳工可以骄傲地称自己为“中国人”，称谓的变化诉说着200多年来英国华人劳工的地位变迁，也反映出其背后的国家政治经济的风云际会。陈素文先生在采访中激动地说：“现在情况变好都是因为中国富强，如果中国不富强，我们中国人走到哪里都是被歧视的。”

二、“身份”是一堵墙

看过白晓红《华人耳语——英国华人劳工不为人知的故事》（*Chinese whispers——The true story behind Britain's hidden army of labour*）或者看过根据其报道改编的电影《鬼佬》（*Ghost*）的人一定对英国非法华人劳工（黑工）的生活印象深刻：忍辱偷生、备受欺凌、城市“隐形人”、没有任何权利可言……正如2011年曼彻斯特城市大学健康和社会变迁研究所在约翰·朗特利基金会（Joseph Rowntree Foundation）资助下发布的“中国移民劳工被剥削和强迫劳动的经历”报告中所描述的：“工时长，工资低于最低标准。通常情况下，每周工作六天每天工作14小时的周薪是100~200英镑。工人没有任何假期或病假工资。”[①]然而，正是因为他们的不正式身份让他们在这些恶劣的工作条件下只能选择忍气吞声。这一“隐形人”群体究竟有多大规模无从得知，但他们“身处产业链的最底层，每年为英国经济贡献高达十亿英镑”[②]。

而“身份”就像一堵厚重的墙，将非法劳工与合法劳工分隔在了两边，一边是地狱，一边是天堂。对于非法华人劳工而言，这堵墙也把“权利”、“尊严”、“地位”等词汇与自己隔绝开来。

曼彻斯特大学发布的报告中提到的一位来英国5年的26岁女士，由于没有合法身份，在忍受厨师欺凌的同时，还要承受高强度的工作。“（一周）我要工作6.5天，只得半天休假。我不记得我要工作多少小时了……他们叫我清洁这个清洁那个。他们故意使我不好过。”[③]而坐落在唐人街新龙凤酒店有“身份”的华人劳工马正权却过着完全不一样的生活。从事中餐馆工作五年的他除了每周正常的工作时间外，全年每4个月就可以拥有一段假期，每段假期达7天以上。就餐饮业而言，全年法定假期可以达到28天以上。“如果有人想少赚一些多玩一些的话，也

---

① Experiences of Forced Labour among Chinese Migrant Workers. Joseph Rowntree Foundation. http://www.jrf.org.uk/sites/files/jrf/Chinese-migrants-forced-labour-full.pdf.

② 孙骁骥. 华人劳工不为人知的故事. 南方都市报，2008-07-06.

③ Experiences of Forced Labour among Chinese Migrant Workers. Joseph Rowntree Foundation. http://www.jrf.org.uk/sites/files/jrf/Chinese-migrants-forced-labour-full.pdf.

可以有更多的假期”，他说。

报告中提到一位在英国9年的来自福建福清的29岁男士在英国每个月可以赚取958英镑，由于自身的非法身份，其对这一收入水准已经比较满意了。而拥有“身份”的马正权则每周薪水达到500英镑，除去衣食住行等基本开销，每年可以存款15 000英镑左右。“每到春节、端午等中国传统节日，老板还会给我们派发红包”，马正权介绍，“刚刚过去的中秋节，店里还进行了员工大抽奖，老板还给每位员工送了小礼物。”

对非法劳工而言，医疗、住房等福利从来都不在奢望的范围内。“不正式或无证件的身份所引起的担忧是持续的焦虑和压力来源，他们对以下几件事望而却步：投诉工作条件，以免失去工作……也没有想要谋求福利。”[①]而像马正权一样的合法劳工，能够轻松享受英国社会的各种福利待遇，比如医疗保障。“看病还比较便宜，公立医院都是有政府资助的，我们看病只需要自己出医药费。”

而英国政府打击非法劳工的尝试从未停止。据英国内政部一则报告称，2008—2009年，英国政府处理非法劳工案件1 722起，罚款金额到16 715 000英镑，2009—2010年处罚力度为近年最大，处理2339起，罚款23 223 700英镑，2010年之后处罚数量一直呈现下滑趋势，最近一年处理1 270起，总处罚金额达到10 843 750英镑。[②]对此中餐馆老板也苦不堪言，当英国政府不间断打击非法劳工的政策与餐饮业出现用工荒的现象狭路相逢时，留给中餐馆老板的是一个连英国政府都不知道怎么解决的悖论。

对于这一问题，英国华人各界都在寻求解决办法。英国华人资料及咨询中心会定期举办讲座和出版特刊宣传英国移民和国籍法等相关政策，并举办自愿回国工作坊，向非法劳工普及福利支援和移民相关的知识；致力于解决没有“身份”的华人劳工回国问题的当地团体“自愿回国计划”，会帮助自愿回国的华人劳工买好回国的机票，办理相关出境手续，并帮助联系回国后的工

① Experiences of Forced Labour among Chinese Migrant Workers. Joseph Rowntree Foundation. http://www.jrf.org.uk/sites/files/jrf/Chinese-migrants-forced-labour-full.pdf.

② Civil Penalty Notifications of Liability Issued to Employers of Illegal Workers. the UK Home Office. https://www.gov.uk/government/publications/civil-penalty-notifications-of-liability-issued-to-employers-of-illegal-workers/civil-penalty-notifications-of-liability-issued-to-employers-of-illegal-workers.

作或给予一定的资助作为回国后个人生意的启动资金。除此之外，国际移民组织 IOM（International Organization for Migration）会对自愿回国的华人劳工进行一定的援助（如购买回国机票和办理签证等），还会对部分劳工给予 2 000 ~ 3 000 英镑的资金支持，以便其回国后可以进行自主创业。

但遗憾的是，这些救助只针对有回国意向的非法华人劳工，对于仍旧想要留在英国生活的非法华人劳工的工作生活状况的改善方面无任何帮助，这些“隐形人”就如同生活在英国主流社会与华人社会的真空地带，无法享受基本人权，也找不到被救助的渠道，还要时不时应付移民局的轮番检查，过着东躲西藏并且超负荷的工作。英国华人社区中心、伦敦华侨互助工团、华人资料及咨询中心等华人社团相关负责人纷纷表示：“涉及法律，我们也无能为力。”而马正权谈到自己没有“身份”的朋友的遭遇时说：“别无他法，只有忍气吞声。”

三、戒不掉的赌博和可卡因

如果要问起华人劳工业余时间的娱乐活动是什么，可能十个人中有九个会告诉你，是赌博。尽管有些人只是把它当作一种娱乐的方式或者一种社交的手段，但是对另一些人来讲，却是一种致命的“爱好”。

毫不夸张地说，伦敦唐人街已经处在赌场（CASINO）和投注站（Betting shop）的包围之中了。从莱斯特尔广场地铁站出来，不论朝哪个方向走，一分钟之内绝对可以找到一家赌场或者投注站。据不完全统计，目前坐落在唐人街的大大小小的赌场和投注站已经达到 50 多家。而据华人社区中心经理冯兆雄介绍，出入于这些赌场和投注站的人中，华人已经占到了八成以上。其中包括一些中国游客，而大部分是在唐人街从事餐饮、外卖等工作的华人劳工。

“他们没有其他的休闲方式，经过长时间的工作，休息时间就会跑到赌场放松，比如在中餐馆的工人，工作五六个小时之后会有四五十分钟的休息时间，自然就跑去赌了”，华人资料及咨询中心主席、太平绅士杨庆权说，“从餐厅出来走不了几步就是赌场”。对在新龙凤酒店工作的马正权来说，赌博只是业余的一种娱乐。“小赌怡情”，他说，“我大概一两个星期才去一次，每次也就只赌几英镑，最多几十英镑”。但他的一位朋友就没有这么幸运了，“他当时也是从事餐饮业，午休时没有地方去就去赌场看别人赌，看得多了自己也就上瘾了”。据他介绍，这位朋友染上赌瘾之后，每个月的收入全部都投入赌场中，最后倾家荡产不得不被送回中国。

近年来，华人女性赌客也成倍增加。据英国《华商报》2012年报道，就伦敦两家超级赌场 Hippodrome 和 Aspers 而言，前者有三成客人是妇女，后者则达四成。① 女性与孩子接触较多，并且较男性脆弱，一旦嗜赌成瘾可能造成比男性更为严重的后果。

华人资料及咨询中心工作人员曾接触过诸多嗜赌成瘾的案例，“我们周围有很多华人家庭因为赌博发生家庭暴力，甚至妻离子散。还有一些人因赌博借下高利贷，最后无法偿还导致工作泡汤甚至潜逃”。华人劳工因嗜赌丢掉工作，与亲人反目成仇，甚至屠杀亲友的报道也屡屡见诸报端。杨庆权介绍，赌博对华人社会造成严重的负面社会效果，唐人街赌场林立也是对唐人街文化的一种腐蚀，“唐人街汇聚着中国内地、香港几代人的心血，以其美味的中华美食和传统中华文化名扬英伦，如果让人看到唐人街上林立的赌博店，会对唐人街形象造成负面影响”。

从 2009 年就开始关注赌博问题的杨庆权将这一现象归咎于英国工党 2005 年出台的《赌博法案》（Gambling Act 2005）对赌博业的限制放宽，“之前虽也有华人参与赌博，但没有像今天这么猖獗”。

查阅这份 2005 年颁布、2007 年全面生效的法案，虽然从很多方面对赌博活动进行了限制，如“禁止赌博机摆放在零售店、快餐店以及出租车站等儿童经常光顾的地方”②，以及“网络赌场必须检查顾客的年龄，赌博管理局有权将那些不合要求的网站关闭”③。但是其对小型赌博机投注限额的提高和大型赌博机投注不规定上限、允许大型赌场通宵营业、非会员赌民注册成为会员 24 小时后才可参与赌博、解除赌博公司禁止在媒体发布广告的禁令等规定实际上是对英国赌博业的鼓励和倡导，导致更多人开始从事赌博业。虽然日前英国文化、媒体与体育部颁布相关政策，要求对英国的赌博业进行限制，希望“保持赌博合法化；确

---

① 伦敦两大超级卡西诺生意超预期华人女性赌客成倍增加. 华商报, http://www.cbg88.co.uk/ygxw/2012/12-14/2182.shtml.

② Gambling Act 2005. The Gambling Commission. http://www.legislation.gov.uk/ukpga/2005/19/pdfs/ukpga_20050019_en.pdf.

③ Gambling Act 2005. The Gambling Commission. http://www.legislation.gov.uk/ukpga/2005/19/pdfs/ukpga_20050019_en.pdf.

保赌博公平公开；保护儿童和未成年人”[1]以促进英国经济的健康发展，但赌场林立导致 17 岁华人少女输光学费的事情也并不鲜见。当然，英国政府变相支持赌博业并非只针对华人社区，位于伦敦东部高街（High Street）固定赔率投注终端机（FOBTs，赌博机的一种）林立引发居民请愿时，当局也熟视无睹。有媒体批评，英国政府绝对不会放弃每年可以为英国财政制造约 90 亿英镑经济价值的赌博业。

一直关注赌博问题的杨庆权曾在媒体发文呼吁华人行动起来抗议英国政府对华埠赌风日盛的不作为；另一方面，杨庆权所在的华人资料及咨询中心（CIAC）、基督教戒毒中心（CCGR）、伦敦华人基督教会（CCIL）、华人绿洲、华人参政计划和李彦霖女士等伦敦华埠社区领袖和社区组织组成赌博关注组（GCG：Gambling Concern Group）定期举行活动，为愿意戒赌的华人劳工提供咨询和帮助，也曾举办“伦敦华人青年乒乓球锦标赛——‘向赌说不’推广活动”引导青少年向赌博说不，但似乎收效甚微。有些人咨询完之后又踏进了赌场，因为“赌场就在隔壁”。

四、濒临断代的原乡记忆

对于 20 世纪五六十年代移民英国的老一辈华人劳工而言，虽然他们人生中的一多半都是在英国度过的，但中国作为他们童年和青少年时期的故土，作为他们最初的世界观、人生观、价值观形成的原乡，“中国”这一词汇对他们而言也就有了特殊而重要的意义。即使是现在，虽然他们身在英国，却时刻关注着中国国内的每一条新闻和每一点变化，真正地与祖国“同呼吸、共命运”。

据老一辈华侨回忆，虽然身在英国，却似乎始终和祖国有着千丝万缕的联系。20 世纪 60 年代，国内形势风起云涌，种种思潮，幕幕斗争，出于淳朴的爱国热情，初来乍到的老华人劳工们虽然在小餐馆打工，自己生活状况不佳，在英国社会饱受凌辱，但还是抽出时间组织文艺队和电影放映队，奔赴全英各地，为华人侨胞演出，联络各地华侨，传播爱国爱乡思想，宣传国内形

---

① Regulating Gambling in Great Britain to Make Sure It Is Run Responsibly and Contributes to Economic Growth Department for Culture. Media &Sport. http://www.gov.uk/government/policies/regulating-gambling-in-great-britain-to-make-sure-it-is-run-responsibly-and-contributes-to-economic-growth.

势。据伦敦华侨互助工团一位老会员回忆：“那是一个特别的年代，许多互助工团会员舍弃生意，意气风发，全情投入宣传工作，大家只抱有一种思想：服务侨胞，宣传爱国。”

之后的岁月里，不论是中国传统的春节、中秋节、端午节，还是国庆节等具有重大纪念意义的节日，老一辈华人都会举行大型的庆祝活动，以表达旅英华侨华人对祖国的祝福。2013 年，作为国庆 64 周年庆典筹委会主委的何家金特意在庆典上安排了升国旗仪式，他说：“希望用这种特别的方式向祖国表达旅英华人华侨的祝福，并进一步激发大家的爱国热情。”同时作为《英国侨报》社长的何先生，特意为国庆 64 周年制作了国庆特刊，他介绍：“组织庆典、制作特刊，都是希望国庆节成为一年一次华人寄托对祖国感情的仪式，而不仅仅是吃一顿饭那么简单。”

国内有重大事件发生时，也少不了老一辈华人的身影，1994 年华南特大洪涝灾害、1998 年长江流域特大洪水灾害、1999 年印度尼西亚政府践踏华人人权、2001 年国外媒体对国内口蹄疫病情进行不实报道、2001 年北京申奥成功……祖国的每一条重大新闻都牵动着老一辈旅英华人的心。他们举办赈灾晚会、捐款、示威、声讨抗议、庆祝……正如全英华人华侨活动基金管理委员会总干事曾永强先生所说：“没有人比我们更清楚，国家的兴衰和侨民福祉息息相关，祖国强大，华侨在异国才有地位。”

老一辈华人劳工也尝试将这种对原乡的记忆和对故土的强烈情感传递给下一代。英国华人首富、荣业行老板叶焕荣的三个孩子都曾被送往中国暨南大学学习一年，他希望自己的孩子“了解中国文化，不要忘记自己是中国人”。来自香港的唐人街中餐馆老板李顺本教孩子从小学习粤语，不要忘记父辈的语言。但是对于这些出生于英国本土、很少回中国、对原乡没有多少感知甚至充分融入英国主流社会、“与主流社会的英国人没有区别”的新生代华人劳工而言，是不是真如他们父辈所期望的，他们能够成功地将父辈的原乡记忆和故土情怀完整地继承下来？好像情况并不那么乐观。

李顺本的儿子 Sunny Lee 是一个标准的“BBC”，每三年回一次香港，对他而言，他更了解香港文化。只懂英文和粤语的他眼中的中国文化可以用一个词来形容，那就是“迷信”（superstition）。“中国文化就是对风水、对幸运数字等之类东西的崇拜”。他不太关注发生在中国的事情，他觉得：“这些（有关中国的新闻）与我的工作生活没有多大的联系，而且也没有太多的精力去关注。”他于中国，更像一个第三方的旁观者，可以不带任何感情色彩地对中国进行评价，他认为中国是一个发展中的、变得更加强大的国家，“它在政治经济方面变得更加强大，它想成为超级大国，事实上，它可以成为，并且它已经成为（超级大国）”。

对马正权来说，中国更加陌生。他从来没有去过中国，没有听父辈聊起过中国的往事，也不关注中国的新闻，除了“强国龙”，他想不出第二个词来形容中国。春节对他的意义就是老板发红包，中秋节的价值就是发月饼。“中国的事情和我的生活没有什么联系，没有必要去关注。如果有打仗之类的重大事件发生，当然还是会关注的。”

而旅英文化学会主席黎丽二十多岁的女儿读医学，初中起就参加英国童子军训练，和英国的同学一起野营、住帐篷、听海边音乐会……“和英国的孩子没有什么两样。”

英国伦敦华侨互助工团前会长陈素文就曾担忧过这个问题：“年轻一代对中国文化已经没有多少感知了。”现在看来，似乎一语成谶。

（张嘉、赵路夷、陈莹对本文亦有贡献）

作者单位：暨南大学新闻与传播学院

赌徒：一个耻辱的标签

■张　维（Zhang Wei）　张　嘉（Zhang Jia）

一位专门为东南亚最富有的华人安排去拉斯维加斯的旅游公司官员曾在接受媒体访问时说：“几乎所有中国人都有赌博基因。”这句话虽然刺耳，却是对海外华人社会赌风猖獗现象的高度概括。当然，英国也概莫能外。“赌徒”几乎已经成为国际社会贴在华人身上的标签。

一、抹不掉的烙印

走在坐落于伦敦苏豪区（SOHO）的唐人街，可以看到鳞次栉比的赌场和投注站，其繁荣之势可以用华人资料及咨询中心主席、太平绅士杨庆权的一句话来概括：“你站在唐人街中心的石狮子旁，不管往东西南北任何一个方向走，两分钟之内你一定能找到一家卡西诺或一家赌马店或一家机器角子娱乐厅。”而且越来越多的中餐馆尝试转型成为赌场，唐人街上的自动赌博机数量也在不断增加。伦敦唐人街周围几乎聚集了英国所有的大牌赌场，数量之多，是全世界大都市绝无仅有的。华文报刊《欧洲时报》曾撰文称“唐人街渐成伦敦‘拉斯维加斯’”①。

根据经济学凯恩斯学派的观点，需求决定着供给。林立的赌场和投注站一方面可能与2005年以来当局对赌博业的宽松政策有关，但不得不承认，市场需求也是其中的重要因素。据英国博彩委员会最新开展的调查发现，2010年占英国16岁以上人口73%的3 550万人参与过赌博。② 2006年曾有报告指出，中国人

---

① 季欧哲．唐人街渐成伦敦“拉斯维加斯”．欧洲时报，2013－04－19（A03）．

② Gambling Commission. British Gambling Prevalence Survey 2010. http://www.gamblingcommission.gov.uk/PDF/British%20Gambling%20Prevalence%20Survey%202010.pdf.

更容易受赌博影响，成为问题赌徒的概率是其他族裔的三倍。而华人社区中心经理冯兆雄的推测也佐证了这一点，他估计，唐人街上出入赌场和投注站的人中，华人已经占到了八成以上，且大多数为唐人街上从事餐饮和外卖等行业的华人劳工。

查阅国内外媒体对华人的报道，“赌博”、“嗜赌”、“赌徒”或与之相近的词汇似乎成为描述华人绕不开的词汇。《世界华人周刊》曾总结华人嗜赌已经成为一种全球化的现象。文章认为，中国大陆周边地区正在形成一个从日本、泰国、缅甸、马来西亚到菲律宾、新加坡、印度尼西亚，并一直延伸到澳大利亚及欧美的庞大的境外“赌博网”。

其他国家的情况并不明晰，但至少就英国而言，这一报道并不夸张。华人资料及咨询中心和华人社区中心等华人社区组织向我们提供了诸多他们曾受理的有关华人嗜赌成瘾的案例：从 17 岁华人少女嗜赌成性输光学费到华人劳工赌博成瘾输光薪水引发家破人亡惨剧等，案例不计其数。在新龙凤酒店工作的马正权也表示：“身边确实有很多朋友参与赌博，有些已经嗜赌成性。”据他回忆，曾有一位从事餐饮业的朋友因为沉迷赌博，最后输光身家只能被遣返回国。

而英国媒体披露出来华人嗜赌酿成苦果的案例也不在少数。仅在英国发行量最大的华文报纸《华商报》官方网站上以“赌博”为关键字进行搜索，搜索出的以“沉溺网上赌博　留学生三年输掉 80 万镑”、“仅为一百磅欠债　福建籍华人屠杀亲友”、“来英十年　沉溺赌博身无分文”等为标题的新闻报道比比皆是。

“近两三年，看好商机的博彩公司把唐人街空闲的店铺纷纷收入囊中，（政策放宽导致）赌场增长速度比以前更快，数量比以前多了两倍。”华人资料及咨询中心主席、太平绅士杨庆权认为华埠赌博店增多对华人社区造成了严重的负面影响，“赌博成风带来的财务、欠款、就业、家庭暴力等问题不断增多，不少家业败落、妻离子散的悲剧不断上演”。同时，也会腐蚀唐人街的形象，“唐人街是伦敦的重要旅游景区，也代表着华人的形象。如果赌博店持续增多，来唐人街的游客就会觉得中国人都是赌徒”。华人社区事务组长李彦霖也曾在接受媒体采访时对此问题甚为担忧，她表示：“我们不想看见华埠变成赌埠，不想一提到中国人就想到赌博。”①

二、赌博“基因”

华人社区中心经理冯兆雄和华人资料及咨询中心主席杨庆权都认为华埠赌风日盛的原因在于2005年以来英国当局对赌博业放松管制。管制放松导致唐人街赌博店如雨后春笋般发展起来，由于位置上的接近性，在附近工作（特别是从事餐饮业）的华人劳工就会在短暂的休息时间选择去赌场，或者去赌博机上赌两把。“午休时间他们常常无处可去，又不能离开中国城，所以大多会选择去附近的赌场或赌博机上玩几把”，杨庆权说。

据有关资料显示，赌博业每年可以为英国财政创造90亿英镑的经济价值，英国当局对其采取宽松政策自然有其考虑。但反观华人自身，作为英国第三大外埠族裔（仅次于非裔、印巴裔），为何只有华人被贴上了“赌徒”的标签?

追溯华裔赌博史，中国人民大学历史系郭双林的《中华赌博史》一书中提到“赌博现象至迟在原始社会末期就已出现，但是作为一种概念，直到先秦时期才开始初步形成”②。古代中国历朝历代均有类似于赌博的游戏，并一脉相承下来。众所周知的李白、杜甫、韩愈、李清照等名人都有此嗜好，甚至可以说是资深赌徒。而民国初年，赌风最盛，当时上海成为东方第一大赌城。而据有关资料显示，海外华裔的赌博史可以追溯到晚清。当时漂洋过海的华侨，很早便开始聚众赌博，将炽烈的赌风带到了海外华人世界，随时间推移，赌博开始从私人的聚众赌博延伸到专门的赌场，赌博风气一直蔓延至今。但是英国华裔赌博史究竟始于何时，目前尚无明确史料给予佐证。

英国博彩委员会调查发现，2010年参与调查的赌博人群中，83%的人认为赌博是为了有机会一夜暴富，78%的人赌博只是因为好玩，59%的人赌博的目的是赚钱，51%的受访者赌博是因为赌博比较有趣。③ 华人社区中心经理冯兆雄的观点与调查结果相一致，他认为大部分华人赌博的原因就是听说赌场遍地黄金，

---

① 张质．政府滥发赌牌华人三缄其口伦敦华埠渐成“赌埠”．中国新闻网，http://www.chinanews.com/hr/2010/11－13/2653581.shtml.

② 转引自佚名．中国赌博史．决策与信息，2007(2):75.

③ Gambling Commission. British Gambling Prevalence Survey 2010. http://www.gamblingcommission.gov.uk/PDF/British%20Gambling%20Prevalence%20Survey%202010.pdf.

"希望有机会可以一夜暴富"。学者石毓智也曾将华人嗜赌归因为觊觎横财，他分析说："俗语说'人无横财不富，马无夜草不肥'，很多人都希望一夜暴富，管他什么手段，是不是不义之财。因此看到钱眼睛就发绿，什么礼义廉耻都不顾了。抢银行，风险太大；打家劫舍，那是犯罪；赌场那里巨额的悬赏，既安全又合法，所以很多人都疯狂去试运气。"①

其实，除去中国传统文化本身赋予的赌博"基因"以外，对英国华人劳工而言，嗜赌的很大一部分原因是英文水平不佳，无法融入英国主流社会，寂寞枯燥的业余生活中，除了去酒吧，就只能去遍地开花的赌博店里打发时间、寻求心灵的慰藉了。

三、乏力的救助

英国主流社会采取很多措施帮助问题赌徒，如成立了为问题赌博者提供帮助、支持和建议的组织 GameCare，为问题赌博者提供心理咨询、帮助和建议的道德皇家精神病学会，以及一些由问题赌博者自发组成的英国赌博者互诫协会（Gamblers Anonymous UK）等，这些组织都从心理调适和问题咨询等方面对问题赌博者提供帮助，华人问题赌博者也可以通过上述途径寻求帮助，但资料显示，参与其中的华人并不多。

此外，华埠各社团组织也尝试为问题赌博者提供救助。华人社区中心推出太极班、瑜伽班、太极剑班、国画班、广东话学习班、乒乓球俱乐部、歌唱组、国乐组等学习班或兴趣小组，以丰富华人业余生活，帮助其摆脱赌博梦魇，但是这些活动并不足以引起嗜赌成性的华人的兴趣。由华人资料及咨询中心、华人绿洲和华人参政计划等华埠社区领袖和社区组织组成的赌博关注组（GCG）从 2012 年 2 月 15 日开始每周三下午举办咨询活动，对赌徒及其家人提供咨询等全面服务，并曾举办"伦敦华人青年乒乓球锦标赛——'向赌说不'"推广活动，引导华人青年向赌博说"不"。这些尝试和努力，面对目前庞大的华人赌博群体和赌瘾本身的顽固性和反复性，似乎杯水车薪。

华埠各方也尝试从政策层面解决华人嗜赌问题。赌博关注组一度致力于关注地方政府审批赌博牌照的程序，并游说政府修改有关法例，确保地方政府审批赌博牌照过程中考虑华人的看

---

① 石毓智．华人为什么嗜赌．新浪博客，http://blog.sina.com.cn/s/blog_63af050001013b81.html.

法。2010 年，该关注组就伦敦华埠爵绿街 32 号开设投注站提出强烈反对，并对西敏寺政府采取法律行动，申请司法复核。但是因为诉讼费用和法例条文所限，法庭未能推翻有关赌博场所牌照发放决议。2013 年 9 月 13 日，该关注组还组织了“赌博法 2005 通过后赌博对社区的影响”论坛，邀请了大伦敦议会、西敏寺地方政府、赌场代表等各方代表针对赌博问题进行发言，讨论目前严重危害华埠文化的赌博问题并向当局表达意见。

华人资料及咨询中心主席、太平绅士杨庆权和华人社区事务组长李彦霖等华埠社区领袖常撰文呼吁华人兄弟姐妹们一起向西敏寺政府抗议，“我们必须阻止政府在唐人街周围发行新的赌博执照”①，但是华人劳工，特别是沉迷于赌博的华人对此并不感兴趣，李彦霖曾在媒体上表示担忧：“很多人都是这样，他们在心里支持我们的活动，但是就是不愿意站出来说，协助我们取证。”②

华人社区中心主席邱玉云曾向伦敦市长鲍里斯·约翰逊（Boris Johnson）写信，希望其关注华埠赌场林立的现状，敦促英国中央政府尽快把关注赌场的权利交还给地方政府，以抑制唐人街赌场继续增加。

针对邱玉云的致信，市长的一位女发言人回应称：“市长已敦促地方政府应该不遗余力地在遏制投注站和严格控制发放牌照方面做出努力。”但除了回应以外，中央政府和西敏寺政府并未采取进一步的行动，唐人街上的赌场和投注站仍然保持着原来的样子。

（赵路夷、陈莹对本文亦有贡献）

作者单位：暨南大学新闻与传播学院

① 杨庆权．赌博店正侵蚀伦敦唐人街．中国新闻网，http://www.chinanews.com/hr/news/2009/11-13/1962476.shtml.

② 张质．政府滥发赌牌华人三缄其口伦敦华埠渐成“赌埠”．中国新闻网，http://www.chinanews.com/hr/2010/11-13/2653581.shtml.

口述历史：百年华工职业演变

——明爱学院华人职业相关项目探析

赵路夷（Zhao Luyi）　陈　莹（Chen Ying）

据法国《欧洲时报》英国版报道，英国华工在洗衣业、餐饮业及航海业所扮演的角色与其相关风俗传统的流变是有目共睹的，但尚未有一份完整的纪录记载过去150年来他们在伦敦的生存或发展、挣扎或荣誉。地处伦敦的明爱学院在近五年的时间中，重点开展与英国华人职业发展相关的数个口述历史项目，为学界探寻这段尘封的历史、传承先辈的记忆提供了新鲜的思路与创意。本文旨在介绍其学院开展的“英国华人职业演变史”及“英国华人职业传承史”两大课题，并在其研究的基础上对华工近百年的职业流变做出梳理。

一、明爱学院：为文化传播探寻新的路径

成立于1993年3月的伦敦明爱学院是一所非营利慈善教育机构，致力于促进中国内地、中国香港、英国以及其他肤色或信仰的人群之间的经济、文化交流以及教育合作。其办学宗旨是“通过传授自立与服务实现人类整体发展（Integral Human Development through Education for Self-reliance and Service）”。学院通常会为丰富大众参与而提供形式各异的项目，同时也会为那些对中国及中华文化深感兴趣的人们开设特别的课程，目前其在伦敦招收的学习中文的学生有50余人，学院同时承担着中国大陆、香港及英国的民间文化贸易交流等任务。

相较于近几年国家汉办大力发展的孔子学院，作为慈善团体的明爱学院有着自己独特的风格与优势，它不受制于半政府半企业的办学模式，整个学院的经营管理都享有充分的独立自主权，在行使文化传播的使命中也显得更加活泼与多样化。

这份轻松自如终始贯穿其整个教学活动、交流合作等过程。

首先，明爱学院除了开设相应的语言培训课程外，还推出了各类特色文化课程，例如“中华点心工作坊”、“太极理论与演示”、“国家级酒牌持牌人证书培训”等课程，涵盖语言、烹饪、商业、中国文化、太极、电脑、对外汉语教师培训、食物卫生证书等多个领域，学生有丰富的选择空间来挑选他们自己感兴趣的课程。

其次，不同于孔子学院使用国家汉办统一编撰的汉语教材，明爱学院的中文教材均由授课老师根据自身教学习惯与学生特点自行编写，教学在针对性方面有着不俗的表现。授课的老师均有专业的汉语言文化学科背景，且有不少教师采取的是大学教授聘任制，他们都需获得教授汉语言的资格证书才能任教，严格保证了高水平的教学质量。

最后，诸如明爱学院此类民间汉语言传播组织在融入当地社区或媒体方面也做得相当出色，明爱学院本身作为一个中小规模的慈善团体，多个项目均有来自政府或民间的基金会赞助。与此同时，其与伦敦当地的各类媒体、学校、博物馆等组织均有合作交流，一方面，明爱学院在教育上与当地的中学教育接轨，受邀去中学进行中文讲学；另一方面，与明爱学院保持良好合作关系的自然历史博物馆、特拉法加广场等常有学院各式项目的展出或推广活动。更值得一提的是学院中有不少肤色各异、国籍不同的青年志愿者，他们有的来自各个大学，有的则生活于当地社区，明爱学院成为他们与中华文化联系的纽带，与青年人共同营造出一种亲切友好的家庭式学术氛围，这一点在当地民间文化团体中颇有口碑。

大体而言，明爱学院的文化传播过程主要分成三类：一是教育教学，进行汉语及中华传统民族文化的推广；二是民间交流，其中反响最热烈的莫过于其推出的各式中国菜与厨艺培训，伦敦众多不同年龄阶段的人群都对此表现出了极大兴趣；三是各类文化研究项目，例如旨在提高英国华人对选举投票与参与政治的积极性的“选出华人明天（Making Chinese Votes Count）”项目、旨在记录中国菜在英国的起源与流传的“英国中餐文化（British Chinese Food Culture）”项目等。

二、项目初探：珍贵的口述历史、丰富的学习机会

2009年至今，明爱学院先后推出了两大涉及华人职业发展历史的项目，其中“英国华人职业演变史（The Evolution and History of British Chinese Workforce）”项目已基本结束，“英国华人职业传承史（British Chinese Workforce Heritage）”业已完成第一阶段的项目研究，两者均以报告会、纪录片、专题网站、摄影展等形式向社会各界公布了他们的研究成果，取得了良好的社会反响。

（一）英国华人职业演变史项目（The Evolution and History of British Chinese Workforce）

英国华人职业演变史项目于2009年10月启动，并已于2010年3月圆满结束，项目调研采访期间，小组成员遍寻伯明翰、曼彻斯特、利物浦、格拉斯哥及谢菲尔德等地，并最终回到伦敦莱姆豪斯唐人街，接触了众多英国华工，以正式和非正式的采访进行口述历史的材料收集。此外，课题组受《英中时报》所邀，在该报开展了为期将近半年的项目专栏，将人物专访及其他资料逐一向读者展示。其中最具有代表性的当属“华人第一”人物篇系列报道，此报道涉及14位励志且具代表性的英籍华人，他们分别在政治、艺文、商业、饮食、教育、社区服务与慈善事业方面对英国主流社会作出了卓越贡献。

与此同时，课题组也推出了相关的主题网站与纪录片。双语网站“英国华人职业演变史”①汇集了整个项目的丰富采访材料与精彩图片，其“时间廊（Timelines Gallery）”板块以时间为序，用独特的超链接形式收录了所有采访对象的口述视频，并配以人物通讯或相关专题故事。

这其中，口述历史的纪录片是整个项目的工作重心。课题组成员首先将采访对象进行归类，然后选拔、提名，确认口述历史的对象与故事后，成员们需要研究其历史背景，准备大量问题，随后他们需要进行口述历史的采访训练、复杂的角色扮演，才能进行实际访谈，并高质量地完成后期的剪辑、校对、编辑等工作。剪辑师马丁（Martin Kuroczik）的编辑风格非常谨慎，他认为剪辑师太容易在剪辑中用镜头语言操纵受访者以迎合自己的观点，这几乎是一种潜意识的行为，“所以我们必须非常小心，珍惜采访对象在访问过程中最真实的自我与那些细微的闪光点”。而明爱学院院长李中文（Chungwen Lee）女士则表示：“最令人着迷的莫过于我们在重述历史的同时，也在创造新历史，并且能用一种艺术与美的方式展现给世人。能用这样一种

---

① The History of Occupational Evolution of British Chinese. http://www.ming-ai.org.uk/chineseworkforce/.

方式传播文化、对社会有所贡献，我们感到非常高兴。”①

该项目由英国蜕变基金会（Government's New Transformation Fund）出资赞助，这个总共由政府拨款 2 000 万英镑的基金会通常会支持非正规成人教育，启发成人的学习乐趣，并实现自我发展与社会进步。明爱学院英国华人职业演变史项目从 2009 年开始招募志愿者团队，团队每个人都有特定的角色与任务，他们大部分都是第一次接触口述历史项目，协作团队为他们提供新的学习方法，并让他们收获新的技能。在蜕变基金会接受的数百项投标中，英国华人职业演变史项目非常具有竞争力，基金会理事克莱尔·罗宾逊（Claire Robinson）认为该项目的创新点在于改变了成人的学习方式，增加了整个团队的自信心，项目同时具有长期发展的潜力，因为它不仅能帮助个人，同时也有可能使采访者或被访者所处的整个社区受益。

（二）英国华人职业传承史项目（British Chinese Workforce Heritage）

英国华人职业传承史项目从 2012 年 6 月启动，预计 2015 年 5 月结束，是一项为期三年的庞大口述历史项目。此项目将进行一连串的社区探访，物色了 90 位被访者，并将他们的经验与感受记录编辑成为项目的一部分，并记录航海业、洗衣业、理发业、餐饮业、军事服务业、社区服务业、护理业、传统中医业和其他新兴职业的故事。项目成果将会在伦敦不同的区域进行展示，其中包括每年在特拉法加广场举行的中国新年庆典。

该项目由英国文化遗产奖券基金会（Heritage Lottery Fund）出资赞助，其伦敦区负责人鲍尔斯（Sue Bowers）指出："这是个令人印象深刻的项目，它将会追寻英国华人的职业传承，并特别显示他们在过往 150 年来对伦敦所作出的贡献。"承袭了前一项目的风格特点，学习是本项目的中心主旨。明爱学院课题组将同时培训对文化遗产工作有兴趣的人士，所以在项目进行的 3 年内会聘用及培训 10 至 12 位实习生为项目工作员。另外，明爱学院将与不同的机构合作，比如伦敦大学亚非学院就承担了课题组中的众多专业翻译工作，而威斯敏斯特市图书馆、国家军事博物馆等组织也将提供有关会展方面的协助。

---

① The History of Occupational Evolution of British Chinese. http://www.ming - ai. org. uk/chineseworkforce/index. php? option = com _ content&view = article&id = 74&Itemid = 71.

目前，该项目第一阶段的采访内容已基本结束，主要侧重于19世纪在英国从事海员及洗衣业工作的老中青三代人，以及其家属、餐饮业、中医业和各种专业人士，并面向社会大众做了阶段性成果展示。2013年9月24日，明爱学院在伦敦丽晶大学会议室举行了建校20周年庆典活动，这同时也是英国华人职业传承史成果展，活动当天展出了该课题组精心制作的主题网站及数个采访纪录片，让受访者说出自己的从业心声。9月27日，明爱学院与查宁阁图书馆联手举办的摄影展“起航”在伦敦查宁街拉开序幕，近百副珍贵的摄影作品分成五组，展示了早期漂洋过海来英谋生的华人在航海、洗衣、理发、餐饮、军队等行业的生存状态，再现了在1884年伦敦国际健康博览会上，中国美食第一次被介绍到英国等史实。

华人在英国工作、生活已有百年之久，从事的行业也多种多样。不少来参加活动的年轻华人都表示，虽然知道祖辈们在英国工作生活多年，但是对于他们从事的行业却了解甚少，图片展是他们了解祖辈历史故事的一个很好的途径。而作为英国华人职业传承史的受访者之一，英国皇家花园酒店中国和东南亚商务发展部经理李建勋也对活动给予了高度的肯定。他说这次活动非常有意义，是对于英国华人历史的一种印证和传承。①

三、项目梳理：百年华工职业的演变历程

在西方社会，华人在不同的历史时期总有一项主导职业，而后该职业又成为大部分华人的就业选择：一开始是海员，继而是洗衣工人，从19世纪50年代至今则多为中餐馆和外卖店员工。然而，到了今天，很难说哪一种职业在英国华人中最为普遍。越来越多的华人学生来英国留学，他们学习的科目众多。与第二代英国华人一样，许多毕业后留在英国的华人学生从事与其先辈迥然不同的行业。

大英博物馆的资料显示，1985年有90%的华人雇员从事餐饮业，不过这种情况现在已经改变，并且还在不断地变化当中。对外汉语教学和中医已经成为华人在主流社会中的重要职业，在唐人街以及伦敦其他地区，金融投资、证券分析等行业也颇受年轻的第三代华人的青睐。

---

① 魏秧子.英国华人职业传承史”图片展伦敦开幕.中国新闻网，http://www.chinanews.com/hr/2013/10-06/5346315.shtml.

从 1991 年起，英国政府开始关注少数族裔与女性的就业情况。尽管厨师仍然是华人最普遍从事的职业，但其百分比已有所下降。20 世纪 90 年代，华人男性最普遍的五种职业分别是：厨师、餐馆经理、服务生、管理阶层和会计。受雇的华人男性中有 52.86% 从事这五种职业。到了 21 世纪，厨师与餐馆经理仍然是华人男性两种最重要的职业，但软件专业人士与销售助理的数量也开始攀升。此外，只有 41.61% 的华人男性从事上述几种职业，这说明英国华人男性劳动力的就业选择已然拓宽。① 2004 年的年度人口调查表明，华人的工作依然集中在某几种行业。接近一半的受雇华人男性从事分发、旅店和餐饮业，而仅有 1/6 的英国白人活跃于相同行业。

华人女性在 1991 年最普遍从事的职业则是护士、厨师、餐馆经理、销售助理和服务生。如今，这些职业仍居前五位，但排序有所变化。销售助理成为最多华人女性从事的职业，其后是厨师、护士、餐馆经理和服务生。如今，约三成的华人极有可能跻身于管理阶层或得到需要一定专业水平的职位，另有一成左右的华人则属自雇人士。

（一）航海业（Sailing）

华人海员在英国定居最早将追溯至 1780 年前后。他们在东伦敦莱姆豪斯码头及其周边邻近码头的地区聚居，令这里在 18 世纪 60 年代成为英国乃至欧洲的第一个华埠。拿破仑战争期间，由于英国海员被征召到海军服务，船运公司开始大量招聘华人海员，特别是在两次鸦片战争之后，积弱的清廷被迫与英国等西方国家签订了一系列不平等条约，其中开放沿海城市进行贸易、允许华工到殖民地工作等条款，大大增加了在英中国海员的数目。从此，越来越多贫困的中国人远赴海外谋生。

19 世纪中期的利物浦是世界上最繁华的海港之一，许多来自中国广东四邑、上海和新加坡的海员在此安家。② 第一家以汽船提供直航中国服务的英国机构也位于利物浦，那就是 1865 年成立的阿佛德与菲利普 · 浩特的蓝烟囱船运公司（Alfred and Philip

---

① Louisa Blackwell and Daniel Guinea – Martin Occupational Segregation by Sex and Ethnicity in England and Wales，1991 to 2001，Health and Care Division，Office for National Statistics.

② 英国华人移民：从洗衣店和餐馆业到专业领域. 人民日报海外版，2008 – 09 – 01. http://gb. cri. cn/1321/2008/09/01/1766s2220609. htm.

Holt’s Blue Funnel Line）。它也聘用了不少华工，并为他们设立膳宿处。

对于英国雇主来说，华人海员不但薪水低廉，而且很少喝得烂醉醺醺，易于管理。所以他们经常以这些廉价劳动力为托词，拒绝本土英籍员工的加薪要求。为此英国海员常将华人同行视作靶子。事实上，在低薪与敌意之外，华人还面临被殴打、禁食等其他威胁。为此，伦敦与利物浦均成立了华人互助会（Mutual Aid Associations）。相对于那些半神话色彩的秘密会社，华人互助会着重关注成员的利益，为被剥削的成员提供协助，并安葬客死异乡者。

其后，越来越动荡的世界局势凸显出华人海员坚毅勇敢的一面。中国“抗日战争”时期，英国华人无论劳工、学生还是知识分子，都表现出同仇敌忾。1938 年，Teesside 与伦敦的码头工人和华人海员无视收买，拒绝为日本货轮装载一批军需品钢铁到日本。[①] 第二次世界大战期间，总部设在利物浦的华人商队海员联会（The Chinese Merchant Seamen’s Pool）已有两万名成员。他们在高危险性的北大西洋运输线的油轮上工作，航行途中经常遭受敌军袭击，殉职者上千。

然而他们得到的却是吝啬的对待，无论工资还是权利都比英国同行少。英国海运公司在中国招聘海员时，写明这些海员享受参战国战时服役人员待遇。但上了船之后，一切最苦最累的工作都由中国海员承担。大部分海员在闷热的底舱为锅炉加煤烧火，赤膊上阵，挥汗如雨，工资却只有英籍或其他白人海员的三分之一，并经常受到任意的斥骂侮辱。华人海员开始有组织地争取权益；一些华人留学生也积极奔走，协助海员与英方谈判。随着战争的进展，英国商船伤亡人数上升。各界华人几经努力，希望为殉职同胞的家属争取合理抚恤金。

今天，在利物浦的皮尔西德码头（Pier Head），人们可以看到一块华人海员纪念牌匾。除了缅怀那些在两次世界大战中为英国服务的前线功臣，匾上简洁的文字背后还隐藏着一段令人伤感的往事。原来“二战”后，英国内政部因不堪忍受华人海员希望改善自身待遇的抗争，与船运公司合谋遣返大多数中国海员。在英国内政部没有发出任何警告的突袭式遣返行动中，有两百多名华人海员尽管已与英国妇女组织家庭，却仍遭强行驱逐。他

---

① The Chinese in Britain, History Timeline. http://www.zakkeith.com/articles, blogs, forums/chinese - in - britain - history - timeline.htm.

们的突然失踪，令妻子们以为遭受遗弃。直到年迈离世，她们都很少向孩子提及他们的中国父亲。这些家庭默默承受着永远无法弥补的伤害及遗憾。海员们虽已离去，却又始终停驻在家人的思念中。直到21世纪，遣返事件的真相才渐见天日。2006年，利物浦华人海员后代为父辈树起牌匾，表达对父辈的缅怀之情。

（二）洗衣业（Laundry）

当第一批华人海员开始在伦敦莱姆豪斯码头安顿下来时，尚未有华人女性涉足这片土地，这些海员多与英国人通婚；后来少数海员更在岸上开设洗衣店、杂货铺和食肆维生。随后，纽因顿、利物浦等地的华人洗衣店也如雨后春笋般涌现。

在英国的许多城市，洗衣店是华人经营的第一种生意。这些店铺的工作由浸泡、搓洗、浆烫到送货全由人工操办，并需以高品质与快捷服务令顾客满意。当时一般的洗衣店在炭火上架设直径约五英尺的大锅炉，将肮脏的衣物放在里头烧煮。之后衣物要转到一个大木桶内冲洗，洗干净后移到“干衣器”内转干，最后才晾在挂满金属线的晾衣室里。

华人洗衣店在诞生之初便要面对非议与打击。1901年，伦敦第一家被正式记录在案的华人洗衣店在伦敦波普拉区（Poplar）开张①，对外族充满恐惧与敌意的当地人立即向店家投掷石块，街上华人也遭到袭击。尽管如此，华人还是坚韧地在异国扎下了根。无论是在繁华口岸，抑或是布里斯托（Bristol）这样稍显寂寥的海港，都能看到华人的身影。有些华人定居于此后，洗衣店作为家族生意能传上好几代，但现今大多已不复存在。

颠簸不定的海上生活也许并不适合一般华人的性情。如果能有选择，他们会更青睐较为安定的生活。于是，洗衣业逐渐成为华人打工的首选。1921年英国的人口普查数据显示，全英有2 419名华人，其中包括547名洗衣工人、455名海员和26名餐馆员工——当然这只是一串保守的数字，因为华人对“官差”通常都很怀疑与疏离，往往会避开人口普查官员。十年后的另一次普查显示，华人总数回落到不足2 000人，但全英仍有500多家华人洗衣店。因为当时只有华人洗衣店才能将衣领浆得硬直，

---

① Chinese Diaspora in Britain British Museum 2008. http://www.britishmuseum.org/pdf/Chinese%20diaspora%20in%20Britain%20201008.pdf.

故而深受军警人员偏爱，家庭和企业也是它们的主顾。20 世纪中期，英国迎来了一次华人移民高潮，洗衣业仍然是这些移民的主流行业。

“穷则变，变则通”，这句话恰好是华人洗衣业兴衰历程的写照。19 世纪 60 年代，随着科技的发展，很多布料应用人造纤维，变得容易清洗。再加上自动洗衣机的问世，令洗衣业日渐式微。此时，中餐业的发展却处于上升阶段。譬如在利兹，洗衣工每周薪水只有 2 英镑，熟手工人也只能拿到 4 英镑，在餐馆打杂却能赚到 6 英镑左右。于是，许多家庭经营的洗衣店纷纷改行从事餐饮业。行业的更迭交替虽令人感慨，却也无碍坚忍顽强的华人在艰难处境下变通求存。

（三）餐饮业（Catering）

自 19 世纪末期华人海员在英国开设小型食肆算起，一个多世纪的时光已然匆匆流逝。最初的中国杂货店和饮食、聚会的场所依旧与最先抵达莱姆豪斯港口的海员密不可分。到 19 世纪 80 年代末，少量华人开始在利物浦开设类似店铺，以接待各航线的华人海员和当地船坞工人，那些餐饮店主要向华人顾客供应炒杂碎等菜肴，因而随后“杂碎屋”（Chop Suey House）便成了中餐馆的代称。

20 世纪初，陆续有小部分华人海员离开颠簸不定的海上生涯，上岸开设洗衣店以及小型食肆。中餐“自产自销”的局面很快便被打破。中餐馆以其花样繁多的菜式及丰富的口感在伦敦遍地开花，它不但是华人聚会、果腹之处，更是华人商议国际风云局势、争取权益的聚集地。“一战”后，中国以战胜国身份被判予战败国待遇，西方列强在巴黎和会上将德国在山东的特权交给日本，由此刺激“五四运动”爆发。1921 年 8 月 16 日，留英学生与华侨正是在伦敦“探花楼”餐厅召开留英工商学联合国民大会，呼吁诸国尊重中国主权、撤销在华特权与不平等条约。

“二战”后，两个因素刺激了中餐业的发展与变化：一是英国政府与航运公司解雇并驱逐华人海员；二是在远东服役的英国军人习惯了东方口味，回国后起到了带动潮流的作用，一时间英国对中餐的需求大增。据统计，1956 年全英已有约 300 家中餐馆。《美食指南》（*The Good Food Guide*）记录了其中五家，使大众对中餐开始从怀疑转向接受。[①] 数年后，随着香港移民高峰的到来等诸多因素，英国中餐业迅速进入鼎盛时期。

华人人口的增加以及中餐业的兴旺，除了促成中国餐饮业协会（The Association of Chinese Restaurateurs）于 1961 年成立以外，也带动了一些社会服务设施的出现。例如，以粤语授课的中文学校在伦敦、利物浦与曼彻斯特唐人街相继出现，以造福中餐业者的后代——孩子们可以学到用中英文书写的菜式与经营技能，以便帮父母打理生意，甚至还能在餐饮业找到工作机会。

随着中产阶级消费力的增加，越来越多英国人喜欢出外就餐。遍布全英的中餐馆自然成为其一大选择。此后，环境高雅而收费昂贵的高档中餐馆陆续出现在伦敦、曼彻斯特及其他大城市。据统计，2008 年全英有 17 500 家中餐馆与外卖店，雇员超过 10 万。

在百余年历史中，中餐在英国的形象有两个极端。中餐的食品安全一直遭受媒体诟病，2000 年疯牛病暴发之际，上千名华人在伦敦示威，抗议媒体在缺乏证据的前提下报道中餐馆使用染病肉类，以致谣言四起。平心而论，中餐馆的负面形象不能简单归咎于英国媒体的抹黑。事实上，一些中餐馆业主确实不重视食品安全问题，甚至缺乏基本的专业知识。例如，有些中餐馆对员工不提供任何食品安全培训，员工留长指甲、佩戴各种首饰、发型不整洁、不懂得如何洗手，这其中的冲突有些是中英巨大的文化差异导致的，更多的则是英国食品安全条例绝不许可的行为。

此外劳工问题亦直接影响中餐业的发展。2008 年，英国政府收紧移民政策，规定低技能工种只能雇佣本国或欧盟公民。中餐业首当其冲，面临厨师短缺的危险。据华人移民关注委员会（Chinese Immigration Concern Committee）向政府提交的调查报告中称，中餐行业有 20 000 个技术厨师，而政府却只收到 400 名雇主提出的执照申请。[②] 这对不匹配的数据不但无法说明中餐业劳工短缺，还给政府造成错觉，认为中餐馆仍大量雇佣非法劳工，并采取更频繁的搜捕行动。因此“技术厨师’随时都有被移出劳工短缺名单的危险。

---

① J. A. G. Roberts. *China to Chinatown: Chinese Food in the West*. Reaktion Books Ltd., 2000.

② 英国中餐厨师或由“本土制造” 中餐业须寻新出路. 英中时报，2009-11-20.

面对中餐业的发展困境，华人亦积极寻求其他解决方法。早在 1980 年，高档中餐馆“忆华楼”（Ken Lo’s Memories of China）的老板罗孝建就已开办欧洲第一所中厨学校“罗氏厨房”（Ken Lo’s Kitchen）[①]，培训本地专才。1998 年，明爱学院创始人、教育家石慧娴博士（1932—2010）更率先改编国家职业资格（National Vocational Qualifications）课程大纲，引入中式食材与烹饪用具，例如以鲈鱼取代英国人常吃的三文鱼、介绍中式菜刀的用法等。近年来，华人社区亦与英国一些学院合办中厨学校。

业内人士认为“本地培训”更有利于行业长远发展：职业资格认证不但能吸引更多新生力量进入这个行业，使行业更正规化、职业化，也将有助于提高雇员薪酬水平。然而也有人提出质疑：烹饪中餐不但需要技能，更需要对中国的历史文化有一定了解。国家职业资格课程是否能培养出既具有中餐特有技能、又了解中餐精髓与社区文化的厨师，这是一个值得探讨的问题。

（四）中医业（Traditional Medicine Culture，TMC）

中医传入英国，是继中国饮食文化作为中国传统被西方世界广泛接受后出现的又一次文化热潮。在 20 世纪之前，中医在英国的发展非常缓慢，直到 20 世纪 60 年代，私人针灸诊所和小规模的私人针灸学校才开始出现在伦敦及英国其他地区。若干小型中医诊所分布于英国几个大城市的唐人街，主要服务英国华人，其从业者大部分没有接受过系统的正规训练。

自 20 世纪 70 年代以来中国逐步对外开放，世界开始对这个国家投以更多的关注。英国学生开始到中国大陆、香港、台湾以及日本等地学习针灸。英国的第一个针灸师行会组织——英国针灸师注册协会（British Acupuncture Association and Registration，BAcAR）随之成立。就中医在英国的普及与多样化而言，80 年代是一个重要的时期。针灸从业人员发展到近千人，来自中国及其他地方的正规中医师开始在英国悬壶。此时，越来越多针灸学院出现在英国。西人针灸师之间出现不同的学术见解，组织上也开始分化，先后成立了五个不同的针灸师协会。自 20 世纪 80 年代中期到 20 世纪 90 年代初期，中医在英国获得迅速发展，这主要归功于一批优秀的中医专家和高水平的正规医师执业。

---

① Eric Pace，Kenneth Lo. An Ambassador Of Chinese Cuisine to the West. *The New York Times*，1995 - 08 - 14.

中医在英国以分散的、个体经营的诊所为主要形式，有的还以连锁店的方式经营，多开办在大型购物中心，方便人们购买中药或进行针灸、中药治疗。“中医热”带动了中草药、中成药、针灸针及相关器材的进口，中药材销售激增，出现了数家有影响力的中药公司。

与此同时，中医教育取得长足进步，英文版的中医书籍出版增多，私立针灸或中医学院涌现，有的还培养中医（包括针灸和中药）研究生。值得一提的是，英国米德萨斯大学（Middlesex University）与北京中医药大学合作，自 1997 年起开办欧洲首个中医专业学位课程；中医汉语教学部分则由明爱学院承教。2008 年 2 月 25 日，由中国国家汉语国际推广领导小组办公室与英国伦敦南岸大学（London South Bank University）合作创建伦敦中医孔子学院，这是世界上第一所中医孔子学院。

此外，英国国家医疗服务系统（NHS）中唯一的中医诊所于 2004 年 2 月赢得了威尔斯亲王基金（The Prince of Wales's Foundation）的一个奖项，这证明中医正得到英国主流社会越来越多的认可。同年，在英国针灸师协会（BAcC）注册的针灸师已多达 3 000 人。截至 2007 年，全英已有 3 000 余家中医诊所。2008 年，在英国从事中医药工作的中国中医药高等院校毕业生人数，由 1993 年的 200 人攀升至 1 000 人。①

随着中医药学的发展与演变，中医药界也有内部不规范、从业人员良莠不齐的状况浮现。中医医疗事故不绝，在科研方面又比较薄弱，拿不出英国主流医学所要求的科学实证，2000 年 11 月，英国上议院科学技术委员会在一份关于辅助医学的报告中，曾将中草药列为“疗效差、无科学依据，不值得推广和研究”。另一方面，英国媒体对中医药的报道转向负面，亦为中医在英国的发展蒙上了阴影。如今，英国中医各界人士正为消除中医药面临的种种质疑，并达成中医立法的目标而努力。但我们也必须清醒地意识到，中医要想获得与西医同等的法定地位，成为英国国民保健系统的一支中坚力量，还有漫长的、曲折的路要走。

（本文部分内容通过明爱学院网站与其他公开资料获得）

作者单位：暨南大学新闻与传播学院

① 班国瑞，邓丽兰. 英国华人社团的历史演变与当代华人社会的转型. 华侨华人历史研究，2005（2）.

信息图

暨 南 大 学 新 闻 与 传 播 学 院 伦敦深度采访 · 海外舆情调研

暨南大学舆情与社会管理研究中心

PURSUE DREAM IN LONDON

追梦伦敦

伦敦深度采访·海外舆情调研

London Depth-Interviews & Oversea Public Opinion Survey

暨南大学新闻与传播学院
Jinan University School of Journalism and Communication
暨南大学舆情与社会管理研究中心
Institute for public opinion and social administration, Jinan University

陈 强

Qiang Chan

陈 一鸣

Yiming Chan

张 嘉

Jina Cheung

张 维

Noreen Cheung

王 滋

Anphie Wong

胡 方煦

Fanny Hu

陈 莹

Carol Chan

赵 路夷

Luyi Zhao

白 晨晖

Tina Bai

查 冠琳

Linda Zha

何 康杰

Dennis He

王 悦

Toto Wong

徐 嘉霖

Journey Hsu

英国传媒业之发达，其新闻产品和英文节目占据和跨越了世界传媒版图的大部分角落，其传媒运作模式不乏有值得学习和借鉴的地方。

暨南大学新闻与传播学院与英国《欧洲商报》学界、业界联动，共同策划筹办了此次“追梦伦敦 - 伦敦采访实践 · 海外舆情调研”活动，为新闻学子提供珍贵的海外实践机会。此次活动队员们就“中国国家形象认知”、“英国华文媒体现状”、“伦敦中文学校”、“旅英华商发展现状”、“旅英华工生存现状”五方面展开了实地采访调研。

本次活动作为我院学子初次走出国门的实践尝试，不仅提高了学生的采写编等专业素质及研究能力，也让同学们在感受异域风情的同时开阔了视野，真正提高自身国际化水平，以达到“学以致用”的目的。

ABOUT US

暨南大学新闻与传播学院

Jinan University School of Journalism and Communication

暨南大学舆情与社会管理研究中心

Institute for public opinion and social administration, Jinan University

| 启程前，新闻与传播学院党委书记杨先顺、常务副院长支庭荣、副院长张晋升与带队老师及赴英采访团学子在明湖畔合影

| 伦敦桥合影

| 与《每日电讯报》总编Tony Gallagher合影留念

| 大英博物馆合影

| 我们在大本钟

| 与英国华人首富叶焕荣、《欧洲商报》社长游海龙、旅英文化协会会长黎丽在荣业行合影

| 采访香港无线卫星台欧洲台制片人郑焕治

| 采访伦敦明爱学院

| 采访旅英华人打工者

| 采访华人资料及咨询中心主任杨庆权

| 采访英国青年华人艺术家王加诺

| 伦敦摄政大学·学生楼

| 威斯敏斯特大学传媒艺术与设计学院编辑室

| 唐人街·被人遗弃的华文报纸

| 唐人街·华文报纸自取点

伦敦深度采访·海外舆情调研

London Depth-Interviews & Oversea Public Opinion Survey

| 专访《欧洲商报》社长游海龙

| 听英国华人首富叶焕荣讲述他的生意经

| 与华人社团中心经理冯兆雄合影

| 中秋节·在唐人街感受异国弥漫的中秋气息

| 街头问卷 · 海德公园的NGO志愿者

| 街头问卷 · 格林威治的青年学生

| 街头问卷 · 公园休闲的英国妇人

| 街头问卷 · 野营的伦敦少女

| 街头问卷 · 热心的英国夫妇

| 街头问卷 · 英国工人

2013.09.17 / 伦敦
· 抵达

2013.09.18 / 荣业行
· 采访《欧洲商报》社长游海龙；
· 采访旅英文化学会会长黎丽；
· 采访英国华人首富叶焕荣；

2013.09.19 / 中国城
· 伦敦街头派发“中国国家形象认知”调查问卷；
· 采访华人社团中心经理冯兆雄；

2013.09.20 / 中国城、Elephant Castle 等
· 采访香港无线卫星台欧洲台制片人郑焕治；
· 采访《英国侨报》社长何家金；
· 采访英国华商会会长李顺本；

2013.09.21 / 白金汉宫、中国城等
· 伦敦街头派发“中国国家形象认知”调查问卷；
· 采访新龙凤酒店老板 Sunny Lee；
· 采访马来西亚裔华人打工者马正权及门童；
· 采访全英学联主席闫斐；

2013.09.22 / 伦敦地标、中国城等
· 伦敦文化行：参观海德公园演讲者之角、大本钟、伦敦眼、伦敦桥等地；
· 伦敦街头派发“中国国家形象认知”调查问卷；
· 采访伦敦华侨互助工团会长陈素文及秘书吴鸿伟；

2013.09.23 / 伦敦地标、格林威治等
· 伦敦文化行：参观大英博物馆、白金汉宫等；
· 伦敦街头派发“中国国家形象认知”调查问卷；
· 采访华人资料及咨询中心主任杨庆权；
· 中国城调研：唐人街奶茶文化；

2013.09.24 / 明爱学院等
· 采访伦敦明爱学院并参加英国华人传承史成果展；
· 采访英国华文报刊媒体《英中时报》；
· 采访伦敦著名娱乐公司 HD life 创办者及 CEO 李锦铭；

2013.09.25 / 威斯敏斯特大学等
· 采访威斯敏斯特大学传媒 · 艺术与设计学院；
· 威斯敏斯特大学师生座谈会；
· 伦敦街头派发“中国国家形象认知”调查问卷；

2013.09.26 /《每日电讯报》等
· 参访《每日电讯报》，并与报纸主编 Tony Gallagher 座谈
· 采访华商会副会长、风水轩老板娘李玉媚；
· 采访蓝星 IMES CEO 罗媛；

2013.09.27 / 伦敦
· 采访《华闻周刊》商业拓展部总监安光系；
· 采访《星岛日报》(欧洲版)总编辑潘永强；
· 伦敦街头派发“中国国家形象认知”调查问卷；

2013.09.28 / 剑桥
· 参访剑桥大学三一学院、国王学院等；
· 伦敦街头派发“中国国家形象认知”调查问卷；

2013.09.29 / 伦敦
· 返程

华商面面观

英国华商生存报告

白晨晖（Bai Chenhui） 查冠琳（Zha Guanlin）

中国同英国的商业联系可以追溯到数百年前。19世纪初，英国东印度公司从中国招聘了一批海员，其中就有人在英国定居下来，并在伦敦建立了商号，成为最早的英国华侨。20世纪50年代以来，中国大陆、香港新界地区和原英属东南亚的华人移民英国者日益增多，促进了餐饮和中医等行业的蓬勃发展。如今，新生代在英华侨华人的经济事业逐步向多元化、专业化发展，为英国的华人经济带来新的活力。

一、在英华商概况

20世纪90年代初期，英国就已经成为华人最多的欧洲国家。据不完全统计，旅英华侨华人约有30万人，其中约70%来自香港，另有近30%来自马来西亚，还有少数来自中国大陆的其他省份，广东籍、福建籍居多，浙江籍次之。① 来自香港的华侨华人主要是20世纪50年代至70年代的香港新界移民。当时，香港新界是贫穷的农村，村民谋生不易，但身为香港原居民的他们能自动获得英国居留权，不必申请任何签证可自由进出英国。于是，许多新界人带上积蓄漂洋过海来到伦敦，成了中餐业的生力军。

随着时间的推移，英国的华侨华人从事的行业日趋多样化。第一代华侨华人主要集中于中餐、中医等行业，第二代及以后的华侨华人已有部分逐步涉足律师、医生、公司职员、高校教员等英国主流职业。

近年来，英国仍是华人移民的一个热门选择。根据英国内

① 肖飞．英伦华人剪影：中餐馆·中药店·中国留学生．新浪网，http://news.sina.com.cn/o/2005-06-06/15266095407s.shtml.

政部向英国《华商报》提供的数据，2002 年至 2011 年共有 56 398 名中国大陆华人获得永久居留权，他们中有近九成已加入英籍。①

除在英国华人行业占到了八成份额的餐饮业之外，根据英国华埠商会刊出的英国华人商号名录统计，华人商号在各行业分布的大致情况如下：从事中医、针灸、中药类的华人商号占华人商号总数的23%；从事超市、餐馆用品及食品制造业的华人商号所占比例为22%；会计、律师、保险等专业服务类为 15%；手工艺、书画及传媒类为 12%；旅行社及货运类为 7%；美容纺织类为 3.5%；规划、装修、室内设计类为 2.5%；其他行业为15%。②

据官方数据显示，在 1999 年至 2011 年的十三年间，有 11 000 中国华人以工签名义来英工作，其中 9 341 人连续工作五年后获取了英国永久居留。他们中六成多是餐馆和外卖店的大厨，共有 5 630 人；中医师 1 435 人，约占一成五。③ 不难看出，时至今日，餐饮和中医仍是当地华人经济的两大支柱。

与欧洲其他国家的华侨华人一样，在英华人从事的主要职业是餐饮业。中餐业在英国的发展已经有上百年的历史。1951 年，随着大量中国移民的迁入，全英中餐馆增至约百家。1957 年，全英中餐馆数目达到 300 家。1964 年，全英中餐馆超过千家。1971 年，全英华人共开设约 1 400 家餐馆以及 2 500 多家外卖店。1976 年，全英中餐馆已达到 2 000 家，资本总额一亿多美元。④ 目前，全英共有中餐馆 5 000 家，中餐外卖店 1 万多家。⑤由于中餐馆的创始人多为来自香港的粤裔人士，这里的中餐以粤式为主，他们经营的外卖，品种多样，味道独特，价格适中，颇受当地人欢迎。作为英国华人经济体的底层经济基础，餐饮业的经营状况至关重要。餐饮业的消费主体是英国人，华商通过经营餐饮获得资金，转而投资其他行业，如销售业或者服务业。

---

① 近半英国华人几乎不会英语　权益保障大打折扣. 英国华商报, http://www.cbg88.co.uk/ywdd/2013/09-06/6831.shtml.

② 童杰. 英国华商分布情况及主营行业存在的问题. 中华人民共和国商务部网站, http://www.mofcom.gov.cn/aarticle/i/dxfw/jlyd/200610/20061003549161.html.

③ 近半英国华人几乎不会英语　权益保障大打折扣. 英国华商报, http://www.cbg88.co.uk/ywdd/2013/09-06/6831.shtml.

④ 李明欢. 欧洲华侨华人史. 北京：中国华侨出版社, 2002. 814~816.

⑤ 肖飞. 英伦华人剪影：中餐馆·中药店·中国留学生. 新浪网, http://news.sina.com.cn/o/2005-06-06/15266095407s.shtml.

因此，对于老一代移民而言，若餐饮业入不敷出，那么华人社群的经济就很难支撑。近年来，随着留学生的增加，他们把家乡的特色美食也一起带到了英国。在伦敦的中国城，粤菜、湘菜、川菜、东北菜等多种风味的餐馆各领风骚，中餐业日趋多元化。

近年来伴随着西方国家华人社区的扩大，中医药业在西方国家发展很快，成为继餐饮业之后华人经济的另一大支柱。中医传到欧洲和英国大约有350年的历史。20世纪70年代，针灸开始在英国流行。80年代开始，随着针灸和中药在英国接受度的上升，国内一批批中医到英国行医，中医开始在英国广泛传播。90年代开始，中医中药为英国广大民众所接受，并相继建立了中医师学会和传授中医药知识的学院。① 由于历史原因，英国人对中国传统医学中的针灸、按摩和中药比较认同，不少人的风湿、皮肤病、湿疹就是靠中医治好的，加之当地媒体对中医药的宣传，使得中医药业在英国蓬勃发展。1990至1997年，是中医在英国的快速发展期。针灸学校、中医诊所、中药公司如雨后春笋般在英国大小城市出现，中医师从两三百人增加到两千多人，包括中医药在内的各种替代疗法在2000年已发展成具有10亿英镑市值的产业，占英国整个医疗保健市场的1.3%。② 目前，全英有中医诊所、中药店3 000家，仅伦敦地区就超过400家。中医药诊所每年有超过400万人次的就诊量，支付医药费用超过9 000万英镑。③

二、在英华商面临多重考验

（一）语言关成经营阻碍

在英经商，第一个门槛就是语言关。语言问题成为许多在英华商经营受限的原因。以中餐业为例，大厨工作场所在餐馆的厨房，工作性质决定了他们的职业要求，英语不是他们必需的工具。据英国《华商报》记者调查，92%华人大厨根本或几乎不会英语。在呈现繁荣景象的中医业中，语言不通的问题也一直

---

① 姚桂丹. 中医药业成为英国华人经济新支柱. 吕伟雄. 海外华人社会新观察. 广州：岭南美术出版社，2004. 50.

② 童杰. 英国华商分布情况及主营行业存在的问题. 中华人民共和国商务部网站，http://www.mofcom.gov.cn/aarticle/i/dxfw/jlyd/200610/20061003549161.html.

③ 姚桂丹. 中医药业成为英国华人经济新支柱. 吕伟雄. 海外华人社会新观察. 广州：岭南美术出版社，2004. 50.

存在。中医师绝大多数大学毕业，但由于专业限制，可以用英语与病人直接沟通的屈指可数。92%以上诊所都配一个前台经理兼翻译，多数医生只能说“你好、谢谢”之类的英语客套话。按英国人口统计的标准，他们也属于不会英语一类。①

在英华商从事的多为服务行业，因此与消费者的交流至关重要。在餐饮业，语言问题直接导致了劳工短缺问题。据伦敦中国城鹿鸣邨饭店老板李顺本介绍，他的饭店招聘员工的首要条件是英语好，其次是精通粤语。他格外看重员工的语言能力，“英语好的员工基本上都会被录用，语言是他们最大的优势”。中国城风水轩饭店老板李玉媚表示，她的饭店聘请的服务生都为兼职的学生。“留学生的语言能力都比较过关，”她说，“英语好的中国员工实在太难找了。”

（二）黑工问题严峻

黑工，指的是没有工作许可的打工者。在英国，多数黑工是无合法证件的偷渡客。近年来，英国为打击非法劳工，加大了对商家的罚款力度。边境署每搜查出一名“黑工”，商家就会被处以巨额罚款，最高罚款金额达到10 000英镑。从2013年11月底开始，这个对雇佣非法劳工的罚款额度还将进一步提高，最高罚款金额将被提高至20 000英镑。

2007年，英国内政部下属的边境署获得可搜查任何工作场所的授权。6年以来，打黑工的行动收效甚大，上万家餐馆、外卖店、超市、食品厂、洗衣厂、洗车铺等被检查。据统计，有1 600多名华人工作场所遭到搜查。②

英国对黑工打击力度的加大，给当地的华商企业造成巨大的影响。据报道，餐饮业劳工短缺的状况一直没有得到缓解，政府打击非法移民的同时，没有有效的政策解决餐饮业低技术劳工缺乏的困扰，结果形成恶性循环。一些商家抱怨说，英国政府的移民规定很复杂，加上有些老板的英语不够好，“无意犯规”的事情时有发生。有些商家希望移民当局能有更好的沟通，严厉的罚款额度可能导致一些合法经营的小生意关张。③ 对此，经营多

---

① 近半英国华人几乎不会英语　权益保障大打折扣. 英国华商报，http://www. cbg88. co. uk/ywdd/2013/09 – 06/6831. shtml.

② 内政部扩权打黑工　强行遣返中国遥远漫长. 英国华商报，http://www. cbg88. co. uk/ywdd/2013/07 – 19/5895. shtml.

③ 伦敦中国城连续遭搜捕黑工　华埠商会忧恶性循环. 中国新闻网，http://www. chinanews. com/hr/2013/10 – 23/5413142. shtml.

个中餐馆的李顺本表达了他的担忧，“查黑工最大的受害者是商家。一方面受到巨额罚款的压力，对员工的聘请不得不更小心谨慎。另一方面，中国餐馆长期招不到工，对生意有很大的影响”。

在过去的两个月内，英国边境署连续数周在伦敦中国城大规模搜捕黑工，突袭了13家中国餐厅。中国城中的商家饱受其扰，抱怨连连。据李玉媚介绍，2013年9月17日，伦敦中国城两家中国商铺“名品饼店”和“金门饼店”被查，但并没有抓到所谓的黑工。李顺本表示，打击黑工的行为是符合英国法律规定的，但是这种连续性的搜捕行为带有明显的针对性，具有种族歧视的性质。“令人不解的是，边境署把黑工抓走后，拘留四五个小时就放出来。这些黑工就会重新被店家聘用，黑工问题没有得到根本性解决。”李顺本补充道。

为了抗议英国边境署“歧视性”搜捕黑工，伦敦中国城餐馆在2013年10月22日举行了短暂罢市。伦敦中国城的商家表示，英国移民当局搜查非法移民的行动特别针对华人社区，并且搜捕行动并不是“基于情报”的针对性检查，而是盲目搜查，令人不解。①

在英国，这种带有“歧视性”的搜查行动并不是第一次发生。据李顺本介绍，伦敦中国城的中餐馆曾于2007年遭到百名警察搜查，BBC等媒体得到预先通知前来摄影报道，针对性十分明显。该事件后，中国城餐馆以罢市表示抗议，整个中国城关闭了两三个小时，引起强烈反响。

（三）餐饮业成本高，竞争大

作为老一代华商积累资金的主要渠道，餐饮业为英国华人经济奠定了坚实的基础。但近年来，随着经营成本的提高和竞争的加剧，餐饮业的经营面临重重困难。

在日益严格的政策影响下，餐饮业的经营成本不断提高，营业费、租金、原材料价格、煤电费用都有明显的增幅。在伦敦中国城经营着鹿鸣邨、凤鸣轩、新龙凤三家饭店的李顺本表示，38年前他初到英国的时候，中国城的店面租金大约是每年87 000英镑，如今已经涨到了每年27万英镑。风水轩老板李玉媚也表示，现在做餐饮很困难，要承受来自不同方面的压力。自己经营

---

① 伦敦中国城连续遭搜捕黑工　华埠商会忧恶性循环. 中国新闻网，http://www.chinanews.com/hr/2013/10-23/5413142.shtml.

的餐馆租金一直在涨，每年还要向政府交纳 120 000 英镑左右的地税。不仅如此，每天会有专门人员来收三次垃圾，1 袋 1 磅的垃圾费对于垃圾量巨大的餐馆而言，是一笔不小的开支。

此外，同质化导致餐饮商家之间竞争激烈，生存空间被不断压缩。据李顺本介绍，38 年前伦敦中国城的中餐馆还不到 25 家，生意都很好。现在，这里的中餐馆有 70 家左右，竞争非常激烈。“这两年新兴的餐馆很容易就倒闭，我感觉压力很大。”李顺本说道。据了解，在过去 12 个月内，伦敦中国城中至少有八家餐馆转手，中华楼、佛笑楼、新龙凤等纷纷被出手转让。

以前的中餐馆基本集中于华人社区，位于伦敦市中心的中国城是当地人吃中餐的第一选择。但如今，越来越多中餐馆经营者把餐馆开到二围地区，以较低廉的租金换取更大的店面。二围的中餐馆也因不用收取停车费而得到部分消费者的青睐。与此同时，来自超市的便利中餐以及速食中餐不断增多，这些中餐由工厂大量生产、品质稳定、价格便宜，对传统中餐馆形成了不小的冲击。

技术人员的缺乏也加剧了餐饮业间的竞争。随着当地消费者对菜品口味日趋挑剔，本地厨师人才缺口日益加大。英国移民局最新出台的政策又进一步提高了技术移民的门槛，高档厨师人才去英国发展实非易事。李玉媚表示，劳工短缺，流动性大，忠诚度不高是英国所有中餐馆面临的共同问题。

（四）中医药业亟须规范

中医药业虽然在英国呈现繁荣景象，但由于缺乏管制，鱼龙混杂和业内不良现象时有发生，因此亟须规范。

首先，在英国，长期以来中医药游离于法律监管之外。英国政府宽松和放任态度一方面使中医药获得了一定的生存发展空间，另一方面也使其发展处于无序状态，权利无法保障，生存地位十分脆弱。[①] 据李顺本介绍，20 年前以医生、护士为名申请移民的人很多，四五年前英国政府开始整顿，开中医馆需要获得相应的营业执照。但市场上做中医药生意的华人实在太多了，难免有江湖骗子混迹其中。庸医假药的出现，大大损害了中医形象。

---

① 童杰．英国华商分布情况及主营行业存在的问题．中华人民共和国商务部网站，http://www.mofcom.gov.cn/aarticle/i/dxfw/jlyd/200610/20061003549161.html.

其次，英国对中药的规定，限制了大量药品的进入。欧盟从2004年开始正式实施的《欧洲传统草药法案》规定，在欧盟成员国境内已使用30年以上的传统草药制品，或在欧洲已使用15年以上并能提供该产品在欧盟以外的国家或地区应用了30年以上的证明，才能通过登记注册，作为传统草药制品在欧洲销售和使用。否则，药品生产厂家就必须进行药理、病理、临床等一系列试验，以证实该药符合欧洲药品质量规范的规定。中草药是混合物，不像西医化学药品的单一成分，在药理分析和临床证据上往往缺少西医式的科学支持，这对通过登记十分不利。此项政策的出台，将一些新的中成药拦在了欧洲市场之外。①

最后，由于文化背景等方面的原因，中医药的完整性被破坏。传统的中医常以动物器官入药，其中包括虎骨、豹骨、玳瑁、麝香和熊胆等濒危物种制品。在英国人看来，这是一种危害稀有动物的行为，从而产生了相关的负面新闻。另外，中医在英国被拆成针灸和草药两个部分，传统的治疗方法被切割。对于英国的许多中医师而言，看病、出售中药已不再是他们的主业，针灸、按摩和推拿反而成为他们的主要收入来源。

以上问题的存在大大限制了中医药业在英国的发展。

三、在英华商发展趋势：创新化、多元化

（一）传统行业逐步转型

受经济危机影响，在英华商生存发展压力增大。就传统行业而言，经营理念、经营方式、规模、管理方法等都会出现变化。但短期还不会出现大批企业转向制造业或高科技行业的现象。华商的传统行业要真正完成向现代化转型或升级还有很长的路要走。在今后相当长的一个时期内，餐饮服务业、中医针灸业、零售业等传统行业依然将是在英华商经济的支柱产业。②

以竞争激烈的餐饮业为例，要在同质化的竞争者中脱颖而出，除了对装修、品位及服务质量的重视之外，宣传方式和营销手段也应随市场需求而做出改变。部分华商重视对新技术的应

---

① 童杰．英国华商分布情况及主营行业存在的问题．中华人民共和国商务部网站，http://www.mofcom.gov.cn/aarticle/i/dxfw/jlyd/200610/20061003549161.html.

② 林勇．以欧洲为例看“后危机时期”华商转型．中华人民共和国国务院侨务办公室网站，http://qwgzyj.gqb.gov.cn/yjytt/172/2284.shtml.

用，依靠微博等新兴的互动营销媒体，成功拓展了业务。“红房子卤味麻辣熟食小吃店”的老板 Danni 利用网络将外卖实体店发展为网店，以便捷的下单程序、快捷的邮寄方式和成功的网络宣传吸引了大批消费者。在微博兴起后又利用这个互动平台成功地宣传了自己的产品，以低成本的方式取得了巨大的效益。①

还有一些华人中小餐馆经营者转变经营模式，将中餐馆向管理简便的外卖店转化，以节约大块的经营成本。柯女士在伯明翰经营一家名为 Oriental Chef 的广式烧腊外卖店，以社区内的居民为目标消费群体。她表示，纯外卖的销售模式节约了大量的人力物力，也迎合了当地消费者的需求。

对于在英华商而言，开辟新的营销渠道，适时实现经营模式的转型，是扩展生存空间的必要手段。

（二）新生代华商面貌多元

许多老一辈华商的子女们从小接受英国教育，其中不乏出自剑桥、牛津、帝国理工这样的世界级名校者，毕业后直接进入当地白领阶层，做律师、会计、医生、工程师、公司高级职员等，子承父业的情况有减少趋势。这个现象在餐饮业尤为明显，越来越多香港人创办的餐馆被福建籍华人接手。

来英留学后选择留下创业的年轻人，尝试在新的领域发展自己的生意，也有经营夜店的，也有开办留学中介的，也有经营画廊、开办展览的，呈现专业化、多元化的趋势。

（三）中国企业加大在英投资

在英发展势头良好的中国企业抓住机遇，加大发展步伐，其中以波司登为典型代表。波司登是在香港上市的中国大陆公司，以波司登和雪中飞等品牌在中国市场上出售羽绒服和冬装外套等产品。

在目前较为宽松的投资政策的吸引之下，波司登加大了在英国的投资。去年，波司登投资 3 500 万英镑在伦敦牛津街旁设了一家旗舰店，并聘用了英国设计师尼克·霍兰德和艾什·加诺特拉。今年 7 月份，波司登与英超联赛足球俱乐部托特纳姆热刺签署了一项赞助协议，影响力进一步扩大。

据悉，波司登伦敦分店在过去两个月，销量比去年同期增长

---

① 英国华商巧借“微博”乘势而起 成为新经商手段. 中国新闻网，http://www.chinanews.com/hr/2011/10－02/3367557.shtml.

50%，主要客人为北美、俄罗斯和中东的游客以及英国本土居民。良好的发展势头增强了波司登企业领导人的投资信心。近期，波司登已接近完成收购一家拥有80个门店的英国服装连锁公司以出售自己的羽绒服产品，同时还正在与多个欧洲高端外套品牌进行早期谈判，可能还会发起一项或多项并购交易。①

四、伦敦华埠商会：为华商排忧解难的义工组织

为了团结在英国的华商，为来英华人获取信息提供便利，华埠商会于1978年在伦敦成立。

20世纪五六十年代，中国城还只是伦敦苏豪区（SOHO）的边缘地带，人员混杂，几乎属于一个“三不管”地带，只有十几个商户零星分散在这个区域做生意。不仅环境恶劣，当时在这里的中国人还一穷二白，没势力、没人管，即使受了委屈也无处申诉。为了改变华人这种状况，老华侨们组织成立“伦敦唐人街街坊会”，这也就是伦敦华埠商会的前身。随着中国城的不断发展兴盛，商户不断增多，唐人街街坊会的发展管理也日益成熟规范。到了1978年，正式组建成立了今天的伦敦华埠商会，并创办了中文学校，供来英华商的子女们学习中文。②如今的华埠商会不仅为来英华人提供信息、解决他们生活或工作上遇到的问题，而且在弘扬中华文化方面贡献了巨大力量。

华埠商会是一个非营利机构，商会副会长李玉媚将它定义为一个“义工性质的组织”。今年2月，伦敦华埠商会获得“英国华人志愿机构年度大奖”。商会在伦敦设有固定的办公地点，领导层每三年改选一次，老一辈的创办者都已经退休。目前，商会拥有100多名会员，会员从事的职业多样，包括餐饮、律师、保险、医生（特指西医）等。商会及时向会员提供中国城的一切消息，在会员遇到生活或者经营上的困难时为他们提供帮助。入会的基本要求是要有自己的生意，不能是纯粹的投资商，并且有老会员作为介绍人。华埠商会还每个月召开一次会员见面会，开会时间并不固定，但会以电子邮件的通知形式确保每个会员收到开会信息。在会上，会员们分享近期遇到的问题，并一起探讨

① 波司登将兼并英国80家连锁店. 英国华商报，http://www.cbg88.co.uk/ywdd/2013/10-03/7590.shtml.

② 伦敦华埠商会：维护华人权益　弘扬中华文化. 中国新闻网，http://www.chinanews.com/hr/2012/10-03/4225907.shtml.

解决方法。针对近两个月的搜捕中国城“黑工”现象，伦敦华埠商会多次开会探讨如何与英国相关部门对话，并呼吁会员们保持行动的一致性，共同谴责英国边境署的大规模搜捕华人“黑工”的行动。

除了帮助商户经营，伦敦华埠商会在弘扬中国传统文化方面也不遗余力。从 2003 年起，伦敦华埠商会开始在伦敦地标性场所特拉法加广场举办中国新春庆祝活动，每年都吸引了数十万民众前来观看，共享中国文化之美。除了新春庆祝活动，华埠商会还在端午、中秋等重大节日举办庆祝活动，每次活动都会有很多带着浓浓“中国味儿”的精彩节目上演，让英国民众看到了中华文化的独特魅力，促进中英两国乃至世界各国之间的文化交流。在今年的中秋庆祝活动中，华埠商会新增了儿童花灯设计比赛项目，与社区中心、中文学校及邻近学校展开合作，进一步扩大了对传统节日中秋节的宣传。

为了扩大英国主流社会对华人的认知度，但凡举办此类大型活动，伦敦华埠商会都会邀请英国主流社会人士参加。同时，商会还大力支持“华人参政计划”，让华人不再只做听众，而是要在英国的执政者面前陈述华人的诉求，发表华人的意见，让华人参与英国的政策制定，最大限度地表达华人的心声。[①] 此举让英国民众乃至世界各国人民对英国华人的面貌有了更深刻的认识。

作者单位：暨南大学新闻与传播学院

① 伦敦华埠商会：维护华人权益　弘扬中华文化. 中国新闻网, http://www.chinanews.com/hr/2012/10-03/4225907.shtml.

华商口述史：一张响亮的中国文化名片

白晨晖（Bai Chenhui）　查冠琳（Cha Guanlin）

遍布于世界 168 个国家和地区、总人数 8 700 多万、手中拥有资金 20 000 多亿美元，中国的海外华商，凭着自身实力成为世界商团中一支不可忽视的劲旅。他们不仅是许多所在国家经济发展的中流砥柱，也是中国自改革开放以来经济发展中不可或缺的重要力量。① 近 20 年来，海外华人经济力量迅速崛起，对中国大陆、台湾经济腾飞也起了巨大的推动作用。而且，随着经济全球化的发展，由新华侨华人形成的新华商群体，在促进双边经济交流与合作等方面扮演了重要角色，他们也成为推动中国与住在国经济往来的积极力量。作为全球经济力量中一个不可或缺的群体，对海外华商的研究已成为许多学者关注的热点。

一、温故而知新：华商的前世今生

“商”，古时是指行走各地进行买卖活动的人，释为“经商”，最早出现在《易·复卦》中“商旅不行”。1405 年，明成祖朱棣诏令郑和率领 27 800 人，乘宝船 62 艘，开始了“西洋远航”，在传播中国文化的同时也为世界的和平发展作出了卓越贡献。② 也就是从那时候起，“华商”作为一个专有名词，开始见诸史册典籍，而为今人熟知。清廷与外国列强签订不平等条约之后，大批外国商人开始进入中国，当时为了与“洋商”或“外商”有所区别，就有了“华商”一词。在外国商人进入中国的同时，也有大批的中国人开始侨居海外，这些移居海外的华侨以及他们的后代，有从事商贸活动的，也被称为“华商”。当

① 《海外华商：中国经济的第二种力量》，中国经济周刊，2005 年 6 月。

② 《海外华商：中国经济的第二种力量》，中国经济周刊，2005 年 6 月。

今，遍及全球的华裔商人合称为“华商”。

海外华商经贸始于宋元时代(13 世纪以后)。唐朝后期中国经济重心南移，江南、华南地区经济迅速得到开发，粮食产量增加。进入宋代以后，福建与广东的大片荒地改造成良田，耕地面积扩大，单位面积产量提高。粮食产量增加，不仅能满足本地需要，而且能大量输出海外。元代丝织业和棉纺织业在宋代的基础上有了进一步发展，元代典籍《岛夷志略》记载：“中国输往海外的棉纺品有土布、大棉布等 34 种。”[①]在意大利旅行家马可·波罗的游记里也有提到“华商运往印度的商品以棉、丝绸为大宗”。经过了几个世纪的发展，17 至 18 世纪海外华商发展达到顶峰，形成一个以中国市场为中心，遍及北起日本、中国大陆沿海地区、中国台湾，南括东南亚地区的商贸市场。

传统华商大多聚集东南亚，但新华侨华人将企业经营范围拓展至北美、西欧、澳大利亚、日本等发达国家和地区。北美地区高科技领域华侨华人才俊已不鲜见，欧洲的华商主要来自浙江，东北三省的朝鲜族同胞大多移居韩国。[②] 亚洲华人人数占海外华人总数的比重已从 20 世纪 50 年代初的 96.45% 降到世纪之交的 82.25%；美洲地区华人人数占海外华人总数的比重由 20 世纪 50 年代初的 2.12% 上升到世纪之交的 10.9%；而 2001 年欧洲、大洋洲和非洲的华人人数占海外华人总数的比重分别为 3.66%、1.98% 和 0.61%。[③]

近代海外华商的发展分为三个阶段：从最初的“四把刀”（菜刀、木工刀、剪刀、理发刀）阶段，到后来“三师”（工程师、医师和会计师）阶段，再到如今的“三家”（科学家、企业家和发明家）阶段。19 世纪的“老侨”主要以苦力劳工为主，20 世纪 70 年代以前的第一代，多从事传统的手工业和服务业，被形象地称为“四把刀”。[④] 老一代华商就是靠“四把刀”白手起家，在海外从事餐饮、理发行业，经过几十年的艰苦奋斗，得以在异国他乡扎下了根。新华侨华人拓展了所在国服务行业的广度和深度。新华侨华人移入，除促使传统的制衣厂、中餐馆、

---

① （元）汪大渊著、苏继庼校释：《岛夷志略校释》，上海：中华书局，2009 年。

② 世界华商发展报告课题组：《2008 年世界华商发展报告》，中国侨网，2009 年 2 月。

③ 世界华商发展报告课题组：《金融危机下的世界华商》，http://finance.sina.com.cn，2009 年 3 月。

④ 杨新宇：《“财富代沟”是一把双刃剑 海外华人需正确引导》，中国新闻网，2009 年 3 月。

杂货店与中式食品超市等更加繁荣外，还催生出一些相关行业与服务业，例如移民服务社、中式婚庆公司、汇款公司、针灸理疗室、房地产代理公司等。伴随着中国制造业水平的提升，世界各国普通民众对中国商品的认同度提高，一部分新华侨华人抓住中国内地经济高速发展带来的机遇，利用中国商品的价格优势，经营商品批发、零售与进口贸易、超级市场、金融及房地产业，逐渐在其他服务行业开辟崭新市场，职业日益多元。新一代华商凭借自身的良好素质和已有的资金、技术等优势，开始涉足各行各业。

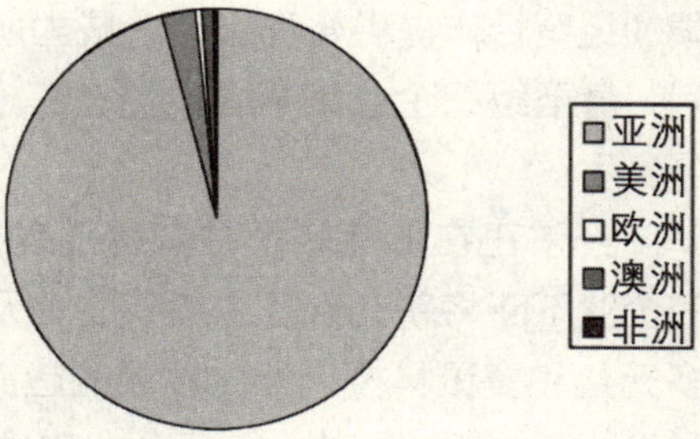

20 世纪 50 年代初各大洲华侨华人数量

二、全球化趋势：蓬勃发展的海外华人经济

海外华人经济日渐成长壮大，被视为“世界经济变化中最具活力的力量”①。世界范围内的华人凭借着雄厚的经济实力和快速发展的势头，对亚洲乃至世界经济的发展产生了深远影响。美国著名未来学家约翰·奈斯在他的著作《亚洲大势》一书中评价了海外华人所蕴聚的经济实力。他们不仅推动着东南亚经济的发展，而且在西方经济领域崭露头角。

20 世纪 80 年代以来，发达国家人口出生率持续走低，这给当地华商企业的发展壮大带来很大限制。但新华侨华人的涌入，特别是其中占有相当比例的劳务移民的涌入，给华商企业注入活力。这些外来劳工往往比本土劳工具有更高技能，而且更能吃苦耐劳。他们不仅改变了华埠经济结构，还催生了以唐人街为中心的产业链，最具代表性的要数中国城（又称唐人街）。唐人街作为东方食品、用品与特色产品的加工与销售中心，生产功能随着商品消费量的猛增而不断扩大，逐渐发展成为华侨华人生活用品和文化需求的供给中心，乃至面向整个社会的东方产品

① 屠海鸣：《华商经济蓬勃发展呈现新特点》，中国新闻网，2013 年 9 月。

加工中心。①

新华侨华人身在海外，但他们中的绝大多数在中国生活、学习、工作过，对中国比较了解，自然成为开展民间交流的重要渠道。据资料显示，在日本由新一代华商创建的 3 000 多家企业中，相当大一部分属于贸易公司。这些贸易公司几乎都和中国有贸易往来，主要经营中华料理店的原材料和工艺品、机电产品、服装的进出口贸易。有的公司从事旅游、文化交往和中介咨询服务。② 新华侨华人了解所住国国情和当地的文化风俗、思维方式，熟悉企业的商务模式和运营特点，因此他们中的很多人为外国企业与中国的经贸合作提供咨询服务，成为所住国企业开拓中国市场的顾问，甚至组织企业来中国投资，在投资咨询、金融服务等领域大展身手。

当今世界华商经济正在加速转型并获得蓬勃发展。散布在世界各地的华商企业不断将新元素注入传统企业及传统产业中，并以国际化、多元化和资讯科技产业化发展的趋势，展现出新时代华商企业的生命力。与此同时，华商企业由家族式管理向现代化经营模式转变，尤其是与跨国公司合作参与全球经济一体化的跨国经营。随着中国企业“走出去”步伐的加快，中国新华商的快速崛起成为全球华商经济的一大特色和亮点。③ 近年来，中国对外直接投资净额快速增长，一大批有实力的中国企业纷纷开展国际化经营，取得积极进展；一大批中国企业家走向世界，成为一股庞大的新华商力量。随着经济实力的发展壮大，华商加速融入当地社会，成为所住国经济的一部分。当前，越来越多的华商努力融入当地社会，成为当地经济的重要组成部分。华商的发展不断提升当地民众的福祉，日益获得当地社会和民众的认可。在积极回馈社会的同时，华商也更加关注自己的政治权利，以主人翁的姿态，投身公共事务，关注所住国的发展。

随着世界经济全球化的发展，各种区域、次区域合作机制迅速建立，使华商事业的发展与亚洲经济、中国经济的发展更加水乳交融，并在促进亚洲经济的共同繁荣、推动世界经济局势又好又快发展方面有更大作为。与此同时，随着我国的发展，也给海外华商提供了机遇和更为广阔的舞台。

---

① 朱慧玲：《近 30 年来美国华侨华人职业与经济状况的变化及发展态势》，《侨务工作研究》第 2 期。

② 世界华商发展报告课题组：《2008 年世界华商发展报告》，中国侨网，2009 年 2 月。

③ 张冬冬：《全球华商经济圈革故鼎新展“新”姿》，中国新闻网，2013 年 9 月。

三、餐饮业：海外华人的诺亚方舟

在全球各地，只要拥有华人生存的地方就有中餐馆。经营中餐馆已成为海外华侨华人的支柱型产业，被称为海外华人的“诺亚方舟”。近年来，随着中国影响力日益提升，中国文化越来受到世界各国的青睐，数以百万计的中餐馆，在海外蓬勃发展。什么东西能有效地征服人们，一盘美味的粤式烧腊足矣。如果说孔子在外国人眼中是一个模糊的概念，那么遍布世界每个角落的中餐馆，则是一个非常具体的文化标志。可以说，中餐是一张响亮的中国名片，取得了文化象征的巨大成功。中餐是一个能够影响世界的文化，一个能够惠及人类的文化，更是一个应该让世界分享的文化。

20 世纪中叶，是国际社会大动荡、大分化、大改组的年代。世界在东西撞击中前进，欧洲在内外整合中发展。一份对英国移民状况的分析报告显示，华人移民是最擅长经商的移民群体之一。大批香港新界人移居英国，成为英国华侨最重要的组成部分，并形成以中餐业为支柱的英国华侨经济模式。此后短短数年，这一经济模式也迅速辐射到英吉利海峡彼岸的比利时、荷兰、德国等地。20 世纪 90 年代初期，英国就已经成为华人最多的欧洲国家。

英国第一代华侨华人主要集中于中餐、中医等行业，第二代及以后的华侨华人，凭借着熟练的英语和高超的技能，已有部分逐步涉足律师、医生、公司职员、高校教员等英国主流职业。各大中城市旅英华侨始于清代，据相关资料显示，1851 年英国华人人口仅为 78 人，1911 年华人人口达 1 000 人左右，20 世纪五六十年代，香港新界大批农民移居英国，华人华侨人数迅速增至 5 万。香港回归前后，数万港英政府公务员及其家属申请定居英国，2000 年已超过 25 万人。最新数据显示英国现有华侨华人约 50 万人，其中 29% 来自中国香港，19% 来自中国内地，极少数来自马来西亚、新加坡、印度、泰国等地，其中相当一部分人移居英国时带有大量投资资金。华人现已成为英国社会的有机组成部分，不再像其前辈那样饱受歧视和冷遇。现今的英国华人，80% 以上定居英格兰。他们大多聚居在伦敦、利物浦、伯明翰、格拉斯哥、爱丁堡、曼彻斯特、卡迪夫等大中城市，仅大伦敦地区就达 10 万人。

英国官方有关在英华人的最早记载见之于 1814 年的《泰晤士报》。当年号称“日不落帝国”的英国，海运贸易与全球许多国家展开。随着海运贸易范围的不断扩大，华人海员随船来英国的人数也不断增加。最初，以海员为主业的华人往往处在流动状态，慢慢地有部分海员离船上岸谋生，有些人还同英国女子结婚，开始经营洗衣店和食品店，主要为华籍海员服务，兼而也为当地人服务。于是，在伦敦、利物浦、加的夫、布里斯托尔等英国主要港口开始形成华人圈子。19 世纪 80 年代初，伦敦和利物浦的华人聚居点开始形成有本国特色的“华埠”（华埠又称唐人街或中国城，它是华商从事商业活动的主要场所）。在伦敦，华人商户主要聚集在莱姆豪斯考斯韦和彭尼费特斯两条街。然而，1929 年资本主义世界爆发经济大危机，英国经济则在国际竞争中衰落，华人度日维艰，其中不少人选择回国。不久，世界大战的战火蔓延到英国，华人经济再度受创，华人街区大部分在战火中烧毁。“二战”后，随着英国经济的复兴，华人经济回升，其地位突出反映在饮食业方面。

在海外华人社会中，餐饮业是重要支柱，英国更是如此。据《英国侨报》报道，中餐业在英国的发展已经有上百年的历史，精致可口的中华美食让英国人深深着迷。中式饮食业初起于 20 世纪 50 年代，发展于 60 年代，到 80 年代中餐业已成英国华人从事的最大产业。干这一行的华人大多是从开办投资较少的中餐专卖店起家。这样，只需具备 5 万英镑的资本即可开业。若是营业顺利，3 年左右即可收回投资。如果资本达到 2 万 ~25 万英镑，即可将小店扩展为正式中餐馆。营业点开设在都市繁华地段的中餐馆，费用还要多支出几万英镑。虽然大多数华人餐厅、饭馆的老板社会地位不断提高，但不少年轻人仍不得不重操父业，因为英国人对中餐极感兴趣，从事中餐业风险较小。目前，英国华侨华人主要从事餐饮业，在英国的华人餐馆和外卖店估计在两万家以上，餐饮业在英国华人行业中占到了八成份额。除餐饮业以外，根据英国华埠商会刊出的英国华人商号名录统计，华人商号在各行业分布的大致情况如下：从事中医、针灸、中药类的华人商号占华人商号总数的 23%；从事超市、餐馆用品及食品制造业的华人商号所占比例为 22%；会计、律师、保险等专业服务类为 15%；手工艺、书画及传媒类为 12%；旅行社及货运类为 7%；美容纺织类为 3. 5%；规划、装修、室内设计类为 2. 5%；其他行业为 15%。①

在英国，大众欢迎中餐的程度，还可以在许多大型超市里找

---

① 暨南大学图书馆华侨华人文献信息中心：《英国华商分布情况及主营行业存在的问题》，《侨情简报》第 34 期。

到答案。超市里开始出售现成的速冻或冷藏中餐，这也成为吸引顾客的亮点，特别是柠檬鸡饭、中式炒面、扬州炒饭、古老肉盒饭等。英国人买回家去，在微波炉内一热，可以方便快捷，津津有味地享受美食。随着中餐业在英国的快速发展，近几年中餐同时也被英国上流社会所接受，随之进入更高层次的饮食行业。伦敦的很多高级酒店，都开设了中餐厅，并以华人名厨作为招揽客人的资本。中餐影响世界的两大要素首先是口味，打动食客的胃。中餐的丰富性具备成为世界口味的潜质。中餐讲究色、香、味俱全，来源广泛的食材，丰富多彩的菜肴，征服了许多外族朋友，让他们喜欢上了中餐。中餐以味道为核心，以养生为目的，以雄厚坚实的烹饪技术为基础，凝结了一代又一代中国人的创造智慧，具有鲜明的个性，毫无争议地成为世界主要烹饪流派之一。其次是文化为根，感动食客的心。文化是支撑中餐发展的基础，有潜移默化的感染力。中华饮食文化讲究餐饮形式，可以用“精”、“美”、“情”、“礼”概括，精与美侧重于饮食的形象和品质，而情与礼侧重于饮食的心态、习俗和社会功能。中餐是文化、科学、艺术的统一体，通过华侨华人传遍全球各地，散发出独特的文化吸引力和影响力，这就是中国的文化软实力。

伴随中餐菜肴衍生的历史故事不胜枚举，几乎每一款菜肴都在讲述一个故事，人物形象栩栩如生，历史背景清晰可见，诸多菜肴故事串联起来，就是一部中华民族发展的历史。比较著名的如佛跳墙、宫保鸡丁、麻婆豆腐、粽子、饺子、油条、东坡肉、左宗棠鸡、李鸿章杂碎等，在海外都很有市场。中外食客一边品尝美味，一边述说、回味那些动人的故事、典故，同时满足精神、物质两大需求，进一步提升美食的内涵，成为中餐文化最鲜明的特色。

早在20世纪90年代，《经济学家》刊文认为，海外华人在世界上的作用，正变得越来越举足轻重。如今，虽然世界经济的秩序犹如简单明了而变化万千的棋局，局局出新；然而，无论潮起潮落总有一个响亮的名字遍布世界各个角落——华商。华商，成为世界经济舞台上的重要角色，成为镁光灯下的聚焦对象，成为推动全球经济发展的重要力量。他们长袖善舞，创业有成，在激烈的商战中获取最大的经济效益和社会效益，为当地经济乃至世界经济作出了独特的贡献。“推动世界经济的英雄”的评价，全球华商当之无愧。

作者单位：暨南大学新闻与传播学院

叶焕荣：五十载商路漫漫　荣业行遍及英伦

■王　悦（Wang Yue）

伦敦第一站，受英国华商首富叶焕荣先生的邀请，“追梦伦敦”团队一行十二人来到全英最大的华人超市“荣业行”。此行绝非逛超市一般简单，最主要的目的是要和叶先生共进晚餐。

逛在中国超市，吃在中国餐馆，满眼是中国元素却脚踩异国土壤，一切如同精心设计的错觉，正是万千海外华侨梦寐以求的“家的感觉”。而它的设计师，便是73岁的叶焕荣先生，独自闯荡英伦五十载的华商首富。伦敦时间2013年9月17日晚，我们一行人还未走近荣业行，他便早已站在门口，等待为这些来自故乡的年轻人接风。他说：“我的儿子就在暨大读书，见到你们就像见到我的孩子，很高兴。”

一、出身：来自“打工世家”的客家人

外面的世界给予他太多向往，改变命运的想法促使他下定决心。去英国，说去就去。

叶焕荣出生在广东东莞，一个远赴海外经商的“打工世家”。1940年，叶焕荣不到一岁，生活在客家村的叶家，再也经受不住连年战乱导致的家族沦落。叶焕荣的父亲做出决定，全家迁往香港。

“穷啊，我们客家人从中原跑过来，到了南方地都被占光了，一分钱都没有，只能跑到山上去开荒。”叶焕荣口中的家族史，在此之前尽是心酸。

1959年，叶焕荣已长成青年，高中毕业、年轻气盛。外面的世界给予他太多向往，改变命运的想法促使他下定决心，去英国，说去就去。

“绕过马六甲，还要坐一个月船。”就这样，叶焕荣怀揣着10英镑，只身乘船漂洋过海来到英国赫尔。在利物浦客家人协会的帮助下，成为一名每天工作十几个小时的餐馆洗杯工。

至此，赴海外打工的第一代客家人，就这样走出国门。叶焕荣选择英国，是因为此时的香港依然是英属殖民地。到了英国，他便再也无法停止“没日没夜的工作”，洗碗工人、服务生，直到两年后，与朋友攒下500英镑买下一间坐落在海边的小茶馆，做起中餐生意。

常年打工的经历，使得叶焕荣很快掌握了“快速赚钱”的生意经，“整天想办法赚钱，让餐馆的生意好起来”。轮到自己开餐馆时，他已经自信地认为：“经营一家餐馆应该是了如指掌的。”

客流量是服务行业的命脉，如今做起连锁超市的叶焕荣依然这样认为，并十分看重这一点。当年为了让餐馆能吸引更多的客人，他甚至将营业时间延长至深夜，这在20世纪70年代的英国并不常见，“只有肯干也肯吃苦的客家人能做到”。

几年之后，叶焕荣的弟弟叶吉荣也来到英国，协助哥哥一起做生意。此时距离他的哥哥叶焕荣第一次来到英国经商，已经过去快10年的时间。叶焕荣不再是当年那个身上只剩一点钱的穷小子洗碗工，而是已经成为拥有三家餐馆和两家商店的“有钱人”。

二、出路：相信读书可以改变命运

“这一年，CCTV4从北京打电话过来，专程来这里采访过我。过两天成都电视台也要来。你们是第三家，我很少接受采访。”

如今叶焕荣变成了家乡人眼中不折不扣的有钱人。再问问他，现在最想得到的是什么？他说：“读书，能读书就好了。读书可以改变命运，我坚信。”

生意越做越好，荣业行逐渐兴盛，叶焕荣斥资福利教育项目的热情也日益高涨。在他的潜意识里，“为富不仁”是他所鄙视的，“乐善好施”是他所推崇的。叶焕荣在各种公开场合总是这样直抒胸襟——“人没有钱是不行的，但为钱而活是可怜的。会赚钱还要会花钱，这才是一个真正意义上的企业家，否则就成了守财奴了。取之社会，用之社会，这是荣业行的毕生追求和终极使命。”

1985 年，叶焕荣做了一个自认为最重要的决定，成立“叶焕荣兄弟慈善信托基金”，专门用来扶助贫困和推广教育，向有需要的华裔大学生提供高额助学金。

采访间，叶焕荣拿出一本精装册子，展示给我们看，上面印有《叶焕荣兄弟助学金十周年》。他说：“旧中国，八国联军欺侮我们，因为我们落后。今天，资本主义大国尊重我们，因为中国经济强大了。国家的发展要靠人才，教育是国家发展的基础和动力。投资人才不是我个人受益，而是未来的中国受益。待到这些华人子弟和中国的留学生学贯中西后，中国就有了最庞大和国际化的人才力量，这种力量会在某种意义上起到决定性作用。”接受媒体采访时，叶焕荣谈到他的“中国心”。

2000 年，叶焕荣决定，在荣业行专门设立“叶焕荣兄弟助学金”，以此鼓励和资助经济上有困难的来自中国、英国本土或海外的华人优秀学子攻读英国高等教育。如今 13 年过去，超过 200 名华人优秀学子获得了每人 1 000 英镑的资助。

据媒体记载，中国驻英国大使查培新曾在 2004 年度“叶焕荣兄弟助学金”的颁赠典礼上，发表了这样的讲话：“叶焕荣兄弟事业有成后热心赞助华人教育，是一个很有意义的善举。希望获奖学生能够学习叶焕荣兄弟的无私精神，好好学习，早日成才，学成之后也能回报社会，热心教育。”

同样，这一年荣业行与英国剑桥大学丘吉尔学院联合设立“叶焕荣兄弟奖学金”，每年奖给 2 名来英国剑桥大学丘吉尔学院进修的中国优秀大学生，以及 1 名前往中国进修的英国剑桥大学丘吉尔学院高才生，奖学金高达每人 1 万英镑。

对于深知自己读书甚少却始终热衷于教育事业的叶焕荣来说，很少接受媒体的访问是他低调处事方式的一种。“有些人喜欢说完才做，做完再说。我选择光做不说，不用说。”

“这一年，CCTV4 从北京打电话过来后，专程来这里采访过我。过两天成都电视台也要来。你们是第三家，我很少接受采访。”

2006 年，叶焕荣出席“叶焕荣兄弟奖学金”颁赠典礼，他破天荒地表达了自己的心声，在熟悉他的人看来这是难得的一次：“我拿出的钱虽然不多，但希望可以帮助他们成才。十年树木，百年树人，这是我们华人的大计。”

叶焕荣有他的大计，就是五十年里久经考验且获得成功的“叶氏”方法。他太清楚自己缺少了什么，因此凭借过人的意志饱读诗书以此来弥补战争岁月缺乏的教育。他太清楚自己得到了什么，不想让后人再吃同样的苦，于是向那些需要资助的优秀大学生慷慨解囊。21 世纪的英国，由于日渐高昂的生活成本与工作压力，不再是众多中国留学生的首选地。“叶焕荣兄弟奖学金”，足可以支付所资助学生的日常生活开销，解决他们最大的难题。

当兵，读书，出国打工。50 年前，三条出路摆在叶焕荣面前。“从太平天国洪秀全开始，客家人就不满足于安稳。”叶焕荣选择了最后一项，出国打工，去外面的世界闯。

现如今，叶焕荣依然遗憾于当年错失的教育机会，客家人向来重视教育，也曾走出过众多国共知名将领。他的身上潜藏并传承着客家人的精神，所以他不甘心也从未掉队，叶焕荣的 50 年，自始至终都在不停地阅读，获取对一个成功商人来说更加珍贵的知识宝藏。

叶焕荣出口成章，擅用名言警句，与“追梦伦敦”团队共进晚餐的过程中，无时无刻不在言谈中讲述着一件又一件古今中外的奇人轶事。叶焕荣精通历史，引经据典，这些先哲的进步思想如今都融入在他的经商理念中，孔子百家与西方思想家都是他所推崇的思想源泉。

如今，叶焕荣先生还将他远在美国迈阿密留学的儿子，送回国内，就读于暨南大学华文学院，攻读两年汉语言。他说：“让我的儿子学习中国语言，接受中国文化，是对他的要求，他也很愿意接受。我每年去几次暨南大学，去瘦狗岭看他，也去校园里转转。我喜欢大学，我始终相信读书可以改变命运。”

三、首富：英国富豪榜的首个华商面孔

在荣业行红砖绿瓦的中式牌楼下，有一句话最夺人眼球，既彰显着拥有者叶焕荣的自信，也尽显华商在海外的荣耀与风采。这句话说的是：“All the Chinese you need to know.”

叶焕荣，英国最大的华人企业主席，英国华人超市的王中王。人们印象中的叶焕荣，多数时候是在荣业行停车场整理散放的推车，或者是出现在英国社会名流的聚会上。他是英国王子查尔斯的座上客，时任首相布莱尔也会在一些特别的场合和他聊上几句。他耳朵奇大，总是面带笑容，见人就说“Hello”。

无论是在英国的中部城市伯明翰和北伦敦，还是在英国首都

伦敦南部的盖莱顿，又或者是在英国的西北部城市曼彻斯特，你都会看到一组红瓦琉璃飞檐的中国特色建筑群，在其显著位置，无一例外地悬挂着中文在上、英文在下或中文在前、英文在后的“荣业行”招牌，充分凸显出超市主人的中国身份。在荣业行红砖绿瓦的中式牌楼下，有一句话最夺人眼球，既彰显着拥有者叶焕荣的自信，也尽显华商在海外的荣耀与风采。

这句话说的是：“All the Chinese you need to know.”

2007 年，他以身家 8 000 万英镑被列入千人富豪榜，是第一个进入英国富豪排行榜的华人。2010 年，叶焕荣获得了由英女王颁发的“OBE 大英帝国勋章”。2012 年，获世界莞商大会“杰出莞商”称号。

作为客家人的叶焕荣，一生闯荡，四海为家。他和他的家族就是之中的典型代表。依靠在中餐馆的酒吧台后面做洗杯工和每日十几小时天日不见的劳作所积累的底金，创办了荣业行，并一手将其发展成了英国最大的华人企业。而其家族中许多人现也在美国、英国、加拿大等世界各地创造了辉煌的事业和财富。

忆及自己的创业道路时，叶焕荣有些开玩笑地对“追梦伦敦”记者说，他的家族虽然没有留给他什么财产，但是遗传给了他做生意的细胞和头脑。事实上，他正是靠着这种特有的先天的生意灵性，后天的商业洞察力和睿智与勤奋，书写了从一个洗杯工成为富翁的传奇篇章。

叶焕荣说，大多数移民企业，都是依靠家族的力量创建和发展起来的，这是海外华侨企业的共同特点。荣业行也是家族企业，不同的是，荣业行有非常严格的管理制度，他认为，一个企业无论大小，管理非常重要，一定要专业化。叶焕荣有一个理论，就是老板一定要和员工一起同甘共苦，要关心企业的一点一滴，如果老板是松松垮垮的，如何要求员工认真紧张起来？在荣业行里，事无巨细，他都会关心到，是一个完全不像老板的老板。无论多晚，每天他都要到荣业行看一眼才回家睡觉。

无须讳言，所受教育的局限、工作生活的单调重复和对物质生活的简单满足，使一些华侨在事业发展上体现出一定的局限性。叶焕荣却完全不同，虽然他常说自己受过的教育有限，但是了解他或与他谈过话的人都会感觉到他的睿智、幽默和博学。在饭桌上，“追梦伦敦”团队的师生与叶焕荣聊天是一大享受，他不仅讲一口流利的英语，而且谈话间还经常引经据典、旁征博引、极富哲理，让人叫绝。除了生意，他对政治、对历史、对社会、对人、对家庭生活、对男女情感都有自己独特的见解。相信只有博览群书的人才会有这样的睿智，只有饱经风霜的人才会有这样的感悟。他也非常勤奋好学，每天必看多份中英文报纸，对当今世界政治经济尤为关注，并对中国和国际事务也有相当了解，对当代全球化商业运作的新动向也能及时做出反应。他在公司管理层会议上分析经济形势时所用的当今商业管理专用名词，连英国名牌大学毕业的研究生也是刚刚学到的。他的睿智不仅用于经营生意，也用于经营人生，这大概就是他不断前行，不断成功的秘诀。

四、经商：稳扎稳打中步步为营

叶焕荣做生意，都是做自己熟悉的行当，不熟悉的从不做，控制不了的也不做。这是他五十年商路的经营原则，也是成功华商公认的生存法则。

英国华人超市，大致经历三个发展阶段：第一是唐人街上小型的杂货“铺头”；第二是搬离了唐人街的 Cash & Carry；第三是既拥有大型超市、大型中国酒楼、大型停车场、华人书店、华人律师事务所等，又有银行、保险箱等一条龙服务的华人商业中心，其典型代表莫过于集英国最大的中国杂货现款现货超级市场和英国东方食品最大进口商于一身的“荣业行”。

乡音切切，乡情依依。生活在英国的华人，无人不去荣业行，也无人不晓荣业行老板叶焕荣。人们总能看见他站在超市出口整理顾客散落的推车，“追梦伦敦”记者不禁问他，叶焕荣说：“多少年的习惯，很难改掉了。”

1970 年，叶焕荣创办荣业行。如今，荣业行在英国最主要的几大城市如伦敦、伯明翰、曼彻斯特等，均拥有多家连锁超市，雇员共计超过 500 人，为英国 2 000 多家中餐馆和零售店提供商品，年营业额接近亿万英镑。每家超市的规模均为大中型，超市商品都在 2 500 种以上，不仅油、盐、酱、醋各种调料都有，还有中国蔬菜、速冻食品、传统小吃和厨具。荣业行伯明翰总部更是一个集中餐、诊所、会计师事务所、律师事务所等多种服务为一体的中心。

在现代商业新模式的发展上，荣业行也是与时俱进。2004 年 11 月，荣业行的网上购物业务正式开通，这是在英华人超市的首家网上商店。2005 年，荣业行在英国又开了至少 8 家分店，更将商业范围从食品拓展到百货，叫作“things Chinese”，将凡是中国有的、英国需要的都包揽在其经营范围之内，并不断扩大客源，特别是大力发展英国消费者，满足英国本地人的商业需求，深入英国人的日常需求中。

叶焕荣告诉“追梦伦敦”记者：“生意要成功，一要会用钱，二要会用人。用钱，就是经营；用人，就是管理。巧经营，妙管理，生意才会越做越红火。”正是从这一独到见解出发，叶焕荣一手抓用钱，一手抓用人，“两手抓，两手都要硬”。

叶焕荣做生意，都是做自己熟悉的行当，不熟悉的从不做，控制不了的也不做。这是他五十年商路的经营原则，也是成功华商公认的生存法则。

35 年来从不离开贸易和房地产两大主业，因为他知晓：“贸易和房地产休戚相关，一个是血肉，一个是骨骼。没有血肉的骨骼和没有骨骼的血肉，都是不可想象的。”优良的地段是生意成功的必要条件。

叶焕荣之所以选择伯明翰为起家之地，一则由于伯明翰的市场竞争程度相对较弱，“如果我从伦敦起家，就会碰到很多强竞争对手，难有机会拓展事业”；二则看中了伯明翰相对发达的高速公路网，“只需两个半或三个小时，我们的货车就能将货物送到英国 3/4 的客户手中”。“人无我有”是竞争取胜的关键因素，荣业行的最大特色莫过于能在全球范围内采购到有特色的食品，且其中大部分都是从中国进口，无法在英国本土买到的，“中国生产什么，只要质量好，符合标准，我就拿到这里卖”，客户群不仅仅只是中餐馆及华人，而是想方设法吸引更多的非华人顾客，因此荣业行的净利润让其他同类超市难以望其项背。

正是这一“百分之六七十的人都是很聪明的，要放手发挥他们的能量”的唯才是举妙招，才使得荣业行充满了“中西合璧”的浓浓氛围；基于“西方人在管理职业化方面比较有优势”，荣业行的高层管理人员均为西方人，以便于拓展英国业务，进入主流社会，基于“东方人诚实守信爱岗敬业”，荣业行的货物管理和计算机管理均由华人担纲，以便于严格管理，稳固企业内部根基，维护企业良好秩序。对于如此奇特的管理招数，叶焕荣如是说：“一个企业无论大小，管理非常重要，一定要专业化。”

为此，叶焕荣独创了这样一个管理要诀：老板一定要与员工同呼吸共命运，关注点滴小事。当你来到荣业行超市购物时，倘若碰见一个戴着眼镜、圆圆脸庞、耳朵特大、满面微笑的中国老头，或麻利地整理手推车，或与人亲切交谈，那他一定就是人们意想不到的叶老板。

叶焕荣坦言："一个老板对自己企业无微不至地关心，就像一个父亲每天晚上与他的孩子亲吻道晚安一般。"从"打虎亲兄弟"中尝到无尽甜头的叶焕荣，一提及驻守伯明翰荣业行总部的大弟弟叶吉荣和坐镇曼彻斯特叶荣行的二弟弟叶利新，无不心怀深切的感激之情——"幸运之神赐给我两名好弟弟，助我成功发达。我个人不能没有这两个好弟弟，荣业行更离不开他们。"对于"兄弟同心，其利断金"深有体会的叶焕荣，这样寄语华人家庭——"孔老夫子提倡齐家治国平天下，非常正确。如果华人社会都能够像我们兄弟三人一样同心同德，一定能早日发达起来，富强起来。"

转眼叶焕荣走过50年商路，叶焕荣在英国的生活却无时无刻不透露着中国元素。2013年9月17日与9月28日，叶焕荣两次宴请暨南大学新闻与传播学院"追梦伦敦"团队的全体师生在荣业行伦敦店旁的中餐馆共进晚餐，两次就餐必点"青岛啤酒"，地道家乡味的粤菜是他的最爱，他的办公室墙上挂着友人赠予的中国古代书法作品，而他经常听的也是"那些大家都爱听的中国歌"。

叶焕荣知道，他的稳扎稳打中步步为营的生意经里，有着一颗"中国心"。"追梦伦敦"团队此行到访伦敦，全程共历时十四天。叶焕荣在团队到达和离开英国时，均热情地招待了师生们。临行前，叶焕荣留下了记者的电话，他亲切地说："我记下你的姓名、地址和电话，下次去广州看儿子，我再去找大家。你们要有新的收获、大的变化，到时候我们广州见！"

是的，广州见。挥别叶焕荣，长路依然向前，叶焕荣的商路还要通向下一个50年，他所做到的一切，正证明了一点："华商做到了，至少改变了一点世界。"

（本文所用到的参考资料均由叶焕荣先生提供）

作者单位：暨南大学新闻与传播学院

从兰桂坊到伦敦，再到北京和上海

——90后华商李锦铭谈伦敦夜店生意经

■王　悦（Wang Yue）　徐嘉霖（Xu Jialin）

伦敦时间2013年9月28日下午3点，“追梦伦敦”团队与伦敦娱乐公司创始人兼CEO（首席执行官）李锦铭相约在中国城一家西式茶餐厅。身着一套黑色西装的李锦铭，端坐在大厅内等候记者的到来。他还带来了一份见面礼，是他在英国独家代理的JELLYBIRD果冻酒。

谈吐优雅，中英文混用，东西方思维结合，23岁的李锦铭有着远超年龄的成熟与稳重。2000年随家人来到伦敦，李锦铭没有“90后”的概念，不清楚“脑残”为何物，却对西方文化有着独到的研究，深耕一本英伦夜店生意经长达5年。

专访李锦铭，我们想谈谈青年一代华商在伦敦的经商经历，它所浸入的可能是几代前辈们没有触及的新领域，它可能预示着新一代华商的发展动向。

一、五年前，初探伦敦夜店文化

“和不同的夜店老板打交道，会根据各人喜好喝不同的酒，于是我逐渐喜欢上品酒，就想着有朝一日能把更多酒品推广到更多人的地方去。”

作为欧洲最大的城市，伦敦是欧洲经济与文化的中心。李锦铭的父母，是标准的上一代华商。初来伦敦便在这里开起了中国餐厅，还有外卖店。后期随着市场需求，推出多款“偏向欧洲人口味”的中式料理，用李锦铭的话说：“生意还不错，最忙的时候我也会放下自己的事情去帮忙。”父母原本是东莞人，却在李锦铭出生不久便去了香港。如今忙生意，全家已很少回香港，这些年的海外生活却让李锦铭完全融入了欧洲的生活。

“伦敦的夜店有很多风格，喜爱电子音乐的要去 Febric，莱斯特广场的 Metra，Cafe de paris 也是不错选择。May fair 一带属于高档夜店，常有富人在这里挥金如土。Mahiki，Mddox，Vendom 更适合年轻人，Thai Square 里中国人很多。”

李锦铭并不承认自己是夜店达人，更多时候还是觉得商人更适合。从别人眼中一个爱喝酒的香港年轻人，到伦敦夜店与派对的华人组织者，李锦铭用了整整五年的时间，让伦敦所有的夜店都留下了他的足迹。“和不同的夜店老板打交道，会根据各人喜好喝不同的酒，于是我逐渐喜欢上品酒，就想着有朝一日能把更多酒品推广到更多人的地方去。”

二、说到酒，欧洲人接受新事物很慢

正是为了做大和坐实英国的年轻人市场，李锦铭与合伙人开始对酒的味道进行创新和改良，他们正在用年轻人的方式来做生意，试图撬动欧洲古老而丰富的酒产品市场。

这段时间，他忙着筹备新公司，主要经营进口酒类产品。比如，从台湾进口果冻酒，从意大利进口果味白酒，还要去匈牙利进口高档红酒。这样的经营思路，缘于两年前他在 Facebook 上一次偶然的发现。这款名为 JELLYBIRD 的果冻酒，一下子抓住了李锦铭的心。他不假思索地飞去台湾，跟总公司谈在伦敦的代理权。

两年的夜店经历，使李锦铭对夜店的经济环境再熟悉不过。他抓住了女性这个夜店中的庞大消费群体，嗅到了这个市场的巨大潜力。然而，最容易打开突破口的产品，就是这种不像酒的果冻酒。

推广两年来，销售利润还算理想，在三四家英国夜店很受欢迎，正要延展至外伦敦的城市夜店去。李锦铭计划下一步，把这种夜店里的“把妹利器”进行特别的包装，推广到几家 24 小时便利店和超市。

在伦敦谈论酒，欧洲人有说不完的话题。在李锦铭的印象里，他们爱喝而且能喝，比中国人喝得厉害。李锦铭告诉记者：“我的水平也就是这里正常的水平。”

有种压力始终驱动着李锦铭尝试更多可能：“市场份额只有

这么大，去做别人推广的同类产品，出路很窄。做新产品，则有很大风险，需要投入成本。但万事都是由新取代旧，虽然欧洲人接受新事物的速度很慢，但我愿意尝试。幸好我年轻。”

正是为了做大和坐实英国的年轻人市场，李锦铭与合伙人开始对酒的味道进行创新和改良，他们正在用同样来自年轻人的方式来做生意，试图撬动欧洲古老而丰富的酒产品市场。

三、合伙人：来自中国大陆、香港和台湾

这两位分别来自中国大陆和台湾，与香港人李锦铭组合在一起，刚好瞄准的是三类华人群体，三个不同的市场。

李锦铭的两位合伙人都是30多岁，他们不认为李锦铭是个应该被爱护的“弟弟”，而是生意场上的伙伴。

这两位分别来自中国大陆和台湾，与香港人李锦铭组合在一起，刚好瞄准的是三类华人群体，三个不同的市场。

在合伙人中，李锦铭负责组织年轻人派对，每年都要去各大高校跑一圈，每场大概有四五百人参与。各大学会在十月新生入校前筹备迎新派对，这就给李锦铭带来了推广酒的商机。“我们需要提前去谈，先定一下合作意向。要和学生会会长联系，可这些人每年都会换，所以很麻烦。”谈到分成，李锦铭表现出商人的谨慎：“很少用酒来做分成，更多是门票利润让给他们。”

另一位台湾合伙人，主要负责演艺派对。他们一起合作的新公司将在十月份正式启动，实际上就是把李锦铭和台湾合伙人的两家公司合并。这位合伙人，算得上演艺活动的达人。那些香港、台湾歌星来伦敦开演唱会，都会把娱乐活动交给这位台湾合伙人做。他们邀请的人，从知名DJ开始，到罗百吉、MC HOT DOG，这些在演唱会后举办的派对让李锦铭与合伙人尝到甜头，他们甚至会去赌场租用高档场地来满足市场的需求，而一场下来的总利润则有五千到两万英镑。

伦敦夜店的老板，最看重的还是收益，对与谁合作并不太关心。李锦铭觉得，这就是在欧洲经商的最大挑战。高昂的利润是维系长久合作的根本。

而这位中国大陆合伙人，则主要负责年龄在30岁以上的华人富商社交聚会，这其中便包括中国人的超跑俱乐部。这个俱乐部在10月举办了一场成立三周年的庆祝活动。李锦铭为派对找来了知名赞助商，并租用了一家奢华赌场做场地。至于那些参

与者，李锦铭坦言："一般都是中国人参与，外国人很少参与。两三个月举办一次赛车活动，夜里便会举办派对，每次就是30多人，平均年龄不会超过30岁。"

伴随着新公司的到来，三位合伙人正在加速扩大他们各自的经营范围，伦敦是这些新一代华商的主战场。李锦铭说："享受赚钱的感觉，真想把一天都变成夜晚。"

四、谈未来：从兰桂坊到伦敦，再到上海和北京

谈到未来，谈到家人，李锦铭严肃起来，"我必须不断证明自己，做好这个公司，很想回中国发展，因为现在我已经没有退路了"。

对于来自香港的李锦铭来说，不可能没逛过香港的兰桂坊。

他认为，与伦敦相比，在香港办夜店派对，成本会提升很多。"在英国，我们做派对的收入更高，因为我们与这里的夜店关系好，他们愿意给我们的分红也更高。如果回香港，在兰桂坊的竞争相当激烈，那里的派对主题非常多，成本需求就很大，所以赚到的钱相对少很多。"23岁的李锦铭，如今月薪可以达到1 000英镑，半年或者一年还会有分红。

李锦铭虽已入乡随俗，但还是会感受到夜店里的"中外差异"。在伦敦，夜里9点刚过，当地人便会打扮好自己，早早地来到夜店门口排队进场，而通常中国人会来得很晚。

"伦敦一般的夜店会在3点前关门，中国人通常会1点左右才到，然后大家坐在一起叫酒，喝到2点半就走人。而外国人会很早就来门口排队，一直玩啊、跳啊到很晚。"

中国人叫酒很凶，因此夜店老板很愿意与华商李锦铭合作。李锦铭和中国人喝酒，发现他们真的很大方，一买就是十瓶，一瓶则要300多英镑。这样喝一晚，一桌可能要1万英镑。李锦铭说："差不多每次都是这样，而且一个月可以有2~3次。"

中国留学生给他的印象，则是生活条件都不差，李锦铭与他们相处得挺好。即使有些还是不太喜欢香港，但是对李锦铭态度不坏。"可能是我在这边待得比较久，他们更愿意通过我认识更多人。"

进入夜店，中国大陆学生喜欢坐在一起，而香港人、台湾人则喜欢站在场地中央或到处走走，跟陌生人聊天。李锦铭观察到，他们在穿着上也有很大不同，香港人穿着比较奇怪，中国大

陆女孩一般都会穿很时髦的晚装，台湾女生要靠聊天才知道，“她们说话比较温柔”。

谈话间，李锦铭始终乐观面对这五年经商过程中遇到的困难和挫折。他心中也自有盘算，那就是计划在三到五年内，把公司带去北京和上海，还有广州。李锦铭笑着说：“英国夜店关门很早，回中国的生活肯定很精彩。”

他也不回避谈及在英国出售台湾果冻所得到的暴利，若回到国内利润则会瞬间忽略不计。“果冻酒在英国的售价最高，伦敦一颗要卖到6～7英镑，而国内上海代理商的网上价格仅为6～7元人民币。”

面对这样一种晚出早归、与酒打交道的工作，家人对他的支持，也是一点点积累出来的。他们起初对李锦铭的工作不太有好感，劝他不要做这类事，但始终认为他是个乖孩子。谈到未来，谈到家人，李锦铭严肃起来，“我必须不断证明自己，做好这个公司，很想去中国大陆发展”。

从兰桂坊到伦敦，是新一代华商李锦铭改变自我、融入西方的五年；而从伦敦到北京和上海，则是华商回归大陆，探索新市场，把握新机遇，挑战自我的新五年。从第一代华商闯英伦，到如今的第三代、第四代回归故里，在这个变化的时代里，华商永远跟着商机在转。

作者单位：暨南大学新闻与传播学院

英伦面孔

中国女人的英国“胜利”

——访谈中国艺术家、旅英华人文化学会主席黎丽

陈　莹（Chen Ying）　赵路夷（Zhao Luyi）

爽朗的笑声、洪亮的声音及东北人特有的热情是旅英华人文化学会主席黎丽给我们的第一印象。在欧洲商报的会客接待室里，我们和她进行了有趣而深入的交流之后，才发现她的人生、她的行动及她所组织参与的旅英文化学会都是如此特别，就像她的名画《女人的胜利》，这是一个中国女人的英国“胜利”。

一、辛苦来到英国，幽默融入英国

2008 年，黎丽的作品《女人的胜利》入选由切尔西艺术协会举办的一年一度的英国切尔西艺术展并在开幕式上展出，引起了英国和中国文化界的特别关注。因为创建于 1910 年的切尔西艺术家协会是英国仅存的几个古老的艺术协会之一，协会目前有一百多位艺术家会员，英国当今最著名的风景画家肯·霍华德就是其中的荣誉会员。该协会所举办的展览是伦敦最重要的艺术展览之一，每年都有来自欧洲各国的艺术家把自己的作品送来参选，但需要经过专家评委严格的评选才能决定入选展出。而黎丽是第一位入选此类展览的中国女画家。

她的油画《女人的胜利》表现的是：家中夫妇用扑克牌比大小来决定谁先戒烟，结果女人亮出了黑桃 A，而抽雪茄的男人正沮丧地看到自己摸到的方块 K。黎丽说，这幅画的关键是在艺术中展现出一种女人扬眉吐气的时刻，这可以看成是现代社会中女人内心感觉的某种幽默的宣泄，同时抒发了一种女性能在社会上发挥出不亚于男人的作用的丰富寓意。因为《女人的胜利》融合了英国文化中典型的幽默感，加之画风新颖，在开幕式上有很多人都好奇她来自哪里，她总是很自豪地说：“我来自东方的巴

黎——中国的哈尔滨。”

黎丽一直认为自己的艺术细胞的培养是来自哈尔滨和中国其他地方的艺术家们。“我童年的记忆里，那些欧式风格的建筑、雕塑和俄罗斯的油画，在城市的商店、餐厅和宾馆里随处可见。”再加上母亲在艺术学院工作，童年被浓厚的艺术氛围所包围，为她日后的艺术爱好埋下了种子。黎丽的美术启蒙老师是中国著名艺术家、原鲁艺美术学院院长杨角先生。她说，因为刚学画画的时候正处在文化大革命时期，所以她学的第一张画是毛泽东的标准像。

在来英国之前，黎丽在电视台工作。“我做过演员，和黄梅莹一起主演过电影《怪圈》；我做过主持人，主持过黑龙江省经济洽谈会晚会；我作为导演，拍过《红十字礼赞》的专场文艺晚会和黑龙江省的一些文艺晚会，还拍过中国人数最少的一个少数民族的专题片《赫乡采风行》，并在中央电视台播出。”

1990 年，黎丽的丈夫、中国文艺理论家胡东放出版了他的《中国画黑白体系论》，被英国 16 所大学邀请去讲学。之后，为了去英国找丈夫，黎丽身揣着 200 美金，一张英国签证，从俄罗斯坐火车去英国。“因为我是学俄语的，ABC 都搞不明白，我当时找人写了个条，这边写‘我要去伦敦找我丈夫’，那边写‘我要上厕所’。”因为不懂坐火车需要过境签证，所以在途中黎丽数次被拦截送回始发站，就是这样一路辗转，终于到达了波兰。可是要到英国还得坐船，语言不通的黎丽不会打英国的电话，联系不上自己的丈夫，没有船票上不了船，恰好遇到几个香港学生帮她翻译，整条船的人又都帮她求情，她终于登上了去英国的船。但是到了英国，她也不知道自己具体在哪里，身上只有一张附有丈夫照片的有关其报道的英文报纸。一个会说中文的马来西亚好心人告诉她应该到大使馆，最终历经一个半月的时间，这个完全不懂英文的女人终于在伦敦和她的丈夫汇合了。“经历这些事情，我就想这个世界你还有怕的事情吗？还有困难吗？没有人克服不了的事情。”黎丽回想起当时的事情说道。

二、感受国家变化，感谢英国铭记

黎丽说，她是中国人，在中国生活过，早年来到英国又待了 20 多年，对于英国对中国态度的变化她是深有体会的。“20 多年前，我刚到伦敦时去参观一家豪华画廊，老板一开始特别热情，可是听说我来自中国之后，他的笑容立刻就收敛了许多。”

原来画廊老板误以为黎丽是日本人，是有钱的金主。现在，黎丽说情况完全不一样了，她在牛津街的一间高档礼品店里看到一个制服笔挺、彬彬有礼的店员向每一位进门的顾客打招呼。“我进去时他说了一声‘你好’。这时，来了一对年轻情侣，当听到中文‘你好’的时候，他们先是愣了一下，然后男士回了一句‘莫西莫西’（你好），原来这是一对被当成中国人的日本情侣。”

还有一件事情也让黎丽感受到了英国对中国态度的变化。英国有一家100多年历史的新英格兰俱乐部，油画大师萨金特也曾是该俱乐部的成员。黎丽和她的丈夫曾请求参观俱乐部主席的画室，却被这位主席以“我的画都在网上”为由婉拒了。几年后，中国一位著名画家在北京举办作品展，黎丽便邀请这位此前从未去过中国的主席和他的夫人到北京参加开幕式。回到伦敦之后，这位主席给黎丽写信：“此次中国行对于我们来说是一次何等奇妙的体验啊！我希望在更多的活动中见到你们，并建立友谊。”后来在俱乐部举办年度晚宴的时候，这位主席还特地邀请黎丽夫妇参加并坐在他身边。对此，黎丽很感慨：“从被婉拒到成为座上宾，这变化就发生在一次中国行之后。如果没有中国的发展、富强与影响力的扩大，这种变化是完全不可能有的。”

除了感受到英国对中国态度的变化，黎丽也感受到了英国人对中国人的特殊感情，为此她还给英国女王写信，表达她作为一个中国人感谢英国人民对中国人的铭记。这件事情的起因是一个英国的医生问黎丽来自哪里，黎丽说哈尔滨，结果这个英国人就说：“哈尔滨？伍连德！我要当第二个伍连德。”当时黎丽就想，伍连德是谁啊，为什么这个中国人连英国人都知道而我不知道，他和英国有什么样的关系。为了寻找这个答案，黎丽回到哈尔滨之后就找到侨联主席，在得知哈尔滨就有伍连德纪念馆后就直奔目的地。在纪念馆参观之后，黎丽了解到：伍连德是剑桥的第一个中国医学博士，诺贝尔奖的第一个中国提名者。1910年12月肺鼠疫在中国东北大流行，死亡人数近4万人，而且疫情难以控制。在此情况下，伍连德临危受命，在哈尔滨建立了第一个鼠疫研究所，深入疫区调查研究，采取各种防治措施，不到4个月就抑制了这场震惊中外的鼠疫大流行。

回到英国之后，黎丽主动协助伍连德纪念馆搜寻一些在英国的有关他的报章资料原件，几经努力，她找到了1960年1月27日《泰晤士报》有关伍连德的讣文。当时《泰晤士报》对伍连德的逝世已发过讣闻，这是第二次报道，又用了很大的篇幅报道，并在开篇就写道："由于他的逝世，医学界失去了一位英雄般的和几近传奇式的人物，而他对这个更广义上的世界的贡献，要远远多于这个世界迄今所给予他的回报。"读到这些内容，黎丽特别感动：一个曾受到英国女王资助的中国人在英国学习之后用自己的力量去帮助社会，最后连英国人民都能深刻铭记他，并给予他很高的评价，这真是一件不可思议的事情，也是一件值得铭记也值得中国人反思的事情。于是，她动手给英国女王写信，感谢英国和英国人民对伍连德的铭记和尊重。英女王也回信给她，赞扬她对宣传伍连德所作出的贡献。与此同时，她也在中国国内的主流媒体上发表文章《伟哉伍连德》，呼吁中国人民给予这位在英国都认为是历史英雄的伍连德应有的铭记和尊重。

三、感受中国情感，传播中国文化

除了是艺术家，黎丽在英国还有一个特殊的身份——旅英华人文化学会主席。黎丽告诉我们："旅英华人文化学会是一个会员制的民间组织，是把来自中国的、在英国各个领域有特别成就和影响的人们聚集在一起，大家一起互相交流，我们这个学会也曾经举办过很多文化活动，比如有个美国教授出版了很有影响力的著作《二十一世纪的场论》，那么我们就把他从美国请过来给会员们讲讲他的书。"黎丽说，旅英华人文化学会就是为了在海外更好地传播中国文化，引起英国人对中国文化的重视。

为了达到这个目的，旅英华人文化学会做了许多努力，举办了各种类型的活动。比如在2011年9月6日，旅英华人文化学会在英国剑桥大学沃夫森学院校长大厅举办了"英国剑桥首届中国大陆、台湾、香港纪念辛亥革命一百周年大型学术论坛"。"我们之所以把会场选在剑桥的校长大厅，就是希望英国人，特别是学术界的人们来参与，所以在论坛上，不仅有专栏作家、学者、侨领，还有七位博士、一位英国院士、两位英国大学教授参与。"黎丽告诉我们，因为是旅英华人文化学会举办的活动，而且又是在英国举办的，因此参与活动的教授、学者们的论文和探讨都具有一种特别的英国视角。"当时，校长也给我来信说，我正在度假，我真希望赶回去和你们一起参加这个活动。因为他也知道孙中山，知道辛亥革命这段历史。"

黎丽还告诉我们，在这次论坛上，还出现了非常感人的一幕情景：当时，参加论坛的发言者在发言中都从中国大陆、台湾、香港不同的角度谈到了"祖国统一"。来自台湾的王台生先生发言时就说到国共之间应当有更开放的胸襟，不应兵戎相向，并说他最大的愿望是“希望能在有生之年看到海峡两岸的统一”。这时，黎丽给主持人递了个纸条，说王台生先生是国民党中将的后代，今天会场上还有一位共产党将军的后代何和平先生。主持人念完纸条并请何和平博士上台。开始，何和平博士是有些迟疑地站了起来，过了一会，两人几乎同时都移动脚步，朝对方迎了上去，先是两只手握到一起，然后是用臂膀热情地相互拥抱。“当时，我特别感动，觉得纪念百年辛亥革命的主题、意义，在台湾国民党将军后代与大陆共产党将军后代的拥抱中得到了完全的展现。”这个学术论坛之后，黎丽就写了一篇名为《难忘的拥抱》来纪念这一令人感动而有深刻内涵的场景。

黎丽说，成为旅英华人文化学会的会员主要有两个条件：一是要完全自愿来做义工；二是本身要对中国文化和英国文化有一定的了解，并且有帮助传播中国文化的意愿。“我们组织活动完全靠的是大家的热情，我们学会与 NGO 不同，他们靠的是制度，我们靠的是道德、道义、文化。”去年，黎丽就组织大家给一位 106 岁的英国老人过中国的生日。“因为英国和中国不同，老人退休是政府的事情，绝不是儿女们的事，老人所有的事情都是由政府负责，所以英国很多老人一年到头也见不到自己的儿子。”黎丽说，“我们去老人院，就会遇到很多老人拉着我们的手问我叫什么名，在哪儿长大。我们就是站在那里听他们说话，老人都感动得不得了。”黎丽告诉我们，他们给英国老人过生日，表演的是中国节目，写的是书法“寿”字，准备的是中国饭菜。当她在生日晚会上送给老人一张中国贺卡的时候，老人竟竖起了大拇指，令人意外地说了声“你好”。通过这件事，黎丽认为：“‘文化传播’不是简单的几个字，我们给英国老人过中国生日，就是传播中国传统文化中的‘孝’，让英国人更切实感受到中国文化是怎样的。”

在与黎丽交流的过程中，我们深切地感受到，一个热心、真诚而认真的女人在英国，不仅用自己的画赢得了英国人的尊重，还用自己的行动引起了英国人对中国传统文化的重视。或许对她来说，她只是在实践自己的座右铭：“人来到这个世界的意义，不是从这个世界取走什么，而是能留下什么。”

作者单位：暨南大学新闻与传播学院

访谈第二十四届“全英学联”副主席兼执行秘书长闫斐：“全世界中国留学生都需要一个海外学联”

陈一鸣（Chen Yiming） 王 悦（Wang Yue）

“全英学联（CSSA UK）”，全称全英中国学生、学者联谊会（Chinese Students and Scholars Association UK）。搜索“全英学联”，百度提供信息 80 300 条，谷歌则是 990 000 条。后者是前者的 12 倍还多。可以说，“全英学联”是一个“不被国内学生知晓，但留英学生都知道”的中国留学生自治组织。

第二十四届“全英学联”副主席兼执行秘书长、伦敦区常委闫斐，是伦敦大学教育学院的在读博士生，还有两年即将毕业。9 月 21 日，闫斐在伦敦大学接受我们的专访。在不久前结束的“全英学联”第二十四届代表大会中，闫斐当选副主席，与之并列的副主席还有四位。

“全英学联”成立于 1988 年，至今历经二十四届。目前，拥有以中国学生、学者群体为主的成员 10 万余人，教育背景包括本科、硕士、博士以及博士后。“全英学联”作为在英中国学生、学者的联谊和服务性团体，拥有近 100 个地方学联会员单位，分布在伦敦，英国南部、北部、中部和大曼彻斯特五个地区，涵盖英国全境。

通过长期沟通与合作，现已形成了成熟且高效的联通网络，确保了成员之间信息交流互换渠道畅通。同时，“全英学联”因其浓厚的学术氛围，也成为欧美同学会、中国留学人员联谊会等国家级团体的海外理事单位。

闫斐表示：“这几年赴英留学的中国学生日剧增多，保障在英中国留学生、学者权益，就是‘全英学联’的最高宗旨。”全英学联始终坚持全心全意为留学生服务的原则，并为保护学生、学者人身和财产安全，丰富学生、学者业余文化生活，解决学生、学者在英生活期间所遇困难，搭建学生、学者之间的交流平台，增进中英两国学术交流，推广中国优秀传统文化，增强中国学生、学者的凝聚力和爱国热情而不懈努力。

“每到年底，举办春节联欢晚会，正是‘全英学联’献给广大留英学生的重头戏。中国驻英大使馆的支持和帮助，也使得春晚得到更多人的关注。可以说，留学生在海外生活的各方面，都体现出学联的重要性。全世界中国留学生，都需要一个海外学联。”

现如今，“全英学联”已基本实现了为中国留英学生、学者服务一体化和发展全面化。从确定留学，到离境前准备工作，入境通关，在英学习，学术交流，就业实习，再到归国创业，学生学者均可在全英学联官方网站及发行刊物《英伦学人》、《留英手册》中找到相关帮助信息。

作为代表中国在英学生、学者的团体，“全英学联”与英国其他地方华人社团建立并保持了长期友好的合作基础。通过多年的积累与发展，“全英学联”与英国政府、苏格兰地方政府、大伦敦区地方政府、高等教育委员会也开展了长期的交流与合作。同时“全英学联”与英国众多科技、教育及商贸机构、著名企业保持密切联络并建立了战略合作关系，如英国商贸与投资部、中东部地区经济发展署、电气与电子工程师学会、英中贸易协会、英国华人金融协会、旅英中国工程师协会、英国华人生命科学学会等。此外，“全英学联”与多家中国驻海外机构，世界知名中资企业及其在英办事处，如中国银行、中国银联等也有着高层次的交流与合作。

采访中，副主席闫斐提到，在过去的工作中，“全英学联”在中国驻英使馆教育处的大力支持下，为响应国家“千人计划”发展战略的实施，与湖北省、江苏省（无锡市）、山东省（青岛市、淄博市）、河北省、浙江省（湖州市）等省市成功举办回国创业人才交流会，得到来自全英各地知名学府的优秀人才的积极参与，很多先进的技术专利和创业构想得到肯定和赞赏，并达成共识，技术专利得到应用与推广，创业构想付诸实施。

随着中国国力稳步提升，各项事业蓬勃发展，人才建设成为决定未来发展和进步的关键。与时俱进，用科技推动革新，用改革促动发展，用人才实现进步，也成为“全英学联”信守的人才战略。作为一个重要的载体，促进人才和科技交流，促进高端人才创业发展成为“全英学联”新的发展方向。

作者单位：暨南大学新闻与传播学院

在伦敦学艺术

——王加诺和他的艺术之梦

徐嘉霖（Xu Jialin）

一、当我们谈艺术时，我们在谈什么

2013年10月，著名当代艺术家曾梵志《最后的晚餐》在苏富比拍卖行“扎根亚洲40周年”晚间拍卖会上拍出1.8亿港币的高价，成功问鼎首个过亿港币的亚洲当代艺术作品。2012年，当人们开始期待中国当代艺术品即将进入亿元港币时代时，市场出现滑铁卢，不仅作品价格大幅下滑，而且流拍率较高。而此次拍卖的结果给中国当代艺术品市场注射了一剂强心针。对于艺术作品，无论古今中外，人们都有一种情结或直觉的判断，就是它有什么艺术价值。即使当代艺术如此杂多，如此宽容，人们还是会用艺术的概念、眼光去问：这是艺术吗？它的艺术性在哪里？

在今天，观念、形式、媒介等方面所发生的巨大变化，使得“美术”这个词的使用频率越来越低，适用范围越来越小，以至于在话语和文本的讨论中，人们开始习惯用“艺术”来指称原初的那个“美术”，于是，当我们谈到“××艺术展”的时候，大多数的人都很清楚，这是一个和我们过去所说的“美术”有关的展览，更具体一点，它是一个关于“视觉艺术”的展览。更进一步，当我们再说到“××当代艺术展”的时候，经验也会告诉我们，它所对应的事物，应该是与传统趣味大相径庭的一些新的艺术形态，那里面，会有一些令人匪夷所思的装置、影像、图片什么的，或者也会包括一些观念性的会话，但是，那里肯定不会有审美意义上的水墨花鸟或风景油画。

已经从伦敦艺术大学硕士毕业的王加诺，是年轻一代最有活力冲到当代艺术最前线的潮流使者。即将迎来在英国的第八个年头的他，对当代艺术有自己的注解：“现在的当代艺术范围远

比 90 年代要广得多，随着科技的不断发展和材料上的广泛利用，越来越多的新颖艺术形式层出不穷，多媒体和实验性艺术等越来越多的新颖艺术的出现预示着未来的当代艺术发展不会只局限于架上的作品、雕塑、绘画等。而中国艺术家往往缺少的就是实验精神，缺少改变和深入创新，中国人学东西快，但创新却不足。当然还是有一大部分富于创新的当代艺术家，但从整体的大氛围来讲，还是远落后于欧美。将想法加之于艺术，才是真正的玩艺术。”现代人玩艺术，多是思维的比拼，传统的绘画元素逐渐减少，新媒体的电子元素逐渐增多。王加诺现在最想做的，就是把在伦敦所获得的艺术理念存在大脑里，回到中国再把它们发展壮大。因为虽然他想做的装置艺术——当代艺术中的重要一环，足以吸引眼球，但占地大，耗材多，在地以稀为贵的伦敦，想要把辛苦做好的装置艺术品保存起来，实属不易。把学到的东西带回国内，在国内实施，反而变得简单而实际。

小时候在父母的熏陶下迷上了绘画的王加诺，在高一那年决定去英国追寻更广阔的艺术天地，出国面对的三大关——语言、金钱、寂寞——他都一一承受了下来。在国外的几年里，他汲取新知识，深刻感受了西方教育的实验性培养，并被波普艺术和其代表人安迪·沃霍尔深深地吸引，明确了自己的创作方向。

王加诺喜欢伦敦学艺术的氛围。与在国内学艺术不同，在伦敦的第一堂课，老师就对所有的同学说：“从今天起，你们是艺术家。”不用去比谁临摹的画最像，用你自己的方式去创作就是最好的。说起遇到的困难，王加诺坦言：“这边的材料太贵了，创造力方面的思维要求太高，这边上学不是注重作品的结果，而是创作作品的过程和你对这件作品的调查研究。每个中国留学生都会有自己的困扰，除去那些必然遇到的中西方文化差异和社交方面存在的习惯性问题，在伦敦学艺术，一定是不枉此生。”在伦敦，可以亲眼看到很多艺术品的真迹，这就像近距离与明星面对面的感觉一样，激动而惊喜，画作的每一个细节，每一笔的力度、色彩都印在了脑海里。这和临摹的感受是完全不同的。

二、凡物象为美之所寄者，皆为艺术

艺术家的世界往往令人称奇。王加诺在 20 岁出头的年纪，就已经举办了几次个人展。但他并不以此为荣，他觉得目前没有令他自己满意的作品，因为时间、空间，还有现实问题，他所创作的作品多少都有所限制。他希望自己今后的作品，一件比一件好，积累到一定程度时再去开办展览，参加双年展等。他曾举办的“你制造了我”（you made me）个人作品展中，以熟悉的亲人、朋友、同学为素材，将波普艺术新写实主义的创作风格淋漓尽致地表现出来。通过绚丽色彩的反差、诙谐的创作情调和主题鲜明的特点，引起观者的情感共鸣，让不懂画的人也能爱上绘画，这就是王加诺的梦想。

“一千个观众心中就有一千个哈姆雷特”，绘画也是一样，每幅作品都代表了一种思想与情感，不同时间、不同地点、不同心境下，你对所看到的画理解的含义都是不同的。在王加诺的画里，融合了多种现代元素，亮钻和闪粉的运用使画作更前卫，每幅都能看出一千个“哈姆雷特”。

《女王》是奶奶的画像，与具有英国女王元素的王冠结合起来，代表奶奶在他心中的地位；*Mr. Li* 这幅之所以加上一个钟表，是因为他这个朋友平时很不守时，想让他牢记时间观念；《生活》是他比较喜欢的作品，画中的手代表耶稣，手虽然被钉上，但你依然活着，这就是生活，束缚却不能挣脱，没法选择，右上方的小黑点代表他在中国的生活很规律，左下方点则代表在英国生活圈子发生了变化，但不管怎么样，一个笑脸，代表我们仍要勇敢微笑面对；而他自己的创作画像，则加入了条形码的元素，数字是他的生日，证明他是独一无二的……王加诺用通俗的艺术来诠释东方文化中的情感，用娱乐的手法来表现生活的真实。王加诺说，创作是绘画的意义所在。在他的作品里，有一种活力与激情是传统绘画里不曾出现的，而展览就像一列火车，坐了一次就停不下来。

在装置艺术方面，王加诺也做了很多努力。他最原始的创意来自于马赛克，用不同的元素拼凑成属于他独特意义的艺术品。他曾用三千多个易拉罐可乐瓶做出一个嘴唇的装置艺术，这个巨大的红色嘴唇，又以可乐瓶为马赛克元素（coca cola 中的 coca 又为可卡因，是一种毒品，是朋克文化中的一部分），表现出对未来的渴求态度。渴望理解，渴望关爱。这幅可口可乐之吻，经过了三天三夜的创作，终于完成。在这部作品完成了参展的使命后，它将被捐献到伦敦的一家福利医院。将好作品循环利用，轮替展览也是王加诺最希望的事。在伦敦，没有那么多地方去存放这些优秀的作品，每个作品展览完的时刻也是它们面临“死亡”的时刻，拆了扔掉，是王加诺心疼而又无奈的做法。在未来几年的打算中，他最希望的是在国内开办自己的艺术工作室，并为自己的作品找一个巨大的仓库，让作品有地方安置，或者循环展览，让更多的人看到这些美好的东西。

王加诺并不希望所创作的艺术品仅仅是运用东方传统的文化元素来吸引西方人的眼球，他希望“让外国人看不出这是中国人做的东西”。在王加诺的当代艺术装置作品中，还有一件值得一提的作品是《我眼中的伦敦》，这幅三平方米的作品，展示了王加诺眼中的伦敦。这幅作品所选用的马赛克拼图元素为儿时的玩具小兵，拼成了巨大的苍蝇图案，并加入了很多伦敦元素：红色的双层巴士、大本钟、邮筒等。王加诺说，在创作这个作品之前，自己有很多顾虑，包括这幅作品的意义是什么，怎样去看待自己在伦敦的这几年。起初很想用“骷髅”作为拼图的主要图案，但后来觉得“骷髅”的意象很常见，他想创新，首先就要颠覆自己的思维。这时，他的导师告诉他，创作艺术作品往往不需要考虑那么多，有了想法就去做，在创作的过程中获得快乐就够了。其他的意义，往往是边做或者做完了才会发现的。理念先行的观点，在艺术的领域中十分常见，做艺术不仅仅需要理念，更需要一种坚持的行动力，一种说做就做的执着。当代艺术一直处于传统与现代、自我与他者的文化张力中。当代艺术的转型既内在于当代中国社会文化秩序的巨大变迁，也受到全球文化语境和当代艺术国际格局的深刻影响。王国维曾说：一方面，以我观物，故万物皆着我之色彩。另一方面，以物观物，故不知何者为我，何者为物。西方现代艺术观念已经内化到我们的血液之中，构成了新的传统。在当代艺术界，我们很难分清彼此的界限。在艺术的世界里，每个人都有自己的见解。王加诺说，艺术家们都觉得自己的艺术作品是最好最优秀的，有一种与生俱来的偏见与傲慢。

王加诺刚完成了他的欧洲艺术之旅，此行的主要目的是观赏欧洲的艺术作品。除了那些世界闻名的艺术之地，他还被巴黎一个叫圣保罗的小村庄所吸引，那里聚集了世界各地知名的艺术家和画廊，作品风格让人耳目一新。他说：“沉浸在艺术的世界里，这天生爱创造的思维方式是源于生活的，而生活就在艺术之中。”

三、当代艺术的光荣与梦想

鲍德里亚从符号交换的视角得出了这样的结论：艺术已经在日常生活的审美化过程中消解了，让位于纯粹形象的循环，一种陈腐的超美学。以波普艺术为例，它取消了艺术家与大众、精英文化与流行文化、艺术活动与商品活动的界限。与大众传媒、艺术市场的公开“调情”，让波普艺术失去了反艺术的价值维度和批判力量。因此，除了制造天价的艺术明星外，它毫无价值和意义。或者说，无价值、无意义本身变成了一种商业策略。这成为当代艺术的某种骗局：通过与社会现状、艺术史的过去进行折中主义的游戏，原创性、俗套与无价值被提升到同等的价值层面，或者说，俗套、废物与平庸被视为艺术的价值和意识形态。

20 世纪 90 年代以来，当代艺术在全球化体制中逐渐实现了从官方庇护制度向现代市场体制的转型。这不仅得益于后冷战时期的意识形态背景，也得益于无形的国际艺术市场和国际艺术机构的支持，比如，画廊的销售、博物馆的收藏、新闻界的报道、艺术杂志的评论、国际性的艺术展览和艺术博览会等。在本土艺术市场发育不良的情况下，全球化的商业批评体制既给当代艺术家带来开放的自有，也带来了无尽的诱惑。为了在国际艺术市场中获得更加有利的位置，许多艺术家开始选择具有“中国特色”的文化符号来表达自我的感受。对于个人而言，光头、傻笑、肉搏、“文革”时期的红色符号，或许只是表达个人精神处境的媒介和手段。不过，这些文化符号承载了历史的记忆，尤其是革命时期的政治记忆，具有沉重的意识形态痕迹。这些符号脱离革命话语的语境，进入市场化的消费社会，并与消费文化中流行的可口可乐、麦当劳、WTO 等符号拼贴在一起时，多少有点戏谑、反讽的味道。

说起中国的当代艺术，王加诺直言不讳，国内很多艺术作品形式和内容都过于单一。以“红色元素”居多的对政治的消费，往往是为了迎合艺术品市场，没有用自己的想法和观念对当代艺术品进行创新。当前，中国经济发展势头强劲，中国的一线城市房价高升，投资环境面临转型，更加多元化发展，越来越多的人将投资目标转移到了艺术品方面，“但是热爱艺术的投资人还是很少，大多是为了赚钱，现在中国的艺术生还是在紧紧跟随国内外那些一线艺术家大腕儿，很多中国当代艺术家们的目标还是要成为像刘晓东、曾梵志、周春等那样成功的艺术家，可以说他们在艺术发展的道路上还不够贪婪吧，艺术家为什么不可以改变世界？国内的艺术家在摘抄、临摹方面下了很大功夫，但艺术不只是追求金钱和名气，更要流芳百世，当下的中国人太浮躁，太急于当下利益而缩短和减少了对艺术的更高要求”。

王加诺希望自己也能成为像达明·赫斯特这样的艺术家，能够用日常生活中常见的素材，创作一个主题性的艺术系列作品，将一个主题挖深挖透，哪怕一辈子就做这一个主题，也可以创作出很多优秀的作品。

四、与艺术梦为邻

八年前，刚来英国的王加诺看什么都新鲜，但他的父亲不仅要求他开眼界，长见识，更要学会深入思考。父亲希望王加诺学习国外优秀的文化，了解历史，有更高的追求和更丰富的内涵。王加诺从小就很独立，从幼儿园就开始寄宿生活，很少和家人父母在一起。但国外毕竟和国内不同，在国内，再大的风浪也有家，有家人父母，在国外完全靠自己。压力再大，扛不住了也不敢轻易跟家人说。也曾想过放弃，想过妥协，但自己不努力是不行的，早晚都要让家人父母看到自己的成果。“不能等天塌下来了，现在所拥有的都烟消云散了，再去后悔。”王加诺说，要想有所回报就必须做出努力，这样才能保持住自己喜欢的生活方式。

“学会关心，学会分享。”这是王加诺八年来留英学艺过程中获得最多的感受，对自己人生的规划和对人、对事物的看法也与之前不同，避开了国内浮夸习气的影响，不去追求对自己人生毫无价值的东西，学会了更关心父母和长辈。“爷爷奶奶年纪很大了，真的很怕有一天他们走了，我却不能在他们身边。”

在伦敦学艺术，首先会对英式教育的优雅有所期待。而在深入了解英国的艺术发展后，才知道，这个古老又传统的国度，在新鲜理念的不断刺激下，诞生了许多多姿多彩、有滋有味的艺术家，在他们的努力和创新下，更多“鲜嫩多汁”的艺术作品及时出炉，给国际艺术界提供了新的亮点。激发艺术家灵感的，除了不朽的荣耀、永恒的价值和神圣的社会使命感，也有转瞬即逝的当下性、平淡无奇的日常感和世俗的时尚逻辑。勇于尝试、敢于挑战的王加诺会带着他的艺术梦想，执着前进，相信他会创作出更多意蕴丰富的艺术作品与更多人分享。

作者单位：暨南大学新闻与传播学院

第三只眼

“与世隔绝”的伦敦地铁

■张　维（Zhan Wei）

在伦敦的14天，接触最多的可以算是伦敦地铁了。不论是承载着诺丁山的狂欢派对和金融城严肃沉稳的鲜红色的Central line，连接伦敦西北部和中心区的棕色的Bakerloo line，还是最后送走我们的通往希斯罗机场的蓝色的Piccadilly line，星罗棋布的地铁线分布，展示着一个国际化大都市发达的交通系统。但是坐在这修建于1863年、距今已经有150年历史的地铁上，却丝毫感觉不到国际化的气息，反而是沉淀了一百多年的沧桑感扑面而来。

伦敦地铁标志（张维/摄）

伦敦地铁最不能让人忍受的是没有手机信号覆盖。有时候想要在路上联系采访对象，坐上地铁之后才发现没有信号，最后只能等到从地铁站出来才能联络到采访对象；有时候和同伴走散了，也不能及时取得联系，只能等到双方都出了地铁站才能重新恢复通讯；还有一次由于在 The Body Shop 买东西信用卡被重复刷了一次，商家说查询他们的账户之后会回我电话，但当天下午商家打电话时我在地铁上，电话没有接到，最后只能再打电话过去询问。我这采访、找同伴、等电话都是一些琐事，可是难道就没有人因为在地铁上错过一个电话而错过一笔重要的生意、一个重要的工作机会，甚至一个改变人生的机遇？可能我这样说有些夸张，但地铁里没有手机信号确实误事。至少，就我个人而言，在地铁上短暂的与世隔绝，带给我的是不安全感。

我一直在想，这样存在了一百多年的没有信号覆盖的地铁，难道从来没有人去质疑吗？难道伦敦政府从来没有想过要改变一下伦敦地铁的“落后面貌”？

后来在网上查到，曾有英国电讯公司针对是否要在地铁覆盖手机网络做过一次民意调查，调查访问了 1 094 名伦敦民众，结果发现 76% 的受访者反对。其中，14% 的民众说，不想在地铁里面听到别人吵吵嚷嚷地讲电话。这也是为何 2011 年 2 月中国电讯设备巨头华为公司提出出资 5 000 万英镑免费为伦敦地铁提供手机网络的覆盖却遭到英国政府拒绝。也有人说地铁未能覆盖手机信号是因为技术瓶颈，2007 年曾有一小段地铁调试接收手机信号，过了三四年还是未能调试成功。使用了上百年的稳定成型的成熟地铁，要打孔钻眼、铺设光纤，可能确实存在一定的难度。还有一种说法是，伦敦地铁不仅承担着交通的功能，还作为地下掩体出现，一旦发生空袭，伦敦民众可以直接躲进地铁中。在“二战”时期，伦敦地铁这种防空洞的功能已经得到了充分发挥，它不仅是战时的军事指挥中心，战时工厂，还是医院和市民的避难所。“二战”期间，每晚平均有 6 万居民进入隧道，最多时达 17. 7 万人。

第二种可能性似乎略显夸张，尽管表面看起来在地铁铺设光纤信号难度很大，但我觉得对于曾经雄霸世界的日不落帝国来说应该不成问题。而第一种和第三种可能性则比较靠谱。或许伦敦地铁一直保持其古老和“落后”的姿态一方面是对古老历史的尊重，正如英国人对待街道两边充满历史感的建筑一样；另一方面则是英国人喜好安静的国民性使然。

不过，伦敦的市民似乎已经习惯了这种落后到没有手机信号的地铁，他们或是三三两两轻声交谈，或是捧着书或者 kindle 阅读，或是拿着报纸看看当天的新闻（当然，他们也不会忘记在下车之前把报纸留给下一位乘客），或是在戴着耳机听歌、看视频，或是坐着发呆，沉醉于自己的世界…… 我们稍微大声一点说话都显得有些聒噪。

英国人将伦敦地铁亲切地称呼为 tube 而不是 metro，他们是把地铁当成了伦敦的“血管”。这个“血管”里流淌着的是英国人 150 年来沉淀下来的保守和安静的品质。

离别伦敦前夕，由于坐错站、又无法和朋友取得联系，只能到达希斯罗机场之后碰面，其中的担心和慌乱失措可想而知。经过了两个礼拜还是无法适应地铁上短暂的与世隔绝的生活。不过也是，习惯了 24 小时手机不离身，没有手机信号就没有安全感的生活，突然要去接受和融入另外一种文化确实是一件很难的事情。

可能吵吵嚷嚷接打电话、微信声此起彼伏的广州地铁更能让我找到亲切感。

作者单位：暨南大学新闻与传播学院

闻书香识伦敦

陈　莹（Chen Ying）

去伦敦之前，听说了一个消息：简·奥斯汀将被印上2017年发行的十元面值英镑，同时还会印上奥斯汀的名言：“我说啊，什么娱乐也抵不上读书的乐趣。”可见英国人对书的热爱是无与伦比的。在这个融合了古老与现代的城市里，不仅有各种各样体现历史感的古老建筑，走在其中，仿佛会一不小心进入某部世界名著的场景中，还有带领我们进入伦敦各种传奇过往的像查尔斯·狄更斯、柯南·道尔这样的名作家们，但是最不能错过的还是那些充满着书香气息的书店。

伦敦对于每一个爱读书的人来说就是“天堂”。

在伦敦逛书店的时间里，发现英国的书店一般来说有两种，一种是新书店，这包括各种连锁书店、独立书店；另一种是旧书店。逛这两种书店带给人的感受是截然不同的，在新书店里，更多的是能了解当下英国的读书人都在阅读什么书，了解最新最受欢迎的作家有哪些，还能看到一些精装版的书陈列店中，需要注意的是新书店的书一般都比较贵；而旧书店则是那些爱书却因高书价却步的人们最好的去处，虽然是旧书，但是书的种类很多，一般都是“限量版”，而且这些书店经常是挤满了顾客，各种各样的人都在这里“淘书”。

首先说说查令十字街（Charing Cross Road），这条街是现在来到伦敦的读书人必去“朝圣”的地方，因为这里有一个非常著名的地方——查令街84号。它因为海伦·汉芙（Helene Hanff）的《查令街84号》而声名远播，而这本纽约女作家和伦敦书店老板之间以书籍结缘友谊的书信集合也被誉为是“爱书人的圣经”。故事起源于纽约女作家汉芙因为在美国无法找到所需的晦涩艰深的英国文学著作，某次偶然在《星期六文学评论》上看到一则 Marks & Company 书店销售古书的广告，于是就在1949年首次与书店老板法兰克·铎尔（Frank Doel）进行了联系，从此以后，汉芙与法兰克以及这家书店的所有员工发展了一段跨越国度的深厚友情。在他们的书信往来中，他们谈论的话题一般是围绕书籍本身，比如约翰·唐尼（John Donne）布道书的不同版本，如何制作约克郡·布丁（Yorkshire Pudding），洛杉矶·道奇（Brooklyn Dodgers）或者是伊丽莎白二世（Her Majesty Queen Elizabeth II）的加冕典礼。汉芙曾在书信中多次表示将去英国旅行并想拜访该书店，可因为种种原因，迟迟未能成行，直到最后书店关门停业。1970 年，汉芙把她和书店老板二十余年的书信记录结集出版，就是我们后来看到的《查令十字街 84 号》。在这本书的最后有一句话尤为感动人："你们若恰好路经过查令十字街 84 号，代我献上一吻，我亏欠它良多！"（If you happen to pass by 84 Charing Cross Road，kiss it for me！I owe it so much.）就是这句话让所有到伦敦的爱书人绝对不想错过这里。到了伦敦之后，我们就去查令街上寻找查令街 84 号，反复找了很多遍，最终无奈地发现这个地址可能已经变成了一家连锁餐厅。

不过，没找到查令街 84 号也没关系，这条街上各色的旧书店也可以算得上惊喜，有的是隔几家就一个，有的一家连着一家。我们就沿着查令街慢慢逛书店"淘书"。这里的书店很多都不是很起眼，小小旧旧的感觉，大玻璃窗里有的密密麻麻摆着书，有的是展出一些比较罕见而有价值的旧书，而在书店的外面还有书摊，摆放着各种一两英镑就可以买到的特价书。进入书店里面见到的就是满墙的书架，摆满了各种各样的书，不仅有社会学、政治学、犯罪学之类的人文科学书籍，也有科技、艺术、天文等之类的专业书籍，而且这里的书店一般都有地下室，有的书店地下室还会有唱片、DVD、CD 和漫画出售。虽说都是旧书，但都摆放得整整齐齐，并且会分门别类地在书架上贴着小纸条告诉顾客是哪种类别的书籍，而且因为书店里的书架都很高，还特地为读者提供了爬梯。这里的书店一般都不像新书店那样招待顾客，老板一般在收银台帮顾客结账，而一两个店员则都会忙着上货、撤货和整理书架，所以书店里的人总是满满的，很多人在这里尽情地找书、看书，不管买不买都不会有人来管你，更不会"嫌弃"你。当然，这里的书店老板都特别好，要是你在这里找不到你想要的书，也可以让老板或店员帮助你。在这些旧书店里，人们可以安安心心地享受阅读的快乐，我也在这里以极便宜的价格淘到了我想要的查尔斯·狄更斯（Charles Dickens）的 *Bleak House*，中文译作《荒凉山庄》。

在伦敦，我们发现另一条有比较多书店的街是诺丁山街

（Notting Hill Gate），它最出名的是因在电影《诺丁山》中导演所展示的异国风情——波特贝露市场（Portebello Road Martet）。第一次来时，街道两旁有好多小店，多是卖古董首饰艺术品和二手衣服的，我们却发现这里的书店也不错，有一家连锁书店（Waterstone's）、一家折扣书店和一家旧书店。在 Waterstone's 书店，我们刚进去 10 分钟，就被店员告知他们要关门，可是要知道那个时候才下午 5 点半左右呢。而在折扣书店里，店员告诉我们，他们的书店可是附近唯一一家新书折扣店，不过这家店的书不是很多，仅有部分畅销书，不过价格也没便宜多少。印象最为深刻的还是那家旧书店，那是我第一次进旧书店，立刻就被满墙的书给吸引了，一本一本地看，发现自己比较熟悉或感兴趣的书就立刻拿下来翻看，后遗症是待了一个小时后只要看到英文字母就两眼犯晕。这里也有为读者提供找书的爬梯，梯子又宽又结实，因为是木头制作的，经过多年来“淘书人”们的爬上爬下变得异常光滑铿亮。来这里淘书的人有男有女，有老人也有年轻人，我甚至还看到了两个教授模样的“淘书人”。满墙的书架，整齐摆放的书籍，书架旁立着的爬梯，还有沉浸在书海中的“淘书人”，都散发出一种岁月静好与古色古香的韵味。

在伦敦的日子，除了采访和参观，去得最多的地方就是各式各样的书店：在牛津街（Oxford Street）上的 HMV，虽然主打的是音像制品，但也可以找到一部分经典书籍；在夏洛克·福尔摩斯博物馆（Sherlock Holmes Museum）和查尔斯·狄更斯博物馆（Charles Dickens Museum）都可以买到比较精美的相关小说和文学著作；在剑桥的 OXFOM 书店能淘到既便宜又有八成新的畅销书。不只这些有着时代痕迹的书店让我心驰神往，那种阅读的氛围也是我特别喜欢的：在书店里，人们或蹲或站着，认真地读着自己喜欢的书；在地铁里，人们不再是低头玩手机，而是拿着小而厚的书或者是报纸安静地看着；在公园里，人们坐在草坪或湖边的长椅上，在暖和的阳光中享受阅读的快乐；在剑桥游船的时候，我们看到在河边的长堤上，一个女孩子盘腿坐着，腿上搁着书，沐浴着阳光的她却沉浸在了书的世界里。

塞缪尔·约翰逊说过一句话：“如果你厌倦了伦敦，那你就厌倦了生活。”的确，伦敦这个特别的城市有着太多太多让人喜欢的理由，但是对于爱书的人来说，这里不仅是能买到各种让你爱不释手的书的地方，更是一个从内到外散发着书香气息的城市。

作者单位：暨南大学新闻与传播学院

台湾奶茶伦敦飘香

白晨晖（Bai Chenhui）　查冠琳（Zha Guanlin）

去伦敦之前，我们对颇负盛名的英式红茶充满憧憬，没想到在伦敦街头却与来自台湾的珍珠奶茶来了个浪漫邂逅。

由于采访需要，伦敦的苏豪区（SOHO）成为我们最常去的地方，英国最大的中国城便坐落于此。与中国城相邻的沙福兹伯里大街上剧院林立，一家名为 Boba Jam 的珍珠奶茶店却引起了我们的注意。每天中午 12 点开门营业后，前来 Boba Jam 购买奶茶的顾客络绎不绝，生意红火到店外常常排起等候的长队。这款经典的台湾饮品漂洋过海后竟然还有如此魅力？在好奇心的驱使之下，我们走进了这家珍珠奶茶专卖店。

身着紫色制服的店员在吧台后忙碌着，一见有顾客进来立马笑容可掬地上前招呼。吧台上的看板清晰地标注着店里出售的所有饮品的中英文名字。仔细一看，所售饮品分为珍珠奶茶系列、珍珠奶系列和珍珠果茶系列，口味多达 28 种。除了传统的“珍珠”（木薯粉圆）之外，还有红豆、布丁、果冻、仙草、蒟蒻（魔芋）等 14 种食物可以添加进奶茶里。

来自台湾的店员小谢向我们推荐了销量最好的奶茶——原味珍珠奶茶和芋香奶茶。本来担心口味不纯正的我们细品后都啧啧称赞。除却为了迎合英国人嗜甜的喜好而增加的甜度，这里的奶茶基本保持了国内的正宗味道。

在店里，我们遇到了一名自称是“台湾奶茶发烧友”的西班牙人。“我曾经在北京留学，在那里喜欢上了中国的奶茶。现在竟然在伦敦也找到了这个味道，”他说，“原味的奶茶是我偏爱的口味，我每天都喝上一杯。”定居英国的福建女孩 KIKI 则表示，从台湾奶茶里喝出了家乡味道。据了解，Boba Jam 的中外顾客比例大约是各占一半。这足以说明有相当比例的外国人认可了这款中国饮品。

Boba Jam 的店主 Candy 女士在一次台湾之行后深深爱上了珍

珠奶茶，并萌生将这独特的台湾味道带到伦敦的念头。在做了大量的前期准备工作后，Candy 女士的 Boba Jam 奶茶店于 2010 年开张了。临近客流量巨大的中国城，Boba Jam 开张以来人潮不断，每天至少售出 300 杯。因生意红火，Boba Jam 不久前在查令十字街开了第一家分店。

据店员小谢介绍，以前在伦敦其实很少能喝到来自台湾的纯正奶茶，因为多数贩卖奶茶的店家是港式餐厅。这些港式餐厅只把奶茶作为附属饮料销售，并不作为主打产品。近年来，随着珍珠奶茶在伦敦欢迎度的上升，将其视为商机的投资者也逐渐增多。单在中国城一带，就出现了 Boba Jam、Cuppa Cha、Chatime 日出茶太等多家珍珠奶茶专卖店。珍珠奶茶实现了从附属饮料到专卖店的华丽变身。

一首英国民谣这样唱道："当时钟敲响四下时，世上的一切瞬间为茶而停。"在英国，下午四五点钟就是著名的"Teatime"（饮茶时间），这也是珍珠奶茶店生意最火爆的时段。和国内的外带式奶茶店不同，Boba Jam 奶茶店提供 TAKE-AWAY（外带）和 EAT-IN（堂食）两种服务。"外国人有时候会更喜欢坐下来慢慢品尝，所以我们店内特意开辟了有桌椅的'堂食'区。"店员小谢解释道。

一杯珍珠奶茶的价格大约是 3.85 英镑，比当地咖啡连锁店 COSTA 一杯咖啡的价格还要稍微贵一些。为了吸引顾客，Boba Jam 推出"买一送一"的促销活动，每天指定三款奶茶作为当日的促销茶，有效拉动了销量。

珍珠奶茶在台湾流行了 30 年，进入英国市场后拥有了一个洋名字"Bubble Tea"，独特的口味和便利的外带销售模式助其打开了英国市场。2011 年 4 月，英籍人士 Assad Khan 在苏豪区开了 Bubbleology 台湾珍珠奶茶专卖店，号称从原料到包装全从中国台湾进口。2012 年 7 月，台湾连锁茶饮 Chatime 日出茶太进军伦敦。2012 年底，一家名为 Cuppa Cha 的珍珠奶茶店在中国城的人民公社餐厅旁开张营业。这些如雨后春笋般出现的珍珠奶茶店，开设的地点仍以中国人聚居的苏豪区为主，对华人消费者的依赖可见一斑。来自中国的奶茶店能否"走出中国城"，进入英国主流消费市场，吸引一般英国消费者，还有待观察。虽然前景并不明朗，但销售着这款经典咀嚼式饮品的台湾珍珠奶茶店已经成为伦敦一道亮丽的风景线。

作者单位：暨南大学新闻与传播学院

平视英国人

■王 滋（Wang Zi）

如果从这短短十几天的接触以及道听途说而来的存在于意识和潜意识中的种种印象来评价英国人，大概能列举个十页八页，诸如“英国人礼貌而保守”、“英国人认定的饭店即使老板换了也执着依旧”、“英国人压抑而乐意在晚上排队泡吧”、“英国人不够勤劳，门店关门极早”等。事实依据有，推断揣测亦有，但人之复杂极难用“某某国人如何如何”这样高度概括的语句来总结，正如我们也不喜被贴标签一样。所以这篇回忆的初衷仅仅是记录那些令人印象深刻的跨文化交流瞬间，包括尽力用平视眼光观察到的英国人。正如预料，这些瞬间、这些人的色彩用一盒色盘是绝对画不完整的。面对听者，无论是由衷的赞叹，还是有意无意流露出的“不过如此”的表情都令我感到表达的无力。另外，囿于不甚乐观的记忆力，早早写下来兴许还能还原一二。

通过发放调查问卷，了解英国人对中国及中国人的印象，这是来伦敦的任务之一。在14天400份样本的艰巨任务压力下，我们亦有了大把机会接触地地道道的英国人，不仅伦敦音可以信手拈来，连面对他们讲的冷笑话，也从傻笑进化为会意一笑。大大小小的公园绿地，熙熙攘攘的步行街广场，都是我们“游击的根据地”。一开始的羞涩终于在一咬牙一跺脚后连同薄薄的脸皮一齐丢掉，招牌笑容挂起来地毯式刷街，被拒也能莞尔一笑，说声“Thank you all the same”。我和我的小伙伴们已然修炼成精。

一、传说中的高贵冷艳

从工业革命伊始到维多利亚统治下的全盛时代，英国人以岛国之力，曾创造了“日不落”的奇迹。即便“二战”之后英帝国走向衰落，在外交政策的协调中“光荣孤立”仍然是主色调。无论是不愿加入“申根签证”国，还是拒绝进入欧元区，都让其他国家感受到宏观意义上的“孤立”的英国。而这些正是英国人引以为傲的历史，伦敦街头随处可见的维多利亚女王雕像就是证据。灿烂文化也是这种高贵心态的重要来源，詹姆斯钦定本圣经(*King James Authorized Version of the Bible*)和莎士比亚的戏剧可算是英国人最自豪的文化财富。

孤傲的国家特质下，人民的相应性格广为流传——不愿与人多交谈，喜怒不形于色。短期的接触无法验证这样的描述是否出于刻板印象，但地铁里欢快聊天的伦敦音倒是与书中“英国人地铁里从不交谈，只顾看报纸、鸦雀无声”的描述大相径庭。但是对于即将寻找300名英国人做访问这件事，我们还是感到惴惴不安。

做问卷，尤其是找外国人做问卷，贵在开张。一旦迈出第一步，再难也有完成的希望。来伦敦第二天，我们在中国城附近徘徊寻找着第一个目标，行色匆匆的白皮肤高鼻梁不断从身边经过，就是没胆拦住一个，事先植入脑海中的英国人孤傲的形象给行动的双腿系上一条隐形的带子。更雪上加霜的是绵绵的细雨下个不停，雨中填问卷这种事即使在大不列颠也很难浪漫起来。大家不断找着各种话题或是对行人品头论足来缓解时间流逝却久久不得“开张”的尴尬，就在这诡异的气氛中，我们第三次经过了女王歌剧院旁边的广场。分开行动是最好的方法，凑在一起免不了互相推诿和浪费时间的犹犹豫豫。在分开后，我很快展开了行动。

记忆中是一个五十来岁的精瘦男子，穿着黑灰色呢子外衣，面无表情地从我对面走过来。我迎上去用早就准备好并烂熟于心的英文介绍自己，在介绍的过程中，对方的嘴角从直线慢慢地变成了月牙，当他表明自己是英国人并拿起问卷说了一句“Why not”的时候，我头顶的阴霾彻底散去，灿烂千阳在心中绽放。这位绅士主动引我去屋檐下躲雨，还询问了我的学校和是否喜欢英国，当然我立刻用各种类似于fantastic的词汇赞赏了他的祖国，而他祝我好运后微笑离去，留下手中一份略湿的画着勾勾圈圈的问卷时，我知道这为“追梦伦敦”拉开了序幕。

二、泰晤士旁的绅士淑女

泰晤士河是英国最长、最重要的河流，泰晤士河使伦敦与蔚蓝的英吉利海峡相连，并如同丝线一般穿过伊顿、牛津、亨利、温莎以及伦敦等胜地。沿泰晤士河游览一圈几乎可以串联起整个英国的历史，而关乎人的历史少不了骑士精神和贵族精神。真正意义上的贵族终结于1999年废除上议院（也称为贵族院）的改革，但似乎贵族精神不仅没有泯灭，还添上了远见与妥协的内涵。

尽管贵族视乎血统，但贵族精神却并非世袭，而更加重视悲悯、宽厚、坚韧以及自由。保守和礼仪正是来源于对这种精神的怀念与追求。

如果不算晚上遇到的放浪形骸的醉汉，大部分接触过的英国人都很有礼貌，即便带着些英式高贵冰冷的距离感，也并没有不舒服的感觉。你几乎听不到他们说“没关系，不客气”，因为他们永远在说谢谢你（Thank you/Cheers），导致每做完一份问卷，就要互相说若干次谢谢，你来我往，仿佛比对方少说了一次就失了礼数。高频词汇榜首非它莫属了。

可能因着对女士的尊重，我们找男士做问卷几乎百发百中，很少遭遇拒绝。我曾经在格林威治拦到一个年轻人，刚开始说话我便后悔了，因为他眼中流露出着急匆忙的样子。他仿佛看出我的不好意思，干脆地接过了问卷。做完后他对我说：“我也曾是学生，我明白的，好运！”顿时，一种无国界的共鸣感嗡嗡在脑中奏起，脑中是莎拉布莱曼飘逸的声音：“We are family（我们是一家人）。”

印象深刻的一位淑女是在中国城碰到的，50岁左右身材依旧匀称，当我上前打招呼时，她马上停止与同伴的聊天，认真地听我介绍，不断点头，除了微笑的嘴角还有一双生动、会笑的眼。她的优雅让我想起《唐顿庄园》里出身名门的Lady们。果不其然，当我提到这部英剧在中国有多么火时，她难掩激动：“真的吗？那是我最爱的电视剧，我简直要感动得哭了。”

假如一曲交响乐缺了二度的不和谐音程，纵使优美如水或者荡气回肠，难免差了一点神秘、刺激感。伦敦行也是如此，不太愉快的经历反而成了最回味悠长的片段。白金汉宫旁的绿色公园，我在一条长椅上遇到两对年老夫妇。询问过后，一对来自加拿大，另一对则是英国人。在这对英国夫妇做问卷的时候，那位加拿大老妇人一直冷眼旁观着，后来突然指着问卷上的“你是否认为在中国男性更多地成为决定者”对我说：“请问你为什么这么问？为什么是男性而不是女性？”那不是友好的询问，而是蔑视的质问。我一愣，有点结结巴巴地解释：“这道题问的就是你是否同意，没必要男女各问一次。”她紧接着又问：“为什么你没有设计人权的问题，要知道你们中国是没有人权的。你的问卷意义何在？”有人说我们总是在晚上睡觉的时候才想起对于白天遭遇的不愉快对话如何回应，我当时就是这样。英语口语的局限加上突发的紧张气氛使我未能很好地反驳她。最后，她不耐烦地挥手，“谢谢，就这样吧”，拂袖而去。

我在一旁草草地整理问卷，脑子逐渐恢复正常运转，有点想掉泪的冲动。但正像《阿甘正传》里的名言“人生就像巧克力，你永远不知道下一块是什么味道”，仅仅一分钟后我的焦虑和委屈就被感动取代了。做过问卷的那对英国夫妇招手叫我和同伴回去，微笑着安慰：“你们做得很好，不要在意那个女人的话，她很粗鲁（rude）。你们当然没必要非要设计那样的问题。”我现在还能回忆起他们眼中的善意，那个瞬间让我开始觉得犀利而尖锐的回敬或许不那么必要了。

三、风度被数学打败

数学奇差也算是英国人身上的标签了，无奈我实在无法昧着良心为他们平反。短短12天内队员们购物被算错钱的次数已经超出了十根手指。与收银员理论的时候，平时有礼貌的英国人是从来不为算错钱道歉的。了解了原因便能释怀——因为数学不好是天经地义的。

促进数学学习的慈善组织——“全国算术”（National Numeracy）在2012年的调查中表示，英国全国有数以百万计的民众连工资单和火车时刻表都读不懂，或是不知道如何支付家庭账单。政府统计数据显示，英格兰几乎有一半的工作人口，只掌握有小学程度的数学能力。

复杂的英镑货币设置客观上也给算钱带来不少障碍。除了50英镑、20英镑、10英镑和5英镑的纸币，还有2英镑、1英镑、50便士、20便士、10便士、5便士以及1便士的硬币，往往吃一顿饭找回来的硬币就能叮叮咣咣装满口袋，如果不能很快熟悉各种面值，即便是我们这些以数学为傲的中国公民也无法直视各色的铸币。另外，我们惯用的凑整思路在伦敦也行不通，举例来说，如果在中国买一样东西的价格是15.8元，我们往往会给收银员20元8角，这样刚好可以找回5元整钱。但在英国，同样15.8英镑的东西，给出20英镑80便士会引起收银员的极大困惑，他会先把80便士退还给你，然后再找回4英镑20便士。

或许是大不列颠人给人的印象太过冷艳，这种对数学的不敏感有时竟让我觉得可爱。从剑桥镇回程坐了一趟错误的列车，被查票的小哥发现了。他表示如果我们在车上补票每人补8英镑30便士，如果出站补票则需要每人罚款40英镑。这着实吓坏了我和身边的三个队员。在表达了半天“不知者不罪”的谈判后，还是被小哥的严肃震慑住了，反正我的内心已经准备乖乖掏钱认倒霉了。但是小哥突然让我们安静，并拿出一台平板电脑和一支触控笔开始计算补票总价，5分钟后列车到站，他终于算了出来，4个人共33英镑20便士。然而当我告知他我们共有12人之后，他的脸明显地抽搐了一下。然后似乎彻底放弃了，不断嘟囔着“我在试图帮你们！我一直在帮你们！”然后稀里糊涂把我们送出了站。看着大块头的他离去，我笑出了眼泪。

笑着笑着，短短的十二天就过去了。虽然我们已经把休息时间挤到最少，甚至付出了大半队员生病的代价，但还是留不住这时光，还是做不到不留遗憾。好在我们不是到此一游的观光客，而是参与一次以跨文化交流为主的文化沙龙的组员。

作者单位：暨南大学新闻与传播学院

BBC 融媒实践对中国广播新闻内容生产的启示

王　媛（Wang Yuan）

媒体技术的革新带来新闻传播理念和范式的变化，趋势之一就是受众越来越深入和多样地参与到新闻传播的过程中来。媒体英国广播公司 BBC 从 2006 年开始提出“创造性的未来”计划，其中的重点之一即是跨媒体整合传播的“马提尼媒介”策略①。BBC 拓展办公区域，搭建广播、电视、网络之间的跨媒体协作平台，成立图文和音视频资源可以共享的新闻编辑部，还专门设立“用户生产内容集成中心”（UGC HUB），以互联网为平台，整合多种符号的新闻产品，通过各种终端向受众传播新闻信息。BBC 形成了完整的受众参与新闻报道的生产和管理机制。那么，BBC 的融媒实践最突出的独特性是什么，对我国广播新闻内容生产的理念和范式演进有何借鉴意义呢？

一、BBC 融媒实践的三个核心特征

BBC 拥有 8 个全国性电视频道，10 个全国性广播频率，50 多个地方电台，还拥有欧洲最大的多媒体内容网站，是英国最大的媒体产品销售公司之一。在受众消费习惯、技术进步以及削减成本等因素的影响下，BBC 将以往各自独立的电视、广播、网络三个平台整合为囊括了技术、外联部门的新闻编辑部，建成了一个多种形态新闻产品的生产单位。

（一）融合意味紧密合作

媒介融合，可有六种分类：媒体科技融合、媒体所有权融合、媒体结构融合、媒体战术融合、媒体采访技能融合、新闻叙

① 付晓燕. BBC 的“创造性的未来计划”. 新闻战线，2008(4).

事形式融合。① 本文主要剖析 BBC 新闻生产部门的结构融合以及所带来的新闻叙事形式的融合。BBC 的新闻编辑部是新闻生产的核心部门，为了共享广播、电视、网络各部门采集的素材，提高采编工作分配的效率，缩短信息从外部流入主播之间的时间耗费，BBC 以合作为理念，从物理距离、技术支持、工作流程等方面将新闻生产的资源深度融合。

首先看办公区域物理距离的改变。BBC 新闻中心采取了开放式的办公场所，将广播、电视及网络的工作人员集合在一起，形成以主编工作台为轮心，策划、图片、文字、音频、视频、编排、物流等多个分工作台指向轮心的格局，每个大小轮心的主编功能是多部门协调的中枢，轮心之间的沟通效率决定工作流程的效率。当外界各方信源进入记者报道的范畴，信息就输入了新闻编辑部的各个部门，在统一的流程里，新闻内容的采集、生产、输出分工协调，最后以不同符号呈现在各种媒介终端。其次，看其强大的技术支持。面对如此庞大的信息量和复杂的部门分工，BBC 有内部交流平台，叫作 BBC Journalism Portal② 系统，它能满足各部门员工所需的所有功能。它在网站首页集合了全球最新资讯，还可以实现信息共享与工作调度，各节目的工作人员能统一、及时地了解新闻资源的利用情况、节目播出的状态，广播、电视、网络互通互享新闻线索，每个人共享的信息都可能成为他人生成新报道的更新线索，方便对外派记者随时提示和分配。

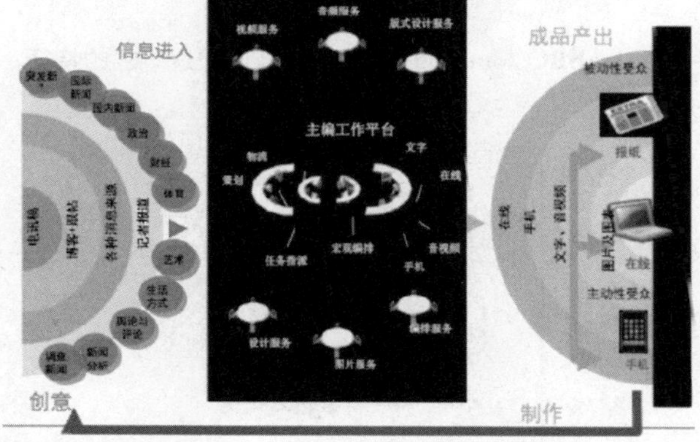

图 1　BBC Journalism Portal

---

① 刘昶. 跨媒体新闻编辑部：欧洲的融媒实践. 中国记者，2011（7）.
② 唐苗. BBC 媒介融合的多重意义. 视听界，2013（4）.

科学的工作流程是高效使用硬件的保证。BBC 新闻编辑部为了实现整合，都会在报道前让几个部门一起策划，商讨如何分配记者、使用稿件，新闻作品在何时以音频还是视频呈现的争执不会再出现。如 2011 年 BBC 为英国皇家婚礼进行策划，决定不同的频道、频率及网站在不同的时段围绕这一内容将做哪些节目，音频最先出，之后什么时候上视频报道，网络互动要有哪些集成、哪些信息。

（二）形成全新的新闻报道范式及融合的叙事模式

BBC Journalism Portal 系统就像是一个“蓄水池”，所有的素材和新闻产品都在其中不断更新、生成。在公司之外，人们依然可以用手机等便携终端登录该系统，加速信息的获取和流动。“蓄水池”的信息采集和产品输出是运动式的，因此全新的新闻报道范式呈现出如下特征：新闻报道不再设截稿时间，产品输出的介质由唯一变成多样，产品生产过程由一次变为多次、动态，见图 2。

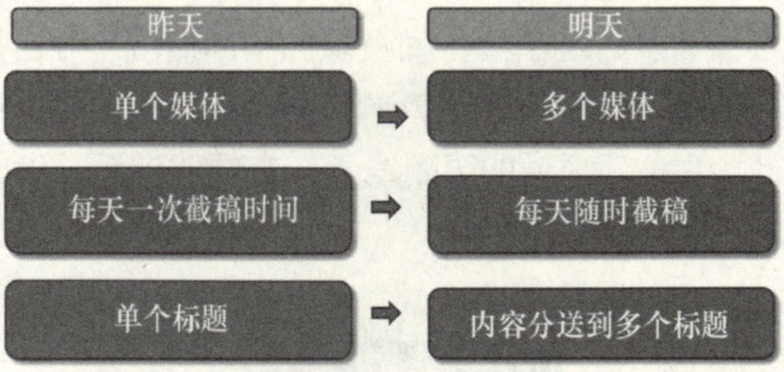

图 2　BBC Jounrnalism Portal 新闻报道范式的特征

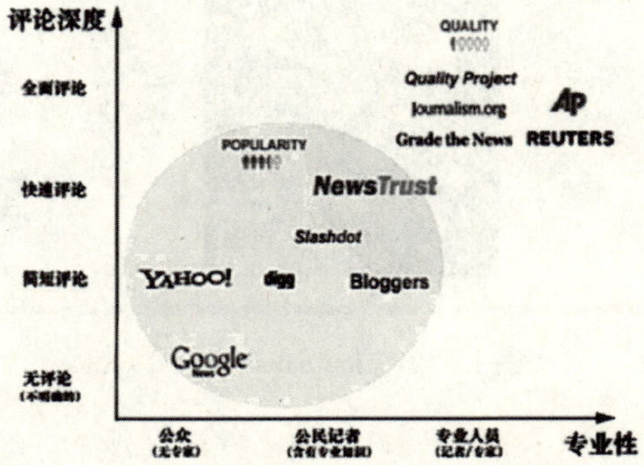

图 3　公众报道 VS 报道质量

当广播电视图文、音视频产品播出，BBC网络平台与此同步更新，并会在标题链接内设置互动区域，受众登陆BBC网站不仅看到来自BBC的最新报道，还有美联社、路透社等的消息，第一时间根据网站更新发表对新闻事件的观点看法。大量的碎片信息，或事实或观点，都是受众通过网络参与新闻报道的重要信源，其最大价值就在于可成为记者采访报道的素材。普通百姓、公民记者、专业人士的观点，随着事件报道的进行而更加多元丰富，且由浅入深，碎片化的信息也好，全面的观点也罢，都可以零时差被记者和受众及时捕捉，用以形成事态进展的新报道。互动区域内的海量碎片信息，以事实、观点为主要样态，以述评为表现方式，整合形成网络互动区域内融合的叙事方式，见图3。

（三）用户生成内容“UGC”的本质是参与模式的多样性

BBC融媒实践中的一个亮点是把用户参与生产新闻内容的机制落实为一个独立的中心，将管理受众参与的团队命名为“用户生产内容集成中心”（UGC HUB），“UGC”一词最早是从互联网领域进入公众视线的，其专指用户利用各种新技术和平台生产并分享内容，比如视频、图片、博客和开源软件等，而用户“User”一词，也更多地指代各种新媒体技术如网络或手机的使用者①。庞大用户以报料新闻、观点评论、提供资料等方式参与着新闻内容的生产，“用户生成内容”有着具体而丰富的内涵。

1. *以报料机制为主的受众生产内容*

这包含了社会大众为BBC报料的各种突发新闻事件，提供新闻线索给记者核实和进一步报道。大众可以通过电话报料，也可以在手机客户端上传图片和视频，记者利用手机定位、邀请报料人接受采访等方式核实报料线索的真实性，再将信息报道出去。大众和记者在报料和核实的轮回反复中发现新闻、推动进展。BBC在多年的报料机制实践中还专门策划了一些针对报料人的培训项目，诸如Video Nation，培养报料人更强烈的新闻敏感、更专业的新闻素养，让这个分布在各地角落里的群体能够眼光独到地发现新闻、提供线索。有了长久积累，BBC形成了庞大的报料记者库，还对他们进行擅长领域的专业分类，最大程度挖掘这个群体的功能价值。除不定时的信息采集和评论分析的

---

① 顾洁.“受众参与”：一种超越“用户生产”的新闻实践.新闻与写作，2013（9）.

合适契机外，记者还会向这些人咨询专业知识、共同挖掘事件真相，不断拓展受众参与新闻生产的数量、规模和深度。

2. 受众的观点评论

在 BBC 的网页、手机客户端等社交区域都设置有形式多样的互动留言区，受众可以根据新闻事件的报道进展随时发表个人看法，这一区域的最大特征就是观点的多元性和碎片化。海量零散的观点无序呈现，其中不乏优质的专业意见，可浩如烟海的观点是通过文字符号呈现的，这就使得人工辨识分拣以再次利用的工作量变得很大。小板块里的受众观点如何在短时间内被利用、生成为更多节目的价值信息，也是拓展利用受众观点信息的必要思考。

3. 受众的资料提供

BBC 在其网站设置了大量的社交互动区，受众可以随时上传一些个人掌握的图文资料，这些资料可能不是某个新闻事件的关联素材，却是受众对社会现象、生活感受的丰富体验，这些庞大的图文资料，尽管不具备当下的时效性，但放在较长的一段时间后来审视，却是无比珍贵的社会历史记录。这也是受众参与媒体内容生产的一种更加普遍和长久的方式，对增强网络时代受众的主动性并形成良好的互动关系发挥重要作用。

二、BBC 对中国广播新闻内容生产的启示

中国的广播电视及网络的融合发展还在摸索前行，跨媒体合作不再是新事物，但由于体制发展的局限，国内多数媒体还未能大规模地真正实现良性的融合发展。同一传媒集团下，重复采访、互不共享、分割而治还是普遍现象。借对 BBC 新闻编辑部在新闻生产领域的融合示范，我们尝试结合国内传媒集团的融媒实践范例，剖析其对我国广播新闻内容生产的启示意义。

在多屏合一的媒介时代，微博微信推送、客户端直播点播，很大程度上取代了传统收音机，成为受众获取广播信息的重要渠道。技术革新直接带来的就是受众对广播消费形态的改变。深圳广电集团、广东电台曾多次派出团队到 BBC 考察学习，并结合本土现实，历经三年实践摸索出一套独特的广播新闻生产机制。基于广播与受众的新型关系，对广播的新闻编辑部进行重构与重建，在广播节目形态和节目生产方式两方面进行广播、报纸和网络的融合实践。

（一）新闻编辑部重构与重建，建立多媒体时代的广播新闻编辑部

虽然实现广播、电视、网络的融合还有很长的路要走，但将广播、报纸和网络平台整合成为类似于 BBC 新闻编辑部的广播新闻编辑部，却已是较为成型的探索。广播新闻编辑部应同时具有内、外两种交流平台和机制：记者与编辑建立网络工作平台；编辑部与听众建立网络交流平台。这两个平台要在新闻编辑部的核心主编支配下完成信息采集和生产工作。

广播新闻编辑部的运行应满足以下新闻报道播出机制。其一，行进式报道。这意味着：在一天当中，对新闻尤其是突发新闻不间断地跟进报道，而在一段时间内，对重大新闻进行持续报道。记者不是发稿一次就完成任务，而是随着事态的进展，为一条新闻写出若干版本的稿子，以符合在不同时段播出的要求。BBC 记者原则上仍分有广播、电视和网络团队，但记者身份并非绝对清晰，他们都是全媒体装备的记者。重大突发新闻发生时，离得最近的记者需要先承担起报道任务。与此同时，BBC 会迅速派出强大的后援力量并提前做好详细分工。如日本大地震时，BBC 在日本有两名记者，他们要为三个平台服务，接受电视广播采访，还要写报道发到网上，但很快后援力量到达，大家开始按分工工作。[①] 我国的广播新闻编辑部应对突发新闻至少应调动三种资源：所有人员的快速反应；立即调动关系网，进行解读、点评；多视角、全方位呈现事件。有时候一个电话就能够做出一档好节目，这取决于将电话打给谁、能够打给谁的编辑部决策和流程。

其二，“轮盘制”播出。它更符合现代受众获取资讯的习惯。轮盘制播出因其自身高度的程式化，非常利于集中资源，由下图可见，新闻轮盘注重声音元素和报道形式的丰富多样，包括主持人串联、播音员播报、记者现场报道、国内同行连线、国际台记者连线、专家点评、体育财经专业主持人报道等内容。差异化的内容由不同语言样态来完成报道，其环节紧扣，不易让听众产生疲劳感，彼此独立的环节还能让刚刚打开播放器的人听到相对完整的一段信息。因此，“轮盘制”成为当前广播新闻节目的播出方式，信息的投放率明显增强，实现对听众的有效覆盖，新

---

① 尹明子. 试析 BBC 架构与流程的变化及其作用. 中国广播，2012（2）.

闻的可听性和可用性更强，新闻编排更趋灵活。

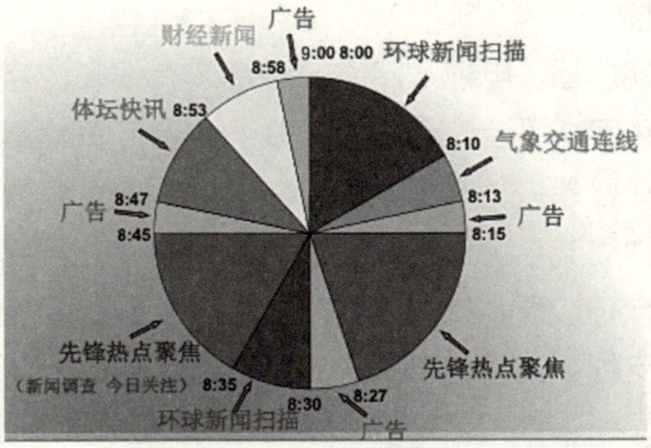

图4　深圳电台新闻频率先锋898《早新闻》轮盘①

（二）广播节目形态的重构与重建

当受众的收听状态发生变化，节目的分销体系也在发生改变：节目概念转变为音频概念；节目整体价值可分解为多个碎片的独立价值以及合力价值；节目产生影响力的前提由顺时完整收听变为某个节点的价值采摄。定制与分发音频流，才是符合音频流动特性的传与授的新模式。

加强网络广播建设，对微博微信、客户端的建设，在定制和分发的机制下建立广播全新的分销渠道。例如，以RSS radio为代表的APP客户端，是依托智能终端开发的音频定制与分发平台，节目的完整音频或片段皆可被用户免费订阅。受众消费媒体的状态彻底改变：从过去收音机随机收听到随时定制收听；信息来源从某一城市变为全球；收听时间从某一时段变为任意时间；广播受众由听众变成了潜在的用户。如北京电台主持人张楠每天制作《楠道说》100秒的优美音频；CNN新闻被制作为学习版片段等，可被分发和推送。此外，官方微博、公共微信也为广播频率和栏目开拓了文字预告和图文推送的平台，这些平台都是受众定制广播音频的主要渠道。深圳广电集团打造的“中国时刻网”，广播电视节目就是网站内容的重要组成部分，网站是广播网络化的重要途径。因此，广播新闻节目必须不断更新内容的生产模式，打造适应音频定制与分发特征的新闻内容。

（三）节目生产方式的重构与重建

广播与报纸将时效和深度融合。广东电台《直播广东》栏目

① 深圳广电集团新闻频率总监吴军介绍《898早新闻》轮盘结构。

2013年初与《南方都市报》结成战略合作伙伴，在直播过程中，多路南都记者直播连线，将当天采访的新闻内容以声音形式呈现。他们二者的战略合作，建立在固定时间、固定栏目的基础上，根据晚高峰时段广播新闻节目的选题和排版需求，纸媒记者和评论员要在文字报道呈现之前，将采访内容分解为具有连贯性和立体式的事实及观点碎片，高密度植入其中，由此，栏目全面整合了广播播出快速和纸媒信息深度的双重优势。

广播与网络结合的“图文广播”。深圳广播曾为新中国成立60周年制作了60集音乐专题《歌声回荡60年》，除了节目直播，还在网站制作专门栏目，不仅每期节目可以回放，还有详细的主持人、嘉宾介绍，节目文字、歌曲、音乐家介绍及历史图片，呈现立体化的广播，还制作了24小时滚动的宣传板指引点播，方便搜索。《民心桥》栏目每周一次网络视频直播，在交互社区所有市民都可以直接发问与上网的深圳领导对话，如图5、图6（来自中国时刻网）。

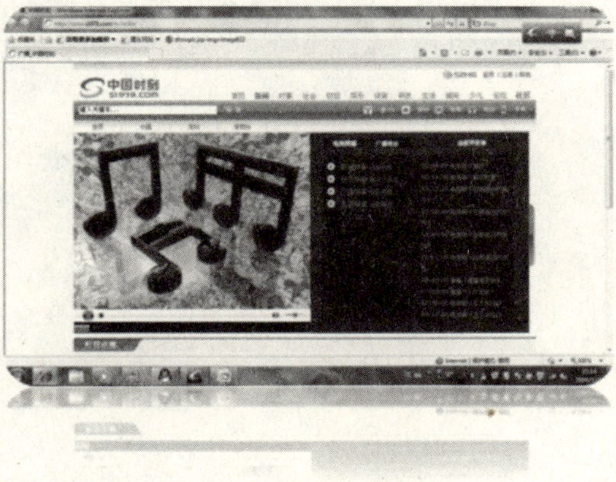

图5　网络图文广播

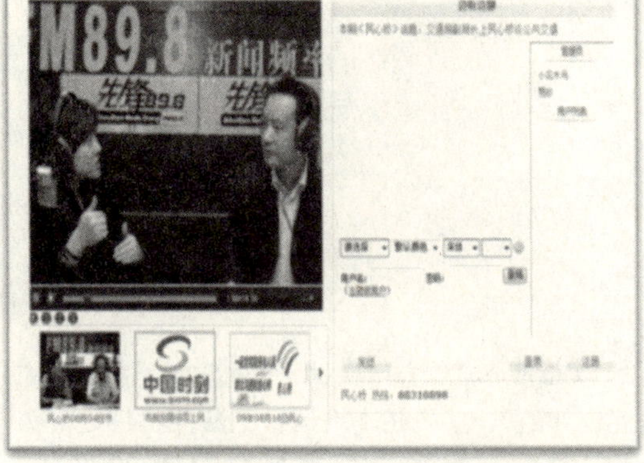

图6　《民心桥》栏目

UGC 内容生成机制成为广播新闻内容生产的有益补充。广播新闻应用 UGC 内容生成的方式目前有：①用户依托频率或栏目的官方微博、微信进行碎片式的内容补充或观点呈现，以简短的图文、音视频形态出现，可被直接采录为新闻报道，或适时插入主持直播的口播语言。②独立客户端[①]，如深圳广电集团打造的“UGC 酷拍”，普通用户可上传自己拍摄的音视频或文稿，待审稿通过后直接成为独立的一条消息。

三、结语

国内广播，受众参与新闻生产的管理机制不如 BBC 的“UGC HUB”完善，还处于探索阶段，但这是融媒时代新媒体技术引导广播理念发展的必然趋势。BBC 新闻编辑室的成功经验并不能完全复制到本土来，但在先进模式的启发下，国内广播新闻的内容生产模式，在新闻编辑室的重建、节目形态的重构、内容生产方式的重构等方面也取得了显著成果，并将伴随着新媒体技术的革新继续探索融媒路径。

作者单位：暨南大学新闻与传播学院

① 客户端（Client）或称为用户端，是指与服务器相对应，为客户提供本地服务的程序。除了一些只在本地运行的应用程序之外，一般安装在普通的客户机上，需要与服务端互相配合运行. 百度网，http://baike.baidu.com/view/930.htm.

浅谈英国威斯敏斯特大学传媒博士研究生的教育

顾 宇（Gu Yu）

从个人的角度和经历出发浅谈一下英国文科博士生的教育状况，或者说只从我个人就读的高校——威斯敏斯特大学（以下简称“威敏”）传媒专业的博士生教育入手，简单地介绍一下总体的情况。为了能够清楚地解释博士研究生教育，我将先解释什么是博士？英国传媒学的博士入学的大概要求是什么？入学之后课程的设置以及什么是研究。

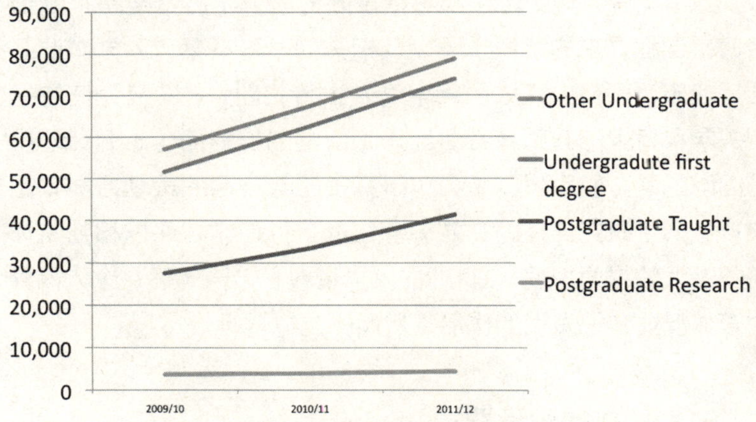

图 1

大体上，攻读博士研究学位的人数较少，每年威敏 Media, Arts and Design 招收的全日制博士研究生大概有 45 人，半日制的有 49 人。总体的产出要比本科与硕士研究生少。博士研究生的课程采取导师制，每个博士研究生会配有 2—3 个导师，从理论、学术和业界等方面给以指导。博士研究生除了在第一年会上一些学习方法的课程之外，其他的时间多参加学校组织的各种论坛、学术交流项目和学术会议。主要的学习方式是跟导师一起制订研究计划，与导师保持沟通与交流。

一、PhD 一词是什么？

PhD 一词主要是指所攻读的学位为哲学博士，英语为“Doctor of Philosophy”，简称“PhD”或“DPhil”。属于高级学衔之一，通常是学历架构中最高级的学衔。拥有人一般在攻读期间撰毕博士毕业论文并通过答辩，方可获发哲学博士学位。哲学博士的拥有人并不一定修读“哲学”学科。所谓哲学博士，是指拥有人对其知识范畴的理论、内容及发展等都具有相当的认识，能独力进行研究，并在该范畴内对学术界有所建树。

二、PhD 的入学要求

入读威敏的博士研究课程基本上要提交的材料为语言、学历资格、入学申请、推介信，研究计划等。语言主要是要达到学校入学的最低要求，国际留学生的语言要求一般为雅思最低 6.5 分，或者 7 分（其中每科都不低于 6 分）；学历资格是指需要符合博士课程要求的最低学历以及相关的学科背景；入学申请必须要提交申请表格，完成网络申请并上传材料；2 份推介信需提供相关学科背景的教师或者业界人士所写的推荐信；研究计划是一份简明的（一般不超过 3 页）研究主题与方向的策划方案，是未来攻读博士研究课程的主要参考依据，也是学院评估和判断你的研究潜力的主要根据。其他的入学资料有个人阐述、个人简介、主要作品或者已发表的作品、其他补充材料等。

三、PhD 的课程要求

第一年　研究计划

入学后第一年 3 个月至 6 个月的时间，学生主要完成研究计划的修改和最终定稿。研究计划需要有明确的主题、研究问题、文献综述、研究方法和学术贡献。研究计划首先要与导师进行充分的讨论，之后获得导师组的认同与签字才可提交到学校学术委员会。委员会的成员会阅读学生的研究计划并给出评价和修改意见。通过之后，学生就可以正式开题，进入论文文献综述的撰写阶段。

第二年 文献综述

根据自己确定的研究方向和制订的计划，文献综述要在自己的研究范围内进行充分的阅读，然后按照研究的逻辑总结和归纳，最后开始撰写第一章的内容。国外的导师与学术委员会非常重视文献综述章节，在中期评估的时候重点评估学生文献综述这一章是否做得充分，阐述是否清楚得当。因此，一般学生在开题之后的12至16月的时间段，都会针对自己的研究开展文献综述章节的研究与写作。

第三年 Transfer 与中期评估

每个学校和学院对于自己的博士研究生培养制度不同，在威敏博士生要过的第一大关就是中期的考核：Transfer。这一环节是为了检查学生在开展研究以来的一年至一年半内，研究的成果怎样，文献综述做得怎样，研究方法的论述怎样等等。这一环节一般需要学生提交两个章节的内容，其中必须有一章节为文献综述，另外一个章节可以是研究方法，也可以是实证研究的一个案例的撰写等等。在提交材料之后的一个月内学术委员会会组织学术小组对每一位学生进行面试、提问和审查。如果通过了这项考核，学生才被授予 PhD Candidate 头衔，即博士候选人。若一次无法通过，学院会给学生一次机会修改与调整，半年后再进行一次 transfer。如果两次的 transfer 都没有通过，则学院不会授予学生博士的头衔，只能回到 MPhil（文学硕士）。因此，从这一刻开始学生面临的压力很大，导师们会开玩笑说："It's time to be serious! Not fun for you, but for us."

第四年 完成论文

当通过了中期考核之后，博士的学习就会进入正式的 writing-up 阶段，即写作阶段。学生会根据自己的需求在 transfer 之后进入 fieldwork（实地调研/实证研究）收集数据与资料。在每年答辩前3个月时间，可以向学术委员会提交最终的论文定稿。

四、什么是 PhD 研究

大多数人在理解"博士"一词的时候，都会联想到做研究做论文。实际上，"做研究"是博士就读的过程，而"做论文"则是学习的产出。然而到底什么是研究？其中的奥妙在哪里？难点在哪里？可能大部分没有攻读过该学位或者计划攻读该学位的人不太了解。下面，我就个人的理解举一个小小的案例，简单阐述一下研究的流程和思维方式：

总体上来说就是一个树形思维模式与架构，或者叫做 Tree Theory，这主要是指从一个主干开始思维，一点点纵深延展下去，层层深入再通过撰写论文的过程，逐步建构出自己的理论。如果文字上的理解比较抽象难懂的话，那么下面的图例希望能将这个理论解释清楚：

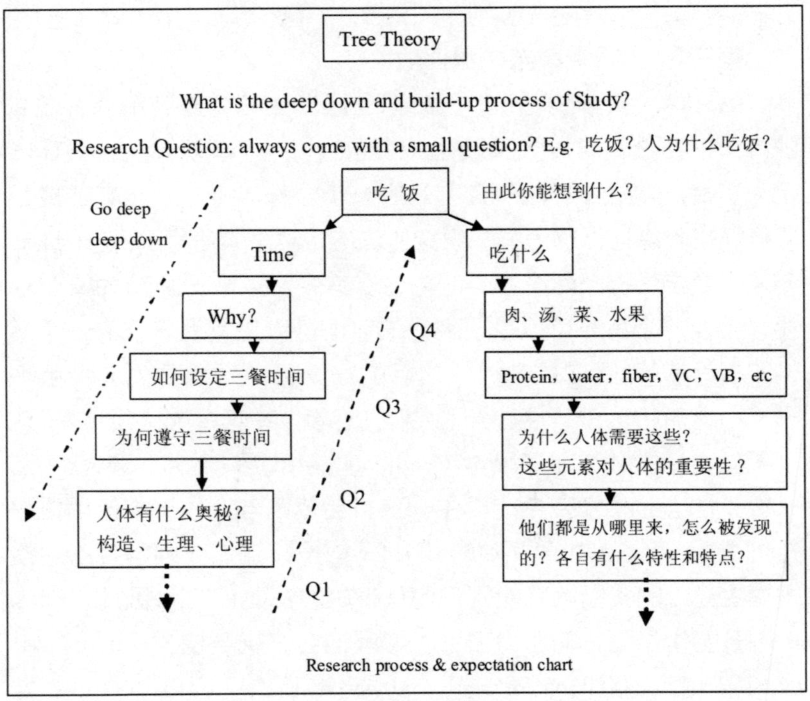

图 2

那么，在思考的过程中，如果发现了感兴趣的话题或者你想研究的方向，并且通过初步的文献搜索，你发现了并没有很多人对这个问题进行过探讨，或者在理论方面有些许漏洞。那么可喜的是，你可以从这个问题着手建立自己的研究课题了。这样的思维方式也就是所谓的 deep down 的模式，那么从最底层开始，建立一个子问题，层层回答，一直到所有的子问题合起来可以解释和回答你最终要研究的问题。当你的研究问题被细化的时候，研究思维和思路就已经被打开了。

接下来，你需要的是站在一个角度对他们进行解释，怎么做？第一，找寻参考资料。研究一定要站在一定的高度，即看看前人都回答了什么，怎么回答的，他们都解决了什么，还有什么没有解决？这也是文献综述的任务。第二，在对文献有一定了解的基础上，你会更加清楚自己要做什么，这时也许你就会问：我知道要做什么，可是怎么着手去做？这也就是研究方法（Methodology）需要去回答的内容。研究方法就是告诉你或者帮助你去找寻最贴切的方法帮助你完成你的好奇和研究。

那么在有了研究方法之后，你就要开始从细小的、最基本的问题回答起，慢慢将你的理论大树建立起来，此时也就进入了build-up 阶段。此外，在论文写作的阶段，怎样用清楚的结构和坚实的逻辑去建构也是此阶段很重要的内容。

五、导师的作用

简单来说，在英国的导师制度中导师的作用如下：第一，可以帮你理解和梳理研究思路与逻辑，让你的生命之树更加茂密，并且保证其健康成长；第二，帮你站稳脚跟，提供参考资料；第三，在你的 build－up 阶段帮助你顺利、有条理地进行；第四，最后帮助你评估整个研究的完整性，并适时给出修改意见。总而言之，导师是你在研究过程中的老师（教授研究方法和经验）、向导（引领正确的思维方式和研究态度）、把关人（首先要获得导师的认可才能进行毕业答辩）和朋友（读博士是个持久战，在你与导师相处的 4—5 年中，作为长辈的导师可以在很多人生经验上给予你指导）。

六、学校的作用

在你成为 PhD 研究生之后，你的隶属机构不是学校，而是学校下属的研究机构。那么学校跟你之间本质上是雇佣关系，它需要提供你相关的服务来辅助你完成学业，因此它的作用可以总结为：第一，提供给你 2 至 3 位导师来辅助你的学习；第二，提供相关学术资源，如图书馆、数据库、学术交流等；第三，提供你一个“登高望远”的机会，例如每学期都会有的学术研讨会（在英国称为 seminar）、学术会议（conference）、国际研讨会、PhD 联合研讨会（Joined PhD Symposium）等；第四，相关辅助资源，例如学习方法指导、语言课程、教学课程、计算机课程等，在我的学校称之为各种 workshop 和 program。 总之，学校类似于一个服务单位，是为你提供各种服务的。 当然在学习之余，你可以要求加入各种社团和体育部，丰富业余生活。

总体来说，研读 PhD 课程就是在建构自己的生命之树或者研究之树，站得多高首先取决于你看了多少书，你的参考文献怎样支撑和建构你的研究问题和思路，其次是你的问题是微观、中观还是宏观性的，如何很好地完成他们。 树干的巩固是建立在你对自己研究的坚定与努力的基础上的。 那么怎样让你的树枝叶繁茂呢？ 第一，问题的细化；第二，研究的细节；第三，头脑风暴；第四，建构自己的逻辑；第五，问题的复杂性。

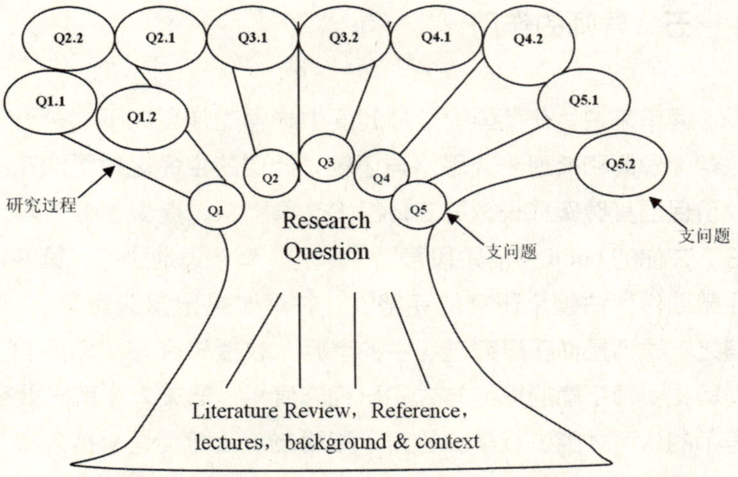

图 3

作者单位：英国威斯敏斯特大学

参访专题

暨南大学新闻与传播学院学子海外实践训练营之“追梦伦敦”活动取得圆满成功

■陈一鸣（Chen Yiming） 张 维（Zhang Wei）

2013年9月17日至2013年10月1日，由暨南大学新闻与传播学院组织的首次海外舆情调研活动圆满落下帷幕。本次活动共挑选12名硕士研究生赴英国伦敦就中国国家形象认知、海外华文媒体生存现状、海外华工华商发展与面临的困境等方面的内容进行调研，并参观采访了《欧洲商报》、《每日电讯报》和威斯敏斯特大学传媒、艺术与设计学院。此次活动是暨南大学新闻与传播学院研究生培养的重要实践形式，也是开拓学生国际视野的有益尝试，取得了良好的社会效果。

在为期14天的调研采访中，12名来自两个年级的队员分成了5个小组，分别进行调研采访。第一组同学就“中国国家形象认知”这一主题进行调研，派发了400份问卷，回收有效问卷300份，深度访谈2人，返校后对问卷进行了详细分析并形成研究报告。“海外华文媒体生存现状”调研小组将重点放在了《欧洲商报》、《英国侨报》、《英中时报》、《华闻周刊》等发行量较大和颇具影响力的华文媒体上，深度访谈了此类媒体的社长或主编，并参观报社办公环境，对海外华文媒体的生存现状有了更直观和详细的感知。第三组重点采访了解了伦敦中文学校明爱学院的发展状况，就中国文化传承问题进行了专题采访和调研。负责调研华商的队员分别采访了老一代华商、新生代华商等，从微观上了解了多位华商的个人发展脉络和其在整个国家大背景下的生存困惑。华工组在采访华工个体的同时，也专访了华人资料及咨询中心主任、华人互助工团等民间组织，对华工群体中出现的嗜赌、家庭暴力等问题进行了深度挖掘和探讨。

为进一步丰富活动形式，除了调研采访以上主题之外，实践团队还分别于当地时间9月18日下午、9月25日和9月26日上午参观采访了《欧洲商报》，威斯敏斯特大学传媒、艺术与设计学院和英国著名大报《每日电讯报》。

9月18日下午，欧洲商报社社长游海龙先生与暨南大学新闻与传播学院此行师生12人进行座谈，并达成合作意向；与《欧洲商报》正式建立新闻实习基地，定期输送优秀学生来报社实习，参与采编等全部环节，并参与报纸网站建设与维护。

9月25日上午，同学们在威斯敏斯特大学传媒、艺术与设计学院教授Charles带领下参观了电视制作间、中控室、照片洗印室等，并在中午参加了该院特地准备的冷餐会。会上，此次活动的带队老师陈一鸣与Charles教授就“暨南—威斯敏斯特学术联谊”、“暨大学子威敏短期交流”、“青年教师访问交流”等项目进行了愉快的洽谈，双方初步达成合作意向。

当地时间9月26日上午全体队员参观了《每日电讯报》新购置的办公场所，即目前正在打造的报网融合的全媒体编辑部。据介绍，该报将包括网站在内的所有部门集中在一个大的办公平台上工作，其内容生产也不再只以报纸为中心，而是将所有生产数字产品的厂商视为对手。参观结束后，《每日电讯报》总编托尼·加拉格尔接受了团队采访。同学们就报纸的受众、主要关注的中国议题、如何实现新闻的平衡、中国媒体人的生存现状等话题进行了提问和讨论。

参加此次活动的研究生都表示获益匪浅，通过第一次走出国门的调研采访实践，一方面提高了自身的采写编等专业素质，另一方面也开阔了视野，感受到了异域风情。同学们都希望在以后的学习生活中，能够参与更多此类社会实践活动，真正提高自身国际化水平，并达到“学以致用”的目的。

此次活动的发起者和策划者、暨南大学新闻与传播学院常务副院长支庭荣对比次活动给予了高度肯定，并希望将这一活动作为学院一个长期的项目固定下来，给予更多的同学走出去看一看的机会。据了解，学院将于2014年5月前后在欧洲（德国、俄罗斯）、亚洲（印度）、非洲（南非）、大洋洲（澳大利亚）、北美洲（美国）、南美洲（巴西等）等国家和地区全面展开全球舆情调研暨海外实习项目，成果将以《中国形象全球调查》系列呈现。

作者单位：暨南大学新闻与传播学院

英《每日电讯报》总编：经济是报道中国首选

陈　强（Chen Qiang）　王　滋（Wang Zi）

2013 年 9 月 26 日下午，暨南大学新闻与传播学院“伦敦深度采访·海外舆情调研”团队 12 人参观了位于白金汉宫路 111 号的英国《每日电讯报》总部，并采访了该报总编托尼·加拉格尔。

“相比政治，我们对中国经济以及中国人的故事更加感兴趣。”托尼在接受队员采访时表示。

当天下午，队伍一行人对英国超过 150 年历史的同时也是英国销量最大的报纸之一的《每日电讯报》（*Daily Telegraph*）进行了近两小时的参观和访问。

《每日电讯报》市场部负责人热情地向队员们讲解了报纸从编辑到发行的工作流程，以及该报网站运营和读者反馈分析系统。编辑大厅约有半个足球场大，从新闻编辑区（包括 news 新闻事件、feature 新闻特写区等）到版面美工区、广告区，依次环形排开。中央大厅墙壁上有新闻网站的实时更新状态。大厅二楼有各类会议室，令人印象深刻的是读者反馈系统——悬挂在墙上的液晶屏不断刷新着最新上榜的点击量最高的新闻。

随后，该报总编托尼·加拉格尔接受了团队的采访。

问：《每日电讯报》对中国感兴趣吗？

托尼·加拉格尔：我们对中国十分感兴趣，我们有专门针对中国的版面，另外有两个员工在中国，关于中国的内容与过去 5 年相比，增长了 400%。

问：哪些中国议题是报道中国的重点？

托尼·加拉格尔：相比于政治，我们对中国的经济更感兴趣。另外我们的读者很愿意了解中国社会和中国人的故事，如果可以的话，我想建立一个每日电讯的中文网站，包括旅游、教育、文化、财经、食物等。政治是排在最后的。今年我们发起了一项运动——让中国人更方便地拿到英国签证。很多中国人抱怨英国签证比欧洲其他国家更贵更慢，另外游览英国和欧洲其他国家需要办理两个签证简直令中国人抓狂。英国商人告诉我们，中国游客在英国花费 1 英镑，就能够在巴黎花费 6 英镑，因为巴黎更有趣而且签证更好办。现在我们的努力正在发挥作用，因为我们越来越重视中国。

问：为什么政治不是报道中国的重点？

托尼·加拉格尔：当然我们也对政治感兴趣，不过相比而言，这个民族及那里发生的事更吸引人，类似的情况也发生在印度和俄罗斯。这有一部分原因是这些国家现在更加开放了，有更多有趣的事情值得去报道。我们尝试向读者展示并解析中国。也许以前中国对我们来说只是个很遥远的国家，我们没有过多地进行报道。但如今中国成了世界第二大经济体。昨天我们对在英的中国企业进行了一次大型报道（王健林花 7 亿英镑在伦敦建立万达广场）。我认为北京奥林匹克运动会是一个大事件，提高了中国的知名度。数据显示，以前英国的学生对美国最感兴趣，对纽约最感兴趣，现在有部分学生表示上海已经是他们最感兴趣的城市了。

问：现在许多中国人认为一些英国媒体在对中国的报道中存在偏见？

托尼·加拉格尔：我认为不是这样的。我认为许多有关中国的报道，比如西藏、台湾的报道都是真的。或许《卫报》和 BBC 更加倾向于这些报道。但对于我们来说，我们涉及更加广泛的议题，尤其是中国的改变。比如 10 年前大陆人不能去台湾，现在已经有几十万大陆人去了那里。另外我认为我们可以自由地写我们想要表达的东西。

问：你们强调平衡报道，兼顾不同的声音吗？

托尼·加拉格尔：我们相信我们的记者，他们都是当地的员工。我们相信我们的报道，我可以确定我们的工作不是为了取悦中国政府，但我也可以确定我们做的一切也不是为了取悦英国政府。所以我们争取能高效、如实、准确地报道。

问：是什么让《每日电讯》在报业竞争激烈的英国保持活力？

托尼·加拉格尔：高质量的分析、较强的适应性、中立的评价。

小链接：

《每日电讯报》（*The Daily Telegraph*）是一份英国大开型报

纸，成立于1855年6月29日，是英国销量最高的报纸之一。《星期日电讯报》是其姊妹刊物。《每日电讯报》早期政治立场亲英国自由党，近代政治立场则亲英国保守党。据托尼·加拉格尔介绍，该报目前的读者定位倾向于年纪较大、富裕、保守的英国人。

作者单位：暨南大学新闻与传播学院

暨南大学新闻与传播学院在《欧洲商报》建立实习基地

张　维（Zhang Wei）　赵路夷（Zhao Luyi）

英国当地时间2013年9月18日下午3时，欧洲商报社社长游海龙先生与暨南大学新闻与传播学院伦敦深度采访调研实践团一行师生12人进行座谈，并达成合作意向。我院在《欧洲商报》正式建立新闻实习基地，定期输送优秀学生来报社实习，参与采编等全部环节，并参与报纸网站的建设与维护，协助报纸更好地实施新媒体战略。

通过合作，我院希望可以为优秀新闻学子提供更多实习机会，提高其新闻业务水平和开阔其国际化视野；另一方面帮助《欧洲商报》进一步丰富采编团队文化视角及风格。

此外，在交流会上，游社长亦对同学们提出的关于商报的创办背景、运营状况和新媒体战略等方面的问题一一作了回答。

由于《欧洲商报》历来与我院有良好交流合作关系，对此次我院组织的“海外舆情调研 · 深度采访实践”活动，报社也给予了大力支持，帮助联系其他华文媒体与伦敦华人华社，以便我们采访交流。希望未来我院可以与《欧洲商报》进行更加深入的合作，实现双赢。

作者单位：暨南大学新闻与传播学院

暨南大学学子赴威斯敏斯特大学传媒、艺术与设计学院参观交流

白晨晖（Bai Chenhui） 查冠琳（Cha Guanlin）

2013年9月25日上午，暨南大学新闻与传播学院伦敦深度采访调研实践团一行师生12人来到英国威斯敏斯特大学传媒、艺术与设计学院参观交流，目前，暨南大学新闻与传播学院代表陈一鸣老师与威斯敏斯特大学传媒、艺术与设计学院代表Charles教授就“暨南—威斯敏斯特学术联谊”、“暨大学子威斯敏斯特短期交流”、“青年教师访问交流”等院系合作项目进行了洽谈，双方初步达成合作意向。

在Charles教授的引领下，同学们依次参观了威斯敏斯特大学传媒、艺术与设计学院新闻专业的多媒体新闻工作间，广播专业的自主录音、编辑室，摄影专业的摄影棚、暗房、打印室，时尚专业的设计室等。此外，对于同学们提出的该院新闻专业课程设置、实习训练、毕业生就业等方面的问题，Charles教授也一一作了回答。

传媒、艺术与设计学院位于威斯敏斯特大学的哈罗校区，据了解，该院目前有4 000名学生和250名教师。学院设有艺术与设计、时尚、新闻学与大众传媒、商业音乐、摄影与电影五个专业，其中新闻学与大众传媒专业在英国久负盛名。

作者单位：暨南大学新闻与传播学院

后 记

陈一鸣（Chen Yiming）

60余万，这是在英华人总数。往上追溯，第一批华人移民踏上这片岛屿的具体时间已无从考证。2013年9月17日，当飞机降落在伦敦希斯罗机场，一次富有挑战的实践开始了。

“你眼里的中国是怎样的？”本着对中国形象的不断探索，首期暨南大学新闻与传播学院学子海外训练营将全球调查的首个目标锁定英国伦敦，通过街头采访调查，放眼海外华人现状，多重角度观察记录。新闻传播实践教学走出国门，寻梦英国伦敦，在内地新闻教育界无疑是一次大胆的尝试。“伦敦眼，看中国”。14个日夜，14名师生，5个调研小组，400份调查问卷，深入伦敦大街小巷，从中国形象、海外舆情、华文媒体、华商现状、华工生存，英国传媒教育等方面，立足英国民众视角，关注英国华人生活，逐步拼凑刻画出鲜明的中国形象。

本书汇集了新闻与传播学院学子海外训练营（第一期）伦敦站考察活动成果，用文字呈现英国民众对中国形象的认知，展现华文媒体生存现状，再现在英华人的真实生活。

在此，感谢英国威斯敏斯特大学传媒、艺术与设计学院中国媒体中心主任Charles先生、《每日电讯报》总编托尼·加拉格尔先生、欧洲商报社社长游海龙先生、英国侨报社长何家金先生、荣叶行总裁叶焕荣先生、英国华商会会长李顺丰先生、华人社区中心经理冯兆雄先生、旅英文化协会会长黎丽女士、英国华侨互助工团副会长陈素文先生、华人资料及咨询中心（CIAC）杨庆权太平绅士等的支持与配合。感谢暨南大学和新闻与传播学院的大力支持，感谢新闻与传播学院各级领导、老师和同学们的关心与帮助，感谢暨大新传学子海外训练营第一期的11位研究生以及我的同事陈强老师的辛勤付出和默契配合，还有关心和支持此次活动的社会各界人士，在此一并致谢。

从前期策划准备到英伦的具体实践再到成果的结项，尽管经历了很多曲折，现在回头来看，却是满满的收获。暨南大学新闻与传播学院首次海外训练营实践活动的顺利开展，开阔了本院新闻传播实践教学的国际视野，具有开创意义。中国形象全球调查伦敦站已经告一段落，下一站会驶向哪里？让我们拭目以待。

作者单位：凯迪数据研究中心，暨南大学新闻与传播学院

图书在版编目（CIP）数据

中国形象全球调查·伦敦卷／暨南大学舆情与社会管理研究中心主编．—广州：暨南大学出版社，2014.3
ISBN 978－7－5668－0909－4

Ⅰ.①中…　Ⅱ.①暨…　Ⅲ.①国家—形象—调查研究—中国　Ⅳ.①D6

中国版本图书馆 CIP 数据核字（2014）第 012189 号

中国形象全球调查·伦敦卷
主　　编　暨南大学舆情与社会管理研究中心

出 版 人　徐义雄
策划编辑　杜小陆　史学英
责任编辑　史学英　陈绪泉
责任校对　曹　军
出版发行　暨南大学出版社（广州暨南大学　邮编：510630）
网　　址　http://www.jnupress.com　http://press.jnu.edu.cn
电　　话　总编室（8620）85221601
　　　　　营销部（8620）85225284　85228291　85228292（邮购）
排　　版　弓设计
印　　刷　佛山市浩文彩色印刷有限公司
开　　本　889mm×1194mm　1/16
印　　张　13.875
字　　数　213 千
版　　次　2014 年 3 月第 1 版
印　　次　2014 年 3 月第 1 次
定　　价　32.00 元

（暨大版图书如有印装质量问题，请与出版社总编室联系调换）